中 国 文 化 文 学 经 典 文 丛

老残游记·小窗幽记

【清】刘鹗 / 著　　孙建军 / 主编

吉林文史出版社

图书在版编目（CIP）数据

老残游记·小窗幽记 /（清）刘鹗著. —— 长春 : 吉林文史出版社，2016.12（2024.6重印）

（中国文化文学经典文丛 / 孙建军主编）

ISBN 978-7-5472-2613-1

Ⅰ. ①老… Ⅱ. ①刘… Ⅲ. ①章回小说-中国-清代

Ⅳ. ①I242.4

中国版本图书馆CIP数据核字(2016)第134421号

LAOCANYOUJI XIAOCHUANGYOUJI

书　　名：老残游记·小窗幽记

著　　者：（清）刘　鹗
主　　编：孙建军
责任编辑：高冰若
封面设计：宋双成
出版发行：吉林文史出版社
地　　址：长春市福祉大路5788号
邮　　编：130117
电　　话：0431-81629352
网　　址：www.jlws.com.cn
印　　刷：三河市燕春印务有限公司
开　　本：920mm×1280mm　1/16
印　　张：33.5
字　　数：451千字
版　　次：2017年1月第1版 2024年6月第4次印刷
书　　号：ISBN 978-7-5472-2613-1

定　　价：78.00元

自 序

婴儿堕地，其泣也呱呱；及其老死，家人环绕，其哭也号啕。然则哭泣也者，固人之所以成始成终也。其间人品之高下，以其哭泣之多寡为衡。盖哭泣者，灵性之现象也，有一分灵性即有一分哭泣，而际遇之顺逆不与焉。

马与牛，终岁勤苦，食不过刍秣，与鞭策相终始，可谓辛苦矣，然不知哭泣，灵性缺也。猿猴之为物，跳掷于深林，厌饱乎梨栗，至逸乐也，而善啼；啼者，猿猴之哭泣也。故博物家云：猿猴，动物中性最近人者，以其有灵性也。古诗云："巴东三峡巫峡长，猿啼三声断人肠。"其感情为何如矣！

灵性生感情，感情生哭泣。哭泣计有两类：一为有力类，一为无力类。痴儿呆女，失果则啼，遗簪亦泣，此为无力类之哭泣；城崩杞妇之哭，竹染湘妃之泪，此有力类之哭泣也。有力类之哭泣又分两种：以哭泣为哭泣者，其力尚弱；不以哭泣为哭泣者，其力甚劲，其行乃弥远也。

《离骚》为屈大夫之哭泣，《庄子》为蒙叟之哭泣，《史记》为太史公之哭泣，《草堂诗集》为杜工部之哭泣；李后主以词哭，八大山人以画哭；王实甫寄哭泣于《西厢》，曹雪芹寄哭泣于《红楼梦》。王之言曰："别恨离愁，满肺腑难陶泄。除纸笔代喉舌，我千种相思向谁说？"曹之言曰："满纸荒唐言，一把辛酸泪；都云作者痴，谁解其中意？"名其茶曰"千芳一窟"，名其酒曰"万艳同杯"者：千芳一哭，万艳同悲也。吾人生今之时，有身世之感情，有家国之感情，有社会之感情，有种教之感情。其感情愈深者，其哭泣愈痛：此鸿都百炼生所以有《老残游记》之作也。

棋局已残，吾人将老，欲不哭泣也得乎？吾知海内千芳，人间万艳，必有与吾同哭同悲者焉！

1

老残游记

第一回

土不制水历年成患　风能鼓浪到处可危

话说山东登州府东门外有一座大山，名叫蓬莱山。山上有个阁子，名叫蓬莱阁。这阁造得画栋飞云，珠帘卷雨，十分壮丽。西面看，城中人户烟雨万家；东面看，海上波涛峥嵘千里。所以城中人士往往于下午携尊挈酒在阁中住宿，准备次日天未明时，看海中出日，习以为常。这且不表。

却说那年有个游客，名叫老残。此人原姓铁，单名一个英字，号补残；因慕懒残和尚煨芋的故事，遂取这"残"字做号。大家因他为人颇不讨厌，契重他的意思，都叫他老残，不知不觉，这"老残"二字便成了个别号了。他年纪不过三十多岁，原是江南人氏。当年也曾读过几句诗书，因八股文章做得不通，所以学也未曾进得一个，教书没人要他，学生意又嫌岁数大，不中用了。

其先他的父亲原也是个三四品的官，因性情迂拙，不会要钱，所以做了二十年实缺，回家仍是卖了袍褂做的盘川。你想，可有余资给他儿子应用呢？

这老残既无祖业可守，又无行当可做，自然"饥寒"二字渐渐的相逼来了。正在无可如何，可巧天不绝人，来了一个摇串铃的道士，说是曾受异人传授，能治百病，街上人找他治病，百治百效；所以这老残就拜他为师，学了几个口诀，从此也就摇个串铃，替人治病糊口去了，奔走江湖近二十年。

这年刚刚走到山东古千乘地方，有个大户，姓黄，名叫瑞和，害了一个奇病：浑身溃烂，每年总要溃几个窟窿，今年治好这个，明年别处又溃几个窟窿，经历多年，没有人能治得。这病每发都在夏天，一过秋分，就不要紧了。

那年春天，刚刚老残走到此地，黄大户家管事的问他可有法子治这个病。他说："法子尽有，只是你们未必依我去做。今年权且略施小技，试试我的手段。若要此病永远不发，也没有什么难处，只须依着古人方法，那是百发百中的。别的病是神农、黄帝传下来的方法，只有此病是大禹传下来的方法。后来唐朝有个王景得了这个传授，以后就没有人知道此方法了。今日奇缘，在下倒也懂得些个。"于是黄大户家遂留老残住下替他治病。却说真也奇怪，这年虽然小有溃烂，却是一个窟窿也没有出过。为此，黄大户家甚为喜欢。

看看秋分已过，病势今年是不要紧的了。大家因为黄大户不出窟窿，是十多年来没有的事，异常快活，就叫了个戏班子，唱了三天谢神的戏。又在西花厅上，搭了一座菊花假山，今日开筵，明朝设席，闹的十分畅快。

这日，老残吃过午饭，因多喝了两杯酒，觉得身子有些困倦，就跑到自己房里一张睡榻上躺下，歇息歇息。才闭了眼睛，看外边就走进两个人来：一个叫文章伯，一个叫德慧生。这两人本是老残的至友，一齐说道："这们长天大日的，老残，你蹲家里做甚？"老残连忙起身让坐，说："我因为这两天困于酒食，觉得怪腻的慌。"二人道："我们现在要往登州府去，访蓬莱阁的胜景，因此特来约你。车子已替你雇了。你赶紧收拾行李，就此动身罢。"老残行李本不甚多，不过古书数卷，仪器几件，收检也极容易，顷刻之间便上了车。无非风餐露宿，不久便到了登州，就在蓬莱阁下觅了两间客房，大家住下，也就玩赏玩赏海市的虚情，蜃楼的幻相。

次日，老残向文、德二公说道："人人都说日出好看，我们今夜何妨不睡，看一看日出，何如？"二人说道："老兄有此清兴，弟等一定奉陪。"

秋天虽是昼夜停匀时候，究竟日出日入，有蒙气传光，还觉得夜是短的。三人开了两瓶酒，取出携来的肴馔，一面吃酒，一面谈心，不知不觉，那东方已渐渐发大光明了。其实离日出尚远，这就是蒙气传光的道理。三人又略谈片刻。德慧生道："此刻也差不多是时候了，我们何妨先到阁子上头去等呢？"文章伯说："耳边风声甚急，上头窗子太敞，恐怕寒冷，比不得这屋子里暖和，须多穿两件衣服上去。"

各人照样办了，又都带了千里镜，携了毯子，由后面扶梯曲折上去。到了阁子中间，靠窗一张桌子旁边坐下，朝东观看，只见海中白浪如山，一望无际，东北青烟数点，最近的是长山岛，再远便是大竹、大黑等岛了。那阁子旁边风声呼呼价响，仿佛阁子都要摇动似的，天上云气一片一片价叠起。只见北边有一片大云，飞到中间，将原有的云压将下去，并将东边一片云挤的越过越紧，越紧越不能相让，情状甚为谲诡。过了些时，也就变成一片红光了。

慧生道："残兄，看此光景，今儿日出是看不着的了。"老残道："天风海水，能移我情。即是看不着日出，此行亦不为辜负。"章伯正在用远镜凝视，说道："你们看！东边有一丝黑影随波出没，定是一只轮船由此经过。"于是大家皆拿出远镜对着观看。看了一刻，说道："是的，是的。你看，有极细一丝黑线，在那天水交界的地方，那不就是船身吗？"大家看了一回，那轮船也就过去，看不见了。慧生还拿远镜左右观视。正在凝神，忽然大叫："嗳呀，嗳呀！你瞧，那边一只帆船在那洪波巨浪之中，好不危险！"两人道："在什么地方？"慧生道："你望正东北瞧，那一片雪白浪花，不是长山岛吗？在长山岛的这边，渐渐来得近了。"两人用远镜一看，都道："嗳呀，嗳呀！实在危险得极！幸而是向这边来，不过二三十里就可泊岸了。"

相隔不过一点钟之久，那船来得业已甚近。三人用远镜凝神细看，原来船身长有二十三四丈，原是只很大的船。船主坐在舵楼之上，楼下四人专管转舵的事。前后六枝桅杆，挂着六扇旧帆，又有两枝新桅，挂着一扇簇新的帆、一扇半新不旧的帆，算来这船便有八枝桅了。船身吃载很重，想那舱里一定装的各项货物。船面上坐的人口，男男女女，不计其数，却无篷窗等件遮盖风日，——同那天津到北京火车的三等客位一样。——面上有北风吹着，身上有浪花溅着，又湿又寒，又饥又怕。看这船上的人都有民不聊生的气象。那八扇帆下，各有两人专管绳脚的事。船头及船帮上有许多的人，仿佛水手的打扮。

这船虽有二十三四丈长，却是破坏的地方不少：东边有一块，约有三丈长短，已经破坏，浪花直灌进去；那旁，仍在东边，又有一块，约长一丈，水波亦渐渐浸入；其余的地方，无一处没有伤痕。那八个管帆的却是认真的在那里管，只是各人管各人的帆，仿佛在八只船上似的，彼此不相关照。那水手只管在那坐船的男男女女队里乱窜，不知所做何事。用远镜仔细看去，方知道他在那里搜他们男男女女所带的干粮，并剥那些人身上穿的衣服。章伯看得亲切，不禁狂叫道："这些该死的奴才！你看，这船眼睁睁就要沉覆，他们不知想法敷演着早点泊岸，反在那里蹂躏好人，气死我了！"慧生道："章哥，不用着急。此船目下相距不过七八里路，等他泊岸的时候，我们上去劝劝他们便是。"

正在说话之间，忽见那船上杀了几个人，抛下海去，掼过舵来，又向东边去了。章伯气的两脚直跳，骂道："好好的一船人，无穷性命，无缘无故断送在这几个驾驶的人手里，岂不冤枉！"沉思了一下，又说道："好在我们山脚下有的是渔船，何不驾一只去，将那几个驾驶的人打死，换上几个？岂不救了一船人的性命？何等功德，何等痛快！"慧生道："这个办法虽然痛快，究竟未免卤莽，恐有未妥。请教残哥以为何如？"老残笑向章伯道："章哥此计甚妙，只是不知你带几营人去？"章伯愤道："残哥怎么也这们糊涂！此时人家正在性命交关，不过一时救急，自然是我们三个人去。那里有几营人来给你带去！"老残道："既然如此，他们船上驾驶的不下头二百人，我们三个人要去杀他，恐怕只会送死，不会成事罢。高明以为何如？"章伯一想，理路却也不错，便道："依你该怎么样？难道白白地看他们死吗？"老残道："依我看来，驾驶的人并未曾错，只因两个缘故，所以把这船就弄的狼狈不堪了。怎么两个缘故呢？一则他们是走'太平洋'的，只会过太平日子。若遇风平浪静的时候，他驾驶的情状亦有操纵自如之妙，不意今日遇见这大的风浪，所以都毛了手脚。二则他们未曾预备方针。平常晴天的时候，照着老法子去走，又有日月星辰可看，所以南北东西尚还不大很错。这就叫做'靠天吃饭'。那知遇了这阴天，日月星辰都被云气遮了，所以他们就没了依傍。

心里不是不想望好处去做，只是不知东南西北，所以越走越错。为今之计，依章兄法子，驾只渔艇，追将上去，他的船重，我们的船轻，一定追得上的。到了之后，送他一个罗盘，他有了方向，便会走了。再将这有风浪与无风浪时驾驶不同之处，告知船主，他们依了我们的话，岂不立刻就登彼岸了吗？"慧生道："老残所说极是，我们就赶紧照样办去。不然，这一船人实在可危的极！"

说着，三人就下了阁子，分付从人看守行李物件。那三人却俱是空身，带了一个最准的向盘，一个纪限仪，并几件行船要用的物件，下了山。山脚下有个船坞，都是渔船停泊之处。选了一只轻快渔船，挂起帆来，一直追向前去。幸喜本日刮的是北风，所以向东向西都是旁风，使帆很便当的。

一霎时，离大船已经不远了，三人仍拿远镜不住细看。及至离大船十余丈时，连船上人说话都听得见了。谁知道除那管船的人搜括众人外，又有一种人在那里高谈阔论的演说。只听他说道："你们各人均是出了船钱坐船的，况且这船也就是你们祖遗的公司产业，现在已被这几个驾驶人弄的破坏不堪，你们全家老幼性命都在船上，难道都在这里等死不成？就不想个法儿挽回挽回吗？真真该死奴才！该死奴才！"众人被他骂的直口无言。内中便有数人出来说道："你这先生所说的都是我们肺腑中欲说说不出的话，今日被先生唤醒，我们实在惭愧，感激的很！只是请教有什么法子呢？"那人便道："你们知道现在是非钱不行的世界了，你们大家敛几个钱来，我们舍出自己的精神，拼着几个人流血，替你们挣个万世安稳自由的基业，你们看好不好呢？"众人一齐拍掌称快。

章伯远远听见，对二人说道："不想那船上竟有这等的英雄豪杰！早知如此，我们可以不必来了。"慧生道："姑且将我们的帆落几叶下来，不必追上那船，看他是如何的举动。倘真有点道理，我们便可回去了。"老残道："慧哥所说甚是。依愚见看来，这等人恐怕不是办事的人，只是用几句文明的辞头骗几个钱用用罢了！"

当时三人便将帆叶落小，缓缓的尾大船之后。只见那船上人敛了许多钱，交给演说的人，看他如何动手。谁知那演说的人，敛了许多钱去，找了一块众人伤害不着的地方，立住了脚，便高声叫道："你们这些没血性的人，凉血种类的畜生，还不赶紧去打那个掌舵的吗？"又叫道："你们还不去把这些管船的一个一个杀了吗？"那知就有那不懂事的少年，依着他去打掌舵的，也有去骂船主的，俱被那旁边人杀的杀了，抛弃下海的抛下海了。那个演说的人，又在高处大叫道："你们为什么没有团体？若是全船人一齐动手，还怕打不过他们么？"那船上人，就有老年晓事的人，也高声叫道："诸位切不可乱动！倘若这样做去，胜负未分，船先覆了。万万没有这个办法！"

慧生听得此语，向章伯道："原来这里的英雄只管自己敛钱，叫别人流血的。"老残道："幸而尚有几个老成持重的人，不然，这船覆的更快了。"说着，三人便将帆叶抽满，顷刻便与大船相近。篙工用篙子钩住大船，三人便跳将上去，走至舵楼底下，深深的唱了一个喏，便将自己的向盘及纪限仪等项取出呈上。舵工看见，倒也和气，便问："此物怎样用法？有何益处？"

正在议论，哪知那下等水手里面，忽然起了咆哮，说道："船主，船主！千万不可为这人所惑！他们用的是外国向盘，一定是洋鬼子差遣来的汉奸！他们是天主教！他们将这只大船已经卖与洋鬼子了，所以才有这个向盘。请船主赶紧将这三人绑去杀了，以除后患。倘与他们多说几句话，再用了他的向盘，就算收了洋鬼子的定钱，他就要来拿我们的船了！"谁知这一阵嘈嚷，满船的人俱为之震动。就是那演说的英雄豪杰，也在那里喊道："这是卖船的汉奸！快杀，快杀！"船主、舵工听了，俱犹疑不定。内中有一个舵工，是船主的叔叔，说道："你们来意甚善，只是众怒难犯，赶快去罢！"三人垂泪，赶忙回了小船。那知大船上人，余怒未息，看三人上了小船，忙用被浪打碎了的断桩破板打下船去。你想，一只小小渔船，怎禁得几百个人用力乱砸？顷刻之间，将那渔船打得粉碎，看着沉下海中去了。未知三人性命如何，且听下回分解。

第二回

历山山下古帝遗踪　明湖湖边美人绝调

话说老残在渔船上被众人砸得沉下海去，自知万无生理，只好闭着眼睛，听他怎样。觉得身体如落叶一般，飘飘荡荡，顷刻工夫沉了底了。只听耳边有人叫道："先生，起来罢！先生，起来罢！天已黑了，饭厅上饭已摆好多时了。"老残慌忙睁开眼睛，愣了一愣，道："呀！原来是一梦！"

自从那日起，又过了几天，老残向管事的道："现在天气渐寒，贵居停的病也不会再发，明年如有委用之处，再来效劳。目下鄙人要往济南府去看看大明湖的风景。"管事的再三挽留不住，只好当晚设酒饯行，封了一千两银子奉给老残，算是医生的酬劳。老残略道一声"谢谢"，也就收入箱笼，告辞动身上车去了。一路秋山红叶，老圃黄花，颇不寂寞。到了济南府，进得城来，家家泉水，户户垂杨，比那江南风景，觉得更为有趣。到了小布政司街，觅了一家客店，名叫高升店，将行李卸下，开发了车价酒钱，胡乱吃点晚饭，也就睡了。

次日清晨起来，吃点儿点心，便摇着串铃满街踅了一趟，虚应一应故事。午后便步行至鹊华桥边，雇了一只小船，荡起双桨。朝北不远，便到历下亭前。下船进去，入了大门，便是一个亭子，油漆已大半剥蚀。亭子上悬了一副对联，写的是"历下此亭古，济南名士多"，上写着"杜工部句"，下写着"道州何绍基书"。亭子旁边虽有几间群房，也没有什么意思。复行下船，向西荡去，不甚远，又到了铁公祠畔。你道铁公是谁？就是明初与燕王为难的那个铁铉。后人敬他的忠义，所以至今春秋时节，土人尚不断的来此进香。

到了铁公祠前，朝南一望，只见对面千佛山上，梵宇僧楼，与那苍松翠柏，高下相间，红的火红，白的雪白，青的靛青，绿的碧绿，更有那一株半株的丹枫夹在里面，仿佛宋人赵千里的一幅大画，做了一架数十里长的屏风。正在叹赏不绝，忽听一声渔唱。低头看去，谁知那明湖业已澄净的同镜子一般。那千佛山的倒影映在湖里，显得明明白白。那楼台树木，格外光彩，觉得比上头的一个千佛山还要好看，还要清楚。这湖的南岸，上去便是街市，却有一层芦苇，密密遮住。现在正是着花的时候，一片白花映着带水气的斜阳，好似一条粉红绒毯，做了上下两个山的垫子，实在奇绝。

老残心里想道："如此佳景，为何没有什么游人？"看了一会儿，回转身来，看那大门里面楹柱上有副对联，写的是"四面荷花三面柳，一城山色半城湖"，暗暗点头道："真正不错！"进了大门，正面便是铁公享堂，朝东便是一个荷池。绕着曲折的回廊，到了荷池东面，就是个圆门。圆门东边有三间旧房，有个破匾，上题"古水仙祠"四个字。祠前一副破旧对联，写的是"一盏寒泉荐秋菊，三更画船穿藕花"。过了水仙祠，仍旧上了船，荡到历下亭的后面。两边荷叶荷花将船夹住，那荷叶初枯，擦的船嗤嗤价响；那水鸟被人惊起，格格价飞；那已老的莲蓬，不断的绷到船窗里面来。老残随手摘了几个莲蓬，一面吃着，一面船已到了鹊华桥畔了。

到了鹊华桥，才觉得人烟稠密，也有挑担子的，也有推小车子的，也有坐二人抬小蓝呢轿子的。轿子后面，一个跟班的戴个红缨帽子，膀子底下夹个护书，拼命价奔，一面用手巾擦汗，一面低着头跑。街上五六岁的孩子不知避人，被那轿夫无意踢倒一个，他便哇哇的哭起。他的母亲赶忙跑来问："谁碰倒你的？谁碰倒你的？"那个孩子只是哇哇的哭，并不说话。问了半天，才带哭说了一句道："抬轿子的！"他母亲抬头看时，轿子早已跑的有二里多远了。那妇人牵了孩子，嘴里不住咭咭咕咕的骂着，就回去了。

老残从鹊华桥往南，缓缓向小布政司街走去，一抬头，见那墙上贴了一张黄纸，有一尺长七八寸宽的光景，居中写着"说鼓书"三个大字，旁边一行小字是"二十四日明湖居"。那纸还未十分干，心知是方才贴的，只不知道这是什么事情，别处也没有见过这样招子，一路走着，一路盘算。只听得耳边有两个挑担子的说道："明儿白妞说书，我们可以不必做生意，来听书罢。"又走到街上，听铺子里柜台上有人说道："前次白妞说书是你告假的，明儿的书，应该我告假了。"一路行来，街谈巷议，大半都是这话，心里诧异道："白妞是何许人？说的是何等样书？为甚一纸招贴，便举国若狂如此？"信步走来，不知不觉已到高升店口。

进得店去，茶房便来回道："客人，用什么夜膳？"老残一一说过，就顺便问道："你们此地说鼓书是个什么顽意儿？何以惊动这们许多的人？"茶房说："客人，你不知道。这说鼓书本是山东乡下的土调，用一面鼓，两片梨花简，名叫'梨花大鼓'，演说些前人的故事，本也没甚稀奇。自从王家出了这个白妞、黑妞姊妹两个，这白妞名字叫做王小玉，此人是天生的怪物！他十二三岁时就学会了这说书的本事。他却嫌这乡下的调儿没什么出奇，他就常到戏园里看戏，所有什么西皮、二簧、梆子腔等唱，一听就会，什么余三胜、程长庚、张二奎等人的调子，他一听也就会唱。仗着他的喉咙，要多高有多高；他的中气，要多长有多长。他又把那南方的什么昆腔、小曲，种种的腔调，他都拿来装在这大鼓书的调儿里面。不过二三年工夫，创出这个调儿，竟至无论南北高下的人，听了他唱书，无不神魂颠倒。现在已有招子，明儿就唱。你不信，去听一听就知道了。只是要听还要早去，他虽是一点钟开唱，若到十点钟去，便没有坐位的。"老残听了，也不甚相信。

次日六点钟起，先到南门内看了舜井，又出南门，到历山脚下，看看相传大舜昔日耕田的地方。及至回店，已有九点钟的光景，赶忙吃了饭，走到明湖居，才不过十点钟时候。那明湖居本是个大戏园子，戏台前有一百多张桌子。那知进了园门，园子里面已经坐的满满的了，只有中间七八张桌子还无人坐，桌子却都贴着"抚院定""学院定"等类红纸条儿。老残看了半天，无处落脚，只好袖子里送了看坐儿的二百个钱，才弄了一张短板凳，在人缝里坐下。看那戏台上，只摆了一张半桌，桌子上放了一面板鼓，鼓上放了两个铁片儿，心里知道这就是所谓梨花简了，旁边放了一个三弦子，半桌后面放了两张椅子，并无一个人在台上。偌大的个戏台，空空洞洞，别无他物，看了不觉有些好笑。园子里面，顶着篮子卖烧饼油条的有一二十个，都是为那不吃饭来的人买了充饥的。

到了十一点钟，只见门口轿子渐渐拥挤，许多官员都着了便衣，带着家人，陆续进来。不到十二点钟，前面几张空桌俱已满了，不断还有人来，看坐儿的也只是搬张短凳，在夹缝中安插。这一群人来了，彼此招呼，有打千儿的，有作揖的，大半打千儿的多。高谈阔论，说笑自如。这十几张桌子外，看来都是做生意的人，又有些像是本地读书人的样子，大家都喊喊喳喳的在那里说闲话。因为人太多了，所以说的什么话都听不清楚，也不去管他。

到了十二点半钟，看那台上，从后台帘子里面，出来一个男人，穿了一件蓝布长衫，长长的脸儿，一脸疙瘩，仿佛风干福橘皮似的，甚为丑陋。但觉得那人气味到还沉静，出得台来，并无一语，就往半桌后面左手一张椅子上坐下，慢慢的将三弦子取来，随便和了和弦，弹了一两个小调，人也不甚留神去听。后来弹了一枝大调，也不知道叫什么牌子；只是到后来，全用轮指，那抑扬顿挫，入耳动心，恍若有几十根弦，几百个指头，在那里弹似的。这时台下叫好的声音不绝于耳，却也压不下那弦子去。这曲弹罢，就歇了手，旁边有人送上茶来。

停了数分钟时，帘子里面出来一个姑娘，约有十六七岁，长长鸭蛋脸儿，梳了一个抓髻，戴了一副银耳环，穿了一件蓝布外褂儿，一条蓝布裤子，都是黑布镶滚的。虽是粗布衣裳，到十分洁净。来到半桌后面右手椅子上坐下。那弹弦子的便取了弦子，铮铮钺钺弹起。这姑娘便立起身来，左手取了梨花简，夹在指头缝里，便丁丁当当的敲，与那弦子声音相应；右手持了鼓捶子，凝神听那弦子的节奏。忽羯鼓一声，歌喉遽发，字字清脆，声声宛转，如新莺出谷，乳燕归巢。每句七字，每段数十句，或缓或急，忽高忽低；其中转腔换调之处，百变不穷，觉一切歌曲腔调俱出其下，以为观止矣。

旁坐有两人，其一人低声问那人道："此想必是白妞了罢？"其一人道："不是。这人叫黑妞，是白妞的妹子。他的调门儿都是白妞教的，若比白妞，还不晓得差多远呢！他的好处人说得出，白妞的好处人说不出。他的好处人学的到，白妞的好处人学不到。你想，这几年来，好顽耍的谁不学他们的调儿呢？就是窑子里的姑娘，也人人都学，只是顶多有一两句到黑妞的地步，若白妞的好处，从没有一个人能及他十分里的一分的。"说着的时候，黑妞早唱完，后面去了。这时满园子里的人，谈心的谈心，说笑的说笑。卖瓜子、落花生、山里红、核桃仁的，高声喊叫着卖，满园子里听来都是人声。

正在热闹哄哄的时节，只见那后台里，又出来了一位姑娘，年纪约十八九岁，装束与前一个毫无分别，瓜子脸儿，白净面皮，相貌不过中人以上之姿，只觉得秀而不媚，清而不寒，半低着头出来，立在半桌后面，把梨花简丁当了几声，煞是奇怪：只是两片顽铁，到他手里，便有了五音十二律似的。又将鼓锤子轻轻的点了两下，方抬起头来，向台下一盼。那双眼睛，如秋水，如寒星，如宝珠，如白水银里头养着两丸黑水银，左右一顾一看，连那坐在远远墙角子里的人，都觉得王小玉看见我了；那坐得近的，更不必说。就这一眼，满园子里便鸦雀无声，比皇帝出来还要静悄得多呢，连一根针吊在地下都听得见响。

王小玉便启朱唇，发皓齿，唱了几句书儿。声音初不甚大，只觉入耳有说不出来的妙境：五脏六腑里，像熨斗熨过，无一处不伏贴；三万六千个毛孔，像吃了人参果，无一个毛孔不畅快。唱了十数句之后，渐渐的越唱越高，忽然拔了一个尖儿，像一线钢丝抛入天际，不禁暗暗叫绝。那知他于那极高的地方，尚能回环转折；几啭之后，又高一层，接连有三四叠，节节高起。恍如由傲来峰西面攀登泰山的景象：初看傲来峰削壁千仞，以为上与天通；及至翻到傲来峰顶，才见扇子崖更在傲来峰上；及至翻到扇子崖，又见南天门更在扇子崖上：愈翻愈险，愈险愈奇。

那王小玉唱到极高的三四叠后，陡然一落，又极力骋其千回百折的精神，如一条飞蛇在黄山三十六峰半中腰里盘旋穿插，顷刻之间，周匝数遍。从此以后，愈唱愈低，愈低愈细，那声音渐渐的就听不见了。满园子的人都屏气凝神，不敢少动。约有两三分钟之久，仿佛有一点声音从地底下发出。这一出之后，忽又扬起，像放那东洋烟火，一个弹子上天，随化作千百道五色火光，纵横散乱。这一声飞起，即有无限声音俱来并发。那弹弦子的亦全用轮指，忽大忽小，同他那声音相和相合，有如花坞春晓，好鸟乱鸣。耳朵忙不过来，不晓得听那一声的为是。正在撩乱之际，忽听霍然一声，人弦俱寂。这时台下叫好之声，轰然雷动。

停了一会，闹声稍定，只听那台下正座上，有一个少年人，不到三十岁光景，是湖南口音，说道："当年读书，见古人形容歌声的好处，有那'余音绕梁，三日不绝'的话，我总不懂。空中设想，余音怎样会得绕梁呢？又怎会三日不绝呢？及至听了小玉先生说书，才知古人措辞之妙。每次听他说书之后，总有好几天耳朵里无非都是他的书，无论做什么事，总不入神，反觉得'三日不绝'，这'三日'二字下得太少，还是孔子'三月不知肉味'，'三月'二字形容得透彻些！"旁边人都说道："梦湘先生论得透辟极了！'于我心有戚戚焉'！"

说着，那黑妞又上来说了一段，底下便又是白妞上场。这一段，闻旁边人说，叫做"黑驴段"。听了去，不过是一个士子见一个美人骑了一个黑驴走过去的故事。将形容那美人，先形容那黑驴怎样怎样好法，待铺叙到美人的好处，不过数语，这段书也就完了。其音节全是快板，越说越快。白香山诗云："大珠小珠落玉盘。"可以尽之。其妙处，在说得极快的时候，听的人仿佛都赶不上听，他却字字清楚，无一字不送到人耳轮深处。这是他的独到，然比着前一段却未免逊一筹了。

这时不过五点钟光景，算计王小玉应该还有一段。不知那一段又是怎样好法。究竟如何，且听下回分解。

第三回

金线东来寻黑虎　布帆西去访苍鹰

话说众人以为天时尚早，王小玉必还要唱一段，不知只是他妹子出来敷衍几句就收场了，当时一哄而散。

老残到了次日，想起一千两银子放在寓中，总不放心，即到院前大街上找了一家汇票庄，叫个日升昌字号，汇了八百两寄回江南徐州老家里去，自己却留了一百多两银子，本日在大街上买了一匹茧绸，又买了一件大呢马褂面子，拿回寓去，叫个成衣做一身棉袍子马褂。因为已是九月底天气，虽十分和暖，倘然西北风一起，立刻便要穿棉了。分付成衣已毕，吃了午饭，步出西门，先到趵突泉上吃了一碗茶。

这趵突泉乃济南府七十二泉中的第一个泉，在大池之中，有四五亩地宽阔，两头均通豁河。池中流水，汩汩有声。池子正中间有三股大泉，从池底冒出，翻上水面有二三尺高。据土人云：当年冒起有五六尺高，后来修池，不知怎样就矮下去了。这三股水，均比吊桶还粗。池子北面是个吕祖殿，殿前搭着凉棚，摆设着四五张桌子、十几条板凳卖茶，以便游人歇息。

老残吃完茶，出了趵突泉后门，向东转了几个弯，寻着了金泉书院。进了二门，便是投辖井，相传即是陈遵留客之处。再望西去，过一重门，即是一个蝴蝶厅，厅前厅后均是泉水围绕。厅后许多芭蕉，虽有几批残叶，尚是一碧无际。西北角上，芭蕉丛里，有个方池，不过二丈见方，就是金线泉了。金线乃四大名泉之二。你道四大名泉是那四个？就刚才说的趵突泉，此刻的金线泉，南门外的黑虎泉，抚台衙门里的珍珠泉：叫做"四大名泉"。

这金线泉相传水中有条金线。老残左右看了半天，不要说金线，连铁线也没有。后来幸而走过一个士子来，老残便作揖请教这"金线"二字有无着落。那士子便拉着老残踅到池子西面，弯了身体，侧着头，向水面上看，说道："你看，那水面上有一条线，仿佛游丝一样，在水面上摇动，看见了没有？"老残也侧了头照样看去。看了些时，说道："看见了，看见了！这是什么缘故呢？"想了一想，道："莫非底下是两股泉水，力量相敌，所以中间挤出这一线来？"那士子道："这泉见于著录好几百年，难道这两股泉的力量，经历这久就没有个强弱吗？"老残道："你看，这线常常左右摆动，这就是两边泉力不匀的道理了。"那士子到也点头会意。说完，彼此各散。

老残出了金泉书院，顺着西城南行，过了城角，仍是一条街市，一直向东。这南门城外好大一条城河。河里泉水湛清，看得河底明明白白。河里的水草都有一丈多长，被那河水流得摇摇摆摆，煞是好看。走着看着，见河岸南面，有几个大长方池子，许多妇女坐在池边石上捣衣。再过去，有一个大池，池南几间草房，走到面前，知是一个茶馆。进了茶馆，靠北窗坐下，就有一个茶房泡了一壶茶来。茶壶都是宜兴壶的样子，却是本地仿照烧的。

老残坐定，问茶房道："听说你们这里有个黑虎泉，可知道在什么地方？"那茶房笑道："先生，你伏到这窗台上朝外看，不就是黑虎泉吗？"老残果然望外一看，原来就在自己脚底下有一个石头雕的老虎头，约有二尺余长，倒有尺五六的宽径。从那老虎口中喷出一股泉来，力量很大，从池子这边直冲到池子那面，然后转到两边，流入城河去了。坐了片刻，看那夕阳有渐渐下山的意思，遂付了茶钱，缓步进南门，回寓。

到了次日，觉得游兴已足，就拿了串铃，到街上去混混。踅过抚台衙门，望西一条胡同口上，有所中等房子，朝南的大门，门旁贴了"高公馆"三个字。只见那公馆门口站了一个瘦长脸的人，穿了件棕紫熟罗棉大袄，手里捧了一支洋白铜二马车水烟袋，面带愁容。看见老残，唤道："先生，先生！你会看喉咙吗？"老残答道："懂得一点半点儿的。"

金线东来寻黑虎　布帆西去访苍鹰

15

那人便说："请里面坐。"进了大门，望西一拐，便是三间客厅，铺设也还妥当。两边字画多半是时下名人的笔墨，只有中间挂着一幅中堂，只画了一个人，仿佛列子御风的形状，衣服冠带均被风吹起，笔力甚为遒劲，上题"大风张风"四字，也写得极好。

坐定，彼此问过名姓。原来这人系江苏人，号绍殷，充当抚院内文案差使。他说道："有个小妾害了喉蛾，已经五天，今日滴水不能进了。请先生诊视，尚有救没有？"老残道："须看了病，方好说话。"当时高公即叫家人："到上房关照一声，说有先生来看病。"随后就同着进了二门，即是三间上房。进得堂屋，有老妈子打起西房的门帘，说声："请里面坐。"进去房门，贴西墙靠北一张大床，床上悬着印花夏布帐子，床面前靠西，放了一张半桌，床前两张机凳。

高公让老残西面机凳上坐下，帐子里伸出一只手来，老妈子拿了几本书垫在手下，诊了一只手，又换一只。老残道："两手脉沉数而弦，是火被寒逼住，不得出来，所以越过越重。请看一看喉咙。"高公便将帐子打起。看那妇人，约有二十岁光景，面上通红，人却甚为委顿的样子。高公将他轻轻扶起，对着窗户的亮光。

老残低头一看，两边肿的已将要合缝了，颜色淡红。看过，对高公道："这病本不甚重，原起只是一点火气，被医家用苦寒药一通，火不得发，兼之平常肝气易动，抑郁而成。目下只须吃两剂辛凉发散药就好了。"又在自己药囊内取出一个药瓶、一支喉枪，替他吹了些药上去。出到厅房，开了个药方，名叫"加味甘桔汤"。用的是生甘草、苦桔梗、牛蒡子、荆芥、防风、薄荷、辛夷、飞滑石八味药，鲜荷梗做的引子。方子开毕，送了过去。

高公道："高明得极。不知吃几帖？"老残道："今日吃两帖，明日再来复诊。"高公又问："药金请教几何？"老残道："鄙人行道，没有一定的药金。果然医好了姨太太病，等我肚子饥时，赏碗饭吃，走不动时，给几个盘川，尽够的了。"高公道："既如此说，病好一总酬谢。尊寓在何处？以便倘有变动，着人来请。"老残道："在布政司街高升店。"

说毕分手。

从此，天天来请。不过三四天，病势渐退，已经同常人一样。高公喜欢得无可如何，送了八两银子谢仪，还在北柱楼办了一席酒，邀请文案上同事作陪，也是个揄扬的意思。谁知一个传十，十个传百，官幕两途拿轿子来接的渐渐有日不暇给之势。

那日，又在北柱楼吃饭，是个候补道请的。席上右边上首一个人说道："玉佐臣要补曹州府了。"左边下首，紧靠老残的一个人道："他的班次很远，怎样会补缺呢？"右边人道："因为他办强盗办的好，不到一年竟有路不拾遗的景象，宫保赏识非凡。前日有人对宫保说："曾走曹州府某乡庄过，亲眼见有个蓝布包袱弃在路旁，无人敢拾。某就问土人："这包袱是谁的？为何没人收起？"土人道："昨儿夜里，不知何人放在这里的。"某问："你们为什么不拾了回去？"都笑着摇摇头道："俺还要一家子性命吗！"如此，可见路不拾遗，古人竟不是欺人，今日也竟做得到的！'宫保听着很是喜欢，所以打算专折明保他。"左边的人道："佐臣人是能干的，只嫌太残忍些。未到一年，站笼站死两千多人。难道没有冤枉吗？"旁边一人道："冤枉一定是有的，自无庸议。但不知有几成不冤枉的？"右边人道："大凡酷吏的政治，外面都是好看的。诸君记得当年常剥皮做兖州府的时候，何尝不是这样？总做的人人侧目而视就完了。"又一人道："佐臣酷虐是诚然酷虐，然曹州府的民情也实在可恨。那年，兄弟署曹州的时候，几乎无一天无盗案。养了二百名小队子，像那不捕鼠的猫一样，毫无用处。及至各县捕快捉来的强盗，不是老实乡民，就是被强盗胁了去看守骡马的人。至于真强盗，一百个里也没有几个。现在被这玉佐臣雷厉风行的一办，盗案竟自没有了。相形之下，兄弟实在惭愧的很。"左边人道："依兄弟愚见，还是不多杀人的为是。此人名震一时，恐将来果报也在不可思议之列。"说完，大家都道："酒也够了，赐饭罢。"饭后各散。

过了一日，老残下午无事，正在寓中闲坐，忽见门口一乘蓝呢轿落下，进来一个人，口中喊道："铁先生在家吗？"老残一看，原来就是高绍殷，赶忙迎出，说：＂在家，在家。请房里坐。只是地方卑污，屈驾的很。＂绍殷一面道："说那里的话！"一面就往里走。进得二门，是个朝东的两间厢房。房里靠南一张砖炕，炕上铺着被褥。北面一张方桌，两张椅子。西面两个小小竹箱。桌上放了几本书，一方小砚台，几枝笔，一个印色盒子。

老残让他上首坐了。他就随手揭过书来，细细一看，惊讶道："这是部宋版张君房刻本的《庄子》，从那里得来的？此书世上久不见了，季沧苇、黄丕烈诸人俱未见过，要算希世之宝呢！"老残道："不过先人遗留下来的几本破书，卖又不值钱，随便带在行箧解解闷儿，当小说书看罢了，何足挂齿。"再望下翻，是一本苏东坡手写的陶诗，就是毛子晋所仿刻的祖本。

绍殷再三赞叹不绝，随便问道："先生本是科第世家，为甚不在功名上讲求，却操此冷业？虽说富贵浮云，未免太高尚了罢。"老残叹道："阁下以'高尚'二字许我，实过奖了。鄙人并非无志功名：一则，性情过于疏放，不合时宜；二则，俗说'攀得高，跌得重'，不想攀高是想跌轻些的意思。"绍殷道："昨晚在里头吃便饭，宫保谈起：'幕府人才济济，凡有所闻的，无不罗致于此了。'同坐姚云翁便道：'目下就有一个人在此，宫保并未罗致。'宫保急问：'是谁？'姚云翁就将阁下学问怎样，品行怎样，而又通达人情、熟谙世势怎样，说得宫保抓耳挠腮，十分欢喜。宫保就叫兄弟立刻写个内文案札子送来。那是兄弟答道：'这样恐不妥当。此人既非候补，又非投效，且还不知他有什么功名，札子不甚好下。'宫保说：'那们就下个关书去请。'兄弟说：'若要请他看病，那是一请就到的；若要招致幕府，不知他愿意不愿意，须先问他一声才好。'宫保说：'很好。你明天就去探探口气，你就同了他来见我一见。'为此，兄弟今日特来与阁下商议，可否今日同到里面见宫保一见？"老残道："那也没有什么不可。只是见宫保须要冠带，我却穿不惯，能便衣相见就好。"绍殷道："自然便衣。稍停一刻，我们同去。你到我书房里坐等。宫保午后从里边下来，我们就在签押房里见了。"说着，又喊了一乘轿子。

老残穿着随身衣服，同高绍殷进了抚署。原来这山东抚署是明朝的齐王府，故许多地方仍用旧名。进了三堂，就叫"宫门口"。旁边就是高绍殷的书房，对面便是宫保的签押房。

方到绍殷书房坐下，不到半时，只见宫保已从里面出来，身体甚是魁梧，相貌却还仁厚。高绍殷看见，立刻迎上前去，低低说了几句。只听张宫保连声叫道："请过来，请过来。"便有个差官跑来喊道："宫保请铁老爷。"老残连忙走来，向张宫保对面一站。张云："久慕得很。"用手一伸，腰一呵，说："请里面坐。"差官早将软帘打起。

老残进了房门，深深作了一个揖。宫保让在红木炕上首坐下。绍殷对面相陪。另外搬了一张方杌凳在两人中间，宫保坐了，便问道："听说补残先生学问经济都出众的很。兄弟以不学之资，圣恩叫我做这封疆大吏，别省不过尽心吏治就完了，本省更有这个河工，实在难办，所以兄弟没有别的法子，但凡闻有奇才异能之士，都想请来，也是集思广益的意思。倘有见到的所在，能指教一二，那就受赐得多了。"老残道："宫保的政声，有口皆碑，那是没有得说的了。只是河工一事，听得外边议论，皆是本贾让三策，主不与河争地的？"宫保道："原是呢。你看，河南的河面多宽，此地的河面多窄呢。"老残道："不是这们说。河面窄，容不下，只是伏汛几十天。其余的时候，水力甚软，沙所以易淤。要知贾让只是文章做得好，他也没有办过河工。贾让之后，不到一百年，就有个王景出来了。他治河的法子乃是从大禹一脉下来的，专主'禹抑洪水'的'抑'字，与贾让之说正相反背。自他治过之后，一千多年没河患。明朝潘季驯，本朝靳文襄，皆略仿其意，遂享盛名。宫保想必也是知道的。"宫保道："王景是用何法子呢？"老残道："他是从'播为九河，同为逆河'，'播''同'两个字上悟出来的。《后汉书》上也只有'十里立一水门，令更相回注'两句话。至于其中曲折，亦非倾盖之间所能尽的，容慢慢的做个说帖呈出览了。"

张宫保听了，甚为喜欢，向高绍殷道："你叫他们赶紧把那南书房三间收拾，只便请铁先生就搬到衙门里来住罢，以便随时领教。"老残道："宫保雅爱，甚为感激。只是目下有个亲戚在曹州府住，打算去探望一遭；并且风闻玉守的政声，也要去参考参考，究竟是个何等样人。等鄙人从曹州回来，再领宫保的教罢。"宫保神色甚为怏怏。说完，老残即告辞，同绍殷出了衙门，各自回去。未知老残究竟是到曹州与否，且听下回分解。

老残游记

第四回

宫保求贤爱才若渴　太尊治盗疾恶如仇

话说老残从抚署出来，即将轿子辞去，步行在街上游玩了一会儿，又在古玩店里盘桓些时。傍晚回到店里，店里掌柜的连忙跑进屋来说声"恭喜"，老残茫然不知道是何事。

掌柜的道："我适才听说院上高大老爷亲自来请你老，说是抚台要想见你老，因此一路进衙门的。你老真好造化！上房一个李老爷，一个张老爷，都拿着京城里的信去见抚台，三次五次的见不着。偶然见着回把，这就要闹脾气，骂人，动不动就要拿片子送人到县里去打。像你老这样抚台央出文案老爷来请进去谈谈，这面子有多大！那怕不是立刻就有差使的吗？怎么样不给你老道喜呢！"老残道："没有的事，你听他们胡说呢。高大老爷是我替他家医治好了病，我说，抚台衙门里有个珍珠泉，可能引我们去见识见识？所以昨日高大老爷偶然得空，来约我看泉水的，那里有抚台来请我的话！"掌柜的道："我知道的，你老别骗我。先前高大老爷在这里说话的时候，我听他管家说：抚台进去吃饭，走从高大老爷房门口过，还嚷说：你赶紧吃过饭，就去约那个铁公来哪！去迟，恐怕他出门，今儿就见不着了。"老残笑道："你别信他们胡诌，没有的事。"掌柜的道："你老放心，我不问你借钱。"

只听外边大嚷："掌柜的在那儿呢？"掌柜的慌忙跑出去。只见一个人，戴了亮蓝顶子，拖着花翎，穿了一双抓地虎靴子，紫呢夹袍，天青哈喇马褂，一手提着灯笼，一手拿了个双红名帖，嘴里喊："掌柜的呢？"掌柜的说："在这儿，在这儿！你老啥事？"那人道："你这儿有位铁爷吗？"掌柜的道："不错，不错，在这东厢房里住着呢。我引你去。"

两人走进来，掌柜指着老残道："这就是铁爷。"那人赶了一步，进前请了一个安，举起手中帖子，口中说道："宫保说，请铁老爷的安。今晚因学台请吃饭，没有能留铁老爷在衙门里吃饭，所以叫厨房里赶紧办了一桌酒席，叫立刻送过来。宫保说，不中吃，请铁老爷格外包涵些。"那人回头道："把酒席抬上来。"那后边的两个人抬着一个三屉的长方抬盒，揭了盖子，头屉是碟子小碗，第二屉是燕窝鱼翅等类大碗，第三屉是一个烧小猪、一只鸭子，还有两碟点心。打开看过，那人就叫："掌柜的呢？"这时，掌柜同茶房等人站在旁边，久已看呆了，听叫，忙应道："啥事？"那人道："你招呼着送到厨房里去。"老残忙道："宫保这样费心，是不敢当的。"一面让那人房里去坐坐吃茶，那人再三不肯。老残固让，那人才进房，在下首一个杌子上坐下；让他上炕，死也不肯。

老残拿茶壶，替他倒了碗茶。那人连忙立起，请了个安道谢，因说道："听宫保分付，赶紧打扫南书房院子，请铁老爷明后天进去住呢。将来有什么差遣，只管到武巡捕房呼唤一声，就过去伺候。"老残道："岂敢，岂敢。"那人便站起来，又请了个安，说："告辞，要回衙消差，请赏个名片。"老残一面叫茶房来，给了挑盒子的四百钱，一面写了个领谢帖子，送那人出去。那人再三固让，老残仍送出大门，看那人上马去了。

老残从门口回来，掌柜的笑迷迷的迎着说道："你老还要骗我！这不是抚台大人送了酒席来了吗？刚才来的，我听说是武巡捕赫大老爷，他是个参将呢。这二年里，住在俺店里的客，抚台也常有送酒席来的，都不过是寻常酒席，差个戈什来就算了。像这样尊重，俺这里是头一回呢。"老残道："那也不必管他，寻常也好，异常也好，只是这桌菜怎样销法呢？"掌柜的道："或者分送几个至好朋友，或者今晚赶写一个帖子，请几位体面客，明儿带到大明湖上去吃。抚台送的，比金子买的还荣耀得多呢。"老残笑道："既是比金子买的还要荣耀，可有人要买？我就卖他两把金子来，抵还你的房饭钱罢。"掌柜的道："别忙，你老房饭钱，我很不怕，自有人来替你开发。你老不信，试试我的话，看灵不灵。"老残道："管他怎么呢，只是今晚这桌菜，依我看，倒是转送了你去请客罢。我很不愿意吃他，怪烦的慌。"

二人讲了些时，仍是老残请客，就将这本店的住客都请到上房明间里去。这上房住的，一个姓李，一个姓张，本是极倨傲的，今日见抚台如此契重，正在想法联络联络，以为托情谋保举地步。却遇老残借他的外间请本店的人，自然是他二人上坐，喜欢的无可如何。所以这一席间，将个老残恭维得浑身难受，十分没法，也只好敷衍几句。好容易一席酒完，各自散去。

那知这张李二公，又亲自到厢房里来道谢，一替一句，又奉承了半日。姓李的道："老兄可以捐个同知，今年随折一个过班，明年春间入案，又是一个过班，秋天引见，就可得济东泰武临道。先署后补，是意中事。"姓张的道："李兄是天津的首富，如老兄可以照应他得两个保举，这捐官之费，李兄可以拿出奉借。等老兄得了优差，再还不迟。"老残道："承两位过爱，兄弟总算有造化的了，只是目下尚无出山之志，将来如要出山，再为奉恳。"两人又力劝了一回，各自回房安寝。

老残心里想道："本想再为盘桓两天，看这光景，恐无谓的纠缠要越逼越紧了。'三十六计，走为上计'。"当夜遂写了一封书，托高绍殷代谢张宫保的厚谊。天未明即将店帐算清楚，雇了一辆二把手的小车，就出城去了。出济南府西门，北行十八里，有个镇市，名叫雒口。当初黄河未并大清河的时候，凡城里的七十二泉泉水，皆从此地入河，本是个极繁盛的所在。自从黄河并了，虽仍有货船来往，究竟不过十分之一二，差得远了。

老残到了雒口，雇了一只小船，讲明逆流送到曹州府属董家口下船，先付了两吊钱，船家买点柴米。却好本日是东南风，挂起帆来，呼呼的去了。走到太阳将要落山，已到了齐河县城，抛锚住下。第二日住了平阴，第三日住了寿张，第四日便到了董家口，仍在船上住了一夜。天明开发船钱，将行李搬在董家口一个店里住下。

这董家口本是曹州府到大名府的一条大道，故很有几家车店。这家店就叫个董二房老店。掌柜的姓董，有六十多岁，人都叫他老董。只有一个伙计，名叫王三。

老残住在店内，本该雇车就往曹州府去，因想沿路打听那玉贤的政绩，故缓缓起行，以便察访。

这日有辰牌时候，店里住客，连那起身极迟的，也都走了。店伙打扫房屋，掌柜的帐已写完，在门口闲坐。老残也在门口长凳上坐下，向老董说道："听说你们这府里的大人，办盗案好的很，究竟是个什么情形？"那老董叹口气道："玉大人官却是个清官，办案也实在麻力，只是手太辣些。初起还办着几个强盗，后来强盗摸着他的脾气，这玉大人倒反做了强盗的兵器了。"

老残道："这话怎么讲呢？"老董道："在我们此地西南角上，有个村庄，叫于家屯。这于家屯也有二百多户人家。那庄上有个财主，叫于朝栋，生了两个儿子，一个女儿。二子都娶了媳妇，养了两个孙子。女儿也出了阁。这家人家，过的日子很为安逸。不料祸事临门，去年秋间被强盗抢了一次。其实也不过去些衣服首饰，所值不过几百吊钱。这家就报了案，经这玉大人极力的严拿，居然也拿住了两个为从的强盗伙计，追出来的赃物不过几件布衣服。那强盗头脑，早已不知跑到那里去了。

"谁知因这一拿，强盗结了冤仇。到了今年春天，那强盗竟在府城里面抢了一家子。玉大人雷厉风行的，几天也没有拿着一个人。过了几天，又抢了一家子。抢过之后，大明大白的放火。你想，玉大人可能依呢？自然调起马队，追下来了。

"那强盗抢过之后，打着火把出城，手里拿着洋枪，谁敢上前拦阻。出了东门，望北走了十几里地，火把就灭了。玉大人调了马队，走到街上，地保、更夫就将这情形详细禀报。当时放马追出了城，远远还看见强盗的火把，追了二三十里，看见前面又有火光，带着两三声枪响。玉大人听了，怎能不气呢？仗着胆子本来大，他手下又有二三十匹马，都带着洋枪，还怕什么呢，一直的追去，不是火光，便是枪声。到了天快明时，眼看离追上不远了，那时也到了这于家屯了。过了于家屯再往前追，枪也没有，火也没有。

"玉大人心里一想，说道，'不必往前追，这强盗一定在这村庄上了。'当时勒回了马头，到了庄上，在大街当中有个关帝庙下了马，分付手下的马队，派了八个人，东南西北，一面两匹马把住，不许一个人出去，将地保、乡约等人叫起。这时天已大明了，这玉大人自己带着马队上的人，步行从南头到北头，挨家去搜。搜了半天，一些形迹没有。又从东望西搜去，刚刚搜到这于朝栋家，搜出三枝土枪，又有几把刀、十几根竿子。

"玉大人大怒，说强盗一定在他家了，坐在厅上，叫地保来问：'这是什么人家？'地保回道：'这家姓于。老头子叫于朝栋，有两个儿子：大儿子叫于学诗，二儿子叫于学礼，都是捐的监生。'玉大人立刻叫把这于家父子三个带上来。

"你想，一个乡下人，见了府里大人来了，又是盛怒之下，那有不怕的道理呢？上得厅房里，父子三个跪下，已经是飒飒的抖，那里还能说话。

"玉大人说道：'你好大胆！你把强盗藏到那里去了？'那老头子早已吓的说不出话来。还是他二儿子，在府城里读过两年书，见过点世面，胆子稍为壮些，跪着伸直了腰，朝上回道："监生家里向来是良民，从没有同强盗往来的，如何敢藏着强盗。'玉大人道：'既没有勾通强盗，这军器从那里来的？'于学礼道：'因去年被盗之后，庄上不断常有强盗来，所以买了几根竿子，叫田户、长工轮班来几个保家。因强盗都有洋枪，乡下洋枪没有买处，也不敢买，所以从他们打鸟儿的回了两三枝土枪，夜里放两声，惊吓惊吓强盗的意思。'

"玉大人喝道：'胡说！那有良民敢置军火的道理！你家一定是强盗！'回头叫了一声：'来！'那手下人便齐声像打雷一样答应了一声：'嗻！'玉大人说：'你们把前后门都派人扎了，替我切实的搜！'这些马勇遂到他家，从上房里搜起，衣箱橱柜，全行抖擞一个尽，稍为轻便值钱一点的首饰，就掖在腰里去了。搜了半天，倒也没有搜出什么犯法的东西。那知搜到后来，在西北角上，有两间堆破烂农器的一间屋子里，搜出了一个包袱，里头有七八件衣裳，有三四件还是旧绸子的。马兵拿到厅上，回说：'在堆东西的里房搜出这个包袱，不像是自己的衣服，请大人验看。'

"那玉大人看了，眉毛一皱，眼睛一凝，说道：'这几件衣服，我记得仿佛是前天城里失盗那一家子的。姑且带回衙门去，照失单查对。'就指着衣服向于家父子道：'你说这衣服那里来的？'于家父子面面相窥，都回不出。还是于学礼说：'这衣服实在不晓得那里来的。'玉大人就立起身来，分付：'留下十二个马兵，同地保将于家父子带回城去听审！'说着就出去。跟从的人拉过马来，骑上了马，带着余下的人先进城去。

"这里于家父子同他家里人抱头痛哭。这十二个马兵说：'我们跑了一夜，肚子里很饿，你们赶紧给我们弄点吃的，赶紧走罢。大人的脾气谁不知道，越迟去越不得了。'地保也慌张的回去交代一声，收拾行李，叫于家预备了几辆车子，大家坐了进去。赶到二更多天，才进了城。

"这里于学礼的媳妇，是城里吴举人的姑娘，想着他丈夫同他公公、大伯子都被捉去的，断不能松散，当时同他大嫂子商议，说：'他们爷儿三个都被拘了去，城里不能没个人照料。我想，家里的事，大嫂子，你老照管着；我这里也赶忙追进城去，找俺爸爸想法子去。你看好不好？'他大嫂子说：'很好，很好。我正想着城里不能没人照应。这些管庄子的都是乡下老儿，就差几个去，到得城里，也跟傻子一样，没有用处的。'说着，吴氏就收拾收拾，选了一挂双套飞车，赶进城去。到了他父亲面前，嚎啕大哭。这时候不过一更多天，比他们父子三个，还早十几里地呢。

"吴氏一头哭着，一头把飞灾大祸告诉了他父亲。他父亲吴举人一听，浑身发抖，抖着说道：'犯着这位丧门星，事情可就大大的不妥了！

我先去碰一碰看罢。'连忙穿了衣服,到府衙门求见。号房上去回过,说:'大人说的,现在要办盗案,无论什么人,一应不见。'

"吴举人同里头刑名师爷素来相好,连忙进去见了师爷,把这种种冤枉说了一遍。师爷说:'这案在别人手里,断然无事。但这位东家向来不照律例办事的。如能交到兄弟书房里来,包你无事。恐怕不交下来,那就没法了。'

"吴举人接连作了几个揖,重托了出去。赶到东门口,等他亲家、女婿进来。不过一钟茶的时候,那马兵押着车子已到。吴举人抢到面前,见他三人面无人色。于朝栋看了看,只说了一句'亲家救我',那眼泪就同潮水一样的直流下来。

"吴举人方要开口,旁边的马兵嚷道:'大人久已坐在堂上等着呢!已经四五拨子马来催过了,赶快走罢!'车子也并不敢停留。吴举人便跟着车子走着,说道:'亲家宽心!汤里火里,我但有法子,必去就是了。'说着,已到衙门口。只见衙里许多公人出来催道:'赶紧带上堂去罢!'当时来了几个差人,用铁链子将于家父子锁好,带上去。方跪下,玉大人拿了失单交下来,说:'你们还有得说的吗?'于家父子方说得一声'冤枉',只听堂上惊堂一拍,大嚷道:'人赃现获,还喊冤枉!把他站起来!去!'左右差人连拖带拽,拉下去了。"未知后事如何,且听下回分解。

第五回

烈妇有心殉节　乡人无意逢殃

　　话说老董说到此处，老残问道："那不仍就把这人家爷儿三个都站死了吗？"老董道："可不是呢！那吴举人到府衙门请见的时候，他女儿——于学礼的媳妇——也跟到衙门口，借了延生堂生药铺里坐下，打听消息。听说府里大人不见他父亲，已到衙门里头求师爷去了，吴氏便知事体不好，立刻叫人把三班头儿请来。

　　"那头儿姓陈，名仁美，是曹州府著名的能吏。吴氏将他请来，把被屈的情形告诉了一遍，央他从中设法。陈仁美听了，把头连摇几摇，说：'这是强盗报仇，做的圈套。你们家又有上夜的，又有保家的，怎么就让强盗把赃物送到家中屋子里还不知道？也算得个特等糊糊了！'吴氏就从手上抹下一副金镯子，递给陈头，说：'无论怎样，总要头儿费心！但能救得三人性命，无论花多少钱都愿意。不怕将田地房产卖尽，咱一家子要饭吃去都使得。'

　　"陈头儿道：'我去替少奶奶设法，做得成也别欢喜，做不成也别埋怨，俺有多少力量用多少力量就是了。这早晚，他爷儿三个恐怕要到了，大人已是坐在堂上等着呢。我赶快替少奶奶打点去。'说罢告辞。回到班房，把金镯子望堂中桌上一搁，开口道：'诸位兄弟叔伯们，今儿于家这案明是冤枉，诸位有什么法子，大家帮凑想想。如能救得他们三人性命，一则是件好事，二则大家也可沾润几两银子。谁能想出妙计，这副镯就是谁的。'大家答道：'那有一准的法子呢！只好相机行事，做到那里说那里话罢。'说过，各人先去通知已站在堂上的伙计们留神方便。

"这时于家父子三个已到堂上。玉大人叫把他们站起来。就有几个差人横拖倒拽，将他三人拉下堂去。这边值日头儿就走到公案面前，跪了一条腿，回道：'禀大人的话：今日站笼没有空子，请大人示下。'那玉大人一听，怒道：'胡说！我这两天记得没有站什么人，怎会没有空子呢？'值日差回道：'只有十二架站笼，三天已满。请大人查簿子看。'

"大人一查簿子，用手在簿子上点着说：'一，二，三：昨儿是三个。一，二，三，四，五：前儿是五个。一，二，三，四：大前儿是四个。没有空，到也不错的。'差人又回道：'今儿可否将他们先行收监？明天定有几个死的，等站笼出了缺，将他们补上好不好？请大人示下。'

"玉大人凝了一凝神，说道：'我最恨这些东西！若要将他们收监，岂不是又被他多活了一天去了吗？断乎不行！你们去把大前天站的四个放下，拉来我看。'差人去将那四人放下，拉上堂去。大人亲自下案，用手摸着四人鼻子，说道：'是还有点游气。'复行坐上堂去说：'每人打二千板子，看他死不死！'那知每人不消得几十板子，那四个人就都死了。

"众人没法，只好将于家父子站起，却在脚下选了三块厚砖，让他可以三四天不死，赶忙想法。谁知什么法子都想到，仍是不济。

"这吴氏真是好个贤惠妇人！他天天到站笼前来灌点参汤，灌了回去就哭，哭了就去求人，响头不知磕了几千，总没有人挽回得动这玉大人的牛性。于朝栋究竟上了几岁年纪，第三天就死了。于学诗到第四天也就差不多了。吴氏将于朝栋尸首领回，亲视含殓，换了孝服，将他大伯、丈夫后事嘱托了他父亲，自己跪到府衙门口，对着于学礼哭了个死去活来。末后向他丈夫说道：'你慢慢的走，我替你先到地下收拾房子去！'说罢，袖中掏出一把飞利的小刀，向脖子上只一抹，就没有了气了。

"这里三班头脑陈仁美看见，说：'诸位，这吴少奶奶的节烈，可以请得旌表的。我看，倘若这时把于学礼放下来，还可以活。我们不如借这个题目上去替他求一求罢。'众人都说：'有理。'陈头立刻进去

中国文化文学经典文丛

老残游记

找了稿案门上，把那吴氏怎样节烈说了一遍，又说：'民间的意思说：这节妇为夫自尽，情实可悯，可否求大人将他丈夫放下，以慰烈妇幽魂？'稿案说：'这话很有理，我就替你回去。'抓了一顶大帽子戴上，走到签押房，见了大人，把吴氏怎样节烈，众人怎样乞恩，说了一遍。

"玉大人笑道：'你们到好，忽然的慈悲起来了！你会慈悲于学礼，你就不会慈悲你主人吗？这人无论冤枉不冤枉，若放下他，一定不能甘心，将来连我前程都保不住。俗语说的好，"斩草要除根"，就是这个道理。况这吴氏尤其可恨，他一肚子觉得我冤枉了他一家子。若不是个女人，他虽死了，我还要打他二千板子出出气呢！你传话出去：谁要再来替于家求情，就是得贿的凭据，不用上来回，就把这求情的人也用站笼站起来就完了！'稿案下来，一五一十将话告知了陈仁美。大家叹口气就散了。

"那里吴家业已备了棺木前来收殓。到晚，于学诗、于学礼先后死了。一家四口棺木，都停在西门外观音寺里，我春间进城还去看了看呢。"

老残道："于家后来怎么样呢，就不想报仇吗？"老董说道："那有什么法子呢！民家被官家害了，除却忍受，更有什么法子？倘若是上控，照例仍旧发回来审问，再落在他手里，还不是又饶上一个吗？

"那于朝栋的女婿到是一个秀才。四个人死后，于学诗的媳妇也到城里去了一趟，商议着要上控。就有那老年见过世面的人说：'不妥，不妥。你想叫谁去呢？外人去，叫做"事不干己"，先有个多事的罪名。若说叫于大奶奶去罢，两个孙子还小，家里偌大的事业，全靠他一人支撑呢，他再有个长短，这家业怕不是众亲族一分，这两个小孩子谁来抚养？反把于家香烟绝了。'又有人说：'大奶奶是去不得的，倘若是姑老爷去走一趟，到没有什么不可。'他姑老爷说：'我去是很可以去，只是与正事无济，反叫站笼里多添个屈死鬼。你想，抚台一定发回原官审问；纵然派个委员前来会审，官官相护，他又拿着人家失单衣服来顶我们。我们不过说："那是强盗的移赃。"他们问："你瞧见强盗移的吗？你有什么凭据？"那时自然说不出来。他是官，我们是民；

他是有失单为凭的，我们是凭空里没有证据的。你说，这官事打得赢打不赢呢？”众人想想也是真没有法子，只好罢了。

“后来听得他们说：那移赃的强盗听见这样，都后悔的了不得，说：‘我当初恨他报案，毁了我两个弟兄，所以用个借刀杀人的法子，让他家吃几个月官事，不怕不毁他一两千吊钱。谁知道就闹的这们利害，连伤了他四条人命！委实我同他家也没有这大的仇隙。’”

老董说罢，复道：“你老想想，这不是给强盗做兵器吗？”老残道：“这强盗所说的话又是谁听见的呢？”老董道：“那是陈仁美他们碰了顶子下来，看这于家死的实在可惨，又平白的受了人家一副金镯子，心里也有点过不去，所以大家动了公愤，齐心齐意要破这一案。又加着那邻近地方，有些江湖上的英雄，也恨这伙强盗做的太毒，所以不到一个月，就捉住了五六个人。有三四个牵连着别的案情的，都站死了；有两三个专只犯于家移赃这一案的，被玉大人都放了。”

老残说：“玉贤这个酷吏，实在令人可恨！他除了这一案不算，别的案子办的怎么样呢？”老董说：“多着呢，等我慢慢的说给你老听。就咱这个本庄，就有一案，也是冤枉，不过条把人命就不算事了。我说给你老听……”正要往下说时，只听他伙计王三喊道：“掌柜的，你怎么着了？大家等你挖面做饭吃呢！你老的话布口袋破了口儿，说不完了！”老董听着就站起，走往后边挖面做饭。接连又来了几辆小车，渐渐的打尖的客陆续都到店里，老董前后招呼，不暇来说闲话。

过了一刻，吃过了饭，老董在各处算饭钱，招呼生意，正忙得有劲，老残无事，便向街头闲逛。出门望东走了二三十步，有家小店，卖油盐杂货。老残进去买了两包兰花潮烟，顺便坐下，看柜台里边的人，约有五十多岁光景，就问他：“贵姓？”那人道：“姓王，就是本地人氏。你老贵姓？”老残道：“姓铁，江南人氏。”那人道：“江南真好地方！‘上有天堂，下有苏杭’，不象我们这地狱世界。”老残道：“此地有山有水，也种稻，也种麦，与江南何异？”那人叹口气道：“一言难尽。”就不往下说了。

老残道："你们这玉大人好吗？"那人道："是个清官！是个好官！衙门口有十二架站笼，天天不得空，难得有天把空得一个两个的。"说话的时候，后面走出一个中年妇人，在山架上检寻物件，手里拿着一个粗碗；看柜台外边有人，他看了一眼，仍找物件。

老残道："那有这们些强盗呢？"那人道："谁知道呢！"老残道："恐怕总是冤枉得多罢？"那人道："不冤枉，不冤枉！"老残道："听说他随便见着什么人，只要不顺他的眼，他就把他用站笼站死；或者说话说的不得法，犯到他手里，也是一个死。有这话吗？"那人说："没有，没有！"

只是觉得那人一面答话，那脸就渐渐发青，眼眶子就渐渐发红。听到"或者说话说的不得法"这两句的时候，那人眼里已经阁了许多泪，未曾坠下。那找寻物件的妇人，朝外一看，却止不住泪珠直滚下来，也不找寻物件，一手拿着碗，一手用袖子掩了眼睛，跑往后面去，才走到院子里，就戳戳的哭起来了。

老残颇想再望下问，因那人颜色过于凄惨，知道必有一番负屈含冤的苦，不敢说出来的光景，也只好搭讪着去了。走回店去就到本房坐了一刻，看了两页书，见老董事也忙完，就缓缓的走出，找着老董闲话，便将刚才小杂货店里所见光景告诉老董，问他是什么缘故。

老董说："这人姓王，只有夫妻两个，三十岁上成家。他女人小他头十岁呢。成家后，只生了一个儿子，今年已经二十一岁了。这家店里的货，粗笨的，本庄有集的时候买进；那细巧一点子的，都是他这儿子到府城里去贩买。春间，他儿子在府城里，不知怎样，多吃了两杯酒，在人家店门口，就把这玉大人怎样糊涂，怎样好冤枉人，随口瞎说。被玉大人心腹私访的人听见，就把他抓进衙门。大人坐堂，只骂了一句，说：'你这东西谣言惑众，还了得吗！'站起站笼，不到两天就站死了。你老才见的那中年妇人就是这王姓的妻子，他也四十岁外了。夫妻两个只有此子，另外更无别人。你提起玉大人，叫他怎样不伤心呢？"

老残说：“这个玉贤真正是死有余辜的人，怎样省城官声好到那步田地？煞是怪事！我若有权，此人在必杀之例。”老董说：“你老小点嗓子！你老在此地，随便说说还不要紧；若到城里，可别这们说了，要送性命的呢！”老残道：“承关照，我留心就是了。”当日吃过晚饭，安歇。第二天，辞了老董，上车动身。

　　到晚，住了马村集。这集比董家口略小些，离曹州府城只有四五十里远近。老残在街上看了，只有三家车店，两家已经住满，只有一家未有人住，大门却是掩着。老残推门进去，找不着人。半天，才有一个人出来说：“我家这两天不住客人。”问他什么缘故，却也不说。欲往别家，已无隙地，不得已，同他再三商议。那人才没精打采的开了一间房门，嘴里还说：“茶水饭食都没有的，客人没地方睡，在这里将就点罢。我们掌柜的进城收尸去了，店里没人，你老吃饭喝茶，门口南边有个饭店带茶馆，可以去的。”老残连声说：“劳驾，劳驾。行路的人怎样将就都行得的。”那人说：“我困在大门旁边南屋里，你老有事，来招呼我罢。”

　　老残听了“收尸”二字，心里着实放心不下。晚间吃完了饭，回到店里，买了几块茶干，四五包长生果，又沽了两瓶酒，连那沙瓶携了回来。那个店伙早已把灯掌上。老残对店伙道：“此地有酒，你闩了大门，可以来喝一杯吧。”店伙欣然应诺，跑去把大门上了大闩，一直进来，立着说：“你老请用罢，俺是不敢当的。”老残拉他坐下，倒了一杯给他。他欢喜的支着牙，连说“不敢”，其实酒杯子早已送到嘴边去了。

　　初起说些闲话，几杯之后，老残便问：“你方才说掌柜的进城收尸去了，这话怎讲？难道又是甚人害在玉大人手里了吗？”那店伙说道：“仗着此地一个人也没有，我可以放肆说两句：俺们这个玉大人真是了不得！赛过活阎王，碰着了就是个死！

　　“俺掌柜的进城，为的是他妹夫。他这妹夫也是个极老实的人。因为掌柜的哥妹两个极好，所以都住在这店里后面。他妹夫常常在乡下机上买几匹布，到城里去卖，赚几个钱贴补着零用。那天背着四匹白布进城，在庙门口摆在地下卖，早晨卖去两匹，后来又卖去了五尺。末后又来一个人，撕八尺五寸布，一定要在那整匹上撕，说情愿每尺多给两个大钱，就是不要撕过那匹上的布。乡下人见多卖十几个钱，有个不愿意的吗？自然就给他撕了。

"谁知没有两顿饭工夫，玉大人骑着马，走庙门口过，旁边有个人上去不知说了两句什么话，只见玉大人朝他望了望，就说：'把这个人连布带到衙门里去。'到了衙门，大人就坐堂，叫把布呈上去，看了一看，就拍着惊堂问道：'你这布那里来的？'他说：'我乡下买来的。'又问：'每个有多少尺寸？'他说：'一个卖过五尺，一个卖过八尺五寸。'大人说：'你既是零卖，两个是一样的布，为什么这个上撕撕，那个上扯扯呢？还剩多少尺寸，怎么说不出来呢？'叫差人：'替我把这布量一量！'当时量过，报上去说：'一个是二丈五尺，一个是二丈一尺五寸。'

"大人听了，当时大怒，发下一个单子来，说：'你认识字吗？'他说：'不认识。'大人说：'念给他听！'旁边一个书办先生拿过单子念道：'十七日早，金四报：昨日太阳落山时候，在西门外十五里地方被劫。是一个人从树林子里出来，用大刀在我肩膀上砍了一刀，抢去大钱一吊四百，白布两个：一个长二丈五尺，一个长二丈一尺五寸。'念到此，玉大人说：'布匹尺寸颜色都与失单相符，这案不是你抢的吗？你还想狡强吗？拉下去站起来！——把布匹交还金四完案。'"未知后事如何，且听下回分解。

第六回

万家流血顶染猩红　一席谈心辩生狐白

　　话说店伙说到将他妹夫扯去站了站笼，布匹交金四完案。老残便道："这事我已明白，自然是捕快做的圈套，你们掌柜的自然应该替他收尸去的。但是，他一个老实人，为什么人要这们害他呢，你掌柜的就没有打听打听吗？"

　　店伙道："这事，一被拿我们就知道了，都是为他嘴快，惹下来的乱子。我也是听人家说的：府里南门大街西边小胡同里，有一家子，只有父子两个。他爸爸四十来岁，他女儿十七八岁，长的有十分人材，还没有婆家。他爸爸做些小生意，住了三间草房，一个土墙院子。这闺女有一天在门口站着，碰见了府里马队上什长花胳膊王三，因此王三看他长的体面，不知怎么，胡二巴越的就把他弄上手了。过了些时。活该有事，被他爸爸回来一头碰见，气了个半死，把他闺女着实打了一顿，就把大门锁上，不许女儿出去。不到半月，那花胳膊王三就编了法子，把他爸爸也算了个强盗，用站笼站死。后来不但他闺女算了王三的媳妇，就连那点小房子也算了王三的产业。

　　"俺掌柜的妹夫。曾在他家卖过两回布，认得他家，知道这件事情。有一天，在饭店里多吃了两钟酒，就发起疯来，同这北街上的张二秃子，一面吃酒，一面说话，说怎么样缘故，这些人怎么样没个天理。那张二秃子也是个不知利害的人，听得高兴，尽往下问，说："他还是义和团里的小师兄呢，那二郎、关爷多少正神常附在他身上，难道就不管管他吗？'他妹夫说："可不是呢。听说前些时，他请孙大圣，孙大圣没有到，还是猪八戒老爷下来的。倘若不是因为他昧良心，为什么孙大圣不下来，倒叫猪八戒下来呢？我恐怕他这样坏良心，总有一天碰着大圣不高兴的时候，举起金箍棒来给他一棒，那他就受不住了。'

"二人谈得高兴，不知早被他们团里朋友报给王三，把他们两人面貌记得烂熟，没有数个月的工夫，把他妹夫就毁了。张二秃子知道势头不好，仗着他没有家眷，'天明四十五'，逃往河南归德府去找朋友去了。

"酒也完了，你老睡罢。明天倘若进城，千万说话小心！俺们这里人人都耽着三分惊险，大意一点儿，站笼就会飞到脖儿梗上来的。"于是站起来，桌上摸了个半截线香，把灯拨了拨，说："我去拿油壶来添添这灯。"老残说："不用了，各自睡罢。"两人分手。

到了次日早晨，老残收检行李，叫车夫来搬上车子。店伙送出，再三叮咛："进了城去，切勿多话，要紧，要紧！"

老残笑着答道："多谢关照。"一面车夫将车子推动，向南大路进发，不过午牌时候，早已到了曹州府城。进了北门，就在府前大街寻了一家客店，找了个厢房住下。跑堂的来问了饭菜，就照样办来吃过了，便到府衙门前来观望观望。看那大门上悬着通红的彩绸，两旁果真有十二个站笼，却都是空的，一个人也没有，心里诧异道："难道一路传闻都是谎话吗？"趑了一会儿，仍自回到店里。只见上房里有许多戴大帽子的人出入，院子里放了一肩蓝呢大轿，许多轿夫穿了棉袄裤，也戴着火帽子，在那里吃饼；又有几个人穿着号衣，上写着"城武县民壮"字样，心里知道这上房住的必是城武县了。过了许久，见上房里家人喊了一声"伺候"，那轿夫便将轿子搭到阶下，前头打红伞的拿了红伞，马棚里牵出了两匹马，登时上房里红呢帘子打起，出来了一个人，水晶顶，补褂朝珠，年纪约在五十岁上下，从台阶上下来，进了轿子，呼的一声，抬起出门去了。

老残见了这人，心里想到："何以十分面善？我也未到曹属来过，此人是在那里见过的呢？……"想了些时，想不出来，也就罢了。因天时尚早，复到街上访问本府政绩，竟是异口同声说好，不过都带有惨淡颜色，不觉暗暗点头，深服古人"苛政猛于虎"真是不错。

回到店中，在门口略为小坐，却好那城武县已经回来，进了店门，从玻璃窗里朝外一看，与老残正属四目相对。一恍的时候，轿子已到上房阶下，那城武县从轿子里出来，家人放下轿帘，跟上台阶。远远看见他向家人说了两句话，只见那家人即向门口跑来，那城武县仍站在台阶上等着。家人跑到门口，向老残道："这位是铁老爷么？"老残道："正是。你何以知道？你贵上姓什么？"家人道："小的主人姓申，新从省里出来，抚台委署城武县的，说请铁老爷上房里去坐呢。"老残恍然想起，这人就是文案上委员申东造。因虽会过两三次，未曾多余接谈，故记不得了。

老残当时上去，见了东造，彼此作了个揖。东造让到里间屋内坐下，嘴里连称："放肆，我换衣服。"当时将官服脱去，换了便服，分宾主坐下，问道："补翁是几时来的？到这里多少天了？可是就住在这店里吗？"老残道："今日到的，出省不过六七天，就到此地了。东翁是几时出省？到过任再来的吗？"东造道："兄弟也是今天到，大前天出省；这夫马人役是接到省城去的。我出省的前一天，还听姚云翁说：宫保看补翁去了，心里着实难过，说：自己一生契重名士，以为无不可招致之人，今日竟遇着一个铁君，真是浮云富贵。反心内照，愈觉得龌龊不堪了！"

老残道："宫保爱才若渴，兄弟实在钦佩的。至于出来的原故，并不是肥遁鸣高的意思：一则深知自己才疏学浅，不称揄扬；二则因这玉太尊声望过大，到底看看是个何等人物。至'高尚'二字，兄弟不但不敢当，且亦不屑为。天地生才有数，若下愚蠢陋的人，高尚点也好借此藏拙；若真有点济世之才，竟自遁世，岂不辜负天地生才之心吗？"东造道："屡闻至论，本极佩服，今日之说，则更五体投地。可见长沮、桀溺等人为孔子所不取的了。只是目下在补翁看来，我们这玉太尊究竟是何等样人？"老残道："不过是下流的酷吏，又比郅都、宁成等人次一等了。"东造连连点头，又问道："弟等耳目有所隔阂，先生布衣游历，必可得其实在情形。我想太尊残忍如此，必多冤枉，何以竟无上控的案件呢？"老残便将一路所闻细说一遍。

　　说得一半的时候，家人来请吃饭，东造遂留老残同吃，老残亦不辞让。吃过之后，又接着说去。说完了，便道："我只有一事疑惑：今日在府门前瞻望，见十二个站笼都空着，恐怕乡人之言，必有靠不住处。"东造道："这却不然。我适在菏泽县署中，听说太尊是因为晚日得了院上行知，除已补授实缺外，在大案里又特保了他个以道员在任候补，并俟归道员班后，赏加二品衔的保举，所以停刑三日，让大家贺喜。你不见衙门口挂着红彩绸吗？听说停刑的头一日，即是昨日，站笼上还有几个半死不活的人，都收了监了。"彼此叹息了一回。老残道："旱路劳顿，天时不早了，安息罢。"东造道："明日晚间，还请枉驾谈谈，弟有极难处置之事，要得领教，还望不弃才好。"说罢，各自归寝。

　　到了次日，老残起来，见那天色阴的很重，西北风虽不甚大，觉得棉袍子在身上有飘飘欲仙之致。洗过脸，买了几根油条当了点心，没精打采的到街上徘徊些时。正想上城墙上去眺望远景，见那空中一片一片的飘下许多雪花来。顷刻之间，那雪便纷纷乱下，回旋穿插，越下越紧。赶急走回店中，叫店家笼了一盆火来。那窗户上的纸，只有一张大些的，悬空了半截，经了雪的潮气，迎着风霍铎霍铎价响。旁边零碎小纸，虽没声音，却不住的乱摇。房里便觉得阴风森森，异常惨淡。

　　老残坐着无事，书又在箱子里，不便取，只是闷闷的坐，不禁有所感触，遂从枕头匣内取出笔砚来，在墙上题诗一首，专咏玉贤之事。诗曰：

> 得失沦肌髓，因之急事功。
> 冤埋城阙暗，血染顶珠红。
> 处处鸺鹠雨，山山虎豹风。
> 杀民如杀贼，太守是元戎！

　　下题"江南徐州铁英题"七个字。写完之后，便吃午饭。饭后，那雪越发下得大了，站在房门口朝外一看，只见大小树枝，仿佛都用簇新的棉花裹着似的。树上有几个老鸦，缩着颈项避寒，不住的抖擞翎毛，怕雪堆在身上。又见许多麻雀儿，躲在屋檐底下，也把头缩着怕冷，其饥寒之状殊觉可悯。因想："这些鸟雀，无非靠着草木上结的实，并些小虫蚁儿充饥度命。现在各样虫蚁自然是都入蛰，见不着的了。就是那草木之实，经这雪一盖，那里还有呢？倘若明天晴了，雪略为化一化，西北风一吹，雪又变做了冰，仍然是找不着，岂不要饿到明春吗？"想到这里，觉得替这些鸟雀愁苦的受不得。转念又想："这些鸟雀虽然冻饿，却没有人放枪伤害他，又没有什么网罗来捉他，不过暂时饥寒，撑到明年开春，便快活不尽了。若象这曹州府的百姓呢，近几年的年岁也就很不好，又有这们一个酷虐的父母官，动不动就捉了去当强盗待，用站笼站杀，吓的连一句话也说不出来，于饥寒之外，又多一层惧怕，岂不比这鸟雀还要苦吗？"想到这里，不觉落下泪来。又见那老鸦有一阵刮刮的叫了几声，仿佛他不是号寒啼饥，却是为有言论自由的乐趣，来骄这曹州府百姓似的。想到此处，不觉怒发冲冠，恨不得立刻将玉贤杀掉，方出心头之恨。

正在胡思乱想，见门外来了一乘蓝呢轿，并执事人等，知是申东造拜客回店了。因想："我为什么不将这所见所闻的，写封信告诉张宫保呢？"于是从枕箱里取出信纸信封来，提笔便写。那知刚才题壁，在砚台上的墨早已冻成坚冰了，于是呵一点写一点。写了不过两张纸，天已很不早了。砚台上呵开来笔又冻了，笔呵开来砚台上又冻了，呵一回不过写四五个字，所以耽搁工夫。

正在两头忙着，天色又暗起来，更看不见。因为阴天，所以比平常更黑得早，于是喊店家拿盏灯来。喊了许久，店家方拿了一盏灯，缩手缩脚的进来，嘴里还喊道："好冷呀！"把灯放下，手指缝里夹了个纸煤子，吹了好几吹才吹着。那灯里是新倒上的冻油，堆的像大螺丝壳似的，点着了还是不亮。店家道："等一会，油化开就亮了。"拨了拨灯，把手还缩到袖子里去，站着看那灯灭不灭。起初灯光不过有大黄豆大，渐渐的得了油，就有小蚕豆大了。忽然抬头看见墙上题的字，惊惶道："这是你老写的吗？写的是啥？可别惹出乱子呀！这可不是顽儿的！"赶紧又回过头朝外看看，没有人，又说道："弄的不好，要坏命的！我们还要受连累呢！"老残笑道："底下写着我的名字呢，不要紧的。"

说着，外面进来了一个人，戴着红缨帽子，叫了一声"铁老爷"，那店家就趔趔趄趄的去了。那进来的人道："敝上请铁老爷去吃饭呢。"原来就是申东造的家人。老残道："请你们老爷自用罢，我这里已经叫他们去做饭，一会儿就来。说我谢谢罢。"那人道："敝上说：店里饭不中吃。我们那里有人送的两只山鸡，已经都片出来了，又片了些羊肉片子，说请铁老爷务必上去吃火锅子呢。敝上说：如铁老爷一定不肯去，敝上就叫把饭开到这屋里来吃。我看，还是请老爷上去罢，那屋子里有大火盆，有这屋里火盆四五个大，暖和得多呢。家人们又得伺候，请你老成全家人罢！"老残无法，只好上去。申东造见了，说："补翁，在那屋里做什么？怎大雪天，我们来喝两杯酒罢。今儿有人送来极新鲜的山鸡，烫了吃，很好的，我就借花献佛了。"

说着，便入了座。家人端上山鸡片，果然有红有白，煞是好看。烫着吃，味更香美。东造道："先生吃得出有点异味吗？"老残道："果然有点清香，是什么道理？"东造道："这鸡出在肥城县桃花山里头的。这山里松树极多，这山鸡专好吃松花松实，所以有点清香，俗名叫做'松花鸡'。虽在此地，亦很不容易得的。"老残赞叹了两句，厨房里饭菜也就端上桌子。

两人吃过了饭。东造约到里间房里吃茶，向火。忽然看见老残穿着一件棉袍子，说着："这种冷天，怎么还穿棉袍子呢？"老残道："毫不觉冷。我们从小儿不穿皮袍子的人，这棉袍子的力量恐怕比你们的狐皮还要暖和些呢。"东造道："那究竟不妥。"喊："来个人！你们把我扁皮箱里，还有一件白狐一裹圆的袍子取出来，送到铁老爷屋子里去。"

老残道："千万不必！我决非客气。你想，天下有个穿狐皮袍子摇串铃的吗？"东造道："你那串铃本可以不摇，何必矫俗到这个田地呢！承蒙不弃，拿我兄弟还当个人，我有两句放肆的话要说，不管你先生恼我不恼我。昨儿听先生鄙薄那肥遁鸣高的人，说道：天地生才有限，不宜妄自菲薄。这话，我兄弟五体投地的佩服了。然而先生所做的事情，却与至论有点违背。宫保一定要先生出来做官，先生却半夜里跑了，一定要出来摇串铃。试问，与那凿坏而遁、洗耳不听的，有何分别呢？兄弟话未免卤莽，有点冒犯，请先生想一想，是不是呢？"

老残道："摇串铃，诚然无济于世道，难道做官就有济于世道吗？请问：先生此刻已经是城武县一百里万民的父母了，其可以有济于民处何在呢？先生心有成竹在胸，何妨赐教一二呢？我知先生在前已做过两三任官的，请教已过的善政，可有出类拔萃的事迹呢？"东造道："不是这们说。象我们这些庸材，只好混混罢了。阁下如此宏材大略，不出来做点事情，实在可惜。无才者抵死要做官，有才者抵死不做官，此正是天地间第一憾事！"

老残道："不然。我说无才的要做官很不要紧，正坏在有才的要做官。你想，这个玉太尊不是个有才的吗？只为过于要做官，且急于做大官，所以伤天害理的做到这样。而且政声又如此其好，怕不数年之间就要方面兼圻的吗。官愈大，害愈甚：守一府则一府伤，抚一省则一省残，宰天下则天下死！由此看来，请教还是有才的做官害大，还是无才的做官害大呢？倘若他也像我，摇个串铃子混混，正经病人家不要他治，些小病痛也死不了人。即使他一年医死一个，历一万年，还抵不上他一任曹州府害的人数呢！"未知申东造又有何说，且听下回分解。

第七回

借箸代筹一县策　纳楹闲访百城书

话说老残与申东造议论玉贤正为有才，急于做官，所以丧天害理，至于如此，彼此叹息一回。

东造道："正是。我昨日说有要事与先生密商，就是为此。先生想，此公残忍至于此极，兄弟不幸，偏又在他属下。依他做，实在不忍；不依他做，又实无良法。先生阅历最多，所谓'险阻艰难，备尝之矣；民之情伪，尽知之矣'，必有良策，其何以教我？"老残道："知难则易者至矣。阁下既不耻下问，弟先须请教宗旨何如。若求在上官面上讨好，做得烈烈轰轰，有声有色，则只有依玉公办法，所谓逼民为盗也；若要顾念'父母官'三字，求为民除害，亦有化盗为民之法。若官阶稍大，辖境稍宽，略为易办；若止一县之事，缺分又苦，未免稍形棘手，然亦非不能也。"

东造道："自然以为民除害为主。果能使地方安静，虽无不次之迁，要亦不至于冻馁。'子孙饭'吃他做什么呢！但是缺分太苦，前任养小队五十名，盗案仍是叠出，加以亏空官款，因此罣误去官。弟思如赔累而地方安静，尚可设法弥补；若俱不可得，算是为何事呢！"老残道："五十名小队，所费诚然太多。以此缺论，能筹款若干，便不致赔累呢？"东造道："不过千金，尚不吃重。"

老残道："此事却有个办法。阁下一年筹一千二百金，却不用管我如何办法，我可以代画一策，包你境内没有一个盗案；倘有盗案，且可以包你顷刻便获。阁下以为何如？"东造道："能得先生去为我帮忙，我就百拜的感激了。"老残道："我无庸去，只是教阁下个至良极美的法则。"东造道："阁下不去，这法则谁能行呢？"老残道："正为荐一个行此法则的人。惟此人千万不可怠慢。若怠慢此人，彼必立刻便去，去后祸必更烈。

"此人姓刘，号仁甫，即是此地平阴县人，家在平阴县西南桃花山里面。其人少时——十四五岁——在嵩山少林寺学拳棒。学了些时，觉得徒有虚名。无甚出奇致胜处，于是奔走江湖，将近十年。在四川峨眉山上遇见了一个和尚，武功绝伦，他就拜他为师，学了一套'太祖神拳'、一套'少祖神拳'。因请教这和尚，拳法从那里得来的。和尚说系少林寺。他就大为惊讶，说：'徒弟在少林寺四五年，见没有一个出色拳法，师父从哪一个学的呢？'那和尚道：'这是少林寺的拳法，却不从少林寺学来。现在少林寺里的拳法，久已失传了。你所学者，"太祖拳"就是达摩传下来的，那"少祖拳"就是神光传下来的。当初传下这个拳法来的时候，专为和尚们练习了这拳，身体可以结壮，精神可以悠久。若当朝出访道的时候，单身走路，或遇虎豹，或遇强人，和尚家又不作带兵器，所以这拳法专为保护身命的。筋骨强壮，肌肉坚固，便可以忍耐冻饿。你想，行脚僧在荒山野壑里，访求高人古德，于"宿食"两字，一定难以周全的，此太祖、少祖传下拳法来的美意了。那知后来少林寺拳法出了名，外边来学的日多，学出去的人，也有做强盗的，也有奸淫人家妇女的，屡有所闻。因此，在现在这老和尚以前四五代上的个老和尚，就将这正经拳法收起不传，只用些外面光不管事的拳法敷衍门面而已。我这拳法系从汉中府里一个右德学来的，若能认真修练，将来可以到得甘凤池的位分。'

"刘仁甫在四川住了三年，尽得其传。当时正是粤匪扰乱的时候，他从四川出来，就在湘军、淮军营盘里混过些时。因是两军，湘军必须湖南人，淮军必须安徽人，方有照应；若别省人，不过敷衍故事，得个把小保举而已，大权万不会有的。此公已保举到个都司，军务渐平，他也无心恋栈，遂回家乡，种了几亩田，聊以度日，闲暇无事，在这齐、豫两省随便游行。这两省练武功的人，无不知他的名气。他却不肯传授徒弟，若是深知这人一定安分的，他就教他几手拳棒，也十分慎重的。所以这两省有武艺的，全敌他不过，都惧怕他。若将此人延为上宾，将这每月一百两交付此人，听其如何应用，大约他只要招十名小队，供奔走之役，每人月饷六两，其余四十两，供应往来豪杰酒水之资，也就够了。

"大概这河南、山东、直隶三省，及江苏、安徽的两个北半省，共为一局。此局内的强盗计分大小两种：大盗系有头领，有号令，有法律的，大概其中有本领的甚多；小盗则随时随地无赖之徒，及失业的顽民，胡乱抢劫，既无人帮助，又无枪火兵器，抢过之后，不是酗酒，便是赌博，最容易犯案的。譬如玉太尊所办的人，大约十分中九分半是良民，半分是这些小盗。若论那些大盗，无论头目人物，就是他们的羽翼，也不作兴有一个被玉太尊捉着的呢。但是大盗却容易相与，如京中保镖的呢，无论十万二十万银子，只须一两个人，便可保得一路无事。试问如此巨款，就聚了一二百强盗抢去，也很够享用的，难道这一两个镖司务就敌得过他们吗？只因为大盗相传有这个规矩，不作兴害镖局的，所以凡保镖的车上，有他的字号，出门要叫个口号。这口号喊出，那大盗就觌面碰着，彼此打个招呼，也决不动手的。镖局几家字号，大盗都知道的；大盗有几处窝巢，镖局也是知道的。倘若他的羽翼，到了有镖局的所在，进门打过暗号，他们就知道是那一路的朋友，当时必须留着喝酒吃饭，临行还要送他三二百个钱的盘川；若是大头目，就须尽力应酬。这就叫做江湖上的规矩。

"我方才说这个刘仁甫，江湖都是大有名的。京城里镖局上请过他几次，他都不肯去，情愿埋名隐姓，做个农夫。若是此人来时，待以上宾之礼，仿佛贵县开了一个保护本县的镖局。他无事时，在街上茶馆饭店里坐坐，这过往的人，凡是江湖上朋友，他到眼便知，随便会几个茶饭东道，不消十天半个月，各处大盗头目就全晓得了，立刻便要传出号令：某人立足之地，不许打搅的。每月所余的那四十金就是给他做这个用处。至于小盗，他本无门径，随意乱做，就近处，自有人来暗中报信，失主尚未来县报案，他的手下人倒已先将盗犯获住了。若是稍远的地方做了案子，沿路也有他们的朋友，替他暗中捕下去，无论走到何处，俱捉得到的。所以要十名小队子，其实，只要四五个应手的人已经足用了。那多余的五六个人，为的是本县轿子前头摆摆威风，或者接差送差，跑信等事用的。"

东造道："如阁下所说，自然是极妙的法则；但是此人既不肯应镖局之聘，若是兄弟衙署里请他，恐怕也不肯来，如之何呢？"老残道："只是你去请他，自然他不肯来的，所以我须详详细细写封信去，并拿救一县无辜良民的话打动他，自然他就肯来了。况他与我交情甚厚，我若劝他，一定肯的。因为我二十几岁的时候，看天下将来一定有大乱，所以极力留心将才，谈兵的朋友颇多。此人当年在河南时，我们是莫逆之交，相约倘若国家有用我辈的日子，凡我同人，俱要出来相助为理的。其时讲舆地，讲阵图，讲制造，讲武功的，各样朋友都有，此公便是讲武功的巨擘。后来大家都明白了：治天下的又是一种人才，若是我辈所讲所学，全是无用的，故尔各人都弄个谋生之道，混饭吃去，把这雄心便抛入东洋大海去了。虽如此说，然当时的交情义气，断不会败坏的，所以我写封信去，一定肯来的。"

东造听了，连连作揖道谢，说："我自从挂牌委署斯缺，未尝一夜安眠，今日得闻这番议论，如梦初醒，如病初愈，真是万千之幸！但是这封信是派个何等样人送去方妥呢？"老残道："必须有个亲信朋友吃这一趟辛苦才好。若随便叫个差人送去，便有轻慢他的意思，他一定不肯出来，那就连我都要遭怪了。"

东造连连说："是的，是的。我这里有个族弟，明天就到的，可以让他去一趟。先生信几时写呢？就费心写起来最好。"老残道："明日一天不出门。我此刻正写一长函致张宫保，托姚云翁转呈，为细述玉太尊政迹的，大约也要明天写完；并此信一总写起，我后天就要动身了。"东造问："后天往那里去？"老残答说："先往东昌府访柳小惠家的收藏，想看看他的宋、元板书，随后即回济南省城过年。再后的行踪，连我自己也不知道了。今日夜已深了，可以睡罢。"立起身来。东造叫家人："打个手照，送铁老爷回去。"揭起门帘来，只见天地一色，那雪已下的混混沌沌价白，觉得照的眼睛发胀似的。那阶下的雪已有了七八寸深，走不过去了。只有这上房到大门口的一条路，常有人来往，所以不住的扫。那到厢房里的一条路已看不出路影，同别处一样的高了。东造叫人赶忙铲出一条路来，让老残回房。推开门来，灯已灭了。上房送下一个烛台，两支红烛，取火点起，再想写信，那里笔砚竟违抗万分，不遵调度，只好睡了。

到了次日，雪虽已止，寒气却更甚于前，起来喊店家秤了五斤木炭，升了一个大火盆，又叫买了几张桑皮纸，把那破窗户糊了。顷刻之间，房屋里暖气阳回，非昨日的气象了。遂把砚池烘化，将昨日未曾写完的信，详细写完封好，又将致刘仁甫的信亦写毕，一总送到上房，交东造收了。

东造一面将致姚云翁的一函，加个马封，送往驿站；一面将刘仁甫的一函，送入枕头箱内。厨房也开了饭来。二人一同吃过，又复清谈片时，只见家人来报："二老爷同师爷们都到了，住在西边店里呢，洗完脸，就过来的。"

停了一会，只见门外来了一个不到四十岁模样的人，尚未留须，穿了件旧宁绸二蓝的大毛皮袍子，元色长袖皮马褂，蹬了一双绒靴，已经被雪泥漫了帮子了，慌忙走进堂屋，先替乃兄作了个揖。东造就说："这就是舍弟，号子平。"回过脸来说："这是铁补残先生。"申子平走近一步，作了个揖，说声："久仰的很。"东造便问："吃过饭了没有？"子平说："才到，洗了脸就过来的，吃饭不忙呢。"东造说："分付厨房里做二老爷的饭。"子平道："可以不必。停一刻，还是同他们老夫子一块吃罢。"家人上来回说："厨房里已经分付，叫他们送一桌饭去，让二老爷同师爷们吃呢。"那时又有一个家人揭了门帘，拿了好几个大红全帖进来。老残知道是师爷们来见东家的，就趁势走了。

到了晚饭之后，申东造又将老残请到上房里，将那如何往桃花出访刘仁甫的话对着子平详细问了一遍。子平又问："从那里去最近？"老残道："从此地去怎样走法，我却不知道。昔年是从省城顺黄河到平阴县，出平阴县向西南三十里地，就到了山脚下了。进山就不能坐车，最好带个小驴子，到那平坦的地方就骑驴，稍微危险些就下来走两步。进山去有两条大路。西峪里走进有十几里的光景，有座关帝庙。那庙里的道士与刘仁甫常相往来的，你到庙里打听，就知道详细了。那山里关帝庙有两处：集东一个，集西一个。这是集西的一个关帝庙。"申子平问得明白，遂各自归房安歇去了。

次日早起，老残出去雇了一辆骡车，将行李装好，候申东造上衙门去禀辞，他就将前晚送来的那件狐裘，加了一封信，交给店家，说："等申大老爷回店的时候，送上去。此刻不必送去，恐有舛错。"

店里掌柜的慌忙开了柜房里的木头箱子，装了进去，然后送老残动身上车，径往东昌府去了。无非是风餐露宿，两三日工夫已到了东昌城内，找了一家干净车店住下。当晚安置停妥，次日早饭后便往街上寻觅书店。寻了许久，始觅着一家小小书店，三间门面，半边卖纸张笔墨，半边卖书。遂走到卖书这边柜台外坐下，问问此地行销是些什么书籍。

那掌柜的道："我们这东昌府，文风最著名的。所管十县地方，俗名叫做'十美图'，无一县不是家家富足，户户弦歌。所有这十县用的书，皆是向小号来贩。小号店在这里，后边还有栈房，还有作坊。许多书都是本店里自雕板，不用到外路去贩买的。你老贵姓？来此有何贵干？"老残道："我姓铁，来此访个朋友的。你这里可有旧书吗？"掌柜的道："有，有，有。你老要什么罢？我们这儿多着呢。"一面回过头来指着书架子上白纸条儿数道："你老瞧！这里《崇辨堂墨选》《目耕斋》初二三集。再古的还有那《八铭塾钞》呢。这都是讲正经学问的。要是讲杂学的，还有《古唐诗合解》《唐诗三百首》。再要高古点，还有《古文释义》。还有一部宝贝书呢，叫做《性理精义》，这书看得懂的，可就了不得了！"

老残笑道："这些书我都不要。"那掌柜的道："还有，还有。那边是《阳宅三要》《鬼撮脚》《渊海子平》，诸子百家，我们小号都是全的。济南省城，那是大地方，不用说，若要说黄河以北，就要算我们小号是第一家大书店了。别的城池里都没有专门的书店，大半在杂货铺里带卖书。所有方圆二三百里，学堂里用的《三》《百》《千》《千》，都是在小号里贩得去的，一年要销上万本呢。"

老残道："贵处行销这'三百千千'，我到没有见过。是部什么书？怎样销得这们多呢？"掌柜的道："嗳，别哄我罢！我看你老很文雅，不能连这个也不知道。这不是一部书，'三'是《三字经》，'百'是《百家姓》，'千'是《千字文》。那一个'千'字呢，是《千家诗》。这《千家诗》还算一半是冷货，一年不过销百把部；其余《三》《百》《千》，就销的广了。"

老残说："难道《四书》《五经》都没有人买吗？"他说："怎么没有人买呢，《四书》小号就有。《诗》《书》《易》三经也有。若是要《礼记》《左传》呢，我们也可以写信到省城里捎去。你老来访朋友，是那一家呢？"

老残道："是个柳小惠家。当年他老太爷做过我们的漕台，听说他家收藏的书极多。他刻了一部书，名叫《纳书楹》，都是宋、元版书。我想开一开眼界，不知道有法可以看得见吗？"掌柜的道："柳家是俺们这儿第一个大人家，怎么不知道呢！只是这柳小惠柳大人早已去世。他们少爷叫柳凤仪，是个两榜，那一部的主事。听说他家书多的很，都是用大板箱装着，只怕有好几百箱子呢。堆在个大楼上，永远没有人去问他。有近房柳三爷，是个秀才，常到我们这里来坐坐。我问过他：'你们家里那些书是些什么宝贝？可叫我们听听罢咧。'他说：'我也没有看见过是什么样子。'我说：'难道就那们收着，不怕蛀虫吗？'"

掌柜的说到此处，只见外面走进一个人来，拉了拉老残，说："赶紧回去罢，曹州府里来的差人，急等着你老说话呢，快点走罢。"老残听了，说道："你告诉他等着罢，我略停一刻就回去了。"那人道："我在街上找了好半天了。俺掌柜的着急的了不得，你老就早点回店罢。"老残道："不要紧的。你既找着了我，你就没有错儿了，你去罢。"

店小二去后，书店掌柜的看了看他去的远了，慌忙低声向老残说道："你老店里行李值多少钱？此地有靠得住的朋友吗？"老残道："我店里行李也不值多钱，我此地亦无靠得住的朋友。你问这话是什么意思呢？"掌柜的道："曹州府现是个玉大人。这人很惹不起的：无论你有理没理，只要他心里觉得不错，就上了站笼了。现在既是曹州府里来的差人，恐怕不知是谁扳上你老了，我看是凶多吉少，不如趁此逃去罢。行李既不值多钱，就舍去了的好，还是性命要紧。"老残道："不怕的。他能拿我当强盗吗？这事我很放心。"说着，点点头，出了店门。

街上迎面来了一辆小车，半边装行李，半边坐人。老残眼快，看见喊道："那车上不是金二哥吗？"即忙走上前去。那车上人也就跳下车来，定了定神，说道："嗳呀，这不是铁二哥吗？你怎样到此地，来做什么的？"老残告诉了原委，就说："你应该打尖了，就到我住的店里去坐坐谈谈罢。你从那里来？往那里去？"那人道："这是什么时候，我已打过尖了，今天还要赶路程呢。我是从直隶回南，因家下有点事情，急于回家，不能耽搁了。"老残道："既是这们说，也不留你。只是请你略坐一坐，我要寄封信给刘大哥，托你捎去罢。"说过，就向书店柜台对面，那卖纸张笔墨的柜台上，买了一枝笔，几张纸，一个信封。借了店里的砚台，草草的写了一封，交给金二。大家作了个揖，说："恕不远送了。山里朋友见着都替我问好。"那金二接了信，便上了车。老残也就回店去了。不知那曹州府来的差人究竟是否捉拿老残，且听下回分解。

第八回

桃花山月下遇虎　柏树峪雪中访贤

话说老残听见店小二来，告说曹州府有差人来寻，心中甚为诧异：
"难道玉贤竟拿我当强盗待吗？"及至步回店里，见有一个差人，赶上
前来请了一个安，手中提了一个包袱，提着放在旁边椅子上，向怀内
取出一封信来，双手呈上，口中说道："申大老爷请铁老爷安。"

老残接过信来一看，原来是申东造回寓，店家将狐裘送上，东造
甚为难过，继思狐裘所以不肯受，必因与行色不符，因在估衣铺内，
选了一身羊皮袍子、马褂，专差送来，并写明如再不收，便是绝人太
甚了。

老残看罢，笑了一笑，就向那差人说："你是府里的差吗？"差人
回说："是曹州府城武县里的壮班。"老残遂明白，方才店小二是漏吊
下三字了。当时写了一封谢信，赏了来差二两银子盘费，打发去后，
又住了两天，方知这柳家书，确系关锁在大箱子内，不但外人见不着，
就是他族中人亦不能得见，闷闷不乐，提起笔来，在墙上题一绝道：

> 沧苇遵王士礼居，艺芸精舍四家书，
>
> 一齐归入东昌府，深锁娜嬛饱蠹鱼！

题罢，唏嘘了几声，也就睡了。暂且放下。

却说那日东造到府署禀辞，与玉公见面，无非勉励些"治乱世用
重刑"的话头。他姑且敷衍几句，也就罢了。玉公端茶送出。东造回
到店里，掌柜的恭恭敬敬将袍子一件、老残信一封，双手奉上。东造
接来看过，心中悒悒不乐。适申子平在旁边，问道："大哥何事不乐？"
东造便将看老残身上着的仍是棉衣，故赠以狐裘，并彼此辩论的话述

了一遍，道："你看，他临走到底将这袍子留下，未免太矫情了！"子平道："这事大哥也有点失于检点。我看他不肯，有两层意思：一则嫌这裘价值略重，未便遽受；二则他受了也实无用处，断无穿狐皮袍子配上棉马褂的道理。大哥既想略尽情谊，宜叫人去觅一套羊皮袍子、马褂，或布面子，或茧绸面子均可，差人送去，他一定肯收。我看此人并非矫饰作伪的人。不知大哥以为何如？"东造说："很是，很是。你就叫人照样办去。"

子平一面办妥，差了个人送去，一面看着乃兄动身赴任。他就向县里要了车，轻车简从的向平阴进发。到了平阴，换了两部小车，推着行李，在县里要了一匹马骑着，不过一早晨，已经到了桃花山脚下。再要进去，恐怕马也不便。幸喜山口有个村庄，只有打地铺的小店，没法，暂且歇下。向村户人家雇了一条小驴，将马也打发回去了。打过尖，吃过饭，向山里进发。才出村庄，见面前一条沙河，有一里多宽，却都是沙，惟有中间一线河身，土人架了一个板桥，不过丈数长的光景。桥下河里虽结满了冰，还有水声，从那冰下潺潺的流，听着像似环佩摇曳的意思，知道是水流带着小冰，与那大冰相撞击的声音了。过了沙河，即是东峪。原来这山从南面逶迤北来，中间龙脉起伏，一时虽看不到，只是这左右两条大峪，就是两批长岭，冈峦重沓，到此相交。除中峰不计外，左边一条大溪河，叫东峪；右边一条大溪河，叫西峪。两峪里的水，在前面相会，并成一溪，左环右转，湾了三湾，才出溪口。出口后，就是刚才所过的那条沙河了。

子平进了山口，抬头看时，只见不远前面就是一片高山，像架屏风似的，迎面竖起，土石相间，树木丛杂。却当大雪之后，石是青的，雪是白的，树上枝条是黄的，又有许多松柏是绿的，一丛一丛，如画上点的苔一样。骑着驴，玩着山景，实在快乐得极，思想做两句诗，描摹这个景象。正在凝神，只听壳铎一声，觉得腿胁里一软，身子一摇，竟滚下山涧去了。幸喜这路本在涧旁走的，虽滚下去，尚不甚深。况且涧里两边的雪本来甚厚，只为面上结了一层薄冰，做了个雪的包皮。

子平一路滚着，那薄冰一路破着，好像从有弹簧的褥子上滚下来似的。滚了几步，就有一块大石将他拦住，所以一点没有碰伤。连忙扶着石头立起身来，那知把雪倒戳了两个一尺多深的窟窿。看那驴子在上面，两只前蹄已经立起，两只后蹄还陷在路旁雪里，不得动弹，连忙喊跟随的人。前后一看，并那推行李的车子，影响俱无。

你道是什么缘故呢？原来这山路行走的人本来不多，故那路上积的雪，比旁边稍为浅些，究竟还有五六寸深，驴子走来，一步步的不甚吃力；子平又贪看山上雪景，未曾照顾后面的车子，可知那小车轮子是要压倒地上往前推的，所以积雪的阻力显得很大，一人推着，一人挽着，尚走得不快，本来去驴子已落后有半里多路了。

申子平陷在雪中，不能举步，只好忍着性子，等小车子到。约有半顿饭工夫，车子到了，大家歇下来想法子。下头人固上不去，上头的人也下不来。想了半天，说："只好把捆行李的绳子解下两根，接续起来。"将一头放了下去，申子平自己系在腰里；那一头，上边四五个人齐力收绳，方才把他吊了上来。跟随人替他把身上雪扑了又扑，然后把驴子牵来，重复骑上，慢慢的行。这路虽非羊肠小道，然忽而上高，忽而下低，石头路径，冰雪一冻，异常的滑，自饭后一点钟起身，走到四点钟，还没有十里地。心里想道："听村庄上人说，到山集不过十五里地，然走了三个钟头，才走了一半。"冬天日头本容易落，况又是个山里，两边都有岭子遮着，愈黑得快。一面走着，一面的算，不知不觉，那天已黑下来了，勒住了驴缰，同推车子商议道："看看天已黑下来了，大约还有六七里地呢，路又难走，车子又走不快，怎么好呢？"车夫道："那也没有法子，好在今儿是个十三日，月亮出得早，不管怎么，总要赶到集上去。大约这荒僻山径，不会有强盗，虽走晚些，到也不怕他。"子平道："强盗虽没有，倘或有了，我也无多行李，很不怕他，拿就拿去，也不要紧。实在可怕的是豺狼虎豹，天晚了，倘若出来个把，我们就坏了。"车夫说："这山里虎到不多，有神虎管着，从不伤人，只是狼多些。听见他来，我们都拿根棍子在手里，也就不怕他了。"

说着，走到一条横涧跟前，原是本山的一支小瀑布，流归溪河的。瀑布冬天虽然干了，那冲的一条山沟，尚有两丈多深，约有二丈多宽，当面隔住，一边是陡山，一边是深峪，更无别处好绕。

子平看见如此景象，心里不禁作起慌来，立刻勒住驴头，等那车子走到，说："可了不得！我们走差了路，走到死路上了！"那车夫把车子歇下，喘了两口气，说："不能，不能！这条路影一顺来的，并无第二条路，不会差的。等我前去看看，该怎么走。"朝前走了几十步，回来说："路倒是有，只是不好走，你老下驴罢。"

子平下来，牵了驴，依着走到前面看时，原来转过大石，靠里有人架了一条石桥。只是此桥仅有两条石柱，每条不过一尺一二寸宽。两柱又不紧相粘靠，当中还罅着几寸宽一个空当儿，石上又有一层冰，滑溜滑溜的。子平道："可吓煞我了！这桥怎么过法？一滑脚就是死。我真没有这个胆子走。"车夫大家看了说："不要紧，我有法子。好在我们穿的都是蒲草毛窝，脚下很把滑的，不怕他。"一个人道："等我先走一趟试试。"遂跳窜跳窜的走过去了，嘴里还喊着："好走，好走！"立刻又走回来说："车子却没法推，我们四个人抬一辆，作两趟抬过去罢。"

申子平道："车子抬得过去，我却走不过去。那驴子又怎样呢？"车夫道："不怕的，且等我们先把你老扶过去，别的你就不用管了。"子平道："就是有人扶着，我也是不敢走。告诉你说罢，我两条腿已经软了，那里还能走路呢！"车夫说："那我们也有办法：你老大总睡下来，我们两个人抬头，两个人抬脚，把你老抬过去何如？"子平说："不妥，不妥。"又一个车夫说："还是这样罢：解根绳子，你老拴在腰里，我们伙计，一个在前头挽着一个绳头，一个伙计在后头挽着一个绳头。这个样走，你老胆子一壮，腿就不软了。"子平说："只好这样。"于是先把子平照样扶掖过去，随后又把两辆车子抬了过去，到是一个驴死不肯定，费了许多事，仍是把他眼睛蒙上，一个人牵，一个人打，才混了过去。等到忙定归了，那满地已经都是树影子，月光已经很亮的了。

　　大家好容易将危桥走边，歇了一歇，吃了袋烟，再望前进。走了不过三四十步，听得远远呜呜的两声。车夫道："虎叫！虎叫！"一头走着，一头留神听着。又走了数十步，车夫将车子歇下，说："老爷，你别骑驴了，下来罢。听那虎叫，从西边来，越叫越近了，恐怕是要到这路上来，我们避一避罢。倘到了跟前，就避不及了。"说着，子平下了驴。车夫说："咱们舍吊这个驴子喂他罢。"路旁有个小松，他把驴子缰绳拴在小松树上，车子就放在驴子旁边。人却倒回走了数十步，把子平藏在一处石壁缝里。车夫有躲在大石脚下，用些雪把身子遮了的，有两个车夫盘在山坡高树枝上的，都把眼睛朝西面看着。

　　说时迟，那时快，只见西边岭上月光之下，窜上一个物件来，到了岭上，又是呜的一声。只见把身子往下一探，已经到了西涧边了，又是呜的一声。这里的人，又是冷，又是怕，止不住格格价乱抖，还用眼睛看着那虎。那虎既到西涧，却立住了脚，眼睛映着月光，灼亮灼亮。并不朝着驴子看；却对着这几个人，又呜的一声，将身子一缩，对着这边扑过来了。这时候，山里本来无风，却听得树梢上呼呼地响，树上残叶漱漱地落，人面上冷气棱棱地割。这几个人早已吓得魂飞魄散了。

　　大家等了许久，却不见虎的动静。还是那树上的车夫胆大，下来喊众人道："出来罢，虎去远了。"车夫等人次第出来，方才从石壁缝里把子平拉出，已经吓得呆了。过了半天，方能开口说话，问道："我们是死的是活的哪？"车夫道："虎过去了。"子平道："虎怎样过去的？一个人没有伤么？"那在树上的车夫道："我看他从涧西沿过来的时候，只是一穿，仿佛像鸟儿似的，已经到了这边了。他落脚的地方，比我们这树梢还高着七八丈呢。落下来之后，又是一纵，已经到了这东岭上边，呜的一声向东去了。"

　　申子平听了，方才放下心来，说："我这两只脚还是稀软稀软，立不起来，怎样是好？"众人道："你老不是立在这里呢吗？"子平低头一看，才知道自己并不是坐着，也笑了，说道："我这身子真不听我调度了。"于是众人挽着，勉强移步，走了约数十步，方才活动，可以自主，叹了一口气道："命虽不送在虎口里，这夜里若再遇见刚才那样的桥，断不能过！肚里又饥，身上又冷，活冻也冻死了。"说着，走到小树旁边看那驴子，也是伏在地下，知是被那虎叫吓的如此。跟人把驴子拉起，把子平扶上驴子，慢慢价走。

转过一个石嘴，忽见前面一片灯光，约有许多房子，大家喊道："好了，好了！前面到了集镇了！"只此一声，人人精神震动。不但人行，脚下觉得轻了许多，即驴子亦不似从前畏难苟安的行动。

那消片刻工夫，已到灯光之下，原来并不是个集镇，只有几家人家，住在这山坡之上。因山有高下，故看出如层楼叠榭一般。到此大家商议，断不再走，硬行敲门求宿，更无他法。

当时走近一家，外面系虎皮石砌的墙，一个墙门，里面房子看来不少，大约总有十几间的光景。于是车夫上前扣门。扣了几下，里面出来一个老者，须发苍然，手中持了一枝烛台，燃了一枝白蜡烛，口中问道："你们来做什么的？"

申子平急上前，和颜悦色的把原委说了一遍，说道："明知并非客店，无奈从人万不能行，要请老翁行个方便。"那老翁点点头道："你等一刻，我去问我们姑娘去。"说着，门也不关，便进里面去了。子平看了，心下十分诧异："难道这家人家竟无家主吗？何以去问姑娘？难道是个女孩儿当家吗？"既而想道："错了，错了。想必这家是个老太太做主。这个老者想必是他的侄儿。姑娘者，姑母之谓也。理路甚是，一定不会错了。"

霎时，只见那老者随了一个中年汉子出来，手中仍拿烛台，说声"请客人里面坐"。原来这家，进了墙门，就是一五间平房子，门在中间，门前台阶约十余级。中年汉子手持烛台。照着申子平上来。子平分付车夫等："在院子里略站一站，等我进去看了情形，再招呼你们。"

子平上得台阶，那老者立于堂中，说道："北边有个坦坡，叫他们把车子推了，驴子牵了，由坦坡进这房子来罢。"原来这是个朝西的大门。众人进得房来，是三间厂屋。两头各有一间，隔断了的。这厂屋北头是个炕，南头空着，将车子同驴安置南头，一众五人安置在炕上，然后老者问了子平姓名，道："请客人里边坐。"

于是过了穿堂，就是台阶，上去有块平地，都是栽的花木，映着月色，异常幽秀。且有一阵阵幽香，清沁肺腑。向北乃是三间朝南的精舍，一转俱是回廊，用带皮杉木做的阑柱。进得房来，上面挂了四盏纸灯，斑竹扎的，甚为灵巧。两间敞着，一间隔断，做个房间的样子。桌椅几案，布置极为妥帖。房间挂了一幅褐色布门帘。

老者到房门口，喊了一声："姑娘，那姓申的客人进来了。"却看门帘掀起，里面出来一个十八九岁的女子，穿了一身布服，二蓝裰子，青布裙儿，相貌端庄莹静，明媚闲雅，见客福了一福，子平慌忙长揖答礼。女子说："请坐。"即命老者："赶紧的做饭，客人饿了。"老者退去。

那女子道："先生贵姓？来此何事？"子平便将奉家兄命特访刘仁甫的话说了一遍。那女子道："刘先生当初就住这集东边的，现在已搬到柏树峪去了。"子平问："柏树峪在什么地方？"那女子道："在集西有三十多里的光景。那边路比这边更僻，愈加不好走了。家父前日退值回来，告诉我们说：今天有位远客来此，路上受了点虚惊，分付我们迟点睡，预备些酒饭，以便款待。"并说："简慢了尊客，千万不要见怪。"子平听了，惊讶之至："荒山里面，又无衙署，有什么值日退值？何以前天就会知道呢？这女子何以如此大方？岂古人所谓有林下风范的，就是这样吗？到要问个明白。"不知申子平能否察透这女子形迹，且听下回分解。

第九回

一客吟诗负手面壁　三人品茗促膝谈心

话说申子平正在凝思，此女子举止大方，不类乡人，况其父在何处退值。正欲诘问，只见外面帘子动处，中年汉子已端进一盘饭来。那女子道："就搁在这西屋炕桌上罢。"

这西屋靠南窗原是一个砖砌的暖炕，靠窗设了一个长炕几，两头两个短炕几，当中一个正方炕桌，桌子三面好坐人的。西面墙上是个大圆月洞窗子，正中镶了一块玻璃，窗前设了一张书案。中堂虽未隔断，却是一个大落地罩。那汉子已将饭食列在炕桌之上，却只是一盘馒头，一壶酒，一罐小米稀饭，倒有四肴小菜，无非山蔬野菜之类，并无荤腥。女子道："先生请用饭，我少停就来。"说着，便向东房里去了。

子平本来颇觉饥寒，于是上炕先饮了两杯酒，随后吃了几个馒头。虽是蔬菜，却清香满口，比荤菜更为适用。吃过馒头，喝了稀饭，那汉子舀了一盆水来，洗过脸，立起身来，在房内徘徊徘徊，舒展肢体。抬头看见北墙上挂着四幅大屏，草书写得龙飞凤舞，出色惊人，下面却是双款：上写着"西峰柱史正非"，下写着"黄龙子呈稿"。草字虽不能全识，也可十得八九。仔细看去，原来是六首七绝诗，非佛非仙，咀嚼起来，到也有些意味。既不是寂灭虚无，又不是铅汞龙虎。看那月洞窗下，书案上有现成的纸笔，遂把几首诗抄下来，预备带回衙门去，当新闻纸看。你道是怎样个诗？请看，诗曰：

> 曾拜瑶池九品莲，希夷授我《指元篇》。
>
> 光阴荏苒真容易，回首沧桑五百年。
>
> 紫阳属和《翠虚吟》，传响空山霹雳琴。

刹那未除人我相，天花黏满护身云。

情天欲海足风波，渺渺无边是爱河。

引作园中功德水，一齐都种曼陀罗。

石破天惊一鹤飞，黑漫漫夜五更雷。

自从三宿空桑后，不见人间有是非。

野马尘埃昼夜驰，五虫百卉互相吹。

偷来鹫岭涅槃乐，换取壶公杜德机。

菩提叶老《法华》新，南北同传一点灯。

五百天童齐得乳，香花供奉小夫人。

子平将诗抄完，回头看那月洞窗外，月色又清又白，映着那层层叠叠的山，一步高一步的上去，真是仙境，迥非凡俗。此时觉得并无一点倦容，何妨出去上山闲步一回，岂不更妙。才要动脚，又想道："这山不就是我们刚才来的那山吗？这月不就是刚才踏的那月吗？为何来的时候，便那样的阴森惨淡，令人怵魄动心？此刻山月依然，何以令人心旷神怡呢？"就想到王右军说的："情随境迁，感慨系之矣。"真正不错。低徊了一刻，也想做两首诗，只听身后边娇滴滴的声音说道："饭用过了罢？怠慢得很。"慌忙转过头来，见那女子又换了一件淡绿印花布棉袄，青布大脚裤子，愈显得眉似春山，眼如秋水；两腮酞厚，如帛裹朱，从白里隐隐透出红来，不似时下南北的打扮，用那胭脂涂得同猴子屁股一般；口颊之间若带喜笑，眉眼之际又颇似振矜，真令人又爱又敬。女子说道："何不请炕上坐，暖和些。"于是彼此坐下。

那老苍头进来问姑娘道："申老爷行李放在什么地方呢？"姑娘说："太爷前日去时，分付就在这里间太爷榻上睡，行李不用解了。跟随的人都吃过饭了吗？你叫他们早点歇罢。驴子喂了没有？"苍头一一答应说："都齐备妥协了。"姑娘又说："你煮茶来罢。"苍头连声应是。

子平道："尘俗身体，断不敢在此地下榻。来时见前面有个大炕，就同他们一道睡罢。"女子说："无庸过谦，此是家父分付的。不然，我一个山乡女子，也断不擅自迎客。"子平道："蒙惠过分，感谢已极。

只是还不曾请教贵姓，尊大人是做何处的官？在何处值日？"女子道：
"敝姓涂氏。家父在碧霞宫上值日，五日一班。合计半月在家，半月在宫。"

子平问道："这屏上诗是何人做的？看来只怕是个仙家罢？"女子
道："是家父的朋友，常来此地闲谈，就是去年在此地写的。这个人也
是个不衫不履的人，与家父最为相契。"子平道："这人究竟是个和尚，
还是个道士？何以诗上又像道家的话，又有许多佛家的典故呢？"女
子道："既非道士，又非和尚，其人也是俗装。他常说：'儒、释、道
三教，譬如三个铺面挂了三个招牌，其实都是卖的杂货，柴米油盐都
是有的。不过儒家的铺子大些，佛、道的铺子小些，皆是无所不包的。'
又说：'凡教总分两层：一个叫道面子，一个叫道里子。道里子都是同的，
道面子就各有分别了。如和尚剃了头，道士挽了个髻，叫人一望而知，
那是和尚、那是道士。倘若叫那和尚留了头，也挽个髻子，披件鹤氅；
道士剃了发，着件袈裟：人又要颠倒呼唤起来了。难道眼耳鼻舌不是
那个用法吗？'又说：'道面子有分别，道里子实是一样的。'所以这
黄龙先生，不拘三教，随便吟咏的。"

子平道："得闻至论，佩服已极。只是既然三教道里子都是一样，
在下愚蠢得极，到要请教这同处在什么地方，异处在什么地方？何以
又有大小之分？儒教最大，又大在什么地方？敢求指示。"女子道："其
同处在诱人为善，引人处于大公。人人好公，则天下太平；人人营私，
则天下大乱。惟儒教公到极处。你看，孔子一生遇了多少异端！如长
沮、桀溺、荷蓧丈人等类，均不十分佩服孔子，而孔子反赞扬他们不置：
是其公处，是其大处。所以说：'攻乎异端，斯害也已。'若佛道两教，
就有了褊心：惟恐后世人不崇奉他的教，所以说出许多天堂地狱的话
来吓唬人。这还是劝人行善，不失为公。甚则说崇奉他的教，就一切
罪孽消灭；不崇奉他的教，就是魔鬼入宫，死了必下地狱等辞，这就
是私了。至于外国一切教门，更要为争教兴兵接战，杀人如麻。试问，
与他的初心合不合呢？所以就愈小了。若回回教说，为教战死的血光
如玫瑰紫的宝石一样，更骗人到极处！只是儒教可惜失传已久，汉儒

拘守章句，反遗大旨；到了唐朝，直没人提及。韩昌黎是个通文不通道的脚色，胡说乱道！他还要做篇文章，叫做《原道》，真正原到道反面去了！他说：'君不出令，则失其为君；民不出粟、米、丝、麻，以奉其上，则诛。'如此说去，那桀纣很会出令的，又很会诛民的，然则桀纣之为君是，而桀纣之民全非了，岂不是是非颠倒吗？他却又要辟佛老，倒又与和尚做朋友。所以后世学儒的人，觉得孔孟的道理太费事，不如弄两句辟佛老的口头禅，就算是圣人之徒，岂不省事。弄的朱夫子也出不了这个范围，只好据韩昌黎的《原道》去改孔子的《论语》，把那'攻乎异端'的'攻'字，百般扭捏，究竟总说不圆，却把孔孟的儒教被宋儒弄的小而又小，以至于绝了！"

子平听说，肃然起敬道："'与君一夕话，胜读十年书'，真是闻所未闻！只是还不懂：长沮、桀溺倒是异端，佛老倒不是异端，何故？"女子道："皆是异端。先生要知'异'字当不同讲，'端'字当起头讲。'执其两端'是说执其两头的意思。若'异端'当邪教讲，岂不'两端'要当柠权教讲？'执其两端'便是抓住了他个柠权教呢，成何话说呀？圣人意思，殊途不妨同归，异曲不妨同工。只要他为诱人为善，引人为公起见，都无不可。所以叫做'大德不逾闲，小德出入，可也。'若只是为攻讦起见，初起尚只攻佛攻老，后来朱陆异同，遂操同室之戈，并是祖孔孟的，何以朱之子孙要攻陆，陆之子孙要攻朱呢？此之谓'失其本心'，反被孔子'斯害也已'四个字定成铁案！"

子平闻了，连连赞叹，说："今日幸见姑娘，如对明师。但是宋儒错会圣人意旨的地方，也是有的，然其发明正教的功德，亦不可及。即如'理''欲'二字，'主敬''存诚'等字，虽皆是古圣之言，一经宋儒提出，后世实受惠不少，人心由此而正，风俗由此而醇。"那女子嫣然一笑，秋波流媚，向子平睇了一眼。子平觉得翠眉含娇，丹唇启秀，又似有一阵幽香，沁入肌骨，不禁神魂飘荡。那女子伸出一只白如玉、软如棉的手来，隔着炕桌子，握着子平的手。握住了之后，说道："请问先生：这个时候，比你少年在书房里，贵业师握住你手'扑作教刑'

的时候何如？"子平默无以对。

女子又道："凭良心说，你此刻爱我的心，比爱贵业师何如？圣人说的，'所谓诚其意者，毋自欺也。如恶恶臭，如好好色。'孔子说：'好德如好色。'孟子说：'食色，性也。'子夏说：'贤贤易色。'这好色乃人之本性。宋儒要说好德不好色，非自欺而何？自欺欺人，不诚极矣！他偏要说'存诚'，岂不可恨？圣人言情言礼，不言理欲。删《诗》以《关雎》为首，试问'窈窕淑女，君子好逑'，'求之不得'，至于'辗转反侧'，难道可以说这是天理，不是人欲吗？举此可见圣人决不欺人处。《关雎》序上说道：'发乎情，止乎礼义。'发乎情，是不期然而然的境界。即如今夕，嘉宾惠临，我不能不喜，发乎情也。先生来时，甚为困惫，又历多时，宜更惫矣，乃精神焕发，可见是很喜欢，如此，亦发乎情也。以少女中男，深夜对坐，不及乱言，止乎礼义矣。此正合圣人之道。若宋儒之种种欺人，口难罄述。然宋儒固多不是，然尚有是处；若今之学宋儒者，直乡愿而已，孔孟所深恶而痛绝者也！"

话言未了，苍头送上茶来，是两个旧瓷茶碗，淡绿色的茶，才放在桌上，清香已竟扑鼻。只见那女子接过茶来，漱了一回口，又漱一回，都吐向炕池之内去，笑道："今日无端谈到道学先生，令我腐臭之气玷污牙齿，此后只许谈风月矣。"子平连声诺诺，却端起茶碗，呷了一口，觉得清爽异常，咽下喉去，觉得一直清到胃脘里，那舌根左右，津液汩汩价翻上来，又香又甜；连喝两口，似乎那香气又从口中反窜到鼻子上去，说不出的好受，问道："这是什么茶叶？为何这们好吃？"女子道："茶叶也无甚出奇，不过本山上出的野茶，所以味是厚的。却亏了这水，是汲的东山顶上的泉。泉水的味，愈高愈美。又是用松花作柴，沙瓶煎的。三合其美，所以好了。尊处吃的都是外间卖的茶叶，无非种茶，其味必薄；又加以水火俱不得法，味道自然差的。"

只听窗外有人喊道："玙姑，今日有佳客，怎不招呼我一声？"女子闻声，连忙立起，说："龙叔，怎样这时候会来？"说着，只见那人已经进来，着了一件深蓝布百衲大棉袄，科头，不束带亦不着马褂，有五十来岁光景，面如渥丹，须髯漆黑。见了子平，拱一拱手，说："申先生，来了多时了？"子平道："到有两三个钟头了。请问先生贵姓？"那人道："隐姓埋名，以黄龙子为号。"子平说："万幸，万幸！拜读大作，已经许久。"女子道："也上炕来坐罢。"黄龙子遂上炕，至炕桌里面坐下，说："玙姑，你说请我吃笋的呢。笋在何处？拿来我吃。"玙姑道："前些时到想挖去的，偶然忘记，被滕六公占去了。龙叔要吃，自去找滕六公商量罢。"黄龙子仰天大笑。

子平向女子道："不敢冒犯，这'玙姑'二字想必是大名罢？"女子道："小名叫仲玙，家姊叫伯璠，故叔伯辈皆自小喊惯的。"

黄龙子向子平道："申先生困不困？如其不困，今夜良会，可以不必早睡，明天迟迟起来最好。柏树峪地方，路极险峻，很不好走，又有这场大雪，路影看不清楚，跌下去有性命之忧。刘仁甫今天晚上检点行李，大约明日午牌时候，可以到集上关帝庙。你明天用过早饭动身，正好相遇了。"子平听说大喜，说道："今日得遇诸仙，三生有幸。请教上仙诞降之辰，还是在唐在宋？"黄龙子又大笑道："何以知之？"答："尊作明说'回首沧桑五百年'，可知断不止五六百岁了。"黄龙子道："'尽信书，则不如无书。'此鄙人之游戏笔墨耳，公直当《桃花源记》读可矣。"就举起茶杯，品那新茶。

玙姑见子平杯内茶已将尽，就持小茶壶代为斟满。子平连连欠身道："不敢。"亦举起杯来详细品量。却听窗外远远唔了一声，那窗纸微觉飒飒价动，屋尘簌簌价落。想起方才路上光景，不觉毛骨森竦，勃然色变。黄龙道："这是虎啸，不要紧的。山家看着此种物事，如你们城市中人看骡马一样，虽知他会踢人，却不怕他。因为相习已久，知他伤人也不是常有的事。山上人与虎相习，寻常人固避虎，虎也避人，故伤害人也不是常有的事，不必怕他。"

子平道："听这声音，离此尚远，何以窗纸竟会震动，屋尘竟会下落呢？"黄龙道："这就叫做虎威。因四面皆山，故气常聚，一声虎啸，四山皆应。在虎左右，二三十里皆是这样。虎若到了平原，就无这个威势了。所以古人说：龙若离水，虎若离山，便要受人狃侮的。即如朝廷里做官的人，无论为了什么难，受了什么气，只是回家来对着老婆孩子发发标，在外边决不敢发半句硬话，也是不敢离了那个官。同那虎不敢去山，龙不敢失水的道理，是一样的。"

子平连连点头，说："不错，是的。只是找还不明白，虎在山里，为何就有这大的威势，是何道理呢？"黄龙子道："你没有念过《千字文》么？这就是'空谷传声，虚堂习听'的道理。虚堂就是个小空谷，空谷就是个大虚堂。你在这门外放个大爆竹，要响好半天呢。所以山城的雷，比平原的响好几倍，也是这个道理。"说完，转过头来对女子道："玙姑，我多日不听你弹琴了，今日难得有嘉客在此，何妨取来弹一曲？连我也沾光听一回。"玙姑道："龙叔，这是何苦来！我那琴如何弹得，惹人家笑话。申公在省城里，弹好琴的多着呢，何必听我们这个乡里迤鼓！到是我去取瑟来，龙叔鼓一调瑟罢，还稀罕点儿。"黄龙子说："也罢，也罢。就是我鼓瑟，你鼓琴罢。搬来搬去，也很费事，不如竟到你洞房里去弹罢。好在山家女儿，比不得衙门里小姐，房屋是不准人到的。"说罢，便走下炕来，穿了鞋子，持了烛，对子平挥手说："请里面去坐。玙姑引路。"

玙姑果然下了炕，接烛先走，子平第二，黄龙第三。走过中堂，揭开了门帘，进到里间，是上下两个榻：上榻设了衾枕，下榻堆积着书画。朝东一个窗户，窗下一张方桌。上榻面前有个小门。玙姑对子平道："这就是家父的卧室。"进了榻旁小门，仿佛回廊似的，却有窗轩，地下驾空铺的木板。向北一转，又向东一转，朝北朝东俱有玻璃窗。北窗看着离山很近，一片峭壁穿空而上，朝下看，像甚深似的。正要前进，只听砰硼霍落几声，仿佛山倒下来价响，脚下震震摇动，子平吓得魂不附体。未知后事如何，且听下回分解。

第十回

骊龙双珠光照琴瑟　犀牛一角声叶箜篌

话说子平听得天崩地塌价一声，脚下震震摇动，吓得魂不附体，怕是山倒下来。黄龙子在身后说道："不怕的。是这山上的冻雪被泉水漱空了，滚下一大块来，夹冰夹雪，所以有这大的声音。"说着，又朝向北一转，便是一个洞门。这洞不过有两间房大，朝外半截窗台，上面安着窗户，其余三面俱斩平雪白，顶是圆的，像城门洞的样子。洞里陈设甚简，有几张树根的坐具，却是七大八小的不匀，又都是磨得绢光。几案也全是古藤天生的，不方不圆，随势制成。东壁横了一张枯槎独睡榻子，设着衾枕。榻旁放了两三个黄竹箱子，想必是盛衣服什物的了。洞内并无灯烛，北墙上嵌了两个滴圆夜明珠，有巴斗大小，光色发红，不甚光亮。地下铺着地毯，甚厚软，微觉有声。榻北立一个曲尺形书架，放了许多书，都是草订，不曾切过书头的。双夜明珠中间挂了几件乐器，有两张瑟、两张琴是认得的，还有些不认得的。

　　玙姑到得洞里，将烛台吹息，放在窗户台上，方才坐下，只听外面唔唔价七八声，接连又许多声，窗纸却不震动。子平说道："这山里怎样这们多的虎？"玙姑笑道："乡里人进城，样样不识得，被人家笑话；你城里人下乡，却也是样样不识得，恐怕也有人笑你。"子平道："你听，外面唔唔价叫的，不是虎吗？"玙姑说："这是狼嗥，虎那有这们多呢？虎的声音长，狼的声音短，所以虎名为'啸'，狼名为'嗥'。古人下字眼都是有斟酌的。"

　　黄龙子移了两张小长几，摘下一张琴、一张瑟来。玙姑也移了三张凳子，让子平坐了一张。彼此调了一调弦，同黄龙各坐了一张凳子。

弦已调好，玙姑与黄龙子商酌了两句，就弹起来了。初起不过轻挑漫剔，声响悠柔；一段以后，散泛相错，其声清脆；两段以后，吟揉渐多。那瑟之勾挑夹缝中，与琴之绰注相应，粗听若弹琴鼓瑟，各自为调，细听则如珠鸟一双，此唱彼和，问来答往。四五段以后，吟揉渐少，杂以批拂，苍苍凉凉，磊磊落落，下指甚重，声韵繁兴。六七八段，间以曼衍，愈转愈清，其调愈逸。

子平本会弹十几调琴，所以听得入彀；因为瑟是未曾听过，格外留神。那知瑟的妙用，也在左手，看他右手发声之后，那左手进退揉颤，其余音也就随着猗猗靡靡，真是闻所未闻。初听还在算计他的指法、调头，既而便耳中有音，目中无指。久之，耳目俱无，觉得自己的身体飘飘荡荡，如随长风浮沉于云霞之际。久之又久，心身俱忘，如醉如梦。于恍惚杳冥之中，铮鏦数声，琴瑟俱息，乃通见闻，人亦警觉，欠身而起，说道："此曲妙到极处！小子也曾学弹过两年，见过许多高手。从前听过孙琴秋先生弹琴，有《汉宫秋》一曲，以为绝非凡响，与世俗的不同。不想今日得闻此曲，又高出孙君《汉宫秋》数倍。请教叫什么曲名？有谱没有？"玙姑道："此曲名叫《海水天风之曲》，是从来没有谱的。不但此曲为尘世所无，即此弹法亦山中古调，非外人所知。你们所弹的皆是一人之曲，如两人同弹此曲，则彼此宫商皆合而为一。如彼宫，此亦必宫，彼商，此亦必商，断不敢为羽为徵。即使三四人同鼓，也是这样，实是同奏，并非合奏。我们所弹的曲子，一人弹与两人弹迥乎不同。一人弹的，名'自成之曲'；两人弹，则为'合成之曲'。所以此宫彼商，彼角此羽，相协而不相同。圣人所谓'君子和而不同'，就是这个道理。'和'之一字，后人误会久矣。"

当时玙姑立起身来，向西壁有个小门，开了门，对着大声喊了几句，不知甚话，听不清楚。看黄龙子亦立起身，将琴瑟悬在壁上。

子平于是也立起，走到壁间，仔细看那夜明珠到底什么样子，以便回去夸耀于人。及走至珠下，伸手一摸，那夜明珠却甚热，有些烙手，心里诧异道："这是什么道理呢？"看黄龙子琴瑟已俱挂好，即问道："先生，这是什么？"笑答道："骊龙之珠，你不认得吗？"问："骊珠怎样会热呢？"答："这是火龙所吐的珠，自然热的。"子平说："火龙珠那得如此一样大的一对呢？虽说是火龙，难道永远这们热么？"笑答道："然则我说的话，先生有不信的意思了。既不信，我就把这热的道理开给你看。"说着，便向那夜明珠的旁边有个小铜鼻子一拔，那珠子便像一扇门似的张开来了。原来是个珠壳，里面是很深的油池，当中用棉花线卷的个灯心，外面用千层纸做的个灯筒，上面有个小烟囱，从壁子上出去，上头有许多的黑烟，同洋灯的道理一样，却不及洋灯精致，所以不免有黑烟上去。看过也就笑了。再看那珠壳，原来是用大螺蚌壳磨出来的，所以也不及洋灯光亮。

子平道："与其如此，何不买个洋灯，岂不省事呢？"黄龙子道："这山里那有洋货铺呢？这油就是前山出的，与你们点的洋油是一样物件。只是我们不会制造，所以总嫌他浊，光也不足，所以把他嵌在壁子里头。"说过便将珠壳关好，依旧是两个夜明珠。

子平又问："这地毯是什么做的呢？"答："俗名叫做'蓑草'。因为可以做蓑衣用，故名。将这蓑草半枯时，采来晾干，劈成细丝，和麻织成的。这就是玙姑的手工。山地多潮湿，所以先用云母铺了，再加上这蓑毯，人就不受病了。这壁上也是云母粉和着红色胶泥涂的，既御潮湿，又避寒气，却比你们所用的石灰好得多呢。"

子平又看，壁上悬着一物，像似弹棉花的弓，却安了无数的弦，知道必是乐器，就问："叫甚名字？"黄龙子道："名叫'箜篌'。"用手拨拨，也不甚响，说道："我们从小读诗，题目里就有《箜篌引》，却不知道是这个样子。请先生弹两声，以广见闻，何如？"黄龙道："单弹没有什么意味。我看时候何如，再请一个客来，就行了。"走至窗前，朝外一看月光，说："此刻不过亥正，恐怕桑家姊妹还没有睡呢，去请一请看。"遂向玙姑道："申公要听箜篌，不知桑家阿扈能来不能？"玙姑道："苍头送茶来，我叫他去问声看。"于是又各坐下。苍头捧了一个小红泥炉子，外一个水瓶子，一个小茶壶，几个小茶杯，安置在矮脚几上。玙姑说："你到桑家，问扈姑、胜姑能来不能。"苍头诺声去了。

此时三人在靠窗个梅花几旁坐着。子平靠窗台甚近，玙姑取茶布与二人，大家静坐吃茶。子平看窗台上有几本书，取来一看，面子上题了四个大字，曰"此中人语"。揭开来看，也有诗，也有文，惟长短句子的歌谣最多，俱是手录，字迹娟好。看了几首，都不甚懂。偶然翻得一本，中有张花笺，写着四首四言诗，是个单张子，想要抄下，便向玙姑道："这纸我想抄去，可以不可以？"玙姑拿过去看了看，说："你喜欢，拿去就是了。"子平接过来，再细看，上写道：

银鼠谚

东山乳虎，迎门当户；明年食獐，悲生齐鲁。——一解

残骸狼藉，乳虎之食；飞腾上天，立豕当国。——二解

乳虎斑斑，雄据西山；亚当孙子，横被摧残。——三解

四邻震怒，天眷西顾；毙豕殪虎，黎民安堵。——四解

子平看了又看，说道："这诗仿佛古歌谣，其中必有事迹，请教一二。"黄龙子道："既叫做'此中人语'，必'不能为外人道'可知矣。阁下静候数年便会知悉。"玙姑道："'乳虎'就是你们玉太尊，其余你慢慢的揣摹，也是可以知道的。"

子平会意，也就不往下问了。其时远远听有笑语声。一息工天，只听回廊上格登格登，有许多脚步儿响，顷刻已经到了面前。苍头先进，说："桑家姑娘来了。"黄玙皆接上前去。子平亦起身植立。只见前面的一个约有二十岁上下，著的是紫花袄子，紫地黄花，下著燕尾青的裙子，头上倒梳云髻，挽了个坠马妆；后面的一个约有十三四岁，著了个翠蓝袄子，红地白花的裤子，头上正中挽了髻子，插了个慈菇叶子似的一枝翠花，走一步颤巍巍的。进来彼此让了坐。

玙姑介绍，先说："这是城武县申老父台的令弟，今日赶不上集店，在此借宿，适值龙叔也来，彼此谈得高兴，申公要听箜篌，所以有劳两位芳驾。搅破清睡，罪过得很！"两人齐道："岂敢，岂敢。只是《下

里》之音不堪入耳。"黄龙说:"也无庸过谦了。"

玛姑随又指着年长著紫衣的,对子平道:"这位是扈姑姐姐。"指着年幼著翠衣的道:"这位是胜姑妹子。都住在我们这紧邻,平常最相得的。"子平又说了两句客气的套话,却看那扈姑,丰颊长眉,眼如银杏,口辅双涡,唇红齿白,于艳丽之中有股英俊之气;那胜姑幽秀俊俏,眉目清爽。苍头进前,取水瓶将茶壶注满,将清水注入茶瓶,即退出去。玛姑取了两个盏子,各敬了茶。黄龙子说:"天已不早了,请起手罢。"

玛姑于是取了箜篌递给扈姑,扈姑不肯接手,说道:"我弹箜篌,不及玛妹。我却带了一枝角来,胜妹也带得铃来了。不如竟是玛妹弹箜篌,我吹角,胜妹摇铃,岂不大妙?"黄龙道:"甚善,甚善。就是这们办。"扈姑又道:"龙叔做什么呢?"黄龙道:"我管听。"扈姑道:"不害臊,稀罕你听!龙吟虎啸,你就吟罢。"黄龙道:"水龙才会吟呢。我这个田里的龙,只会潜而不用。"玛姑说:"有了法子了。"即将箜篌放下,跑到靠壁几上,取过一架特磬来,放在黄龙面前,说:"你就半啸半击磬,帮衬帮衬音节罢。"扈姑遂从襟底取出一枝角来,光彩夺目,如元玉一般,先缓缓的吹起。原来这角上面有个吹孔,旁边有六七个小孔,手指可以按放,亦复有宫商徵羽,不似巡街兵吹的海螺只是呜呜价叫,听那角声,吹得呜咽顿挫,其声悲壮。

当时玛姑已将箜篌取在膝上,将弦调好,听那角声的节奏。胜姑将小铃取出,左手撤了四个,右手撤了三个,亦凝神看着扈姑。只见扈姑角声一阕将终,胜姑便将两手七铃同时取起,商商价乱摇。

铃起之时,玛姑已将箜篌举起,苍苍凉凉,紧钩漫摘,连批带拂。铃声已止,箜篌丁东断续,与角声相和,如狂风吹沙,屋瓦欲震。那七个铃便不一齐都响,亦复参差错落,应机赴节。

这时黄龙子隐几仰天,撮唇齐口,发啸相和。尔时,喉声,角声,弦声,铃声,俱分辨不出。耳中但听得风声,水声,人马蹴踏声,旌旗熠耀声,干戈击轧声,金鼓薄伐声。约有半小时,黄龙子举起磬击子来,在磬上铿铿锵锵的乱击,协律谐声,乘虚蹈隙。其时箜篌渐稀,角声渐低,惟余清磬，铮钺未已。少息，胜姑起立，两手笔直，乱铃再摇，众乐皆息。子平起立拱手道："有劳诸位，感戴之至。"众人俱道："见笑了。"子平道："请教这曲叫什么名头，何以颇有杀伐之声？"黄龙道："这曲叫《枯桑引》，又名《胡马嘶风曲》，乃军阵乐也。凡箜篌所奏，无和平之音，多半凄清悲壮，其至急者，可令人泣下。"

谈心之顷，各人已将乐器送还原位，复行坐下。扈姑对玙姑道："璠姊怎样多日未归？"玙姑道："大姐姐因外甥子不舒服，闹了两个多月了，所以不曾来得。"胜姑说："小外甥子什么病？怎么不赶紧治呢？"玙姑道："可不是么，小孩子淘气，治好了，他就乱吃，所以又发，已经发了两次了。何尝不替他治呢。"又说了许多家常话，遂立起身来，告辞去了。子平也立起身来，对黄龙说："我们也前面坐罢，此刻怕有子正的光景，玙姑娘也要睡了。"

说着，同向前面来，仍从回廊行走。只是窗上已无月光，窗外峭壁，上半截雪白烁亮，下半截已经乌黑，是十三日的月亮，已经大歪西了。走至东房，玙姑道："二位就在此地坐罢，我送扈胜姐姐出去。"到了堂屋，扈胜也说："不用送了，我们也带了个苍头来，在前面呢。"听他们又喁喁唧唧了好久，玙姑方回。黄龙说："你也回罢，我还坐一刻呢。"玙姑也就告辞回洞，说："申先生就在榻上睡罢，失陪了。"

玙姑去后，黄龙道："刘仁甫却是个好人，然其病在过真，处山林有余，处城市恐不能久。大约一年的缘分，你们是有的。过此一年之后，局面又要变动了。"子平问："一年之后是什么光景？"答："小有变动。五年之后，风潮渐起；十年之后，局面就大不同了。"子平问："是好是坏呢？"答："自然是坏。然坏即是好，好即是坏；非坏不好，非好不坏。"子平道："这话我真正不懂了。好就是好，坏就是坏。像先生这种说法，岂不是好坏不分了吗？务请指示一二。不才往常见人读佛经，什么'色即是空，空即是色'，这种无理之口头禅，常觉得头昏脑闷。今日遇见先生，以为如拨云雾见了青天，不想又说出这套懵懂话来，岂不令人闷煞？"

黄龙子道："我且问你：这个月亮，十五就明了，三十就暗了，上弦下弦就明暗各半了，那初三四里的月亮只有一牙，请问他怎么便会慢慢地长满了呢？十五以后怎么慢慢地又会烂吊了呢？"子平道："这个理容易明白：因为月球本来无光，受太阳的光，所以朝太阳的半个是明的，背太阳的半个是暗。初三四，月身斜对太阳，所以人眼看见的正是三分明，七分暗，就像一牙似的；其实，月球并无分别，只是半个明，半个暗，盈亏圆缺，都是人眼睛现出来的景相，与月球毫不相干。"

黄龙子道："你既明白这个道理，应须知道好即是坏，坏即是好，同那月球的明暗是一个道理。"子平道："这个道理实不能同。月球虽无圆缺，实有明暗。因永远是半个明的，半个暗的，所以明的半边朝人，人就说月圆了；暗的半边朝人，人就说月黑了。初八、二十三，人正对他侧面，所以觉得半明半暗，就叫做上弦、下弦。因人所看的方面不同，唤做个盈亏圆缺。若在二十八九，月亮全黑的时候，人若能飞到月球上边去看，自然仍是明的。这就是明暗的道理，我们都懂得的。然究竟半个明的，半个暗的，是一定不移的道理。半个明的终久是明，半个暗的终久是暗。若说暗即是明，明即是暗，理性总不能通。"

正说得高兴，只听背后有人道："申先生，你错了。"毕竟此人是谁，且听下回分解。

第十一回

疫鼠传殃成害马　瘸犬流灾化毒龙

却说申子平正与黄龙子辩论，忽听背后有人喊道："申先生，你错了。"回头看时，却原来正是玙姑，业已换了装束，仅穿一件花布小袄，小脚裤子，露出那六寸金莲，著一双灵芝头扱鞋，愈显得聪明俊俏。那一双眼珠儿，黑白分明，都像透水似的。

申子平连忙起立，说："玙姑还没有睡吗？"玙姑道："本待要睡，听你们二位谈得高兴，故再来听二位辩论，好长点学问。"子平道："不才那敢辩论。只是性质愚鲁，一时不能彻悟，所以有劳黄龙先生指教。方才姑娘说我错了，请指教一二。"

玙姑道："先生不是不明白，是没有多想一想。大凡人都是听人家怎样说，便怎样信，不能达出自己的聪明。你方才说月球半个明的，终久是明的。试思月球在天，是动的呢？是不动的呢？月球绕地是人人都晓得的。既知道他绕地，则不能不动，即不能不转，是很明显的道理了。月球既转，何以对着太阳的一面永远明呢？可见月球全身都是一样的质地，无论转到那一面，凡对太阳的总是明的了。由此可知，无论其为明为暗，其于月球本体，毫无增减，亦无生灭。其理本来易明，都被宋以后的三教子孙挟了一肚子欺人自欺的心去做经注，把那三教圣人的精义都注歪了。所以天降奇灾，北拳南革，要将历代圣贤一笔抹煞。此也是自然之理，不足为奇的事。不生不死，不死不生；即生即死，即死即生，那里会错过一丝毫呢？"

申子平道："方才月球即明即暗的道理，我方有二分明白，今又被姑娘如此一说，又把我送到酱糊缸里去了。我现在也不想明白这个道理了，请二位将那五年之后风潮渐起，十年之后就大不同的情形，开示一二。"

黄龙子道："三元甲子之说，阁下是晓得的。同治三年甲子，是上元甲子第一年，阁下想必也是晓得的？"子平答应一声道："是。"黄龙子又道："此一个甲子与以前三个甲子不同，此名为'转关甲子'。此甲子，六十年中要将以前的事全行改变：同治十三年，甲戌，为第一变；光绪十年，甲申，为第二变；甲午，为第三变；甲辰，为第四变；甲寅，为第五变：五变之后，诸事俱定。若是咸丰甲寅生人的人，活到八十岁，这六甲变态都是亲身阅历，到也是个极有意味的事。"

子平道："前三甲的变动，不才大概也都见过了：大约甲戌穆宗毅皇帝上升，大局为之一变；甲申为法兰西福建之役，安南之役，大局又为之一变；甲午为日本侵我东三省，俄德出力调停，借收渔翁之利，大局又为之一变：此都已知道了。请问后三甲的变动如何？"黄龙子道："这就是北拳南革了。北拳之乱，起于戊子，成于甲午，至庚子，子午一冲而爆发。其兴也勃然，其灭也忽然，北方之强也。其信从者，上自宫闱，下至将相而止，主义为压汉。南革之乱，起于戊戌，成于甲辰，至庚戌，辰戌一冲而爆发。然其兴也渐进，其灭也潜消，南方之强也。其信从者，下自士大夫，上亦至将相而止，主义为逐满。此二乱党，皆所以酿劫运，亦皆所以开文明也。北拳之乱所以渐渐逼出甲辰之变法；南革之乱所以逼出甲寅之变法。甲寅之后文明大著，中外之猜嫌，满汉之疑忌，尽皆销灭。魏真人《参同契》所说，'元年乃芽滋'，指甲辰而言。辰属土，万物生于土，故甲辰以后为文明芽滋之世，如木之坼甲，如笋之解箨。其实，满目所见者皆木甲竹箨也，而真苞已隐藏其中矣。十年之间，箨甲渐解，至甲寅而齐。寅属木，为花萼之象。甲寅以后为文明华敷之世，虽灿烂可观，尚不足与他国齐驱并驾。直至甲子，为文明结实之世，可以自立矣。然后由欧洲新文明进而复我三皇五帝旧文明，骎骎进于大同之世矣。然此事尚远，非三五十年事也。"

子平听得欣欣鼓舞，因又问道："像这北拳南革，这些人究竟是何因缘？天为何要生这些人？先生是明道之人，正好请教。我常是不明白，上天有好生之德，天既好生，又是世界之主宰，为什么又要生这些恶人做什么呢？俗语话岂不是'瞎倒乱'吗？"黄龙子点头长叹，默无一言。稍停，问子平道："你莫非以为上帝是尊无二上之神圣吗？"子平答道："自然是了。"黄龙摇头道："还有一位尊者，比上帝还要了得呢！"

子平大惊，说道："这就奇了！不但中国自有书籍以来未曾听得有比上帝再尊的，即环球各国亦没有人说上帝之上更有那一位尊神的。——这真是闻所未闻了！"黄龙子道："你看过佛经，知道阿修罗王与上帝争战之事吗？"子平道："那却晓得，然我实不信。"

黄龙子道："这话不但佛经上说，就是西洋各国宗教家也知道有魔王之说。那是丝毫不错的。须知阿修罗隔若干年便与上帝争战一次，末后总是阿修罗败，再过若干年，又来争战。试问，当阿修罗战败之时，上帝为什么不把他灭了呢，等他过若干年，又来害人？不知道他害人，是不智也；知道他害人而不灭之，是不仁也。岂有个不仁不智之上帝呢？足见上帝的力量是灭不动他，可想而知了。譬如两国相战，虽有胜败之不同，彼一国即不能灭此一国，又不能使此一国降伏为属国，虽然战胜，则两国仍为平等之国，这是一定的道理。上帝与阿修罗亦然。既不能灭之，又不能降伏之，惟吾之命是听，则阿修罗与上帝便为平等之国。而上帝与阿修罗又皆不能出这位尊者之范围，所以晓得这位尊者位分实在上帝之上。"

子平忙问道："我从未听说过！请教这位尊者是何法号呢？"黄龙子道："法号叫做'势力尊者'。势力之所至，虽上帝亦不能违拗他。我说个比方给你听：上天有好生之德，由冬而春，由春而夏，由夏而秋，上天好生的力量已用足了。你试想，若夏天之树木，百草，百虫，无不满足的时候，若由着他老人家性子再往下去好生，不要一年，这地球便容不得了，又到那里去找块空地容放这些物事呢？所以就让这霜雪寒风出世，拚命的一杀，杀得干干净净的，再让上天来好生，这霜雪寒风就算是阿修罗的部下了。又可知这一生一杀都是'势力尊者'的作用。——此尚是粗浅的比方，不甚的确；要推其精义，有非一朝一夕所能算得尽的。"

玙姑听了，道："龙叔，今朝何以发出这等奇辟的议论？不但申先生未曾听说，连我也未曾听说过。究竟还是真有个'势力尊者'呢，还是龙叔的寓言？"黄龙子道："你且说是有一个上帝没有？如有一个上帝，则一定有一个'势力尊者'。要知道上帝同阿修罗都是'势力尊者'的化身。"玙姑拍掌大笑道："我明白了！'势力尊者'就是儒家说的个'无极'，上帝同阿修罗王合起来就是个'太极'！对不对呢？"黄龙子道："是的，不错。"申子平亦欢喜起立道："被玙姑这一讲，连我也明白了！"

黄龙子道："且慢。是却是了，然而被你们这一讲，岂不上帝同阿修罗都成了宗教家的寓言了吗？若是寓言，就不如竟说'无极''太极'的妥当。要知上帝同阿修罗乃实有其人，实有其事。且等我慢慢讲与你听。——不懂这个道理，万不能明白那北拳南革的根源。将来申先生庶几不至于搅到这两重恶障里去。就是玙姑，道根尚浅，也该留心的为是。

"我先讲这个'势力尊者'，即主持太阳宫者是也。环绕太阳之行星皆凭这个太阳为主动力。由此可知，凡属这个太阳部下的势力总是一样，无有分别。又因这感动力所及之处与那本地的应动力相交，生出种种变相，莫可记述。所以各宗教家的书总不及儒家的《易经》为最精妙。《易经》一书专讲爻象。何以谓之爻象？你且看这'爻'字："乃用手指在桌上画道："一撇一捺，这是一交；又一撇一捺，这又是一交：天上天下一切事理尽于这两交了。初交为正，再交为变，一正一变，互相乘除，就没有纪极了。这个道理甚精微，他们算学家略懂得一点。算学家说同名相乘为'正'，异名相乘为'负'，无论你加减乘除，怎样变法，总出不了这'正''负'两个字的范围。所以'季文子三思而后行'，孔子说'再思可矣'，只有个再，没有个三。

"话休絮聒，我且把那北拳南革再演说一番。这拳譬如人的拳头，一拳打去，行就行，不行就罢了，没甚要紧。然一拳打得巧时，也会送了人的性命。倘若躲过去，也就没事。将来北拳的那一拳，也几乎送了国家的性命，煞是可怕！然究竟只是一拳，容易过的。若说那革呢，革是个皮，即如马革牛革，是从头到脚无处不包着的。莫说是皮肤小病，要知道浑身溃烂起来，也会致命的。只是发作的慢，若留心医治，也不致于有害大事。惟此'革'字上应卦象，不可小觑了他。诸位切忌：若搅入他的党里去，将来也是跟着溃烂，送了性命的！

"小子且把'泽火革'卦演说一番。先讲这'泽'字。山泽通气，泽就是溪河。溪河里不是水吗？《管子》说：'泽下尺，升上尺。'常云：'恩泽下于民。'这'泽'字不明明是个好字眼吗？为什么'泽火革'便是个凶卦呢？偏又有个'水火既济'的个吉卦放在那里，岂不令人纳闷？要知这两卦的分别就在'阴''阳'二字上。坎水是阳水，所以就成个'水火既济'，吉卦；兑水是阴水，所以成了个'泽火革'，凶卦。坎水阳德，从悲天悯人上起的，所以成了个既济之象；兑水阴德，从愤懑嫉妒上起的，所以成了个革象。你看，《象辞》上说道：'泽火革，二女同居，其志不相得。'你想，人家有一妻一妾，互相嫉妒，这个人家会兴旺吗？初起总想独据一个丈夫，及至不行，则破败主义就出来了。因爱丈夫而争，既争之后，虽损伤丈夫也不顾了；再争，则破丈夫之家也不顾了；再争，则断送自己性命也不顾了：这叫做妒妇之性质。圣人只用'二女同居，其志不相得'两句，把这南革诸公的小像直画出来，比那照像照的还要清爽。

"那些南革的首领，初起都是官商人物，并都是聪明出众的人才，因为所秉的是妇女阴水嫉妒性质，只知有己，不知有人，所以在世界上就不甚行得开了。由愤懑生嫉妒，由嫉妒生破坏。这破坏岂是一人做得的事呢？于是同类相呼，'水流湿，火就燥'，渐渐的越聚越多，钩连上些人家的败类子弟，一发做得如火如荼。其已得举人、进士、翰林、部曹等官的呢，就谈朝廷革命；其读书不成，无着子弟，就学两句爱皮西提衣或阿衣乌爱窝，便谈家庭革命。一谈了革命，就可以

疫鼠传殃成害马　瘸犬流灾化毒龙

75

不受天理国法人情的拘束，岂不大痛快呢？可知太痛快了不是好事：吃得痛快，伤食；饮得痛快，病酒。今者不管天理，不畏国法，不近人情，放肆做去，这种痛快，不有人灾，必有鬼祸，能得长久吗？"

玙姑道："我也常听父亲说起，现在玉帝失权，阿修罗当道。然则这北拳南革都是阿修罗部下的妖魔鬼怪了？"黄龙子道："那是自然，圣贤仙佛谁肯做这些事呢？"

子平问道："上帝何以也会失权？"黄龙子道："名为'失权'，其实只是'让权'，并'让权'二字还是假名；要论其实在，只可以叫做'伏权'。譬如秋冬的肃杀，难道真是杀吗？只是将生气伏一伏，蓄点力量，做来年的生长。道家说道：'天地不仁，以万物为刍狗；圣人不仁，以百姓为刍狗。'又云：'取已陈之刍狗而卧其下，必眯。'春夏所生之物，当秋冬都是已陈之刍狗了，不得不洗刷一番：我所以说是'势力尊者'的作用。上自三十三天，下至七十二地，人非人等，共总只有两派：一派讲公利的，就是上帝部下的圣贤仙佛；一派讲私利的，就是阿修罗部下的鬼怪妖魔。"

申子平道："南革既是破败了天理国法人情，何以还有人信服他呢？"黄龙子道："你当天理国法人情是到南革的时代才破败吗？久已亡失的了！《西游记》是部传道的书，满纸寓言。他说那乌鸡国王现坐着的是个假王，真正却在八角琉璃井内。现在的天理国法人情就是坐在乌鸡国金銮殿上的个假王，所以要借着南革的力量，把这假王打死，然后慢慢地从八角琉璃井内把真王请出来。等到真天理国法人情出来，天下就太平了。"

子平又问："这真假是怎样个分别呢？"黄龙子道："《西游记》上说着呢：叫太子问母后，便知道了。母后说道：'三年之前温又暖，三年之后冷加冰。'这'冷''暖'二字便是真假的凭据。其讲公利的人，全是一片爱人的心，所以发出来是口暖气；其讲私利的人，全是一片恨人的心，所以发出来是口冷气。

"还有一个秘诀，我尽数奉告，请牢牢记住，将来就不至入那北拳南革的大劫数了。北拳以有鬼神为作用，南革以无鬼神为作用。说有鬼神，就可以装妖作怪，鼓惑乡愚，其志不过如此而已。若说无鬼神，其作用就很多了：第一条，说无鬼就可以不敬祖宗，为他家庭革命的根源说无神则无阴谴，无天刑，一切违背天理的事都可以做得，又可以掀动破败子弟的兴头。他却必须住在租界或外国，以骋他反背国法的手段；必须痛诋人说有鬼神的，以骋他反背天理的手段；必须说叛臣贼子是豪杰，忠臣良吏为奴性，以骋他反背人情的手段。大都皆有辩才，以文其说。就如那妒妇破坏人家，他却也有一番堂堂正正的道理说出来，可知道家也却被他破了。南革诸君的议论也有惊采绝艳的处所，可知道世道却被他搅坏了。

"总之，这种乱党，其在上海、日本的容易辨别，其在北京及通都大邑的难以辨别。但牢牢记住：事事托鬼神便是北拳党人，力辟无鬼神的便是南革党人。若遇此等人，敬而远之，以免杀身之祸，要紧，要紧！"

申子平听得五体投地佩服。再要问时，听窗外晨鸡已经喔喔的啼了。玙姑道："天可不早了，真要睡了。"遂道了一声"安置"，推开角门进去。黄龙子就在对面榻上取了几本书做枕头，身子一欹，已经鼾声雷起。申子平把将才的话又细细的默记了两遍，方始睡卧。欲知后事如何，且听下回分解。

第十二回

寒风冻塞黄河水　暖气催成白雪辞

　　话说申子平一觉睡醒，红日已经满窗，慌忙起来，黄龙子不知几时已经去了。老苍头送进热水洗脸，少停又送进几盘几碗的早饭来。子平道："不用费心，替我姑娘行道谢，我还要赶路呢。"说着，玙姑已走出来，说道："昨日龙叔不说吗，伫早去也是没用，刘仁甫午牌时候方能到关帝庙呢，用过饭去不迟。"

　　子平依话用饭，又坐了一刻，辞了玙姑，径奔山集上。看那集上，人烟稠密，店面虽不多，两边摆地摊，售卖农家器具及乡下日用物件的，不一而足。问了乡人，才寻着了关帝庙。果然刘仁甫已到，相见叙过寒温，便将老残书信取出。

　　仁甫接了，说道："在下粗人，不懂衙门里规矩，才具又短，恐怕有累令兄知人之明，总是不去的为是。因为接着金二哥捎来铁哥的信，说一定叫去，又恐住的地方，柏树峪难走，觅不着，所以迎候在此面辞。一切总请二先生代为力辞方好。不是躲懒，也不是拿乔，实在恐不胜任，有误尊事，务求原谅。"子平说："不必过谦。家兄恐别人请不动先生，所以叫小弟专诚敦请的。"

　　刘仁甫见辞不掉，只好安排了自己私事，同申子平回到城武。申东造果然待之以上宾之礼，其余一切均照老残所嘱付的办理。初起也还有一两起盗案，一月之后，竟到了"犬不夜吠"的境界了。这且不表。

　　却说老残由东昌府动身，打算回省城去。一日，走到齐河县城南门觅店，看那街上，家家客店都是满的，心里诧异道："从来此地没有这们热闹，这是什么缘故呢？"正在踌躇，只见门外进来一人，口中喊道："好了，好了！快打通了！大约明日一早晨就可以过去了！"

老残也无暇访问，且找了店家，问道："有屋子没有？"店家说："都住满了，请到别家去罢。"老残说："我已走了两家，都没有屋子，你可以对付一间罢，不管好歹。"店家道："此地实在没法了。东隔壁店里，午后走了一帮客，你老赶紧去，或者还没有住满呢。"

老残随即到东边店里，问了店家，居然还有两间屋子空着，当即搬了行李进去。店小二跑来打了洗脸水，拿了一枝燃着的线香放在桌上，说道："客人抽烟。"老残问："这儿为什么热闹？各家店都住满了。"店小二道："刮了几天的大北风，打大前儿，河里就淌凌，凌块子有间把屋子大，摆渡船不敢走，恐怕碰上凌，船就要坏了。到了昨日，上湾子凌插住了，这湾子底下可以走船呢，却又被河边上的凌，把几只渡船都冻的死死的。昨儿晚上，东昌府李大人到了，要见抚台回话，走到此地，过不去，急的什么似的，住在县衙门里，派了河夫、地保打冻。今儿打了一天，看看可以通了，只是夜里不要歇手，歇了手，还是冻上。你老看，客店里都满着，全是过不去河的人。我们店里今早晨还是满满的。因为有一帮客，内中有个年老的，在河沿上看了半天，说是'冻是打不开的了，不必在这里死等，我们赶到雒口，看有法子想没有，到那里再打主意罢。'午牌时候才开车去的，你老真好造化。不然，直没有屋子住。"店小二将话说完，也就去了。

老残洗完了脸，把行李铺好，把房门锁上，也出来步到河堤上，看见那黄河从西南上下来，到此却正是个湾子，过此便向正东去了。河面不甚宽，两岸相距不到二里。若以此刻河水而论，也不过百把丈宽的光景，只是面前的冰，插的重重叠叠的，高出水面有七八寸厚。再望上游走了一二百步，只见那上流的冰，还一块一块的漫漫价来，到此地，被前头的阑住，走不动就站住了。那后来的冰赶上他，只挤得嘻嘻价响。后冰被这溜水逼的紧了，就窜到前冰上头去；前冰被压，就渐渐低下去了。看那河身不过百十丈宽，当中大溜约莫不过二三十丈，两边俱是平水。这平水之上早已有冰结满，冰面却是平的，被吹来的尘土盖住，却像沙滩一般。中间的一道大溜，却仍然奔腾澎湃，有声有势，将那走不过去的冰挤的两边乱窜。那两边平水上的冰，被当中乱冰挤破了，往岸上跑，那冰能挤到岸上有五六尺远。许多碎冰被挤的站起来，像个小插屏似的。看了有点把钟工夫，这一截子的冰又挤死不动了。老残复行往下游走去。过了原来的地方，再往下走，只见有两只船。船上有十来个人都拿着木杵打冰，望前打些时，又望后打。河的对岸，也有两只船，也是这们打。看看天色渐渐昏了，打算回店。再看那堤上柳树，一棵一棵的影子，都已照在地下，一丝一丝的摇动，原来月光已经放出光亮来了。

回到店里，开了门，喊店小二来点上了灯，吃过晚饭，又到堤上闲步。这时北风已息，谁知道冷气逼人，比那有风的时候还利害些。幸得老残早已换上申东造所赠的羊皮袍子，故不甚冷，还支撑得住。只见那打冰船还在那里打。每个船上点了一个小灯笼，远远看去，仿佛一面是"正堂"二字，一面是"齐河县"三字，也就由他去了。抬起头来，看那南面的山，一条雪白，映着月光分外好看。一层一层的山岭，却不大分辨得出，又有几片白云夹在里面，所以看不出是云是山。及至定神看去，方才看出那是云、那是山来。虽然云也是白的，山也是白的，云也有亮光，山也有亮光，只因为月在云上，云在月下，所以云的亮光是从背面透过来的；那山却不然，山上的亮光是由月光照到山上，被那山上的雪反射过来，所以光是两样子的。然只就稍近的地方如此，那山往东去，越望越远，渐渐的天也是白的，山也是白的，云也是白的，就分辨不出什么来了。

老残对着雪月交辉的景致，想起谢灵运的诗，"明月照积雪，北风劲且哀"两句，若非经历北方苦寒景象，那里知道"北风劲且哀"的个"哀"字下的好呢。这时月光照的满地灼亮，抬起头来，天上的星一个也不见，只有北边北斗七星，开阳摇光，像几个淡白点子一样，还看得清楚。那北斗正斜倚在紫微垣的西边上面，杓在上，魁在下。心里想道："岁月如流，眼见斗杓又将东指了，人又要添一岁了。一年一年的这样瞎混下去,如何是个了局呢?"又想到《诗经》上说的"维北有斗,不可以挹酒浆。"——"现在国家正当多事之秋,那王公大臣只是恐怕耽处分,多一事不如少一事,弄的百事俱废,将来又是怎样个了局?国是如此,丈夫何以家为!"想到此地,不觉滴下泪来,也就无心观玩景致,慢慢回店去了。一面走着,觉得脸上有样物件附着似的,用手一摸,原来两边着了两条滴滑的冰。初起不懂什么缘故,既而想起,自己也就笑了。原来就是方才流的泪,天寒,立刻就冻住了,地下必定还有几多冰珠子呢。闷闷的回到店里,也就睡了。

　　次日早起,再到堤上看看,见那两只打冰船,在河边上已经冻实在了。问了堤旁的人,知道昨儿打了半夜,往前打去,后面冻上;往后打去,前面冻上。所以今儿歇手不打了,大总等冰结牢壮了,从冰上过罢。因此老残也就只有这个法子了。闲着无事,到城里散步一回,只有大街上有几家铺面,其余背街上,瓦房都不甚多,是个荒凉寥落的景象。因北方大都如此,故看了也不甚诧异。回到房中,打开书箧,随手取本书看,却好拿着一本《八代诗选》,记得是在省城里替一个湖南人治好了病,送了当谢仪的,省城里忙,未得细看,随手就收在书箱子里了,趁今天无事,何妨仔细看他一遍?原来是二十卷书:头两卷是四言,卷三至十一是五言,十二至十四是新体诗,十五至十七是杂言,十八是乐章,十九是歌谣,卷二十是杂著。再把那细目翻来看看,见新体里选了谢朓二十八首,沈约十四首;古体里选了谢朓五十四首,沈约三十七首。心里很不明白,就把那第十卷与那十二卷同取出来对着看看,实看不出新体古体的分别处来。心里又想:"这诗是王壬秋闿运选的。这人负一时盛名,而《湘军志》一书做的委实是好,有目共赏,何以这诗选的未惬人意呢?"既而又想:"沈归愚选的《古诗源》,将那歌谣与诗混杂一起,也是大病;王渔洋《古诗选》,亦不能有当人意。算来还是张翰风的《古诗录》差强人意。莫管他怎样呢,且把古人的吟咏消遣闲愁罢了。"看了半日,复到店门口闲立。立了一会,方要回去,见一个戴红缨帽子的家人,走近面前,打了一个千儿,说:"铁老爷,几时来的？"老残道："我昨日到的。"嘴里说着，心里只想不起这是谁的家人。

那家人见老残楞着，知道是认不得了，便笑说道："家人叫黄升。敝上是黄应图黄大老爷。"老残道："哦！是了，是了。我的记性真坏！我常到你们公馆里去，怎么就不认得了你呢！"黄升道："你老贵人多忘事罢咧。"老残笑道："人虽不贵，忘事到实在多的。你们贵上是几时来的？住在什么地方呢？我也正闷的慌，找他谈天去。"黄升道："敝上是总办张大人委的，在这齐河上下买八百万料。现在料也买齐全了，验收委员也验收过了，正打算回省销差呢。刚刚这河又插上了，还得等两天才能走呢。你老也住在这店里吗？在那屋里？"老残用手向西指道："就在这西屋里。"黄升道："敝上也就住在上房北屋里，前儿晚上才到。前些时都在工上，因为验收委员过去了，才住到这儿的。此刻是在县里吃午饭，吃过了李大人请着说闲话，晚饭还不定回来吃不吃呢。"老残点点头，黄升也就去了。

原来此人名黄应图，号人瑞，三十多岁年纪，系江西人氏。其兄由翰林转了御史，与军机达拉密至好，故这黄人瑞捐了个同知，来山东河工投效。有军机的八行，抚台是格外照应的，眼看大案保举出奏，就是个知府大人了。人到也不甚俗，在省城时，与老残亦颇来往过数次，故此认得。

老残又在店门口立了一刻，回到房中，也就差不多黄昏的时候。到房里又看了半本诗，看不见了，点上蜡烛。只听房门口有人进来，嘴里喊道："补翁，补翁！久违的很了！"

老残慌忙立起来看，正是黄人瑞。彼此作过了揖，坐下，各自谈了些别后的情事。黄人瑞道："补翁还没有用过晚饭罢？我那里虽然有人送了个一品锅，几个碟子，恐怕不中吃，到是早起我叫厨子用口蘑燉了一只肥鸡，大约还可以下饭，请你到我屋子里去吃饭罢。古人云：'最难风雨故人来。'这冻河的无聊，比风雨更难受，好友相逢，这就不寂寞了。"老残道："甚好，甚好。既有嘉肴，你不请我，也是要来吃的。"

人瑞看桌上放的书，顺手揭起来一看，是《八代诗选》，说："这诗总还算选得好的。"也随便看了几首，丢下来说道："我们那屋里坐罢。"

于是两个人出来。老残把书理了一理，拿把锁把房门锁上，就随着人瑞到上房里来。看是三间屋子：一个里间，两个明间。堂屋门上挂了一个大呢夹板门帘，中间安放一张八仙桌子，桌子上铺了一张漆布。人瑞问："饭得了没有？"家人说："还须略等一刻，鸡子还不十分烂。"人瑞道："先拿碟子来吃酒罢。"

家人应声出去，一霎时转来，将桌子架开，摆了四双筷子，四只酒杯。老残问："还有那位？"人瑞道："停一会儿你就知道了。"杯筷安置停妥，只有两张椅子，又出去寻椅子去。人瑞道："我们炕上坐坐罢。"明间西首本有一个土炕，炕上铺满了芦席，炕的中间人瑞铺了一张大老虎绒毯，毯子上放了一个烟盘子，烟盘两旁两条大狼皮褥子，当中点着明晃晃的个太谷灯。

怎样叫做"太谷灯"呢？因为山西人财主最多，却又人人吃烟，所以那里烟具比别省都精致。太谷是个县名，这县里出的灯，样式又好，火力又足，光头又大，五大洲数他第一。可惜出在中国，若是出在欧美各国，这第一个造灯的人，各报上定要替他扬名，国家就要给他专利的凭据了。无奈中国无此条例，所以叫这太谷第一个造灯的人，同那寿州第一个造斗的人，虽能使器物利用，名满天下，而自己的声名埋没。虽说择术不正，可知时会使然。

闲话少说。那烟盘里摆了几个景泰蓝的匣子，两枝广竹烟枪，两边两个枕头。人瑞让老残上首坐了，他就随手躺下，拿了一枝烟签子，挑烟来烧，说："补翁，你还是不吃吗？其实这样东西，倘若吃得废时失业的，自然是不好；若是不上瘾，随便消遣消遣，到也是个妙品。你何必拒绝的这们利害呢？"老残道："我吃烟的朋友很多，为求他上瘾吃的一个也没有，都是消遣消遣，就消遣进去了。及至上瘾以后，不但不足以消遣，反成了个无穷之累。我看你老哥，也还是不消遣的为是。"人瑞道："我自有分寸，断不上这个当的。"

说着，只见门帘一响，进来了两个妓女：前头一个有十七八岁，鸭蛋脸儿；后头一个有十五六岁，瓜子脸儿。进得门来，朝炕上请了两个安。人瑞道："你们来了？"朝里指道："这位铁老爷，是我省里的朋友。翠环，你就伺候铁老爷，坐在那边罢。"只见那个十七八岁的就挨着人瑞在炕沿上坐下了。那十五六岁的，却立住，不好意思坐。老残就脱了鞋子，挪到炕里边去盘膝坐了，让他好坐。他就侧着身，趔趔着坐下了。

老残对人瑞道："我听说此地没有这个的，现在怎样也有了？"人瑞道："不然，此地还是没有。他们姐儿两个，本来是平原二十里铺做生意的。他爹妈就是这城里的人，他妈同着他姐儿俩在二十里铺住。前月他爹死了，他妈回来，因恐怕他们跑了，所以带回来的，在此地不上店。这是我闷极无聊，叫他们找了来的。这个叫翠花，你那个叫翠环。都是雪白的皮肤，很可爱的。你瞧他的手呢，包管你合意。"老残笑道："不用瞧，你说的还会错吗。"

翠花倚住人瑞对翠环道："你烧口烟给铁老爷吃。"人瑞道："铁爷不吃烟，你叫他烧给我吃罢。"就把烟签子递给翠环。翠环鞠拱着腰烧了一口，上在斗上，递过去。人瑞呼呼价吃完。翠环再烧时，那家人把碟子、一品锅均已摆好，说："请老爷们用酒罢。"

人瑞立起身来说："喝一杯罢，今天天气很冷。"遂让老残上坐，自己对坐，命翠环坐在上横头，翠花坐下横头。翠花拿过酒壶，把各人的酒加了一加，放下酒壶，举箸来先布老残的菜。老残道："请歇手罢，不用布了。我们不是新娘子，自己会吃的。"随又布了黄人瑞的菜。人瑞也替翠环布了一箸子菜。翠环慌忙立起身来说："伫那歇手。"又替翠花布了一箸。翠花说："我自己来吃罢。"就用勺子接了过来，递到嘴里，吃了一点，就放下来了。

人瑞再三让翠环吃菜，翠环只是答应，总不动手。人瑞忽然想起，把桌子一拍，说："是了，是了！"遂直着嗓子喊了一声："来啊！"只见门帘外走进一个家人来，离席六七尺远，立住脚。人瑞点点头，叫他走进一步，遂向他耳边低低说了两句话。只见那家人连声道："喳，喳。"回过头就去了。

过了一刻，门外进来一个著蓝布棉袄的汉子，手里拿了两个三弦子，一个递给翠花，一个递给翠环，嘴里向翠环说道："叫你吃菜呢，好好的伺候老爷们。"翠环仿佛没听清楚，朝那汉子看了一眼。那汉子道："叫你吃菜，你还不明白吗？"翠环点头道："知道了。"当时就拿起筷子来布了黄人瑞一块火腿，又夹了一块布给老残。老残说："不用布最好。"人瑞举杯道："我们干一杯罢。让他们姐儿两个唱两曲，我们下酒。"

说着，他们的三弦子已都和好了弦，一递一段的唱了一支曲子。人瑞用筷子在一品锅里捞了半天，看没有一样好吃的，便说道："这一品锅里的物件，都有徽号，佇知道不知道？"老残说："不知道。"他便用筷子指着说道："这叫'怒发冲冠'的鱼翅。这叫'百折不回'的海参。这叫'年高有德'的鸡。这叫'酒色过度'的鸭子。这叫'恃强拒捕'的肘子。这叫'臣心如水'的汤。"说着，彼此大笑了一回。

他们姐儿两个，又唱了两三个曲子，家人捧上自己燉的鸡来。老残道："酒很够了，就趁热盛饭来吃罢。"家人当时端进四个饭来。翠花立起，接过饭碗，送到各人面前，泡了鸡汤，各自饱餐。饭后，擦过脸，人瑞说："我们还是炕上坐罢。"家人来撤残肴，四人都上炕去坐。老残敧在上首，人瑞敧在下首，翠花倒在人瑞怀里，替他烧烟。翠环坐在炕沿上，无事做，拿着弦子，崩儿崩儿价拨弄着顽。

人瑞道："老残，我多时不见你的诗了，今日总算'他乡遇故知'，佇也该做首诗，我们拜读拜读。"老残道："这两天我看见冻河，很想做诗，正在那里打主意，被你一阵胡搅，把我的诗也搅到那'酒色过度'的鸭子里去了！"人瑞道："你快别'恃强拒捕'，我可就要'怒发冲冠'了！"说罢，彼此呵呵大笑。老残道："有，有，有。明天写给你看。"人瑞道："那不行！你瞧，这墙上有斗大一块新粉的，就是为你题诗预备的。"老残摇头道："留给你题罢。"人瑞把烟枪望盘子里一放，说："稍缓即逝，能由得你吗！"就立起身来，跑到房里，拿了一枝笔，一块砚台，一锭墨出来，放在桌上，说："翠环，你来磨墨。"翠环当真倒了点冷茶，磨起墨来。

霎时间，翠环道："墨得了，佇写罢。"人瑞取了个布掸子，说道："翠花掌烛，翠环捧砚，我来掸灰。"把枝笔递到老残手里，翠花举着蜡烛台，人瑞先跳上炕，立到新粉的一块底下，把灰掸了。翠花、翠环也都立上炕去，站在左右。人瑞招手道："来，来，来。"老残笑说道："你真会乱！"也就站上炕去，将笔在砚台上蘸好了墨，呵了一呵，就在墙上七歪八扭的写起来了。翠环恐怕砚上墨冻，不住的呵，那笔上还是裹了细冰，笔头越写越肥。顷刻写完，看是：

> 地裂北风号，长冰蔽河下。
>
> 后冰逐前冰，相陵复相亚。
>
> 河曲易为塞，嵯峨银桥架。
>
> 归人长咨嗟，旅客空叹咤。
>
> 盈盈一水间，轩车不得驾。
>
> 锦筵招妓乐，乱此凄其夜。

人瑞看了，说道："好诗，好诗！为甚不落款呢？"老残道："题个江右黄人瑞罢。"人瑞道："那可要不得！冒了个会做诗的名，担了个挟妓饮酒革职的处分，有点不合算。"老残便题了"补残"二字，跳下炕来。

翠环姐妹放下砚台烛台，都到火盆边上去烘手，看炭已将烬，就取了些生炭添上。老残立在炕边，向黄人瑞拱拱手，道："多扰，多扰！我要回屋子睡觉去了。"人瑞一把拉住，说道："不忙，不忙！我今儿听见一件惊天动地的案子，其中关系着无限的性命，有夭矫离奇的情节，正要与你商议，明天一黑早就要复命的。你等我吃两口烟，长点精神，说给你听。"老残只得坐下。未知究竟是段怎样的案情，且听下回分解。

第十三回

娓娓青灯女儿酸语　滔滔黄水观察嘉谟

话说老残复行坐下，等黄人瑞吃几口烟，好把这惊天动地的案子说给他听，随便也就躺下来了。

翠环此刻也相熟了些，就倚在老残腿上，问道："铁老，你贵处是那里？这诗上说的是什么话？"老残一一告诉他听。他便凝神想了一想道："说的真是不错。但是诗上也兴说这些话吗？"老残道："诗上不兴说这些话，更说什么话呢？"翠环道："我在二十里铺的时候，过往客人见的很多，也常有题诗在墙上的，我最喜欢请他们讲给我听。听来听去，大约不过两个意思：体面些的人总无非说自己才气怎么大，天下人都不认识他；次一等的人呢，就无非说那个姐儿长的怎么好，同他怎么样的恩爱。

"那老爷们的才气大不大呢，我们是不会知道的。只是过来过去的人怎样都是些大才，为啥想一个没有才的看看都看不着呢？我说一句傻话：既是没才的这们少，俗语说的好，'物以稀为贵'，岂不是没才的到成了宝贝了吗？这且不去管他。

"那些说姐儿们长得好的，无非却是我们眼面前的几个人，有的连鼻子眼睛还没有长的周全呢，他们不是比他西施，就是比他王嫱；不是说他沉鱼落雁，就是说他闭月羞花。王嫱俺不知道他老是谁，有人说，就是昭君娘娘。我想，昭君娘娘跟那西施娘娘难道都是这种乏样子吗？一定靠不住了。

"至于说姐儿怎样跟他好，恩情怎样重，我有一回发了傻性子，去问了问，那个姐儿说：'他住了一夜就麻烦了一夜。天明问他要讨个数两银子的体己，他就抹下脸来，直着脖儿梗乱嚷说：我正账昨儿晚上就开发了，还要什么体己钱！'那姐儿哩，再三央告着说：'正账的钱呢，店里伙计扣一分，掌柜的又扣一分，剩下的全是领家的妈拿去，一个钱也放不出来。俺们的胭脂花粉，跟身上穿的小衣裳，都是自己钱买。光听听曲子的老爷们，不能问他要，只有这留住的老爷们，可以开口讨两个伺候辛苦钱。'再三央告着，他给了二百钱，一个小串子，望地下一摔，还要撅着嘴说：'你们这些强盗婊子，真不是东西！混帐忘八旦！'你想有恩情没有？因此，我想，做诗这件事是很没有意思的，不过造些谣言罢了。你老的诗，怎么不是这个样子呢？"老残笑说道："'各师父各传授，各把戏各变手。'我们师父传我们的时候，不是这个传法，所以不同。"

黄人瑞刚才把一筒烟吃完，放下烟枪，说道："真是'人不可貌相，海水不可斗量'。做诗不过是造些谣言，这句话真被这孩子说着了呢！从今以后，我也不做诗了，免得造些谣言，被他们笑话。"翠环道："谁敢笑话你老呢！俺们是乡下没见过世面的孩子，胡说乱道，你老爷可别怪着我，给你老磕个头罢。"就侧着身子朝黄人瑞把头点了几点。黄人瑞道："谁怪着你呢，实在说的不错，倒是没有人说过的话！可见'当局者迷，旁观者清'。"

老残道："这也罢了，只是你赶紧说你那稀奇古怪的案情罢。既是明天一黑早要复命的，怎么还这们慢腾斯礼的呢？"人瑞道："不用忙，且等我先讲个道理你听，慢慢的再说那个案子。——我且问你，河里的冰明天能开不能开？"答道："不能开。"问："冰不能开，冰上你敢走吗？明日能动身吗？"答："不能动身。"问："既不能动身，明天早起有什么要事没有？"答："没有。"

黄人瑞道："却又来，既然如此，你慌着回屋子去干什么？当此沉闷寂寥的时候，有个朋友谈谈，也就算苦中之乐了。况且他们姐儿两个，虽比不上牡丹、芍药，难道还及不上牵牛花、淡竹叶花吗？剪烛斟茶，也就很有趣的。我对你说：在省城里，你忙我也忙，总想畅谈，总没有个空儿，难得今天相遇，正好畅谈一回。我常说：人生在世，最苦的是没地方说话。你看，一天说到晚的话，怎么说没地方说话呢？大凡人肚子里，发话有两个所在：一个是从丹田底下出来的，那是自己的话；一个是从喉咙底下出来的，那是应酬的话。省城里那们些人，不是比我强的，就是不如我的。比我强的，他瞧不起我，所以不能同他说话；那不如我的，又要妒忌我，又不能同他说话。难道没有同我差不多的人吗？境遇虽然差不多，心地却就大不同了。他自以为比我强，就瞧不起我；自以为不如我，就妒我：所以直没有说话的地方。像你老哥总算是圈子外的人，今日难得相逢，我又素昔佩服你的，我想你应该怜惜我，同我谈谈，你偏急着要走，怎么教人不难受呢？"

老残道："好，好，好！我就陪你谈谈。我对你说罢：我回屋子也是坐着，何必矫强呢？因为你已叫了两个姑娘，正好同他们说说情义话，或者打两个皮科儿，嘻笑嘻笑，我在这里不便。——其实我也不是道学先生想吃冷猪肉的人，作什么伪呢！"人瑞道："我也正为他们的事情，要同你商议呢。"站起来，把翠环的袖子抹上去，露出臂膊来，指给老残看，说："你瞧，这些伤痕教人可惨不可惨呢？"老残看时，有一条一条青的，有一点一点紫的。人瑞又道："这是膀子上如此，我想身上更可怜了。翠环，你就把身上解开来看看。"

翠环这时两眼已搁满了汪汪的泪，只是忍住不叫他落下来，被他手这们一拉，却滴滴的连滴了许多泪。翠环道："看什么，怪臊的！"人瑞道："你瞧，这孩子傻不傻？看看怕什么呢？难道做了这项营生，你还害臊吗？"翠环道："怎不害臊！"翠花这时眼眶子里也搁着泪，说道："伫别叫他脱了。"回头朝窗外一看，低低向人瑞耳中不知说了两句什么话，人瑞点点头，就不作声了。

老残此刻欹在炕上，心里想着："这都是人家好儿女，父母养他的时候，不知费了几多的精神，历了无穷的辛苦，淘气碰破了块皮，还要抚摩的；不但抚摩，心里还要许多不受用。倘被别家孩子打了两下，恨得什么似的。那种痛爱怜惜，自不待言。谁知抚养成人，或因年成饥馑，或因其父吃鸦片烟，或好赌钱，或被打官司拖累，逼到万不得已的时候，就糊里糊涂将女儿卖到这门户人家，被鸨儿残酷，有不可以言语形容的境界。"因此触动自己的生平所见所闻，各处鸨儿的刻毒，真如一个师父传授，总是一样的手段，又是愤怒，又是伤心，不觉眼睛角里也自有点潮丝丝的起来了。

此时大家默无一言，静悄悄的。只见外边有人捎了一卷行李，由黄人瑞家人带着，送到里间房里去了。那家人出来向黄人瑞道："请老爷要过铁老爷的房门钥匙来，好送翠环行李进去。"老残道："自然也捎到你们老爷屋里去。"人瑞道："得了，得了，别吃冷猪肉了，把钥匙给我罢！"老残道："那可不行，我从来不干这个的。"人瑞道："我早分付过了，钱已经都给了。你这是何苦呢？"老残道："钱给了不要紧，该多少我明儿还你就截了。既已付过了钱，他老鸨子也没有什么说的，也不会难为了他，怕什么呢？"翠花道："你当真的教他回去，跑不了一顿饱打，总说他是得罪了客。"老残道："我还有法子：今儿送他回去，告诉他，明儿仍旧叫他，这也就没事了。况且他是黄老爷叫的人，干我什么事呢？我情愿出钱，岂不省事呢？"黄人瑞道："我原是为你叫的。我昨儿已经留了翠花，难道今儿好叫翠花回去吗？不过大家解解闷儿，我也不是一定要你如此云云。昨晚翠花在我屋里讲了一夜，坐到天明，不过我们借此解个闷，也让他少挨两顿打，那儿不是积功德呢。我先是因为他们的规矩，不留下是不准动筷子的，倘若不黑就来，坐到半夜里饿着肚子，碰巧还省不了一顿打。因为老鸨儿总是说：客人既留你到这时候，自然是喜欢你的，为什么还会叫你回来？一定是应酬不好。碰的不巧，就是一顿。所以我才叫他们告诉说：都已留下了。你不看见他那伙计叫翠环吃菜么？那就是个暗号。"

说到此处，翠花向翠环道："你自己央告央告铁爷，可怜可怜你罢。"老残道："我也不为别的，钱是照数给。让他回去，他也安静，我也安静些。"翠花鼻子里哼了一声，说："你安静是实，他可安静不了的！"翠环歪过身子，把脸儿向着老残道："铁爷，我看你老的样子怪慈悲的，怎么就不肯慈悲我们孩子一点吗？你老屋里的炕，一丈二尺长呢，你老铺盖不过占三尺宽，还多着九尺地呢，就舍不得赏给我们孩子避一宿难吗？倘若赏脸，要我孩子伺候呢，装烟倒茶，也还会做；倘若恶嫌的很呢，求你老包涵些，赏个炕畸角混一夜，这就恩典得大了！"

老残伸手在衣服袋里将钥匙取出，递与翠花，说："听你们怎么搅去罢，只是我的行李可动不得的。"翠花站起来，递与那家人，说："劳佇驾，看他伙计送进去，就出来，请佇把门就锁上。劳驾，劳驾！"那家人接着钥匙去了。

老残用手抚摩着翠环的脸，说道："你是那里人？你鸨儿姓什么？你是几岁卖给他的？"翠环道："俺这妈姓张。"说了一句就不说了，袖子内取出一块手巾来擦眼泪，擦了又擦，只是不作声。老残道："你别哭呀。我问你老底子家里事，也是替你解闷的，你不愿意说，就不说也行，何苦难受呢？"翠环道："我原底子没有家。"

翠花道："你老别生气，这孩子就是这脾气不好，所以常挨打。其实，也怪不得他难受。二年前，他家还是个大财主呢，去年才卖到俺妈这儿来。他为自小儿没受过这个折蹬，所以就种种的不讨好。其实，俺妈在这里头算是顶善和的哩。他到了明年，恐怕要过今年这个日子也没有了！"说到这里，那翠环竟掩面呜咽起来。翠花喊道："嘿！这孩子可是不想活了！你瞧，老爷们叫你来为开心的，你可哭开自己咧！那不得罪人吗？快别哭咧！"

老残道："不必，不必。让他哭哭很好。你想，他憋了一肚子的闷气，到那里去哭？难得遇见我们两个没有脾气的人，让他哭个够，也算痛快一回。"用手拍着翠环道："你就放声哭也不要紧，我知道黄老爷是没忌讳的人。只管哭，不要紧的。"黄人瑞在旁大声嚷道："小翠环，好孩子，你哭罢！劳你驾，把你黄老爷肚里憋的一肚子闷气，也替我哭出来罢！"

大家听了这话，都不禁发了一笑，连翠环抚着脸也扑嗤的笑了一声。原来翠环本来知道在客人面前万不能哭的，只因老残问到他老家的事，

娓娓青灯女儿酸语 滔滔黄水观察嘉谟

又被翠花说出他二年前还是个大财主，所以触起他的伤心，故眼泪不由的直穿出来，要强忍也忍不住。及至听到老残说他受了一肚子闷气，到那里去哭，让他哭个够，也算痛快一回，心里想道："自从落难以来，从没有人这样体贴过他，可见世界上男子并不是个个人都是拿女儿家当粪土一般作践的。只不知道像这样的人世界上多不多，我今生还能遇见几个？想既能遇见一个，恐怕一定总还有呢。"心里只顾这们盘算，倒把刚才的伤心盘算的忘记了，反侧着耳朵听他们再说什么。忽然被黄人瑞喊着要托他替哭，怎样不好笑呢？所以含着两包眼泪，扑嗤的笑了一声，并抬起头来看了人瑞一眼。那知被他们看了这个形景，越发笑个不止。翠环此刻心里一点主意没有，看看他们傻笑，只好糊里糊涂陪着他们嘻嘻的傻了一回。

老残便道："哭也哭过了，笑也笑过了，我还要问你：怎么二年前他还是个大财主？翠花，你说给我听听。"翠花道："他是俺这齐东县的人，他家姓田，在这齐东县南门外有二顷多地，在城里还有个杂货铺子。他爹妈只养活了他，还有他个小兄弟，今年才五六岁呢。他还有个老奶奶。俺们这大清河边上的地，多半是棉花地，一亩地总要值一百多吊钱呢。他有二顷多地，不就是两万多吊钱吗？连上铺子，就够三万多了。俗说'万贯家财'，一万贯家财就算财主，他有三万贯钱，不算个大财主吗？"

老残道："怎么样就会穷呢？"翠花道："那才快呢！不消三天，就家破人亡了！这就是前年的事情。俺这黄河不是三年两头的倒口子吗？张抚台为这个事焦的了不得似的。听说有个什么大人，是南方有名的才子，他就拿了一本什么书给抚台看，说这个河的毛病是太窄了，非放宽了不能安静，必得废了民埝，退守大堤。

"这话一出来，那些候补大人个个说好。抚台就说：'这些堤里百姓怎样好呢？须得给钱，叫他们搬开才好。'谁知道这些总办候补道王八旦大人们说：'可不能叫百姓知道。你想，这堤埝中间五六里宽，六百里长，总有十几万家，一被他们知道了，这几十万人守住民埝，那还废的掉吗？'张抚台没法，点点头，叹了口气，听说还落了几点眼泪呢。这年春天就赶紧修了大堤，在济阳县南岸又打了一道隔堤。这两样东西就是杀这几十万人的一把大刀！可怜俺们这小百姓那里知道呢！

"看看到了六月初几里，只听人说：'大汛到咧！大汛到咧！'那埝上的队伍不断的两头跑。那河里的水一天长一尺多，一天长一尺多，不到十天工夫，那水就比埝顶低不很远了，比着那埝里的平地，怕不有一两丈高！到了十三四里，只见那埝上的报马，来来往往，一会一匹，一会一匹。到了第二天晌午时候，各营盘里，掌号齐人，把队伍都开到大堤上去。

"那时就有急玲人说：'不好！恐怕要出乱子，俺们赶紧回去预备搬家罢！'谁知道那一夜里，三更时候，又赶上大风大雨，只听得稀里花拉，那黄河水就像山一样的倒下去了。那些村庄上的人，大半都还睡在屋里，呼的一声，水就进去，惊醒过来，连跑是跑，水已经过了屋檐。天又黑，风又大，雨又急，水又猛，——你老想，这时候有什么法子呢？"未知后事如何，且听下回分解。

娓娓青灯女儿酸语　滔滔黄水观察嘉谟

第十四回

大县若蛙半浮水面　小船如蚁分送馒头

话说翠花接着说道："到了四更多天，风也息了，雨也止了，云也散了，透出一个月亮，湛明湛明。那村庄里头的情形是看不见的了，只有靠民埝近的，还有那抱着门板或桌椅板凳的，飘到民埝跟前，都就上了民埝。还有那民埝上住的人，拿竹竿子赶着捞人，也捞起来的不少。这些人得了性命，喘过一口气来，想一想，一家人都没有了，就剩了自己，没有一个不是号啕痛哭。喊爹叫妈的，哭丈夫的，疼儿子的，一条哭声，五百多里路长，你老看惨不惨呢！"

翠环接着道："六月十五这一天，俺娘儿们正在南门铺子里，半夜里听见人嚷说：'水下来了！'大家听说，都连忙起来。这一天本来很热，人多半是穿着裲裤，在院子里睡的。雨来的时候，才进屋子去；刚睡了一矇矇觉，就听外边嚷起来了，连跑到街上看，城也开了，人都望城外跑。城圈子外头，本有个小埝，每年倒口子用的，埝有五尺多高，这些人都出去守小埝。那时雨才住，天还阴着。

"一霎时，只见城外人拚命价望城里跑；又见县官也不坐轿子，跑进城里来，上了城墙。只听一片声嚷说：'城外人家不许搬东西！叫人赶紧进城，就要关城，不能等了！'俺们也都扒到城墙上去看，这里许多人用蒲包装泥，预备堵城门。县大老爷在城上喊：'人都进了城了，赶紧关城！'城厢里头本有预备的土包，关上城，就用土包把门后头垒上了。

"俺有个齐二叔住在城外，也上了城墙。这时候，云彩已经回了山，月亮很亮的。俺妈看见齐二叔，问他：'今年怎正利害？'齐二叔说：'可不是呢！往年倒口子，水下来，初起不过尺把高；正水头到了，也不过二尺多高，没有过三尺的；总不到顿把饭的工夫，水头就过去，总不过二尺来往水。今年这水，真霸道！一来就一尺多，一霎就过了二尺！县大老爷看势头不好，恐怕小埝守不住，叫人赶紧进城罢。那时水已将近有四尺的光景了。大哥这两天没见，敢是在庄子上么？可担心的很呢！'俺妈就哭了，说：'可不是呢！'

"当时只听城上一片嘈嚷，说：'小埝漫咧！小埝漫咧！'城上的人呼呼价往下跑。俺妈哭着就地一坐，说：'俺就死在这儿不回去了！'俺没法，只好陪着在旁边哭。只听人说：'城门缝里过水！'那无数人就乱跑，也不管是人家，是店，是铺子，抓着被褥就是被褥，抓着衣服就是衣服，全拿去塞城门缝子。一会儿把咱街上估衣铺的衣服，布店里的布，都拿去塞了城门缝子。渐渐听说：'不过水了！'又听嚷说：'土包单弱，恐怕挡不住！'这就看着多少人到俺店里去搬粮食口袋，望城门洞里去填。一会看着搬空了；又有那纸店里的纸，棉花店里的棉花，又是搬个干尽。

"那时天也明了，俺妈也哭昏了，俺也没法，只好坐地守着。耳朵里不住的听人说：'这水可真了不得！城外屋子已经过了屋檐。这水头怕不快有一丈多深吗！从来没听说有过这们大的水！'后来还是店里几个伙计，上来把俺妈同俺架了回去。回到店里，那可不像样子了。听见伙计说：'店里整布袋的粮食都填满了城门洞，囤子里的散粮被乱人抢了一个精光。只有泼洒在地下的，扫了扫，还有两三担粮食。'"店里原有两个老妈子，他们家也在乡下，听说这们大的水，想必老老小小也都是没有命的，直哭的想死不想活。

"一直闹到太阳大歪西，伙计们才把俺妈灌醒了。大家喝了两口小米稀饭。俺妈醒了，睁开眼看看，说：'老奶奶呢？'他们说：'在屋里睡觉呢，不敢惊动他老人家。'俺妈说：'也得请他老人家起来吃点么呀！'待得走到屋里，谁知道他老人家不是睡觉，是吓死了。摸了摸鼻子里，已经没有气。俺妈看见，哇的一声，吃的两口稀饭，跟着一口血块子一齐呕出来，又昏过去了。亏得个老王妈在老奶奶身上尽自摩挲，忽然嚷道：'不要紧！心口里滚热的呢。'忙着嘴对嘴的哎气，又喊快拿姜汤来。到了下午时候，奶奶也过来了，俺妈也过来了，这算是一家平安了。

"有两个伙计，在前院说话：'听说城下的水有一丈四五了，这个多年的老城，恐怕守不住；倘若是进了城，怕一个活的也没有！'又一个伙计道：'县大老爷还在城里，料想是不要紧的。'"

老残对人瑞道："我也听说，究竟是谁出的这个主意，拿的是什么书，你老哥知道么？"人瑞道："我是庚寅年来的，这是己丑年的事，我也是听人说，未知确否。据说是史钧甫史观察创的议，拿的就是贾让的《治河策》。他说当年齐与赵、魏以河为境，赵、魏濒山，齐地卑下，作堤去河二十五里，河水东抵齐堤，则西泛赵、魏；赵，魏亦为堤，去河二十五里。

"那天司道都在院上，他将这几句指与大家看，说：'可见战国时两堤相距是五十里地了，所以没有河患。今日两民埝相距不过三四里，即两大堤相距尚不足二十里，比之古人，未能及半，若不废民埝，河患断无已时。'宫保说：'这个道理，我也明白。只是这夹堤里面尽是村庄，均属膏腴之地，岂不要破坏几万家的生产吗？'

"他又指《治河策》给宫保看，说：'请看这一段说："难者将曰：若此败坏城郭田庐冢墓以万数，百姓怨恨。"贾让说："昔大禹治水，山陵当路者毁之，故凿龙门，辟伊阙，析砥柱，破碣石，堕断天地之性，尚且为之，况此乃人工所造，何足言！"'且又说："'小不忍则乱大谋'，宫保以为夹堤里的百姓，庐墓生产可惜，难道年年决口就不伤人命吗？此一劳永逸之事。所以贾让说："大汉方制万里，岂其与水争咫尺之地哉？此功一立，河定民安，千载无患，故谓之上策。"汉朝方制，不过万里，尚不当与水争地；我国家方制数万里，若反与水争地，岂不令前贤笑后生吗？'又指储同人批评云："'三策遂成不刊之典，然自汉以来，治河者率下策也。悲夫！汉、晋、唐、宋、元、明以来，读书人无不知贾让《治河策》等于圣经贤传，惜治河者无读书人，所以大功不立也。"宫保若能行此上策，岂不是贾让二千年后得一知己？功垂竹帛，万世不朽！'宫保皱着眉头道：'但是一件要紧的事，只是我舍不得这十几万百姓现在的身家。'两司道：'如果可以一劳永逸，何不另酬一笔款项，把百姓迁徙出去呢？'宫保说：'只有这个办法，尚属较妥。'后来听说筹了三十万银子，预备迁民。至于为什么不迁，我却不知道了。"

人瑞对着翠环说道："后来怎么样呢？你说呀。"翠环道："后来我妈拿定主意，听他去，本来，俺就淹死去！"翠花道："那一年我也在齐东县，俺住在北门。俺三姨家北门离民埝挺近，北门外大街铺子又整齐，所以街后两个小埝都不小，听说是一丈三的顶。那边地势又高，所以北门没有漫过来。十六那天，俺到城墙上，看见那河里漂的东西，不知有多少呢，也有箱子，也有桌椅板凳，也有窗户门扇。那死人，更不待说，漂的满河都是，不远一个，不远一个，也没人顾得去捞。有有钱的打算搬家，就是雇不出船来。"

老残道："船呢？上那里去了？"翠花道："都被官里拿了差，送馒头去了。"老残道："送馒头给谁吃？要这些船干啥？"翠花道："馒头功德可就大了！那庄子上的人，被水冲的有一大半，还有一少半呢，都是急玲点的人，一见水来就上了屋顶，所以每一个庄子里屋顶上总有百把几十人，四面都是水，到那儿摸吃的去呢？有饿急了，重行跳到水里自尽的。亏得有抚台派的委员，驾着船各处去送馒头，大人三个，小孩两个；第二天又有委员驾着空船，把他们送到北岸。这不是好极的事吗？谁知这些浑蛋还有许多蹲在屋顶上不肯下来呢！问他为啥，他说在河里有抚台给他送馍馍，到了北岸就没人管他吃，那就饿死了。其实抚台送了几天就不送了，他们还是饿死。伲说这些人浑不浑呢？"

老残向人瑞道："这事真正荒唐！是史观察不是，虽未可知，然创此议之人却也不是坏心，并无一毫为己私见在内，只因但会读书，不谙世故，举手动足便错。孟子所以说：'尽信书，则不如无书。'岂但

大县若蛙半浮水面　小船如蚁分送馒头

河工为然？天下大事，坏于奸臣者十之三四，坏于不通世故之君子者倒有十分之六七也！"又问翠环道："后来你爹找着了没有？还是就被水冲去了呢？"翠环收泪道："那还不是跟水去了吗。要是活着，能不回家来吗？"大家叹息了一回。

老残又问翠花道："你才说他，到了明年，只怕要过今年这个日子也没有了，这话是个什么缘故？"翠花道："俺这个爹不是死了吗？丧事里多花了一百几十吊钱；前日俺妈赌钱——掷骰子——又输了二三百吊钱。共总亏空四百多吊，今年的年是万过不去的了。所以前儿打算把环妹卖给蒯二秃子家。这蒯二秃子出名的利害，一天没有客，就要拿火筷子烙人。俺妈要他三百银子，他给了六百吊钱，所以没有说妥。你老想，现在到年，还能有多少天？这日子眼看着越过越紧，倘若到了年下，怕他不卖吗？这一卖，翠环可就够他难受了。"

老残听了，默无一言；翠环却只揩泪。黄人瑞道："残哥，我才说，为他们的事情要同你商议，正是这个缘故。我想，眼看着一个老实孩子送到鬼门关里头去，实在可怜。算起不过三百银子的事情，我愿意出一半，那一半找几个朋友凑凑，你老哥也随便出几两，不拘多少。但是这个名我却不能担，倘若你老哥能把他要回去，这事就容易办了。你看好不好？"老残道："这事不难。银子呢，既你老哥肯出一半，那一半就是我兄弟出了罢。再要跟人家化缘，就不妥当了。只是我断不能要他，还得再想法子。"

翠环听到这里，慌忙跳下炕来，替黄、铁二公磕了两个头，说道："两位老爷菩萨，救命恩人，舍得花银子把我救出火坑，不管做什么，丫头老妈子，我都情愿。只是有一件事，我得禀明在前：我所以常挨打，也不怪俺这妈，实在是俺自己的过犯。俺妈当初，因为实在饿不过了，所以把我卖给俺这妈，得了二十四吊钱，谢犒中人等项，去了三四吊，只落了二十吊钱。接着去年春上，俺奶奶死了，这钱可就光了。俺妈领着俺个小兄弟讨饭吃，不上半年，连饿带苦，也就死了，只剩了俺一个小兄弟，今年六岁。亏了俺有个旧街坊李五爷，现在也住在这齐河县，做个小生意，他把他领了去，随便给点吃吃。只是他自顾还不足的人，那里能管他饱呢？穿衣服是更不必说了。所以我在二十里铺的时候，遇着好客，给个一吊八百的呢，我就一两个月攒个三千两吊的给他寄来。现在蒙两位老爷救我出来，如在左近二三百里的地方呢，那就不说了，我总能苦几个钱给他寄来；倘要远去呢，请两位恩爷总要想法，许我把这个孩子带着，或寄放在庵里庙里，或找个小户人家养着。俺田家祖上一百世的祖宗，做鬼都感激二位爷的恩典，结草衔环，一定会报答你二位的！可怜俺田家就这一线的根苗！……"说到这里，便又号啕痛哭起来。

人瑞道："这又是一点难处。"老残道："这也没有什么难，我自有个办法。"遂喊道："田姑娘，你不用哭了，包管你姊儿两个一辈子不离开就是了。你别哭，让我们好替你打主意；你把我们哭昏了，就出不出好主意来了。快快别哭罢。"翠环听罢，赶紧忍住泪，骨咚骨咚替他们每人磕了几个响头。老残连忙将他挽起。谁知他磕头的时候，用力太猛，把额头上碰了一个大苞，苞又破了，流血呢。

老残扶他坐下，说："这是何苦来呢！"又替他把额上血轻轻揩了，让他在炕上躺下，这就来同人瑞商议说："我们办这件事，当分个前后次第：以替他赎身为第一步，以替他择配为第二步。赎身一事又分两层：以私商为第一步，公断为第二步。此刻别人出他六百吊，我们明天把他领家的叫来，也先出六百吊，随后再添。此种人不宜过于爽快；你过爽快，他就觉得奇货可居了。此刻银价每两换两吊七百文，三百两可换八百一十吊，连一切开销，一定足用的了。看他领家的来，口气何如：倘不执拗，自然私了的为是；如怀疑刁狡呢，就托齐河县替他当堂公断一下，仍以私了结局。人翁以为何如？"人瑞道："极是，极是。"老残又道："老哥固然万无出名之理，兄弟也不能出全名，只说是替个亲戚办的就是了。等到事情办妥，再揭明择配的宗旨；不然，领家的是不肯放的。"人瑞道："很好。这个办法，一点不错。"老残道："银子是你我各出一半，无论用多少，皆是这个分法。但是我行箧中所有，颇不敷用，要请你老哥垫一垫，到了省城，我就还你。"人瑞道："那不要紧，赎两个翠环，我这里的银子都用不了呢。只要事情办妥，老哥还不还都不要紧的。"老残道："一定要还的，我在有容堂还存着四百多银子呢。你不用怕我出不起，怕害的我没饭吃。你放心罢。"

人瑞道："就是这们办。明天早起，就叫他们去喊他领家的去。"翠花道："早起佇别去喊。明天早起，我们姐儿俩一定要回去的。你老早起一喊，倘若被他们知道这个意思，他一定把环妹妹藏到乡下去，再讲盘子，那就受他的拿捏了。况且他们抽鸦片烟的人，也起不早。不如下午，你老先着人叫我们姐儿俩来，然后去叫俺妈，那就不怕他了。只是一件：这事千万别说我说的。环妹妹是超升了的人，不怕他，俺还得在火坑里过活两年呢。"人瑞道："那自然，还要你说吗！明天我先到县衙门里，顺便带个差人来。倘若你妈作怪，我先把翠环交给差人看管，那就有法制他了。"说着，大家都觉得喜欢得很。

老残便对人瑞道："他们事已议定，大概如此，只是你先前说的那个案子呢？我到底不放心。你究竟是真话是假话？说了我好放心。"未知后事如何，且听下回分解。

第十五回

烈焰有声惊二翠　严刑无度逼孤孀

话说老残与黄人瑞，方将如何拔救翠环之法商议停妥，老残便向人瑞道："你适才说，有个惊天动地的案子，其中关系着无限的人命，又有夭矫离奇的情节，到底是真是假？我实实的不放心。"人瑞道："别忙，别忙。方才为这一个毛丫头的事，商议了半天。正经勾当，我的烟还没有吃好。让我吃两口烟，提提神，告诉你。"

翠环此刻心里蜜蜜的高兴，正不知如何是好，听人瑞要吃烟，赶紧拿过签子来，替人瑞烧了两口吃着。人瑞道："这齐河县东北上，离城四十五里，有个大村镇，名叫齐东镇，就是周朝齐东野人的老家。这庄上有三四千人家，有条大街，有十几条小街。路南第三条小街上，有个贾老翁。这老翁年纪不过五十望岁，生了两个儿子，一个女儿。大儿子在时，有三十多岁了，二十岁上娶了本村魏家的姑娘。魏、贾这两家都是靠庄田吃饭，每人家有四五十顷地。魏家没有儿子，只有这个女儿，却承继了一个远房侄儿在家，管理一切事务。只是这个承继儿子不甚学好，所以魏老儿很不喜欢他，却喜欢这个女婿如同珍宝一般。谁知这个女婿去年七月，感了时气，到了八月半边，就一命呜呼哀哉死了。过了百日，魏老头恐怕女儿伤心，常常接回家来过个十天半月的，解解他的愁闷。

"这贾家呢，第二个儿子今年廿四岁，在家读书，人也长的清清秀秀的，笔下也还文从字顺。贾老儿既把个大儿子死了，这二儿子便成了个宝贝，恐怕他劳神，书也不教他念了。他那女儿今年十九岁，像貌长的如花似玉，又加之人又能干，家里大小事情，都是他做主，因此本村人替他起了个浑名，叫做'贾探春'。老二娶的也是本村一个读书人家的女儿，性格极其温柔，轻易不肯开口，所以人越发看他老实没用，起他个浑名叫'二呆子'。

"这贾探春长到一十九岁，为何还没有婆家呢？只因为他才貌双全，乡庄户下，那有那们俊悄男子来配他呢？只有邻村一个吴二浪子，人却生得倜傥不群，像貌也俊，言谈也巧，家道也丰富，好骑马射箭，同这贾家本是个老亲，一向往来，彼此女眷都是不回避的，只有这吴二浪子曾经托人来求亲。贾老儿掂量这个亲事倒还做得；只是听得人说，这吴二浪子乡下已经偷上了好几个女人，又好赌，又时常好跑到省城里去顽耍，动不动一两个月的不回来。心里算计，这家人家虽算乡下的首富，终久家私要保不住，因此就没有应许。以后却是再要找个人材家道相平的，总找不着，所以把这亲事就平搁下了。

"今年八月十三是贾老大的周年，家里请和尚拜了三天忏，是十二、十三、十四三天。经忏拜完，魏老儿就接了姑娘回家过节。谁想当天下午，陡听人说，贾老儿家全家丧命。这一慌真就慌的不成话了！连忙跑来看时，却好乡约、里正俱已到齐。全家人都死尽，止有贾探春和他姑妈来了，都哭的泪人似的。顷刻之间，魏家姑奶奶——就是贾家的大娘子——也赶到了；进得门来，听见一片哭声，也不晓得青红皂白，只好号啕大哭。

"当时里正前后看过，计门房死了看门的一名，长工二名，厅房堂屋倒在地下死了书童一名，厅房里间贾老儿死在炕上，二进上房，死了贾老二夫妻两名，旁边老妈子一名，炕上三岁小孩子一名，厨房里老妈子一名，丫头一名，厢房里老妈子一名，前厅厢房里管帐先生一名：大小男女，共死了一十三名口。当时具禀，连夜报上县来。

"县里次日一清早，带同仵作下乡——相验，没有一个受伤的人，骨节不硬，皮肤不发青紫，既非杀伤，又非服毒，这没头案子就有些难办。一面贾家办理棺敛，一面县里具禀申报抚台。县里正在序稿，突然贾家递个报告，言已查出被人谋害形迹。"

方说到这里，翠环抬起头来喊道："伫瞧！窗户怎样这们红呀？"一言未了，只听得必必剥剥的声音，外边人声嘈杂，大声喊叫说："起火！起火！"几个连忙跑出上房门来，才把帘子一掀，只见那火正是老残住的厢房后身。老残连忙身边摸出钥匙去开房门上的锁，黄人瑞大声喊道："多来两个人帮铁老爷搬东西！"

　　老残刚把铁锁开了，将门一推，只见房内一大团黑烟，望外一扑，那火舌已自由窗户里冒出来了。老残被那黑烟冲来，赶忙望后一退，却被一块砖头绊住，跌了一交。恰好那些来搬东西的人，正自赶到，就势把老残扶起，搀过东边去了。

　　当下看那火势，怕要连着上房，黄人瑞的家人就带着众人，进上房去抢搬东西。黄人瑞站在院心里，大叫道："赶先把那帐箱搬出，别的却还在后！"说时，黄升已将帐箱搬出。那些人多手杂的，已将黄人瑞箱笼行李都搬出来放在东墙脚下。店家早已搬了几条长板凳来，请他们坐。人瑞检点物件，一样不少，却还多了一件，赶忙叫人搬往柜房里去。

　　看官，你猜多的一件是何物事？原来正是翠花的行李。人瑞知道县官必来看火，倘若见了，有点难堪，所以叫人搬去。并对二翠道："你们也往柜房里避一避去，立刻县官就要来的。"二翠听说，便顺墙根走往前面去了。

　　且说火起之时，四邻人等及河工夫役，都寻觅了水桶水盆之类，赶来救火，无奈黄河两岸俱已冻得实实的，当中虽有流水之处，人却不能去取。店后有个大坑塘，却早冻得如平地了。城外只有两口井里有水，你想，慢慢一桶一桶打起，中何用呢？这些人人急智生，就把坑里的冰凿开，一块一块的望火里投。那知这冰的力量比水还大，一块冰投下去，就有一块地方没了火头。这坑正在上房后身，有七八个人立在上房屋脊上，后边有数十个人运冰上屋，屋上人接着望火里投，一半投到火里，一半落在上房屋上，所以火就接不到上房这边来。

　　老残与黄人瑞正在东墙看人救火，只见外面一片灯笼火把，县官已到，带领人夫，手执挠钩长杆等件，前来救火。进得门来，见火势已衰，一面用挠钩将房扯倒，一面饬人取黄河浅处薄冰抛入火里，以压火势，那火也就渐渐的熄了。

县官见黄人瑞立在东墙下，步上前来，请了一个安，说道："老宪台受惊不小！"人瑞道："也还不怎样，但是我们补翁烧得苦点。"因向县官道："子翁，我介绍你会个人。此人姓铁，号补残，与你颇有关系，那个案子上要倚赖他才好办。"县官道："嗳呀呀！铁补翁在此地吗？快请过来相会。"人瑞即招手大呼道："老残，请这边来。"

老残本与人瑞坐在一条凳上，因见县官来，踱过人丛里，借看火为回避。今闻招呼，遂走过来，与县官作了个揖，彼此道些景慕的话头。县官有马扎子，老残与人瑞仍坐长凳上。原来这齐河县姓王，号子谨，也是江南人，与老残同乡。虽是个进士出身，倒不糊涂。

当下人瑞对王子谨道："我想阁下齐东村一案，只有请补翁写封信给宫保，须派白子寿来，方得昭雪；那个绝物也不敢过于倔强。我辈都是同官，不好得罪他的；补翁是方外人，无须忌讳。尊意以为何如？"子谨听了，欢喜非常，说："贾魏氏活该有救星了！好极，好极！"老残听得没头没脑，答应又不是，不答应又不是，只好含糊唯诺。

当时火已全熄，县官要扯二人到衙门去住。人瑞道："上房既未烧着，我仍可以搬入去住，只是铁公未免无家可归了。"老残道："不妨，不妨！此时夜已深，不久便自天明；天明后，我自会上街置办行李，毫不碍事。"县官又苦苦的劝老残到衙门里去。老残说："我打搅黄兄是不妨的，请放心罢。"县官又殷勤问："烧些什么东西？未免大破财了。但是敝县购办得出的，自当稍尽绵薄。"老残笑道："布衾一方，竹箪一只，布衫裤两件，破书数本，铁串铃一枚，如此而已。"县官笑道："不确罢？"也就笑着。

正要告辞，只见地保同着差人，一条铁索锁了一个人来，跪在地下，像鸡子签米似的，连连磕头，嘴里只叫："大老爷天恩！大老爷天恩！"那地保跪一条腿在地下，喊道："火就是这个老头儿屋里起的，请大老爷示：还是带回衙门去审，还是在这里审？"县官便问道："你姓什么？叫什么？那里人？怎么样起的火？"只见那地下的人又连连磕头，说道："小的姓张，叫张二，是本城里人，在这隔壁店里做长工。因为昨儿从天明起来，忙到晚上二更多天，才稍为空闲一点，回到屋里睡觉，谁知小衫裤汗湿透了，刚睡下来，冷得异样，越冷越打战战，就睡不着了。小的看这屋里放着好些粟秸，就抽了几根，烧着烤一烤。又想起窗户台上有上房客人吃剩下的酒，赏小的吃的，就拿在火上煨热了，喝了几钟。谁知道一天乏透的人，得了点暖气，又有两杯酒下了肚，糊里糊涂，坐在那里就睡着了。刚睡着，一霎儿的工夫，就觉得鼻子里烟呛的难受，慌忙睁开眼来，身上棉袄已经烧着了一大块，那粟秸打的壁子已通着了，赶忙出来找水来泼，那火已自出了屋顶，小的也没有法子了。所招是实，求大老爷天恩！"县官骂了一声"浑蛋"，说："带到衙门里办去罢！"说罢，立起身来，向黄、铁二公告辞；又再三叮嘱人瑞，务必设法玉成那一案，然后的匆匆去了。

那时火已熄尽，只冒白气。人瑞看着黄升带领众人，又将物件搬入，依旧陈列起来。人瑞道："屋子里烟火气太重，烧盒万寿香来熏熏。"人瑞笑向老残道："铁公，我看你还忙着回屋去不回呢！"老残道："都是被你一留再留的。倘若我在屋里，不至于被他烧得这们干净。"人瑞道："咦！不害臊！要是让你回去，只怕连你还烧死在里头呢！你不好好的谢我，反来埋怨我，真是不识好歹。"老残道："难道我是死人吗？你不赔我，看我同你干休吗！"

说着，只见门帘揭起，黄升领了一个戴大帽子的进来，对着老残打了一个千儿，说："敝上说给铁大老爷请安。送了一副铺盖来，是敝上自己用的，腌臜点，请大老爷不要嫌弃，明天叫裁缝赶紧做新的送过来，今夜先将就点儿罢。又狐皮袍子马褂一套，请大老爷随便用罢。"老残立起来道："累你们贵上费心。行李暂且留在这里，借用一两天，等我自己买了就缴还。衣裳我都已经穿在身上，并没有烧掉，不劳贵上费心了。回去多多道谢。"那家人还不肯把衣服带去。仍是黄人瑞说：

"衣服，铁老爷决不肯收的。你就说我说的，你带回去罢。"家人又打了个千儿去了。

老残道："我的烧去也还罢了，总是你瞎倒乱，平白的把翠环的一卷行李也烧在里头，你说冤不冤呢？"黄人瑞道："那才更不要紧呢！我说他那铺盖总共值不到十两银子，明日赏他十五两银子，他妈要喜欢的受不得呢。"翠环道："可不是呢，大约就是我这个倒霉的人，一卷铺盖害了铁爷许多好东西都毁掉。"老残道："物件到没有值钱的，只可惜我两部宋版书，是有钱没处买的，未免可惜。然也是天数，只索听他罢了。"人瑞道："我看宋版书到也不稀奇，只是可惜你那摇的串铃子也毁掉，岂不是失了你的衣饭碗了吗？"老残道："可不是呢。这可应该你赔了罢，还有什么说的？"人瑞道："罢，罢，罢！烧了他的铺盖，烧了你的串铃，大吉大利，恭喜，恭喜！"对着翠环作了个揖，又对老残作了个揖，说道："从今以后，他也不用做卖皮的婊子，你也不要做说嘴的郎中了！"

老残大叫道："好，好，骂的好苦！翠环，你还不去拧他的嘴！"翠环道："阿弥陀佛！总是两位的慈悲！"翠花点点头道："环妹由此从良，铁老由此做官，这把火到也实在是把大吉大利的火，我也得替二位道喜。"老残道："依你说来，他却从良，我却从贱了？"黄人瑞道："闲话少讲，我且问你：是说话是睡？如睡，就收拾行李；如说话，我就把那奇案再告诉你。"随即大叫了一声："来啊！"

老残道："你说，我很愿意听。"人瑞道："不是方才说到贾家遣丁报告，说查出被人谋害的情形吗？原来这贾老儿桌上有吃残了的半个月饼，一大半人房里都有吃月饼的痕迹。这月饼却是前两天魏家送得来的。所以贾家新承继来的个儿子——名叫贾干——同了贾探春告说是他嫂子贾魏氏与人通奸，用毒药谋害一家十三口性命。

"齐河县王子谨就把这贾干传来，问他奸夫是谁，却又指不出来。食残的月饼，只有半个，已经掰碎了，馅子里却是有点砒霜。

"王子谨把这贾魏氏传来问这情形。贾魏氏供：'月饼是十二日送来的。我还在贾家。况当时即有人吃过，并未曾死。'又把那魏老儿传来。魏老儿供称：'月饼是大街上四美斋做的，有毒无毒，可以质证了。'及至把四美斋传来，又供月饼虽是他家做的，而馅子却是魏家送得来的。就是这一节，却不得不把魏家父女暂且收管。虽然收管，却未上刑具，不过监里的一间空屋，听他自己去布置罢了。子谨心里觉得仵作相验，实非中毒；自己又亲身细验，实无中毒情形。即使月饼中有毒，未必人人都是同时吃的，也没有个毒轻毒重的分别吗？

"苦主家催求讯断得紧，就详了抚台，请派员会审。前数日，齐巧派了刚圣慕来。此人姓刚，名弼，是吕谏堂的门生，专学他老师，清廉得格登登的。一跑得来，就把那魏老儿上了一夹棍，贾魏氏上了一拶子。两个人都晕绝过去，却无口供。那知冤家路儿窄：魏老儿家里的管事的却是愚忠老实人，看见主翁吃这冤枉官司，遂替他筹了些款，到城里来打点，一投投到一个乡绅胡举人家。……"

说到此处，只见黄升揭开帘子走进来，说："老爷叫呀？"人瑞道："收拾铺盖。"黄升道："铺盖怎样放法？"人瑞想了一想，说："外间冷，都睡到里边去罢。"就对老残道："里间炕很大，我同你一边睡一个，叫他们姐儿俩打开铺盖卷睡当中，好不好？"老残道："甚好，甚好。只是你孤栖了。"人瑞道："守着两个，还孤栖个什么呢？"老残道："管你孤栖不孤栖，赶紧说，投到这胡举人家怎么样呢？"要知后事如何，且听下回分解。

烈焰有声惊二翠　严刑无度逼孤孀

第十六回

六千金买得凌迟罪　一封书驱走丧门星

话说老残急忙要问他投到胡举人家便怎样了。人瑞道："你越着急，我越不着急。我还要抽两口烟呢！"老残急于要听他说，就叫："翠环，你赶紧烧两口，让他吃了好说。"翠环拿着签子便烧。黄升从里面把行李放好，出来回道："他们的铺盖，叫他伙计来放。"人瑞点点头。一刻，见先来的那个伙计跟着黄升进去了。

原来马头上规矩：凡妓女的铺盖，必须他伙计自行来放，家人断不肯替他放的；又兼之铺盖之外还有什么应用的物事，他伙计知道放在什么所在，妓女探手便得，若是别人放的，就无处寻觅了。

却说伙计放完铺盖出来，说道："翠环的烧了，怎么样呢？"人瑞道："那你就不用管罢。"老残道："我知道。你明天来，我赔你二十两银子，重做就是了。"伙计说："不是为银子，老爷请放心，为的是今儿夜里。"人瑞道："叫你不要管，你还不明白吗？"翠花也道："叫你不要管，你就回去罢。"那伙计才低着头出去。

人瑞对黄升道："天很不早了，你把火盆里多添点炭，坐一壶开水在旁边，把我墨盒子笔取出来，取几张红格子白八行书同信封子出来，取两枝洋蜡，都放在桌上，你就睡去罢。"黄升答应了一声"是"，就去照办。

这里人瑞烟也吃完。老残问道："投到胡举人家怎样呢？"人瑞道："这个乡下糊涂老儿，见了胡举人，扒下地就磕头，说：'如能救得我主人的，万代封侯！'胡举人道：'封侯不济事，要有钱才能办事呀。这大老爷，我在省城里也与他同过席，是认得的。你先拿一千银子来，我替你办。我的酬劳在外。'那老儿便从怀里摸出个皮靴页儿来，取出五百一张的票子两张，交与胡举人，却又道：'但能官司了结无事，就再花多少，我也能办。'胡举人点点头，吃过午饭，就穿了衣冠来拜老刚。"

老残拍着炕沿道："不好了！"人瑞道："这浑蛋的胡举人来了呢，老刚就请见，见了略说了几句套话。胡举人就把这一千银票子双手捧上，说道：'这是贾魏氏那一案，魏家孝敬老公祖的，求老公祖格外成全。'"

老残道："一定翻了呀！"人瑞道："翻了倒还好，却是没有翻。"老残道："怎么样呢？"人瑞道："老刚却笑嘻嘻的双手接了，看了一看，说道：'是谁家的票子？可靠得住吗？'胡举人道：'这是同裕的票子，是敝县第一个大钱庄，万靠得住。'老刚道：'这们大个案情，一千银子那能行呢？'胡举人道：'魏家人说，只要早早了结，没事，就再花多些，他也愿意。'老刚道：'十三条人命，一千银子一条，也还值一万三呢。——也罢，既是老兄来，兄弟情愿减半算，六千五百两银子罢。'胡举人连声答应道：'可以行得，可以行得！'"

第十六回

六千金买得凌迟罪　一封书驱走丧门星

109

"老刚又道：'老兄不过是个介绍人，不可专主，请回去切实问他一问，也不必开票子来，只须老兄写明云：减半六五之数，前途愿出。兄弟凭此，明日就断结了。'胡举人欢喜的了不得，出去就与那乡下老儿商议。乡下老儿听说官司可以了结无事，就擅专一回，谅多年宾东，不致遭怪，况且不要现银子，就高高兴兴的写了个五千五百两的凭据交与胡举人。又写了个五百两的凭据，为胡举人的谢仪。

"这浑蛋胡举人写了一封信，并这五千五百两凭据，一并送到县衙门里来。老刚收下，还给个收条。等到第二天升堂，本是同王子谨会审的。这些情节，子谨却一丝也不知道。坐上堂去，喊了一声'带人'。那衙役们早将魏家父女带到，却都是死了一半的样子。两人跪到堂上，刚弼便从怀里摸出那个一千两银票并那五千五百两凭据和那胡举人的书子，先递给子谨看了一遍。子谨不便措辞，心中却暗暗的替魏家父女叫苦。

"刚弼等子谨看过，便问魏老儿道：'你认得字吗？'魏老儿供：'本是读书人，认得字。'又问贾魏氏：'认得字吗？'供：'从小上过几年学，认字不多。'老刚便将这银票、笔据叫差人送与他父女们看。他父女回说：'不懂这是什么原故。'刚弼道：'别的不懂，想必也是真不懂；这个凭据是谁的笔迹，下面注着名号，你也不认得吗？'叫差人：'你再给那个老头儿看！'魏老儿看过，供道：'这凭据是小的家里管事的写的，但不知他为什么事写的。'

"刚弼哈哈大笑说：'你不知道，等我来告诉你，你就知道了！昨儿有个胡举人来拜我，先送一千两银子，说你们这一案，叫我设法儿开脱；又说如果开脱，银子再要多些也肯。我想你们两个穷凶极恶的人，前日颇能熬刑，不如趁势讨他个口气罢，我就对胡举人说："你告诉他管事的去，说害了人家十三条性命，就是一千两银子一条，也该一万三千两。"胡举人说："恐怕一时拿不出许多。"我说："只要他心里明白，银子便迟些日子不要紧的。如果一千银子一条命不肯出，就是折半五百两银子一条命，也该六千五百两，不能再少。"胡举人连连答应。我还怕胡举人孟浪，再三叮嘱他，叫他把这折半的道理告诉你们管事的，如果心服情愿，叫他写个凭据来，银子早迟不要紧的。第二天，果然写了这个凭据来。我告诉你，我与你无冤无仇，我为什么要陷害你们呢？你要摸心想一想，我是个朝廷家的官，又是抚台特特委我来帮着王大老爷来审这案子，我若得了你们的银子，开脱了你们，不但辜负抚台的委任，那十三条冤魂肯依我吗？我再详细告诉你：倘若人命不是你谋害的，你家为什么肯拿几千两银子出来打点呢？这是第一据。在我这里花的是六千五百两，在别处花的且不知多少，我就不便深究了。倘人不是你害的，我告诉他照五百两一条命计算，也应该六千五百两，你那管事的就应该说："人命实不是我家害的，如蒙委员代为昭雪，七千八千俱可，六千五百两的数目却不敢答应。"为什么他毫无疑义，就照五百两一条命算帐呢？是第二据。——我劝你们早迟总得招认，免得饶上许多刑具的苦楚。'

"那父女两个连连叩头说：'青天大老爷！实在是冤枉！'刚弼把

桌子一拍，大怒道：'我这样开导你们，还是不招，再替我夹拶起来！'底下差役炸雷似的答应了一声'嘎'，夹棍拶子望堂上一摔，惊魂动魄价响。

"正要动刑，刚弼又道：'慢着！行刑的差役上来，我对你讲。'几个差役走上几步，跪一条腿，喊道：'请大老爷示。'刚弼道：'你们伎俩我全知道：你看那案子是不要紧的呢，你们得了钱，用刑就轻些，让犯人不甚吃苦；你们看那案情重大，是翻不过来的了，你们得了钱，就猛一紧，把那犯人当堂治死，成全他个整尸首，本官又有个严刑毙命的处分：我是全晓得的。今日替我先拶贾魏氏，只不许拶得他发昏，但看神色不好，就松刑，等他回过气来再拶。预备十天工夫，无论你什么好汉，也不怕你不招！'

"可怜一个贾魏氏，不到两天，就真熬不过了，哭得一丝半气的，又忍不得老父受刑，就说道：'不必用刑，我招就是了！人是我谋害的，父亲委实不知情！'刚弼道：'你为什么害他全家？'魏氏道：'我为妯娌不和，有心谋害。'刚弼道：'妯娌不和，你害他一个人很够了，为什么毒他一家子呢？'魏氏道：'我本想害他一人，因没有法子，只好把毒药放在月饼馅子里。因为他最好吃月饼，让他先毒死了，旁人必不至再受害了。'刚弼问：'月饼馅子里，你放的什么毒药呢？'供：'是砒霜。''那里来的砒霜呢？'供：'叫人药店里买的。'那家药店里买的呢？''自己不曾上街，叫人买的，所以不晓得那家药店。'问：'叫谁买的呢？'供：'就是婆家被毒死了的长工王二。'问：'既是王二替你买的，何以他又肯吃这月饼受毒死了呢？'供：'我叫他买砒霜的时候，只说为毒老鼠，所以他不知道。'问：'你说你父亲不知情，你岂有个不同他商议的呢？'供：'这砒霜是在婆家买的，买得好多天了。正想趁个机会放在小婶吃食碗里，值几日都无隙可乘，恰好那日回娘家，看他们做月饼馅子，问他们何用，他们说送我家节礼，趁无人的时候，就把砒霜搅在馅子里了。'刚弼点点头道：'是了，是了。'又问道：'我看你人很直爽，所招的一丝不错。只是我听人说，你公公平常待你极

第十六回

六千金买得凌迟罪　一封书驱走丧门星

111

为刻薄，是有的罢？'魏氏道：'公公待我如待亲身女儿一般恩惠，没有再厚的了。'刚弼道：'你公公横竖已死，你何必替他回护呢？'魏氏听了，抬起头来，柳眉倒竖，杏眼圆睁，大叫道：'刚大老爷！你不过要成就我个凌迟的罪名！现在我已遂了你的愿了，既杀了公公，总是个凌迟！你又何必要坐成个故杀呢？——你家也有儿女呀！劝你退后些罢！'刚弼一笑道：'论做官的道理呢，原该追究个水尽山穷；然既已如此，先让他把这个供画了。'"

再说黄人瑞道："这是前两天的事，现在他还要算计那个老头子呢。昨日我在县衙门里吃饭，王子谨气得要死，憋得不好开口，一开口，仿佛得了魏家若干银子似的。李太尊在此地，也觉得这案情不妥当，然也没有法想，商议除非能把白太尊白子寿弄来才行。这瘟刚是以清廉自命的，白太尊的清廉，恐怕比他还靠得住些。白子寿的人品学问，为众所推服，他还不敢藐视，舍此更无能制伏他的人了。只是一两天内就要上详，宫保的性子又急，若奏出去就不好设法了。只是没法通到宫保面前去，凡我们同寅都要避点嫌疑。昨日我看见老哥，我从心眼里欢喜出来，请你想个什么法子。"

老残道："我也没有长策。不过这种事情，其势已迫，不能计出万全的。只有就此情形，我详细写封信禀宫保，请宫保派白太尊来覆审。至于这一炮响不响，那就不能管了。天下事冤枉的多着呢，但是碰在我辈眼目中，尽心力替他做一下子就罢了。"人瑞道："佩服，佩服。事不宜迟，笔墨纸张都预备好了，请你老人家就此动笔。——翠环，你去点蜡烛，泡茶。"

老残凝了一凝神，就到人瑞屋里坐下。翠环把洋烛也点着了。老钱揭开墨盒，拔出笔来，铺好了纸，拈笔便写，那知墨盒子已冻得像块石头，笔也冻得像个枣核子，半笔也写不下去。翠环把墨盒子捧到火盆上烘，老残将笔拿在手里，向着火盆一头烘，一头想。半霎功夫，墨盒里冒白气，下半边已烊了，老残蘸墨就写，写两行，烘一烘，不过半个多时辰，信已写好，加了个封皮，打算问人瑞，信已写妥，交给谁送去，对翠环道："你请黄老爷进来。"

翠环把房门帘一揭，格格的笑个不止，低低喊道："铁老，你来瞧！"老残望外一看，原来黄人瑞在南首，双手抱着烟枪，头歪在枕头上，口里拖三四寸长一条口涎，腿上却盖了一条狼皮褥子；再看那边，翠花睡在虎皮毯上，两只脚都缩在衣服里头，两只手超在袖子里，头却不在枕头上，半个脸缩在衣服大襟里，半个脸靠着袖子，两个人都睡得实沉沉的了。

老残看了说："这可要不得，快点喊他们起来！"老残就去拍人瑞，说："醒醒罢，这样要受病的！"人瑞惊觉，懵里懵懂的，睁开眼说道："呵，呵！信写好了吗？"老残说："写好了。"人瑞挣扎着坐起，只见口边那条涎水，由袖子上滚到烟盘里，跌成几段，原来久已化作一条冰了。老残拍人瑞的时候，翠环却到翠花身边，先向他衣服摸着两只脚，用力往外一扯。翠花惊醒，连喊："谁，谁，谁？"连忙揉揉眼睛，叫道："可冻死我了！"

两人起来，都奔向火盆就暖，那知火盆无人添炭，只剩一层白灰，几星余火，却还有热气。翠环道："屋里火盆旺着呢，快向屋里烘去罢。"四人遂同到里边屋来。翠花看铺盖，三分俱已摊得齐楚，就去看他县里送来的，却是一床蓝湖绉被，一床红湖绉被，两条大呢褥子，一个枕头。指给老残道："儜瞧这铺盖好不好？"老残道："太好了些。"便向人瑞道："信写完了，请你看看。"

人瑞一面烘火，一面取过信来，从头至尾读了一遍，说："很切实的。我想总该灵罢。"老残道："怎样送去呢？"人瑞腰里摸出表来一看，说："四下钟，再等一刻天亮了，我叫县里专个人去。"老残道："县里人都起身得迟，不如天明后，同店家商议，雇个人去更妥。——只是这河难得过去。"人瑞道："河里昨晚就有人跑凌，单身人过河很便当的。"大家烘着火，随便闲话。

两三点钟工夫，极容易过，不知不觉东方已自明了。人瑞喊起黄升，叫他向店家商议，雇个人到省城送信，说："不过四十里地，如晌午以前送到，下午取得收条来，我赏银十两。"停了一刻，只见店伙同了一个人来说："这是我兄弟，如大老爷送信，他可以去。他送过几回信，颇在行，到衙门里也敢进去，请大老爷放心。"当时人瑞就把上抚台的禀交给他，自收拾投递去了。

这里人瑞道："我们这可该睡了。"黄、铁睡在两边，二翠睡在当中，不多一刻都已酣酣睡着。一觉醒来，已是午牌时候。翠花家伙计早已在前面等候，接了他姊妹两个回去，将铺盖卷了，一并捎着就走。人瑞道："傍晚就送他们姐儿俩来，我们这儿不派人去叫了。"伙计答应着"是"，便同两人前去。翠环回过头来眼泪汪汪的道："佇别忘了阿！"人瑞、老残俱笑着点点头。

二人洗脸。歇了片刻就吃午饭。饭毕，已两下多钟，人瑞自进县署去了，说："倘有回信，喊我一声。"老残说："知道，你请罢。"

人瑞去后，不到一个时辰，只见店家领那送信的人，一头大汗，走进店来，怀里取出一个马封，紫花大印，拆开，里面回信两封：一封是张宫保亲笔，字比核桃还大；一封是内文案上袁希明的信，言："白太尊现署泰安，即派人去代理，大约五七天可到。"并云："宫保深盼阁下少候两日，等白太尊到，商酌一切。"云云。

老残看了，对送信人说："你歇着罢，晚上来领赏。喊黄二爷来。"店家说："同黄大老爷进衙门去了。"老残想："这信交谁送去呢？不如亲身去走一遭罢。"就告店家，锁了门，竟自投县衙门来。进了大门，见出出进进人役甚多，知有堂事。进了仪门，果见大堂上阴气森森，许多差役两旁立着。凝了一凝神，想道："我何妨上去看看，什么案情？"立在差役身后，却看不见。

只听堂上嚷道："贾魏氏，你要明白！你自己的死罪已定，自是无可挽回，你却极力开脱你那父亲，说他并不知情，这是你的一片孝心，本县也没有个不成全你的。但是你不招出你的奸夫来，你父亲的命就保全不住了。你想，你那奸夫出的主意，把你害得这样苦法，他到躲得远远的，连饭都不替你送一碗，这人的情义也就很薄的了，你却抵死不肯招出他来，反令生身老父替他担着死罪。圣人云：'人尽夫也，父一而已。'原配丈夫，为了父亲尚且顾不得他，何况一个相好的男人呢！我劝你招了的好。"只听底下只是嘤嘤啜泣。又听堂上喝道："你还不招吗？不招我又要动刑了！"

又听底下一丝半气的说了几句，听不出什么话来。只听堂上嚷道："他说什么？"听一个书吏上去回道："贾魏氏说，是他自己的事，大老爷怎样分付，他怎样招；叫他捏造一个奸夫出来，实实无从捏造。"

又听堂上把惊堂一拍，骂道："这个淫妇，真正刁狡！拶起来！"堂下无限的人大叫了一声"嗄"，只听跑上几个人去，把拶子往地下一摔，霍绰的一声，惊心动魄。老残听到这里，怒气上冲，也不管公堂重地，把站堂的差人用手分开，大叫一声："站开！让我过去！"差人一闪。老残走到中间，只见一个差人一手提着贾魏氏头发，将头提起，两个差人正抓他手在上拶子。老残走上，将差人一扯，说道："住手！"便大摇大摆走上暖阁，见公案上坐着两人，下首是王子谨，上首心知就是这刚弼了，先向刚弼打了一躬。

子谨见是老残，慌忙立起。刚弼却不认得，并不起身，喝道："你是何人？敢来搅乱公堂！——拉他下去！"未知老残被拉下去，后事如何，且听下回分解。

第十七回

铁炮一声公堂解索　瑶琴三叠旅舍衔环

话说老残看贾魏氏正要上刑，急忙抢上堂去，喊了"住手"，刚弼却不认得老残为何许人，又看他青衣小帽，就喝令差人拉他下去。谁知差人见本县大老爷早经站起，知道此人心有来历，虽然答应了一声"嗄"，却没一个人敢走上来。

老残看刚弼怒容满面，连声吆喝，却有意呕着他顽，便轻轻的说道："你先莫问我是什么人，且让我说两句话。如果说的不对，堂下有的是刑具，你就打我几板子，夹我一两夹棍，也不要紧。我且问你：一个垂死的老翁，一个深闺的女子，案情我却不管，你上他这手铐脚镣是什么意思？难道怕他越狱走了吗？这是制强盗的刑具，你就随便施于良民，天理何存？良心安在？"

王子谨想不到抚台回信已来，恐怕老残与刚弼堂上较量起来，更下不去，连忙喊道："补翁先生，请厅房里去坐，此地公堂，不便说话。"刚弼气得目瞪口呆，又见子谨称他补翁，恐怕有点来历，也不敢过于抢白。

老残知子谨为难，遂走过西边来，对着子谨也打了一躬。子谨慌忙还揖，口称："后面厅房里坐。"老残说道："不忙。"却从袖子里取出张宫保的那个覆书来，双手递给子谨。

子谨见有紫花大印，不觉喜逐颜开，双手接过，拆开一看，便高声读道："示悉。白守者札到便来，请即传谕王、刚二令，不得滥刑。魏谦父女取保回家，候白守覆讯。弟耀顿首。"一面递给刚弼去看，一面大声喊道："奉抚台传谕，叫把魏谦父女刑具全行松放，取保回家，候白大人来再审！"底下听了，答应一声"嗄"，又大喊道："当堂松刑啰！当堂松刑啰！"却早七手八脚，把他父女手铐脚镣，项上的铁链子，一松一个干净，教他上来磕头，替他喊道："谢抚台大人恩典！谢刚大老爷、王大老爷恩典！"那刚弼看信之后，正自敢怒而不敢言；又听到谢刚大老爷、王大老爷恩典，如同刀子戳心一般，早坐不住，退往后堂去了。

子谨仍向老残拱手道："请厅房里去坐。兄弟略为交代此案，就来奉陪。"老残拱一拱手道："请先生治公，弟尚有一事，告退。"遂下堂，仍自大摇大摆的走出衙门去了。这里王子谨分付了书吏，叫魏谦父女赶紧取保，今晚便要叫他们出去才好。书吏一一答应，击鼓退堂。

却说老残回来，一路走着，心里十分高兴，想道："前日闻得玉贤种种酷虐，无法可施；今日又亲目见了一个酷吏，却被一封书便救活了两条性命，比吃了人参果心里还快活！"一路走着，不知不觉已出了城门，便是那黄河的堤埝了。上得堤去，看天色欲暮，那黄河已冻得同大路一般，小车子已不断的来往行走，心里想来："行李既已烧去，更无累赘，明日便可单身回省，好去置办行李。"转又念道："袁希明来信，叫我等白公来，以便商酌，明知白公办理此事，游刃有余，然倘有未能周知之处，岂不是我去了害的事吗？只好耐心等待数日再说。"一面想着，已到店门，顺便踅了回去，看有许多人正在那里刨挖火里的烬余，堆了好大一堆，都是些零绸碎布，也就不去看他，回到上房，独自坐地。

过了两个多钟头，只见人瑞从外面进来，口称："痛快，痛快！"说："那瘟刚退堂之后，随即命家人检点行李回省。子谨知道宫保耳软，恐怕他回省，又出汉子，故极力留他，说：'宫保只有派白太尊覆审的话，并没有叫阁下回省的示谕，此案未了，断不能走。你这样去销差，岂不是同宫保呕气吗？恐不合你主敬存诚的道理。'他想想也只好忍耐着了。子谨本想请你进去吃饭，我说：'不好，倒不如送桌好好的饭去，我替你陪客罢。'我讨了这个差使来的。你看好不好？"老残道："好！你吃白食，我担人情，你倒便宜！我把他辞掉，看你吃什么！"人瑞道：

"你只要有本事辞，只管辞，我就陪你挨饿。"

说着，门口已有一个戴红缨帽儿的拿了一个全帖，后面跟着一个挑食盒的进来，直走到上房，揭起暖帘进来，对着人瑞望老残说："这位就是铁老爷罢？"人瑞说："不错。"那家人便抢前一步，请了一个安，说："敝上说：小县分没有好菜，送了一桌粗饭，请大老爷包含点。"老残道："这店里饭很便当，不消贵上费心，请挑回去，另送别位罢。"家人道："主人分付，总要大老爷赏脸。家人万不敢挑回去，要挨骂的。"

人瑞在桌上拿了一张笺纸，拔开笔帽，对着那家人道："你叫他们挑到前头灶屋里去。"那家人揭开盒盖，请老爷们过眼。原来是一桌甚丰的鱼翅席。老残道："便饭就当不起。这酒席太客气，更不敢当了。"人瑞用笔在花笺上已经写完，递与那家人，说："这是铁老爷的回信，你回去说谢谢就是了。"又叫黄升赏了家人一吊钱，挑盒子的二百钱。家人打了两个千儿。

这里黄升掌上灯来。不消半个时辰，翠花、翠环俱到。他那伙计不等分付，已捐了两个小行李卷儿进来，送到里房去。人瑞道："你们铺盖真做得快，半天工夫就齐了吗？"翠花道："家里有的是铺盖，对付着就够用了。"

黄升进来问，开饭不开饭。人瑞说："开罢。"停了一刻，已先将碟子摆好。人瑞道："今日北风虽然不刮，还是很冷，快温酒来吃两杯。今天十分快乐，我们多喝两杯。"二翠俱拿起弦子来唱两个曲子侑酒。人瑞道："不必唱了，你们也吃两杯酒罢。"

翠花看二人非常高兴，便问道："伫能这们高兴，想必抚台那里送信的人回来了吗？"人瑞道："岂但回信来了，魏家爷儿俩这时候怕都回到了家呢！"便将以上事情，一五一十的告诉了二翠。他姊儿两个也自喜欢的了不得，自不消说。

却说翠环听了这话，不住的迷迷价笑，忽然又将柳眉双锁，默默无言。你道什么缘故？他因听见老残一封书去，抚台便这样的信从，若替他办那事，自不费吹灰之力，一定妥当的，所以就迷迷价笑。又想他们的权力虽然够用，只不知昨晚所说的话，究竟是真是假；倘若随便说说就罢了的呢，这个机会错过，便终身无出头之望，所以双眉又锁起来了。又想到他妈今年年底一定要转卖他，那蒯二秃子凶恶异常，早迟是个死，不觉脸上就泛了死灰的气色。又想到自己好好一个良家女子，怎样流落得这等下贱形状，倒不如死了的干净，眉宇间又泛出一种英毅的气色来。又想到自己死了，原无不可，只是一个六岁的小兄弟有谁抚养，岂不也是饿死吗？他若饿死，不但父母无人祭供，并祖上的香烟从此便绝。这们想去，是自己又死不得了。想来想去，活又活不成，死又死不得，不知不觉那泪珠子便扑簌簌的滚将下来，赶紧用手绢子去擦。

翠花看见道："你这妮子！老爷们今天高兴，你又发什么昏？"人瑞看着他，只是憨笑。老残对他点了点头，说："你不用胡思乱想，我们总要替你想法子的。"人瑞道："好，好！有铁老爷一手提拔你，我昨晚说的话可是不算数的了。"翠环听了大惊，愈觉得他自己虑的是不错。正要向人瑞诘问，只见黄升同了一个人进来，朝人瑞打了一千儿，递过一个红纸封套去。人瑞接过来，撑开封套口，朝里一窥，便揣到怀里去，说声"知道了"，更不住的嘻嘻价笑。只见黄升说："请老爷出来说两句话。"人瑞便走出去。

约有半个时辰，进来，看着三个人俱默默相对，一言不发，人瑞愈觉高兴。又见那县里的家人进来向老残打了个千儿，道："敝上说，叫把昨儿个的一卷旧铺盖取回去。"老残一楞，心里想道："这是什么道理呢？你取了去，我睡什么呢？"然而究竟是人家的物件，不便强留，便说："你取了去罢。"心里却是纳闷。看着那家人进房取将去了。只见人瑞道："今儿我们本来很高兴的，被这翠环一个人不痛快，惹的我也不痛快了。酒也不吃了，连碟子都撤下去罢。"又见黄升来当真把些碟子都撤了下去。

此时不但二翠摸不着头脑，连老残也觉得诧异的很。随即黄升带着翠环家伙计，把翠环的铺盖卷也搬走了。翠环忙问："啥事？啥事？

怎么不教我在这里吗？"伙计说："我不知道，光听说叫我取回铺盖卷去。"

翠环此时按捺不住，料到一定凶多吉少，不觉含泪跪到人瑞面前，说："我不好，你是老爷们呢，难道不能包含点吗？你老一不喜欢，我们就活不成了！"人瑞道："我喜欢的很呢。我为啥不喜欢？只是你的事，我却管不着。你慢慢的求铁老爷去。"

翠环又跪向老残面前，说："还是你老救我！"老残道："什么事，我救你呢？"翠环道："取回铺盖，一定是昨儿话走了风声，俺妈知道，今儿不让我在这儿，早晚要逼我回去，明天就远走高飞了。他敢同官斗吗？就只有走是个好法子。"老残道："这话也说的是。人瑞哥，你得想个法子，挽留住他才好。一被他妈接回去，这事就不好下手了。"人瑞道："那是何消说！自然要挽留他。你不挽留他，谁能挽留他呢？"

老残一面将翠环拉起，一面向人瑞道："你的话我怎么不懂？难道昨夜说的话，当真不算数了吗？"人瑞道："我已彻底想过，只有不管的一法。你想：拔一个姐儿从良，总也得有个辞头。你也不承认，我也不承认，这话怎样说呢？把他弄出来，又望那里安置呢？若是在店里，我们两个人都不承认，外人一定说是我弄的，断无疑义。我刚才得了个好点的差使，忌妒的人很多，能不告诉宫保吗？以后我就不用在山东混了，还想什么保举呢？所以是断乎做不得的。"

老残一想，话也有理，只是因此就见死不救，于心实也难忍，加着翠环不住的啼哭，实在为难，便向人瑞道："话虽如此，也得想个万全的法子才好。"人瑞道："就请你想，如想得出，我一定助力。"

老残想了想，实无法子，便道："虽无法子，也得大家想想。"人瑞道："我倒有个法子，你又做不到，所以只好罢休。"老残道："你说出来，我总可以设法。"人瑞道："除非你承认了要他，才好措辞。"老残道："我就承认，也不要紧。"人瑞道："空口说白话，能行吗？事是我办，我告诉人，说你要，谁信呢？除非你亲笔写封信给我，那我就有法办了。"老残道："信是不好写的。"人瑞道："我说你做不到，是不是呢？"

老残正在踌躇，却被二翠一齐上来央告，说："这也不要紧的事，你老就担承一下子罢。"老残道："信怎样写？写给谁呢？"人瑞道："自然写给王子谨。你就说，见一妓女某人，本系良家，甚为可悯，弟拟拔出风尘，纳为箧室，请兄鼎力维持，身价若干，如数照缴云云。我拿了这信就有办法，将来任凭你送人也罢，择配也罢，你就有了主权，我也不遭声气。不然，哪有办法？"

正说着，只见黄升进来说："翠环姑娘出来，你家里人请你呢。"翠环一听，魂飞天外，一面说就去，一面拼命央告老残写信。翠花就到房里取出纸笔墨砚来，将笔蘸饱，递到老残手里。老残接过笔来，叹口气，向翠环道："冤不冤？为你的事，要我亲笔画供呢！"翠环道："我替你老磕一千个头！你老就为一回难，胜造七级浮图！"老残已在纸上如说写就，递与人瑞，说："我的职分已尽，再不好好的办，罪就在你了。"人瑞接过信来，递与黄升，说："停一会送到县里去。"

当老残写信的时刻，黄人瑞向翠花耳中说了许多的话。黄升接过信来，向翠环道："你妈等你说话呢，快去罢。"翠环仍泥着不肯去，眼看着人瑞，有求救的意思。人瑞道："你去，不要紧的。诸事有我呢。"翠花立起来，拉了翠环的手，说："环妹，我同你去，你放心罢，——你大大的放心罢！"翠环无法，只得说声"告假"，走出去了。

这里人瑞却躺到烟炕上去烧烟，嘴里七搭八搭的同老残说话。约计有一点钟工夫，人瑞烟也吃足了。只见黄升戴着簇新的大帽子进来，说："请老爷们那边坐。"人瑞说："啊！"便站起来拉了老残，说："那边坐罢。"老残诧异道："几时有个那边出来？"人瑞说："这个那边，是今天变出来的。"

原来这店里的上房一排，本是两个三间，人瑞住的是西边三间，还有东边的个三间，原有别人住着，今早动身过河去了，所以空下来。

黄、铁二人携手走到东上房前，上了台阶，早有人打起暖帘。只见正中方桌上挂着桌裙，桌上点了一对大红蜡烛，地下铺了一条红毡。走进堂门，见东边一间摆了一张方桌，朝南也系着桌裙，上首平列两张椅子,两旁一边一张椅子,都搭着椅披。桌上却摆了满满一桌的果碟,比方才吃的还要好看些。西边是隔断的一间房,挂了一条红大呢的门帘。

老残诧异道:"这是什么原故?"只听人瑞高声嚷道:"你们搀新姨奶奶出来参见他们老爷。"只见门帘揭处,一个老妈子在左,翠花在右,搀着一个美人出来,满头戴着都是花,穿着一件红青外褂,葵绿袄子,系一条粉红裙子,却低看头走到红毡子前。

老残仔细一看,原来就是翠环,大叫道:"这是怎么说?断乎不可!"人瑞道:"你亲笔字据都写了,还狡狯什么?"不由分说,拉老残往椅子上去坐。老残那里肯坐。这里翠环早已磕下头去了。老残没法,也只好回了半礼。又见老妈子说:"黄大老爷请坐。谢大媒。"翠环却又磕下头去。人瑞道:"不敢当,不敢当。"也还了一礼。当将新人送进房内。翠花随即出来磕头道喜。老妈子等人也都道完了喜。人瑞拉老残到房里去。

原来房内新铺盖已陈设停妥,是红绿湖绉被各一床,红绿大呢褥子各一条,枕头两个。炕前挂了一个红紫鲁山绸的幔子。桌上铺了红桌毡,也是一对红蜡烛。墙上却挂了一副大红对联,上写着:

> 愿天下有情人,都成了眷属;
> 是前生注定事,莫错过姻缘。

老残却认得是黄人瑞的笔迹,墨痕还没有甚干呢,因笑向人瑞道:"你真会淘气!这是西湖上月老祠的对联,被你偷得来的。"人瑞道:"对题便是好文章。你敢说不切当吗?"

人瑞却从怀中把刚才县里送来的红封套递给老残,说:"你瞧,这是贵如夫人原来的卖身契一纸,这是新写的身契一纸,总共奉上。你看愚弟办事周到不周到?"老残说:"既已如此,感激的很。你又何苦把我套在圈子里做什么呢?"人瑞道:"我不对你说是'前生注定事,莫错过姻缘'吗?我为翠环计,救人须救彻,非如此总不十分妥当;为你计,亦不吃亏。天下事就该这们做法,是不错的。"说过,呵呵大笑。又说:"不用费话罢,我们肚子饿的了不得,要吃饭了。"人瑞拉着老残,翠花拉着翠环，要他们两个上坐。老残决意不肯，仍是去了桌裙，四方两对面坐的。这一席酒，不消说，各人有各人快乐处，自然是尽欢而散。以后无非是送房睡觉，无庸赘述。

却说老残被人瑞逼成好事，心里有点不痛快，想要报复；又看翠花昨日自己冻着，却拿狼皮褥子替人瑞盖腿，为翠环事，他又出了许多心，冷眼看去，也是个有良心的，须得把他也拔出来才好，且等将来再作道理。

次日，人瑞跑来，笑向翠环道："昨儿炕畸角睡得安稳罢？"翠环道："都是黄老爷大德成全，慢慢供佟的长生禄位牌。"人瑞道："岂敢，岂敢。"说着，便向老残道："昨日三百银子是子谨垫出来的，今日我进署替你还帐去。这衣服衾枕是子谨送的，你也不用客气了。想来送钱，他也是不肯收的。"老残道："这从那里说起，叫人家花这许多钱。也只好你先替我道谢，再图补报罢。"说着，人瑞自去县里。

老残因翠环的名字太俗，且也不便再叫了，遂替他颠倒一下，换做"环翠"，却算了一个别号，便雅得多呢。午后命人把他兄弟找得来，看他身上衣服过于蓝缕，给了他几两银子，仍叫李五领去买几件衣服给他穿。

光阴迅速，不知不觉，已经五天过去。那日，人瑞已进县署里去，老残正在客店里教环翠认字，忽听店中伙计报道："县里王大老爷来了。"

霎时，子谨轿子已到阶前下轿，老残迎出堂屋门口。子谨入来，分宾主坐下，说道："白太尊立刻就到，兄弟是来接差的，顺便来此与老哥道喜，并闲谈一刻。"老残说："前日种种承情，已托人瑞兄代达谢忱。因刚君在署，不便亲到拜谢，想能曲谅。"子谨谦逊道："岂敢。"随命新人出来拜见了。子谨又送了几件首饰，作拜见之礼。忽见外面差人飞奔也似的跑来报："白大人已到，对岸下轿，从冰上走过来了。"子谨慌忙上轿去接。未知后事如何，且听下回分解。

第十八回

白太守谈笑释奇冤　铁先生风霜访大案

话说王子谨慌忙接到河边，其时白太尊已经由冰上走过来了。子谨递上手版，赶到面前请了个安，道声"大人辛苦"。白公回了个安，说道："何必还要接出来？兄弟自然要到贵衙门请安去的。"子谨连称"不敢"。

河边搭着茶棚，挂着彩绸，当时让到茶棚小坐。白公问道："铁君走了没有？"子谨回道："尚未。因等大人来到，恐有话说。卑职适才在铁公处来。"白公点点头道："甚善。我此刻不便去拜，恐惹刚君疑心。"吃了一口茶，县里预备的轿子执事早已齐备，白公便坐了轿子，到县署去。少不得升旗放炮，奏乐开门等事。进得署去，让在西花厅住。

刚弼早穿好了衣帽，等白公进来，就上手本请见。见面之后，白公就将魏贾一案，如何问法，详细问了一遍。刚弼一一诉说，颇有得意之色，说到"宫保来函，不知听信何人的乱话，此案情形，据卑职看来，已成铁案，决无疑义。但此魏老颇有钱文，送卑职一千银子，卑职未收，所以买出人来到宫保处搅乱黑白。听说有个什么卖药的郎中，得了他许多银子，送信给宫保的。这个郎中因得了银子，当时就买了个妓女，还在城外住着。闻听说这个案子如果当真翻过来，还要谢他几千银子呢，所以这郎中不走，专等谢仪。似乎此人也该提了来讯一堂。讯出此人赃证，又多添一层凭据了。"白公说："老哥所见甚是。但是兄弟今晚须将全案看过一遍，明日先把案内人证提来，再作道理。或者竟照老哥的断法，也未可知，此刻不敢先有成见。像老哥聪明正直，凡事先有成竹在胸，自然投无不利。兄弟资质甚鲁，只好就事论事，细意推求，不敢说无过，但能寡过，已经是万幸了。"说罢，又说了些省中的风景闲话。

吃过晚饭，白公回到自己房中，将全案细细看过两遍，传出一张单子去，明日提人。第二天已牌时分，门口报称："人已提得齐备。请大人示下：是今天下午后坐堂，还是明天早起？"白公道："人证已齐，就此刻坐大堂。堂上设三个坐位就是了。"刚、王二君连忙上去请了个安，说："请大人自便，卑职等不敢陪审，恐有不妥之处，理应回避。"白公道："说那里的话。兄弟鲁钝，精神照应不到，正望两兄提撕。"二人也不敢过谦。

停刻，堂事已齐，稿签门上来请升堂。三人皆衣冠而出，坐了大堂。白公举了红笔，第一名先传原告贾幹。差人将贾幹带到，当堂跪下。

白公问道："你叫贾幹？"底下答着："是。"白公问："今年十几岁了？"答称："十七岁了。"问："是死者贾志的亲生，还是承继？"答称："本是嫡堂的侄儿，过房承继的。"问："是几时承继的？"答称："因亡父被害身死，次日入殓，无人成服，由族中公议入继成服的。"

白公又问："县官相验的时候，你已经过来了没有？"答："已经过来了。"问："入殓的时候，你亲视含殓了没有？"答称："亲视含殓的。"问："死人临入殓时，脸上是什么颜色？"答称："白支支的，同死人一样。"问："有青紫斑没有？"答："没有看见。"问："骨节僵硬不僵硬？"答称："并不僵硬。"问："既不僵硬，曾摸胸口有无热气？"答："有人摸的，说没有热气了。"问："月饼里有砒霜，是几时知道的？"答："是入殓第二天知道的。"问："是谁看出来的？"答："是姐姐看出来的。"问："你姐姐何以知道里头有砒霜？"答："本不知道里头有砒霜，因疑心月饼里有毛病，所以揭开来细看，见有粉红点点子，就托出问人。有人说是砒霜，就找药店人来细瞧，也说是砒霜，所以知道是中了砒毒了。"

白公说："知道了。下去！"又用朱笔一点，说："传四美斋来。"差人带上。白公问道："你叫什么？你是四美斋的什么人？"答称："小人叫王辅庭，在四美斋掌柜。"问："魏家定做月饼，共做了多少斤？"答："做了二十斤。"问："馅子是魏家送来的吗？"答称："是。"问："做二十斤，就将将的不多不少吗？"说："定的是二十斤，做成了八十三个。"问："他定做的月饼，是一种馅子？是两种馅子？"答："一种，都是冰糖芝麻核桃仁的。"问："你们店里卖的是几种馅子？"答："好几种呢。"问："有冰糖芝麻核桃仁的没有？"答："也有。"问："你们店里的馅子比他家的馅子那个好点？"答："是他家的好点。"问："好处在什么地方？"答："小人也不知道。听做月饼的司务说，他家的材料好，味道比我们的又香又甜。"白公说："然则你店里司务先尝过的，不觉得有毒吗？"回称："不觉得。"

白公说："知道了。下去！"又将朱笔一点，说："带魏谦。"魏谦走上来，连连磕头说："大人哪！冤枉哟！"白公说："我不问你冤枉不冤枉！你听我问你的话！我不问你的话，不许你说！"两旁衙役便大声"嘎"的一声。

看官，你道这是什么缘故？凡官府坐堂，这些衙役就要大呼小叫的，名叫"喊堂威"，把那犯人吓昏了，就可以胡乱认供了，不知道是那一朝代传下来的规矩，却是十八省都是一个传授。今日魏谦是被告正凶，所以要喊个堂威，吓唬吓唬他。

闲话休题，却说白公问魏谦道："你定做了多少个月饼？"答称："二十斤。"问："你送了贾家多少斤？"答："八斤。"问："还送了别人家没有？"答："送了小儿子的丈人家四斤。"问："其余的八斤呢？"答："自己家里人吃了。"问："吃过月饼的人有在这里的没有？"答："家里人人都分的，现在同了来的人，没有一个不是吃月饼的。"白公向差人说："查一查，有几个人跟魏谦来的，都传上堂来。"

一时跪上一个有年纪的，两个中年汉子，都跪下。差人回禀道："这是魏家的一个管事，两个长工。"白公问道："你们都吃月饼么？"同声答道："都吃的。"问："每人吃了几个，都说出来。"管事的说："分了四个，吃了两个，还剩两个。"长工说："每人分了两个，当天都吃完了。"白公问管事的道："还剩的两个月饼,是几时又吃的？"答称："还没有吃,就出了这件案子,说是月饼有毒,所以就没敢再吃,留着做个见证。"白公说："好,带来了没有？"答："带来,在底下呢。"白公说："很好。"叫差人同他取来。又说："魏谦同长工全下去罢。"又问书吏："前日有砒的半个月饼呈案了没有？"书吏回："呈案在库。"白公说："提出来。"

霎时差人带着管事的,并那两个月饼,都呈上堂来,存库的半个月饼也提到。白公传四美斋王辅庭,一面将这两种月饼详细对校了,送刚、王二公看,说："这两起月饼,皮色是一样,二公以为何如？"二公皆连忙欠身答应着："是。"

其时四美斋王辅庭已带上堂,白公将月饼掰开一个交下,叫他验看,问："是魏家叫你定做的不是？"王辅庭仔细看了看,回说："一点不错,就是我家定做的。"白公说："王辅庭叫他具结回去罢。"

白公在堂上把那半个破碎月饼仔细看了,对刚弼道："圣慕兄,请仔细看看。这月饼馅子是冰糖芝麻核桃仁做的,都是含油性的物件,若是砒霜做在馅子里的,自然同别物黏合一气。你看这砒显系后加入的,与别物绝不黏。况四美斋供明,只有一种馅子,今日将此两种馅子细看,除加砒外,确系表里皆同。既是一样馅子,别人吃了不死,则贾家之死不由月饼可知。若是有汤水之物,还可将毒药后加入内;月饼之为物,面皮干硬,断无加入之理。二公以为何如？"俱欠身道："是。"

白公又道："月饼中既无毒药,则魏家父女即为无罪之人,可以令其具结了案。"王子谨即应了一声："是。"刚弼心中甚为难过,却也说不出什么来,只好随着也答应了一声"是"。

白公即分付带上魏谦来,说："本府已审明月饼中实无毒药,你们父女无罪,可以具结了案,回家去罢。"魏谦磕了几个头去了。

白公又叫带贾干上来。贾干本是个无用的人,不过他姊姊支使他出面,今日看魏家父女已结案释放,心里就有点七上八下;听说传他去,不但已前人教导他说的话都说不上,就是教他的人也不知此刻从那里教起了。

贾干上得堂来，白公道："贾干，你既是承继了你亡父为子，就该细心研究，这十三个人怎样死的；自己没有法子，也该请教别人。为甚的把月饼里加进砒霜去，陷害好人呢？必有坏人挑唆你。从实招来，是谁教你诬告的？你不知道律例上有反坐的一条吗？"贾干慌忙磕头，吓的只格格价抖，带哭说道："我不知道！都是我姐姐叫我做的！饼里的砒霜，也是我姐姐看出来告诉我的，其余概不知道。"白公说："依你这们说起来，非传你姐姐到堂，这砒霜的案子是究不出来的了？"贾干只是磕头。

白公大笑道："你幸儿遇见的是我，倘若是个精明强干的委员，这月饼案子才了，砒霜案子又该闹得天翻地覆了。我却不喜欢轻易提人家妇女上堂，你回去告诉你姐姐，说本府说的，这砒霜一定是后加进去的。是谁加进去的，我暂时尚不忙着追究呢，因为你家这十三条命，是个大大的疑案，必须查个水落石出。因此，加砒一事倒只好暂行缓究了。你的意下何如？"贾干连连磕头道："听凭大人天断。"

白公道："既是如此，叫他具结，听凭替他查案。"临下去时，又喝道："你再胡闹，我就要追究你们加砒诬控的案子了！"贾干连说："不敢，不敢！"下堂去了。

这里白公对王子谨道："贵县差人有精细点的吗？"子谨答应："有个许亮还好。"白公说："传上来。"只见下面走上一个差人，四十多岁，尚未留须，走到公案前跪下，道："差人许亮叩头。"白公道："差你往齐东村明查暗访，这十三条命案是否服毒？有什么别样案情？限一个月报命，不许你用一点官差的力量。你若借此招摇撞骗，可要置你于死地！"许亮叩头道："不敢。"

当时王子谨即标了牌票，交给许亮。白公又道："所有以前一切人证，无庸取保，全行释放。"随手翻案，检出魏谦笔据两纸，说："再传魏谦上来。"

白公道："魏谦，你管事的送来的银票，你要不要？魏谦道：

"职员沉冤，蒙大人昭雪，所有银子，听凭大人发落。"白公道："这五千五百凭据还你。这一千银票，本府却要借用，却不是我用，暂且存库，仍为查贾家这案，不得不先用资斧。俟案子查明，本府回明了抚台，仍旧还你。"魏谦连说："情愿，情愿。"当将笔据收好，下堂去了。

白公将这一千银票交给书吏，"到该钱庄将银子取来，凭本府公文支付。"回头笑向刚弼道："圣慕兄，不免笑兄弟当堂受贿罢？"刚弼连称："不敢。"于是击鼓退堂。

却说这起大案，齐河县人人俱知，昨日白太尊到，今日传人，那贾、魏两家都预备至少住十天半个月，那知道未及一个时辰，已经结案，沿路口碑啧啧称赞。

却说白公退至花厅，跨进门槛，只听当中放的一架大自鸣钟，正当当的敲了十二下，仿佛像迎接他似的。王子谨跟了进来，说："请大人宽衣用饭罢。"白公道："不忙。"看着刚弼也跟随进来，便道："二位且请坐一坐，兄弟还有话说。"二人坐下。白公向刚弼道："这案兄弟断得有理没理？"刚弼道："大人明断，自是不会错的。只是卑职总不明白：这魏家既无短处，为什么肯花钱呢？卑职一生就没有送过人一个钱。"

白公呵呵大笑道："老哥没有送过人的钱，何以上台也会契重你？可见天下人不全是见钱眼开的哟。清廉人原是最令人佩服的，只有一个脾气不好，他总觉得天下人都是小人，只他一个人是君子。这个念头最害事的，把天下大事不知害了多少！老兄也犯这个毛病，莫怪兄弟直言。至于魏家花钱，是他乡下人没见识处，不足为怪也。"又向子谨道："此刻正案已完，可以差个人拿我们两个名片，请铁公进来坐坐罢。"又笑向刚弼道："此人圣慕兄不知道吗？就是你才说的那个卖药郎中。姓铁，名英，号补残，是个肝胆男子，学问极其渊博，性情又极其平易，从不肯轻慢人的。老哥连他都当做小人，所以我说未免过分了。"

刚弼道："莫非就是省中传的老残、老残，就是他吗？"白公道：

"可不是呢！"刚弼道："听人传说，宫保要他搬进衙门去住，替他捐官，保举他，他不要，半夜里逃走了的，就是他吗？"白公道："岂敢。阁下还要提他来讯一堂呢。"刚弼红胀了脸道："那真是卑职的卤莽了。此人久闻其名，只是没有见过。"子谨又起身道："大人请更衣罢。"白公道："大家换了衣服，好开怀畅饮。"王、刚二公退回本屋，换了衣服，仍到花厅。恰好老残也到，先替子谨作了一个揖，然后替白公、刚弼各人作了一揖，让到炕上上首坐下，白公作陪。老残道："如此大案，半个时辰了结，子寿先生何其神速！"白公道："岂敢。前半截的容易差使我已做过了，后半截的难题目可要着落在补残先生身上了。"老残道："这话从那里说起！我又不是大人老爷，我又不是小的衙役，关我甚事呢？"白公道："然则宫保的信是谁写的？"老残道："我写的。应该见死不救吗？"白公道："是了。未死的应该救，已死的不应该昭雪吗？你想，这种奇案岂是寻常差人能办的事？不得已才请教你这个福尔摩斯呢。"老残笑道："我没有这们大的能耐。你要我去也不难，请王大老爷先补了我的快班头儿，再标一张牌票，我就去。"

说着，饭已摆好。王子谨道："请用饭罢。"白公道："黄人瑞也不在这里么？为甚不请过来？"子谨道："已请去了。"话言未了，人瑞已到，作了一遍揖。子谨提了酒壶，正在为难。白公道："自然补公首坐。"老残道："我断不能占。"让了一回，仍是老残坐了首座，白公二座。吃了一回酒，行了一回令，白公又把虽然差了许亮去，是个面子，务请老残辛苦一趟的话，再三敦嘱。子谨、人瑞又从旁怂恿，老残只好答应。

白公又说："现有魏家的一千银子，你先取去应用。如其不足，子谨兄可代为筹画，不必惜费，总要破案为第一要义。"老残道："银子可以不必，我省城里四百银子已经取来，正要还子谨兄呢，不如先垫着用。如果案子查得出呢，再向老张讨还；如查不出，我自远走高飞，不在此地献丑了。"白公道："那也使得。只是要用便来取，切不可顾小节误大事为要。"老残答应："是了。"霎时饭罢，白公立即过河，回省销差。次日，黄人瑞、刚弼也俱回省去了。未知后事如何，且听下回分解。

第十九回

齐东村重摇铁串铃　济南府巧设金钱套

却说老残当日受了白公之托，下午回寓，盘算如何办法。店家来报："县里有个差人许亮求见。"老残说："叫他进来。"

许亮进来，打了个千儿，上前回道："请大老爷的示：还是许亮在这里伺候老爷的分付，还是先差许亮到那里去？县里一千银子已拨出来了，也得请示：还是送到此地来，还是存在庄上听用？"老残道："银子还用不着，存在庄上罢。但是这个案子真不好办：服毒一定是不错的，只不是寻常毒药；骨节不硬，颜色不变，这两节最关紧要。我恐怕是西洋什么药，怕是印度草等类的东西。我明日先到省城里去，有个中西大药房，我去调查一次。你却先到齐东村去，暗地里一查，有同洋人来往的人没有。能查出这个毒药来历，就有意思了。只是我到何处同你会面呢？"许亮道："小的有个兄弟叫许明，现在带来，就叫他伺候老爷。有什么事，他人头儿也很熟，分付了，就好办的了。"老残点头说："甚好。"

许亮朝外招手，走进一个三十多岁的人来，抢前打了一个千儿。许亮说："这是小的兄弟许明。"就对许明道："你不用走了，就在这里伺候铁大老爷罢。"许亮又说："求见姨太太。"老残揭帘一看，环翠正靠着窗坐着，即叫二人见了，各人请了一安，环翠回了两拂。许亮即带了许明回家搬行李去了。

待到上灯时候，人瑞也回来了，说："我前两天本要走的，因这案子不放心，又被子谨死命的扣住。今日大案已了，我明日一早进省销差去了。"老残道："我也要进省去呢。一则要往中西大药房等处去调查毒药；二则也要把这个累坠安插一个地方，我脱开身子，好办事。"人瑞道："我公馆里房子甚宽绰，你不如暂且同我住。如嫌不好，再慢慢的找房，如何呢？"老残道："那就好得很了。"

伺候环翠的老妈子不肯跟进省，许明说："小的女人可以送姨太太进省，等到雇着老妈子再回来。"——安排妥帖。环翠少不得将他兄弟叫来，付了几两银子，姊弟对哭了一番。车子等类自有许明照料。

次日一早，大家一齐动身。走到黄河边上，老残同人瑞均不敢坐车，下车来预备步行过河。那知河边上早有一辆车子等着，看见他们来了，车中跳下一个女人，拉住环翠，放声大哭。

你道是谁？原来人瑞因今日起早动身，故不曾叫得翠花，所有开销叫黄升送去。翠花又怕客店里有官府来送行，晚上亦不敢来，一夜没睡，黎明即雇了挂车子在黄河边伺候，也是十里长亭送别的意思。

哭了一会，老残同人瑞均安慰了他几句，踏冰过河去了。过河到省，不过四十里地，一下钟后，已到了黄人瑞东箭道的公馆面前，下车进去。黄人瑞少不得尽他主人家的义务，不必赘述。

老残饭后一面差许明去替他购办行李，一面自己却到中西大药房里，找着一个掌柜的，细细的考较了一番。原来这药房里只是上海贩来的各种瓶子里的熟药，却没有生药。再问他些化学名目，他连懂也不懂，知道断不是此地去的了。心中纳闷，顺路去看看姚云松。恰好姚公在家，留着吃了晚饭。

姚公说："齐河县的事，昨晚白子寿到，已见了宫保，将以上情形都说明白，并说托你去办，宫保喜欢的了不得，却不晓得你进省来。明天你见宫保不见？"老残道："我不去见，我还有事呢。"就问："曹州的信，你怎样对宫保说的？"姚公道："我把原信呈宫保看的。宫保看了，难受了好几天，说今以后，再不明保他了。"老残道："何不撤他回省来？"云松笑道："你究竟是方外人。岂有个才明保了的就撤省的道理呢？天下督抚谁不护短？这宫保已经是难得的了。"老残点点头。又谈了许久，老残始回。

次日，又到天主堂去拜访了那个神甫，名叫克扯斯。原来这个神甫，既通西医，又通化学。老残得意已极，就把这个案子前后情形告诉了克扯斯，并问他是吃的什么药。克扯斯想了半天想不出来，又查了一会书，还是没有同这个情形相对的，说："再替你访问别人罢。我的学问尽于此矣。"

老残听了，又大失所望。在省中已无可为，即收拾行装，带着许明，赴齐河县去。因想到齐东村怎样访查呢？赶忙仍旧制了一个串铃，买了一个旧药箱，配好了许多药材，却叫许明不须同往，都到村相遇，作为不识的样子，许明去了。却在齐河县雇了一个小车，讲明包月，每天三钱银子；又怕车夫漏泄机关，连这个车夫都瞒却，便道："我要行医，这县城里已经没什么生意了，左近有什么大村镇么？"车夫说："这东北上四十五里有大村镇，叫齐东村，热闹着呢，每月三八大集，几十里的人都去赶集。你老去那里找点生意罢。"老残说："很好。"第二天，便把行李放在小车上，自己半走半坐的，早到了齐东村。原来这村中一条东西大街，甚为热闹；往南往北，皆有小街。

老残走了一个来回，见大街两头都有客店，东边有一家店，叫三合兴，看去尚觉干净，就去赁了一间西厢房住下。房内是一个大炕，叫车夫睡一头，他自己睡一头。次日，睡到巳初方才起来，吃了早饭，摇个串铃上街去了，大街小巷乱走一气。未刻时候，走到大街北一条小街上，有个很大的门楼子，心里想着："这总是个大家。"就立住了脚，拿着串铃尽摇。只见里面出来一个黑胡子老头儿，问道："你这先生会治伤科么？"老残说："懂得点子。"那老头儿进去了，出来说："请里面坐。"进了大门，就是二门，再进就是大厅。行到耳房里，见一老者坐在炕沿上，见了老残，立起来，说："先生，请坐。"

老残认得就是魏谦，却故意问道："你老贵姓？"魏谦道："姓魏。先生，你贵姓？"老残道："姓金。"魏谦道："我有个小女，四肢骨节疼痛，有什么药可以治得？"老残道："不看症，怎样发药呢？"魏谦道："说的是。"便叫人到后面知会。

少停，里面说："请。"魏谦就同了老残到厅房后面东厢房里。这厢房是三间，两明一暗。行到里间，只见一个三十余岁妇人，形容憔悴，倚着个炕几子，盘腿坐在炕上，要勉强下炕，又有力不能支的样子。老残连喊道："不要动，好把脉。"魏老儿却让老残上首坐了，自己却坐在凳子上陪着。

老残把两手脉诊过，说："姑奶奶的病是停了瘀血。请看看两手。"魏氏将手伸在炕几上，老残一看，节节青紫，不免肚里叹了一口气，说："老先生，学生有句放肆的话不敢说。"魏老道："但说不妨。"老残道："你别打嘴，这样，像是受了官刑的病。若不早治，要成残废的。"魏老叹口气道："可不是呢。请先生照证施治，如果好了，自当重谢。"老残开了一个药方子去了，说："倘若见效，我住三合兴店里，可以来叫我。"

从此每天来往，三四天后，人也熟了，魏老留在前厅吃酒。老残便问："府上这种大户人家，怎会受官刑的呢？"魏老道："金先生，你们外路人，不知道。我这女儿许配贾家大儿子，谁知去年我这女婿死了。他有个姑子，贾大妮子，同西村吴二浪子眉来眼去，早有了意思。当年说亲，是我这不懂事的女儿打破了的，谁知贾大妮子就恨我女儿入了骨髓。今年春天，贾大妮子在他姑妈家里，就同吴二浪子勾搭上了，不晓得用什么药，把贾家全家药死，却反到县里告了我的女儿谋害的。又遇见了千刀剐、万刀剁的个姓刚的，一口咬定了，说是我家送的月饼里有砒霜，可怜我这女儿不晓得死过几回了。听说凌迟案子已经定了，好天爷有眼，抚台派了个亲戚来私访，就住在南关店里，访出我家冤枉，报了抚台。抚台立刻下了公文，叫当堂松了我们父女的刑具。没到十天，抚台又派了个白大人来。真是青天大人！一个时辰就把我家的冤枉全洗刷净了！听说又派了什么人来这里访查这案子呢。吴二浪子那个王八羔子，我们在牢里的时候，他同贾大妮子天天在一块儿。听说这案翻了，他就逃走了。"

老残道："你们受这们大的屈，为什么不告他呢？"魏老儿说："官司是好打的吗？我告了他，他问凭据呢？'拿奸拿双'，拿不住双，反咬一口，就受不得了。——天爷有眼，总有一天报应的！"

老残问："这毒药究竟是什么？你老听人说了没有？"魏老道："谁知道呢！因为我们家有个老妈子，他的男人叫王二，是个挑水的。那一天，贾家死人的日子，王二正在贾家挑水，看见吴二浪子到他家里去说闲话。贾家正煮面吃，王二看见吴二浪子用个小瓶往面锅里一倒就跑了。王二心里有点疑惑，后来贾家厨房里让他吃面，他就没敢吃。不到两个时辰，就吵嚷起来了。王二到底没敢告诉一个人，只他老婆知道，告诉了我女儿。及至我把王二叫来，王二又一口咬定，说：'不知道。'再问他老婆，他老婆也不敢说了。听说老婆回去被王二结结实实的打了一顿。你老想，这事还敢告到官吗？"老残随着叹息了一番。当时出了魏家，找着了许亮，告知魏家所闻，叫他先把王二招呼了来。

次日，许亮同王二来了。老残给了他二十两银子安家费，告诉他跟着做见证："一切吃用都是我们供给，事完，还给你一百银子。"王二初还极力抵赖，看见桌上放着二十两银子，有点相信是真，便说道："事完，佟不给我一百银子，我敢怎样？"老残说："不妨。就把一百银子交你，存个妥当铺子里，写个笔据给我，说：'吴某倒药水确系我亲见的，情愿作个干证。事毕，某字号存酬劳银一百两，即归我支用。两相情愿，决无虚假。'好不好呢？"

王二尚有点犹疑。许亮便取出一百银子交给他，说："我不怕你跑掉，你先拿去，何如？倘不愿意，就扯倒罢休。"王二沉吟了一响，到底舍不得银子，就答应了。老残取笔照样写好，令王二先取银子，然后将笔据念给他听，令他画个十字，打个手模。你想，乡下挑水的几时见过两只大元宝呢，自然欢欢喜喜的打了手印。

许亮又告诉老残："探听切实，吴二浪子现在省城。"老残说："然则我们进省罢。你先找个眼线，好物色他去。"许亮答应着"是"，说："老爷，我们省里见罢。"

次日，老残先到齐河县，把大概情形告知子谨，随即进省。赏了车夫几两银子，打发回去。当晚告知姚云翁，请他转禀宫保。并饬历城县派两个差人来，以备协同许亮。

次日晚间，许亮来禀："已经查得。吴二浪子现同按察司街南胡同里，张家土娼，叫小银子的，打得火热。白日里同些不三不四的人赌钱，夜间就住在小银子家。"老残问道："这小银子家还是一个人，还是有几个人？共有几间房子？你查明了没有？"许亮回道："这家共姊妹两个，住了三间房子。西厢两间是他爹妈住的。东厢两间：一间做厨房，一间就是大门。"老残听了，点点头，说："此人切不可造次动手。案情太大，他断不肯轻易承认。只王二一个证据，镇不住他。"于是向许亮耳边说了一番详细办法，无非是如此如此，这般这般。

许亮去后，姚云松来函云："宫保酷愿一见，请明日午刻到文案为要。"老残写了回书，次日上院，先到文案姚公书房；姚公着家人通知宫保的家人，过了一刻，请人签押房内相会。张宫保已迎至门口，迎入屋内，老残长揖坐定。

老残说："前次有负宫保雅意，实因有点私事，不得不去。想宫保必能原谅。"宫保说："前日捧读大札，不料玉守残酷如此，实是兄弟之罪，将来总当设法。但目下不敢出尔反尔，似非对君父之道。"老残说："救民即所以报君，似乎也无所谓不可。"宫保默然。又谈了半点钟功夫，端茶告退。

却说许亮奉了老残的擘画，就到这土娼家，认识了小金子，同嫖共赌，几日工夫同吴二扰得水乳交融。初起，许亮输了四五百银子给吴二浪子，都是现银。吴二浪子直拿许亮当做个老土。谁知后来渐渐的被他捞回去了，倒赢了吴二浪子七八百银子，付了一二百两现银，其余全是欠帐。

一日，吴二浪子推牌九，输给别人三百多银子，又输给许亮二百多两，带来的钱早已尽了，当场要钱。吴二浪子说："再赌一场，一统算帐。"大家不答应，说："你眼前输的还拿不出，若再输了，更拿不出。"吴二浪子发急道："我家里有的是钱，从来没有赖过人的帐。银子成总了，我差人回家取去！"众人只是摇头。

许亮出来说道："吴二哥，我想这们办法：你几时能还？我借给你。但是我这银子，三日内有个要紧用处，你可别误了我的事。"吴二浪子急于要赌，连忙说："万不会误的！"许亮就点了五百两票子给他，扣去自己赢的二百多，还余二百多两。

吴二看仍不够还帐，就央告许亮道："大哥，大哥！你再借我五百，我翻过本来立刻还你。"许亮问："若翻不过来呢？"吴二说："明天也一准还你。"许亮说："口说无凭，除非你立个明天期的期票。"吴二说："行，行，行！"当时找了笔，写了笔据，交给许亮。又点了五百两银子，还了三百多的前帐，还剩四百多银子，有钱胆就壮，说："我上去推一庄！"见面连赢了两条，甚为得意。那知风头好，人家都缩了注子；心里一恨，那牌就倒下霉来了，越推越输，越输越气，不消半个更头，四百多银子又输得精光。

座中有个姓陶的，人都喊他陶三胖子。陶三说："我上去推一庄。"这时吴二已没了本钱，干看着别人打。

陶三上去，第一条拿了个一点，赔了个通庄；第二条拿了个八点，天门是地之八，上下庄是九点，又赔了一个通庄。看看比吴二的庄还要倒霉。吴二实在急得直跳，又央告许亮："好哥哥，好亲哥哥！好亲爷！你再借给我二百银子罢！"许亮又借给他二百银子。

吴二就打了一百银子的天上角，一百银子的通。许亮说："兄弟，少打点罢。"吴二说："不要紧的！"翻过牌来，庄家却是一个毙十。吴二得了二百银子，非常欢喜，原注不动。第四条，庄家赔了天门、下庄，吃了上庄，吴二的二百银子不输不赢。换第二方，头一条，庄家拿了个天杠，通吃，吴二还剩二百银子。

那知从此庄家大焮起来，不但吴二早已输尽，就连许亮也输光了。许亮大怒，拿出吴二的笔据来往桌上一搁，说："天门孤丁！你敢推吗？"陶三说："推倒敢推，就是不要这种取不出钱来的废纸。"许亮说："难道吴二爷骗你，我许大爷也会骗你吗？"两人几至用武。

众人劝说："陶三爷，你赢的不少了，难道这点交情不顾吗？我们

137

大家作保：如你赢了去，他二位不还，我们众人还！"陶三仍然不肯，说："除非许大写上保中。"

许亮气极，拿笔就写一个保，并注明实系正用情借，并非闲帐。陶三方肯推出一条来，说："许大，听你挑一副去，我总是赢你！"许亮说："你别吹了！你掷你的倒霉骰子罢！"一掷是个七出。许亮揭过牌来是个天之九，把牌望桌上一放，说："陶三小子！你瞧瞧你父亲的牌！"陶三看了看，也不出声，拿两张牌看了一张，那一张却慢慢的抽，嘴里喊道："地！地！地！"一抽出来，望桌上一放，说："许家的孙子！瞧瞧你爷爷的牌！"原来是副人地相宜的地杠。把笔据抓去，嘴里还说道："许大！你明天没银子，我们历城县衙门里见！"

当时大家钱尽，天时又有一点多钟，只好散了。许、吴二人回到小银子家，敲门进去，说："赶紧拿饭来吃！饿坏了！"小金子房里有客坐着，就同到小银子房里去坐。小金子捱到许亮脸上，说："大爷，今儿赢了多少钱？给我几两花罢。"许亮说："输了一千多了！"小银子说："二爷赢了没有？"吴二说："更不用提了！"

说着，端上饭来，是一碗鱼，一碗羊肉，两碗素菜，四个碟子，一个火锅，两壶酒。许亮说："今天怎么这们冷？"小金子说："今天刮了一天西北风，天阴得沉沉的，恐怕要下雪呢。"

两人闷酒一替一杯价灌，不知不觉都有了几分醉。只听门口有人叫门，又听小金子的妈张大脚出去开了门，跟着进来说："三爷，对不住，没屋子啰，佇请明儿来罢。"又听那人嚷道："放你妈的狗屁！三爷管你有屋子没屋子！什么王八旦的客？有胆的出来跟三爷碰碰，没胆子的替我四个爪子一齐望外扒！"听着就是陶三胖子的声音。许亮一听，气从上出，就要跳出去，这里小金子、小银子姊妹两个拼命的抱住。未知后事如何，且听下回分解。

第二十回

浪子金银伐性斧　道人冰雪返魂香

却说小金子、小银子拼命把许亮抱住。吴二本坐近房门，就揭开门帘一个缝儿，偷望外瞧。只见陶三已走到堂屋中间，醉醺醺的一脸酒气，把上首小金子的门帘往上一摔，有五六尺高，大踏步进去了。小金子屋里先来的那客用袖子掩着脸，嗖溜的一声，跑出去了。张大脚跟了进去。陶三问："两个王八羔子呢？"张大脚说："三爷请坐，就来，就来。"张大脚连忙跑过来说："佇二位别吱声。这陶三爷是历城县里的都头，在本县红的了不得，本官面前说一不二的，没人惹得起他。佇二位可别怪，叫他们姊儿俩赶快过去罢。"许亮说："咱老子可不怕他！他敢怎么样咱？"

说着，小金子、小银子早过去了。吴二听了，心中捏一把汗，自己借据在他手里，如何是好？只听那边屋里陶三不住的哈哈大笑，说："小金子呀，爷赏你一百银子！小银子呀，爷也赏你一百银子！"听他二人说："谢三爷的赏。"又听陶三说："不用谢，这都是今儿晚上我几个孙子孝敬我的，共孝敬了三千多银子呢。我那吴二孙子还有一张笔据在爷爷手里，许大孙子做的中保，明天到晚不还，看爷爷要他们命不要！"

这许大却向吴二道："这个东西实在可恶！然听说他武艺很高，手底下能开发五六十个人呢，我们这口闷气咽得下去吗？"吴二说："气还是小事，明儿这一千银子笔据怎样好呢？"许大说："我家里虽有银子，只是派人去，至少也得三天，远水救不着近火！"

又听陶三嚷道："今儿你们姐儿俩都伺候三爷，不许到别人屋里去。

动一动，叫你白刀子进去，红刀子出来！"小金子道："不瞒三爷说，我们俩今儿都有客。"只听陶三爷把桌子一拍，茶碗一摔，琅珰价一声响，说："放狗屁！三爷的人，谁敢住？问他有脑袋没有？谁敢在老虎头上打苍蝇？三爷有的是孙子们孝敬的银子！预备打死一两个，花几千银子就完事了。放你去，你去问问那两个孙子敢来不敢来？"

小金子连忙跑过来把银票给许大看，正是许大输的银票，看看更觉难堪。小银子也过来低低的说道："大爷，二爷！伫两位多抱屈，让我们姊儿俩得二百银子。我们长这们大，还没有见过整百的银子呢。你们二位都没有银子了，让我们挣两百银子，明儿买酒菜请你们二位。"

许大气急了，说："滚你的罢！"小金子道："大爷别气，伫多抱屈，伫二位就在我炕上歪一宿。明天他走了，大爷到我屋里赶热被窝去；妹妹来陪二爷，好不好？"许大连连说道："滚罢，滚罢！"小金子出了房门，嘴里还嘟哝道："没有了银子，还做大爷呢！不害个臊！"

许大气白了脸，呆呆的坐着，歇了一刻，扯过吴二来说："兄弟，我有一件事同你商议。我们都是齐河县人，跑到这省里，受他们这种气，真受不住！我不想活了！你想，你那一千银子还不出来，明儿被他拉到衙门里去，官儿见不着，私刑就要断送了你的命了。不如我们出去找两把刀子。进来把他剁掉了，也不过是个死。你看好不好？"

吴二正在沉吟，只听对房陶三嚷道："吴二那小子是齐河县里犯了案，逃得来的个逃凶！爷爷明儿把他解到齐河县去，看他活得成活不成！许大那小子是个帮凶，谁不知道的。两个人一路逃得来的凶犯！"

许大站起来就要走。吴二浪子扯住道："我到有个法子，只是你得对天发个誓，我才能告诉你。"许大道："你瞧，你多们酸呀！你倘若有好法子，我们弄死了他，主意是我出的，倘若犯了案，我是个正凶，你还是个帮凶，难道我还跟你过不去吗？"

吴二想了想，理路到不错，加之明天一千银子一定要出乱子，只有这一个办法了，便说道："我的亲哥！我有一种药水，给人吃了，脸上发青紫，随你神仙也验不出毒来。"许亮诧异道："我不信。真有这们好的事吗？"吴二道："谁还骗你呢！"许亮道："在那里买？我快买去！"吴二道："没处买。是我今年七月里在泰山洼子里打从一个山里人家得来的。只是我给你，千万可别连累了我！"许亮道："这个容易。"随即拿了张纸来写道："许某与陶某呕气，起意将陶某害死。知道吴某有得来上好药水，人吃了立刻致命，再三央求吴某分给若干。此案与吴某毫无干涉。"写完，交给吴二，说："倘若犯了案，你有这个凭据，就与你无干了。"

吴二看了，觉得甚为妥当。许亮说："事不宜迟，你药水在哪里呢？我同你取去。"吴二说："就在我枕头匣子里，存在他这里呢。"就到炕里边取出个小皮箱来，开了锁，拿出个磁瓶子来，口上用蜡封好了的。

许亮问："你在泰山怎样得的？"吴二道："七月里，我从垫台这条西路上的山，回来从东路回来，尽是小道。一天晚了，住了一家子小店，看他炕上有个死人，用被窝盖的好好的。我就问他们：'怎把死人放在炕上？'那老婆子道：'不是死人，这是我当家的。前日在山上看见一种草，香得可爱，他就采了一把回来，泡碗水喝。谁知道一喝，就仿佛是死了，我们自然哭的了不得的了。活该有救，这内山石洞里住了一个道人，叫青龙子。他那天正从这里走过，见我们哭，他来看看，说："你老儿是啥病死的？"我就把草给他看。他拿去，笑了笑说："这不是毒药，名叫'千日醉'，可以有救的。我去替你寻点解救药草来罢。你可看好了身体，别叫坏了。我再过四十九天送药来，一治就好。"算计目下也有二十多天了。我问他：'那草还有没有？'他就给了我一把子，我就带回来，熬成水，弄瓶子装起顽的。今日正好用着了！"

许亮道："这水灵不灵？倘若药不倒他，我们就毁了呀。你试验过没有？"吴二说："百发百中的。我已……"说到这里，就嗑住了。许亮问："你已怎么样？你已试过吗？"吴二说："不是试过，我已见那一家被药的人的样子是同死的一般，若没有青龙子解救，他早已埋掉了。"

二人正在说得高兴，只见门帘子一揭，进来一个人，一手抓住了许亮，一手捺住了吴二，说："好，好！你们商议谋财害命吗？"一看，正是陶三。许亮把药水瓶子紧紧握住，就挣扎逃走，怎禁陶三气力如牛，那里挣扎得动。吴二酒色之徒，更不必说了。只见陶三窝起嘴唇，打了两个胡哨，外面又进来两三个大汉，将许、吴二大都用绳子缚了。陶三押着，解到历城县衙门口来。

陶三进去告知了稿签门上，传出话来："今日夜已深了，暂且交差看管，明日辰刻过堂。"押到官饭店里，幸亏许大身边还有几两银子，拿出来打点了官人，到也未曾吃苦。

明日早堂在花厅问案，是个发审委员。差人将三人带上堂去，委员先问原告。陶三供称："小人昨夜在土娼张家住宿，因多带了几百银子，被这许大、吴二两人看见，起意谋财，两人商议要害小人性命。适逢小人在窗外出小恭听见，进去捉住，扭禀到堂，求大老爷究办。"

委员问许大、吴二："你二人为什么要谋财害命？"许大供："小的许亮，齐河县人。陶三欺负我二人，受气不过，所以商同害他性命。吴二说，他有好药，百发百中，已经试过，很灵验的。小人们正在商议，被陶三捉住。"吴二供："监生吴省干，齐河县人。许大被陶三欺负，实与监生无干。许大决意要杀陶三，监生恐闹出事来，原为缓兵之计，告诉他有种药水，名'千日醉'，容易醉倒人的，并不害性命。实系许大起意，并有笔据在此。"从怀中取出呈堂。

委员问许大："昨日你们商议时，怎样说的？从实告知，本县可以开脱你们。"许大便将昨晚的话一字不改说了一遍。委员道："如此说来，你们也不过气忿话，那也不能就算谋杀呀。"许大磕头说："大老爷明见！开恩！"

委员又问吴二："许大所说各节是否切实？"吴二说："一字也不错的。"委员说："这件事，你们很没有大过。"分付书吏照录全供，又问许大："那瓶药水在那里呢？"许大从怀中取出呈上。委员打开蜡封一闻，香同兰麝，微带一分酒气，大笑说道："这种毒药，谁都愿意吃的！"就交给书吏，说："这药水收好了。将此二人并全案分别解交齐河县去。"

只此"分别"二字，许大便同吴二拆开两处了。当晚许亮就拿了药水来见老残。老残倾出看看，色如桃花，味香气浓；用舌尖细试，有点微甜，叹道："此种毒药怎不令人久醉呢！"将药水用玻璃漏斗仍灌入瓶内，交给许亮："凶器人证俱全，却不怕他不认了。但是据他所说的情形，似乎这十三个人并不是死，仍有复活的法子。那青龙子，我却知道，是个隐士；但行踪无定，不易觅寻。你先带着王二回去禀知贵上，这案虽经审定，不可上详。我明天就访青龙子去，如果找着此公，能把十三人救活，岂不更妙？"许亮连连答应着"是"。

次日，历城县将吴二浪子解到齐河县。许亮同王二两人作证，自然一堂就讯服了，暂且收监，也不上刑具，静听老残的消息。

却说老残次日雇了一匹驴，驮了一个被搭子，吃了早饭，就往泰山东路行去。忽然想到舜井旁边有个摆命课摊子的，招牌叫"安贫子知命"，此人颇有点来历，不如先去问他一声，好在出南门必由之路。一路想着，早已到了安贫子的门首，牵了驴，在板凳上坐下。

彼此序了几句闲话，老残就问："听说先生同青龙子长相往来，近来知道他云游何处吗？"安贫子道："嗳呀，你要见他吗？有啥事体？"老残便将以上事告知安贫子。安贫子说："太不巧了。他昨日在我这里坐了半天，说今日清晨回山去，此刻出南门怕还不到十里路呢。"老残说："这可真不巧了！只是他回什么山？"安贫子道："里山玄珠洞。他去年住灵岩山，因近来香客渐多，常有到他茅篷里的，所以他厌烦，搬到里山玄珠洞去了。"老残问："玄珠洞离此地有几十里？"安贫子道："我也没去过，听他说，大约五十里路不到点。此去一直向南，过黄芽嘴子，向西到白雪坞，再向南，就到玄珠洞了。"

老残道了"领教，谢谢"，跨上驴子，出了南门，由千佛山脚下往东，转过山坡，竟向南去。行了二十多里，有个村庄，买了点饼吃吃，打听上玄珠洞的路径。那庄家老说道："过去不远，大道旁边就是黄芽嘴。过了黄芽嘴往西九里路便是白雪坞，再南十八里便是玄珠洞。只是这路很不好走，会走的呢，一路平坦大道；若不会走，那可就了不得了！

浪子金银伐性斧　道人冰雪返魂香

143

石头七大八小，更有无穷的荆棘，一辈子也走不到的。不晓得多少人送了性命！"老残笑道："难不成比唐僧取经还难吗？"庄家老作色道："也差不多。"

老残一想，人家是好意，不可简慢了他，遂恭恭敬敬的道："老先生恕我失言。还要请教先生：怎样走就容易，怎样走就难？务求指示。"庄家老道："这山里的路，天生成九曲珠似的，一步一曲。若一直向前，必走入荆棘丛了。却又不许有意走曲路，有意曲便陷入深阱，永出不来了。我告诉你个诀窍罢：你这位先生颇虚心，我对你讲，眼前路都是从过去的路生出来的，你走两步回头看看，一定不会错了。"

老残听了，连连打恭，说："谨领指示。"当时拜辞了庄家老，依说去走，果然不久便到了玄珠洞口，见一老者，长须过腹，进前施了一礼，口称："道长莫非是青龙子吗？"那老者慌忙回礼，说："先生从何处来？到此何事？"老残便将齐东村的一桩案情说了一遍。青龙子沉吟了一会，说："也是有缘。且坐下来，慢慢地讲。"

原来这洞里并无桌椅家具，都是些大大小小的石头。青龙子与老残分宾主坐定。青龙子道："这'千日醉'力量很大，少吃了便醉一千日才醒，多吃就不得活了。只有一种药能解，名叫'返魂香'，出在西岳华山太古冰雪中，也是草木精英所结。若用此香将文火慢慢的炙起来，无论你醉到怎样田地，都能复活。几月前，我因泰山坳里一个人醉死，我亲自到华山找一个故人处，讨得些来，幸儿还有些子在此。大约也敷衍够用了。"遂从石壁里取出一个大葫芦来，内中杂用物件甚多，也有一个小瓶子，不到一寸高，递给老残。

老残倾出来看看，有点像乳香的样子，颜色黑黯，闻了闻，像似臭支支的。老残问道："何以色味俱不甚佳？"青龙子道："救命的物件，那有好看好闻的！"老残恭敬领悟，恐有舛错，又请问如何用法。青龙子道："将病人关在一室内，必须门窗不透一点儿风，将此香炙起，也分人体质善恶：如质善的，一点便活；如质恶的，只好慢慢价熬，终久也是要活的。"

老残道过谢，沿着原路回去。走到吃饭的小店前，天已黑透了，住得一宿，清晨回省，仍不到巳牌时分。遂上院将详细情形禀知了张宫保，并说明带着家眷亲往齐东村去。宫保说："宝眷去有何用处？"老残道："这香治男人，须女人灸；治女人，须男人灸，所以非带小妾去不能应手。"宫保说："既如此，听凭尊便。但望早去早回，不久封印，兄弟公事稍闲，可以多领教些。"

老残答应着"是"，赏了黄家家人几两银子，带着环翠先到了齐河县，仍住在南关外店里，却到县里会着子谨，亦甚为欢喜。子谨亦告知："吴二浪子一切情形俱已服认。许亮带去的一千银子也缴上来。接白太尊的信，叫交还魏谦。魏谦抵死不肯收，听其自行捐入善堂了。"

老残说："前日托许亮带来的三百银子，还阁下，收到了吗？"子谨道："岂但收到，我已经发了财了！宫保听说这事，专差送来三百两银子，我已经收了；过了两日，黄人瑞又送了代阁下还的三百两来；后来许亮来，阁下又送三百两来，共得了三分，岂不是发财吗？宫保的一分是万不能退的，人瑞同阁下的都当奉缴。"

老残沉吟了一会，说道："我想人瑞也有个相契的，名叫翠花，就是同小妾一家子的。其人颇有良心，人瑞客中也颇寂寞，不如老哥竟一不做二不休，将此两款替人瑞再挥一斧罢。"子谨拍掌叫好，说："我明日要同老哥到齐东村去，奈何呢？"想了想，说："有了！"立刻叫差门来告知此事，叫他明天就办。

次日，王子谨同老残坐了两乘轿子，来到齐东村，早有地保同首事备下了公馆。到公馆用过午饭，踏勘贾家的坟茔，不远恰有个小庙。老残选了庙里小小两间房子，命人连夜裱糊，不让透风。次日清晨，十三口棺枢都起到庙里，先打开一个长工的棺木看看，果然尸身未坏，然后放心，把十三个尸首全行取出，安放在这两间房内，焚起"返魂香"来，不到两个时辰，俱已有点声息。老残调度着，先用温汤，次用稀粥，慢慢的等他们过了七天，方遣各自送回家去。

王子谨三日前已回城去。老残各事办毕，方欲回城，这时魏谦已知前日写信给宫保的就是老残，于是魏、贾两家都来磕头，苦苦挽留。两家各送了三千银子，老残丝毫不收。两家没法，只好请听戏罢，派人到省城里招呼个大戏班子来，并招呼北柱楼的厨子来，预备留老残过年。

那知次日半夜里，老残即溜回齐河县了。到城不过天色微明，不便往县署里去，先到自己住的店里来看环翠。把堂门推开，见许明的老婆睡在外间未醒。再推开房门，望炕上一看，见被窝宽大，枕头上放着两个人头，睡得正浓呢，吃了一惊；再仔细一看，原来就是翠花。不便惊动，退出房门，将许明的老婆唤醒，自己却无处安身，跑到院子里徘徊徘徊，见西上房里，家人正搬行李装车，是远处来的客，要动身的样子，就立住闲看。只见一人出来分付家人说话。

老残一见，大叫道："德慧生兄！从那里来？"那人定神一看，说："不是老残哥吗？怎样在此地？"老残便将以上二十卷书述了一遍，又问："慧兄何往？"德慧生道："明年东北恐有兵事，我送家眷回扬州去。"老残说："请留一日。何如？"慧生允诺。此时二翠俱已起来洗脸，两家眷属先行会面。

已刻，老残进县署去，知魏家一案，宫保批吴二浪子监禁三年。翠花共用了四百二十两银子，子谨还了三百银子，老残收了一百八十两，说："今日便派人送翠花进省。"子谨将详细情形写了一函。

老残回寓，派许明夫妇送翠花进省去，夜间托店家雇了长车，又把环翠的兄弟带来。老残携同环翠并他兄弟同德慧生夫妇天明开车，结伴江南去了。

却说许明夫妇送翠花到黄人瑞家，人瑞自是欢喜。拆开老残的信来一看，上写道：

> 愿天下有情人，都成了眷属；
> 是前生注定事，莫错过姻缘。

第二十一回

元机旅店传龙语　素壁丹青绘马鸣

　　话说老残在齐河县店中，遇着德慧生携眷回扬州去，他便雇了长车，结伴一同起身。当日清早，过了黄河，眷口用小轿搭过去，车马经从冰上扯过去。过了河不向东南往济南府那条路走，一直向正南奔垫台而行。到了午牌时分，已到垫台，打过了尖，晚间遂到泰安府南门外下了店。因德慧生的夫人要上泰山烧香，说明停车一日，故晚间各事自觉格外消停了。

　　却说德慧生名修福，原是个汉军旗人。祖上姓乐，就是那燕国大将乐毅的后人。在明朝万历末年，看着朝政日衰，知道难期振作，就搬到山海关外锦州府去住家。崇祯年间，随从太祖入关，大有功劳，就赏了他个汉军旗籍。从此一代一代的便把原姓收到荷包里去，单拿那名字上的第一字做了姓了。这德慧生的父亲，因做扬州府知府，在任上病故的，所以家眷就在扬州买了花园，盖一所中等房屋住了家。德慧生二十多岁上中进士，点了翰林院庶吉士，因书法不甚精，朝考散馆散了一个吏部主事，在京供职。当日在扬州与老残会过几面，彼此甚为投契，今日无意碰着，同住在一个店里，你想他们这朋友之乐，尽有不言而喻了。

　　老残问德慧生道："你昨日说明年东北恐有兵事，是从那里看出来的？"慧生道："我在一个朋友座中，见一张东三省舆地图，非常精细，连村庄地名俱有。至于山川险隘，尤为详尽。图末有'陆军文库'四字。你想日本人练陆军把东三省地图当作功课，其用心可想而知了。我把这话告知朝贵，谁想朝贵不但毫不惊慌，还要说：'日本一个小国，他能怎样？'大敌当前，全无准备，取败之道，不待智者而决矣。况闻有人善望气者云'东北杀气甚重'，恐非小小兵戈蠢动呢！"老残点头会意。

慧生问道："你昨日说的那青龙子，是个何等样人？"老残道："听说是周耳先生的学生。这周耳先生号柱史，原是个隐君子，住在西岳华山里头人迹不到的地方。学生甚多。但是周耳先生不甚到人间来。凡学他的人，往往转相传授，其中误会意旨的地方，不计其数。惟这青龙子等兄弟数人，是亲炙周耳先生的，所以与众不同。我曾经与黄龙子盘桓多日，故能得其梗概。"慧生道："我也久闻他们的大名，据说决非寻常炼气士的蹊径，学问都极渊博的。也不拘拘专言道教，于儒教、佛教，亦都精通。但有一事，我不甚懂：以他们这种高人，何以取名又同江湖术士一样呢？既有了青龙子、黄龙子，一定又有白龙子、黑龙子、赤龙子了。这等道号实属讨厌。"老残道："你说得甚是，我也是这们想。当初曾经问过黄龙子，他说道：'你说我名字俗，我也知道俗，但是我不知道为什么要雅？雅有怎么好处？卢杞、秦桧名字并不俗；张献忠、李自成名字不但不俗，"献忠"二字可称纯臣，"自成"二字可配圣贤。然则可能因他名字好就算他是好人呢？老子《道德经》说："世人皆有以，我独愚且鄙。"鄙还不俗吗？所以我辈大半愚鄙，不像你们名士，把个"俗"字当做毒药，把个"雅"字当做珍宝。推到极处，不过想借此讨人家的尊敬。要知这个念头，到比我们的名字，实在俗得多呢。我们当日，原不是拿这个当名字用。因为我是己巳年生的，青龙子是乙巳年生的，赤龙子是丁巳年生的，当年朋友随便呼唤着顽儿。不知不觉日子久了，人家也这们呼唤，难道好不答应人家么？譬如你叫老残，有这们一个老年的残废人，有什么可贵？又有什么雅致处？只不过也是被人叫开了，随便答应罢了。怕不是呼牛应牛，呼马应马的道理吗？'"德慧生道："这话也实在说得有理。佛经说人不可以着相，我们总算着了雅相，是要输他一筹哩！"

慧生道："人说他们有前知，你曾问过他没有？"老残道："我也问过他的。他说叫做有也可，叫做没有也可。你看儒教说'至诚之道，可以前知'，是不错的。所以叫做有也可。若像起课先生，琐屑小事，言之凿凿，应验的原也不少，也是那只叫做术数小道，君子不屑言。邵尧夫人颇聪明，学问也极好，只是好说术数小道，所以就让朱晦庵越过去的远了。这叫做谓之没有也可。"

德慧生道："你与黄龙子相处多日，曾问天堂地狱究竟有没有呢？还是佛经上造的谣言呢？"老残道："我问过的。此事说来真正可笑了。那日我问他的时候，他说：'我先问你，有人说你有个眼睛可以辨五色，耳朵可以辨五声，鼻能审气息，舌能别滋味，又有前后二阴，前阴可以撒溺，后阴可以放粪。此话确不确呢？'我说：'这是三岁小孩子都知道的，何用问呢？'他说：'然则你何以教瞎子能辨五色？你何以能教聋子能辨五声呢？'我说：'那可没有法子。'他就说：'天堂地狱的道理，同此一样。天堂如耳目之效灵，地狱如二阴之出秽，皆是天生成自然之理，万无一毫疑惑的。只是人心为物欲所蔽，失其灵明，如聋盲之不辨声色，非其本性使然。若有虚心静气的人，自然也会看见的。只是你目下要我给个凭据与你，让你相信，譬如拿了一幅吴道子的画给瞎子看，要他深信真是吴道子画的，虽圣人也没这个本领。你若要想看见，只要虚心静气，日子久了，自然有看见的一天。'我又问：'怎样便可以看见？'他说：'我已对你讲过，只要虚心静气，总有看见的一天。你此刻着急，有什么法子呢？慢慢的等着罢。'"德慧生笑道："等你看见的时候，务必告诉我知道。"老残也笑道："恐怕未必有这一天。"两人谈得高兴，不知不觉，已是三更时分，同说道："明日还要起早，我们睡罢。"德慧生同夫人住的西上房，老残住的是东上房，与齐河县一样的格式。各自回房安息。

次日黎明，女眷先起，梳头洗脸。雇了五肩山轿。泰安的轿子象个圈椅一样，就是没有四条腿。底下一块板子，用四根绳子吊着，当个脚踏子。短短的两根轿杠，杠头上拴一根挺厚挺宽的皮条，比那轿车上驾骡子的皮条稍为软和些。轿夫前后两名，后头的一名先趲到皮条底下，将轿子抬起一头来，人好坐上去。然后前头的一个轿夫再趱进皮条去，这轿子就抬起来了。当时两个女眷，一个老妈子，坐了三乘山轿前走。德慧生同老残坐了两乘山轿，后面跟着。进了城，先到岳庙里烧香。

庙里正殿九间，相传明朝盖的时候，同北京皇宫是一样的。德夫人带着环翠正殿上烧过了香，走着看看正殿四面墙上画的古画。因为殿深了，所以殿里的光总不大十分够，墙上的画年代也很多，所以看不清楚，不过是些花里胡绍的人物便了。小道士走过来，向德夫人："请到西院里用茶。还有块温凉玉，是这庙里的镇山之宝，请过去看看。"德夫人说："好。只是耽搁时候太多了，恐怕赶不回来。"环翠道："听说上山四十五里地哩，来回九十里。现在天光又短，一霎就黑天，还是早点走罢！"老残说："依我看来，泰山是五岳之一，既然来到此地，索兴痛痛快快的逛一下子。今日上山，听说南天门里有个天街，两边都是香铺，总可以住人的。"小道士说："香铺是有的，他们都预备干净被褥，上山的客人在那儿住的多着呢。老爷太太们今儿尽可以不下山，明天回来，消停得多，还可以到日观峰去看出太阳。"德慧生道："这也不错。我们今日竟拿定主意，不下山罢。"德夫人道："使也使得。只是香铺子里被褥，什么人都盖，肮脏得了不得，怎么盖呢？若不下山，除非取自己行李去，我们又没有带家人来，叫谁去取呢？"老残道："可以写个纸条儿，叫道士着个人送到店里，叫你的管家雇人送上山去，有何不可？"慧生道："可以不必。横竖我们都有皮斗篷在小轿上，到了夜里披着皮斗篷，歪一歪就算了。谁还当真睡吗？"德夫人道："这也使得。只是我瞧铁二叔他们二位，都没有皮斗篷，便怎么好？"老残笑道："这可多虑了。我们走江湖的人，比不得你们做官的，我们那儿都可以混。不要说他山上有被褥，就是没被褥，我们也混得过去。"慧生说："好，好。我们就去看温凉玉去罢。"说着就随了小道士走到西院。

老道士迎接出来，深深施了一礼，各人回了一礼。走进堂屋，看见收拾得甚为干净。道士端出茶盒，无非是桂圆、栗子、玉带糕之类。大家吃了茶，要看温凉玉。道士引到里间，一个半桌上放着，还有个锦幅子盖着。道士将锦幅揭开，原来是一块青玉，有三尺多长，六七寸宽，一寸多厚，上半截深青，下半截淡青。道士说："佇用手摸摸看，上半多冻扎手，下半截一点不凉，仿佛有点温温的似的。上古传下来是我们小庙里镇山之宝。"德夫人同环翠都摸了，诧异的很。老残笑道："这个温凉玉，我也会做。"大家都怪问道："怎么？这是做出来假的吗？"老残道："假却不假，只是块带半璞的玉：上半截是玉，所以甚凉；下半截是璞，所以不凉。"德慧生连连点头说："不错，不错。"稍坐了一刻，给了道人的香钱，道士道了谢，又引到东院去看汉柏。有几棵两人合抱的大柏树，状貌甚是奇古，旁边有块小小石碣，上刻"汉柏"两个大字。诸人看过走回正殿，前面二门里边山轿具已在此伺候。

老残忽抬头，看见西廊有块破石片嵌在壁上，心知必有一个古碣，问那道士说："西廊下那块破石片是什么古碑？"道士回说："就是秦碣，俗名唤做'泰山十字'。此地有拓片卖，老爷们要不要？"慧生道："早已有过的了。"老残笑道："我还有廿九字呢。"道士说："那可就宝贵的了不得了。"说着各人上了轿，看看搭连里的表已经十点过了。轿子抬着出了北门，斜插着向西北走；不到半里多路，道旁有大石碑一块立着，刻了六个大字："孔子登泰山处"。慧生指与老残看，彼此相视而笑。此地已是泰山跟脚，从此便一步一步的向上行了。

老残在轿子上看泰安城西南上有一座圆陀陀的山，山上有个大庙，四面树木甚多，知道必是个有名的所在。便问轿夫道："你瞧城西南那个有庙的山，你总知道叫什么名字罢？"轿夫回道："那叫蒿里山，山上是阎罗王庙，山下有金桥、银桥、奈河桥，人死了都要走这里过的，所以人活着的时候多烧几回香，死后占大便宜呢！"老残诙谐道："多烧几回香，譬如多请几回客，阎王爷也是人做的，难道不讲交情吗？"轿夫道："你老真明白，说的一点不错。"

这时已到真山脚，路渐湾曲，两边都是山了。走有点把钟的时候，

第二十一回

元机旅店传龙语　素壁丹青绘马鸣

151

到了一座庙宇,轿子在门口歇下。轿夫说:"此地是斗姥宫,里边全是姑子,太太们在这里吃饭很便当的。但凡上等客官,上山都是在这庙里吃饭。"德夫人说:"既是姑子庙,我们就在这里歇歇罢。"又问轿夫:"前面没有卖饭的店吗?"轿夫说:"老爷太太们都是在这里吃。前面有饭篷子,只买大饼咸菜,没有别的,也没地方坐,都是蹲着吃,那是俺们吃饭的地方。"慧生说:"也好,我们且进去再说。"走进客堂,地方却极干净。有两个老姑子接出来,一个约五六十岁,一个四十多岁。大家坐下谈了几句,老姑子问:"太太们还没有用过饭罢?"德夫人说:"是的。一清早出来的,还没吃饭呢。"老姑子说:"我们小庙里粗饭是常预备的,但不知太太们上山烧香,是用荤菜是素菜?"德夫人道:"我们吃素吃荤到也不拘,只是他们爷们家恐怕素吃不来,还是吃荤罢。可别多备,吃不完可惜了的。"老姑子说:"荒山小庙,要多也备不出来。"又问:"太太们同老爷们是一桌吃两桌吃呢?"德夫人道:"都是自家爷们,一桌吃罢,可得劳驾快点。"老姑子问:"伫今儿还下山吗?恐来不及哩。"德夫人说:"虽不下山,恐赶不上山可不好。"老姑子道:"不要紧的,一霎就到山顶了。"

当这说话之时,那四十多岁的姑子早已走开,此刻才回,向那老姑子耳边咭咕了一阵,老姑子又向四十多岁姑子耳边咭咕了几句。老姑子回头便向德夫人道:"请南院里坐罢。"便叫四十多岁的姑子前边引道,大家让德夫人同环翠先行,德慧生随后,老残打末。出了客堂的后门,向南拐湾,过了一个小穿堂,便到了南院。这院子朝南,五间北屋甚大,朝北却是六间小南屋,穿堂东边三间,西边两间。那姑子引着德夫人出了穿堂,下了台阶,望东走到三间北屋跟前。看那北屋中间是六扇窗格,安了一个风门,悬着大红呢的夹板棉门帘。两边两间,却是砖砌的窗台;台上一块大玻璃,掩着素绢书画玻璃挡子;玻璃上面系两扇纸窗,冰片梅的格子眼儿。当中三层台阶,那姑子抢上那台阶,把板帘揭起,让德夫人及诸人进内。走进堂门,见是个两明一暗的房子,东边两间敞着,正中设了一个小圆桌,退光漆漆得灼亮,围着圆桌六把海梅八行书小椅子，正中靠墙设了一个窄窄的佛柜，佛柜上正中供了一尊观音像。走近佛柜细看，原来是尊康熙五彩御窑鱼篮观音，十分精致。观音的面貌，又美丽，又庄严，约有一尺五六寸高。龛子前面放了一个宣德年制的香炉，光彩夺目，从金子里透出朱砂斑来。龛子上面墙上挂了六幅小屏，是陈章侯画的马鸣、龙树等六尊佛像。佛柜两头放了许多大大小小的经卷。再望东看，正东是一个月洞大玻璃窗，正中一块玻璃，足有四尺见方。四面也是冰片梅格子眼儿，糊着高丽白纸。月洞窗下放了一张古红木小方桌，桌子左右两张小椅子，椅子两旁却是一对多宝橱，陈设各样古玩。圆洞窗两旁挂了一副对联，写的是：

靓妆艳比莲花色；
云幕香生贝叶经。

上款题"靓云道友法鉴"，下款写"三山行脚僧醉笔"。屋中收拾得十分干净。再看那玻璃窗外，正是一个山涧，洞里的水花喇花喇价流，带着些乱冰，玎玲珑瑭价响，煞是好听。又见对面那山坡上一片松树，碧绿碧绿，衬着树根下的积雪，比银子还要白些，真是好看。

德夫人一面看，一面赞叹，回头笑向德慧生道："我不同你回扬州了，我就在这儿做姑子罢，好不好？"慧生道："很好。——可是此地的姑子是做不得的。"德夫人道："为什么呢？"慧生道："稍停一会，你就知道了。"老残说道："佇别贪看景致，佇闻闻这屋里的香，恐怕你们旗门子里虽阔，这香到未必有呢！"德夫人当真用鼻子细细价嗅了会子说："真是奇怪，又不是芸香、麝香，又不是檀香、降香、安息香，怎么这们好闻呢？"只见那两个老姑子上前打了一个稽首说："老爷太太们请坐，恕老僧不陪，叫他们孩子们过来伺候罢。"德夫人连称："请便，请便。"老姑子出去后，德夫人道："这种好地方给这姑子住，实在可惜。"老残道："老姑子去了，小姑子就来的，但不知可是靓云来？如果他来，可妙极了。这人名声很大，我也没见过，很想见见。倘若沾大嫂的光，今儿得见靓云，我也算得有福了。"未知来者可是靓云，且听下回分解。

中国文化文学经典文丛

老残游记

第二十二回

宋公子蹂躏优昙花　德夫人怜惜灵芝草

　　话说老残把个靓云说得甚为郑重，不由德夫人听得诧异，连环翠也听得傻了，说道："这屋子想必就是靓云的罢？"老残道："可不是呢，你不见那对子上落的款吗？"环翠把脸一红说："我要认得对子上的款，敢是好了！"老残道："你看这屋子好不好呢？"环翠道："这屋子要让我住一天，死也甘心。"老残道："这个容易，今儿我们大家上山，你不要去，让你在这儿住一夜，明天山上下来再把你捎回店去，你不算住了一天了吗？"大家听了都呵呵大笑。德夫人说："这地不要说他羡慕，连我都舍不得去哩。"说着，只见门帘开处，进来了两个人，一色打扮：穿着二蓝摹本缎羊皮袍子，元色摹本皮坎肩，剃了小半个头，梳作一个人辫子，搽粉点胭脂，穿的是挖云子镶鞋，进门却不打稽首，对着各人请了一个双安。看那个大些的，约有三十岁光景；二的有二十岁光景。大的长长鸭蛋脸儿，模样倒还不坏，就是脸上粉重些，大约有点烟色，要借这粉盖上去的意思；二的团团面孔，淡施脂粉，却一脸的秀气，眼睛也还有神。各人还礼已毕，让他们坐下。

　　大家心中看去，大约第二个是靓云，因为觉得他是靓云，便就越看越好看起来了。只见大的问慧生道："这位老爷贵姓是德罢？佇是到那里上任去吗？"慧生道："我是送家眷回扬州，路过此地上山烧香，不是上任的官。"他又问老残道："佇是到那儿上任，还是有差使？"老残道："我一不上任，二不当差，也是送家眷回扬州。"只见那二的说道："佇二位府上都是扬州吗？"慧生道："都不是扬州人，都在扬州住家。"二的又道："扬州是好地方，六朝金粉，自古繁华，不知道

154

隋堤杨柳现在还有没有？"老残道："早没有了。世间那有一千几百年的柳树呢？"二的又道："原是这个道理。不过我们山东人性拙，古人留下来的名迹都要点缀，如果隋堤在我们山东，一定有人补种些杨柳，算一个风景。譬如这泰山上的五大夫松，难道当真是秦始皇封的那五棵松吗？不过既有这个名迹，总得种五棵松在那地方，好让那游玩的人看了，也可以助点诗兴；乡下人看了，也多知道一件故事。"

大家听得此话，都吃了一惊。老残也自悔失言，心中暗想看此吐属，一定是靓云无疑了。又听他问道："扬州本是名士的聚处，像那'八怪'的人物，现在总还有罢？"慧生道："前几年还有几个，如词章家的何莲舫，书画家的吴让之，都还下得去，近来可就一扫光了。"慧生又道："请教法号，想必就是靓云罢？"只见他答道："不是，不是。靓云下乡去了，我叫逸云。"指那大的道："他叫青云。"老残插口问道："靓云为什么下乡？几时来？"逸云道："没有日子来。不但靓云师弟不能来，恐怕连我这样的乏人，只好下乡去哩！"老残忙问："到底什么缘故？请你何妨直说呢。"只见逸云眼圈儿一红，停了一停说："这是我们的丑事，不便说，求老爷们不用问罢。"

当时只见外边来了两个人，一个安了六双杯箸，一个人托着盘子，取出八个菜碟，两把酒壶，放在桌上，青云立起身来说："太太老爷们请坐罢。"德慧生道："怎样坐呢？"德夫人道："你们二位坐东边，我们姐儿俩坐西边，我们对着这月洞窗儿，好看景致。下面两个坐位，自然是他们俩的主位了。"说完，大家依次坐下。青云持壶斟了一遍酒，逸云道："天气寒，佇多用一杯罢，越往上走越冷哩。"德夫人说："是的，当真我们喝一杯罢。"大家举杯替二云道了谢，随便喝了两杯。

德夫人惦记靓云，向逸云道："佇才说靓云为什么下乡？咱娘儿们说说不要紧的。"逸云叹口气道："佇别笑话。我们这个庙是从前明就有的，历年以来都是这样。佇看我们这样打扮，并不是像那倚门卖笑的娼妓，当初原为接待上山烧香的上客：或是官，或是绅，大概全是读书的人居多，所以我们从小全得读书，读到半通就念经典，做功课，有官绅来陪着讲讲话，不讨人嫌。又因为尼姑的装束颇犯人的忌讳，若是上任，或有甚喜事，大概俗说看见尼姑不吉祥，所以我们三十岁以前全是这个装束，一过三十就全剃了头了。虽说一样的陪客，饮酒行令，间或有喜欢风流的客，随便诙谐两句，也未尝不可对答。倘若停眠整宿的事情，却说是犯着祖上的清规，不敢妄为的。"德夫人道："然则你们这庙里人，个个都是处女身体到老的吗？"逸云道："也不尽然。老子说的好：'不见可欲，使心不乱。'若是过路的客官，自然没有相干的了。若本地绅衿，常来起坐的，既能夹以诙谐，这其中就难说了。男女相爱，本是人情之正，被情丝系缚，也是有的。但其中十个人里，一定总有一两个守身如玉，始终不移的。"

德夫人道："佇说的也是。但是靓云究竟为什么下乡呢？"逸云又叹一口气道："近来风气可大不然了，到是做买卖的生意人还顾点体面，若官幕两途，牛鬼蛇神，无所不有。比那下等还要粗暴些！俺这靓云师弟，今年才十五岁，模样长得本好，人也聪明，有说有笑，过往客官没有不喜欢他的。他又好修饰，佇瞧他这屋子，就可略见一斑了。前日，这里泰安县宋大老爷的少爷，带着两位师爷来这里吃饭，也是庙里常有的事。谁知他同靓云闹的很不像话。靓云起初为他是本县少爷，不敢得罪，只好忍耐着；到后来，万分难忍，就逃到北院去了。这少爷可就发了脾气，大声嚷道："今儿晚上如果靓云不来陪我睡觉，明天一定来封庙门。'老师父没了法了，把两师爷请出去，再三央求，每人送了他二十两银子，才算免了那一晚上的难星。昨儿下午，那个张师爷好意特来送信说：'你们不要执意，若不教靓云陪少爷睡，庙门一定要封的。'昨日我们劝了一晚上，他决不肯依。——你们想想看罢。——老师父听了没有法想，哭了一夜，说：'不想几百年的庙，在我手里断送掉了！'今天早起才把靓云送下乡去，我明早也要走了，只留青云、素云、紫云三位师兄在此等候封门。"

说完，德夫人气的摇头，对慧生道："怎么外官这们利害，咱们在京里看御史们的折子，总觉言过其实，若像这样，还有天日吗？"慧生本已气得脸上发白，说："宋次安还是我乡榜同年呢，怎么没家教到这步田地！"这时外间又端进两个小碗来，慧生说："我不吃了。"向逸云要了笔砚同信纸，说："我先写封信去，明天当面见他，再为详说。"

当时逸云在佛柜抽屉内取出纸笔，慧生写过，说："叫人立刻送去，我们明天下山，还在你这里吃饭。"重新入座。德夫人问："信上怎样写法？"慧生道："我只说今日在斗姥宫，风闻因得罪世兄，明日定来封门。弟明日下山，仍须借此地一饭，因偕同女眷，他处不便。请缓封一日，俟弟与阁下面谈后，再封何如？鹄候玉音。"逸云听了笑吟吟的提了酒壶满斟了一遍酒，摘了青云袖子一下，起身离座，对德公夫妇请了两个双安，说："替斗姥娘娘谢佞的恩惠。"青云也跟着请了两个双安。德夫人慌忙道："说那儿话呢，还不定有用没有用呢。"二人坐下，青云楞着个脸说道："这信要不着劲，恐怕他更要封的快了。"逸云道："傻小子，他敢得罪京官吗？你不知道像我们这种出家人，要算下贱到极处的，可知那娼妓比我们还要下贱，可知那州县老爷们比娼妓还要下贱！遇见驯良百姓，他治死了还要抽筋剥皮，锉骨扬灰。遇见有权势的人，他装王八给人家端在脚底下，还要昂起头来叫两声，说我唱个曲子佞听听罢。——他怕京官老爷们写信给御史参他。你瞧着罢！明天我们这庙门口，又该挂一条彩绸、两个宫灯哩！"大家多忍不住的笑了。

说着，小碗大碗俱已上齐，催着拿饭吃了好上山。霎时饭已吃毕，二云退出，顷刻青云捧了小妆台进来，让德夫人等匀粉。老姑子亦来道谢，为写信到县的事。德慧生问："山轿齐备了没有？"青云说："齐备了。"于是大家仍从穿堂出去，过客堂，到大门，看轿夫俱已上好了板；又见有人挑了一肩行李。轿夫代说是客店里家人接着信，叫送来的。慧生道："你跟着轿子走罢。"老姑子率领了青云、紫云、素云三个小姑子，送到山门外边，等轿子走出，打了稽首送行，口称："明天请早点下山。"

轿子次序仍然是德夫人第一，环翠第二，慧生第三，老残第四。

宋公子蹂躏优昙花

德夫人怜惜灵芝草

出了山门，向北而行，地甚平坦，约数十步始有石级数层而已。行不甚远，老残在后，一少年穿库灰搭连，布棉袍，青布坎肩，头上戴了一顶新褐色毡帽，一个大辫子，漆黑漆黑拖在后边，辫穗子有一尺长，却同环翠的轿子并行。后面虽看不见面貌，那个雪白的颈项，却是很显豁的。老残心里诧异，山路上那有这种人？留心再看，不但与环翠轿子并行，并且在那与环翠谈心。山轿本来离地甚近，走路的人比坐轿子的人，不过低一头的光景，所以走着说话甚为便当。又见那少年指手画脚，一面指，一面说；又见环翠在轿子上也用手指着，向那少年说话，仿佛像同他很熟似的。心中正在不解什么缘故，忽见前面德夫人也回头用手向东指着，对那少年说话；又见那少年赶走了几步，到德夫人轿子跟前说了两句，见那轿子就渐渐走得慢了。

老残正在纳闷，想不出这个少年是个何人，见前面轿子已停，后面轿子也一齐放下。慧生、老残下轿，走上前去，见德夫人早已下轿，手搀着那少年，朝东望着说话呢。老残走到跟前，把那少年一看，不觉大笑，说道："我当是谁，原来是你哟！你怎么不坐轿子，走了来吗？快回去罢。"环翠道："他师父说，教他一直送我们上山呢。"老残道："那可使不得，几十里地，跑得了吗？"只见逸云笑说道："俺们乡下人，没有别的能耐，跑路是会的。这山上别说两天一个来回，就一天两个来回也累不着。"

德夫人向慧生、老残道："佇见那山涧里一片红吗？刚才听逸云师兄说，那就是经石峪，在一块大磐石上，北齐人刻的一部《金刚经》。我们下去瞧瞧好不好？"慧生说："哪！"逸云说："下去不好走，佇走不惯，不如上这块大石头上，就都看见了。"大家都走上那路东一块大石上去，果然一行一行的字，都看得清清楚楚，连那"我相人相众生相"等字，都看得出来。德夫人问："这经全吗？"逸云说："本来是全的，历年被山水冲坏的不少，现在存的不过九百多字了。"德夫人又问道："那北边有个亭子干什么的？"逸云说："那叫晾经亭，仿佛说这一部经晾在这石头上似的。"

说罢，各人重复上轿，再往前行。不久到了柏树洞，两边都是古柏交柯，不见天日。这柏树洞有五里长，再前是水流云在桥了。桥上是一条大瀑布冲下来，从桥下下山去。逸云对众人说："若在夏天大雨之后，这水却不从桥下过，水从山上下来力量过大，径射到桥外去。人从桥上走，就是从瀑布底下钻过去，这也是一有趣的奇景。"说完，又往前行，见面前有"回马岭"三个字，山从此就险峻起来了。再前，过二天门，过五大夫松，过百丈崖，到十八盘。

　　在十八盘下仰看南天门，就如直上直下似的，又像从天上挂下一架石梯子似的。大家看了都有些害怕，轿夫到此也都要吃袋烟歇歇脚力。环翠向德夫人道："太太，佇怕不怕？"德夫人道："怎么不怕呢？佇瞧那南天门的门楼子，看着像一尺多高，你想这够多们远，都是直上直下的路。倘若轿夫脚底下一滑，我们就成了肉浆了，想做了肉饼子都不成。"逸云笑道："不怕的，有娘娘保佑，这里自古没闹过乱子，佇放心罢。佇不信我走给佇瞧。"说着放开步，如飞似的去了。走得一半，只见逸云不过有个三四岁小孩子大，看他转过身来，面朝下看，两只手乱招。德夫人大声喊道："小心着，别栽下来。"那里听得见呢？看他转身，又望上去了。

　　这里轿夫脚力已足，说："太太们请上轿罢。"德夫人袖中取出块花绢子来对环翠道："我教你个好法子，你拿手绢子把眼捂上，死活存亡，听天由命去罢。"环翠说："只好这样。"当真也取块帕子将眼遮上，听他去了。顷刻工夫已到南天门里，听见逸云喊道："德太太，到了平地啦，佇把手帕子去了罢。"德夫人等惊魂未定，并未听见。直至到了元宝店门口停了轿，逸云来掺德夫人，替他把绢子除下。德夫人方立起身来，定了定神，见两头都是平地，同街道一样，方敢挪步。老残也替环翠把绢子除下，环翠回了一口气说："我没摔下去罢？"老残说："你要摔下去早死了，还会说话吗？"两人笑了笑，同进店去。原来逸云先到此地，分付店家将后房打扫干净，他复往南天门等候轿子，所以德夫人来时，诸事俱已齐备。

宋公子蹂躏优昙花　德夫人怜惜灵芝草

159

这元宝店外面三间临街，有柜台发卖香烛元宝等件，里边三间专备香客住宿的。各人进到里间，先在堂屋坐下，店家婆送水来洗了脸。天时尚早，一角斜阳还未沉山。坐了片刻，挑行李的也到了。逸云叫挑夫搬进堂屋内，说："你去罢。"逸云问："怎样铺法？"老残说："我同慧哥两人住一间，他们三人住一间何如？"慧生说："甚好。"就把老残的行李放在东边，慧生的放在西边。逸云将东边行李送过去，就来拿西边行李，环翠说："我来罢，不敢劳伫驾。"其时逸云已将行李提到西房打开，环翠帮着搬铺盖，德夫人说："怎好要你们动手，我来罢。"其实已经铺陈好了。那边一付，老残等两人亦布置停妥。逸云赶过来说道："我可误了差使了，怎么伫已经归置好了吗？"慧生说："不敢当，你请坐一会歇歇好不好？"逸云说声："不累，歇什么！"又往西房去了。慧生对老残说："你看逸云何如？"老残说："实在好。我又是喜爱，又是佩服，倘若在我们家左近，我必得结交这个好友。"慧生说："谁不是这们想呢！"

慢提慧生、老残这边议论，却说德夫人在庙里就契重逸云，及至一路同行，到了一个古迹，说一个古迹，看他又风雅，又泼辣，心里想："世间那里有这样好的一个文武双全的女人？若把他弄来做个帮手，白日料理家务，晚上灯下谈禅；他若肯嫁慧生，我就不要他认嫡庶，姊妹称呼我也是甘心的。"自从打了这个念头，越发留心去看逸云，看他肤如凝脂，领如蝤蛴，笑起来一双眼又秀又媚，却是不笑起来又冷若冰霜。趁逸云不在眼前时，把这意思向环翠商量，环翠喜的直蹦说："伫好歹成就这件事罢，我替伫磕一个头谢谢伫。"德夫人笑道："你比我还着急吗？且等今晚试试他的口气，他若肯了，不怕他师父不肯。"究竟慧生姻缘能否成就，且听下回分解。

第二十三回

阳偶阴奇参大道　男欢女悦证初禅

却说德夫人因爱惜逸云，有收做个偏房的意思，与环翠商量。那知环翠看见逸云，比那宋少爷想靓云还要热上几分，正算计明天分手，不知何时方能再见，忽听德夫人这番话，以为如此便可以常常相见，所以欢喜的了不得，几乎真要磕下头去。被德夫人说要试试口气，意在不知逸云肯是不肯，心想到也不错，不觉又冷了一段。说时，看逸云带着店家婆子摆桌子，搬椅子，安杯筋，忙了个够，又帮着摆碟子。摆好，斟上酒说："请太太们老爷们坐罢，今儿一天乏了，早点吃饭，早点安歇。"大家走出来说："山顶上那来这些碟子？"逸云笑说："不中吃，是俺师父送来的。"德夫人说："这可太费事了。"

闲话休提，晚饭之后，各人归房。逸云少坐一刻，说："二位太太早点安置，我失陪了。"德夫人说："你上那儿去？不是咱三人一屋子睡吗？"逸云说："我有地方睡，伫放心罢。这家元宝店，就是婆媳两个，很大的炕，我同他们婆媳一块儿睡，舒服着呢。"德夫人说："不好，我要同你讲话呢。这里炕也很大，你怕我们三个人同睡不暖和，你就抱副铺子里预备香客的铺盖，来这儿睡罢。你不在这儿，我害怕，我不敢睡。"环翠也说："你若不来，就是恶嫌咱娘儿们，你快点来罢。"逸云想了想，笑道："不嫌脏，我就来。我有自己带来的铺盖，我去取来。"说着便走出去，取进一个小包袱来，有尺半长，五六寸宽，三四寸高。环翠急忙打开一看，不过一条薄羊毛毯子，一个活脚竹枕而已。看官，怎样叫活脚竹枕？乃是一片大毛竹，两头安两片短毛竹，有枢轴，支起来像个小儿，放下来只是两片毛竹，不占地方：北方人行路常用的，取其便当。且说德夫人看了说："嗳呀！这不冷吗？"逸云道："不要他也不冷，不过睡觉不盖点不像个样子，况且这炕在墙后头烧着火呢，一点也不冷。"德夫人取表一看，说："才九点钟还不曾到，早的很呢。你要不困，我们随便胡说乱道好不好呢？"逸云道："即便一宿不睡，我也不困，谈谈最好。"德夫人叫环翠："劳驾佇把门关上，咱们三人上炕谈心去，这底下坐着怪冷的。"

说着，三人关门上炕。炕上有个小炕几儿，德夫人同环翠对面坐，拉逸云同自己并排坐，小小声音问道："这儿说话，他们爷儿们听不着，咱们胡说行不行？"逸云道："有什么不行的？佇爱怎么说都行。"德夫人道："你别怪我，我看青云、紫云他们姐妹三，同你不一样，大约他们都常留客罢？"逸云说："留客是有的，也不能常留。究竟庙里比不得住家，总有点忌讳。"德夫人又问："我瞧佇没有留过客，是罢？"逸云笑说："佇何以见得我没有留过客呢？"德夫人说："我那们想。然则你留过客吗？"逸云道"却真没留过客。"德夫人说："你见了标致的爷们，你爱不爱呢？"逸云说："那有不爱的呢！"德夫人说："既爱，怎么不同他亲近呢？"逸云笑吟吟的说道："这话说起来很长。佇想一个女孩儿家长到十六七岁的时候，什么都知道了，又在我们这个庙里，当的是应酬客人的差使。若是疤麻歪嘴呢，自不必说；但是有一二分姿色，搽粉抹胭脂，穿两件新衣裳，客人见了自然人人喜欢，少不得甜言蜜语的灌两句。我们也少不得对人家瞧瞧，朝人家笑笑，人家就说我们飞眼传情了，少不得更亲近点。这时候佇想，倘若是个平常人到也没啥，倘若是个品貌又好，言语又有情意的人，你一句我一句，自然而然的那个心就到了这人身上了。可是咱们究竟是女孩儿家，一半是害羞，一半是害怕，断不能像那天津人的话，'三言两语成夫妻'，毕竟得避忌点儿。

"记得那年有个任三爷，一见就投缘，两三面后别提多好。那天晚上睡了觉，这可就胡思乱想开了。初起想这个人跟我怎么这们好，就起了个感激他的心，不能不同他亲近；再想他那模样，越想越好看；

再想他那言谈，越想越有味。闭上眼就看见他，睁开眼还是想着他，这就着上了魔，这夜觉可就别想睡得好了！到了四五更的时候，脸上跟火烧的一样，飞热起来。用个镜子照照，真是面如桃花。那个样子，别说爷们看了要动心，连我自己看了都动心。那双眼珠子，不知为了什么，就像有水泡似的，拿个手绢擦擦，也真有点湿渌渌的。奇怪！到天明，头也昏了，眼也涩了，勉强睡一霎儿，刚睡不大工夫，听见有人说话，一骨碌就坐起来了。心里说：'是我那三爷来了罢？'再定神听听，原来是打粗的火工清晨扫地呢。歪下头去再睡，这一觉可就到了晌午了。等到起来，除了这个人没第二件事听见，人说什么马褂子颜色好，花样新鲜，冒冒失失的就问：'可是说三爷的那件马褂不是？'被人家瞅一眼笑两笑，自己也觉得失言，臊得脸通红的。停不多大会儿，听人家说谁家兄弟中了举了，又冒失问：'是三爷家的五爷不是？'被人家说：'你敢是迷了罢！'又臊得跑开去。等到三爷当真来了，就同看见自己的魂灵似的，那一亲热，就不用问了。可是闺女家头一回的大事，那儿那们容易呢？自己固然不能启口，人家也不敢轻易启口，不过干亲热亲热罢哩！

"到了几天后，这魔着的更深了，夜夜算计，不知几时可以同他亲近。又想他要住下这一夜，有多少话都说得了；又想在爹妈跟前说不得的话，对他都可以说得，想到这里，不知道有多欢喜。后来又想，我要他替我做什么衣裳，我要他替我做什么帐幔子，我要他替我做什么被褥，我要他买什么木器，我要问师父要那南院里那三间北屋，这屋子我要他怎么收拾，各式长桌、方桌，上头要他替我办什么摆饰，当中桌上、旁边墙上要他替我办坐钟、挂钟；我大襟上要他替我买个小金表，——我们虽不用首饰，这手胳膊上实金镯子是一定要的，万不能少；甚至妆台、粉盒，没有一样不曾想到。这一夜又睡不着了。又想知道他能照我这样办不能？又想任三爷昨日亲口对我说：'我真爱你，爱极了。倘若能成就咱俩人好事，我就破了家，我也情愿；我就送了命，我也愿意。古人说得好："牡丹花下死，做鬼也风流。"只是不知你心里有

我没有？'我当时怪臊的，只说了一句：'我心同你心一样。'我此刻想来要他买这些物件，他一定肯的。又想我一件衣服，穿久了怪腻的，我要大毛做两套，是什么颜色，什么材料；中毛要两套；小毛要两套；棉、夹、单、纱要多少套，颜色花纹不要有犯重的。想到这时候，仿佛这无限若干的事物，都已经到我手里似的。又想正月香市，初一我穿什么衣裳，十五我穿什么衣裳；二月二龙抬头，我穿什么衣裳；清明我穿什么衣裳；四月初八佛爷生日，各庙香火都盛，我应该穿什么衣裳；五月节，七月半，八月中秋，九月重阳，十月朝，十一月冬至，十二月腊，我穿什么衣裳；某处大会，我得去看，怎么打扮；某处小会，我也得去，又应该怎样打扮。青云、紫云他们没有这些好装饰，多寒蠢，我多威武。又想我师父从七八岁抚养我这们大，我该做件什么衣服酬谢他；我乡下父母，我该买什么东西叫他二老欢喜欢喜，他必叫着我的名儿说：'大妞儿，你今儿怎么穿得这们花绍？真好看煞人！'又想二姨娘、大姑姑，我也得买点啥送他，还没有盘算得完，那四面的鸡子，胶胶角角，叫个不住。我心里说这鸡真正浑蛋，天还早着呢！再抬头看，窗户上已经白洋洋的了。这算我顶得意的一夜。

"过了一天，任三爷又到庙里来啦。我抽了个空儿，把三爷扯到一个小屋子里，我说：'咱俩说两句话。'到了那屋子里，我同三爷并肩坐在炕沿上，我说：'三爷，我对你说……'这句才吐出口，我想那有这们不害臊的人呢？人家没有露口气，咱们女孩儿家倒先开口了，这一想把我臊的真没有地洞好钻下去，那脸登时飞红，拨开腿就往外跑。三爷一见，心里也就明白一大半了，上前一把把我抓过来望怀里一抱，说：'心肝宝贝，你别跑，你的话我知道一半啦。这有什么害臊呢？人人都有这一回的。这事该怎么办法？你要什么物件？我都买给你，你老老实实说罢！'"

逸云说："我那心勃腾勃腾的乱跳，跳了会子，我就把前儿夜里想的事都说出来了。说了一遍，三爷沉吟了一沉吟说：'好办，我今儿回去就禀知老太太商量，老太太最疼爱我的，没那个不依。俺三奶奶暂时不告诉他，娘们没有不吃醋的，恐怕在老太太跟前出坏。就是这们办，妥当，妥当。'话说完了，恐怕别人见疑，就走出来了。我又低低嘱咐一句：'越快越好，我听伫的信儿。'三爷说：'那还用说。'也就匆匆忙忙下山回家去了。我送他到大门口，他还站住对我说：'倘若老太太允许了，我这两天就不来，我托朋友来先把你师父的盘子讲好了，我自己去替你置办东西。'我说：'很好，很好，盼望着哩！'

"从此有两三夜也没睡好觉，可没有前儿夜里快活，因为前儿夜里只想好的一面。这两夜，却是想到好的时候，就上了火焰山；想到不好的时候，就下了北冰洋：一霎热，一霎凉，仿佛发连环疟子似的。一天两天还好受，等到第三天，真受不得了！怎么还没有信呢？俗语说的好，真是七窍里冒火，五脏里生烟。又想他一定是慢慢的制买物件，同作衣裳去了。心里埋怨他：'你买东西忙什么呢？先来给我送个信儿多不是好，叫人家盼望的不死不活的干么呢？'到了第四天，一会儿到大门上去看看，没有人来；再一会儿又到大门口看看，还没有人来！腿已跑酸啦，眼也望穿啦。到得三点多钟，只见大南边老远的一肩山轿来了，其实还隔着五六里地呢，不知道我眼怎么那们尖，一见就认准了一点也不错，这一喜欢可就不要说了！可是这四五里外的轿子，走到不是还得一会子吗？忽然想起来，他说倘若老太太允许，他自己不来，先托个朋友来跟师父说妥他再来。今儿他自己来，一定事情有变！这一想，可就是仿佛看见阎罗王的勾死鬼似的，两只脚立刻就发软，头就发昏，万站不住，飞跑进了自己屋子，捂上脸就哭。

"哭了一小会，只听外边打粗的小姑子喊道：'华云，三爷来啦！快去罢！'——二位太太，伫知道为什么叫华云呢？因为这逸云是近年改的，当年我本叫华云。我听打粗的姑子喊，赶忙起来，擦擦眼，匀匀粉，自己怪自己：这不是疯了吗？谁对你说不成呢？自言自语的，又笑起来了。脸还没匀完，谁知三爷已经走到我屋子门口，揭起门帘说：'你干什么呢？'我说：'风吹砂子迷了眼啦，我洗脸的。'我一面说话，偷看三爷脸神，虽然带着笑，却气象冰冷，跟那冻了冰的黄河一样。我说：

'三爷请坐。'三爷在炕沿上坐下，我在小条桌旁边小椅上坐下，小姑子揭着门帘，站着支着牙在那里瞅。我说：'你还不泡茶去！'小姑子去了，我同三爷两个人脸对脸，白瞪了有半个时辰，一句话也没有说。等到小姑子送进茶来，吃了两碗，还是无言相对。我耐不住了，我说：'三爷，今儿怎么着啦，一句话也没有？'

"三爷长叹一口气，说：'真急死人，我对你说罢！前儿不是我从你这里回去吗？当晚得空，我就对老太太说了个大概。老太太问得多少东西，我还没敢全说，只说了一半的光景，老太太拿算盘一算，说："这不得上千的银子吗？"我就不敢言语了。老太太说："你这孩子，你老子千辛万苦挣下这个家业，算起来不过四五万银子家当，你们哥儿五个，一年得多少用项？你五弟还没有成家，你平常喜欢在山上跑跑，我也不禁止。你今儿想到这种心思，一下子就得用上千的银子，还有将来呢？就不花钱了吗？况且你的媳妇模样也不寒蠢，你去年才成的家，你们两口子也怪好的，去年我看你小夫妇很热，今年就冷了好些，不要说是为这华云，所以变了心了。我做婆婆的为疼爱儿子，拿上千的银子给你干事，你媳妇不敢说什么，他倘若说：'赔嫁的衣服不时样了。'要我给他做三二百银子衣服，明明是挤我这个短儿，我怎么发付他呢？你大嫂子、二嫂子都来赶罗我，我又怎么样？我不给他们做，他们当面不说，背后说：'我们制买点物件，姓任的买的还在姓任的家里，老太太就不愿意了；老三花上千的银子，给别人家买东西，三天后就不姓任了，老太太倒愿意。也不知道是护短呢，是老昏了！'这话要传到我耳朵里，我受得受不得呢？你是我心疼的儿子，你替我想想，你在外边快乐，我在家里受气，你心里安不安呢？倘若你媳妇是不贤慧的，同你吵一回，闹一回，也还罢了；倘若竟仍旧的同你好，格外的照应你，你就过意得去吗？倘若依你做了去，还是永远就住在山上，不回家呢？还是一边住些日子呢？倘若你久在山上，你不要媳妇，你连老娘都不要了，你成什么人呢？你一定在山上住些时，还得在家里住些时，是不用说的了。你在家里住的时候，人家山上又来了别的客，少不得也要留人家住。你花钱买的衣裳真好看，穿起来给别人看；你买的器皿，给别人用；你买的帐幔，给别人遮羞；你买的被褥，给人家盖；你心疼心爱心里怜惜的人，陪别人睡；别人脾气未必有你好，大概还要闹脾气；睡的不乐意还要骂你心爱的人，打你心爱的人，你该怎么样呢？好孩子！你是个聪明孩子，把你娘的话仔细想想，错是不错？依我看，你既爱他，我也不拦你，你把这第一个傻子让给别人做，你做第二个人去，一样的称心，一样的快乐，却不用花这们多的冤钱，这是第一个办法。你若不以为然，还有第二个办法：你说华云模样长得十分好，心地又十分聪明，对你又是十二分的恩爱，你且问他是为爱你的东西，是为爱你的人？若是为爱你的东西，就是为你的钱财了，你的钱财几时完，你的恩爱就几时断绝；你算花钱租恩爱，你算算你的家当，够租几年的恩爱？倘若是爱你的人，一定要这些东西吗？你正可以拿这个试试他的心，若不要东西，真是爱你；要东西，就是假爱你。人家假爱你，你真爱人家，不成了天津的话：'剃头挑子一头想'吗？我共总给你一百银子，够不够你自己斟酌办理去罢！'"

逸云追述任三爷当日叙他老太太的话到此已止，德夫人对着环翠伸了一伸舌头说："好个利害的任太太，真会管教儿子！"环翠说："这时候虽是逸云师兄，也一点法子没有吧？"德夫人向逸云道："你这一番话，真抵得上一卷书呢。任三爷说完这话，佟怎么样呢？"逸云说："我怎么呢？哭罢咧！哭了会子，我就发起狠来了，我说：'衣服我也不要了，东西我也不要了，任么我都不要了！佟跟师父商议去罢！'任三爷说：'这话真难出口，我是怕你着急，所以先来告诉你，我还得想法子，就这样是万不行！佟别难受，缓两天我再向朋友想法子去。'我说：'佟别找朋友想法子了，借下钱来，不还是老太太给吗？到成了个骗上人的事，更不妥了，我更对不住佟老太太了。'那一天就这们，我们两人就分手了。"逸云便向二人道："二位太太如果不嫌絮烦，愿意听，话还长着呢。"德夫人道："愿意听，愿意听，你说下去罢。"且听下回分解。

第二十四回

九转成丹破壁飞　七年返本归家坐

　　却说逸云又道："到了第二天，三爷果然托了个朋友来跟师父谈论，把以前的情节述了一遍，问师父肯成就这事不肯。并说华云已经亲口允许任么都不要，若是师父肯成就，将来补报的日子长呢。老师父说道：'这事听华云自主。我们庙里的规矩可与窑子里不同：窑子里妓女到了十五六岁，就要逼令他改装，以后好做生意；庙里留客本是件犯私的事，只因祖上传下来，年轻的人都要搽粉抹胭脂，应酬客人。其中便有难于严禁之处，恐怕伤犯客人面子。前几十年还是暗的，渐渐的近来就有点大明大白的了。然而也还是个半暗的事。佇只可同华云商量着办，倘若自己愿意，我们断不过问的。但是有一件不能不说，在先也是本庙里传下来的规矩，因为这比邱尼本应该是童贞女的事，不应该沾染红尘。在别的庙里犯了这事，就应逐出庙去，不再收留。惟我们这庙不能打这个官话欺人，可是也有一点分别：若是童女呢，一切衣服用度均是庙里供给，别人的衣服童女也可以穿，别人的物件童女也可以用。若一染尘事，他就算犯规的人了，一切衣服等项，俱得自己出钱制买，并且每月还须津贴庙里的用项。若是有修造房屋等事，也须摊在他们几个染尘人的身上。因为庙里本没有香火田，又没有缘簿，但凡人家写缘簿的，自然都写在那清修的庙里去，谁肯写在这半清不浑的庙里呢？佇还不知道吗？况且初次染尘，必须大大的写笔功德钱。这钱谁也不能得，收在公账上应用。佇才说的一百银子，不知算功德钱呢？还是给他置买衣服同那动用器皿呢？若是功德钱，任三爷府上也是本庙一个施主，断不计较；若是置办衣物，这功德钱指那一项抵用呢？

所以这事我们不便与闻，伫请三爷自己同华云斟酌去罢。况且华云现在住的是南院的两间北屋，屋里的陈设，箱子里的衣服，也就不大离值两千银子。要是做那件事，就都得交出来。照他这一百银子的牌子，那一间屋子也不称，只好把厨房旁边堆柴火的那一间小屋腾出来给他，不然别人也是不服的。伫瞧是不是呢？'

"那朋友听了这番话，就来一五一十的告诉我。我想师父这话也确是实情，没法驳回。我就对那朋友说：'叫我无论怎么寒蠢，怎么受罪，我为着三爷都没有什么不肯。只是关着三爷面子，恐怕有些不妥。不必着急，等过一天三爷来，我们再商议罢。'

"那个朋友去了，我就仔细的盘算了两夜。我起初想，同三爷这们好，管他有衣服没衣服，比要饭的叫化子总强点。就算那间厨房旁边的小房子，也怪暖和的，没有什么不可以的。我瞧那戏上王三姐抛彩毯打着了薛平贵，是个讨饭的，他舍掉了相府小姐不做，去跟那薛平贵，落后做了西凉国王，何等荣耀，有何不可！又想人家那是做夫妻，嫁了薛平贵，我这算什么呢？就算我苦守了十七年，任三爷做了西凉国王，他家三奶奶自然去做娘娘，我还不是斗姥宫的穷姑子吗？况且皇上家恩典，虽准其赀封，也从没有听见有人说过，谁做了官赀封到他相好的女人的，何况一个姑子呢！《大清会典》上有赀封尼姑的一条吗？想到这里可就凉了半截了。又想我现在身上穿的袍子是马五爷做的，马褂是牛大爷做的，还有许多物件都是客人给的；若同任三爷落了交情，这些衣物都得交出去。马五爷、牛大爷来的时候不问吗？不告诉他不行，若告诉他，被他们损两句呢？说：'你贪图小白脸，把我们东西都断送了！把我们待你的好意，却摔到东洋大海里去，真没良心！真没出息！'那时我说什么呢？况且既没有好衣服穿，自然上不了台盘，正经客来，立刻就是青云他们应酬了，我只好在厨房里端菜，送到门帘子外头，让他们接进去，这是什么滋味呢？等到吃完了饭，刷洗锅碗是我的差使。这还罢了，顶难受是清早上扫屋子里的地！院子里地是火工扫，上等姑子屋里地是我们下等姑子扫。倘若师兄们同客人睡在炕上，我进去扫地，看见帐幔外两双鞋，心里知道：这客当初何等契重我，我还不愿意理他，今儿我倒来替他扫地！心里又应该是什么滋味呢？如是又想：在这儿是万不行的了，不如跟任三爷逃走了罢。又想逃走，我没有什么不行，可是任三爷人家有老太太，有太太，有哥哥，有兄弟，人家怎能同我逃走呢？这条计又想左了。

"翻来复去，想不出个好法子来。后来忽然间得了一条妙计：我想这衣服不是马五爷同牛大爷做的吗？马五爷是当铺的东家，牛大爷是汇票庄掌柜的。这两个人待我都不错，要他们拿千把银子不吃力的，况且这两个人从去年就想算计我，为我不喜欢他们，所以吐不出口来，眼前我只要略为撩拨他们下子，一定上钩。待他们把冤钱花过了，我再同三爷慢慢的受用，正中了三爷老太太的第一策，岂不大妙？想到这里，把前两天的愁苦都一齐散尽，很是喜欢。

"停了一会子，我想两个人里头找谁好呢？牛大爷汇票庄，钱便当，找他罢。又想老西儿的脾气，不卡住脖儿梗是不花钱的；花过之后，还要肉疼，明儿将来见了衣裳，他也说是他做的；见了物件，也要说是他买的，唧唧咕咕，絮叨的没有完期。况且醋心极大，知道我同三爷真好，还不定要唧咕出什么样子来才罢呢！又抽鸦片，一嘴的烟味，比粪还臭，教人怎么样受呢？不用顾了眼前，以后的罪不好受。算了罢，还是马五爷好得多呢。又想马五爷是个回子，专吃牛羊肉。自从那年县里出告示，禁宰耕牛，他们就只好专吃羊肉了。吃的那一身的羊膻气，五六尺外，就教人作恶心，怎样同他一被窝里睡呢？也不是主意！又想除了这两个呢，也有花得起钱的，大概不像个人样子；像个人的呢，都没有钱。

"我想到这里，可就有点醒悟了。大概天老爷看着钱与人两样都很重的，所以给了他钱，就不教他像人；给了他个人，就不教他有钱：这也是不错的道理。后来又想任三爷人才极好，可也并不是没有钱，只是拿不出来，不能怨他。这心可就又迷回任三爷了。既迷回了任三爷，想想还是刚才的计策不错，管他马呢牛呢，将就几天，让他把钱花够了，我还是跟任三爷快乐去。看银子同任三爷面上，就受几天罪也不要紧的。这又喜欢起来了，睡不着，下炕剔明了灯，没有事做，拿把镜子自己照照，觉得眼如春水，面似桃花，同任三爷配过对儿，真正谁也委曲不了谁。

"我正在得意的时候，坐在椅子上，倚在桌子上，又盘算盘算，想道：这事还有不妥当处，前儿任三爷的话不知真是老太太的话呢？还是三爷自家使的坏呢？他有一句话很可疑的，他说老太太说，'你正可以拿这个试试他的心'，直怕他是用这个毒着儿来试我的心的罢？倘若是这样，我同牛爷、马爷落了交，他一定来把我痛骂一顿，两下绝交。嗳呀险呀！我为三爷含垢忍污的同牛马落交，却又因亲近牛马得罪了三爷，岂不大失算吗？不好，不好！再想看三爷的情形，断不忍用这个毒着下我的手，一定是他老太太用这个着儿破三爷的迷。既是这样，老太太有第二条计预备在那里呢！倘若我与牛爷、马爷落了交情，三爷一定装不知道，拿二千银票来对我说：'我好容易千方百计的凑了这些银子来践你的前约，把银子交给你，自己去采办罢。'这时候我才死不得活不得呢！逼到临了，他总得知道真情，他就把那二千银票扯个粉碎，赌气走了，请教我该怎么样呢？其实他那二千的票子，老早挂好了失票，虽然扯碎票子，银子一分也损伤不了；只是我可就没法做人，活臊也就把我臊死了！这们说，以前那个法子可就万用不得了！

"又想，这是我的过虑，人家未必这们利害。又想，就算他下了这个毒手，我也有法制他。什么法子呢？我先同牛马商议，等有了眉目，我推说我还得跟父母商议，不忙作定，然后把三爷请来，光把没有钱不能办的苦处告诉他，再把为他才用这忍垢纳污的主意说给他，请他下个决断。他说办得好，以后他无从挑眼；他说不可以办，他自然得给我个下落，不怕他不想法子去，我不赚个以逸待劳吗？这法好的。又想，还有一事，不可不虑，倘若三爷竟说：'我实在筹不出款来，你就用这个法子，不管他牛也罢，马也罢，只要他拿出这宗冤钱来，我就让他一头地也不要紧。'自然就这们办了。可是还有那朱六爷，苟八爷，当初也花过几个钱，你没有留过客，他没有法想；既有人打过头客，这朱爷、苟爷一定也是要住的了，你敢得罪谁呢？不要说，这打头客的一住，无论是马是牛，他要住多少天，得陪他多少天，他要住一个月两个月，也得陪他一个月两个月；剩下来日子，还得应酬朱苟。算起来一个月里的日子，被牛马朱苟占去二十多天，轮到任三爷不过三两天的空儿，再算到我自己身上，得忍八九夜的难受，图了一两夜的快乐，这事还是不做的好。又想，嗳呀，我真昏了呀！不要说别人打头客，朱苟牛马要来，就是三爷打头客，不过面子大些，他可以多住些时，没人敢撑他。可是他能常年在山上吗？他家里三奶奶就不要了吗？少不得还是在家的时候多，我这里还是得陪着朱苟牛马睡。

"想到这里，我就把镜子一摔，心里说：都是这镜子害我的！我要不是镜子骗我，搽粉抹胭脂，人家也不来撩我，我也惹不了这些烦恼。我是个闺女，何等尊重，要起什么凡心？堕的什么孽障？从今以后，再也不与男人交涉，剪了辫子，跟师父睡去。到这时候，我仿佛大彻大悟了不是？其实天津落子馆的话，还有题目呢。

"我当时找剪子去剪辫子，忽然想这可不行，我们庙里规矩过三十岁才准剪辫子呢！我这时剪了，明天怕不是一顿打，还得做几个月的粗工。等辫子养好了，再上台盘，这多们丢人呢！况且辫子碍着我什么事，有辫子的时候糊涂难过，剪了辫子得会明白吗？我也见过多少剪辫子的人，比那不剪辫子的时候还要糊涂呢！只要自己拿得稳主意，剪辫子不剪辫子一样的事。那时我仍旧上炕去睡，心里又想，从今以后无论谁我都不招惹就完了。

"谁知道一面正在那里想斩断葛藤，一面那三爷的模样就现在眼前，三爷的说话就存在耳朵里，三爷的情意就卧在心坎儿上，到底舍不得，转来转去，忽然想到我真糊涂了！怎么这们些天数，我眼前有个妙策，怎么没想到呢？你瞧，任老太太不是说吗：花上千的银子，给别人家买东西，三天后就不姓任的，可见得不是老太太不肯给钱，为的这样用法，过了几天，东西也是人家的，人还是人家的，岂不是人财两空吗？我本没有第二个人在心上，不如我径嫁了三爷，岂不是好？这个主意妥当，又想有五百银子给我家父母，也很够欢喜的；有五百银子给我师父，也没有什么说的。我自己的衣服，有一套眼面前的就行了，以后到他家还怕没得穿吗？真正妙计，巴不得到天明着人请三爷来商量这个办法。谁知道往常天明的很快，今儿要他天明，越看那窗户越不亮，真是恨人！

　　"又想我到他家，怎样伺候老太太，老太太怎样喜欢我；我又怎样应酬三奶奶，三奶奶又怎样喜欢我；我又怎样应酬大奶奶。二奶奶，他们又怎样喜欢我。将来生养两个儿子，大儿子叫他念书，读文章，中举，中进士，点翰林，点状元，放八府巡按，做宰相。我做老太太，多威武。二儿子叫他出洋，做留学生，将来放外国钦差。我再跟他出洋，逛那些外国大花园，岂不快乐死了我吗？咳！这个主意好，这个主意好！可是我听说七八年前，我们师叔嫁了李四爷，是个做官的，做过那里的道台，去的时候多们耀武扬威。末后听人传说，因为被正太太凌虐不过，喝生鸦片烟死了。又见我们彩云师兄嫁了南乡张三爷，也是个大财主。老爷在家的时候，待承的同亲姊妹一样。老爷出了门，那磨折就说不上口了，身上烙的一个一个的疮疤。老爷回来，自然先到太太屋里了。太太对老爷说：'你们这姨太太，不知道同谁偷上了，着了一身的杨梅疮，我好容易替他治好了，你明儿瞧瞧他身上那疮疤子，怕人不怕人？你可别上他屋里去，你要着上杨梅疮，可就了不得啦！'把个老爷气的发抖，第二天清早起，气狠狠的拿着马鞭子，叫他脱衣裳看疮，他自然不肯。老爷更信太太说的不错，扯开衣服，看了两处，不问青红皂白，举起鞭子就打，打了二三百鞭子，教人锁到一间空屋子里去，一天给两碗冷饭，吃到如今，还是那们半死不活的呢！再把那有姨太太的人盘算盘算：十成里有三成是正太太把姨太太折磨死了的；十成里也有两成是姨太太把正太太憋闷死了的；十成里有五成是唧唧咕咕，不是斗口就是淘气；一百里也没有一个太太平平的。我可不知道任三奶奶怎么，听说也很利害。然则我去到他家，也是死多活少。况且就算三奶奶人不利害，人家结发夫妻过的太太平平和和气气的日子，要我去扰得人家六畜不安，末后连我也把个小命儿送掉了，图着什么呢？嗳！这也不好，那也不好，不如睡我的觉罢。

"刚闭上眼，梦见一个白发白须的老翁对我说道：'逸云，逸云！你本是有大根基的人，只因为贪恋利欲，埋没了你的智慧，生出无穷的魔障。今日你命光发露，透出你的智慧，还不趁势用你本来具足的慧剑，斩断你的邪魔吗？'我听了连忙说：'是，是！'我又说：'我叫华云，不叫逸云。'那老者道：'迷时叫华云，悟时就叫逸云了。'我惊了一身冷汗，醒来可就把那些胡思乱想一扫帚扫清了，从此改为逸云的。"

德夫人道："看你年纪轻轻的真好大见识，说的一点也不错。我且问你：譬如现在有个人，比你任三爷还要好点，他的正太太又爱你，又契重你的，说明了同你姊妹称呼，把家务全交给你一个人管，永远没有那咭咭咕咕的事，你还愿意嫁他，不愿意呢？"逸云道："我此刻且不知道我是女人，教我怎样嫁人呢？"德夫人大惊道："我不解你此话怎讲？"未知逸云说出甚话，且听下回分解。

第二十五回

俏逸云除欲除尽　德慧生救人救彻

　　话说德夫人听逸云说：他此刻且不知道他是女人，怎样嫁人呢？慌忙问道："此话怎讲？"逸云道："《金刚经》云：'无人相，无我相。'世间万事皆坏在有人相我相。《维摩诘经》：维摩诘说法的时候，有天女散花，文殊菩萨以下诸大菩萨花不着身，只有须菩提花着其身，是何故呢？因为众人皆不见天女是女人，所以花不着身；须菩提不能免人相我相，即不能免男相女相，所以见天女是女人，花立刻便着其身。推到极处，岂但天女不是女身，维摩诘空中那得会有天女？因须菩提心中有男女相，故维摩诘化天女身而为说法。我辈种种烦恼，无穷痛苦，都从自己知道自己是女人这一念上生出来的，若看明白了男女本无分别，这就入了西方净土极乐世界了。"

　　德夫人道："你说了一段佛法，我还不能甚懂，难道你现在无论见了何等样的男子，都无一点爱心吗？"逸云道："不然，爱心怎能没有！只是不分男女，却分轻重。譬如见了一个才子，美人，英雄，高士，却是从钦敬上生出来的爱心；见了寻常人却与我亲近的，便是从交感上生出来的爱心；见了些下等愚蠢的人，又从悲悯上生出爱心来。总之，无不爱之从，只是不管他是男是女。"德夫人连连点头说："师兄不但是师兄，我真要认你做师父了。"又问道："你是几时澈悟到这步田地的呢？"逸云道："也不过这一二年。"德夫人道："怎样便会证明到这地步呢？"逸云道："只是一个变字。《易经》说：'穷则变，变则通。'天下没有个不变会通的人。"

　　德夫人道："请你把这一节一节怎样变法，可以指示我们罢？"逸云道："两位太太不嫌烦琐，我就说说何妨。我十二三岁时什么都不懂，却也没有男女相。到了十四五岁，初开知识，就知道喜欢男人了，却是喜欢的美男子。怎样叫美男子呢？像那天津捏的泥人子，或者戏子唱小旦的，觉得他实在是好。到了十六七岁，就觉得这一种人真是泥捏的绢糊的，外面好看，内里一点儿没有，必须有点斯文气，或者有点英武气，才算个人，这就是同任三爷要好的时候了。再到十七八岁，就变做专爱才子、英雄，看那报馆里做论的人，下笔千言，天下事没有一件不知道的，真是才子！又看那出洋学生，或者看人两国打仗要去观战，或者自己请赴前敌，或者借个题目自己投海而死，或者一洋枪把人打死，再一洋枪把自己打死，真是英雄！后来细细察看，知道那发议论的，大都知一不知二，为私不为公，不能算个才子。那些借题目自尽的，一半是发了疯瘼病，一半是受人家愚弄，更不能算个英雄。只有像曾文正，用人也用得好，用兵也用得好，料事也料得好，做文章也做得好，方能算得才子；像曾忠襄，自练一军，救兄于祁门，后来所向无敌，困守雨花台，毕竟克复南京而后已，是个真英雄！再到十八九岁又变了，觉得曾氏弟兄的才子英雄，还有不足处，必须像诸葛武侯才算才子，关公、赵云才算得英雄；再后觉得管仲、乐毅方是英雄，庄周、列御寇方是才子；再推到极处，除非孔圣人、李老君、释迦牟尼才算得大才子、大英雄呢！推到这里，世间就没有我中意的人了。既没有我中意的，反过来又变做没有我不中意的人，这就是屡变的情形。近来，我的主意把我自己分做两个人：一个叫做住世的逸云，既做了斗姥宫的姑子，凡我应做的事都做，不管什么人，要我说话就说话，要我陪酒就陪酒，要搂就搂，要抱就抱，都无不可，只是陪他睡觉做不到；又一个我呢，叫做出世的逸云，终日里但凡闲暇的时候，就去同那儒释道三教的圣人顽耍，或者看看天地日月变的把戏，很够开心的了。"

德夫人听得喜欢异常，方要再往下问，那边慧生过来说："天不早了，睡罢！还要起五更等着看日出呢。"德夫人笑道："不睡也行，不看日出也行，佇没有听见逸云师兄谈的话好极了，比一卷书还有趣呢！我真不想睡，只是愿意听。"慧生说："这们好听，你为什么不叫我来听听呢？"德夫人说："我听入了迷，什么都不知道了，还顾得叫你呢！可是好多时没有喝茶了。王妈，王妈！咦！这王妈怎么不答应人呢？"

逸云下了炕说："我去倒茶去。"就往外跑。慧生说："你真听迷了，那里有王妈呢？"德夫人说："不是出店的时候，他跟着的吗？"慧生又大笑。环翠说："德太太，佇忘记了，不是我们出岳庙的时候，他嚷头疼的了不得，所以打发他回店去，就顺便叫人送行李来的吗？不然，这铺盖怎样会知道送来呢？"德夫人说："可不是，我真听迷糊了。"慧生又问："你们谈的怎么这们有劲？"德夫人说："我告诉你罢，我因为这逸云有文有武，又能干，又谦和，真爱极了！我想把他……"

说到这里，逸云笑嘻嘻的提了一壶茶进来说："我真该死！饭后冲了一壶茶，搁在外间桌上，我竟忘了取进来，都凉透了！这新泡来的，佇喝罢。"左手拿了几个茶碗，一一斟过。逸云既来，德夫人适才要说的话，自然说不下去，略坐一刻，就各自睡了。

天将欲明，逸云先醒，去叫人烧了茶水、洗脸水，招呼各人起来，煮了几个鸡蛋，烫了一壶热酒，说："外边冷的利害，吃点酒挡寒气。"各人吃了两杯，觉得腹中和暖。其时东方业已发白，德夫人、环翠坐了小轿，披了皮斗篷，——环翠本没有，是慧生不用借给他的。——慧生、老残步行，不远便到了日观峰亭子等日出。

看那东边天脚下已通红，一片朝霞，越过越明，见那地下冒出一个紫红色的太阳牙子出来。逸云指道："佇瞧！那地边上有一条明的，跟一条金丝一样，相传那就是海水。"只说了两句话，那太阳已半轮出地了。只可恨地皮上面，有条黑云像带子一样横着，那太阳才出地，又钻进黑带子里去；再从黑带子里出来，轮脚已离了地，那一条金线也看不见了。

德夫人说："我们去罢。"回头向西，看了丈人峰、舍身岩、玉皇顶，到了秦始皇没字碑上，摩挲了一会儿。原来这碑并不是个石片子，竟是叠角斩方的一枝石柱，上面竟半个字也没有。再往西走，见一个山峰，仿佛劈开的半个馒头，正面磨出几丈长一块平面，刻了许多八分书。逸云指着道："这就是唐太宗的《纪泰山铭》。"旁边还有许多本朝人刻的斗大字，如栲栳一般，用红油把字画里填得鲜明照眼，书法大都学洪钧殿试策子的，虽远不及洪钧的饱满，也就胆大的可爱了。又向西走，回到天街，重入元宝店里，吃了逸云预备下的汤面，打了行李，一同下山。出天街，望南一拐，就是南天门了；出得南天门，便是十八盘。谁知下山比上山更属可怕，轿夫走的比飞还快，一霎时十八盘已走尽，不到九点钟，已到了斗姥宫门首。慧生抬头一看，果然挂了大红彩绸，一对宫灯。其时大家已都下了轿子，老残把嘴对慧生向彩绸一努，慧生说："早已领教了。"彼此相视而笑。

两个老姑子迎在门口，打过了稽首。进得客堂，只见一个杏仁脸儿，面若桃花，眼如秋水，琼瑶鼻子，樱桃口儿，年纪十五六岁光景，穿一件出炉银颜色的库缎袍子，品蓝坎肩，库金镶边有一寸多宽，满脸笑容赶上来替大家请安，明知一定是靓云了。正要问话，只见旁边走上一个戴薰貂皮帽沿没顶子的人，走上来向德慧生请了一安，又向众人略为打了个千儿，还对慧生手中举着"年愚弟宋琼"的帖子，说："敝上给德大人请安，说昨儿不知道大人驾到，失礼的很。接大人的信，敝上很怒，叫了少爷去问，原来都是虚诳，没有的事。已把少爷申斥了几句，说请大人万安，不要听旁人的闲话，今儿晚上请在衙门里便饭，这里挑选了几样菜来，先请大人胡乱吃点。"

慧生听了，大不悦意，说："请你回去替你贵上请安，说送菜吃饭，都不敢当，谢谢罢。既说都是虚诳，不用说就是我造的谣言了，明天我们动身后，怕不痛痛快快奈何这斗姥宫姑子一顿吗？既不准我情，我自有道理就是了。你回去罢！"那家人也把脸沉下来说："大人不要多心，敝上不是这个意思。"回过脸对老姑子说："你们说实话，有这事吗？"慧生说："你这不是明明当我面逞威风吗？我这穷京官，你们主人瞧不起，你这狗才也敢这样放肆！我摇你主人不动，难道办你这狗才也办不动吗？今天既是如此，我下午拜泰安府，请他先把你这狗才打了，递解回籍，再同你们主人算帐。子弟不才，还要这们护短！"回头对老残说："好好的一个人，怎样做了知县就把天良丧到这步田地！"那家人看势头不好，赶忙跪在地下磕头。德夫人说："我们里边去罢。"慧生把袖子一拂，竟往里走，仍在靓云房里去坐。泰安县里家人知道不妥，忙向老姑子托付了几句，飞也似的下山了。暂且不题

却说德夫人看靓云长的实在是俊，把他扯在怀里，仔细抚摩了一回，说："你也认得字吗？"靓云说："不多几个。"问："念经不念经？"答："经总是要念的。"问："念的什么经？"答："无非是眼面前几部：《金刚经》《法华经》《楞严经》等罢了。"问："经上的字，都认得吗？"答："那几个眼面前的字，还有不认的吗？"德夫人又一惊，心里想，以为他年纪甚小，大约认不多几个字，原来这些经都会念了，就不敢怠慢他，又问："你念经，懂不懂呢？"靓云答："略懂一二分。"德夫人说："你要有不懂的，问这位铁老爷，他都懂得。"老残正在旁边不远坐，接上说："大嫂不用冤人，我那里懂得什么经呢！"又因久闻靓云的大名，要想试他一试，就兜过来说了一句道："我虽不懂什么，靓云，你如要问也不妨问问看，碰得着，我就说；碰不着，我就不说。"

靓云正待要问，只见逸云已经换了衣服，搽上粉，点上胭脂，走将进来；穿得一件粉红库缎袍子，却配了一件元色缎子坎肩，光着个头，一条乌金丝的辫子。靓云说："师兄偏劳了。"逸云说："岂敢，岂敢。"靓云说："师兄，这位铁老爷佛理精深，德太太叫我有不懂的问他老人家呢。"逸云说："好，你问，我也沾光听一两句。"靓云遂立向老残面前，恭恭敬敬问道："《金刚经》云：'若人满三千大千世界七宝以用布施，其福德多不如以四句偈语为他人说，其福胜彼。'请问那四句偈本经到底没有说破。有人猜是：'一切有为法，如梦幻泡影，如露亦如电，应作如是观。'"老残说："问的利害！一千几百年注《金刚经》的都注不出来，你问我，我也是不知道。"逸云笑道："你要那四句，就是那四句，只怕你不要。"靓云说："为么不要呢？"逸云一笑不语。老残肃然起

179

敬的立起来，向逸云唱了一个大肥喏，说："领教得多了！"靓云说："你这话铁老爷倒懂了，我还是不懂，为么我不要呢？三十二分我都要，别说四句。"逸云说："为的你三十二分都要，所以这四句偈语就不给你了。"靓云说："我更不懂了。"老残说："逸云师兄佛理真通达！你想，六祖只要了'因无所住，而生其心'两句，就得了五祖的衣钵，成了活佛，所以说'只怕你不要'。真正生花妙舌！"

老残因见逸云非凡，便问道："逸云师兄，屋里有客么？"逸云说："我屋里从来无客。"老残说："我想去看看许不许？"逸云说："你要来就来，只怕你不来。"老残说："我历了无限劫，才遇见这个机会，怎肯不来？请你领路同行。"当真逸云先走，老残后跟。德夫人笑道："别让他一个人进桃源洞，我们也得分点仙酒欲欲。"说着大家都起身同去，就是这西边的两间北屋，进得堂门，正中是一面大镜子，上头一块横匾，写着"逸情云上"四个行书字，旁边一副对联写道：

妙喜如来福德相；

姑射仙人冰雪姿。

只有下款"赤龙"二字，并无上款。慧生道："又是他们弟兄的笔墨。"老残说："这人几时来的？是你的朋友吗？"逸云说："外面是朋友，内里是师弟。他去年来的，在我这里住了四十多天呢。"老残道："他就住在你这庙里吗？"逸云道："岂但在这庙里，简直住在我炕上。"德夫人忙问："你睡在那里呢？"逸云笑道："太太有点疑心山顶上说的话罢？我睡在他怀里呢！"德夫人道："那们说，他竟是坐怀不乱的柳下惠吗？"逸云道："柳下惠也不算得头等人物，不过散圣罢咧，有什么稀奇！若把柳下惠去比赤龙子，他还要说是贬他呢！"大家都伸舌头。

德夫人走到他屋里看看，原来不过一张炕，一个书桌，一架书而已，别无长物。却收拾得十分干净，炕上挂了个半旧湖绉幔子，叠着两床半旧的锦被。德夫人说："我乏了，借你炕上歇歇，行不行？"逸云说："不嫌肮脏，伫请歇着。"其时环翠也走进房里来。德夫人说："咱两躺一躺罢。"

慧生、老残进房看了一看，也就退到外间，随便坐下。慧生说："刚才你们讲的《金刚经》，实在讲的好。"老残道："空谷幽兰，真想不到，这种地方会有这样高人，而且又是年轻的尼姑，外像仿佛跟妓女一样。古人说：'莲花出于污泥。'真是不错的！"慧生说："你昨儿心目中只有靓云，今儿见了靓云，何以很不着意似的？"老残道："我在省城只听人称赞靓云，从没有人说起逸云，可知道曲高和寡呢！"慧生道："就是靓云，也就难为他了，才十五六岁的孩子家呢……"

正在说话，那老姑子走来说道："泰安县宋大老爷来了，请问大人在那里会？"慧生道："到你客厅上去罢。"就同老姑子出去了。此地剩了老残一个人，看旁边架上堆着无限的书，就抽一本来看，原来是本《大般若经》，就随便看将下去。话分两头，慧生自去会宋琼，老残自是看《大般若经》。

却说德夫人喊了环翠同到逸云炕上，逸云说："佇躺下来，我替佇盖点子被罢。"德夫人说："你来坐下，我不睡，我要问你赤龙子是个何等样人？"逸云说："我听说他们弟兄三个，这赤龙子年纪最小，却也最放诞不羁的。青龙子、黄龙子两个呢，道貌严严，虽然都是极和气的人，可教人一望而知他是有道之士。若赤龙子，教人看着说不出个所以然来，嫖赌吃着，无所不为；官商士庶，无所不交。同尘俗人处，他一样的尘俗；同高雅人处，他又一样的高雅，并无一点强勉处，所以人都测不透他。因为他同青龙、黄龙一个师父传授的，人也不敢不敬重他些，究竟知道他实在的人很少。去年来到这里，同大家伙儿嘻嘻呵呵的乱说，也是上山回来在这里吃午饭，师父留他吃晚饭，晚饭后师父同他谈的话就很不少。师父说：'你就住在这里罢。'他说：'好，好。'师父说：'佇愿意一个人睡，愿意有人陪你睡？'他说：'都可以。'师父说：'两个人睡，你叫谁陪你？'他说：'叫逸云陪我。'师父打了个楞，接着就说：'好，好。'师父就对我说：'你意下何如？'我心里想，师父今儿要考我们见识呢，我就也说：'好，好。'从那一天起，就住了有一个多月，白日里他满山去乱跑，晚上围一圈子的人听他讲道，没有一个不是喜欢的了不得，所以到底也没有一个人说一句闲话，并没有半点不以为然的意思。到了极熟的时候，我问他道：'听说你老人家窑子里颇有相好的，想必也都是有名无实罢？'他说：'我精神上有戒律，形骸上无戒律，都是因人而施，譬如你清我也清，你浊我也浊。或者妨害人，或者妨害自己，都做不得，这是精神上戒律；若两无妨碍，就没什么做不得，所谓形骸上无戒律。……'"

正谈得高兴，听慧生与老残在外间说话，德夫人惦记庙里的事，赶忙出来问："怎样了？"慧生道："这个东西初起还力辩其无。我说子弟倚父兄势，凌逼平民，必要闹出大案来。这件事以情理论，与强奸闺女无异，幸尚未成，你还要竭力护短。俗语说得好：'要得人不知，除非己莫为。'阁下一定要纵容世兄，我也不必饶舌，但看御史参起来，是坏你的官，是坏我的官？不瞒你说，我已经写信告知张宫保说：途中听人传说有这一件事，不知道确不确，请他派人密查一查。你管教世兄也好，不管教也好，我横竖明日动身了。他听了这话，才有点惧怕，说：'我回衙门，把这个小畜生锁起来。'我看锁虽是假的，以后再闹，恐怕不敢了。"德夫人说："这样最好。"靓云本随慧生进来的，上前忙请安道谢。究竟宋少爷来与不来，且听下回分解。

第二十六回

斗姥宫中逸云说法　观音庵里环翠离尘

话说靓云听说宋公已有惧意，知道目下可望无事，当向慧生夫妇请安道谢。少顷，老姑子也来磕头，慧生连忙搀起说："这算怎样呢，值得行礼吗！可不敢当。"老姑子又要替德夫人行礼，早被慧生抓住了，大家说些客气话完事。逸云却也来说："请吃饭了。"众人回至靓云房中，仍旧昨日坐法坐定，只是青云不来，换了靓云。今日是靓云执壶，劝大家多吃一杯。德夫人亦让二云吃菜饮酒，于是行令猜枚，甚是热闹。

瞬息吃完，席面撤去。德夫人说："天时尚早，稍坐一刻下山如何？"靓云说："㑇五点钟走到店，也黑不了天。我看㑇今儿不走，明天早上去好不好？"德夫人说："人多不好打搅的。"逸云说："有的是屋子，比山顶元宝店总要好点。我们哥儿两屋子让㑇四位睡，还不够吗？我们俩同师父睡去。"德夫人说："你们走了，我们图什么呢？"逸云说："那我们就在这里伺候也行。"德夫人戏说道："我们两口子睡一间屋。"指环翠说："他们两口子睡一间屋。"问逸云："你睡在那里呢？"逸云说："我睡在㑇心坎上。"德夫人笑道："这个无赖，你从昨儿就睡在我心上，几时离开了吗？"大家一齐微笑。德夫人又问："你几时剃辫子呢？"逸云摇头道："我今生不剃辫子了。"德夫人说："不是这庙里规定三十岁就得剃辫子吗？"答道："也不一定，倘若嫁人走的呢，就不剃辫子了。"问："你打算嫁人吗？"答："不是这个意思，我这些年替庙里挣的功德钱虽不算多，也够赎身的分际了，无论何时都可以走。我目下为的是自己从小以来，凡有在我身上花过钱的人，我都替他们念几卷消灾延寿经，稍尽我点报德的意思。念完了我就走，大约总在明年春夏天罢。"

德夫人说："你走，可以到我们扬州去住几天，好不好呢？"逸云说："很好，我大约出门先到普陀山进香，必走过扬州，佇开下地名来，我去瞧佇去。"老残说："我来写，佇给管笔给张纸我。"靓云忙到抽屉里取出纸笔递与老残，老残就开了两个地名递与逸云说："佇也惦记着看看我去呀！"逸云说："那个自然。"又谈了半天话，轿夫来问过数次，四人便告辞而去，送了打搅费二十两银子。老姑子再三不肯收，说之至再，始强勉收去。老姑子同逸云、靓云送出庙门而归。

这里四人回到店里，天尚未黑，德夫人把山顶与逸云说的话一一告诉了慧生与老残，二人都赞叹逸云得未曾有。慧生问夫人道："可是呢，你在山顶上说爱极了他，你想把他怎样，后来没有说下去。到底你想把他怎样？"德夫人说："我想把他替你收房。"慧生说："感谢之至。可行不行呢？"夫人道："别想吃天鹅肉了，大约世界上没有能中他的意了。"慧生道："这个见解到也是不错的，这人做妾未免太亵渎了。可是我却不想娶这们一个妾，到真想结交这们一个好朋友。"老残说："谁不是这们想呢！"环翠说："可惜前几年我见不着这个人，若是见着，我一定跟他做徒弟去。"老残说："你这话真正糊涂，前几年见着他，他正在那里热任三爷呢，有啥好处？况且你家道未坏，你家父母把你当珍宝一样的看待，也断不放你出家。到是此刻却正是个机会，逸云的道也成了，你的辛苦也吃够了，你真要愿意，我就送你上山去。"环翠因提起他家旧事，未免伤心，不觉泪如雨下，掩面啜泣。听老残说道送他上山，此时却答不出话来，只是摇头。德夫人道："他此时既已得了你这们个主儿，也就离不开了。"

正在说话，只见慧生的家人连贵进来回话，立在门口不敢做声。慧生问："你来有什么事？"连贵禀道："昨儿王妈回来就不舒服的很，发了一夜的大寒热，今儿一天没有吃一点什么，只是要茶饮；老爷车上的辕骡也病倒了，明日清早开车恐赶不上。请老爷示下，还是歇半天，还是怎么样？"慧生说："自然歇一天再看，骡子叫他们赶紧想法子。王妈的病请铁老爷瞧瞧，抓剂药吃吃。"正要央求老残，老残说：

“我此刻就去看。”站起身来就走。少顷回来对慧生说："不过冒点风寒，一发散就好了。"

此时店家已送上饭来，却是两分，一分是本店的，一分是宋琼送来的。大家吃过了晚饭，不过八点多钟，仍旧坐下谈心。德夫人说："早知明日走不成功，不如今日住在斗姥宫了，还可同逸云再谈一晚上。"慧生说："这又何难，明日再去，花上几个轿钱，有限的很。"老残道："我看逸云那人洒脱的很，不如明天竟请他来，一定做得到的。我正有话同他商量呢。"慧生说："也好，今晚写封信，我们两人联名请他来。今晚交与店家，明日一早送去。"老残说："甚好，此信你写我写？"慧生说："我的纸笔便当，就是我写罢。"当时写好，交与店家收了，明日一早送去。

老残遂对环翠道："你刚才摇头，没有说话，是什么意思？我对你说罢：我不是勒令要你出家，因为你说早几年见他，一定跟他做徒弟，我所以说早年是万不行的，惟有此刻到是机会，也不过是据理而论，其实也是做不到的事情。何以呢？其余都无难处，第一条：现在再要你去陪客，恐怕你也做不到了。若说逸云这种人，真是机会难遇，万不可失的，其如庙规不好何？"环翠说："我想这一层到容易办，他们凡剃过头的就不陪客，倘若去时先剃头后去，他就没有法子了。只是有两条万过不去的关头：第一，承你从火水中搭救我出来，一天恩德未报，我万不能出家，于心不安；第二，我还有个小兄弟带着，交与谁呢？所以我想只有一个法子，明天等他来，无论怎样，我替他磕个头，认他做师父，请他来生来度我，或者我伺候你老人家百年之后，我去投奔他。"老残道："这到不然。你说要报恩，你跟我一世，无非吃一世用一世，那会报得了我的恩呢？倘若修行成道，那时我有三灾八难，你在天上看见了，必定飞忙来搭救我，那才是真报恩呢。或者竟来度我成佛作祖，亦未可知。至于你那兄弟更容易了，找个乡下善和老儿，我分百把银子，替他置个二三十亩地，就叫善和老儿替他管理，抚养成人，万一你父亲未死，还有个会面的日期。只是你年轻的人，守得住守不住，我不能知道，是一难；逸云肯收留你不肯收留你，是第二难。且等明日逸云到来，再作商议。"德夫人道："铁叔叔说的十分有理，且等逸云到来再议罢。"大家又说了些闲话，各自归寝。

次日八点钟，请人起来，盥漱方毕，那逸云业已来到。四人见了异常欢喜，先各自谈了些闲话，便说到环翠身上。把昨晚议论商酌的话，一一告知逸云。逸云又把环翠仔细一看，说："此刻我也不必说客气话了，铁姨奶奶也是个有根器的人，你们所虑的几层意思，我看都不难，只有一件难处，我却不敢应承。我先逐条说去：第一条，我们庙里规矩不好，是无妨碍的。你也不必先剪头发，明道不明道，关不到头发的事。我们这后山，有个观音庵，也是姑子庙，里头只有两个姑子，老姑子叫慧净，有七十多岁；小姑子叫清修，也有四十多岁了。这两个姑子皆是正派不过的人，与我都极投契；不过只是寻常吃斋念佛而已，那佛菩萨的精义，他却不甚清楚。在观音庵里住，是万分妥当的。第二条，他的小兄弟的话呢，也不为难。我这傲来峰脚下有个田老儿，今年六十多岁了，没有儿子。十年前他老妈妈劝他纳个妾，他说：'没有儿子将来随便抱一个就是了。若是纳了妾，我们这家人家，今儿吵，明儿闹，可就过不成安稳日子了。你留着俺们两个老年人多活几年罢。况且这纳妾是做官的人们做的事，岂是我们乡农好做得吗？'因此他家过得十分安静，从去年常托我替他找个小孩子。他很信服我，非我许可的他总不要，所以到今儿还没选着。他家有二三百亩地的家业，不用贴他钱，他也是喜欢的，只是要姓他的姓。不怕等二老归天后再还宗，或是兼祧两姓俱可。"环翠说道："我家本也姓田。"逸云道："这可就真巧了。第三层，铁老爷，你怕你姨太太年轻守不住，这也多虑。我看他一定不会有邪想的。你瞧他眼光甚正，外平内秀，决计是仙人堕落，难已受过，不会再落红尘的了。以上三件，是你们诸位所虑的，我看都不要紧。只是一件甚难：姨太太要出家是因我而发，我可是明年就要走的人。把他一个人放在个荒凉寂寞的姑子庵里，未免太苦。倘若可以明道呢，就辛苦几年也不算事。无奈那两个姑子只会念经吃素，别的全不知道。与其苦修几十年，将来死了不过来生变个富贵女人，这也就大不合算了！到不如跟着铁老爷，还可讲几篇经，说几段道，将来还有个大澈大悟的指望。这是一个难处。若说教我也不走，在这里陪他，我却断做不到，不敢欺人。"

环翠道："我跟师父跑不行吗？"逸云大笑道："你当做我出门也象你们老爷，雇着大车同你坐吗？我们都是两条腿跑，夜里借个姑子庙住住，有得吃就吃一顿，没得吃就饿一顿，一天尽量我能走二百多里地呢。你那三寸金莲，要跑起来，怕到不了十里，就把你累倒了！"环翠沉吟了一会，说："我放脚行不行？"逸云也沉吟了一会，对老残说道："铁爷，你意下何如？"老残道："我看这事最要紧的是你肯提挈他不肯，别的都无关系。"

环翠此刻忽然伶俐，也是他善根发动，他连忙跪到逸云跟前，泪流满面说："无论怎样都要求师父超度。"逸云此刻竟大剌剌的也不还礼，将他拉起说："你果然一心学佛，也不难。我先同你立约：第一件，到老姑子庙后，天天学走山道，能把这崎岖山道走得如平地一般，你的道就根基立定了。将来我再教你念经说法。大约不过一年的很苦，以后就全是乐境了。古人云：'十月胎成'也大概不错的，你再把主意拿定一定。"环翠道："主意已定，同我们老爷意思一样，只要跟着师父。随便怎样，我断无悔恨就是了。"老残立起身来，替逸云长揖说："一切拜托。"逸云慌忙还礼说："将来灵山会上，我再问伫索谢仪罢。"老残道："那时候还不知道谁跟谁要谢仪呢！"大家都笑了。

环翠立起来替慧生夫妇磕了头，道："蒙成就大德。"末后替老残磕头，就泪如雨下说："只是对不住老爷到万分了。"老残也觉凄然，随笑说道："恭喜你超凡入圣，几十年光阴迅速，灵山再会，转眼的事情。"德夫人也含着泪说："我伤心就不能像你这样，将来倘若我堕地狱，还望你二位早来搭救。"逸云说："德夫人却万不会下地狱。只是有一言奉劝，不要被富贵拴住了腿要紧！后会有期。"老残忙去开了衣箱，取出二百两银子交与逸云设法布置，又把环翠的兄弟叫来，替逸云磕头。

第二十六回

斗姥宫中逸云说法　观音庵里环翠离尘

187

逸云收了一百两银子，说："尽够了。不过田老儿处备分礼物，观音庵捐点功德，给他自己置备四季道衣，如此而已。"德慧生说："我们也送几个钱，表表心意。"同夫人商酌，夫人说："也是一百两罢。"逸云说："都用不着了，出家人要多钱做什么！"

店家来问开饭，慧生说："开罢。"饭后，逸云说："我此刻先去到田老儿同观音庵两处说妥了，再来回信。究竟也得人家答应，才能算数呢。"道了一声，告辞去了。

这里老残一面替环翠收拾东西，一面说些安慰话。环翠哭得泪人儿似的，硬咽不止。德夫人也劝道："在旁的人万不肯拆散你们姻缘，只因为难得有这们一个逸云。我实在是没法，有法我也同你去了。"环翠含泪道："我知道是好事，只是站在这里就要分离，心上好像有万把钢刀乱扎一样，委实难受！"慧生道："明年逸云朝南海，必定到我们那里去，你一定随同去的，那时就可以见面，何必伤心呢？"过了一刻，环翠也收住了泪。

太阳刚下山的时候，逸云已经回来，对环翠说："两处都说好了，明日我来接你罢。"德夫人问："此刻你怎样？"逸云说："我回庙里去。"德夫人说："明日我们还要起身，不如你竟在我们这儿睡一夜罢。本来是他们两个官客睡一处，我们两个堂客睡一处的，你竟陪我谈一夜罢。你肯度铁奶奶，难道不肯度我德奶奶吗？"逸云笑道："那也使得，伫这个德奶奶已有德爷度你了。自古道'儒释道三教'，没有你们德老爷度他，他总不能成道的。"德夫人道："此话怎讲？"逸云道："'德'字为万教的根基，无德便是地狱。种子有德，再从德里生出慧来，没有一个不成功的了。"德夫人道："那不过是个名号，那里认得真呢？"逸云说："名者，命也，是有天命的。他怎么不叫德富、德贵呢？可见是有天命的了。我并非当面奉承，我也不骗钱花，你们三位将来都要证果的，不定三教是那一教便了。"德夫人说："我终不敢自信，请你传授口诀，我也认你做师父。"逸云道："师父二字语重，既是有缘。我也该奉赠一个口诀，让伫依我修行。"德夫人听了欢喜异常，连忙扒下地来就磕头喊师父。逸云也连忙磕头说："可折死我了。"

二人起来，逸云说："请众人回避。"三人出去，逸云向德夫人耳边说了个"夫唱妇随"四个字。德夫人诧异道："这是口诀吗？"逸云道："口诀本系因人而施，若是有个一定口诀，当年那些高真上圣早把他刻在书本子上了。你紧记在心，将来自有个大澈大悟的日子，你就知道不是寻常的套话了。佛经上常说'受记成佛'，你能受记，就能成佛；你不受记，就不能成佛。你们老爷现在心上已脱尘网，不出三年必弃官学道，他的觉悟在你之先。此时不可说破。你总跟定他走，将来不是一个马丹阳、一个孙不二吗？"德夫人凝了一会神，说："师父真是活菩萨，弟子有缘，谨受记，不敢有忘。"又磕了一个头。

其时外间晚饭已经开上桌子，王妈竟来伺候。德夫人说："你病好了吗？"王妈说："昨夜吃了铁爷的药，出了一身汗，今日全好了。上午吃了一碗小米稀饭，一个馒头，这会子全好了。"

当时五人同坐吃饭，德慧生问逸云道："伫何以不吃素？"逸云说："我是吃素，佛教同你们儒教不同，例得吃素。"慧生说："我看你同我们一样吃的是荤哩。"逸云说："六祖隐于四会猎人中，常吃肉边菜，请问肉锅里煮的菜算荤算素？"慧生说："那自然算荤。"逸云说："六祖他却算吃素。我们在斗姥宫终日陪客，那能吃素呢？可是有客时吃荤，无客时吃素，伫没留心我在荤碗里仍是夹素菜吃？"环翠说道："当真。我倒留心的，从没见我师父吃过一块肉同鱼虾之类。"逸云道："这也是世出世间法里的一端。"老残问道："倘若竟吃肉，行不行呢？"逸云道："有何不可？倘若有客逼我吃肉，我便吃肉，只是我不自己找肉吃便了。若说吃肉，当年济颠祖师还吃狗肉呢！也挡不住成佛。地狱里的人吃长斋的，不计其数。总之，吃荤是小过犯，不甚要紧。譬如女子失节，是个大过犯，比吃荤重万倍，试问你们姨太太失了多少节了？这罪还数得清吗？其实若认真从此修行，同那不破身的处子毫无分别。因为失节不是自己要失的，为势所迫，出于不得已，所以无罪。"大家点头称善。

饭毕之后，连贵上来回道："王妈病已好了，辕骡又换了一个，明天可以行了。请老爷示下，明天走不走呢？"慧生看德夫人，老残说："自然是走。"德夫人说："明天再住一天何如？"老残说："千里搭凉棚，终无不散的筵席。"逸云说："依我看，明天午后走罢。清早我先同铁老爷、奶奶送田头兄弟到田老庄上，去后同铁老爷到观音庵，都安置好了伫再走，铁老爷也放心些。"大家都说甚是。

一宿无话，次日清晨，老残果随逸云将环翠兄弟送去，又送环翠到观音庵，见了两个姑子，嘱托了一番。老姑子问："下发不下呢？"逸云说："我不主剃头的，然佛门规矩亦不可坏。"将环翠头发打开剪了一绺，就算剃度了，改名环极。

诸事已毕，老残回店，告知慧生夫妇，赞叹不绝。随即上车起行，无非"荒村雨露眠宜早，野店风霜起要迟"。八九日光阴已到清江浦，老残因有个亲戚住在淮安府，就不同慧生夫妇同道，径一车拉往淮安府去。这里慧生夫妇雇了一个三舱大南湾子径往扬州去。未知后事如何，且听下回分解。

第二十七回

银汉浮槎仰瞻月姊　森罗宝殿伏见阎王

话说德慧生携眷自赴扬州去了，老残却一车径拉到淮安城内投亲戚。你道他亲戚是谁？原来就是老残的姊丈。这人姓高名维，字曰摩诘。读书虽多，不以功名为意。家有田原数十顷，就算得个小小的富翁了。住在淮安城内勺湖边上。这勺湖不过城内西北角一个湖，风景倒十分可爱。湖中有个大悲阁，四面皆水；南面一道板桥有数十丈长，红栏围护；湖西便是城墙。城外帆樯林立，往来不断，到了薄暮时候，女墙上露出一角风帆，挂着通红的夕阳，煞是入画。这高摩诘在这勺湖东面，又买了一块地，不过一亩有余，圈了一个槿篱，盖了几间茅屋，名叫小辋川园。把那湖水引到园中，种些荷花，其余隙地，种些梅花桂花之类，却用无数的小盆子，栽月季花。这淮安月季本来有名，种数极多，大约有七八十个名头，其中以蓝田碧玉为最。

那日老残到了高维家里，见了他的胞姊。姊弟相见，自然格外的欢喜。坐了片刻，外甥男女都已见过，却不见他姊丈。便启口问道："姊丈哪里去了？想必又到哪家赴诗社去了罢？"他大姊道："没有出门，想必在他小辋川园里呢。"老残道："姊丈真是雅人，又造了一个花园了。"大姊道："咦，哪里是什么花园呢，不过几间草房罢了。就在后门外，不过朝西北上去约一箭多远就到了。叫外甥小凤引你去看罢。昨日他的蓝田碧玉开了一朵异种，有碗口大，清香沁人，比兰花的香味还要清些。你来得正好，他必要捉你做诗哩。"老残道："诗虽不会做，一嘴赏花酒总可以扰得成了。"说着就同小凤出了后门，往西不远，已到门口。进门便是一道小桥，过桥迎面有个花篱挡住，顺着回廊往北行数步，往西一拐，就到了正厅。上面横着块扁额，写了四个大字，是"散花斗室"。进了厅门，只见那高摩诘正在那里拜佛。当中供了一尊观音像，面前正放着那盆蓝田碧玉的月季花。小凤走上前去，看他拜佛起来，说道："二舅舅来了。"

高维回头一看，见了老残，欢喜的了不得，说："你几时来的？"老残说："我刚才来的。"高维说："你来得正好。你看我这花今年出的异种。你看，这一朵花总有上千的瓣子。外面看像是白的，细看又带绿色。定神看下去，仿佛不知有若干远似的。平常碧玉，没有香味，这种却有香，而又香得极清，连兰花的香味都显得浊了。"老残细细的闻了一回，觉得所说真是不差。高维忙着叫小童煎茶，自己开厨取出一瓶碧萝春来，说："对此好花，若无佳茗，未免辜负良朋。"老残笑道："这花是感你好诗来的。"高维道："昨日我很想做两首诗贺这花，后来恐怕把花被诗熏臭了，还是不做的好。你来倒是切切实实的做两首罢！"老残道："不然。大凡一切花木，都是要用人粪做肥料的。这花太清了，用粪恐怕力量太大，不如我们两个做首诗，譬如放几个屁，替他做做肥料，岂不大妙！"二人都大笑了一回。此后老残就在这里，无非都是吃酒、谈诗、养花、拜佛这些事体，无庸细述。

却说老残的家，本也寄居在他姊丈的东面，也是一个花园的样子。进了角门有大荷花池。池子北面是所船房，名曰"海渡杯"。池子东面也是个船房——面前一棵紫藤，三月开花，半城都香——名曰"银汉浮槎"。池子西面是一派五间的水榭，名曰"秋梦轩"。海渡杯北面，有一堂太湖石，三间蝴蝶厅。厅后便是他的家眷住居了。老残平常便住在秋梦轩里面。无事时，或在海渡杯里着棋，或在银汉浮槎里垂钓，倒也安闲自在。

一日，在银汉浮槎里看《大圆觉经》，看得高兴，直到月轮西斜，照到槎外如同水晶世界一般，玩赏许久，方去安睡，自然一落枕便睡着了。梦见外边来了一个差人模样，戴着一顶红缨大帽，手里拿了许多文书，到了秋梦轩外间椅子上坐下。老残看了，甚为诧异，心里想：

"我这里哪得有官差直至卧室外间，何以家人并不通报？"正疑虑间，只见那差人笑吟吟的道："我们敝上请你老人家去走一趟。"老残道："你是哪衙门来的，你们贵上是谁？"那差人道："我们敝上是阎罗王。"老残听了一惊，说道："然则我是要死了吗？"那差人答道："是。"老残道："既是死期已到，就同你走。"那差人道："还早着呢，我这里今天传的五十多人，你老人家名次在尽后头呢！"手中就捧上一个单子上来。看真是五十多人，自己名字在三十多名上边。老残看罢说道："依你说，我该甚么时候呢？"那差人道："我是私情，先来给你老人家送个信儿，让你老人家好预备预备，有要紧话吩咐家人好照着办。我等人传齐了再来请你老人家。"老残说："承情的很，只是我也没有甚么预备，也没有什么吩咐，还是就同你去的好。"那差人连说："不忙，不忙。"就站起来走了。

老残一人坐在轩中，想想有何吩咐，直想不出。走到窗外，觉得月明如昼，景象清幽，万籁无声，微带一分凄惨的滋味。说道："嗳！我还是睡去罢，管他甚么呢。"走到自己卧室内，见帐子垂着，床前一双鞋子放着。心内一惊说："呀！谁睡在我床上呢？"把帐子揭开一看，原来便是自己睡得正熟。心里说："怎会有出两个我来？姑且摇醒床上的我，看是怎样。"极力去摇，原来一毫也不得动。心里明白，点头道："此刻站着的是真我，那床上睡的就是我的尸首了。"不觉也堕了两点眼泪，对那尸首说道："今天屈你冷落半夜，明早就有多少人来哭你，我此刻就要少陪你了。"回首便往外走。

煞是可怪，此次出来，月轮也看不见了，街市也不是这个街市了，天上昏沉沉的，像那刮黄沙的天气将晚不晚的时候。走了许多路，看不见一个熟人，心中甚是纳闷，说："我早知如此，我不如多赏一刻明月，等那差人回来同行，岂不省事。为啥要这们着急呢？"忽见前面有个小童，一跳一跳的来了。正想找他问个路，径走到面前，原来就是周小二子。

这周小二子是本宅东头一个小户人家的娃子，前两个月吊死了的。

老残看见他是个熟人，心里一喜，喊道："你不是周小二子吗？"那周小二子抬头一看，说："你不是铁二老爷吗？你怎么到这里来？"老残便将刚才情形告诉说了一遍。周小二子道："你老人家真是怪脾气。别人家赖着不肯死，你老人家着急要死，真是稀罕！你老人家此刻打算怎样呢？"老残道："我要见阎罗王，认不得路。你送我去好不好？"周小二子道："阎罗王宫门我进不去，我送你到宫门口罢。"老残道："就是这们办，很好。"说着，不消费力，已到了阎罗王宫门口了。周小二子说道："你老人家由这东角门进去罢。"老残道："费你的心，我没有带着钱，对不住你。"周小二子道："不要钱，不要钱。"又一跳一跳的去了。

老残进了东角门，约有半里多路，到了二门，不见一个人。又进了二门，心里想道："直往里跑也不是个事。"又走有半里多路，见是个殿门，不敢造次，心想："等有个人出来再讲。"却见东边朝房里走出一个人来，老残便迎了上去。只见那人倒先作了个揖，口中说道："补翁，久违的很了。"老残仔细一看，见这人有五十多岁，八字黑须，穿了一件天青马褂，仿佛是呢的，下边二蓝夹袍子。满面笑容问道："阁下何以至此？"老残把差人传讯的话说了一遍。那人道："差人原是个好意，不想你老兄这等性急，先跑得来了，没法，只好还请外边去散步一回罢。此刻是五神问案的时候，专讯问那些造恶犯罪的人呢。像你老兄这起案子，是个人命牵连，与你毫不相干，不过被告一口咬定，须要老兄到一到案就了结的。请出去游玩游玩，到时候我自来奉请。"

老残道了"费心"，径出二门之外，随意散步。走到西角门内，看西面有株大树，约有一丈多的围圆，仿佛有一个人立在树下。心里想，走上前去同他谈谈，这人想必也是个无聊的人。及至走到跟前一看，原来是个极熟的人。这人姓梁名海舟，是前一个月死的。老残见了不觉大喜，喊道："海舟兄，你在这里吗？"上前作了一个揖。那梁海舟回了半个揖。老残道："前月分手，我想总有好几十年不得见面，谁想不过一个月，竟又会晤了，可见我们两人是有缘分。只是怎样你到今还在这里呢？我不懂的很。"那梁海舟一脸的惨淡颜色，慢腾腾的答道："案子没有定。"老残道："你有甚么案子？怎会耽搁许久？"梁海舟道："其实也不算甚事，欠命的命已还，那还有余罪吗？只是轇葛的了不得。幸喜我们五弟替了个人情，大约今天一堂可以定了。你是甚么案子来的？"老残道："我也不晓得呢。适才里面有个黑须子老头儿对我说，没有甚么事，一堂就可以了案的。只是我不明白，你老五不是还活着没有死吗，怎会替你托人情呢？"梁海舟道："他来有何用，他是托了一个有道的人来解散的。"老残点头道："可见还是道比钱有用。你想，你虽不算富，也还有几十万银子家私，到如今一个也带不来。倒是我们没钱的人痛快，活着双肩承一喙，死后一喙领双肩，歇耗不了本钱，岂不是妙。我且问你，既是你也是今天可以了案的，案了之后，你打甚么主意？"梁海舟道："我没有甚么主意，你有甚么主意吗？"老残道："有，有，有。我想人生在世是件最苦的事情，既已老天大赦，放我们做了鬼，这鬼有五乐，我说给你听：一不要吃；二不要穿；三没有家累；四行路便当，要快顷刻千里，要慢蹲在那里，三年也没人管你；五不怕寒热，虽到北冰洋也冻不着我，到南海赤道底下也热不着我。有此五乐，何事不可为。我的主意，今天案子结了，我就过江。先游天台雁宕，随后由福建到广东，看五岭的形势，访大庾岭的梅花，再到桂林去看青绿山水。上峨嵋。上北，顺太行转到西岳，小住几天，回到中岳嵩山。玩个够，转回家来，看看家里人从我死后是个甚么光景，托个梦劝他们不要悲伤。然后放开脚步子来，过瀚海，上昆仑，在昆仑山顶上最高的所在结个茅屋，住两年再打主意。一个人却也稍嫌寂寞，你同我结了伴儿好不好？"梁海舟只是摇头，说："做不到，做不到。"

老残以为他一定乐从，所以说得十分兴高采烈。看他连连摇头，心里发急道："你这个人真正糊涂！生前被几两银子压的气也喘不得一口，焦思极虑的盘算，我劝了你多回，决不肯听；今日死了，半个钱也带不来。好容易案子已了，还不应该快活快活吗？难道你还想去小九九的算盘吗？"只见那梁海舟也发了急，皱着眉头瞪着眼睛说道："你才直下糊涂呢。你知道银子是带不来的，你可知道罪孽是带得来的罢！银子留下给别人用，罪孽自己带来消受。我才说是这一案欠命的案定了，还有别的案子呢！我知道哪一天是了期？像你这快活老儿，吃了灯草灰，放轻巧屁哩！"老残见他十分着急，知他心中有无数的懊恼，又看他面色惨白，心里也替他难受，就不便说下去了。

正在默然，只见那黑须老头儿在老远的东边招手，老残慌忙去了，走到老头儿面前。老头儿已戴上了大帽子，却还是马褂子。心里说道："原来阴间也是本朝服饰。"随那老头儿进了宫门，却仍是走东角门进。大甬道也是石头铺的，与阳间宫殿一般，似乎还要大些。走尽甬道，朝西拐弯就是丹墀了。上丹墀仿佛是十级。走到殿门中间，却又是五级。进了殿门，却偏西边走约有十几丈远，又是一层台子。从西面阶级上去，见这台子也是三道阶路。上了阶，就看见阎罗天子坐在正中公案上，头上戴的冕旒，身上着的古衣冠，白面黑须，于十分庄严中却带几分和蔼气象。离公案约有一丈远的光景，那老者用手一指，老残明白是叫他在此行礼了，就跪下匍匐在地。看那老者立在公案西首，手中捧了许多簿子。只见阎罗天子启口问道："你是铁英吗？"老残答道："是。"阎罗又问："你在阳间犯的何罪过？"老残说："不知道犯何罪过。"阎罗说："岂有个自己犯罪自己不知道呢？"老残道："我自己见到是有罪过的事，自然不做。凡所做的皆自以为无罪的事。况且阳间有阳间律例，阴间有阴间的律例。阳间的律例颁行天下，但凡稍知自爱的皆要读过一两遍，所以干犯国法的事没有做过。至于阴间的律例，世上既没有颁行的专书，所以人也无从趋避，只好凭着良心做去，但觉得无损于人，也就听他去了。所以陛下问我有何罪过，自己不能知道，请按律定罪便了。"阎罗道："阴律虽无颁行专书，然大概与阳律仿佛。其比阳律加密之处，大概佛经上已经三令五申的了。"老残道："若照佛家戒经科罪某，某之罪恐怕擢发难数了。"阎罗天子道："也不见得。我且问你，犯杀律吗？"老残道："犯。既非和尚，自然茹荤。虽未擅宰牛羊，然鸡鸭鱼虾，总计一生所杀，不计其数。"阎罗颔之。又问："犯盗律否？"答曰："犯。一生罪业，惟盗戒最轻。然登山摘果，涉水采莲，为物虽微，究竟有主之物，不得谓非盗。"又问："犯淫律否？"答曰："犯。长年作客，未免无聊，舞榭歌台，眠花宿柳，阅人亦多。"阎罗又问口、意等业，一一对答已毕。每问一事，那老者即举簿呈阅一次。

问完之后，只见阎罗回顾后面说了两句话，听不清楚。却见座旁走下一个人来，也同那老者一样的装束，走至老残面前说："请你起来。"老残便立起身来。那人低声道："随我来。"遂走公案前，绕至西距宝座不远，傍边有无数的小椅子，排有三四层，看看仿佛像那看马戏的起码坐位差不多，只是都已有人坐在上面，惟最下一层空着七八张椅子。那人对老残道："请你在这里坐。"老残坐下，看那西面也是这个样子，人已坐满了。仔细看那坐上的人，煞是奇怪。男男女女参差乱坐，还不算奇。有穿朝衣朝帽的，有穿蓝布棉袄裤的，还有光脊梁的；也有和尚，也有道士；也有极鲜明的衣服，也有极破烂的衣服，男女皆同。只是穿官服的少，不过一二人，倒是不三不四的人多。最奇第二排中间一个穿朝服，旁边椅子上就坐了光脊梁赤脚的，只穿了一条蓝布单裤子。点算西首五排，人大概在一百名上下。却看阎罗王宝座后面，却站了有六七十人的光景，一半男，一半女。男的都是袍子马褂，靴子大帽子，大概都是水晶顶子花翎居多，也有蓝顶子的，一两个而已。女的却都是宫装。最奇者，这些多的男男女女立站后面，都泥塑木雕的相仿，没有一人言笑，也无一人左右顾盼。

老残正在观看，忽听他那旁坐的低低问道："你贵姓呀？"老残回头一看，原来也是一个穿蓝布棉袄裤的，却有了雪白的下须，大约是七八十岁的人了，满面笑容。老残也低低答道："我姓铁呀。"那老翁又道："你是善人呀？"老残戏答道："我不是善人呀。"那老者道："凡我们能坐小椅子的，都是善人。只是善有大小，姻缘有远近。我刚才看见西边走了一位去做城隍了，又有两位投生富贵家去了。"老残问道："这一堆子里有成仙成佛的没有？"那老翁道："我不晓得，你等着罢，有了，我们总看得见的。"

　　正说话间，只见殿庭窗格也看不见了，面前丹墀也不是原来的样子了，仿佛一片敞地，又像演武厅似的。那老翁附着老残耳朵说道："五神问案了。"当时看见殿前排了五把椅子，五张公案。每张公案面前，有一个差役站班，同知县衙门坐堂的样子仿佛。当真每个公堂面前，有一个牛头，一个马面，手里俱拿着狼牙棒。又有五六个差役似的，手里也拿着狼牙棒。怎样叫做狼牙棒？一根长棒，比齐眉棒稍微长些，上头有个骨朵，有一尺多长，茶碗口粗，四面团团转都是小刀子如狼牙一般。那小刀子约一寸长，三四分宽，直站在骨朵上。那老翁对老残道："你看，五神问案凄惨得很！算计起来，世间人何必作恶，无非为了财色两途。色呢，只图了片时的快活；财呢，都是为人忙，死后一个也带不走。徒然受这狼牙棒的苦楚，真是不值。"说着，只见有五个古衣冠的人从后面出来，其面貌真是凶恶异常。那殿前本是天清地朗的，等到五神各人上了公座，立刻毒雾愁云，把个殿门全遮住了，五神公座前面约略还看得见些儿，再往前便看不见了。隐隐之中，仿佛听见无数啼哭之声似的。未知后事如何，且听下回分解。

第二十八回

血肉飞腥油锅炼骨　语言积恶石磨研魂

　　话说老残在那森罗宝殿上面,看那殿前五神问案。只见毒雾愁云里,靠东的那一个神位面前,阿旁牵上一个人来。看官,你道怎样叫做阿旁?凡地狱处治恶鬼的差役,总名都叫做阿旁。这是佛经上的名词,仿佛现在借留学生为名的,都自称"四百兆主人翁"一样的道理。闲话少讲,却说那阿旁牵上一个人来,梢长大汉,一脸的横肉,穿了一件蓝布大褂,雄赳赳的牵到案前跪下。上面不知问了几句什么话,距离的稍远,所以听不见。只远远的看见几个阿旁上来,将这大汉牵下去。距公案约有两丈多远,地上钉了一个大木桩,桩上有个大铁环。阿旁将这大汉的辫子从那铁环里穿过去收紧了,把辫子在木桩上缠了有几十道,拴得铁结实。也不剥去衣服。只见两旁凡拿骨朵锤、狼牙棒的一齐下手乱打,如同雨点一般。看那大汉疼痛的乱蹿。起初几下子,打得那大汉脚起,直竖上去,两脚朝天。因为辫子拴在木桩上,所以头离不了地,身子却四面乱摔,蹿上去,落下来,蹿上去,落下来。几蹿之后,就蹿不高。落下来的时候,那狼牙棒乱打。看那两丈围圆地方,血肉纷纷落,如下血肉的雹子一样;中间夹着破衣片子,像蝴蝶一样的飘。皮肉分两沉重,落得快;衣服片分两轻,落的慢,看着十分可惨。

　　老残座旁那个老者在那里落泪,低低对老残说道:"这些人在世上时,我也劝道许多,总不肯信。今日到了这个光景,不要说受苦的人,就是我们旁观的都受不得。"老残说:"可不是呢!我直不忍再往下看了。"嘴说不忍望下看,心里又不放心这个犯人,还要偷着去看看。只见那个人已不大会动了,身上肉都飞尽,只剩了个通红的骨头架子,虽不甚动，那手脚还有点一抽一抽的。老残也低低的对那老者道："你看，还没有死透呢，手足还有抽动，是还知道痛呢！"那老者擦着眼泪说道："阴间哪得会死，迟一刻还要叫他受罪呢！"

再看时，只见阿旁将木桩上辫子解下，将来搬到殿下去。再看殿脚下，不知几时安上了一个油锅。那油锅扁扁的形式，有五六丈围圆，不过三四尺高，底下一个炉子，倒有一丈一二尺高；火门有四五尺高；三只脚架住铁锅，那炉口里火穿出来比锅口还要高二三尺呢。看那锅里油滚起来也高出油锅，同日本的富士山一样，那四边油往下注如瀑布一般。看着几个阿旁，将那大汉的骨头架子抬到火炉面前，用铁叉叉起来送上去。那火炉旁边也有几个阿旁，站在高台子上，用叉来接，接过去往油锅里一送。谁知那骨头架子到油锅里又会乱蹿起来，溅得油点子往锅外乱洒。那站在锅旁的几个阿旁，也怕油点子溅到身上，用一块似布非布的东西遮住脸面。约有一二分钟的工夫，见那人骨架子，随着沸油上下，渐渐的颜色发白了。见那阿旁朝锅里看，仿佛到了时候了，将铁叉到锅里将那人骨架子挑出，往锅外地上一摔。又见那五神案前有四五个男男女女在那里审问，大约是对质的样子。

老残扭过脸对那老者道："我实在不忍再往下看了。"那老者方要答话，只见阎罗天子回面对老残道："铁英，你上来，我同你说话。"老残慌忙立起，走上前去。见那宝座旁边，还有两层阶级，就紧在阎罗王的宝座傍边，才知阎罗王身体甚高，坐在椅子上，老残立在旁边，头才同他的肩膊相齐，似乎还要低点子。那阎罗王低下头来同老残说道："刚才你看那油锅的刑法，以为很惨了吗？那是最轻的了，比那重的多着呢！"老残道："我不懂阴曹地府为什么要用这么重的刑法，以陛下之权力，难道就不能改轻了吗？臣该万死，臣以为就用如此重刑，就该叫世人看一看，也可以少犯一二。却又阴阳隔绝，未免有点不教而杀的意思吧？"阎罗王微笑了一笑说："你的戆直性情倒还没有变哪！我对你说，阴曹用重刑，有阴曹不得已之苦衷。你想，我们的总理是地藏王菩萨，本来发了洪誓大愿，要度尽地狱，然后成佛。至今多少年了，毫无成效。以地藏王菩萨的慈悲，难道不想减轻吗？也是出于无可奈何。我再把阴世重刑的原委告你知道：第一，你须知道，人身性上分善恶两根，都是历一劫增长几倍的。若善根发动，一世里立住了脚，下一世便长几倍，历世既多，以致于成就了圣贤仙佛。恶根亦然，历一世亦长几倍。可知增长了善根便救世，增长了恶根便害世。可知害世容易救世难。譬如一人放火，能烧几百间屋；一人救火，连一间屋也不能救。又如黄河大汛的时候，一个人决堤，可以害几十万人；一人防堤，可不过保全这几丈地不决堤，与全局关系甚小。所以阴间刑法，都为炮炼着去他的恶性的。就连这样重刑，人的恶性还去不尽，初生时很小，一入世途，就一天一天的发达起来。再要刑法加重，于心不忍，然而人心因此江河日下。现在阴曹正在提议这事，目下就有个万不得了的事情，我说给你听，先指给你看。"说着，向那前面一指。只见那毒雾愁云里面，仿佛开了一个大圆门似的，一眼看去，有十几里远，其间有个大广厂，厂上都是列的大磨子，排一排二的数不出数目来。那磨子大约有三丈多高，磨子下面旁边堆着无数的人，都是用绳子捆缚得像寒菜把子一样的。磨子上头站着许多的阿旁，磨子下面也有许多的阿旁，拿一个人往上一摔，磨上阿旁双手接住，如北方瓦匠摔瓦，拿一壮几十片瓦往上一摔，屋上瓦匠接住，从未错过一次。此处阿旁也是这样。磨子上的阿旁接住了人，就头朝下把人往磨眼里一填，两三转就看不见了，底下的阿旁再摔一个上去。只见磨子旁边血肉同酱一样往下流注，当中一星星白的是骨头粉子。

老残看着，约摸有一分钟时的工夫，已经四五个人磨碎了。像这样的磨子不计其数。心里想道："一分钟磨四五个人，一刻钟岂不要磨上百个人吗？这么无数的磨子，若详细算起来，四百兆人也不够磨几天的。"心里这们想，谁知阎罗王倒已经知道了，说道："你疑惑一个人只磨一回就完了吗？磨过之后，风吹还原，再磨第二回。一个人不定磨多少回呢！看他积的罪恶有多少，定磨的次数。"老残说："是犯了何等罪恶，应该受此重刑？"阎罗王道："只是口过。"老残大惊，心里想道：“口过痛痒的事，为什么要定这样重的罪呢？”

其时阎罗王早将手指收回，面前仍是云雾遮住，看不见大磨子了。阎罗王又已知道老残心中所说的话，便道：“你心中以为口过是轻罪吗？为的人人都这么想，所以犯罪人多了。若有人把这道理说给人听，或者世间有点惊惧。我们阴曹少作点难，也是个莫大号功德。”老残心里想道：“倘若我得回阳，我倒愿意广对人说；只是口过为什么有这么大的罪，我到底不明白。”阎罗王道：“方才我问你杀、盗、淫，这事不但你不算犯什么大罪，有些功德就可以抵过去的。即是寻常但凡明白点道理的人，也都不至于犯着这罪。惟这口过，大家都没有仔细想一想，倘若仔细一想，就知道这罪比什么罪都大，除却逆伦，就数他最大了。我先讲杀字律。我问你，杀人只能杀一个吧？阳律上还要抵命。即使逃了阳律，阴律上也只照杀一个人的罪定狱。若是口过呢，往往一句话就能把这一个人杀了，甚而至于一句话能断送一家子的性命。若杀一个人，照一命科罪。若害一家子人，照杀一家子几口的科罪。至于盗字律呢，盗人财帛罪小，盗人名誉罪大，毁人名誉罪更大。毁人名誉的这个罪为甚么更大呢？因世界上的大劫数，大概都从这里起的。毁人名誉的人多，这世界就成了皂白不分的世界了。世界既不分皂白，则好人日少，恶人日多，必至把世界酿得人种绝灭而后已。故阴曹恨这一种人最甚，不但磨他几十百次，还要送他到各种地狱里去叫他受罪呢！你想这一种人，他断不肯做一点好事的，他心里说，人做的好事，他用巧言既可说成坏事；他自己做坏事，也可以用巧言说成好事，所以放肆无忌惮的无恶不作了。这也是口过里一大宗。又如淫字律呢，淫本无甚罪，罪在坏人名节。若以男女交媾谓之淫，倘人夫妻之间，日日交媾，也能算得有罪吗？所以古人下个淫字，也有道理。若当真的漫无节制，虽然无罪，身体即要衰弱了。身体发肤，受之父母，若任意毁伤，在那不孝里耽了一分罪去哩。若有节制，便一毫罪都没有的。若不是自己妻妾，就科损人名节的罪了。要知苟合的事也不甚容易，不比随意撒谎便当。若随口造谣言损人名节呢，其罪与坏人名节相等。

若听旁人无稽之言随便传说，其罪减造谣者一等。可知这样损人名节，比实做损人名节的事容易得多，故统算一生，积聚起来也就很重的了。又有一种，图与女人游戏，发生无根之议论，使女人不重名节，致有失身等事，虽非此人坏其名节，亦与坏人名节同罪。因其所以失节之因，误信此人游谈所致故也。若挑唆是非，使人家不和睦，甚至使人抑郁以死，其罪比杀人加一等。何以故呢？因受人挫折抑郁以死，其苦比一刀杀死者其受苦犹多也。其他细微曲折之事，非一时间能说得尽的，能照此类推，就容易明白了。你试想，一人在世数十年间，积算起来，应该怎样科罪呢？"

老残一想，所说实有至理，不觉浑身寒毛都竖起来，心里想道："我自己的口过，不知积算起来该怎样呢？"阎罗王又知道了，说："口过人人都不免的，但看犯大关节不犯，如不犯以上所说各大关节，言语亦有功德，可以口德相抵。可知口过之罪既如此重，口德之功亦不可思议。如人能广说与人有益之事，天上酬功之典亦甚隆也。比如《金刚经》说：若有善男子、善女人，以七宝满尔所恒河沙数三千大千世界以用布施，得福多否？须菩提言：甚多，世尊。佛告须菩提：若善男子、善女人，于此经中，乃至受持四句偈等，为他人说，而此福德胜前福德。这是佛经上的话，佛岂肯骗人。要知'受持'二字很着力的，言人能自己受持，又向人说，福德之大，至比于无量数之恒河所有之沙的七宝布施还多。以比例法算口过，可知人自身实行恶业，又向人演说，其罪亦比恒河中所有沙之罪过还重。以此推之，你就知道天堂地狱功罪是一样的算法。若人于儒经、道经受持奉行，为他人说，其福德也是这样。"老残点头会意。阎罗王回头向他侍从人说："你送他到东院去。"

老残随了此人，下了台子，往后走出后殿门，再往东行过了两重院子，到了一处小小一个院落，上面三间屋子。那人引进这屋子的客堂，揭开西间门帘，进内说了两句话，只见里面出来一个三十多岁的人，见面作了个揖，说："请屋里坐。"那送来的人便抽身去了。老残进屋说："请教贵姓？"那人说："姓顾，名思义。"顾君让老残桌子里面坐下，他自己却坐桌子外面靠门的一边。桌上也是纸墨笔砚，并堆着无穷的公牍。他说："补翁，请宽坐一刻，兄弟手下且把这件公事办好。"笔不停挥的办完，交与一个公差去了。却向老残道："一向久仰的很。"老残连声谦逊道："不敢。"顾君道："今日敝东请阁下吃饭，说公事忙，不克亲陪，叫兄弟奉陪，多饮几杯。"彼此又说了许多客气话，不必赘述。老残问道："阁下公事忙的很，此处有几位同事？"顾君道："五百余人。"老残道："如此其多？"顾君道："我们是幕友，还有外面办事的书吏一万多人呢。"老残道："公牍如此多，贵东一人问案来得及吗？"顾君道："敝东亲询案，千万中之一二。寻常案件，均归五神讯办。"老残道："五神也只五人，何以足用？"顾君道："五神者，五位一班，不知道多少个五位呢。连兄弟也不知底细，大概也是分着省分的吧。如兄弟所管，就是江南省的事，其管别省事的朋友，没有会过面的很多呢；即是同管江南省事的，还有不曾识面的呢！"老残道："原来如此。"顾君道："今日吃饭共是四位，三位是投生的，惟有阁下是回府的。请问尊意，在饭后即回去，还是稍微游玩游玩呢？"老残道："倘若游玩些时，还回得去吗？"顾君道："不为外物所诱，总回得去的。只要性定，一念动时便回去了。"老残道："既是如此，鄙人还要考察一番地府里的风景，还望阁下保护，勿令游魂不返，就感激的很了。"顾君道："只管放心，不妨事的。但是有一事奉告，席间之酒，万不可饮，至嘱至嘱。就是

街上游玩去，沽酒市脯也断不可吃呢！"老残道："谨记指教。"

少时，外间人来说："席摆齐了，请师爷示，还请哪几位？"听他说了几个名字，只见一刻人已来齐。顾君让老残到外间，见有七八位，一一作揖相见毕。顾君执壶，一座二座三座俱已让过，方让老残坐了第四座。老残说："让别位吧！"顾君说："这都是我们同事了。"入座之后，看桌上摆得满桌都是碟子，青红紫绿都有，却认不出是什么东西。看顾君一径让那三位吃酒，用大碗不住价灌，片刻工夫都大醉了。席也散了。看着顾君吩咐家人将三位扶到东边那间屋里去，回头向老残

道：“阁下可以同进去看看。”原来这间屋内，尽是大床，看着把三人每人扶在一张床上睡下，用一个大被单连头带脚都盖了下去，一面着人在被单外面拍了两三秒钟工夫，三个人都没有了，看人将被单揭起，仍是一张空床。老残诧异，低声问道：“这是什么刑法？”顾君道：“不是刑法，此三人已经在那里呱呱价啼哭了。”老残道：“三人投生，断非一处，何以在这一间屋里拍着，就会到那里去呢？”顾君道：“阴阳妙理，非阁下所能知的多着呢！弟有事不能久陪，阁下愿意出游，我着人送去何如？”老残道：“费心，感甚。”顾君吩咐从人送去，只见一人上来答应一声“是”。老残作揖告辞，兼说谢谢酒饭。顾君送出堂门说：“恕不送了。”

那家人引着老残，方下台阶，不知怎样一恍，就到了一个极大的街市，人烟稠密，车马往来，击毂摩肩。正要问那引路的人是甚么地方，谁知那引路的人也不知道何时去了，四面寻找，竟寻不着。心里想道：“这可糟了，我此刻岂不成了野鬼了吗？”然而却也无法，只好信步闲行。看那市面上，与阳世毫无分别。各店铺也是悬着各色的招牌，也有金字的，白字的，黑字的；房屋也是高低大小，所售不齐。只是天色与阳间差别，总觉暗沉沉的。

老残走了两条大街，心里说何不到小巷去看看，又穿了两三条小巷。信步走去，不觉走到一个巷子里面。看见一个小户人家，门口一个少年妇人，在杂货担子买东西。老残尚未留心，只见那妇人抬起头来，对着老残看了一看，口中喊道：“你不是铁二哥哥吗？你怎样到这里来的？”慌忙把买东西的钱付了，说：“二哥哥，请家里坐吧。”老残看着十分面熟，只想不起来她是谁来，只好随她进去，再作道理。毕竟此人是谁，且听下回分解。

第二十九回

德业积成阴世富　善缘发动化身香

话说老残正在小巷中瞻望，忽见一个少年妇人将他叫住，看来十分面善，只是想不起来，只好随她进去。原来这家仅有两间楼房，外间是客厅，里间便是卧房了。老残进了客屋，彼此行礼坐下，仔细一看，问道："你可是石家妹妹不是？"那妇人道："是呀！二哥，你竟认不得我了！相别本也有了十年，无怪你记不得了。还记当年在扬州，二哥哥来了，上上下下没有一个人不喜欢。那时我们姐妹们同居的四五个人，都未出阁。谁知不到五年，嫁的嫁，死的死，五分七散。回想起来，怎不叫人伤心呢！"说着眼泪就流下来了。老残道："嗳！当年石姅娘见我去，同亲侄儿一般待我。谁知我上北方去了几年，起初听说妹妹你出阁了，不道一二年，又听你去世了；又一二年，听说石姅娘也去世了。回想人在世间，真如做梦一般，一醒之后，梦中光景全不相干，岂不可叹！当初亲戚故旧，一个一个的，听说前后死去，都有许多伤感。现在不知不觉的我也死了，凄凄惶惶的，我也不知道往哪里去的是好，今日见着妹妹，真如见着至亲骨肉一般。不知妹妹现在是同姅姅一块儿住不是？不知妹妹见着我的父亲母亲没有？"石姑娘道："我哪里能见着伯父伯母呢？我想伯父伯母的为人，想必早已上了天了，岂是我们鬼世界的人所能得见呢！就是我的父母，我也没有见着，听说在四川呢，究竟怎样也不得知，真是凄惨。"老残道："然则妹妹一个人住在这里吗？"石姑娘脸一红，说道："惭愧死人，我现在阴间又嫁了一回了。我现在的丈夫是个小神道，只是脾气非常暴虐，开口便骂，举手便打，忍辱万分，却也没一点指望。"说着说着，那泪便点点滴滴的下来。

老残道："你何以要嫁的呢？"石姑娘道："你想我死的时候，才十九岁，幸尚还没有犯甚么罪，阎王那里只过了一堂，就放我自由了。只是我虽然自由，一个少年女人上哪里去呢？我婆家的翁姑找不着，我娘家的父母找不着，叫我上哪里去呢？打听别人。据说凡生产过儿女的，婆家才有人来接；不曾生产过的，婆家就不算这个人了。若是同丈夫情义好的，丈夫有系念之情，婆家也有人来接，将来继配生子，一样的祭祀，这虽然无后，尚不至于冻馁。你想我那阳间的丈夫，自己先不成个人，连他父母听说也做了野鬼，都得不着他的一点祭祀，况夫妻情义，更加风马牛不相干了。总之，人凡做了女身，第一须嫁个有德行的人家，不拘怎样都是享福的。停一会我指给你看，那西山脚下一大房子有几百间，仆婢如云，何等快乐。在阳间时，不过一个穷秀才，一年挣不上百十吊钱。只为其人好善，又孝顺父母，到阴间就这等阔气。其实还不是大孝呢！若大孝的人，早已上天了，我们想看一眼都看不着呢。女人若嫁了没有德行的人家，就可怕的很。若跟着他家的行为去做，便下了地狱，更苦不可耐，像我已经算不幸之幸了。若在没德行的人家，自己知道修积，其成就的比有德行人家的成就还要大得多呢。只是当年在阳世时不知这些道理，到了阴间虽然知道，已不中用了。然而今天碰见二哥哥，却又是万分庆幸的事。只盼望你回阳后努力修为，倘若你成了道，我也可以脱离苦海了。"老残道："这话奇了。我目下也是个鬼，同你一样，我如何能还阳呢？即使还阳，我又知道怎修积？即使知道修积，侥幸成了道，又与你有甚么相干呢？"石姑娘道："一夫得道，九族升天。我不在你九族内吗？那时连我爹妈都要见面哩！"老残道："我听说一夫得道，九祖升天。那有个九族升天之说吗？"石姑娘道："九祖升天，即是九族升天。九祖享大福，九族亦蒙少惠，看亲戚远近的分别。但是九族之内，如已下地狱者，不能得益。像我们本来无罪者，一定可以蒙福哩！"老残道："不要说成道是难极的事，就是还阳恐怕也不易罢！"石姑娘道："我看你一身的

德业积成阴世富　善缘发动化身香

生气，决不是个鬼，一定要还阳的。但是将来上天，莫忘了我苦海中人，幸甚幸甚。"老残道："那个自然。只是我现在有许多事要请教于你：鬼住的是什么地方？人说在坟墓里，我看这街市同阳间一样，断不是坟墓可知。"石姑娘道："你请出来，我说给你听。"

两人便出了大门。石姑娘便指那空中仿佛像黄云似的所在，说道："你见这上头了没有？那就是你们的地皮。这脚下踩的，是我们的地皮。阴阳不同天，更不同地呢！再下一层，是鬼死为聻的地方。鬼到人世去会作祟，聻到鬼世来亦会作祟。鬼怕聻，比人怕鬼还要怕得凶呢！"老残道："鬼与人既不同地，鬼何以能到人世呢？"石姑娘道："俗语常言，鬼行地中如鱼行水中，鬼不见地，亦如鱼不见水。你此刻即在地中，你见有地吗？"老残道："我只见脚下有地，难道这空中都是地吗？"石姑娘道："可不是呢！我且给凭据你看。"便手掺着老残的手道："我同你去看你们的地去。"仿佛像把身子往上一攒似的，早已立在空中，原来要东就东，要西就西，颇为有趣。便极力往上游去。石姑娘指道："你看，上边就是你们的地皮了。你看，有几个人在那里化纸呢。"看那人世地皮上人，仿佛站在玻璃板上，看得清清楚楚。只见那上边有三个人正化纸钱，化过的便一串一串挂下来了。其下有八九个鬼在那里抢纸钱。老残问道："这是件甚事？"石姑娘道："这三人化纸，一定是其家死了人，化给死人的。那死人有罪，被鬼差拘了去，得不着，所以都被这些野鬼抢了去了。"老残道："我正要请教，这阳间的所化纸钱银锭子，果有用吗？"石姑娘说："自然有用，鬼全靠这个。"老残道："我问你，各省风俗不同，银钱纸锭亦都不同，到底哪一省行的是靠得住的呢？"石姑娘道："都是一样，哪一省行甚么纸钱，哪一省鬼就用甚么纸钱。"老残道："譬如我们遨游天下的人，逢时过节祭祖烧纸钱，或用家乡法子，或用本地法子，有妨碍没妨碍呢？"石姑娘道："都无妨碍。譬如扬州人在福建做生意，得的钱都是烂板洋钱，汇到扬州就变成英洋，不过稍微折耗而已。北五省用银子，南京芜湖用本洋，通汇起来还不是一样吗？阴世亦复如此，得了别省的钱，换作本省通用的钱，带了去便了。"老残问道："祭祀祖、父能得否？"石姑娘道："一定能得，但有分别。如子孙祭祀时念及祖、父，虽隔千里万里，祖、父立刻感应，立刻便来享受。如不当一回事，随便奉行故事，毫无感情，祖、父在阴间不能知觉，往往被野鬼抢去。所以孔圣人说'祭如在'，就是这个原故。圣人能通幽明，所以制礼作乐，皆是极精微的道理，后人不肯深心体会，就失之愈远了。"老残又问："阳间有烧房化库的事，有用没用呢？"石姑娘说："有用。但是房子一事，不比银钱可以随处变换。何处化的库房，即在何处，不能挪移。然有一个法子，也可以行。如化库时，底下填满芦席，莫教他着土，这房子化到阴间，就如船只一样，虽千里万里也牵得去。"老残点头道："颇有至理。"于是同回到家里。

略坐一刻，可巧石姑娘的丈夫也就归来，见有男子在房，怒目而视，问石姑娘："这是何人？"石姑娘大有觳觫之状，语言塞涩。老残不耐烦，高声说道："我姓铁，名叫铁补残，与石姑娘系表姊妹。今日从贵宅门口过，见我表妹在此，我遂入门问讯一切。我却不知阴曹规矩，亲戚准许相往来否？如其不许，则冒昧之罪在我，与石姑娘无涉。"那人听了，向了老残仔细看了一会说："在下名折礼思，本系元朝人，在阴曹做了小官，于今五百余年了。原妻限满，转生山东去了，故又续娶令表妹为妻。不知先生惠顾，失礼甚多。先生大名，阳世虽不甚大，阴间久已如雷震耳。但风闻仙寿尚未满期，即满期亦不会闲散如此，究竟是何原故，乞略示一二。"老残道："在下亦不知何故，闻系因一个人命牵连案件，被差人拘来。既自见了阎罗天子，却一句也不曾问到，原案究竟是哪一案，是何地何人何事，与我何干系，全不知道，甚为闷闷。"折礼思笑道："阴间案件，不比阳世，先生一到，案情早已冰消瓦解，故无庸直询。但是既蒙惠顾，礼宜备酒馔款待。惟阴间酒食，大不利于生人，故不敢以相敬之意致害尊体。"老残道："初次识荆，亦断不敢相扰。但既蒙不弃，有一事请教：仆此刻孤魂飘泊，无所依据，不知如何是好？"折礼思道："阁下不是发愿要游览阴界吗？等到阁下游兴衰时，自然就

德业积成阴世富　善缘发动化身香

209

返本还原了，此刻也不便深说。"又道："舍下太狭隘，我们同到酒楼上热闹一霎儿罢！"便约老残一同出了大门。

老残问向哪方走，折礼思说："我引路罢。"就前行拐了几个弯，走了三四条大街，行到一处，迎面有条大河，河边有座酒楼，灯烛辉煌，照耀如同白日。上得楼去，一间一间的雅座，如蜂窝一般。折礼思拣了一个座头入去，有个酒保送上菜单来。折公选了几样小菜，又命取花名册来。折公取得，递与老残说："阁下最喜招致名花，请看阴世比阳间何如？"老残接过册子来惊道："阴间何以亦有此事？仆未带钱来，不好相累。"折公道："些小东道，尚做得起，请即挑选可也。"老残打开一看，既不是北方的金桂、玉兰，又不是南方的宝宝媛媛，册上分着省份，写道某省某县某某氏。大惊不止，说道："这不都是良家妇女吗？何以当着妓女？"折礼思道："此事言之甚长。阴间本无妓女，系菩萨发大慈悲，所以想出这个法子。阴间的妓女，皆系阳间的命妇罚充官妓的，却只入酒楼陪坐，不荐枕席。阴间亦有荐枕席的娼妓，那都是野鬼所为的事了。"老残问道："阳间命妇何以要罚充官妓呢？"折礼思道："因其恶口咒骂所致。凡阳间咒骂人何事者，来生必亲自受。如好咒骂人短命早死等，来世必夭折一度，或一岁而死，或两三岁而死。阳间妓女，本系前生犯罪之人，判令投生妓女，受辱受气，更受鞭扑等类种种苦楚。将苦楚受尽，也有即身享福的，也有来生享福的，惟罪重者，一生受苦，无有快乐时候。若良家妇女，自己丈夫眠花宿柳，自己不能以贤德感化，令丈夫回心，却极口咒骂妓女，并咒骂丈夫。在被骂的一边，却消了许多罪，减去受苦的年限，如应该受十年苦的，被人咒骂得多，就减作九年或八年不等。而咒骂人的一面，咒骂得多了，阴律应判其来生投生妓女一度，亦受种种苦恼，以消其极口咒骂之罪。惟犯此过的太多，北方尚少，南方几至无人不犯，故菩萨慈悲，将其犯之轻者，以他别样口头功德抵销；若犯得重者，罚令在阴间充官妓若干年，满限以后往生他方，总看他咒骂的数目，定他充妓的年限。"

老残道："人在阳间挟妓饮酒，甚至眠花宿柳，有罪没有？"折公道：

"不能无罪，但是有可以抵销之罪耳。如饮酒茹荤，亦不能无罪。此等统谓之有可抵销之罪，故无大妨碍。"老残道："既是阳间挟妓饮酒有罪，何以阴间又可以挟妓饮酒，岂倒反无罪耶？"折公道："亦有微罪，所以每叫一局，出钱两千文，此钱即赎罪钱也。"老残道："阳间叫局，也须出钱，所出之钱可算赎罪不算呢？"折公道："也算也不算。何以谓之也算也不算？因出钱者算官罪，可以抵销；不出钱算私罪，不准抵销，与调戏良家妇女一样。所以叫做也算也不算。"老残道："何以阳间出了钱还算可以抵销之公罪，而阴间出了钱即便抵销无罪，是何道理呢？"折公道："阳间叫局，自然是狎亵的意思，阴间叫局则大不然。凡有钱之富鬼，不但好叫局，并且好多叫局。因官妓出局，每出一次局，抵销轻口咒骂一次。若出局多者，早早抵销清净，便可往生他方。所以阴间富翁喜多叫局，让他早早消罪的意思，系发于慈悲的念头，故无罪。不但无罪，且还有微功呢。所以有罪无罪，专争在这发念时也。若阳间为慈悲念上发动的，亦无余罪也。"老残点头叹息。

折公道："讲了半天闲话，你还没有点人，到底叫谁呀？"老残随手指了一名。折公说："不可，不可！至少四名。"老残无法，又指了三名。折公亦拣了四名，交与酒保去了。不到两秒钟工夫，俱已来到。老残留心看去，个个容貌端丽，亦复画眉涂粉，艳服浓妆；虽强作欢笑，却另有一种阴冷之气，逼人肌肤，寒毛森森欲竖起来。坐了片刻，各自散去。

折公付了钱钞，与老残出来，说："我们去访一个朋友吧。"老残说："甚好。"走了数十步，到了一家，竹篱茅舍，倒也幽雅。折公扣门，出来一个小童开门，让二人进去。进得大门，一个院落，上面三间敞厅。进得敞厅，觉桌椅条台，亦复布置得井井有条；墙上却无字画，三面粉壁，一抹光的，只有西面壁上题着几行大字，字有茶碗口大。老残走上前去一看，原来是一首七律。写道：

> 野火难消寸草心，百年荏苒到如今。
> 墙根蚯蚓吹残笛，屋角鸱枭弄好音。

有酒有花春寂寂，无风无雨昼沉沉。

闲来曳杖秋郊外，重迭寒云万里深。

老残在读墙上诗，只听折礼思问那小童道："你主人哪里去了？"小童答道："今日是他的忌辰，他家曾孙祭奠他呢，他享受去了。"折礼思道："那们回来还早呢，我们去吧。"老残又随折公出来。

折公问老残上哪里去呢，老残道："我不知道上哪里去。"折公凝了一凝神，忽然向老残身上闻了又闻，说："我们回去，还到我们舍下坐坐吧。"不到几时，已到折公家下。方进了门，石姑娘迎接上来，走至老残面前，用鼻子嗅了两嗅，眉开眼笑的说："恭喜二哥哥！"折公道："我本想同铁先生再游两处的，忽然闻着若有檀香味似的，我知道必是他身上发出来的，仔细一闻果然，所以我说赶紧回家吧。我们要沾好大的光呢！"石姑娘道："可盼望出好日子来了。"折礼思说："你看此刻香气又大得多了。"老残只是楞，说："我不懂你们说的甚么话。"石姑娘说："二哥哥，你自己闻闻看。"老残果然用鼻子嗅了嗅，觉得有股子檀香味，说："你们烧檀香的吗？"石姑娘说："阴间哪有檀香烧！要有檀香，早不在这里了。这是二哥哥你身上发出来的檀香，必是在阳间结得佛菩萨的善缘，此刻发动，顷刻你就要上西方极乐世界的。我们这里有你这位佛菩萨来一次，不晓得要受多少福呢！"正在议论，只觉那香味越来得浓了，两间小楼忽然变成金阙银台一般。那折礼思夫妇衣服也变得华丽了，面目也变得光彩得多了。老残诧异，不解何故，正欲询问。未知后事如何，且听下回分解。

中国文化文学经典文丛

小窗幽记

【清】刘鹗 / 著　　孙建军 / 主编

序

　　太上立德，其次立言。言者心声，而人品学术，恒由此见焉。无论词躁、词诐、词烦、词支，徒蹈尚口之戒。倘语大而夸，谈理而腐，亦岂可以为训乎？然则欲求传世行远，名山不朽，必贵有以居其要矣。眉公先生，负一代盛名，立志高尚，著述等身，曾集《小窗幽记》以自娱。泄天地之秘笈，撷经史之菁华，语带烟霞，韵谐金石。醒世持世，一字不落言筌。挥尘风生，直夺清淡之席。解颐语妙，常发斑管之花。所谓端庄杂流漓，尔雅兼温文，有美斯臻，无奇不备。夫岂卮言无当，徒以资覆瓿之用乎？许昌崔维东博学好古，欲付剞劂，以公同好。问序于余，因不辞谫陋，特为之弁言简端。

　　乾隆三十五年岁次庚寅春月，昌平陈文敬仲思氏书于聚星书院之谢青堂。

前　言

人刚刚来到这个世界上时，无知无识，混蒙未开，与一般的动物的初生并无二致。人类刚刚以猿人的祖先形式出现在这个世界上时，采集狩猎，穴住洞居，只知冬寒夏暖，只知果腹粟餐，只有面对自然的生存恐惧，而没有彼此明争暗斗的烦恼。然而怎奈人是社会的动物，而且是会思考有欲望和有语言、劳动能力的高等动物：一是婴幼儿要长大要成人，必须最终走出家庭的父母卵翼；一是原始人要进化要发展，必然会走进以大争大夺小争小夺为特征的、以财产私有为核心的"人类文明社会"。于是乎，人作为社会动物，一方面无法脱离社会生存，一方面又被纠缠进了人类社会无休无止的是非争辩利益争夺。

看见人们大争争于国、小争争于市，看见人们大争血成河、小争人情薄，中国古代的思想大师们便苦苦进行思考：如此的征战杀戮，如此的勾心斗角，究竟事发何因；究竟为的何故？

荀子以为，此为人性本恶所为。孟子以为，这是人性受环境影响的结果。面对这种始于夏商剧烈于西周春秋的战争兼并情势，面对这种"弑君三十六，亡国五十二，诸侯奔走不得保其社稷者，不可胜数"的"礼坏乐崩"景面，面对这战争草菅人命、个人命运如同蝼蚁一般的残酷现实，先哲们总结出了"兼济天下"和"独善其身"的处世原则。这种或进或退或退或进，这种或官府智囊或草民百姓的古代士人的人生理想，其实是中国古代知识分子们对国家民族的责任感的一种表现，同时也是他们看透了权谋政治和金钱商场的本质后的一种无奈表现。正是古代知识分子精神上的这种两难处境，分而形成了孔子的儒家入世观和老庄的出世观。这两种看上去颇有不同的观点和学说，共同熔铸成了中国文化传统的精神骨骼。

陈继儒(1558—1639)，字仲醇，号眉公、麋公，华亭(今上海市松江)人。明代后期著名的文学家、书画家。擅长诗文，又精于丹青书法。他二十一岁时曾补了个诸生，后来便不再追求功名。初时隐居于小昆山，双亲亡故后，他又山居于东佘山上。每日专心于经史子集，对稗官野史、佛禅道说以至方术技艺的考校无不严谨。因其名重，明政府曾多次征召，陈继儒均托词坚辞，以布衣而终老。其一生著述颇多，有《眉公全集》编成。

《小窗幽记》是陈继儒读史论经之余，摘句节段编成的一本关于修身、处世、养生的格言小品集。书中文字多出于古代的经史杂著，以及民间的俗谚。语者则或自儒、释、道之教，或为达贵官贾、寒清隐士上下九流。陈继儒按"醒、情、峭、灵、素、景、韵、奇、绮、豪、法、倩"十二字结卷原则，将所收集的各家妙言巧句分编为十二卷，藉以突出他的人生十二字处世原则。

《小窗幽记》虽然可以笼统称之为宣讲人生伦理道德之书，其中也不乏封建文人的教条，但总体而论，其入选的文字多有飘逸超灵、不为世间俗念所拘的自由色彩，多有傲世蔑俗、粪土金钱权贵的平民意识，多有崇尚山水、浮生悠闲的自然态度。可谓是中国人上下数千年与人与世相处的点滴箴言，是对中国文化传统的深刻提炼。欲知中国文化的民间表现，欲知中国人生活的智慧，此书可说是极具价值，不可不读。同时，由于书中摘文骈散各具、上口有韵，因此易读易记；也由于文字多为感觉描述，寓哲理于平实、藏深刻在简言，所以可以说是雅俗共赏。对于我们今人理解现代生活，感悟现代人生，此本《小窗幽记》当是弥足珍贵。

此次点评以1935年中央书店的国学珍本文库第一集第一种《小窗幽记》为底本，参考了1994年浙江古籍"幽兰珍丛"版陈铭点校本。去其讹错，改其误谬，略加简注，形成本书。由于编辑体例所限，多以意译曲解原文，笔误之处实在难免。虽尽力阻挠，仍不免有许多遗憾。恭听大方之家提耳教诲。

卷一

醒

食中山之酒，一醉千日。今之昏昏逐逐，无一日不醉：趋名者醉于朝，趋利者醉于野，豪者醉于声色车马。安得一服清凉散，人人解醒？集醒第一。（作者引语）

【译文】饮中山之酒，一醉能千日。今人昏昏噩噩，没有一天不醉：追名声者醉于朝廷，追利益者醉于民间，豪门贵胄醉于声色车马。哪里去得到一服"清凉散"，为每个人解醒？集醒第一。

【评点】世人皆为动物，有口要吃，有目要观，有体要衣。每日必需，不可少一日。此为基本需要。

人又为万物灵长，有尊严，有面子，有情，有义，有千般想法。每日缠绕，不能停一日。此为"高档需求"。人每每陷于此，甚难自拔。

注：醒：指清醒。中山之酒：相传产于中山的名酒。又称千日酒，可醉人千日。

倚高才而玩世，背后须防射影之虫。饰厚貌以欺人，面前恐有照胆之镜。

【译文】倚恃才高而游戏社会，背后须提防影射小人。装扮厚道老实欺骗别人，面前恐怕会有照出肝胆的镜子。

【评点】家有镜，人人有镜，此镜可照人形。人有眼，人人有眼，此眼能通彻天地。招摇过市，不若身体力行。日伪敦厚，不如本面示人。

怪小人之颠倒豪杰，不知惯颠倒方为小人。惜吾辈之受世折磨，不知惟折磨乃见吾辈。

【译文】责怪小人对豪杰颠倒黑白，不知道惯于颠倒黑白的方为小人。叹惜我辈受到世事折磨,不知道只有折磨才可以显出我辈英雄本色。

【评点】世中有人,便有是非小人。于此不必在意。人中有人,便有慷慨之士。对此不必刻意。小人事莫为,英雄汉毋装。

花繁柳密处拨得开,才是手段。风狂雨急时立得定,方见脚根。

【译文】在花繁柳密的地方拨打得开,才算是手段。在风狂雨急的时候站立得稳,方看出脚的根基。

【评点】难做时你做,做好方见功夫。艰难时你韧,韧后才显毅力。

淡泊之守,须从秾艳场中试来。镇定之操,还向纷纭境上勘过。

【译文】淡泊的操守,必须从世俗的名利场中考验而来。镇定的品格,还要在是非生死的逆境中经过检验。

【评点】淡泊本为淡泊,不必声色犬马旁。镇定便是镇定,哪能战火纷飞中?人生苦短,不容试验。只需心有,一切便足。注:秾艳场:充满诱惑的地方。

市恩不如报德之为厚,要誉不如逃名之为适,矫情不如直节之为真。

【译文】与其以小恩小惠来讨好别人,不如知恩报德的行为淳朴;与其哗众取宠沽名钓誉,不如逃避虚名适宜;与其故作矫情,不如刚直坦率的真实。

【评点】与其在生活中耍一些小手腕,不如朴实无华来得长久。俗话讲:说老实话,办老实事,做老实人。老实人当长在。注:市恩:指以恩惠取悦于旁人。

使人有面前之誉,不若使人无背后之毁;使人有乍交之欢,不若使人无久处之厌。

【译文】当面称赞别人,不如背后不讲坏话;与其让新朋友感受到初交的热忱,不如让老朋友感受不到长久相处的厌烦。

【评点】真心相对,赛过表面文章。

攻人之恶毋太严,要思其堪受;教人以善毋过高,当原其可从。

【译文】批评或攻击他人时不要过于严厉,要考虑到他人的心理承受力;教诲别人做好事时不要要求过高,要考虑到他是否可以做到。

【评点】为他人着想，做事要留有余地。**注**：原：与源同。此处作根据讲。

不近人情，举世皆畏途；不察物情，一生俱梦境。

【译文】如果做人不近人情，你会觉得天下没有好走的路；如果做事不了解事物的道理，你的一生就会像在梦境里，做不成实事。

【评点】知人，知事，知天下。

遇嘿嘿不语之士，切莫输心；见悻悻自好之徒，应须防口。结缨整冠之态，勿以施之焦头烂额之时；绳趋尺步之规，勿以用救死扶危之日。

【译文】遇到沉默寡言的人，千万不要表示真心；见到自以为是的人，说话须要谨慎。梳妆打扮，不要用在焦头烂额的时候；循规蹈矩，不要使在救死扶危的日子。

【评点】俗话讲：话到嘴边留半句。此说虽不全对，但也要因对象而宜。同样道理，循规蹈矩也要看时间场合。**注**：嘿：同默。

议事者身在事外，宜悉利害之情；任事者身居事中，当忘利害之虑。

【译文】臧否事物的人由于身处事外，因此容易洞察利害所在；做事的人处身事内，容易忘记利害的考虑。

【评点】旁观者易清，当局者易迷。

俭，美德也。过，则为悭吝，为鄙啬，反伤雅道；让，懿行也。过，则为足恭，为曲谦，多出机心。

【译文】节俭，是一种美德。节俭过分就是吝啬，就是吝啬成性，反而伤害了节俭的本义；谦让，是善行。谦让过分就是故作恭敬，就是过度谦逊，大多是出于虚伪的心计。

【评点】与人为善，不与人为恶。此为做人之大原则。但人间万事皆不可过分。过分，善行变成了恶行。

藏巧于拙，用晦而明；寓清于浊，以屈为伸。

【译文】将巧智藏于笨拙，利用愚笨来掩饰聪明；将清泉隐于浊水，以委屈为前进。

【评点】切忌锋芒外露。有时后退便是前进。

彼无望德，此无示恩，穷交所以能长；望不胜奢，欲不胜餍，利交所以必忤。

怨因德彰，故使人德我，不若德怨之两忘；仇因恩立，故使人知恩，不若恩仇俱泯。

【译文】对方不希图什么好处，自己也不用表示什么恩惠，所以清贫的交往能够长久；期望抵不过奢求，欲望难以满足，所以利益相交必然要发生矛盾。

积怨因善行而显现，因此使人友善于我，不如把德怨二者两忘；仇恨因恩惠而产生，所以使人知道恩德，不如把恩仇二字全部抹掉。

【评点】所谓贫贱情易久，富贵义难长。人间恩怨多少？不若江湖相忘。

天薄我福，吾厚吾德以迓之；天劳我形，吾逸吾心以补之；天厄我遇，吾亨吾道以通之。

【译文】上天减损我的福气，我用增加我的德行的办法来抵御；上天劳苦我的外形，我用安逸放松我的心情的办法来补充；上天阻塞了我的机遇，我用顺畅"吾道"的办法来通达。

【评点】不必怨天尤人，不必做茧自缚。人心宽，天下均宽。注：迓：迎击，抵御。

淡泊之士，必为秾艳者所疑；检饰之人，必为放肆者所忌。事穷势蹙之人，当原其初心；功成行满之士，要观其末路。好丑心太明，则物不契；贤愚心太明，则人不亲。须是内精明而外浑厚，使好丑两得其平，贤愚共受其益，才是生成的德量。

【译文】淡泊处世之人，一定被喜欢修饰热闹的人所疑惑；检点约束之人，一定为无所顾忌者所猜妒。已到穷途窘境之人，要恢复其初始的心境；功成名就之人，要看他后面的路怎样走。好坏的标准太明确，则事物不和谐；贤愚的标准太明确，则人彼此不亲。因此，必须是内心精明而外饰浑厚，使好与坏各得其所和平相处，使贤明和愚昧都有受益，这才算是生德有量。

【评点】水至清则无鱼，事至极则必反。凡事要容上一步才好。其实，人世间的许多事本来就是真真假假好好坏坏，不好十分认真。注：检饬：饬与饬通用，指约束检点。蹙：窘迫。

好辩以招尤，不若讱嘿以怡性；广交以延誉，不若索居以自全；厚费以多营，不若省事以守俭；逞能以受垢，不若韬精以示拙。费千金而结纳贤豪，孰若倾半瓢之粟以济饥饿？构千楹而招徕宾客，孰若葺数椽之茅以庇孤寒？

【译文】因喜欢争辩而招致他人的怨恨与怪罪，不如谨慎言语而养怡性情；广交朋友以延展声誉，不如离群索居而保全自己；花费多巨的钱财和精力四处张罗，不如省心省力而自守节俭；因为逞能而遭受非议，不如掩饰才华显示自己的愚拙。花费千金去结纳名流豪强，怎么比得了接济饥饿的人半瓢米饭呢？建造千间房屋招徕宾客，怎么比得了盖茅草小屋来保护孤独贫寒之士呢？

【评点】言多者必有语失，求誉者必有所非，求金者必有所蚀，逞能者必有所折。锦上添花之事为者缕缕不绝，而解危救困之事却为者寥寥无几。反其道，均为善事。注：讱嘿：语言迟缓，慎言。韬精：掩饰才华。楹：古代房屋计量单位。

恩不论多寡，当厄的壶浆，得死力之酬；怨不在深浅，伤心的杯羹，召亡国之祸。

【译文】恩惠不论多少，在他人遇到困难时给予一点帮助，就会得到全力的回报；积怨不在深浅；伤害人心的一件小事，就可以招来亡国的大祸。

【评点】帮人，要在危难的时候。恩怨，要化解在最微末的时候。

仕途须赫奕，常思林下的风味，则权势之念自轻；世途须纷华，常思泉下的光景，则利欲之心自淡。

【译文】仕途上可以显赫荣光，要常想着退隐林下的情调，那么追逐权势之心自然轻了；人生世途到处繁华嚣喧，要常想起年老时的光景，那追逐利益之心自然也就淡了。

【评点】权力和金钱，人生中的诱惑人无法免俗，亦不可以避俗。但人心可以超脱，灵魂可以神游。诱惑又何在？

居盈满者，如水之将溢未溢，切忌再加一滴；处危急者，如木之将折未折，切忌再加一搦。

【译文】事业处在巅峰状态的人，就像水已满而未溢出一样，千万不可以再添加一滴；情况处在危急中的人，就像树木快要折断一样，千万不可以再上一点力量。

【评点】人生顺利的时候，切忌欲望无度。他人逆境时，不要落井下石。**注：**搦：按，压制，加力。

了心自了事，犹根拔而草不生；逃世不逃名，似膻存而蚋还集。

【译文】了断了心中之事，自然就没有事了。这就像拔净了草根，草也不能生长一样；如果想远离世事而不同时远离名誉的话，那就像臭味未除，蚊蝇还要聚集一样。

【评点】世间确有万人万事，但归根结底却只有心中之事。心中若无事，世上有何事？**注：**蚋：蚊虫。

情最难久，故多情人必至寡情；性自有常，故任性人终不失性。

【译文】感情最难以持久，因此所谓多情之人必然要走到寡情的地步；品性自有常规，所以放任心性的人最终也会失去自己的性格。

【评点】世上本无多情之人。此处多情者，他处必然寡情。有寡者，方才有多。

才子安心草舍者，足登玉堂；佳人适意蓬门者，堪贮金屋。喜传语者，不可与语；好议事者，不可图事。

【译文】真正的才子安心草舍刻苦读书，最后会住上豪华的宅邸；美丽的姑娘爱慕穷家书生，值得让书生金屋藏娇。好传话的人，不可以与他说话；好发议论的人，不可以与他共同做事。

【评点】黄金屋与颜如玉，书中也许真有？"长舌妇"与"清谈家"，均会误事误人。

甘人之语，多不论其是非；激人之语，多不顾其利害。

【译文】好听的话，大多不涉及是非曲直；逆耳的话，往往不考虑利害与时机。

【评点】好话顺心，但多为阿谀奉迎，听者需要留意；忠言深刻，但容易伤害感情，说者需要艺术。

真廉无廉名，立名者所以为贪；大巧无巧术，用术者所以为拙。

【译文】真正的廉洁是没有廉洁名声的，为自己树立廉洁名声的人实际上为的是贪污；真正的机巧就是没有机巧的办法，使用机巧办法的人实际上就是笨拙。

【评点】廉洁正直是一个人的品格所在，它用不着张扬广告。给自己贴金的人以为聪明无比，其实却是十分的拙劣。

为恶而畏人知，恶中犹有善念；为善而急人知，善处即是恶根。

【译文】干了坏事而怕别人知道，说明此人的性恶中还有性善的一面存在；做了一点善事便急于让别人知道，这在善事中表现出的却是性恶的劣根。

【评点】人性中既有向善一面，却也有恶的本能。恶需要约束、清洗；善需要努力、竭尽全力。但抑恶与为善，均切莫成为一种供他人观看的"演出"。善，不是表演出来的。

谈山林之乐者，未必真得山林之趣；厌名利之谈者，未必尽忘名利之情。

【译文】侈谈山林退隐生活乐趣的人，不一定就真的得到了此中的乐趣；把讨厌名利的话挂在嘴边上的人，也不一定就完全忘掉了对名利的衷情。

【评点】心里想的，未必就是嘴上说的；嘴上说的，也不一定就是心里想的。嘴和心的距离究竟有多大？

从冷观热，然后知热处之奔驰无益；从冗入闲，然后觉闲中之滋味最长。

【译文】从冷落处看热闹时，方才知道热闹的奔忙是多么无用；从繁忙中进入闲暇里，方才品味出闲暇的美好。

【评点】无为方为有为，闲适才出美好。

贫士能济人，才是性天中惠泽；闹场能笃学，方为心地上工夫。

【译文】生活贫寒者能够救助别人，这才是出自天性的善举；在嘈杂的环境里能够安心读书，这才说明心境修炼到了一定的程度。

【评点】扶贫无需钱财多少，助人一臂只要心有善念。

伏久者，飞必高；开先者，谢独早。

【译文】准备充分的鸟，飞得一定高；抢先开放的花，凋谢得一定早。

【评点】有备而勿早，后发者先到。

贪得者身富而心贫，知足者身贫而心富；居高者形逸而神劳，处下者形劳而神逸。

【译文】贪得无厌的人物质上虽富有，但他的精神是贫穷的。知足常乐的人虽然贫穷，但他的精神却是充实和富有的；身居高官的人表面上很闲逸，但其精神上却百般劳顿。普通百姓尽管身体疲劳，但他的精神却是自由的。

【评点】有了物质的人需要追求精神上的充实，精神上拥有自由的人也需要在物质上得到补充。当官自有当官的乐趣，亦有当官的苦恼；为民自有为民的艰难，亦有为民的欢笑。

局量宽大，即住三家村里，光景不拘；智识卑微，纵居五都市中，神情亦促。

【译文】如果心宽量大，那么即使住在山郊野村，也会神态自若；如果见识微末心胸狭窄，那么就算居住在繁华城市，也会心情不好。

【评点】人生在世，须问的只有一个"心"字。"心"情如何？"心"性如何？"心"想如何？"心"意又如何？注：三家村：古代时指偏远的小山村。五都市：古代的五大城市。汉、三国均有五都之说。后泛指繁华的都市。

惜寸阴者，乃有凌铄千古之志；怜微才者，乃有驰驱豪杰之心。

【译文】珍惜光阴的人，是因为拥有气贯千古的志向；怜悯百姓的人，是因为跳动的是一颗豪杰之心。

【评点】热爱生命,珍惜时光。

天欲祸人,必先以微福骄之,要看他会受;天欲福人,必先以微祸儆之,要看他会救。

【译文】老天若要降灾祸于人,一定要先给一点幸福以使他骄傲,要看他是否会享受。老天若要降福于人,也一定要先给一点灾祸以使他戒备,要看他是否会挽回。

【评点】俗语说:福无双降,祸不单行。人生命运也许如此。幸福时切勿骄傲,灾祸时切勿放弃。

书图受俗子品题,三生浩劫;鼎彝与市人赏鉴,千古奇冤。脱颖之才,处囊而后见;绝尘之足,历块以方知。

【译文】图书如果为凡夫俗子所把玩批评,就像遭受了三生浩劫;宝贵的鼎彝之器若是摆在市场上让人欣赏,简直就是千古奇冤。智慧超群的人,像锥处囊中一样,终会出头;称得上飞毛腿的人,一定要飞快地跑过后才会知道。

【评点】所谓宝赠识人,货卖用家。否则,确为不幸之事。不过,是金子总要发光,是锥子总要出头。命运最终还是公平的。注:鼎彝:古代的祭祀用器具。此处喻为珍贵重要的东西。处囊而后见:此语出自《史记·平原君虞卿列传》,意思是说,有才智的人一定会出人头地的。

结想奢华,则所见转多冷淡;实心清素,则所涉都厌尘氛。多情者不可与定妍媸,多谊者不可与定取与;多气者不可与定雌雄,多兴者不可与定去住。

【译文】念念不忘奢华繁盛,那么见到的大多都属冷淡;实心企望清静平淡,那么所做的都是厌弃尘世。多情的人不可以与他争辩美和丑,多谊的人不可以与他判断取和给,多气者不可以与他辨别雌和雄,多兴者不可以与他商量去和住。

【评点】心止如水。因人而宜,因地而宜,因时而宜,因事而宜。注:妍媸:即妍蚩,指美好和丑恶貌。

世人破绽处，多从周旋处见；指摘处，多从爱护处见；艰难处，多从贪恋处见。

【译文】世人犯错误的地方，大多是在接触和交往时被发现的；被批评的地方，大多是从爱护和关心时发现的；生活艰难的地方，大多是从贪恋时开始发现的。

【评点】人生许多事，须从细微处去观察去认识。

凡情留不尽之意，则味深；凡兴留不尽之意，则趣多。

【译文】只要情未尽意，那么回味就显深长；只要兴未尽意，那么趣味就显富多。

【评点】情不要尽，兴不要尽，留一点回味，留一点余音。

待富贵人，不难有礼，而难有体；待贫贱人，不难有恩，而难有礼。

【译文】对待富人，不难做到有礼貌，难的是不易做到得体；对待穷人，不难做到有恩惠，难的是不易做到有礼貌。

【评点】人本无贵贱。做人也不应有三六九等。难的是对每个人都有礼貌，并且礼貌得体。

山栖是胜事，稍一萦恋，则亦市朝；书画赏鉴是雅事，稍一贪痴，则亦商贾；诗酒是乐事，稍一徇人，则亦地狱；好客是豁达事，稍一为俗子所挠，则亦苦海。

【译文】山隐野居本是甚好之事，但若留恋难舍，就与闹市无甚区别；书画鉴赏本是雅致之事，但若贪心痴迷，就与商人没有两样；吟诗饮酒本是快乐之事，但若亦步亦趋地学人做样，就与地狱同为一般；好客本是豁达之事，但若被不懂事理的俗人所扰乱，就与苦海无渡一样。

【评点】胜事、雅事、乐事、豁达事，均为人生好事。好事虽为好事，然在不经意间，它可能变成各种坏事。过犹不及。好事亦不可过度。

多读两句书，少说一句话；读得两行书，说得几句话？

【点评】多读圣贤书，少说无益话。书读多了，话说少了。

看中人，在大处不走作；看豪杰，在小处不渗漏。

【译文】看中等智慧的人，往往在大事上做不好；看英雄豪杰，在小事上也不会出纰漏。

【评点】世上的事虽有大小之分，但做事的态度和方法却没有两种。何谓英雄豪杰？何谓"中人"？其实无非是看他把事情做得怎样而已。

留七分正经以度生，留三分痴呆以防死。

【译文】用七分主要的精力去过生活，留下三分次要的精力来防备死亡。

【评点】就人生而言，精神是财富，但身体是本钱。生活免不了要拼搏，但需要给生命留一点储备。

轻财足以聚人，律己足以服人，量宽足以得人，身先足以率人。

【译文】看轻金钱足以聚拢人心，严于律己足以威服人心，量宽容物足以获得人心，身先士卒足以统领人心。

【评点】服人心者，天下第一难事。有私者，人心不服。人服者，无私之心。

从极迷处识迷，则到处醒；将难放怀一放，则万境宽。

【译文】从极端迷乱的地方分辨出迷乱，就到处都是清明地；把难以放下的心事一放下，就会万境宽阔。

【评点】人有迷途，亦有醒境。迷与醒，均在自己心中。

大事难事看担当，逆境顺境看襟度，临喜临怒看涵养，群行群止看识见。

【译文】遇到大事和难事，看你是否能够承受。处在逆境顺境，看你是否拥有胸怀。碰见令人或喜或怒的事情，看你是否涵养过人。与大家在一起做事，看你的见识是否出类拔萃。

【评点】生活平常心平常。平常人在平常中，自然难见不平常。俗语说：事到难时方见性，人在崖头方知险。意即此中。

安详是处事第一法，谦退是保身第一法，涵容是处人第一法，洒脱是养心第一法。

【译文】不急不躁是处理事情的第一方法，谦恭而退是保护自己的第一方法，海涵宽容是与人相处的第一方法，悠闲洒脱是怡养心性的第一方法。

【评点】道家以为，水为至柔至弱，但可以克强克刚。为人为事，此亦一道。

处事最当熟思缓处。熟思则得其情，缓处则得其当。

【译文】遇事进行处置，最恰当的做法是深思熟虑和延宕一下再办。把问题想透了则了解了事情的原委，处理得慢一点则防止偏颇失当。

【评点】遇事时熟思缓处，说的是要避免情绪化和急躁。不过，这也要看何事何时。事容深思则可以缓处，事急不容深思则不能缓处。

必能忍人不能忍之触忤，斯能为人不能为之事功。

【译文】只有能忍受常人所不能忍受的挫折，才能做成常人不能做成的事情。

【评点】世界非一人之世界，天下亦非一人之天下。人遇忤逆不顺之事，本为极其自然。人与人之差异，就在这一"忍"中。

轻与必滥取，易信必易疑。

【译文】如果你轻率地给予他人，你也就会任意地从他处攫取。如果你容易轻信别人，你也就会容易对别人疑心。

【评点】取和与不过分，信和疑不过限。有度，有节。

积丘山之善，尚未为君子；贪丝毫之利，便陷于小人。

【译文】善事积累起来像小山一样高，还不能说是君子。贪占哪怕只是蝇头小利，也就变成了小人。

【评点】何以为君子，何以为小人？何为大善，何为小利？心自知矣！

智者不与命斗，不与法斗，不与理斗，不与势斗。

【译文】智慧的人不与命运争斗，不与法律规矩争斗，不与事理情理争斗，不与权贵势力争斗。

【评点】大巧若拙，大智若愚。所谓大智者处事：忍为上，让为高。

良心在夜气清明之候，真情在箪食豆羹之间。故以我索人，不如使人自反；以我攻人，不如使人自觉。

【译文】良心在夜光清明的时候才容易形成，真情在粗茶淡饭中才会表现。因此，用我去启发别人，不如使人自己反思；用我去批评别人，不如使人自己认识。

【评点】夜光如水可净化心灵，粗茶淡饭可显现真情。少为人师，多为人友。注：箪食：用竹篮装的干粮；索人：犹言使人索解。指使人明白事理。

侠之一字，昔以之加义气，今以之加挥霍，只在气魄气骨之分。

【译文】一个"侠"字，过去为它加上的是义气，今天为它加上的是挥霍。义气和挥霍的区别，只在"侠"的气魄和气概。

【评点】"侠"应该有气概，应该有侠义，却不必有什么挥霍出的气魄。

不耕而食，不织而衣，摇唇鼓舌，妄生是非，故知无事人好生事。

醒

【译文】不种地而有饭吃，不织布而有衣穿，摇唇鼓舌搬弄是非，因此知道无事可做的人最好生事。

【评点】饱食无事弄是非，有事无事都作祟。

才人经世，能人取世，晓人逢世，名人垂世，高人玩世，达人出世。

【译文】有才能的人管理社会，有本领的人战胜社会，明达事理的人把握社会，有名的人名声播扬社会，能力超凡的人游戏社会，通达醒悟的人远离社会。

【评点】普通人则走过社会。

宁为随世之庸愚，勿为欺世之豪杰。

【译文】宁可做一个随波逐流的普通百姓，也不要做欺世盗名的所谓豪杰。

【评点】做普通人，办"简单"事。

沾泥带水之累，病根在一恋字；随方逐圆之妙，便宜在一耐字。

【译文】有人为许多事所牵挂拖累，病根就在于过分留恋；有人所以处世圆滑，就是因为有耐心和耐力。

【评点】人皆有心，因此不能无牵无挂。人有牵挂，却不可无止无休。心大为好。

天下无不好谀之人，故谄之术不穷；世间尽善毁之辈，故谗人之路难塞。

【译文】天下没有不喜欢奉承的人，所以阿谀拍马之术才不会绝迹；世间尽是善于诋毁别人的人，所以搬弄是非人的路就难以堵塞。

【评点】人性即如此，世人又待如何？

进善言，受善言，如两来船，则相接耳。

【译文】为他人提供有益的意见，接受别人的有益的建议，就像两条驶来的船一样，是前后顺序连接的。

【评点】帮助别人不是教训别人，接受帮助其实也是接受批评。

清福上帝所吝，而习忙可以销福；清名上帝所忌，而得谤可以销名。

【译文】对不用劳作的清福上帝是很吝啬的，而习惯于忙碌会冲销福分；清美的名声是上帝所忌讳，而被人诽谤就可以冲销掉这名声。

【评点】已经获得的东西，人们很少珍惜。然而，已经获得的东西也很容易被失掉。

造谤者甚忙，受谤者甚闲。

【译文】制造流言诽谤别人的人特别繁忙，被诽谤诬陷的人却特别悠闲。

【评点】诽谤别人，也不是一件容易事。这也是一种忙人。

蒲柳之姿，望秋而零，松柏之质，经霜弥茂。

【译文】水杨身姿摇曳秀丽，但一入秋天就凋零。松柏本质坚强，经霜后愈发茂盛。

【评点】物有所种，人有所异。

人之嗜名节，嗜文章，嗜游侠，如好酒然，易动客气，当以德消之。

【译文】人嗜好名节，嗜好文章，嗜好游侠仗义之事，就像喜欢饮酒一样，容易引起一时的意气。所以，应当用道德修养来消弭它。

【评点】人当有爱好，此为人性所必然。然爱好不可以入牛角之尖，否则会走极端。

好谈闺闱，及好讥讽者，必为鬼神所忌，非有奇祸，必有奇穷。

【译文】喜欢谈论女人，以及喜好讥讽别人的人，一定会让鬼神所忌讳，如果没有特别的灾祸，一定会有特别的贫穷。

【评点】鬼神自不必惧，只是讨人厌烦。**注**：阃：门槛，引申为妇女居住的内室。

神人之言微，圣人之言简，贤人之言明，众人之言多，小人之言妄。

【译文】神仙说话声音不高，圣人说话言简意赅，贤人说话道理清楚，百姓说话喋喋不休，小人说话荒诞不经。

【评点】民间有话：有理不在声高，有用不在多少。

士君子不能陶熔人，毕竟学问中工力未到。

【译文】有修养的人不能影响其他人，主要是由于学习研究中的实际功力还不到火候。

【评点】熔人者，先熔自身。

有一言而伤天地之和，一事而折终身之福者，切须检点。能受善言，如市人求利，寸积铢累，自成富翁。

【译文】有的人一句话就伤害了天地命运，一件错事就断送了终身的幸福。所以，做人切须小心检点。能接纳别人意见中的有益部分，就像商人求利一样，日积月累，自然会成为富翁。

【评点】俄罗斯民间谚语说：爱护衣服要从新的时候开始，爱护名誉要从小的时候开始。知人善纳，是人进步的重要保证。

金帛多，只是博得垂老时子孙眼泪少，不知其他，知有争而已；金帛少，只是博得垂老时子孙眼泪多，不知其他，知有哀而已。

【译文】金银财宝多，只能换来老年时子孙的眼泪少。不知道还有其他的东西，知道的只是争夺财产而已；金银财宝少，只能换来老年时子孙的眼泪多。不知道还有其他的东西，知道的只有悲哀而已。

【评点】有钱亦有痛苦，无钱亦有悲哀。有也苦，无也哀，为人究竟何如？

景不和，无以破昏蒙之气；地不和，无以壮光华之色。

【译文】日光不和谐，就不能穿透昏暗阴蒙的天气；地不和谐，就不能雄壮阳光的色彩。

【评点】花红也须叶绿，天蓝仍须云白。世间万事，均讲个和谐。

一念之善，吉神随之；一念之恶，厉鬼随之。知此可以役使鬼神。

【译文】有了一个善良的念头，吉祥的神仙就会随之而来；有了一个罪恶的念头，恶厉的鬼魂就会伴随而来。由是知道，人的善恶的念头可以驱鬼使神。

【评点】神自然没有，鬼自然没有。然而人心之中，却可以什么都有。心中可以有神圣，心中可以有鬼祟。神圣也好，鬼祟也好，善恶而已。

出一个丧元气进士，不若出一个积阴德平民。

【译文】与其培养出一个丧失了元气的进士，还不如培养出一个积阴德好行善的平民。

【评点】人的躯体不过皮囊而已，差别只在一个"气"而已。元气尽失者，进士也罢状元也罢，均一文不值。

眉睫才交，梦里便不能张主；眼光落地，泉下又安得分明？

【译文】眼睛才闭上，梦里就不能把握自己；目光已经失去，九泉之下又怎么能辨得分明？

【评点】人生如梦，但人生不是梦。

佛只是个了仙，也是个了圣。人了了不知了，不知了了是了了。若知了了，便不了。

【译文】佛只是个智慧的神仙，也是一个明白的神仙。人虽然也聪明却不知道停止，不明白结束和停止也是聪明智慧的表现。如果知道什么是真正的聪明和智慧，就十分了不得。

【评点】人贵在有自知之明。不过在现实生活中，人们又往往显得极其愚笨。不懂得在许多时候作出停止和放弃的选择本身，就是一种聪明；不懂得该放手时就放手，也是一种了不起的智慧。

074 万事不如杯在手，一年几见月当头？

【译文】什么好事都不如酒杯拿在手里，人一年中能有几回见到月上当头？

【评点】举杯邀明月，月有几多愁？

忧疑杯底弓蛇，双眉且展；得失梦中蕉鹿，两脚空忙。

【译文】怀疑就会杯弓蛇影，双眉暂且展开；得而复失梦里的"蕉鹿"，两脚空忙一回。

【评点】水中有月，云上有花。那月那花不是那月那花。注：蕉鹿：《列子·周穆王》中讲了一个小故事，说的是有个郑国人去砍柴，猎杀了一只鹿。由于怕别人发现，就用蕉叶把鹿盖上。过后又找不到了藏鹿的地方，遂以为是梦。后人便把"蕉鹿"用来表示梦幻。

名茶美酒，自有真味。好事者投香物佐之，反以为佳。此与高人韵士，误堕尘网中何异？

【译文】名茶美酒，自有其本真的味道。喜欢多事的人向其中掺入香料以增加味道，反而认为最好。这与所谓的高人骚客误入尘世之网，又有什么两样？

【评点】名茶好酒美于何处？世人世事善在何地？本真是否很难；本真是否更好？

花棚石磴，小坐微醺。歌欲独，尤欲细；茗欲频，尤欲苦。

【译文】在花棚下的石凳上，稍坐微醉。歌要独自吟唱，好听的要悠扬细婉；饮茶而贪杯，好喝的要味道苦甘。

【评点】曲径有幽，微醺小坐。一听歌一品茗，出仙入化也。

善嘿即是能语，用晦即是处明，混俗即是藏身，安心即是适境。

【译文】善于沉默就是能言善辩，会使用韬晦方略就是处身光明，混入俗人百姓就是最好的藏身，心安踏实就是适应环境。

235

【评点】正可能是反，反也许是正。辩证，辩证，要辩亦要证。注：晦：昏暗。此指掩饰才能。

虽无泉石膏肓，烟霞痼疾，要识山中宰相，天际真人。

【译文】虽然爱好自然山水并没有达到如痴如狂的程度，但是要认识山中的隐士和民间的智者。

【评点】人外有人，天外有天。注：泉石膏肓：指爱好山水成癖，如病入膏肓一样。烟霞痼疾：指喜爱山水成癖。山中宰相：南朝时，梁人陶弘景隐居于句容句曲山(今江西省茅山)。梁武帝礼聘不出。后来，国家每有大事，常前往咨询。时人称其为"山中宰相"。

气收自觉怒平，神敛自觉言简，容人自觉味和，守静自觉天宁。

【译文】把怒气收起来，就会觉得怒火平息了；把神色收敛一点，就会觉得话也少了；能够容忍别人，就会觉得味道也合适了；把守住心里的安静，就会觉得天下都很平和。

【评点】心躁伤神，气躁伤身。进一步，弓张弦紧；退一步，地阔天宽。

处事不可不斩截，存心不可不宽舒，持己不可不严明，与人不可不和气。

【译文】处理事情不可以不果断，心境不可以不宽广舒展，要求自己不可以不严明，与人相处不可以不和气。

【评点】做人很难：糟心事，难听话，讨厌人，你是躲不胜躲；做人也很易：广一步心境，多一尺和气。

居不必无恶邻，会不必无损友，惟在自持者两得之。

【译文】居住不一定没有为恶的邻人，聚会不一定拒绝对自己不利有害的朋友，只要自己能够把握住自己，恶邻和损友的存在都不会产生什么影响。

【评点】居住要择邻，交朋要择友。然而人间世事难得如意，如何办？自持而已。

要知自家是君子小人，只须五更头检点，思想是什么便得。

【译文】要想知道自己是君子还是小人，只需要在五更天的时候早起检查自己，知道自己头脑里想的是什么就可以了。

【评点】吾日三省吾身。

以理听言，则中有主；以道窒欲，则心自清。

【译文】以理性去听别人的话，则心中自有主张；以道来控制欲望，则心中自然清明。

【评点】人自无主张，则易听风是雨；对欲望不加控制，则易恶从心生。

先淡后浓，先疏后亲，先远后近，交友道也。

【译文】先淡漠后浓烈，先陌生后熟悉，先疏远后亲近，是交朋友的规律。

【评点】人与人交往，只能如此。

苦恼世上，意气须温；嗜欲场中，肝肠欲冷。

【译文】在充满苦恼的世界上，意气须要温和；在充满欲望的名利场中，肝肠却要冰冷。

【评点】心温情柔走世界，石心铁胆求名利。人处二难世界，左右皆难。

形骸非亲，何况形骸外之长物；大地亦幻，何况大地内之微尘。

【译文】肉体对于人并非真亲，何况肉体之外的东西。大地对于人也是幻象，更何况大地里微小的尘土。

【评点】肉体不亲？大地虚幻？人生只是一梦？若此，人生又有何义？实毕竟是实，实并非是虚。

人当溷扰，则心中之境界何堪？人遇清宁，则眼前之气象自别。

【译文】当人被混沌不清所困扰时，那么内心又怎样能承受得起？人若遇到清新宁静的境界，那么眼前的景象自然又是一番风韵。

【评点】浑浊难清的世事，何时不烦扰人生？若能寻到一方天地，韵味自然不同。**注：**溷：与浑通，混浊义。

寂而常惺，寂寂之境不扰。惺而常寂，惺惺之念不驰。

【译文】在孤独中经常保持清醒，寂静无声的氛围就不会被骚扰。清醒而经常孤独，想清楚的念头就不会逃脱。

【评点】孤独和寂静不仅是一种境界，是一种简单意义上的生存状态。对于人生而言，孤独和寂静也是一笔财富。问题是，人在孤独和寂静中要获得理性的清醒。

童子智少，愈少而愈完；成人智多，愈多而愈散。

【译文】儿童的智慧少，智慧愈少就愈显得完满；成人的智慧多，智慧愈多就愈显得散漫。

【评点】少年稚气，智慧少就愈显天真；成人老道，智慧愈多就愈显狡猾。

无事便思有闲杂念头否？有事便思粗浮意气否？得意便思有骄矜辞色否？失意便思有怨望情怀否？时时检点得到：从多入少，从有入无，才是学问的真消息。

【译文】无事的时候就想一想是否有过乱七八糟的念头？有事的时候就想一想是否有些心浮气躁的样子？得意的时候就想一想是否有点骄傲自赏的表现？失意的时候就想一想是否有种怨天尤人的情绪？时刻注意检查自己可以明白：从多入少，从有入无，才是人生学问的真谛。

【评点】无的时候想一想有，有的时候想一想无，多的时候想一想少，少的时候想一想多。拷问自我，检点是非，阴阳调和，心顺而事顺。

笔之用以月计，墨之用以岁计，砚之用以世计。笔最锐，墨次之，砚钝者也。岂非钝者寿而锐者夭耶？笔最动，墨次之，砚静者也。岂非静者寿而动者夭乎？于是得养生焉。以钝为体，以静为用，唯其然是以能永年。

【译文】笔的使用寿命以月计算，墨的使用寿命以年计算，砚的使用寿命以百年计算。笔最尖锐，墨其次，砚是钝的。难道不是迟钝的长寿而尖锐的夭折吗？笔用的最勤，墨用的其次，砚台安静不动。难道不是安静的长寿而多动的夭折吗？于此中间就可以懂得养生的道理了。以迟钝为本体，以安静为用法，只有这样才能长寿永远。

【评点】无损即寿，无动即生。无动有生，生有何义？无损有寿，寿有何用？人总要有动，总要有寿。长寿永年，不过幻象而已。**注**：世：古时以父子相继为一世。

贫贱之人，一无所有，及临命终时，脱一厌字；富贵之人，无所不有，及临命终时，带一恋字。脱一厌字，如释重负。带一恋字，如担枷锁。

【译文】贫穷的人一无所有，到了临终的时候，超脱了一个"厌"字；富贵的人无所不有，到了临终的时候，却带着一个"恋"字。超脱而放弃一个"厌"字，就如释重负。拖带而不放一个"恋"字，就如背上了枷锁。

【评点】贫穷的人生活艰难，难免对生活生烦发厌；富裕的人生活殷实，难免对生活充满留恋。然而生命对于人却只有一次，贫穷富裕不过是云烟一片。人皆有留恋，人亦皆有厌烦。这与贫与富、穷与裕无什关碍。

透得名利关，方是小休歇；透得生死关，方是大休歇。

【译文】看透并经受住名利关的考验，只是人生中的小休息；看透并经受住生死关的考验，才是人生中的大休息。

【评点】人生在世，大事不过名利生死四个字。看透想透，人生便获得了真自由。

人欲求道，须于功名上闹一闹方心死。此是真实语。

【译文】人若想去求道参佛，需要在功名利禄上努力折腾一下，没有结果后才能死心塌地。这是实话。

【评点】走入"净土"，心中须净。心净来自心静。若无心寒齿冷之事，若无心凉情断之事，人心怎静？

病至，然后知无病之快；事来，然后知无事之乐。故御病不如却病，完事不如省事。

【译文】病来了，然后才知道无病的快乐；事来了，然后才知道无事的欢娱。所以治病不如防病，把事情做完不如不做事。

【评点】有不如没有的东西，人生中总是难免。

讳贫者死于贫，胜心使之也；讳病者死于病，畏心蔽之也；讳愚者死于愚，痴心覆之也。

【译文】忌讳贫穷的人死于贫困，是争强好胜的心促使的结果；忌讳疾病的人死于疾病，是害怕的心掩饰的结果；忌讳愚蠢的人死于愚蠢，是痴迷的心遮盖的结果。

【评点】忌讳的背后是人生的恐惧。恐惧与命运相联系，恐惧与结果相陪伴。恐惧者，最终要死于恐惧。

古之人，如陈玉石于市肆，瑕瑜不掩。今之人，如货古玩于时贾，

239

真伪难知。

【译文】古时候的人，就像把玉石陈列在市场上，好与坏一目了然不加掩饰。现在的人，就像从时下的商人那里买古董，真伪难以知道。

【评点】人心难度。今人之心尤难度。

士大夫损德处，多由立名心太急。

【译文】有知识的人有损害道德的地方，大多是由于出名的心太急切。

【评点】岂只知识分子，有损道德者，非名心即利心过急过重。

多躁者，必无沉潜之识；多畏者，必无卓越之见；多欲者，必无慷慨之节；多言者，必无笃实之心；多勇者，必无文学之雅。

【译文】过分浮躁的人，一定没有深刻的认识；什么都担心的人，一定没有卓越的见解；欲望太多的人，一定没有慷慨的英雄气节；多嘴传话的人，一定没有老实诚信的心；争强斗勇的人，一定没有文学上的雅致修养。

【评点】人有多色，物有多种。未必，未必，未必！

剖去胸中荆棘，以便人我往来，是天下第一快活世界。

【译文】除去胸中的荆棘阻碍，以方便自己与大家交往，这是天下第一快活的事情。

【评点】与人交而为友，不亦乐乎？

古来大圣大贤，寸针相对；世上闲言闲语，一笔勾销。

【译文】对古往今来的圣者贤人，要针锋相对寸步不让；对世上的闲言碎语，要充耳不闻一笔勾销。

【评点】争是非大事，让小怨小结。

挥洒以怡情，与其应酬，何如兀坐，书礼以达情？与其工巧，何若直陈，棋局以适情？与其竞胜，何若促膝，笑谈以怡情？与其谑浪，何若狂歌？

【译文】挥洒金钱以愉悦心情，与其去应酬，怎么比得对坐，以书为媒表达感情？与其巧言会说，怎么比得直抒胸臆，以棋会友顺情自然？与其相互争胜赌赢，怎么比得了促膝相谈，说说笑笑以愉悦心情？与其调笑戏谑，怎么比得了放浪狂歌？

【评点】书、棋、谈、歌，可谓雅兴。人生自然需雅，可人生亦需要俗。

拙之一字，免了无千罪过。闲之一字，讨了无万便宜。

【译文】一个"拙"字，就免去了不知多少罪过。一个"闲"字，就讨到了不知多少便宜。

【评点】俗家讲：老实天下去得。一个"拙"字，多少文章；文人讲：品从闲中来。一个"闲"字，许多情调。

斑竹半帘，惟我道心清似水；黄粱一梦，任他世事冷如冰。欲住世出世，须知机息机。

【译文】斑竹帘半掩，只有我说心清如水；黄粱梦一觉，任凭他世事寒冷似冰。想处世想出世，都要有预见性和放弃功利之心。

【评点】心清如水，心何以会清？世事寒冷，世事何以有情？清也罢情也罢，又是一个"心"字，又是一个"心情"。注：知机：指有预见性。息机：指放弃功利之心。

书画为柔翰，故开卷张册贵于从容；文酒为欢场，故对酒论文忌于寂寞。

【译文】书画是雅致事，所以展开卷轴打开纸册贵在从容不急；饮酒赋诗是快乐事，所以对酒作文切忌平淡寂寞。

【评点】不急不慢，应对不急不慢之事。喧嚣无拘，当在喧嚣无拘之场。注：柔翰：指毛笔。

荣利，造化特以戏人。一毫着意，便属桎梏。

【译文】荣华利禄，是老天特地用来戏弄人的。只要有一点在意，就是枷锁。

【评点】想开一点，轻松一点。想不开，便枷锁沉沉。

士人不当以世事分读书，当以读书通世事。

【译文】有知识的人不应当以世事为依据来理解书本知识，而应当以读书所获得的知识来认识世事。

【评点】读万卷书，行万里路。读书与世事互补而已，并无先后之分。书不可不读，世事也不可不知。

天下之事，利害常相半。有全利而无小害者，惟书。

【译文】天下的事情，利与害常常是各半的。具有全利而无小害的东西，只有书。

【评点】若以利害论，无论何种东西均有利害可言。书亦不例外。书可教人，亦可毁人。

意在笔先，向庖羲细参易画；慧生牙后，恍颜氏冷坐书斋。明识红楼为无冢之丘垅，迷来认作舍生岩；真知舞衣为暗动之兵戈，快去暂同试剑石。

【译文】意念形成于下笔之前，从前伏羲曾仔细地研究易爻卦画；拾人牙慧，就好似颜真卿无所作为地冷坐在书斋里面。见识高明的人知道青楼妓馆是看不见坟包的坟墓，痴迷的时候却把它看作是可以舍身抛命的地方；真知卓见的人明白妓女的舞衣就像看不见的要置人于死地的兵刃，能否赶快离开它是判断一个人是否有定力的"试剑石"。

【评点】人与人相比，只在一念的见识中间；人与人相较，只看能否在诱惑前把握住自己。

调性之法，须当似养花天。居才之法，切莫如妒花雨。

【译文】调理性情的方法，必须像精心养花的日子。获得人才的方法，不要像由忌妒而击落花的雨。

【评点】其实，花开总有花落。只要自然，而不要刻意。

事忌脱空，人怕落套。

【译文】做事最忌讳脱离实际，做人则最怕落入俗套。

【评点】事要"实"，人要"虚"。

烟云堆里浪荡子，逐日称仙；歌舞丛中淫欲身，几时得度？山穷鸟道，纵藏花谷少流莺；路曲羊肠，虽覆柳荫难放马。能于热地思冷，则一世不受凄凉；能于淡处求浓，则终身不落枯槁。

【译文】烟花女子包围中的浪荡公子哥，以为自己每日都是神仙；

泡在花街柳巷歌舞声乐里的人，什么时候能得超度？如果大山穷绝了飞鸟的去路，那么就是有开满鲜花的山谷也很少有鸟儿飞过；如果道路难行，那么就是有成片的柳林也难以放马。人能够在热的时候冷静思考，则一世的境遇都不会凄凉；人能够在平淡的地方寻找到浓烈的味道，则终身的精神都不会憔悴。

【评点】路有曲直，人有是非。生活决非儿戏；冷中有热，淡里有浓。追求适可而止。**注**：烟云：指妓女云集。

会心之语，当以不解解之。无稽之言，是在不听听耳。

【译文】会心之语，应当是不用解释就了解了。没有根据的话，是在不想听的地方听到的。

【评点】心有灵犀，言不必多。耳旁有风，是风即过。

佳思忽来，书能下酒。侠情一往，云可赠人。

【译文】灵感来了，书也可以为菜佐酒。侠义之情相寄托，白云也可以作礼物送给别人。

【评点】近年来的北方民俗语言中有，"只要感情有，喝啥都是酒"的说法。所谓情不自禁。

蔼然可亲，乃自溢之冲和，装不出温柔软款；翘然难下，乃生成之倔傲，假不得逊顺从容。

【译文】和蔼可亲，是自然表现出来的平和，不是装扮出来的温柔绵软的样子；昂首挺胸难以放下，是生来铸成的桀骜性格，不是借来的谦逊从顺。

【评点】人应顺性做事，不要装样做人。

风流得意，则才鬼独胜顽仙；孽债为烦，则芳魂毒于虐祟。极难处是书生落魄，最可怜是浪子白头。

【译文】风流得意时，就是有才的鬼魂也可以单独战胜顽冥不化的神仙；孽债纠缠时，就是可爱的女魄也比虐鬼狠毒。最难的地方是书生落魄不第，最可怜的人是白了头发不能回家的浪子。

【评点】人到绝境，人到急境，人到情境，方才有勇斗狠。勇与狠，一种境地里的表现。

世路如冥，青天障蚩尤之雾；人情若梦，白日蔽巫女之云。

【译文】世上的路像黑夜一样，白天也被坏人恶事搞得不见天日；人间的情感像梦一样，白天也让美女情思搞得云山雾罩。

【评点】世路险恶，但世路仍是路。巫山有云，但巫云不必是云。**注：**蚩尤之雾：此处代指恶人作雾遮蔽天空。巫女：指美女。

密交定有凤缘，非以鸡犬盟也。中断知其缘尽，宁关妻斐间之。

【译文】密交一定是有凤缘，不是那种鸡狗式的结盟。如果交往中断就是其缘分尽了，肯定有错综复杂的原因。

【评点】交厚，争薄。礼尽，义断。**注：**妻斐：花纹错综貌。

堤防不筑，尚难支移壑之虞；操守不严，岂能塞横流之性。发端无绪，归结还自支离；入门一差，进步终成恍惚。

【译文】不修筑堤坝，尚且难以预防河流改道的可能；不严守操行，怎么能堵塞横流的欲望。如果开头没有安排，结果还是要支离破碎的；入门的时候差了一点，再向前走最终也是模糊难测。

【评点】由小渐大，由微显著，路要走好，关键在第一步。

打浑随时之妙法，休嫌终日昏昏。精明当事之祸机，却恨一生了了。藏不得是拙，露不得是丑。

【译文】装糊涂是顺应时世的妙法，不要嫌每天无事是浑噩混世。精明是遇事时的祸根，需要恨的是一生聪明。不应该藏起来的是拙智，不应该露出来的是丑行。

244

【评点】露拙藏丑，可谓人生又一境界。藏丑宜解，露拙却不易解。故意外露之拙，究竟是拙还是其他？

形同隽石，致胜冷云，决非凡士。语学娇莺，能摹媚柳，定是弄臣。

【译文】外形像岩石一样严峻，态度胜过冰冷的云彩，这决不是普通之人。学着娇莺一样嗲声说话，做派举止像软软的媚柳一样，这一定是搬弄是非的佞臣。

【评点】忠臣佞臣并无外貌之别，不同之处全在于对事和做事。

开口辄生雌黄月旦之言，吾恐微言将绝，捉笔便惊。

【译文】开口说话动不动就是日月宇宙一类的信口雌黄，我恐怕就事论事的微言大义的话将没有人说了，因此一拿起笔心里便惊悚。

【评点】人生而要言。然而言有大小之分，有缓急之辨。"大话"说来易浩气萧萧，但多空而无物。不若"小"平实，有根有梢。

风波肆险，以虚舟震撼，浪静风恬；矛盾相残，以柔指解分，兵销戈倒。

【译文】风肆虐浪险峻，用空虚之舟震荡摇撼，就会浪静风恬；矛与盾自相残杀，以柔弱的手指加以化解，就会兵销戈倒矛盾冰消。

【评点】虚以待实，虚以化实，虚以导实。

豪杰向简淡中求，神仙从忠孝上起。

【译文】英雄豪杰要向简朴淡泊的生活中求得，成神为仙要从忠义孝敬上开始做起。

【评点】生活简淡出豪杰，忠孝有致成神仙。

人不得道，生死老病四字关，谁能透过？独美人名将，老病之状，尤为可怜。

【译文】人若不能得道，生、死、老、病四个字的关口又有谁能通得过？特别是美人和名将，衰老疾病之状，让人觉得尤为可怜。

【评点】得道者，又如何"透过"四字之关？道与不道，生死老病关均要有过。道者与非道者，区别于心境重轻而已。美人名将，一代枭雄也。所谓虎落平阳，雄鹰折羽。两极端，两反差，两滴眼泪而已。强极而弱，规律是也。

日月如惊丸，可谓浮生矣，惟静卧是小延年。人事如飞尘，可谓劳攘矣，惟静坐是小自在。

【译文】岁月就像受惊疾滚的圆丸，可以说是浮生了！只有静静地躺着才是延年益寿的小小方法。人生世事就像飞扬的灰尘，可以说是劳碌纷忙了！只有静静地坐着才是自自在在的小小方法。

【评点】躺卧与小坐也许自在也许延年，只是人生里何人有如此专利？人生有坐有卧，人生却不敢只坐只卧。只有坐卧者怕是延不了寿，只有坐卧者怕是难有自在。

平生不作皱眉事，天下应无切齿人。

【译文】一生不做让别人皱眉头的事，天下应该没有切齿仇恨的人。

【评点】皱眉头本为人生常事，能少一点便好了。切齿恨本为人生一事，与眉头皱与放无关。

暗室之一灯，苦海之三老，截疑网之宝剑，抉盲眼之金针。

【译文】暗室里的一盏灯，行度苦海的把舵人，斩断怀疑之网的宝剑，穿过盲眼的金针。

【评点】雪中之炭火，涉水之船舟。人生在世，紧急里需要援手。**注：**三老：古代把舵工称为"三老"。

攻取之情化，鱼鸟亦来相亲；悖戾之气销，世途不见可畏。吉人安详，即梦寐神魂，无非和气；凶人狠戾，即声音笑语，浑是杀机。

【译文】进攻夺取被情感所掩饰，鱼和鸟也会来亲近；粗俗抵逆的性格被改变，人生世途就不用畏惧。吉人安详平和，即使梦见了鬼神，也没有不是和气的；凶人恶狠狂暴，即使是满面堆笑，也全都是杀气腾腾。

【评点】吉人自有神助，恶人自有神除？人心所想，未必是真。

天下无难处之事，只要两个"如之何？"天下无难处之人，只要三个"必自反"。

【译文】天下没有难处之事，只要问自己两个"怎么样？"天下没有难处之人，只要问自己三次"我会怎么办？"

【评点】责人亦当问己，怨人不如自严。

能脱俗便是奇，不合污便是清。处巧若拙，处明若晦，处动若静。

【译文】能超脱俗套便是奇才，不合于污浊便是清纯。处在需要机巧之时要显得有些笨拙，处在明亮之地就像呆在昏暗之中，处在动荡不安的状态就像平静无事一样。

【评点】中庸，执中，不走极端，中国人的做人智慧。可以聪明，可以潇洒，可以无所谓。何为"不可以"呢？

参玄借以见性，谈道借以修真。

【译文】借参禅来显现性情，借谈道来修养真心。

【评点】禅也是借，道也是借，性却借不得，心亦无处借。你亦是你，我亦是我。

世人皆醒时作浊事，安得睡时有清身？若欲睡时得清身，须于醒时有清意。

【译文】世上的人都是醒的时候做龌龊事，到哪里去寻找睡梦时的清白身？要想睡的时候能有清白身，必须在醒的时候有清白的意念。

【评点】清与浊，人生两境界。其与醒梦无关。

好读书非求身后之名，但异见异闻，心之所愿。是以孜孜搜讨，欲罢不能，岂为声名劳七尺也。

【译文】爱好读书并非是为了追求身后的名声，只是因为书中有不同的见解和不同的见闻，这是心里所期盼和希望的。因此才不断地搜寻和研究，想停下来也做不到，怎么能为所谓的名声而劳动自己呢！

【评点】声名在身后，与己何干？读书在生前，只是己愿。然而"自由态"的读书，也许前人才有。在今人，读书常是为了博取功名。

一间屋，六尺地，虽没庄严，却也精致。蒲作团，衣作被，日里可坐，夜间可睡。灯一盏，香一炷，石磬数声，木鱼几击。龛常关，门常闭，好人放来，恶人回避。发不除，荤不忌，道人心肠，儒者服制。不贪名，不图利，了清净缘，作解脱计。无挂碍，无拘系，闲便入来，忙便出去。省闲非，省闲气，也不游方，也不避世。在家出家，在世出世。佛何人？佛何处？此即上乘，此即三昧。日复日，岁复岁，毕我这生，任他后裔。

247

【译文】一间小屋，六尺地方，虽然没有什么庄严，却也很精致。蒲草做团，衣服做被，白天可以坐，晚上可以睡。一盏灯，一炷香，石磬响数声，木鱼敲几下。

佛龛常关，家门常闭，把好人放进来，对恶人闭门回避。头发不除，荤腥不忌，有道士的心肠，穿儒者的衣服。不贪名声，不图功利，清净内心了断尘缘，做解脱的打算。没有牵挂，没有约束，闲时便沉浸其内，忙时便走出其中。省去了闲时平生的是非，省去闲时多余的脾气，也不四处游方，也不有意避世。在家里出家，在世上出世。佛是何人？佛在何处？这就是最高境界的信仰，这就是真正地去除了杂念。日复一日，年复一年，如此这般地结束我这一生，管他后人怎么样。

【评点】中国人最具实用精神，参佛亦如是。只求心中有佛，只求闲时有佛，只求与世少瓜葛。注：上乘：佛教语，即大乘。三昧：佛教语，指屏除杂念，心不散乱。

草色花香，游人赏其真趣。桃开梅谢，达士悟其无常。

【译文】草色花香，游人玩赏其真实美丽中表达出的情趣。桃开梅谢，通达的人从中感悟到世事无常。

【评点】有心者参悟其内，无心者感觉其外。内外有别，心性所然。

招客留宾，为欢可喜，未断尘世之扳援。浇花种树，嗜好虽清，亦是道人之魔障。

【译文】招待客人留住宾朋，其中多少欢乐喜悦，还没有断绝尘世的牵挂。浇花种树，嗜好虽然清雅，也是向道之人的魔障。

【评点】为道也是一种嗜好，其与浇花种树又有何差别？宾朋虽为俗人之物，神人又有谁无宾朋？

人常想病时，则尘心便灭。人常想死时，则道念自生。

【译文】人经常想着生病的时候，就会没有入世争胜的凡心。人经常想到死的时候，信道的念头自然要发生。

【评点】人身有病，人心可明。人到死地，道念方生。

入道场而随喜，则修行之念勃兴。登丘墓而徘徊，则名利之心顿尽。

【译文】进入道场而随之欢喜，就会有修行的念头突然产生。登上巨大的坟墓而徘徊不止，就会把名利之心全都抛弃。

【评点】人出道场，人去丘墓，又会如何？

铄金玷玉，从来不乏乎谗人。洗垢索瘢，尤好求多于佳士。止作秋风过耳，何妨尺雾障天。

【译文】熔化黄金弄脏宝玉，从来都不缺乏搬弄是非的人。洗净污垢检查瘢痕，特别愿意在品行尚好的人士身上挑毛病。全当是秋风吹过耳畔，用不着怕那一尺的雾遮蔽天空。

【评点】谗言者必在身边，谗言者必为三朋四友。人需朋友，只是要有是非尺度。

真放肆不在饮酒高歌，假矜持偏于大庭卖弄。看明世事透，自然不重功名。认得当下真，是以常寻乐地。

卷一
醒

【译文】真正的潇洒不在于饮酒时高歌，假正经偏要在大庭广众前卖弄。看明参透了世事，自然就不看重功名。认识眼前的真是什么，所以会经常找到欢乐的地方。

【评点】矜持无所谓真假，一般不要。潇洒不在于饮酒，何时都行。

富贵功名，荣枯得丧，人间惊见白头。风花雪月，诗酒琴书，世外喜逢青眼。

【译文】富贵功名，荣枯得丧，人世间惊讶里便见白了头发。风花雪月，诗酒琴书，世道外欣喜地遇到有人青睐。

【评点】左也忙右也忙，忙三餐忙功名忙利禄，忙过后一片白发。左潇洒右潇洒，潇潇洒洒洒洒潇潇，潇洒过后亦……

欲不除，似蛾扑灯，焚身乃止。贪无了，如猩嗜酒，鞭血方休。涉江湖者，然后知波涛之汹涌。登岳者，然后知蹊径之崎岖。

【译文】欲望不除，好似飞蛾扑灯，烧死才能停止。贪心没有终止，就像猩猩嗜酒，要鞭打出血才能停下。跋涉江湖的人，然后才知道波涛的汹涌。攀登山岳的人，然后才知道山路的崎岖。

249

【评点】人之有欲，何来讲除？人有贪心，何来讲止？一定要曾经沧海，一定要曾历大山，人生最后，知又何用？

人生待足何时足？未老得闲始是闲。

【译文】人生要等待满足何时会满足？年青未老的时候得到休闲才是真正的休闲。

【评点】不想一事便是足，不做一事便是闲。此为足，此为闲，此为人生?

谈空反被空迷,耽静多为静缚。

【译文】谈论"空"反要被"空"所迷惑,沉溺于"静"又多为"静"所束缚。

【评点】空非真空,空中有不空。静非真静,静中有不静。

旧无陶令酒巾,新撒张颠书草。何妨与世昏昏,只问吾心了了。

【译文】旧的没有陶潜酒巾,新的刚写张旭狂草。何妨与世界一样昏昏噩噩,扪心自问清楚明白就行。

【评点】中国人的道家风范:喝一点酒,吟一点诗,下几手棋,写几手字。外与世人同昏昏,只求内心自有明。注:酒巾:酒馆的幌子。张颠:唐著名草书家张旭别称。

以书史为园林,以歌咏为鼓吹。以理义为膏粱,以著述为文绣。以诵读为菑畲,以记问为居积。以前言往行为师友,以忠信笃敬为修持。以作善降祥为因果,以乐知天命为西方。

【译文】把历史书籍当成幽深的园林,把歌曲咏唱当成动听的音乐。把对事物原理的认识当成美餐,把著述文章当成文雅秀丽的事情,把大声的诵读当成耕耘,把记忆问题当成积蓄储备。把前人的言行当成老师和朋友,把忠诚、信义、老实、尊敬当成自我修养。把为别人做好事善事当成因果,把乐知天命当成极乐世界。

【评点】人生处处园林,人生处处歌舞。为文者有,为商为官为兵者为其他者亦有。乐知为好,通达为好,超脱为好,自贵则不好。注:菑畲:耕作。

云烟影里见真身,始悟形骸为桎梏。禽鸟声中闻自性,方知情识是戈矛。

【译文】看到烟影云端里菩萨显现的真身,才开始醒悟到肉体形骸是灵魂的枷锁。在禽叫鸟鸣声里听到了自然的天性,方知道情感化的见识是戈矛一样的利器。

【评点】真身何得见?枷锁何处脱?人生在世界,只此天有辙。

事理因人言而悟者，有悟还有迷，总不如自悟之了了；意兴从外境而得者，有得还有失，总不如自得之休休。

【译文】对于事物的道理由于别人说了才明白的人，有明白就还要有糊涂。总之，不如自己悟出来的明白透彻；对于意趣兴味要从外面获得的人，有所得还要有所失。总之，不如自己习得来得从容。

【评点】道理是大家的，思考却是自己的。拾人牙慧，不做思索，人生大忌。

白日欺人，难逃清夜之愧赧。红颜失志，空遗皓首之悲伤。定云止水中，有鸢飞鱼跃的景象。风狂雨骤处，有波恬浪静的风光。

【译文】白天里欺侮别人，难以逃脱月淡风清之夜的愧疚。青年时失去志向，到头来会空遗白头时的悲伤。云彩不动静止水中，有鹰飞鱼跃的景象。风狂雨骤的地方，有浪平波静的风光。

【评点】为人莫做亏心事，夜半哪有鬼叫门？人无远虑，就有近忧。

平地坦途，车岂无蹶？巨浪洪涛，舟亦可渡。料无事必有事，恐有事必无事。

【译文】在平地坦途上，行车岂能没有颠覆挫折？在巨浪洪流中，舟船也可以通渡。以为无事就必然要有事，准备好有事就一定没有事。

【评点】未雨需要绸缪，凡事有预才立。

富贵之家，常有穷亲戚来往，便是忠厚。

【译文】富裕尊贵的人家，经常有穷亲戚来往，这就是为人忠厚。

【评点】人情难过富贵关，人心难走金钱门。

朝市山林俱有事，今人忙处古人闲。

【译文】官场商场隐居山林，都免不了世事纷扰。在今人奔忙的地方，过去的古人却是很悠闲的。

【评点】官山、金山、化外之山，山山不同却又同。大事、小事、是非之事，事事不一却又一。

人生有书可读，有暇得读，有资能读，又涵养之如不识字人，是谓善读书者。享世间清福，未有过于此也。

【译文】人生中有书可以读，有时间读书，有资质能够读书，又有充分的涵养就像不识字的人一样，才是所谓善于读书的人。享受世间的清福，没有超过这件事的。

【评点】于读书人而言，读书当然为极乐之事。但世间的清福却是人人不同，读书只为一件而已。

世上人事无穷，越干越做不了。我辈光阴有限，越闲越见清高。

【译文】社会上人与人之间的纠葛无穷无尽，越干就越干不明白。我辈人生光阴短暂，越休闲便越显得清高。

【评点】干不明白就不干，想不明白就不想。人生复杂，但人生的复杂可以简化。人生混浊，但人生的混浊可以澄清。

两刃相迎俱伤，两强相敌俱败。

【译文】两把刃相拼搏均会受到伤害，两股强大力量相攻击都会遭到失败。

【评点】若为御敌，要避实就虚。若为处世，要以弱克刚。

我不害人，人不害我。人之害我，由我害人。

【译文】我不陷害别人，别人也不陷害我。如果别人陷害我，我就要不择手段地还击他。

【评点】人我关系，利害冲突而已。陈先生本来要人忍让，此地又教人报复。矛焉盾焉？

商贾不可与言义，彼溺于利；农工不可与言学，彼偏于业；俗儒不可与言道，彼谬于词。

【译文】不可以跟商人谈义，因为他沉溺在"利"中；不可以跟农民工人谈学问，因为他偏重于操作；不可以跟庸俗的知识分子谈道，因为他纠缠于词句。

【评点】话语要看对象，弹琴要有听众。交流，有交才有流。二者不能偏废。

博览广识见，寡交少是非。

【评点】人生如书，博览者如何不读？人生有情，有情者如何寡交？

明霞可爱,瞬眼而辄空。流水堪听,过耳而不恋;人能以明霞视美色,则业障自轻。人能以流水听弦歌,则性灵何害? 休怨我不如人,不如我者常众。休夸我能胜人,胜如我者更多。

【译文】明丽的云霞可爱,但转眼就消失了。流水的声音动听,但过耳就无法再留恋了;人如果能以云霞为例而看待美色,那么业障自然就轻了。人如果能以流水为例而去听闻音乐,那么性灵又怎么能受到伤害呢? 不要埋怨我不如别人,不如我的人有相当多。不要称赞我比别人强,比我强的人有更多。

【评点】美丽的外表并不持久,美丽的景色难以久恋。年少者,莫为美丽的言词所迷惑;年长者,莫为美丽的外表所动摇。年青人忌轻信,年迈人忌美色。**注**:业障:指妨碍修行正果的罪业。性灵:内心世界,智慧聪明。

人心好胜,我以胜应必败。人情好谦,我以谦处反胜。

【译文】人在心里面都喜欢争胜要强,我认为争胜要强所对应的就是一定失败。人在情感上喜欢谦虚忍让,我认为谦虚忍让的地方反而就是胜利。

【评点】世人说:人争一口气,佛争一炉香。争胜者有何胜争? 争无止境,胜无止境。

人言天不禁人富贵,而禁人清闲。人自不闲耳。若能随遇而安,不图将来,不追既往,不蔽目前,何不清闲之有?

【译文】人们常说老天不禁止人富裕尊贵,禁止的是人的清闲。人自然是闲不着的。如果能够随遇而安,不去考虑将来,不去追究过去,不被目前的事情所蒙蔽,怎么能没有清闲呢?

【评点】清闲是心境,清闲不仅仅是时间上的空闲。人生中难得有闲,人生中更难清闲。纷纭复杂世事,日日紧张难安。不必奢求时间,只求心有盘桓。

暗室贞邪谁见? 忽而万口喧传。自心善恶炯然,凛于四王考校。

【译文】在暗室中表现出忠贞和奸邪有谁看见了? 忽然之间就万口

醒

一词地宣传开了。自己以为心里对善与恶的区别很清楚，但却很害怕古代四位帝王的质询。

【评点】正与邪、忠与奸，相对而已。阴谋阳谋，相对而已。**注：四王：**指夏禹、商汤、周文王、周武王四位帝王。

寒山诗云："有人来骂我，分明了了知。虽然不应对，却是得便宜。"此言宜深玩味。

【译文】寒山子在诗中说："有人来咒骂我，我分明是什么都知道。虽然不回答他，却是得到了便宜。"此话值得深深地玩味。

【评点】挨骂是赚了便宜，全在心中的估计。便宜也许是吃亏，吃亏也许就是便宜。究竟是便宜还是吃亏？这要去问寒山大师，还要问你自己。**注：寒山：**唐代著名诗僧。

恩爱，吾之仇也。富贵，身之累也。

【译文】恩爱的情感，是我的仇敌。富贵的生活，是身体的负担。

【评点】人生谁无恩爱？人生谁仇富贵？想开一些可以，超脱许多可以，不太经意可以，但与恩爱作敌，与富贵结仇则不必，亦不好。

冯谖之铗弹老无鱼，荆轲之筑击来有泪。

【译文】冯谖敲剑柄希望为人所识，荆轲击筑而歌引人落泪。

【评点】英雄亦有落尘埃，壮士亦有悲鸣处。**注：冯谖：**战国时齐国人，孟尝君的门客。铗弹老无鱼：比喻有才华的人希望得到恩遇。荆轲：战国末卫国人，奉燕太子丹之命刺杀秦王嬴政。事败后被杀。筑：古乐器。

以患难心居安乐，以贫贱心居富贵，则无往不泰矣；以渊谷视康庄，以疾病视强健，则无往不安矣。

【译文】以经历苦难的心情享受安乐，以贫穷卑贱的心情享受富贵，那么就没有不顺遂的；从深渊狭谷的角度来看康庄通达，从疾病的立场来理解强壮健康，那么就没有不安心的了。

【评点】无苦，则不知甜；先苦，则后方甘。

有誉于前，不若无毁于后。有乐于身，不若无忧于心。

【译文】有称赞在面前，不如背后没有人毁谤。有欢乐在身旁，不如心中没有忧虑。

【评点】人前背后，何必担忧？

富时不俭贫时悔，潜时不学用时悔，醉后狂言醒时悔，安不将息病时悔。

【译文】富裕的时候不知节俭，到贫困的时候就会后悔；平常的时候不知道学习，到使用的时候就会后悔；喝醉的时候口出狂言，酒醒的时候就会后悔；身体好的时候不知注意，到有病的时候就会后悔。

【评点】人生世事，皆为过程。过程之中，皆陷痴迷。心醒者，天下几何？

寒灰内半星之活火，浊流中一线之清泉。

【译文】在已近冷却的灰中有星点的活火，在污浊的流水中有一线的清泉水色。

【评点】星点活火，一线清泉，人世中的些许温暖。

攻玉于石，石尽则玉出。淘金于沙，沙尽则金露。

【评点】凡事，历尽艰辛；凡人，历尽磨难。如此之后，才有玉，才有金，才有英雄豪杰。

乍交不可倾倒，倾倒则交不终。久与不可隐匿，隐匿则心必崄。

【译文】刚刚交往的时候不可以畅所欲言，畅所欲言则交往不会善终。长久的交往不可以有隐匿的地方，有隐匿的地方则用心一定阴险。

【评点】未必，未必。否则何解一见倾心？何解话到嘴旁留半句？注：崄：同险。此指阴险。

丹之所藏者赤，墨之所藏者黑。

【译文】朱红藏身的地方是红色，墨色藏身的地方是漆黑。

【评点】藏，本不必藏。非藏，即是藏。

懒可卧，不可风。静可坐，不可思。闷可对，不可独。劳可酒，不可食。醉可睡，不可淫。

【译文】舒懒的时候可以卧睡，不可以撒疯若狂。宁静的时候可以沉坐，不可以深思长虑。苦闷的时候可以与友相对，不可以孤心独处。劳累的时候可以饮酒，不可以饱食。大醉的时候可以自睡，不可以淫意放纵。

【评点】如此，何以为人？如此，又何人能为？

书生薄命原同妾，丞相怜才不论官。

【译文】书生命运不济，原来和怨女一样。丞相爱怜人才，不论官职大小。

【评点】古来人们多梦幻，编造出了贫寒书生与富家小姐的许多悯人故事。其实，何必又是一个中"状元"！

少年灵慧，知抱夙根。今生真怀，可卜来世。

【译文】少年时聪明智慧，就知道他拥有前世的灵根。把此生放在心里，就可以预知来世的短长。

【评点】人生苦短，何知过去？人生无长，怎问未来？走好此生，完善生命，至矣。注：真：放置；真怀：指放在心上。

拨开世上尘氛，胸中自无火炎冰兢。消却心中鄙吝，眼前时有月到风来。

【译文】拨开了世上的红尘，心里边自然就没有了火烤冰冻的感觉。消弭了心里的庸俗贪婪，眼前就会有月明风清的景象。

【评点】世事有沉浮，世人难脱俗。如此尘世外，怎入"五行"中？除非不吃五谷，否则就真是"月到风来"了。

尘缘割断，烦恼从何处安身？世虑潜消，清虚向此中立脚。市争利，朝争名，盖棺日何物可殉蒿里？春赏花，秋赏月，荷锸时此身常醉蓬莱。

【译文】把尘世的缘分割断，烦恼又从哪里去安身呢？把世上的忧虑解开，清虚之境就可以在这里立脚。在商场上争利，在官场上争名，死的时候用什么去陪葬呢？春天时赏花，秋日时赏月，扛锹劳动时经常醉入仙境。

【评点】超脱，超脱，超尔难脱。

驷马难追，吾欲三缄其口。隙驹易过，人当寸惜乎阴。

【译文】驷马难追，所以我说话时要十分谨慎。时间易过，所以人们要珍惜一寸光阴。

【评点】人要慎重，水要慎流。

万分廉洁止是小善，一点贪污便为大恶。

【译文】万分的廉洁，只不过是平常的小小善行。只要有一点点贪污，就是不可容忍的罪恶。

【评点】为官者廉洁，为人者干净，官道人道而已。

炫奇之疾，医以平易。英发之疾，医以深沉。阔大之疾，医以充实。

【译文】对于喜欢显示与众不同的"疾病"，要用平易去医治。对于英豪之气勃发不群的"疾病"，要用深沉去医治。对于好大喜功的"疾病"，要用充实去医治。

【评点】此为"铲平哲学"。以人生而论，或当如此。人不执着，无以成大器。人若执着，却又终难免于器成又碎。于是，凡事极端不得。

注：炫炫耀。

才舒放即当收敛，才言语便思简默。

【译文】刚刚放纵一点，马上就应当收敛。刚刚才开口说话，便要想到缄默不语。

【评点】不过度即为恰好，不应当以"才舒放"或"才言语"为界限。

贫不足羞，可羞是贫而无志。贱不可恶，可恶是贱而无能。老不足叹，可叹是老而虚生。死不足悲，可悲是死而无补。身要严重，意要闲定，色要温雅，气要和平，语要简徐，心要光明，量要阔大，志要果毅，机要缜密，事要妥当。

【译文】穷困不足以羞愧，可羞愧的是穷困而没有志气。贫贱不让人讨厌，让人讨厌的是贫贱而没有能力。年老不足以叹息，可叹息的是年老而虚度一生。死亡不足以悲哀，可悲哀的是死亡而于事无补。身形要庄重，意念要安定；神色要温雅，心气要和平；语言要简单缓慢，心地要光明正大；器量要阔大容物，意志要果敢坚毅；大事要缜密思考，处事要妥当周全。

【评点】处世亦需原则。原则者，做事的尺度。

富贵家宜学宽，聪明人宜学厚。

【译文】富贵的人家应该学习宽容，聪明的人应该学习忠厚。

【评点】富贵者只是富贵而已，并非有专横野蛮的权力。聪明人仅是聪明而已，绝不能自以为聪明而耍小聪明。

休委罪于气氏，一切责之人事。休过望于世间，一切求之我身。

【译文】不要推托责任生气盲目，什么事都责备他人。不要对社会有什么奢望，什么事都不如求自己。

【评点】天怨不得，人怨不得，不怨其他，只怨自己。

世人白昼寐语，苟能寐中作白昼语，可谓常惺惺矣。

【译文】世上的人白天说梦话，如果能在梦里说白天的话，可以说是经常清醒的了。

【评点】常言曰：日有思，夜有所梦。反过来亦然。既然白昼可说梦话，梦中说点白昼话只怕也是难免。

观世态之极幻，则浮云转有常情。咀世味之皆空，则流水翻多浓旨。

【译文】看人世间万态均极端虚幻，那么天上的浮云也变得有了人间常情。咀嚼人间的味道均是空虚，那么流水也翻变成了多浓的美味。

【评点】人世间许多罪恶许多黑暗，同样，亦有许多友善许多光明。痛苦时想一点美好，艰难时念一点虚幻，均为人性所致。然而极端不得。

大凡聪明之人，极是误事。何以故？惟真聪明生意见，意见一生，便不忍舍割。往往溺于爱河欲海者，皆极聪明之人。

【译文】大凡聪明的人，都非常误事。什么原因？主要是因为其聪明就容易产生意见，意见一出现，就不忍心放弃。往往沉溺于爱河欲海不能自拔的人，都是极聪明的人。

【评点】聪明人只误聪明事，聪明事只由聪明人误。从长远处讲，聪明人其实不误事，或者很少误事。因为他知道，误事便不聪明。

是非不到钓鱼处，荣辱常随骑马人。

【译文】是非不到钓鱼的地方，荣辱经常跟随着有权有势的人。

【评点】钓鱼处，人心在鱼而不在是非。名利人争名利，荣辱自然相随。

名心未化，对妻孥亦自矜庄。隐衷释然，即梦寐皆成清楚。

【译文】争名誉之心未化解，对家人也故做矜持庄重。心里的负担放下了，就是睡梦也全都变成了清楚。

【评点】人有多副"面孔"，人生亦有多种"角色"，只怕一副面孔装久了，一个角色演熟了，就此便"卸"不了妆了。

观苏季子以贫穷得志，则负郭二顷田误人实多。观苏季子以功名杀身，则武安六国印害人不浅。

【译文】看到苏秦因为贫穷而实现了自己的抱负，那么家旁有二顷良田，就实在是误人许多。看到苏秦因为功名而被刺杀，那么佩戴武安六国的相印就是害人不浅。

【评点】苏秦何人可作？除了苏秦没有苏秦。苏秦可以因穷而得志，亦会因得志而命夭。得志者失命，何得也？

名利场中难容伶俐，生死路上正要糊涂。

【译文】名利场里难以容下聪明伶俐，生死路上正需要糊糊涂涂。

【评点】名利场即是生死路，生死路亦经名利场，莫显伶俐，要充糊涂。

一杯酒留万世名，不如生前一杯酒。自身行乐耳，遑恤其他？百年人做千年调，至今谁是百年人？一棺戢身，万事都已。郊野非葬人之处，楼台是为邱墓。边塞非杀人之场，歌舞是为刀兵。试观罗绮纷纷，何异旌旗密密？听管弦冗冗，何异松柏萧萧？葬王侯之骨，能消几处楼台？落壮士之头，经得几番歌舞？达者统为一观，愚者指为两地。

【译文】如果用一杯酒来留下万世的名声，还不如生前喝了这一杯酒。不过是自身行乐罢了，哪里还管得了其他？寿命不过百年的人要做千年唱的调，到现在又有谁是长命百岁的人？一口棺材藏身，万事都结束了。远郊荒野并非是埋葬人的地方，华丽的楼阁亭台才是生命的坟墓。边关要塞并非是生死搏杀的地方，轻歌曼舞才是杀人的刀兵。

请看罗衣缤纷，与军队的旌旗如林有什么区别？请听乐声悠扬，与松柏的刚风萧萧有什么不同？要埋葬王侯贵族的尸骨，能消蚀掉几处楼台欢场？要斩落壮士的头颅，只需经过几番歌舞？通达的人把灯红酒绿声色犬马与杀人屠城联系在一起看待；愚钝的人，以为这两者没有什么关系。

【评点】生前也许自晓，身后又有谁知？今生就是今生，莫问无见来世。其实人生熙攘，谁又能为达者，谁又能为愚人？**注**：遑恤：怎能。戢身：藏身，敛迹。

节义傲青云，文章高白雪。若不以德性陶熔之，终为血气之私，技能之末。

【译文】节义傲视青云，文章高于白雪。如果不用仁德溶汇，最后免不了成为逞血气刚勇的私心，成为末流的技能。

【评点】忠孝节义，本为忠勇。其中只求个人私德，又何来"以德性陶熔"？文章本为文章，其与德性两经。非德者亦可文章，有德者亦可末技。其中哪有因果关联？

我有功于人，不可念，而过则不可不念。人有恩于我，不可忘，而怨则不可不忘。

【译文】我对别人有功劳，不可以记念，而我对别人有过失却不可以不记念。别人对我有恩惠，不可以忘记，而别人对我有怨恨却不可以不忘记。

【评点】严以责己，宽以对人。

径路容处，留一步与人行。滋味浓时，减三分让人嗜。此是涉世一极安乐法。

【译文】道路狭窄的地方，留下一步让别人走路。滋味浓郁的时候，减去三分让别人吃。这是涉世的一种最好的安乐方法。

【评点】莫将自己弓拉满，留下人生三分天。

己情不可纵，当用逆之法制之，其道在一"忍"字。人情不可拂，当用顺之法制之，其道在一"恕"字。

【译文】自己的情感不可放纵，应该用相逆的办法管制它，这中间的原则是一个"忍"字。别人的情绪不可冲撞拂忤，应该用柔顺的办法管制它，这中间的原则是一个"恕"字。

【评点】人情人情，人情只有一个"恕"字。一个"恕"字，便是人情。

昨日之非不可留，留之则根烬复萌，而尘情终累乎理趣。今日之是不可执，执之则渣滓未化，而理趣反转为欲根。

【译文】昨天的错误不可以保留，保留就一定会死灰复燃，因而尘世之情最终会连累义理情趣。今天的成绩不可以念念不忘，念念不忘就一定如同渣滓未有开化一般，因而义理情趣反而转化为欲念。

【评点】错误，人所难免。错误，却不可以重犯。成绩，人所难免。成绩，却不可以居功。

文章不疗山水癖，身心每被野云羁。

【译文】文章医治不了对山水的爱好，身心每每被那万化的野云所羁绊。

【评点】走入自然，真化境也。

醒

卷二

情

语云：当为情死，不当为情怨。明乎情者，原可死而不可怨者也。虽然既云"情"矣，此身已为"情"有，又何忍死耶？然不死终不透彻耳。韩翃之柳，崔护之花，汉宫之流叶，蜀女之飘梧，令后世有情之人咨嗟想慕。托之语言，寄之歌咏，而奴无昆仑，客无黄衫，知己无押衙，同志无虞侯，则虽盟在海棠，终是陌路萧郎耳。集情第二。（作者引语）

【译文】有话说："应当为情而死，不应当为情而怨。"真正懂得情的人，原本是可以死而可以恨的人。虽然这样，既然说的是"情"，那么此身体已为"情"所拥有，又怎么能忍心去死呢？然而，如果不能为情死去，终究是不透彻的。韩翃之柳，崔护之花，汉宫之流叶，蜀女之飘梧，令后世有情的人唏嘘感叹和倾慕，将其托付于世语传言，将其借寄于诗歌词咏。然而没有昆仑奴，没有"黄衫客"，没有知己的押牙，没有同心的虞侯，则虽有海棠下的山盟海誓，终究是陌路上的萧郎。集情第二。注：韩翃：唐代南阳人。字君平。为"大历十才子"之一。官居中书舍人；韩翃之柳：韩曾与当时艳伎柳氏交往。后柳氏嫁于韩翃，两人情笃。韩翃作"章台柳"词赠予柳氏，柳氏亦曾有词回赠。柳氏后来为番将沙吒利所劫持，是一个叫许俊的人用计将柳氏劫出，韩柳二人始又重见。崔护：唐代博陵人。字殷功。唐贞元间及第，官终岭南节度使；崔护之花：有一年清明，崔护独游城南。见一庄宅为桃花所环绕，崔前往讨水求饮。有一女子前来开门，问了姓名，与崔护杯水。其女颇有姿色，崔护印象甚深。来岁清明，崔护又去城南寻旧。只见门已上锁，人不知去向。崔护于是在左门扉上题诗说："去年今日此门中，人面桃花相映红。人面不知何处去，桃花依旧笑春风。"据孟棨《本事诗》称，数日后崔护又去，闻见哭声。有一老人出门问道："子崔护耶？吾女读左扉诗，绝食而死。"于是，崔护随老父进屋，其女后复活，并与崔护同归。后人用"人面桃花"或"崔护之花"，来形容男女邂逅相悦，随即分离，而男子追念旧事旧人。汉宫：汉朝的宫殿。借指其他王朝的宫殿；汉宫之流叶：据《太平广记》载，唐宣宗年间，卢渥(后官中书舍人)进京应考。在皇宫外的水沟中发现了一片红叶，其叶上有绝句一首。诗云："流水何太急，深宫尽日闲。殷勤谢红叶，好去到人间。"蜀女：蜀王宫女。此指宫女。飘梧：孟棨《本事诗》中载——顾况在洛阳的时候，与三位朋友游于苑中。在流水中拾到一大梧桐树叶，叶上题诗说"一入深宫里，年年不见春。聊题一片叶，寄与有情人。"顾况第二天到上游，把一叶题诗后放入水中。诗说"花落深宫莺亦悲，上阳宫女断肠时。帝城不禁东流水，叶上题诗欲寄谁？"过了十几天，有人又从水中寻得梧叶诗，给顾况看了。诗说"一叶题诗出禁城，谁人酬和独含情？自嗟不及波中叶，荡漾成春取次行。"昆仑奴：古代豪门富户以南海国人为家奴，称昆仑奴。唐代裴铏《传奇·昆仑奴》有昆仑奴磨勒，其负主人崔生逾十重墙垣，去与红绡妓相会，并帮助其出奔的故事。(见《太平广记》卷194)。黄衫客：传说为唐代的侠义之士。唐人蒋防在传奇《霍小玉传》中描写了陇西李益与妓女霍小玉初时同居，得官后又聘娶表妹而抛弃霍小玉的故事。当故事里的霍小玉悲恸欲绝时，忽有豪侠之士黄衫客挟持李益前去。后人多以"黄衫客"为解危济困义士的同义语；押衙：古代官名。系管领仪仗的侍卫。唐宋时称"押牙"，后讹变为"押衙"；萧郎：古代文学中女子称呼其所喜欢男子的代称。

　　家胜阳台，为欢非梦。人惭萧史，相偶成仙。轻扇初开，忻看笑靥。长眉始画，愁对离妆。广摄金屏，莫令愁拥。恒开锦幔，速望人归。镜台新去，应余落粉。熏炉未徙，定有余烟。泪滴芳衾，锦花长湿。愁随玉轸，琴鹤恒惊。锦水丹鳞，素书稀远。玉山青鸟，仙使难通。彩笔试操，香笺遂满。行云可托，梦想还劳。九重千日，讵想倡家。单枕一宵，便如浪子。当令照影双来，一鸾羞镜；勿使推窗独坐，嫦娥笑人。

【译文】家庭胜过男女一时之欢，为欢并非是梦境。常人羞愧于萧史，夫妻恩爱两成仙。设置大大的金屏，不要让忧愁相伴。常常拨开床边锦幔，盼望在外的人速归。梳妆台刚刚失去，应当还有一些香粉余留。熏炉没有搬走，一定会有余烟。泪水落在衣衫上，心头也经常被泪水湿润。思愁伴随着调弦，琴鹤也时常受惊。锦水丹鳞，书信稀少。亲人远去，仙鸟也难为信使。执笔书信，话多纸短。飘向远方的云彩可以托付吗？睡梦里还没有停止思念。无论是多少时间，怎么能不想你？孤单一人入眠，便如同无家可归的浪子。应当让镜子中照出两个人，女儿在镜中羞涩可爱。不要推开窗子独自处坐，让女儿笑对别人。

【评点】人生有男女，男女亦人生。人在情中行，情在心中生。人非无情物，如何解情声？注：阳台：宋玉（楚）《高唐赋》序中称，"昔者先王曾游高唐。怠而昼寝，梦见一妇人，曰：'妾巫山之女也，为高唐之客，闻君游高唐，愿荐枕席。'王因幸之。去而辞曰：'妾在巫山之阳，高山之岨，旦为朝云，暮为行雨，朝朝暮暮，阳台之下。'后人因此以"阳台"指男女欢会之所。萧史：相传为春秋秦穆公时人。其善吹萧，能引来白鹤孔雀。穆公将女儿弄玉嫁给萧史。萧史教弄玉吹萧作凤鸣，将许多凤凰引进了屋中。穆公为其筑凤台而居，数年后，二人随凤凰飞去了。广摄金屏：《旧唐书·后妃传上·高祖太穆皇后窦氏》中有载——"毅（窦氏父亲）闻之，谓长公主曰：'此女才貌如此，不可妄以许人，当为求贤夫。'乃于门屏画二孔雀，诸公子有求婚者，辄与两箭射之，潜约中目者许之。"后人以"金屏雀"为被人选中为婿之典。轸：弦乐器上转动琴弦的轴。此处指琴本身。锦水丹鳞：指远方书信。玉山：古代传说中的仙山。青鸟：传说中西王母所使的神鸟。倡家：古代指从事音乐歌舞的乐人。后亦以此代称妓女。此处系指佳偶。

几条杨柳，沾来多少啼痕；三迭《阳关》，唱彻古今离恨。

【译文】念诵几句《杨柳枝》，引来多少泣声眼泪；《阳关》曲反复吟唱，唱尽了古今的离愁别恨。

【评点】人生里多少男女故事，世事上多少悲欢离合。

世无花月美人，不愿生此世界。

【译文】世界上如果没有风花雪月和美人，那么（我）就不愿来到这个世界上。

【评点】人有情，风月亦有情。

荀令君至人家，坐处留香三日。

【译文】荀令君到别人家，坐下的地方会留香三日。

【评点】男人用"香"，何义？**注**：荀令君即荀彧。汉末三国时期人，字文若。曹操任为奋武司马。传说荀彧曾得异香，用以薰衣，余香三日不断。后人以"荀令君"来譬喻奇香。

罄南山之竹，写意无穷。决东海之波，流情不尽。愁如云而长聚，泪若水以难干。

【译文】把南山的竹子全用来做笔，要说的心里话也无法写尽。把东海的水全都淌尽，流不完胸中的感情。忧愁像云一样长聚不散，泪滴像水一样常流不干。

【评点】离愁别恨，古来难以言尽。话里话外，一样今天感觉。

弄绿绮之琴，焉得文君之听？濡彩毫之笔，难描京兆之眉。瞻云望月，无非凄怆之声。弄柳拈花，尽是销魂之处。

【译文】拨弹绿绮之琴，哪里去找卓文君的欣赏？润湿了彩毫之笔，难以描画出京兆女子的眉睫。观云望月，有的只是凄凉啜泣之声。弄柳拈花，都是销魂的地方。

【评点】有了司马相如，方才有了卓文君。有了卓文君，才又来了司马相如。否则？否则！**注**：绿绮之琴：泛指琴。彩毫：画笔。也指绚丽的文笔。京兆之眉：汉代京兆尹张敞善为妻子画眉，长安城中因此有"张京兆眉妩"的传言。后用来称女子眉样好看。

悲火常烧心曲，愁云频压眉尖。

【译文】悲切的火经常烧在心里，愁苦的云不断压上眉梢。

【评点】人心难离别，离别多愁苦。

五更三四点，点点生愁。一日十二时，时时寄恨。

【评点】黎明多思念，傍晚多哀伤。注：点：古代夜间计时单位。一夜分五更，一更分五点。

燕约莺期，变作鸾悲凤泣；蜂媒蝶使，翻成绿惨红愁。

【译文】私下里的幽会，变成了你悲我泣。君子本为成人之美，反倒引来了女苦男愁。

【评点】可谓：相见时难别亦难。

花柳深藏淑女居，何殊三千弱水；雨云不入襄王梦，空忆十二巫山。

【译文】深藏在花柳之中的淑女之居，与爱河情海里的"弱水"有何不同？爱情的雨云并未成为现实，心中空想着那云遮雾远的巫山。

【评点】两情只要相悦，又何来得花街柳巷？若不能朝朝暮暮，又何有巫山远近的遗憾？注：三千弱水：原指神话中险恶难渡的河海，此指爱海情人甚多。襄王梦：请见本卷001节"阳台"注文。

枕边梦去心亦去，醒后梦还心不还。

【译文】睡中有梦心随梦游，醒来梦在心却不在。

【评点】愿梦长留，愿"心"常有。

万里关河，鸿雁来时悲信断；满腔愁绪，子规啼处忆人归。

【译文】边关万里遥远，使人悲伤的是，信使来了，却未见书信。满腔忧愁情绪，在子规鸟叫的地方，思念着离人归来。

【评点】人走四方，根在家乡。人去万里，家有盼望。

千迭云山千迭愁，一天明月一天恨。

【译文】云山千迭愁也千迭，月光满天恨也满天。

【评点】路有山高水远，思念亦有天长路漫。

豆蔻不消心上恨，丁香空结雨中愁。

【译文】豆蔻花消不去心上的怨恨，丁香蕾在雨中空结忧愁。

【评点】花虽是花，人虽是人，但愁离恨别之情来上心头，人便是花，

266

花便是人。

月色悬空，皎皎明明，偏自照人孤寂；蛩声泣露，啾啾唧唧，都来助我愁思。

【译文】月亮悬在空中，洁白明亮，偏偏觉得它是在照着人的孤独寂寞；蟋蟀叫着露水，啾啾唧唧，都来增添我的愁思。

【评点】月夜寂寂，天籁听声，独人孤心，愁思泉涌。

慈悲筏济人出相思海，恩爱梯接人下离恨天。

【译文】用慈悲的"筏"渡人出相思之海，用恩爱的"梯"接人下离恨之天。

情

【评点】相思海苦渡，慈悲难成水筏。离恨天难逃，恩爱可做木梯。

费长房缩不尽相思地，女娲氏补不完离恨天。

【译文】费长房无法缩小相思两地的距离，女娲也补不完别离怨恨的长天。

【评点】两情若相悦，神仙又奈何？离愁与别恨，谁人又能脱？**注：**费长房：据说为后汉汝南人。传说有一次，费长房在市场上看到一个卖药的老人，他在房头上吊了一个壶。散市后，老人就跳入壶中。费觉得甚惊奇，于是想拜老人为师而求道。老人交给费一支青竹，让他挂在自家屋后。家人见到这根竹子时，就是费的样子。以为他自杀了，就为他下了葬。费长房就此与老人进了深山，结果学道不成。老人给费一根竹杖，说："骑着它可以任意到什么地方。"又画了一道符给他，说："用这道符可以管理地上的鬼神。"费骑着竹杖回家了，说才去了十天。其实已经走了十多年。后来由于弄丢了咒符，费长房为众鬼所杀。

267

孤灯夜雨，空把青年误。楼外青山无数，隔不断新愁来路。

【译文】夜雨里守着孤灯，空把青春年华耽误。楼外虽有青山无数，但阻挡不住新愁的来路。

【评点】灯不误人，人自误。

黄叶无风自落，秋云不雨长阴。天若有情天亦老，摇摇幽恨难禁。惆怅旧人如梦，觉来无处追寻。

【译文】黄色的树叶无风自落，秋天的云彩不雨长阴。天若有情天亦老，深藏于心中的怨恨难以禁止。对旧人的惆怅如若梦境，清醒时却无处追寻。

【评点】天虽有雨，心本自晴。只怕心中一片积雨浓云，如何来眼前天高云淡。

蛾眉未赎，谩劳桐叶寄相思；潮信难通，空向桃花寻往迹。野花艳目，不必牡丹；村酒酣人，何须绿蚁？

【译文】女子未获赎身，借用梧桐叶遥寄相思也属徒劳；潮水不通去处，寻找桃花源的踪迹也是白忙。野花鲜艳夺目，就不必再要牡丹；乡村私酒酣然醉人，又何须再来绿蚁？

【评点】随遇而安，安的是一种心情。注：绿蚁：也作"绿螳"。指酒上浮起的绿色泡沫。此处借指酒。

琴罢辄举酒，酒罢辄吟诗。三友递相引，循环无已时。

【译文】弹罢琴就举杯饮酒，饮完酒就吟诗作赋。三位朋友先后衔接，循环往复没有结束的时候。

【评点】人生有此三友，雅兴可以无边。注：三友：此处指琴酒诗。

阮籍邻家少妇，有美色，当垆沽酒。籍常诣饮，醉便卧其侧。隔帘闻坠钗声而不动念者，此人不痴则慧。我幸在不痴不慧中。

【译文】阮籍邻居家的少妇，长得挺漂亮，在酒垆前卖酒。阮籍经常前往饮酒，喝醉了就躺在其旁边。能够隔着布帘听到少妇头钗落地声而不动念头的人，这人不是痴呆就一定是极其聪明。我幸好在不那么痴呆和不那么聪明中间。

【评点】人有念否，何人可知？慧与不慧间，常人也。注：阮籍：魏晋时人。字嗣宗。

桃叶题情，柳丝牵恨。胡天胡帝，登徒于焉怡目；为云为雨，宋玉因而荡心。轻泉刀若土壤，居然翠袖之朱家；重然诺如丘山，不忝红妆之季布。

【译文】桃叶题着别情，柳丝牵着离恨。无拘无束，登徒子于此赏心悦目；为云为雨，宋玉也因此动意荡心。视轻钱财为土壤，居然是一个女流的朱家；重然诺如丘山一样，不愧为红妆的季布。

【评点】人为情所困，女人尤甚。人为情所倚，女人尤甚。女人为情，亦有忠义二字。**注：**胡天胡帝：一义指崇高尊贵。此处指行为放肆不拘。登徒：复姓。战国时宋玉曾作《登徒子好色赋》。后世称好色而不择美丑者为"登徒子"。朱家：汉代鲁人。以侠义而闻名。忝：侮辱。引申为惭愧。季布：汉初楚人。曾为项羽部将。季布以侠义著称，重然诺。

蝴蝶长悬孤枕梦，凤凰不上断弦鸣。

【译文】女子常做孤枕幽梦，男子不在"断弦"处嘶鸣。

【评点】有，也罢。无，也罢。唯有"情"字一个，人怎放下？**注：**断弦：古代男子丧妻称为"断弦"。

吴妖小玉飞作烟，越艳西施化为土。

【译文】吴国妖丽的小玉已经成烟而土，越国绝艳的西施也成土而终。

【评点】美丽会老，漂亮会跑。生命会走过，一切空空而去。**注：**小玉：传说中吴王夫差的女儿。

妙唱非关舌，多情岂在腰。

【译文】美妙的歌唱并非关于舌头，浓烈的爱情岂能在于腰肢。

【评点】美在情里，妙在情中。

孤鸿翱翔以不去，浮云黯霭而荏苒。

269

【译文】孤雁翱翔不肯飞去，浮云变幻时光流过。

【评点】何草不黄？何人不老？**注：**黯霭：黑云。霭：云彩貌。

楚王宫里，无不推其细腰；魏国佳人，俱言讶其纤手。

【译文】在楚王的宫里，没有人不推赞她的细腰；魏国的美女们，都惊讶她的柔细的手。

【评点】风尚、时尚，有病乎？有美乎？

传鼓瑟于杨家，得吹箫于秦女。

【译文】鼓瑟和谐来自"杨家"，箫鸣悠扬出自秦女。

【评点】人为"情种"，自有"情宗"。**注**：传鼓瑟于杨家：此典故出于汉代的杨恽。据说杨恽与其妻感情很好，在《报孙会宗书》里，杨恽说："家本秦也，能为秦声。妇，赵女也，雅善鼓瑟。"。秦女：即指秦穆公女儿弄玉。

春草碧色，春水绿波。送君南浦，伤如之何？

【译文】春草颜色碧绿，春水闪动绿波。送君到了南浦，伤心又能怎么样呢？

【评点】离别有多愁？愁愁愁白头。

玉树以珊瑚作枝，珠帘以玳瑁为柙。

【评点】此为美上加美的比喻，所谓的锦上添花。**注**：柙：盒子，小箱子。

东邻巧笑，来倚寝于更衣；西子微颦，将横陈于甲帐。

【译文】东邻的女子乖巧会笑，被用来侍寝和更衣；西施微微皱着眉头，却可以睡入王宫甲帐之中。

【评点】人，自然即可。不必过分修饰，不必学做他人。**注**：东邻：此即指"东施效颦"的典故。甲帐：汉武帝曾造两座幕帐。一个装饰着夜光珠、琉璃珠等为甲帐，一个装饰略差为乙帐。

骋纤腰于结风，奏新声于度曲。妆鸣蝉之薄鬓，照坠马之垂鬟。金星与婺女争华，麝月共嫦娥竟爽。惊鸾冶袖，时飘韩掾之香；飞燕长裙，宜结陈王之佩。轻身无力，怯南阳之捣衣；生长深宫，笑扶风之织锦。

【译文】在"结风"的歌曲中扭动腰肢，按照曲谱演唱新的歌子。打扮出鸣蝉翅膀一样的薄薄的鬓发，在镜中照出马儿下垂一样的发鬟。金星与女宿星争显光华，月亮和嫦娥一起比赛潇洒。惊动神鸟的飘逸长袖，不时飘洒出"韩掾之香"。飞燕般舞动的衣襟，正好系上"陈王之佩"。身体纤巧无力，害怕去做南阳洗衣之工。生长在王宫深院，笑看扶风的织锦。

【评点】世间有了万物，其间有一种便为人。自从有了人的存在，便有了男人与女人。男人们去种地，去经商，去浴血疆场，祈望换来一些什么？女人们或窃语，或私笑，或梳妆打扮，又祈望一些什么？男为心爱者死，女为悦己者容。人世间少不了一个"情"字，为"情"字亦多少香散歌飘？**注**：结风：古歌曲名。度曲：按曲谱歌唱。鬟：古代妇女梳的一种环形的发髻。金星：此"金星"即指太阳系的九大行星之一的金星。婺女：即二十八宿中的女宿。麝月：月亮。掾：本义为帮助人。古代的属官通称。韩掾：即韩寿。晋代人。曾为贾充的属官。韩掾之香：贾充的女儿午曾与韩寿相睦私通，并把皇帝赐给贾充的域外贡品——一种奇香之物偷来给他。后被贾充发现。贾充则将女儿午嫁于韩寿。韩寿后官至散骑常侍、河南尹。后人将"韩寿香"或"韩掾之香"指为男女定情之物。陈王：指三国时期魏国的曹植。陈王之佩，亦指男女订情之物。南阳之捣衣：此"南阳"为泛指。扶风：古地名。

青牛帐里，余曲既终；朱鸟窗前，新妆已竟。

【译文】青牛帐里，曲子已经演奏完毕。南窗前面，新人的妆扮已经结束。

【评点】旧衣卸，新妆就。坐等，坐等……坐等中一个怎样人生？
注：青牛帐：青牛为旧时三煞神之一（另为青羊、乌鸡），有避邪作用。青牛帐即贴有青牛的帐幕。朱鸟窗：朝南的窗户。

山河绵邈，粉黛若新。椒华承彩，竟虚待月之帘。癸骨埋香，谁作双鸾之雾？

【译文】山河辽远，美女打扮一新。房子装饰华美，空挂着珠帘等待美人。癸骨埋香，谁能作双鸾齐飞？

【评点】路遥马乏力，空守待佳人。若作比翼鸟，何处寻芳心？
注：椒华：也作"椒花"。此处指妆扮漂亮的房子。竟虚待月之帘：典出晋人王嘉《拾遗记·周灵王》。文载："越又有美女二人……贡于吴，吴处以椒华之房，贯细珠为帘幌。"；癸：天干第十位为癸。也指北方，北部；癸骨：所指不详。雾：此处有飞翔的意思。鸾：神鸟。

蜀纸麝媒添笔媚，越瓯犀液发茶香。风飘乱点更筹转，扳送繁弦曲破长。

【译文】蜀纸麝墨为书法添了媚气，越窑的茶盅桂花的水飘出茶香。风吹雨落时间飞快，弹奏着许多乐曲到了天明。

【评点】入夜许多"新美"，入夜许多心情。一夜骚人墨客，一夜温情流长。只是日日虽有长夜，夜夜又有天明。**注**：更筹：古代夜间报更用的计时竹签。此处借指时间。

教移兰烬频羞影，自试香汤更怕深。初似染花难抑按，终忧沃雪不胜任。岂知侍女帘帏外，赚取君王数饼金。

【译文】被移动的烛烬常常羞对自己的模样，自己想试一下温热的香汤又怕水深。起初去拈花惹草没有谁束缚自己，最终担忧是像雪被开水浇过一样不能胜任。哪里知道那侍奉人的女子就在帏帘之外，赚到了君王的多少饼金。

【评点】男女情本有，只怕钱中出。为钱而女人侍奉男人，有钱而男人玩弄女人，人生中有此类事，但此事只为一类而已。若要生活美好，钱淡一点，情浓一些。**注**：兰烬：蜡烛的余烬。染花：拈花义。沃雪：指用热水浇雪。比喻事情容易解决。饼金：饼状金块。君王：指拈花惹草的男人。

静中楼阁春深雨，远处帘栊半夜灯。

【译文】于静谧中的楼阁上听深春的雨声，望远处被帘栊笼罩的半夜的灯光。

【评点】春夜听雨，春夜赏灯。雨沙沙，灯朦胧。美在春夜雨里，情在春夜灯中。

绿屏无睡秋分簟，红叶伤时月午楼。

【译文】秋分时绿屏不能入睡，隔着竹帘向外张望；红叶感伤子夜半时分，月亮挂上了小楼屋顶。

【评点】秋分，是一个热与冷的门槛。秋分，也许还是一个情与恨的界限。正所谓：感时花溅泪，恨别鸟惊心。物非物，我心中之情；

情非情，我心中有物。**注**：绿屏：绿色的浮萍。这里喻指女子。月簟：竹席、竹帘、竹子等。红叶：喻指男子。月午：月至半夜。

但觉夜深花有露，不知人静月当楼。何郎烛暗谁能咏？韩寿香薰亦任偷。

【译文】虽然感觉到了深夜的花上有露水，却不知道此刻正是人声平静明月当楼。何郎的诗在暗昏的烛火里谁能诵咏？韩寿之香也任有情人去偷。

【评点】夜深人静刻，情人约会时。明月可否当楼？不若挂于我心。一个"情"字，人生自古最难写。一个"情"字，人生未来亦难猜。**注**：何郎：此处指南朝（梁）诗人何逊；据说何逊年轻时即有诗名，甚为当时名流称道。

阆苑有书多附鹤，女墙无树不栖鸾。星沉海底当窗见，雨过河源隔座看。

【译文】翰林院里有书籍，因此可以聚集来贤达人士；矮墙边无树，所以没有神鸟歇栖。

【评点】鱼入深水，鸟入丛林。若要拴人，先要拴心。**注**：阆苑：传说中仙人的住处。后亦借指翰林院。附鹤：此处的"鹤"指贤才之人。

风阶拾叶，山人茶灶劳薪；月径聚花，素士吟坛绮席。

【译文】风在台阶上吹着落叶，山里人在茶灶下添着柴禾；弯弯的小径旁满是花草，许多读书人坐在席子上一起吟诗作赋。

【评点】风有风情，月有月径。人有心声，可发诗兴。不知花为何物，不知秋为何时。只觉一首好诗，只觉心境清明。

当场笑语，尽如形骸外之好人。背地风波，谁是意气中之烈士？

【译文】当面的时候是笑脸欢语，好像身体之外的另一个好人。背地里翻起风波是非，有谁是意气中的刚烈之士？

【评点】世人在世要处世，处世难免会出事。世上有事亦无事，要看自己怎做事。好人未必就有好事，烈士也未见会做烈事。

山翠扑帘，卷不起青葱一片；树阴流径，扫不开芳影几层。

【译文】满山的翠绿直扑进眼帘，可眼帘却卷不起来这青葱一片；树的阴影在小径上流动，却扫不开花影几层。

【评点】中国人凤讲"天人合一"。天人如何"合一"？只有人心之中。山翠可卷在心里，花影亦迭在心里。

珠帘蔽月，翻窥窈窕之花；绮幔藏云，恐碍扶疏之柳。

【译文】珠帘下垂遮蔽了女子的模样，挑起来偷偷去看身材苗条的娘子；美丽的围幔中藏着美女，只怕要妨碍脚步散乱的情人。

【评点】水中有月，云外有风。不若普通人间，平凡一生。该有的不必心急，没有的不必迫切。生活里自寻美女，那美女便在身旁。注：扶疏：树木繁茂状；扶疏之柳：指男子蹒跚状。此处形容酒醉之人。

幽堂昼深，清风忽来好伴。虚窗夜朗，明月不减故人。

【译文】幽静的堂屋里白天已经很晚了，一阵清风送来了好朋友。窗子虚开夜空晴朗，明月不缺有故人。

【评点】昼有清风送爽，夜有明月为伴。意境似乎完美，情感却多遗憾。若有仁俩挚友，对月清语小酌，此方为至境。

多恨赋花，风瓣乱侵笔墨。含情问柳，雨丝牵惹衣裾。

【译文】多少恨赋予花朵，风吹乱花瓣浸入了笔墨。含着感情问柳树，雨如丝线牵惹着衣角。

【评点】恨花，情柳，心性的象征符号而已。情本无色、无嗅、无形体，人如何感知？借托于物尔。物有千姿万态，物有亿样色彩，物与人"合一"，心与物"一体"，于是，花入了恨笔，雨入了情丝。

亭前杨柳，送尽到处游人；山下蘼芜，知是何时归路？

【译文】凉亭前的杨柳，送完了四处的游人；山下的蘼芜，知道什么时候是归家之路？

【评点】走遍了千山万水，回家的路总有一条。注：蘼芜：一种香草。

天涯浩渺，风飘四海之魂；尘土流离，灰染半生之劫。

【译文】天涯浩渺，随风飘落四海的魂魄；尘土流离，灰心失望成了半生的劫难。

【评点】人如游萍，无根则不定。家若长线，哪怕风筝上天。

蝶憩香风，尚多芳梦；鸟沾红雨，不任娇啼。

【译文】蝴蝶休憩在花的香风里，尚多些许美丽的梦境；鸟儿沾着花间的红雨，不住地娇声吟啼。

【评点】人为人，无飞蝶恋花之美。人为人，难成小鸟红雨之娇。人见千景百色，心有万色千景。人虽身居斗室，心也可在那万里亿里的地方。人要学会自我排遣，人也要学会神游天下。

幽情化而石立，怨风结而冢青。千古空闺之感，顿令薄幸惊魂。

【译文】幽幽情丝化作了石碑而立，哀怨的风结成了青葱的坟冢。自古来空闺独守使人感叹，顿时让那轻薄负心的人惊心荡魂。

【评点】男儿走四方，女人守空房。自古闺怨结，何怨轻薄郎？若非生计迫，谁人去他乡？若非寻梦想，哪能白发苍？

一片秋山，能疗病客。半声春鸟，偏唤愁人。

【译文】一片秋色的大山，能治疗有病的客人。春鸟的半声鸣叫，偏偏在唤醒发愁怨之人。

【评点】人入秋山，见天高气爽，心若秋山金硕，心若秋水澄清。病毒自然了去。春鸣入愁乡，岂非与人添怨？注：半声：形容声音小，不连贯。

李太白酒圣，蔡文姬书仙，置之一时，绝妙佳偶。

【译文】李太白是酒圣，蔡文姬是书仙。如果把他们俩人放在一个时代，是一对绝妙的佳偶。

【评点】历史就是历史。李白去不得汉朝，蔡文姬也到不得唐朝。人以为酒圣洽对书仙，其实也是乱点鸳鸯。

华堂今日绮筵开，谁唤分司御史来？忽发狂言惊满座，两行红粉一时回。

【译文】华丽的厅堂今天摆开盛大筵席，谁去把分管的御史唤来？忽然发表了狂妄的讲演让满座皆惊，排列两旁的侍女一时间都回去了。

【评点】酒助人兴，人借酒力。酒人有酒胆，酒人亦有酒言。今人亦多好酒，但愿君能自持。狂亦不怕，只是莫借于酒。

缘之所寄，一往而深。故人恩重，来燕子于雕梁。逸士情深，托凫雏于春水。好梦难通，吹散巫山云气。仙缘未合，空探游女珠光。

【译文】缘之所以寄托，一往而情深。故人的恩义重，会有燕子来雕梁上筑巢。逸士情感深浓，可以托住在春水里游玩的小野鸭。好梦难以做通，吹散了巫山中的云气。男女仙缘未配合，白去偷偷探望了珠光宝气的游女。

【评点】人间男女，人间万事，均有个"缘"字。"缘"字若在，凡事总有个接连。"缘"字若无，万事都是个"休"字。

桃花水泛，晓妆宫里腻胭脂；杨柳风多，堕马结中摇翡翠。

【译文】桃花水泛的时候，在宫中化晨妆涂抹着胭脂；杨柳间风多，头上堕马结的翡翠也在风中摇动。

【评点】谁知晨妆几许霞，杨柳中间有桃花。世上只因女儿妆，男儿方有马上跨。

对妆则色殊，比兰则香越。泛明彩于宵波，飞澄华于晓月。

【译文】彼此对照打扮则色彩不同，与兰花相比则更香。在黑夜里泛起明丽的彩波，于晓月间飞撒一片澄明的光华。

【评点】人非其他自然万物，所以不会真的"羞花闭月"。人非其他自然万物，因此也不必与日月争辉。但人（尤其女人）乃万物之灵长，因而可以成为万物之尺度。万物因此与人，人仍能胜出一筹。

纷弱叶而凝照，竟新藻而抽英。

【译文】阳光凝照着纷乱的弱小的叶子，竟然有新的水藻抽出了小花。

【评点】一种意境，一种心境。

手巾还欲燥，愁眉即使开。逆想行人至，迎前含笑来。

【译文】手巾还想烤干，愁眉就算是展开了。设想着外出的人回来了，迎到前面看着含笑而来的人。

276

【评点】所谓游子归家，妻儿欢跃。人之常情，天伦之乐。只怕是游子迟迟难还，盼者仍为一梦。

逶迤洞房，半入霄梦。窈窕闲馆，方增客愁。

【译文】从从容容地进入洞房，夜半之间便进入了梦乡。窈窕的女子住在闲馆，才增添了客人的忧愁。

【评点】何以他乡为客，不与佳人团圆？终日奔波忙碌，劳苦中味道何甘？注：逶迤：从容自得的样子。霄：通宵。闲馆：宽广的馆舍。

悬媚子于搔头，拭钗梁于粉絮。

【译文】为心爱的人别上簪子，用粉絮擦拭钗梁。

【评点】女为心爱者妆，男为心爱者死。注：媚子：所爱之人。搔头：簪子的别称。钗梁：钗的主干部分。粉絮：丝绵做的粉扑。

临风弄笛，栏杆上桂影一轮；扫雪烹茶，篱落边梅花数点。银烛轻弹，红妆笑倚，人堪惜，情更堪惜；困雨花心，垂阴柳耳，客堪怜，春亦堪怜。

【译文】临风吹弄着竹笛，栏杆上挂着一轮明月；扫雪煮茶，篱笆旁有梅花开了数点。轻轻弹掉腊烛上的灰烬，红妆女子倚在一旁，人值得珍惜，情更值得珍惜；困雨中花有心，垂阴下柳有耳，客人值得可怜，春也值得可怜。

【评点】一幅雪景，一个雪夜，几点梅花，几点烛光。景中有许多忧郁，人心中有许多愁苦。苦从何中来，苦归何处去？只有可怜，只有爱怜……

肝胆谁怜，形影自为管鲍。唇齿相济，天涯孰是穷交？兴言及此，辄欲再广绝交之论，重作署门之句。

277

【译文】肝胆相照谁怜悯，形影不离自以为是管鲍。唇齿相依，天涯处谁是至交？一时兴至而言及此事，干脆想再广泛宣传绝交的理论，重新写下门楣上的字句。

【评点】肝胆皆为内脏，如何可以相照？人心隔于肚皮，他人何以能测？人若要相知，定要有相同之识。人若想交谊，则必须臭味相投。然而识人最难，交友最慢，倘要毁谊，却易而又易。如此看，是各揣心腹事，还是干脆莫交友？君自忖度。注：管鲍：即指春秋时的管仲和鲍叔牙。两人相知最深。署门：在门上或门楣处签名留字。

燕市之醉泣，楚帐之悲歌，歧路之涕零，穷途之恸哭，每一退念及此，虽在千载之后，亦感慨而兴嗟。

【译文】燕市上的酒醉啜泣，楚军帐中悲歌四起，歧路上的涕零激动，穷途上的恸歌悲声，每一个退念由此而生，虽然在千载之后，也还是要感慨而兴叹。

【评点】人生哪能都得意？史上诸君已成去。想来争胜于天下，不若家中为凡人。注：燕市：战国时的燕国国都。楚帐：指西楚霸王项羽的军中帐幕。

陌上繁华，两岸春风轻柳絮。闺中寂寞，一窗夜雨瘦梨花。芳草归迟，青骢别易。多情成恋，薄命何嗟！要亦人各有心，非关女德善怨。

【译文】街道繁华，两旁的春风轻吹着柳絮。闺房中寂寞，一夜雨过窗外梨花落许多。有情人回来晚了，青骢马别去换了人家。多情而成眷恋，薄命人叹息什么！因为人各自有心，与女德的好坏无关。

【评点】户外春光浓郁，室内寂寞许多。人生如若四季，转换只是朝暮。苦守春秋冬夏，又有多少报泽？注：陌上：街道。芳草：原意为香草。此处指贤德或忠贞之人。青骢：据说为生长于青海的良马。女德：妇女的德守。

山水花月之际，看美人更觉多韵。非美人借韵于山水花月也，山水花月直借美人生韵耳。

【译文】在山水花月的近旁，看美人更觉得韵味多多。并不是美人从山水花月那里借来神韵，是山水花月借了美人才生出韵味的。

【评点】山水花月一万年，无美人其间，美又往何处寻觅？美与不美，皆在人的心神之间。山有韵味，水有韵味，花月有韵味，皆因人有韵味。

深花枝，浅花枝，深浅花枝相间时，花枝难似伊。巫山高，巫山低，暮雨潇潇郎不归，空房独守时。

【译文】深色的花枝，浅色的花枝，深浅花枝相交织的时候，花枝难以像你。巫山高高，巫山低低，晚雨潇潇下而郎不归家，空房独守的时候。

【评点】男人在外搏生活，家中难免怨妇多。不知花枝与谁比，空房独守日难过。

青娥皓齿别吴倡，梅粉妆成半额黄。罗屏绣幔围寒玉，帐里吹笙学凤凰。

【译文】美丽的少女告别了吴国的歌舞生活，梅花粉化成了半额黄的妆扮。美丽的罗屏绣幔遮掩着美女寒玉，在帐幕里吹笙学着《凤律》的曲调。

【评点】美女入绣帐，男子赴疆场。古人似乎极为推崇如此的社会分工形式。其实，这中间又要有多少误解？美女一定要入绣帐绵裹，岂非就是如今的傍大款。虽然古人以此为甚美，但其实却也一般。**注：**青娥：主管霜雪的女神。一般指美貌少女。额黄：六朝时，妇女在额头上涂饰黄色。梅粉：指梅花或腊梅花。寒玉：本指玉石。此处指容貌清俊。凤凰：此处指古乐中的《凤律》。

初弹如珠后如缕，一声两声落花雨。诉尽平生云水心，尽是春花秋月语。

【译文】初弹的时候琴声像珠串散地一样，紧接下来就连绵不绝；一声，两声，像雨落花间一般。诉尽了平生云水一般的心情，全都是春花秋月一类的咏物寄情之语。

【评点】琴作女声，女以琴诉。伤花问月感情事，追风卜雨别愁天。其实，春花秋月一样，人事心情两非。出事的是人，是云水一般的人。

春娇满眼睡红绡，掠削云鬟施妆束。飞上九天歌一声，二十五郎吹管逐。

【译文】春天里娇女的眼角上还留着充血的睡意，拢一拢头发开始梳妆打扮。一曲歌声飞上了九天，二十五郎吹管的乐声跟在后面。

【评点】千娇百媚为春妆，一曲新歌动上苍。问女儿花如许，只为心中有君郎。歌为何人唱，曲为何人弹？**注：**绡：同"梢"。二十五郎：出处不详。此处当指乐队。吹管：可吹奏的管状乐器。

琵琶新曲，无待石崇。筼簹杂引，非因曹植。

【译文】琵琶新曲，不是为了款待石崇。筼簹杂引，不是因为曹植。

【评点】自娱自乐，是最美妙的享受。注：石崇：晋代人。曾官荆州刺史。因常劫远路客商而致富。筼簹杂引：即古曲筼簹引。筼簹引为乐府《相和六引》之一。曹植：三国曹操之子。

休文腰瘦，羞惊罗带之频宽。贾女容销，懒照蛾眉之常锁。琉璃砚匣，终日随身，翡翠笔床，无时离手。

【译文】休文腰瘦了，带着羞竟惊讶地发现腰间的罗带频频变宽。贾女面容消瘦，懒得在镜中看到蛾眉常锁的样子。琉璃做的砚盒，终日随身携带。翡翠做的笔床，无时离开手中。

【评点】衣带渐宽，悔心可有？男瘦女消，情为减肥良药。

清文满箧，非惟艿药之花。新制连篇，宁上葡萄之树。

【译文】清新俊雅的诗文装满了箱子，并非都是那种描写男情女爱的文字。新的作品接连不断，宁可上那葡萄之树。

【评点】为诗为文，均需有情之人。人皆有情，非必男女之爱。情中有情，情外有情，方为真情。

西蜀豪家，托情穷于鲁殿；东台甲馆，流咏止于洞箫。

【译文】西蜀的豪富人家，因为托寄人情而穷尽在鲁殿之上；东台的上等住宅，传唱的乐曲止于洞箫。

【评点】人生一首交响曲，时有高潮时有低吟。注：鲁殿：汉代鲁恭王建有一座灵光殿。后屡经战乱，此殿独存。后人以鲁殿来形容硕果仅存的人或事。东台：唐官署名。此处指与西蜀相对应的地名。甲馆：本为汉代楼观的名称。此处指上等住宅。

醉把杯酒，可以吞江南吴越之清风；拂剑长啸，可以吸燕赵秦陇之劲气。

【译文】醉里把着酒杯，可以吞入江南吴越的清爽之风；拭着剑长啸一声，可以吸入燕赵秦陇之豪气。

【评点】醉中乾坤多大，剑中豪气多长？人来世上一遭，当留功名人声。

林花翻洒，乍飘扬于皋兰。山禽啭响，时弄声于乔木。

【译文】林中的花绽放，刚刚在兰草旁摇动。山中的鸟鸣啭，不时地在乔木中弄出声响。

【评点】一支二支野花，绽放于兰草身旁。一声二声鸟鸣，听在某株树上。走入森林的梦境，远去了人世喧闹。只见一缕阳光，穿过了叶隙，照在了树下的野花。人溶入山林，似乎是一种"绝响"。注：皋兰：泽边的兰草。

长将姊妹丛中避，多爱湖山僻处行。

【译文】经常把姊妹躲入树丛，非常喜爱在湖山偏僻的地方行走。

【评点】路走偏僻，心走繁闹。

未知枕上曾逢女，可认眉尖与画郎。

【译文】不知道曾在睡觉时见过你，可是认得眉尖的样子和画它的人。

【评点】除非离乱，否则何以陌生？若以眉尖相认，如何避免差池？

蘋风未冷催鸯别，沉檀合子留双结。千缕愁丝只数围，一片香痕才半节。

【译文】微风还未凉就催促男子离去，沉檀的盒子里留下了同心结。千缕愁丝只有数围那样粗，吻别的香痕才印了一半。

【评点】人有何愿？有人求钱，有人求官，有人求一颗相偎之心。说而论之，钱也许易求，官也许易做，只是求心却属难上之难。注：蘋风：微风。沉檀：指沉香木和檀木。围：计量周长的大概单位。古代说法不一。

那忍重看娃鬟绿，终期一遇客衫黄。

【译文】那里忍心看着美女的头发乌黑，始终期盼能够遇见黄衫客。

【评点】人虽有寿，青春苦短。美貌女子，终需有依。只是封建时代生长，婚姻已成家族大事。男女授受不亲，又无从去圆青梅竹马之梦。如此下来，只好盼望黄衫客了。如今已非昨日封建，男女大防已破。然而却又少了忠贞不渝。四下里皆谈爱情，只是爱也成了"一次性的消费"。用完便罢，用过便扔。此莫非是进步？

金钱赐侍儿，暗嘱教休语。

【译文】把金钱赏给贴身侍女，暗中嘱咐教她不要说出去。

【评点】偷情似乎亦为爱，休传闲话到人间。如今"插足"有几者？各有帐目各自算。

薄雾几层推月出，好山无数渡江来。轮将秋动虫先觉，换得更深鸟越催。

【译文】天上的几层薄雾中推出了月亮，夜光下许多美丽的山峰好像要渡江而来。刚要到秋天虫子已经知觉了，换来的是夜半更深鸟儿叫得更紧。

【评点】夜有至景，夜有静声。人虽然偏爱阳光，却也十分眷恋夜象成景。夜色会滤去白日污浊，夜光可虚化昼间的真实。夜晚的朦胧里，人心似乎易于平静，人性似乎易于深省。

花飞帘外凭笺讯，雨到窗前滴梦寒。

【译文】花飞到帘幕之外权当做发出的信件，雨在窗前落下的声音带着寒凉滴入了梦境。

【评点】花可以为信，可以作笺，可以寄人情许多。雨或可春，或可夏，或可秋，皆有凉寒之意。人有情，花亦有情。人有梦，雨亦入梦。

樯标远汉，昔时鲁氏之戈；帆影寒沙，此夜姜家之被。

【译文】樯标远去了中土，过去鲁氏争战之戈；帆影中寂寥的沙漠，此夜姜氏之被暖人。

【评点】人入军阵马戈，只盼有一日早还。其实山水人情，尚需互助之暖。注：樯标：船上的桅杆标志；此指军中的旌旗。后句中的帆影亦此含义。鲁氏之戈：即"鲁阳戈"。《淮南子·览冥训》说：鲁阳公与韩打仗。战斗正激烈的时候，太阳要落山了。鲁阳公拿着戈向落日挥动，太阳为他又反升了三竿(三舍)。后人因此用鲁阳戈或鲁阳挥戈来表示力挽狂澜。姜家之被：也称"姜被"。《后汉书·姜肱传》说：姜肱和他的两个弟弟仲海、季江，均以孝行而闻名。他们兄弟感情甚好，所以常常同被共寝。后人用"姜被"来比喻兄弟或兄弟之情。

填愁不满吴娃井，剪纸空题蜀女祠。

【译文】愁思填不满吴娃井，剪纸白白贴在了蜀女祠堂。

【评点】人有愁，若愁入心愁加愁。人有情，若情空付又何情？**注：**吴娃井：江南美女照影的水井。蜀女：蜀王宫女。泛指蜀地美女。蜀女祠：即蜀女祠堂。

良缘易合，红叶亦可为媒；知己难投，白璧未能获主。

【译文】男女良缘易合，红叶也可以做媒人；知己朋友难寻，宝玉没能找到主人。

【评点】中国人讲"良缘易合，知己难投"，实在是说婚姻好结，人心难测。然而人若不想交心，又何来知己？只是交心知己要有对象，慎友方可。

填平湘岸都栽竹，截住巫山不放云。

【译文】填平湘江岸堤都栽上湘妃竹，截住巫山不放云彩飞去。

【评点】人本伤感，亦感伤逝。去者本去，然而人心不去。心中许多惆怅，为古人为今人。**注：**湘岸栽竹：即湘妃竹。又称湘竹、湖江竹。巫山云：指巫山之女。

鸭为怜香死，鸳因泥睡痴。

【译文】鸭子为怜香而死，鸳鸯因深睡而呆。

【评点】鸭乎人乎？鸭死岂为怜香；怜香实只为人。

283

红印山痕春色微，珊瑚枕上见花飞。烟鬟缭乱香云湿，疑向襄王梦里归。

【译文】晚霞山影春色渐去，珊瑚枕上但见鬟花飞动。发型缭乱云鬟汗湿，好像是在"襄王梦"里找到了去处。

【评点】男欢女爱，本为人性。只是世间百般，事难如意。**注：**珊瑚枕：指青年女子所睡枕头。襄王梦：此处指男女合欢。

零乱如珠为点妆，素辉乘月湿衣裳。只愁天酒倾如斗，醉却环姿傍玉床。

【译文】零乱如散开的珠串是为化妆，月亮洒下银辉沾湿了衣裳。只犯愁他如斗一般饮好酒，醉后蜷起身子躺在床下。

【评点】中国人尚酒。中国男人尤其尚酒。"李白斗酒诗百篇"，已成古今中国豪酒的理由。然而酒犯花运，酒慢佳人。酒多亦误事。可见有情者理应少饮酒，饮酒当有节制。否则，岂不冷了美人之心？

有魂落红叶，无骨锁青鬟。

【译文】有心思的人可以落红叶为媒，无骨气的只能空锁青春。

【评点】世上何有易事？凡事都要用心。青春能几多，怎容每每延宕？注：红叶：唐代因红叶题诗结成良缘的故事较多。后人以"红叶"为传情的媒介。青鬟：黑色的鬟发。此处指青年女子。代指青春。

书题蜀纸愁难浣，雨歇巴山话亦陈。

【译文】字写在蜀纸上也难以带走愁丝，巴山的雨停了说的话也旧了。注：蜀纸，好纸。

【评点】人入愁中，愁结只有从头解。膝促长谈，说到后来人也累了。

盈盈相隔愁追随，谁为解语来香帷？

【译文】一河清水相隔，愁思在后面追随；谁能为了解心中的想法，来到香帷帐前？

【评点】人去情随，愁起怨坠。世人只道闺深怨，不知行者亦愁人。

斜看两鬟垂，俨似行云嫁。

【译文】侧看两鬟发髻下垂，好像似要出云嫁一般。

【评点】男人轻修饰，女人爱云妆。不为他人镜，只为心中想。注：云嫁：即云女出嫁。云女，指仙女、美女。

欲与梅花斗宝妆，先开娇艳逼寒香。只愁冰骨藏珠屋，不似红衣待玉郎。

【译文】要与梅花比赛谁的妆束美，先开的娇艳花朵透出逼人的清香。只愁的是美人藏在漂亮的屋子里，不能像别的女子那样款待如意郎君。

【评点】女人与花，古来的两丽。只怕闺怨如水，没了春心老了花容。

注：红衣：此处指别的女子。

纵教弄酒春衫浣，别有风流上眼波。

【译文】纵然是让酒弄湿了美丽的衣服，特别的风流在眼波里飞动。

【评点】花亦是博士，酒亦是媒人。若有酒意上心，何不风流？

听风声以兴思，闻鹤唳以动怀。企庄生之逍遥，慕尚子之清旷。

【译文】听到风声就驰骋了心思，听到鹤鸣就感动了情怀。企望能有庄子那样的逍遥，羡慕尚子一样的清旷。

【评点】人均想逍遥，人均想清旷。然而人实之为人，却实在难免世间牵挂。谁人能如庄子，何人敢为尚长？ 注：庄生：即庄子。尚子：指东汉尚长。尚长，字子平，河内人。据李善注引嵇康《高士传》说，尚长为儿子嫁娶完毕后，遂与家人断绝来往。称"勿复相关，当如我死矣。"

灯结细花成穗落，泪题愁字带痕红。

【译文】灯芯结出灰花成穗落下，用泪写出的愁字带着泣血的痕记。

【评点】愁字有多种写法。闺愁仅为其中一种。女人发愁，天性然也。

无端饮却相思水，不信相思想杀人。

【译文】无缘由地喝了相思水，不信相思却想死了人。

【评点】相思之水如何无端？若不相思又何来相思之水？

渔舟唱晚，响穷彭蠡之滨；雁阵惊寒，声断衡阳之浦。

【译文】渔舟唱晚，响遍了鄱阳湖畔；雁阵惊叫，声音消逝在衡阳的水边。

【评点】渔舟晚唱，唱晚中许多暮色。雁阵寒惊，不知此去何方。人生若日，有早有晚。人生若雁，有归有去。

爽籁发而清风生，纤歌凝而白云遏。

【译文】箫管声高而清风起，歌声悠扬而白云止。

【评点】风听箫声云听歌，不知人间韵几何：若向丝竹出纤手，难问情中泪许多。注：爽籁：参差不齐的箫管声。

杏子轻衫初脱暖，梨花深院自多风。

【译文】杏黄单衣初换是因为天气方才转暖，开满梨花的深院里自然多风。

【评点】天气暖了换单衣，太阳晒了撑阳伞。不知人间隐秘处，深院之中何来风？注：杏子轻衫：指杏黄微红色的轻薄衣衫。一说指粉红色。

卷三

峭

今天下皆妇人矣！封疆缩其地，而中庭之歌舞犹喧；战血枯其人，而满座之貂蝉自若。我辈书生，既无诛乱讨贼之柄，而一片报国之忧，惟于寸楮尺字间见之。使天下之须眉而妇人者，亦耸然有起色。集峭第三。(作者引语)

【译文】 现在的天下全都是妇人啦！边疆上减少了土地，而中庭里的歌舞还在喧闹；战斗的血腥使人枯萎憔悴，而满座的貂蝉们还是神态自若，我们这些书生，既然没有平息叛乱讨伐贼寇的权力，而一片报国的热忱，只有在寸纸尺字之间来表现了。要使长着胡子的"妇女"们，也耸然有了要振作意思。集峭第三。

【评点】 中国是父系社会，因此社会文化是男性化的。所谓"皆妇人"，无非是说男人们没了骨气。可其实骨气这东西不光男人们有，女人们同样也有。貂蝉们的"神态自若"，其实是男人们造成的。**注**：峭：严峻严厉。中庭：古代庙堂前阶下或厅堂的中央部分。

忠孝吾家之宝，经史吾家之田。

【译文】 忠孝是我们家的宝贝，经史是我们家的田地。

【评点】 忠孝传家，经史为畔。此为中国人的立身"法宝"。走进现代，许多人对此不以为然。其实，若不拘泥于忠孝的封建性内容和经史具体所指，这其中的味道还是相当深重的。**注**：经史：指传统文化。

闲到白头真是拙，醉逢青眼不知狂。

【译文】 闲活到老真是无能，醉里受到青睐也伴作狂态。

【评点】 拙此一生者，要不知其拙。在拙而不知拙不识拙，以自己为非拙，此为境界。

兴之所到，不妨呕出惊人心。不然也，须随场作戏。

【译文】兴致到了的时候，不妨把自己心里惊人的秘密倾诉出来。如果不是这样，需要逢场作戏。

【评点】人心皆如此，只是比例有所不同。有人常有心声外泄，有人则一生守口。

放得俗人心下，方可为丈夫。放得丈夫心下，方名为仙佛。放得仙佛心下，方名为得道。

【译文】放得下来俗人的心思，方可以成为有作为的人。放得下来大丈夫的心思，方可以称为神仙佛爷。放得下仙佛的心思，才能够叫作得道。

【评点】人皆凡夫，人皆俗子。若有仙佛，也定如此。因此，做不做大丈夫，做不做仙佛得道一类并不重要。重要的是，要有一个普通心态。也许，这普通就是神仙佛爷，就是得道。

吟诗劣于讲书，骂座恶于足恭。两而揆之，宁为薄幸狂夫，不做厚颜君子。

【译文】吟诗的比讲书的恶劣，骂街的比过分恭敬的还坏。两相比较，宁可当轻薄狂放之人，不做厚脸皮的君子。

【评点】人的善良需要伪装，人的丑恶需要伪装。人与伪装；似乎天然。然而人又痛恨伪装，人又仇视伪装。人与伪装，似乎应分离。其实中国人哪个不善伪装？中国人又有哪个逃得掉伪装？契诃夫笔下有个套中人。他不知，那套中人也在中国发展过事业。因为每个中国人都有个"套子"。不信？那"宁为薄幸狂夫"者，不也是个套子里的角吗？**注：**揆：度量，尺度。

观人题壁，便识文章。

【译文】看别人在壁上题字，便认识了文章。

【评点】文章题上墙，难奈不识"王"。道理在人心，心上有文章。

宁为真士夫，不为假道学。宁为兰摧玉折，不作萧敷艾荣。

【译文】宁可做真的读书人，不做假的道学先生。宁为兰摧玉折，不做招摇荣耀的坏人。

【评点】人有气，当有气节。人有心，当有心志。三军可以夺帅，匹夫不可夺志。**注**：道学：本义是指儒家的道德学问。后指拘泥于礼法，处事迂腐的人。敷：扩展，丰饶。萧艾：即艾蒿，臭草。古人用其比喻品质不好的人。

随口利牙，不顾天荒地老。翻肠倒肚，那管鬼哭神愁。

【译文】顺嘴随便说，不顾日久年深。翻肠倒肚，那管别人怎样。

【评点】不知是潇洒，不知是个性，不知是性格，也不知是痴呆。

身世浮名，余以梦蝶视之，断不受肉眼相看。

【译文】身世浮名，我把它看成是梦中蝴蝶，一定不能让肉眼看到。

【评点】人生一世，也许是梦。然而人在梦中，却不能以梦而生。人生之中，不是梦。若以梦蝶而生活，生命何以存在？

达人撒手悬崖，俗子沉身苦海。

【译文】通达之人撒手尘世，凡夫俗子在红尘苦海里挣扎。

【评点】达人有精神痛苦，凡人有生存需要。以吾观之，达人亦要吃饭，达人其实也是凡人。

锁骨口中，生出莲花九品。铄金舌上，容他鹦鹉千言。

【译文】在有道的人口中，能生出莲花九品。熔金舌上，容忍他鹦鹉学舌喋喋不休。

【评点】所谓"锁骨口中"无非一点道理而已。道理说起来简单，其实要有心人认真思考。学而不思则惘。学舌人人皆会，思考出某种"道"理却非学舌者可以做到。**注**：锁骨：相传唐朝大历年间，延州有一妇人死。有西域胡僧敬礼焚香，称其为锁骨菩萨。此指有道之人。

少言语以当贵，多著述以当富，载清名以当车，咀英华以当肉。

【译文】把少说话当成金贵，把多著述当成富裕，把承载清白之名当成车，把咀嚼文章精华当成肉。

【评点】清贫，似乎是中国知识分子的文化传统和理性追求。这中间既包涵有中国士人的清高志远，也包括了知识分子对金钱灵魂的批判。窃以为，在一个对知识和文化所需不多的时代里，知识分子的这种批判究竟是必须还是无奈？今天的人似乎问质的不多。在今天的所谓"知识经济"时代里，知识人士似乎有必要对历史的批判作出某种反思。

竹外窥鸟，树外窥山，峰外窥云，难道我有意无意？鹤来窥人，月来窥酒，雪来窥书，却看他有情无情！

【译文】从竹林外面看鸟，从树木外面看山，从山峰外面看云，难道我有意无意？鹤来偷偷看人，月来偷偷看酒，雪来偷偷看书，却看他有情无情！

【评点】鹤来，月来，雪也来，来者皆来。来者虽来，不为人，不为酒，不为书，只为要来。不知有意者从何有意，不知有情者从何有情。

体裁如何？出月隐山。情景如何？落日映屿。气魄如何？收露敛色。议论如何？回飙拂诸。

【译文】[文章的]体裁怎么样？月亮出来而山岭隐去。[文章的]情景怎么样？落日余辉映着小岛。[文章的]气魄怎么样？把外露的东西收好，把张扬的色彩藏起。[文章的]议论怎么样？回旋的飙风横扫一切。

【评点】写文章是为"大业"。人的生命有限，文章生命却可以"无限"。因此为文章者，要斟酌再三。为文学者，要有情有义。为理论者，要有胆有识。

290

有大通必有大塞，无奇遇必无奇穷。

【译文】有大的通顺一定就有大的阻碍，没有奇特遭遇一定就不会有非常的贫穷。

【评点】中国的平民老百姓多不敢有奢望。不求大富大贵，只求一生平安。对于一般人而论，此为至理。

雾满杨溪，玄豹山间借日月；云飞翰苑，紫龙天外借风雷。西山雾雪，东岳含烟。驾凤桥以高飞，登雁塔而远眺。

【译文】雾气布满杨溪，玄豹在山间伴着日月；云朵飞进翰苑，紫龙在天外借来了风雷。西山雪后放晴，东岳云遮雾障。驾凤桥欲高飞，登雁塔而远望。

【评点】人有凌云志向，当欲飞，当远眺，以阔心胸，以容万物。**注**：杨溪：所指不详。玄豹：黑豹。翰苑：翰林院。紫龙：紫色为蓝与红的合成色。中国古代有以紫为贵的习俗。紫龙，即为龙中贵胄。

一失脚为千古恨，再回头是百年人。

【评点】人难免有误，然而却大误不得。人生苦短，光阴有限。你若在关键处未有走好，再想重走则甚难。因为机会丧失环境有变，人物均非，你如何悔去呢？然而，既然人难免有误，那么就需要正视自己。不要执迷不悟，不要破罐子破摔。回头路走不了，换一条就是了。

居轩冕之中，要有山林的气味。处林泉之下，常怀廊庙的经纶。

【译文】位居重要官职，要有平民百姓的气味。处身民间穷巷，常常要想到国家大事。

【评点】或在朝廷或在山野，或为高官或为百姓，均不可执其一端，均不可只知其一而未知其他。世有百业，人有百行。为官不能独尊，百姓亦不能只问生计而不问国政。

学者有假兢业的心思，又要有假潇洒的趣味。

【译文】学者有假装努力的心思，还要有假装潇洒的趣味。

【评点】在中国，学者实为一种"职业"。与其他职业者相比，学者们

也许在理性上有所真诚，但在生活道德上却多有虚伪。虚伪，也是一种人生境界。

平民种德施惠，是无位之公卿；士夫贪财好货，乃有爵的乞丐。

【译文】平民百姓种下德行布施恩惠，是没有职位的大官；当官贪财无止，乃是有爵位的乞丐。

【评点】平民有德，为官有恶。中国古来如此。

烦恼场空，身住清凉世界；营求念绝，心归自在乾坤。

【译文】烦恼只是一场空，身住在了清凉世界里；钻营追求的念头绝掉，心可归去自在的乾坤。

【评点】人多有烦恼，烦恼可扰人一生。甩却烦恼，人心方有自由。

觑破兴衰究竟，人我得失冰消。阅尽寂寞繁华，豪杰心肠灰冷。

【译文】看破了兴衰的内幕，计较你我得失的想法顿时冰消。看完了寂寞与繁华，英雄豪杰心灰意冷。

【评点】世有红尘，或可看破。然而人人皆看破红尘，人世岂不退步瓦解？红尘要看透，但切莫看破。

名衲谈禅，必执经升座，便减三分禅理。

【译文】有名的和尚谈禅，一定拿着经书正襟危坐，这便减去了三分禅理。

【评点】禅理玄妙，也许不该升堂宣讲。然而广布禅心，却又不免宣讲众人。**注：衲：僧衣。此处指和尚。**

穷通之境未遭，主持之局已定。老病之势未催，生死之关先破。求之今日，谁堪语此？

【译文】困难与顺达的境遇尚未遇到，基本的局面就已经确定了。老病并未来催逼，生死之关就已经走完了。从今日中乞求，谁能说清这些？

【评点】人生诸事，生老病死而已。中国人信命，似乎唯心。究其实质，却也的确如此。生老病死，人力可测乎？人力可变乎？泰然处之，不必长叹。

292

一纸八行，不过寒温之句。鱼腹雁足，空有来往之烦。是以嵇康不作，严光口传，豫章掷之水中，陈泰挂之壁上。

【译文】一张纸写八行字，不过是问寒问暖之句而已。书信往来，空有烦恼。所以嵇康不作尚书，严光在民间流传，豫章扔到水里，陈泰将财物挂在壁上。

【评点】古代仕路宦途险恶。所谓伴君如伴虎。因此许多人知难而退，以求自保。这其中既有志向高洁，也有淡泊名利。不可否认的是，其中也有自私自利。**注**：鱼腹雁足：泛指书信。嵇康：三国魏人。为竹林七贤之一。其人以嗜酒和孤高独傲而闻名。曾做绝交书，拒绝了吏部尚书山涛举荐。严光：字子陵。东汉人。少时曾与汉光武帝刘秀同学。刘秀即帝位后，严光隐姓埋名。刘秀派人查访，征召到京，授谏议大夫。严光不受，退隐于富春江。豫章：此处比喻为栋梁之材。陈泰挂壁：陈泰，三国魏人。官为并州刺史时，曾受命护卫匈奴。京城里的达官贵人们纷纷给他宝货，要他代买奴婢。陈泰把这些东西都挂在墙上，均不开封。及后来被征入京为尚书，又将这些东西奉还。后人以其事为典故。

枝头秋叶，将落犹然恋树。檐前野鸟，除死方得离笼。人之处世，可怜如此。

【译文】枝头上的落叶，要落的时候还在恋着树枝。屋檐下挂着的野鸟，除了死才能离开笼子。人的处世，可怜也是这样。

【评点】留恋生命，物皆有然。至死解脱，命运如此。

士人有百折不回之真心，才有万变不穷之妙用。

【译文】人有百折不回的真心，才有万变无穷的办法。

【评点】意志，在许多时候就是力量。

立业建功，事事要从实地着脚。若少慕声闻，便成伪果。讲道修德，念念要从处处立基。若稍计功效，便落尘情。

【译文】立业建功，凡事要从实地落脚。如稍有一点羡慕名声，便成了假的结果。讲道修德，所有念头要从所有地方立论。如稍微计较一点回报，便落入了尘世情缘。

【评点】实地脚踏，从一点一滴开始。莫求虚荣，以防虚荣害人。**注**：少慕：此处的"少"，当用作"稍微"义。

执拗者福轻，而圆融之人其禄必厚；操切者寿夭，而宽厚之士其年必长。故君子不言命，养性即所以立命。亦不言天，尽人自可以回天。

【译文】固执的人福分轻，而会圆滑融通的人的利禄一定多。性急的人寿短，而宽容忠厚的人的寿命一定长。所以君子不谈命，修神养性就是立命。也不说天，尽了人力自然可以回天。

【评点】不温不火，是为中国人的极境。长命养天，是为中国人的日常。只是人命虽长，若淡泊无味，又有何意义？只是人世竞争，你不火又如何发展？在外力下找一点休闲，在急促下有一点放松，一张一弛是为最佳。

才智英敏者，宜以学问摄其躁；气节激昂者，当以德性融其偏。

【译文】才智英敏的人，应该以研究学问来取代他的浮躁；气节激昂的人，应当以德性的修练来融解他的偏执。

【评点】人有性格，否则人与人没有差别。然而人有性格，却又不能执走极端。处身处事，均需沉着。平衡心态，实为做人的必要。

苍蝇附骥，捷则捷矣，难辞处后之羞；茑萝依松，高则高矣，未免仰扳之耻。所以君子宁以风霜自挟，毋为鱼鸟亲人。

【译文】苍蝇附在骏马身上，快虽快了，却难以抹掉附在马屁股上的羞耻；蔓草依着松树，高虽高了，却难免高攀的耻辱。所以君子宁可面对风霜，也不与鱼鸟做亲人。

【评点】人与物有所不同的是，人有气节，人有羞耻。是以有骨气的人不畏权势，亦不依附于权力。堂堂正正做人，何必奴颜卑屈。注：后：指屁股或肛门。

伺察以为明者，常因明而生暗，故君子以恬养智；奋迅以求速者，多因速而至迟，故君子以重持轻。

【译文】以侦察手段了解事情的人，常常会因其了解而出现不了解的情况。所以君子以恬静滋养智慧；以激烈的方式追求速度的人，往往因过快而导致迟缓。因此君子以稳重心态来拿轻的东西。

【评点】事有条理规律，人有自身习性。不可以勉强而致，不可以过分要求。适度，适时，为最好。

有面前之誉易，无背后之毁难。有乍交之欢易，无久处之厌难。

【译文】获得面前的赞誉容易，没有背后的毁谤困难。得到初次交往的欢乐容易，没有长久相处的厌恶困难。

【评点】人情有冷暖，感情有厚薄，久处难有千日好，乍逢自有惊喜情。人非圣物难免俗。但愿对人，如若对己。

宇宙内事，要担当，又要善摆脱。不担当，则无经世之事业；不摆脱，无出世之襟期。

【译文】世上的事情，要承担，又要善于摆脱。不承担，则没有立身的事业；不摆脱，便没有出世的志趣。

【评点】一生在世，凡事均在做与不做之间。一生忙碌，凡人都在为与不为之间。然人要立身，人要生存，不做事便为寄生虫。然人要活着，人要吃饭，无作为便只有饿死。

待人而留有余不尽之恩，可以维系无厌之人心；御事而留有余不尽之智，可以提防不测之事变。

【译文】对待他人要保留有所富裕而不能穷尽的恩惠，可以维系贪得无厌的人心；驾驭事情要保留有所富裕而不能用尽的智慧，可以提防无法预测的事变。

【评点】凡事要有准备，凡事要有回旋。弓满易断，水满易倾。人心难测，人心难满。所以要有余恩，要有余智。

无事如有事，时提防，可以弭意外之变；有事如无事，时镇定，可以消局中之危。

【译文】无事要当有事，时时提防，可以消弭意外的变故。有事要当没事，时时镇定，可消除局势中的危机。

【评点】对于人生世事，可以逆料者不多。有事如无事，实属客观。无事如有事，却可以主观。否则，无事可以找事，有事时又无本事。此为只出下策之人。

爱是万缘之根，当知割舍；识是众欲之本，要力扫除。

【译文】爱是世上万缘的根子，应当知道割舍放弃它；见识是所有欲望的本源，要力戒扫除。

【评点】爱不可割舍，除非需要恨时。识不能扫除，除非禁绝欲望。

舌存，常见齿亡。刚强，终不胜柔弱。户朽，未闻枢蠹。偏执，岂及乎圆融。

峭

【译文】舌头在，常常见到牙齿没了。刚强，最终战胜不了柔弱。门扇腐朽了，没听说门轴有蛀虫。片面坚持观点，怎么比得了圆滑融通。

【评点】以弱胜强，以柔克刚。这是中国文化中的精髓。这似乎是说弱者不弱。哲学上讲，道理如此。生活中呢？情况则大非这样。舌头能硬过钢刀吗？门轴能抵住木钻吗？打铁自需本身硬。为什么不能自己变成强者呢？

荣宠傍边辱等待，不必扬扬；困穷背后福跟随，何须戚戚。看破有尽身躯，万境之尘缘自息；悟入无怀境界，一轮之心月独明。

【译文】荣誉宠幸旁边有侮辱在等待，不必兴高采烈；困顿穷贫背后有福分相跟随，哪用忧伤。看破有限的生命，万境中的尘缘自然就平息了；思悟进入了没有杂念的境界，一轮明净月亮独在心中。

【评点】不以物喜，不为己悲。心境淡泊，生活简化。此说于养性甚益，但与人生却难协调。年轻时必须努力，年老时方可以放松。

霜天闻鹤唳，雪夜听鸡鸣，得乾坤清绝之气；晴空看鸟飞，活水观鱼戏，识宇宙活泼之机。

【译文】下霜的天气里听见鹤叫，落雪的夜晚里听到鸡鸣，得到了天地乾坤的绝对清纯之气；晴空里看鸟飞翔，活水里看鱼儿游戏，认识了宇宙活泼的机关。

【评点】人为万物中之一种，因此应有万物之心。清绝之气，活泼之机，乃是对宇宙的一种悟想，乃是把捏到的万物生命的脉动。

斜阳树下，随与老衲清谈；深雪堂中，戏与骚人白战。

【译文】在斜阳树下，跟着老和尚清谈；在深雪堂中，与诗人白战玩耍。

【评点】入一种情境，生一种心仪。情景融通，是为境界。**注**：白战：指不用搏斗的一种智力较量。

山月江烟，铁笛数声，便成清赏；天风海涛，扁舟一叶，大是奇观。

【译文】山中月亮江中烟雾，铁笛数声，便成了一种格外的欣赏；天上风过海面生涛，扁舟一叶，是少见的奇观。

【评点】山有月升，江有烟腾，天有风紧，海有涛声。人入自然，远离嚣尘，心平气静，是为圣景。

秋风闭户，夜雨挑灯，卧读《离骚》泪下；霁日寻芳，春宵载酒，闲歌《乐府》神怡。

【译文】秋风推上了窗户，夜雨中挑灯，卧读屈原的《离骚》不禁泪下；雨后天晴去寻芳草，春夜饮着酒，听闲悠歌唱《乐府》心神怡得。

【评点】读《离骚》落泪，听《乐府》神怡。以酒佐于身旁，可深入两种情境。**注**：《乐府》：初指古代官署采制的民间诗歌。

云水中载酒，松篁里煎茶，岂必銮坡侍宴；山林下著书，花鸟间得句，何需凤沼挥毫。

【译文】在云水中载来酒，在松竹中煎茶，岂能一定要什么銮坡侍宴的排场。在山林下写书，在花鸟间想出诗句，何须一定要在凤沼砚台上挥毫。

【评点】排场是一种奢侈，銮坡是一种功名，凤沼是一种附庸风雅，其实很少味道。排场里的侍宴没有放松，銮坡上的作为需要拘紧，凤沼里的文字难免花俏。不及实在的自由，不及精神的愉悦，不及文字的真诚。**注**：松篁：松与竹。銮坡：翰林院的别称。凤沼：砚台中的一种。

人生不好古，象鼎牺尊，变为瓦缶；世道不怜才，凤毛麟角，化作灰尘。

【译文】人生来不喜欢旧的东西，象鼎牺尊，变成了瓦罐；世道不怜悯人才，凤毛麟角，化作了灰尘。

【评点】人不知道象鼎牺尊的贵重，社会不知道人才的重要。不要历史，不要人才，社会如何而立？

要做男子，须负刚肠；欲学古人，当坚苦志。

【译文】要做男子汉，必须能够负重并有刚肠铁胆；要学习古人，应当坚强精神苦练意志。

【评点】生而来世，先学做人。人无志身不立，人无毅事不成。

风尘善病，伏枕处一片青山；岁月长吟，操觚时千篇白雪。亲兄弟折箸，璧合翻作瓜分；士大夫爱钱，书香化为铜臭。心为形役，尘世马牛；身被名牵，樊笼鸡鹜。

【译文】风尘世界中容易患病，伏在枕头上就有一片青山；面对岁月长吟诗句，拿起笔来即有千篇白雪词章。亲兄弟间折断筷子，本来的合璧反倒成了瓜分两瓣；文人与当官的爱钱，书香也化为了铜臭味。心为身体役使，就是尘世的马牛；人被名利牵着，就是笼中的鸡鹜。

【评点】人如何跳出三界外，不在五行中？人是动物，便有动物的诸多烦恼。人是动物，便有许多动物需要。人要与动物保持距离，是为了升华自己。然而升华终归是升华，人还要生活在地上。在地上，人就免不了还有一些动物"味道"。**注**：青山：指人归隐之处。觚：木简。操觚，指写文章。白雪：比喻高雅的诗词。折箸：折断筷子。比喻失和。鸡鹜：鸡和鸭。引申为小人或平庸之人。

懒见俗人，权辞托病。怕逢尘事，诡迹逃禅。

【译文】懒得见到俗气之人，权拿有病为托词。怕遇到尘世之事，隐匿起行踪逃进佛禅之中。

【评点】俗人难见，见俗人惹一身俗气。尘事怕遇，遇尘事便许多麻烦。不知此中老兄，活在何一个地方？不知藏头露尾，能到何时？

人不通古今，襟裾马牛；不晓廉耻，衣冠狗彘。

【译文】人要是不知道古今，胸怀就是马牛一样；不知道什么是廉耻，就是穿着衣冠的狗猪。

【评点】知历史，知道人的来历；知道德，知道人的意义。不知不问，噩噩浑浑，的确像狗猪一样。

道院吹笙，松风袅袅；空门洗钵，花雨纷纷。

【译文】在道庙的院中吹笙，松林里风声徐徐；在佛庙的门内洗钵，花雨纷纷落下。

【评点】信仰，实为人的精神力量。信道与信佛，人之自便。佛中道中，也许有许多尘世中的修炼。

囊无阿堵，岂便求人？盘有水晶，犹堪留客。

【译文】口袋里没有钱，岂能随便求人？有水晶的盘子，就可以留下客人。

【评点】骨气何来？在非常时方见。气量怎见？在关键时方显。**注：**阿堵：指钱。

种两顷附郭田，量晴较雨；寻几个知心友，弄月嘲风。

【译文】种两顷家旁的地，度量计算晴雨天气；找几个知心的朋友，一齐玩赏吟诵风月美景。

【评点】种地的好像不求发展，家旁地两顷即可。知心友赏月弄风，似乎更有意境味道。国人农业文化长久，凡事均不认真。只剩一件要事，喝酒千万醉人。

着履登山，翠微中独逢老衲；乘桴浮海，雪浪里群傍闲鸥。才士不妨泛驾，辕下驹吾弗愿也。诤臣岂合模棱？殿上虎君无尤焉！

【译文】穿上鞋登山，在翠绿掩映的山腰里独自碰到了老和尚；乘木筏在海上漂浮，海浪里身旁伴着一群悠闲的海鸥。有才的人不妨不听使唤，在车辕下出力我是不愿意的。诤谏之臣岂能吞吞吐吐模棱两可？殿上老虎一样的君主是不能加以谴责批评的！

【评点】人生两重境界。或回归自然：山中独逢老衲，海中群鸥相随；或走入尘世；为辕下之驹，为殿下之臣。其实不同何种境界，均为世上"套子"一种。人生虽千面万面，却逃不掉"套子"的圈套。注：桴：筏子。泛驾：本义为翻车。此处比喻不受驾御。

荷钱榆荚，飞来都作青蚨；柔玉温香，观想可成白骨。

【译文】荷钱榆荚，飞来都像是铜钱；柔香美女，想象她将来也是一具白骨。

【评点】荷钱烂入泥里，榆钱落在树下。生命为自己准备了特殊的形式。柔玉温香时刻，人生几多美好？

旅馆题蕉，一路留来魂梦谱；客途惊雁，半天寄落别离书。歌儿带烟霞之致，舞女具丘壑之资。生成世外风姿，不惯尘中物色。

【译文】在旅馆的蕉叶上题字，一路上留下了魂牵梦绕的诗谱；在路途上惊动了大雁，从半天里落下寄来的别离书信。歌声带着烟霞来到，舞动的女子有些幽深的味道。生成了世外的风格姿态，不习惯尘世中的事物色彩。

【评点】旅人情怀，多许多别样滋味。山里行走，生许多他样景色。世上人生，总以为有不食人间烟火之事。回首昨日，方知道世外原在尘中。

今古文章，只在苏东坡鼻端定优劣；一时人品，却从阮嗣宗眼内别雌黄。

【译文】今古的各类文章，只有在苏轼的鼻子下面来判断好坏；一段时间里的人品，却须从阮籍的眼中来识别。

【评点】学古人鉴别文章人物的方法，却不能以古人为伯乐。苏轼慧眼，看不到陈先生继儒的文字。阮籍聪明，不知道后人的种种花招。注：阮嗣宗：即三国魏阮籍。雌黄：古人写字用黄纸，有误时用雌黄涂抹后改写。

魑魅满前，笑著阮家无鬼论；炎嚣阅世，愁披刘氏北风图。气夺山川，色结烟霞。

【译文】鬼怪拥满面前，却笑着写阮家无鬼论。经历红尘烦扰，犯愁观看刘氏北风图。气势比过山川，色彩结成烟霞。

【评点】见怪不怪，见乱不乱。怪岂可生鬼，乱岂可生偏？其实何来魑魅，其实哪有红尘，人患而已。注：阮家：亦称阮舍。即指阮籍家。刘氏：指东汉刘晨。相传刘晨与阮肇二人入天台山采药，迷路，遇二仙女。蹉跎半年后始归。抵家时已有子孙七代人。炎嚣：指世上红尘的喧扰。披：翻阅。

诗思在灞陵桥上，微吟处，林岫便已浩然；野趣在镜湖曲边，独往时，山川自相映发。

【译文】思考诗句在灞陵桥上，轻轻吟诵的时候，山林便有了浩然气势。野趣在平静的湖边，独自前去的时候，山岭河水自相映照。

【评点】自然是一幅妩媚的画景。人入其中，便有画中人之感。清晨是一日美好的时光。感受其间，便有入仙境之情。

至音不合众听，故伯牙绝弦;至宝不同众好，故卞和泣玉。看文字，须如猛将用兵,直是鏖战一阵;亦如酷吏治狱,直是推勘,到底决不恕他。

【译文】最好的音乐不合多数人的欣赏习惯，所以伯牙不再弹琴；最好的宝贝不同于多数人的爱好，因此卞和哭玉。写文章，要像猛将用兵，真是打了一场激烈的战斗；也像严厉的官吏治理监狱，一直推问审讯下去，到底也一定不饶恕他。

【评点】事到极端，物到极至，识者人少，懂者寥寥。非不好，乃是不知。

名山乏侣，不解壁上芒鞋；好景无诗，虚携囊中锦字。

【译文】游名山没有伴，墙上的草鞋就不用拿下来；美丽的景色没有诗，空带了许多美妙的诗句。

【评点】山景美色须人赏，观赏之人须有心。若是无人相伴去，诗兴大减不识春。

辽木无极，雁山参云。闺中风暖，陌上草薰。

【译文】辽阔的树林没有边际，大雁飞向远山去参拜白云。闺房之中温暖如春，田埂上野草散发着香气。

【评点】想古人，尚可见无垠森林。想今人，何寻森林？若无十年树木，哪里有百年树人？

秋露如珠，秋月如圭。明月白露，光阴程来。与子之别，心思徘徊。

【译文】秋天的露水像珠一样，秋天的月亮像玉圭一般。明月下的白色露水，光阴按着固定的时间又来了。与你分别，心里矛盾。

【评点】光阴如梭，一来一往。生命短暂，一春一秋。

声应气求之夫，决不在于寻行数墨之士。风行水上之文，决不在于一句一字之奇。

【译文】性格豪爽的人，决不在意那种"寻行数墨"的人。如风行水上一样的文章，决不在于一字或一句的奇妙。

【评点】文章要有性格，有性格便有气势。为人不可拘泥，大器者容人容物。**注**：土：文中的"土"字，怀疑为"士"的讹误。

借他人之酒杯，浇自己之块垒。

【译文】借别人的酒杯里的酒，消解自己心中的不快。

【评点】自己也有酒杯，何须向他人借光？

春至不知湘水深，日暮忘却巴陵道。

【译文】春到了不知湘江水的深浅，日暮时忘记了去巴陵的路。

【评点】湘水深与浅，不必让春知。人在日落前，路在心中直。**注**：巴陵：山名，在湖南岳阳县，临洞庭湖。

奇曲雅乐，所以禁淫也。锦绣黼黻，所以御暴也。缛则太过，是以檀卿刺郑声，周人伤北里。静若清夜之列宿，动若流慧之互奔。振骏气以摆雷，飞雄光以倒电。

【译文】有奇妙舞曲雅致的乐声，所以才要禁止淫靡。有过分华丽的服装，所以要制止奢侈。过分繁琐了，所以檀子批评郑国的音乐，周代人批评商纣王的北里舞曲。清静就像晴朗夜空里排列的二十八星宿，行动就像彗星一样奔突。振作骏马般的气概像滚雷，像闪电。

【评点】古人向以郑声为亡国之乐，实为深刻认识。只是古典时代社会生产与供给之间有着不足，过分消耗则将打破社会平衡。如今的情况有变。生产不足已成生产过剩，消费拉动已成必然。因而推动消费是必须的。但是古人之鉴依然有意义，今人仍需谨慎。**注**：黼黻：指华丽的衣服。缛：繁多繁琐。檀卿：即檀子。郑声：春秋时郑国的音乐。旧时被认为是淫靡的声乐。北里：古代舞曲。司马迁称为"靡靡之乐"。

停之如栖鹄，挥之如惊鸿。飘缨蕤于轩幌，发晖曜于群龙。始缘甍而胃栋，终开帘而入隙。初便娟于墀庑，未萦盈于帷席。

【译文】停下好像落下的天鹅，挥动好像受惊的大雁。飘洒的缨穗垂在窗子上，发着光芒映耀人的眼睛。胃栋开始升上房脊，终于从竹帘的缝隙中照了进来。起初美好地照在庭院里，还没有轻巧地照在帷慢里和床席间。

【评点】夜有景，静谧安详。星有照，照入人间梦乡。**注**：胃栋：胃，星宿名。二十八宿之一。胃，主仓，五谷。栋，大角星。便娟：轻盈美好的样子。墀庑：墀，古代台阶上的空地。庑，指偏房、厢房。墀庑，中间有空地的房屋建筑。萦盈：回旋轻捷。

云气荫于丛蓍，金精养于秋菊。落叶半床，狂花满屋。

【译文】丛生蓍草在云气的荫护下，秋菊里黄色菊花开放。菊花落叶半床，狂风吹花满屋。

【评点】秋入金菊，天上兰空。爽风入室，精神清振。

雨送漆砚之水，竹供扫榻之风。

【译文】雨送来了研墨的水，竹林提供了扫床的风。

【评点】与自然相处，和谐娱悦。

血三年而藏碧，魂一变而成红。

【译文】血藏三年而成碧玉，英魂一变而成红色。

【评点】古来英雄洒碧血，留得江山待后人。**注**：藏碧：《庄子·外物》说："苌弘死于蜀，藏其血，三年而化为碧。"后人以碧血称忠臣烈士之血。

举黄花而乘月艳，笼黛叶而卷云翘。

【译文】举着黄花而乘着明亮的月光，梳拢头发挽起高高的发髻。

【评点】走静夜小径，听四野蛙鸣。观十五月明，问自己心声。**注**：黛叶：墨绿色的叶子。此喻指女子的头发。

垂纶帘外，疑钩势之重悬；透影窗中，若镜光之开照。

【译文】在外面垂挂上丝绵门帘，害怕门帘的挂钩禁不住重量；人影投透过窗子，好像镜子刚刚开始照人。

【评点】冬风紧朔，纶帘可遮凉寒。人影透窗，其实在人心中。

迭轻蕊而矜暖，布重泥而讶湿。迹似连珠，形如聚粒。

【译文】迭在轻轻的花蕊上显得温暖，布在地下像泥一样湿糊糊的令人惊讶。檐上下落好像连珠一样，飘在地上形如聚在一起的珠粒。

【评点】江南初雪时，人如入画中。

峭

霄光分晓，出虚窦以双飞；微阴合暝，舞低檐而并入。

【译文】月光照到破晓时分，两人一起走出虚掩的家门；夜幕初垂，二人相伴而从低檐下欢快进来。

【评点】起早贪晚，平常百姓日子。劳动收获，生活许多乐趣。

任他极有见识，看得假认不得真；随你极有聪明，卖得巧藏不得拙。

【译文】任凭他极有见识，看到假的东西却不能认真；随着你极有聪明，卖弄出乖巧却藏不了短处。

【评点】世界上怕就怕"认真"二字，如此说，他又何敢认真？世上人均藏头露尾，哪一个不是以"脸"示人？

伤心之事，即懦夫亦动怒发；快心之举，虽愁人亦开笑颜。

【译文】伤心的事，即使是懦弱胆小的人也会怒发冲冠；快心的行为，虽然是愁苦的人也会绽开笑颜。

【评点】古人生存困难，不免每日伤心每日愁。今人生存紧张，不免每日心悸每日烦。

论官府不如论帝王，以佐史臣之不逮；谈闺阃不如谈艳丽，以补风人之见遗。

【译文】议论官府不如议论帝王，以弥补史官记录的不足；议论女子内室的事情不如谈美丽漂亮，以补充风流人见识中的缺漏。

【评点】官府有阃，帝王有责。事出下方，根在上层。**注**：阃：妇女居住的内室。

是技皆可成名天下，惟无技之人最苦。片技即足自立天下，惟多技之人最劳。

【译文】凡是有技术的人都可以成名天下，只有无技术的人最苦。有一点技术就足够在天下自立，只有多技术的人最为劳累。

【评点】艺多不压身，前人已有明见。一招吃遍天，人人皆可成"仙"。

傲骨侠骨媚骨，即枯骨可致千金；冷语隽语韵语，即片语亦重九鼎。

【译文】人有傲骨、侠骨、媚骨，即使变成枯骨也可以价值千金；说冷静的话、隽永的话，有回味的话，即使只有片言也重九鼎。

【评点】文天祥、岳飞、王昭君，可谓傲骨、侠骨、媚骨。忠义人，有情人，千古绝唱。然而话亦说回，流芳百世艰难，遗臭万年容易。想那秦桧，实为贼骨。却也能"永留史册"，"彪炳千秋"。

议生草莽无轻重，论到家庭无是非。

【译文】各种议论在民间出现无足轻重，道理进到家庭就辩不出是非。

【评点】古时民间与朝廷可谓千里万里，即使就在天子脚下也是关山重重。若入家中与男与女理论，无分真假无问对错。

圣贤不白之衷，托之日月；天地不平之气，托之风雷。

【译文】圣贤受到了不白之冤，可托日月为鉴；天地间有不平之气，可托风吼雷鸣。

【评点】人有不白之冤，物有不平之鸣。天地日月虽有，还须人心作称。

风流易荡，佯狂前颠。

【译文】风流容易浪荡，假装疯疯颠颠。

【评点】何以谓风流？也许是潇洒，也是浪荡。

书载茂先三十乘，便可移家；囊无子美一文钱，尽堪结客。有作用者，器宇定是不凡。有受用者，才情决然不露。

【译文】像张华一样书装好了三十辆车子，可以搬家了。像杜甫一样口袋里没有小钱一文，尽可以结识朋友。有人能够发挥作用，风度一定不凡。有人能够享受使用，才情一点也不外露。

305

【评点】潇洒者，各有不同。但多为假扮。阮囊羞涩，亦可交朋。无奈中又有许多超脱。注：茂先：晋代作家张华的字。子美：杜甫的字。

松枝自是幽人笔，竹叶常浮野客杯。

【译文】松枝长短自然是隐士的笔，竹叶如茶经常泡在远游人的杯中。

【评点】兴有所至，心有所知，松枝当然是笔。茶木树叶，树叶可茶，竹叶当然入杯。

且与少年饮美酒，往来射猎西山头。

【译文】姑且与少年一起饮美酒，在西山上往来射猎。

【评点】不知美酒有几许，点点滴滴落心头。

瑶草与芳兰而并茂，苍松齐古柏以增龄。

【译文】瑶草和芳兰一起茂盛生长，苍松与古柏一起增寿。

【评点】寿若松柏，心若瑶芳。人遇顺景，增寿必然。

好生当户天呈画，古寺为际僧报钟。

【译文】好男子撑起门户天也像图画一样，古寺为了知道时间和尚去敲钟。

【评点】深山有古刹，松林隔钟声。不知人间何许，但听和尚念经。

注：好生：认真地。文中又有好男子义。

群鸿戏海，野鹤游天。

【译文】成群的鸥鸟在海上游戏，野鹤在高天上飞翔。

【评点】不知去向何方？

卷四

灵

天下有一言之微而千古如新，一字之义而百世如见者，安可泯之？故风雷雨露，天之灵；山川民物，地之灵；语言文字，人之灵。羍三才之用，无非一灵以神其间。而又何可泯之！集灵第四。（作者引语）

【译文】天下有微不足道的一句话历经了千年却像刚刚听到一样，一字的意义历经了百年好像刚刚见到一样，怎么可能抹掉它们呢？因此风雷雨露是天之灵物，山川民物是地之灵物，语言文字是人之灵物。观察天地人三才的用处，无非是以一个灵字在其中展示神意。而又怎么可能抹灭它们！集灵第四。**注:** 羍：侦察，观察。三才：指天、地、人。

投刺空劳，原非生计；曳裾自屈，岂是交游？

【译文】给人家送名帖（名片）是无用的劳碌，本来就不是生计；拉着衣襟作卑下的样子，怎么能是朋友交往？

【评点】国人有好事之癖，极愿关心他人生活。红眼病本不会为自己添砖加瓦，但人们难免传染流行。交友本为人生快事，若无等心相视，又有何朋友联谊？

事遇快意处当转，言遇快意处当住。

【译文】事到了感觉舒畅的时候应当转弯，话到了感觉淋漓的时候应当停止。

【评点】中国人常言，"福无双至，祸不单行"。世间并非一定如此，但道理却实在其中。事到极处，便会逆反。意到快处，便会丧失。

俭为贤德，不可着意求贤；贫是美称，只在难居其美。

【译文】节俭是高尚品德，不可以刻意追求这种高尚；清贫是赞美称誉，只在于难以承受这种赞美。

【评点】品德是人修养而成，而非刻意追求的结果。人生稀有清名，只因生存需要温饱。

志要高华，趣要淡泊。

【译文】志向要高远，情趣要淡泊。

【评点】胸无大志，难以行远。情趣淫过，难免误事。

眼里无点灰尘，方可读书千卷；胸中没些渣滓，才能处世一番。

【译文】眼睛里没有一点灰尘，才可以读书千卷；胸中没有一点污七八糟的杂念，才能够与世人相处一遭。

【评点】人要读书，天有降尘，难免眼中有污。胸膊五脏，七情六欲，谁不世上一回？莫求至洁，洁则无人。莫求至清，清则无鱼。

眉上几分愁，且去观棋酌酒；心中多少乐，只来种竹浇花。

【译文】眉梢上几分忧愁，暂且去看下棋饮美酒；心头里多少快乐，只管来种竹浇花。

【评点】愁也罢，乐也罢，自己宽心方是家。酒也罢，花也罢，心有余地装天下。

茆屋竹窗，贫中之趣，何须脚到李侯门；草帖画谱，闲里所需，直凭心游杨子宅。

【译文】茅屋竹窗，清贫里的情趣，用不着去李侯门中。写草字画丹青，闲适中的需要，只凭心思去漫游杨子宅。

【评点】人入豪门，有豪门之烦恼。人在贫贱，有贫贱中的情趣。**注：**李侯门：即李膺门。李膺是汉桓帝时的司隶校尉，素有济世之名。当时人们称被李膺所接纳的士人，为登龙门。杨子宅：即西汉扬雄的家宅。

好香用以熏德，好纸用以垂世。好笔用以生花，好墨用以焕彩。好茶用以涤烦，好酒用以消忧。

【译文】上好的香用以熏祭德行，上好的纸用以写字传世。上好的笔用以生花撰句，上好的墨用以挥毫焕彩。上好的茶用以清涤烦恼，上好的酒用以消解忧愁。

【评点】此只为人心中的一点美好而已。有德不必有香，垂世无需好纸。喜时亦可饮茶，乐时亦要喝酒。

声色娱情，何若净几明窗一生息顷？利荣驰念，何若名山胜景一登临时！

【译文】以声色犬马娱乐性情，怎么比得了窗明几净的生活气息扑面而至的那一刻呢？利禄荣辱的念头浮动，怎么比得了登上名山胜景的那一刻！

【评点】家居情趣，冶游兴致，人生苦恼，多可排解。

竹篱茅舍，石屋花轩；松柏群吟，藤萝翳景；流水绕户，飞泉挂檐；烟霞欲栖，林壑将暝……中处野叟山翁四五，予以闲身，作此中主人。坐沉红日，看遍青山，消我情肠，任他冷眼。

【译文】竹篱笆茅草屋，石头房花园栏杆；松柏林木发出风啸，藤萝蔓挂遮掩景物；流水绕过房子，飞泉挂在屋檐；烟霞即将退去，林壑暮色沉沉……山林画景中间坐着四五位狂放的山人老者，消闲自得，做了山景中主人。坐着望红日西下，看遍了青山，排遣我的情怀，任别人冷眼相对。

【评点】山在水旁，水在山下。林生山上，山没林中。人入山林，景画一幅。身在山林，心在景中。

问妇索酿，瓮有新刍。呼童煮茶，门临好客。

【译文】向妻子要酒，瓮中有新粮。招唤孩童煮茶，门外来了亲密的客人。

【评点】国人过去皆农民，瓮满酒有心便足。如今走入现代生活，得陇望蜀似乎已成常人心性。欲望中有许多企盼，有许多获得，亦有许多沮丧。如何平伏？人心自知亦非知。注：刍：饲草。此处代指粮食。

花前解佩，湖上停桡。弄月放歌，采莲酣醉。晴云微袅，渔笛沧浪。华句一垂，江山共峙。

【译文】在花前解下玉佩，湖面上停下木桨。赏月唱歌，深醉后去采莲子。晴朗夜空里微云飘渺，渔人笛音伴着浪声。华美的诗句一说出来，江山一起肃立倾听。

【评点】夜走江湖水路，月悬船中桅杆。不知远山近水，可与诸君入眠？

胸中有灵丹一粒，方能点化俗情，摆脱世故。

【译文】胸中有了一粒灵丹妙药，才能点化身上的庸俗情趣，摆脱掉一般世故。

【评点】免俗，人皆想到。免俗，亦不免落俗。俗与不俗，本无限界。

独坐丹房，潇然无事。烹茶一壶，烧香一炷，看达摩面壁图。垂帘少顷，不觉心静神清。气柔息定，濛濛然如混沌境界。意者揖达摩与之乘槎而见麻姑也。

【译文】独自坐在炼丹房中，无所事事。煮上一壶茶，烧上一炷香，看着《达摩面壁图》。垂下眼帘，不知不觉间心静神清了。气轻心定，模模糊糊地感觉像到了混沌不清的境界。想向达摩作揖，求与他乘木筏去见神女麻姑。

【评点】心清气平，意入胜境。出超凡世，寻仙搜名。怎奈肚饿，难听禅声。张开双眼，还是尘中。

无端妖冶，终成泉下骷髅；有分功名，自是梦中蝴蝶。

【译文】没有缘由的妖冶风情，终于成了九泉下的骷髅；有了一份功名，自然是梦中的蝴蝶。

【评点】人求功名，人为功名，何为功名？梦中为蝶，蝶飞梦中，睡梦有醒……**注：梦中蝴蝶：即庄周之蝶。**

累月独处，一室萧条。取云霞为侣伴，引青松为心知。或稚子老翁，闲中来过。浊酒一壶，蹲鸥一盂，相共开笑口。所谈浮生闲话，绝不及市朝。客去关门，了无报谢。如是毕余生足矣。

【译文】很长时间独自生活，满屋的萧条景象。将云霞作为侣伴，将青松作为知己。或者是小孩老人，闲的时候来过。浊酒一壶，猜拳一杯，大家开口齐笑。所说的均是生活闲话，绝不涉及商务朝政。客人去后关上门，也不道声谢谢。这样过完一生就满足了。

【评点】淡泊人生自是福，不求神仙不求书。懒散皆为心不在，只怕给钱做家奴。国人五千年为农民，多只问春夏秋冬。不知走入工业时代，欲望还有历史进步意义，还有社会推动作用。**注**：蹲鸥：饮酒猜拳对大拇指的代称。此处指划拳。

半坞白云耕不尽，一潭明月钓无痕。

【译文】半爿白云耕耘不完，一潭明月钓鱼无痕。

【评点】入禅境，听禅声，禅中有禅。入幻象，听心萌，幻象似实景。

茅檐外忽闻犬吠鸡鸣，恍似云中世界。竹窗下惟有蝉吟鹊噪，方知静里乾坤。

【译文】茅屋外忽听到狗咬鸡叫，恍惚间好似在云彩里面。竹窗下面只有蝉鸣鹊噪，才知这是静谧中的世界。

【评点】人与他物不同，人心以为有动方能有静。所以要知安静程度，必须"鸟宿池边树，僧敲月下门"，必须"绣针落地"。

如今休去便休去，若觅了时无了时。若能行乐，即今便好快活：身上无病，心上无事，春鸟是笙歌，春花是粉黛。闲得一刻，即为一刻之乐。何必情欲乃为乐耶？

【译文】如今结束便结束，若寻觅完了的时候就不会有完了。如果能行乐，现在便是非常快活：身上无病，心上无事，春鸟的鸣叫是美妙的笙歌，春花的绽放是漂亮的美人。可以清闲一刻，就享受一刻的快乐。何必一定把情欲当成快乐呢？

【评点】人生快乐有多种。休闲是快乐，幻想是快乐，健康是快乐，读书是快乐……古人囿于传统文化，压抑人性中的情欲。以为快乐不可与情欲有关，以为情欲十恶不赦。这实为古人的差池。

开眼便觉天地阔，挝鼓非狂；林卧不知寒暑更，上床空算。惟俭可以助廉，惟恕可以成德。

【译文】睁开眼睛便觉得天高地阔，敲鼓并非疯狂；在树林中居住不知冬夏时间，上床空盘算。惟有节俭可以支持廉洁，惟有宽恕可以成就德行。

【评点】天地原来自广宽，狭窄只是在心间。若无容天容地意，只有自我种心田。

山泽未必有异士，异士未必在山泽。

【译文】山泽野处未必有异才人士，异才人士未必就在山泽野处。

【评点】古人以为，大隐隐于市。今人以为，人才处处均有。

业净六根成慧眼，身无一物到茅庵。

【译文】六根清净炼成了慧眼，身上什么也没带到了山野小庙修行。

【评点】佛在天上，人在地上。人有六根，清净何成？ 注：六根：佛教语。指人的眼耳鼻舌身意。佛家修行以求六根的清净。

人生莫如闲，太闲反生恶业。人生莫如清，太清反类俗情。不是一番寒彻骨，怎得梅花扑鼻香？念头稍缓时，便庄诵一遍。梦以昨日为前身，可以今夕为来世。

【译文】人生不要闲下，太闲了反而要生出坏事。人生不要清高，太清高反而与俗情相类似。如果不是一番彻骨的寒冷，怎么能得到梅花扑鼻的清香？念头稍稍迟滞的时候，便认真地读上一遍。睡梦把昨天作为自己的前身，可以把今日作为自己的来世。

【评点】人生需有闲，又不敢太闲。人生需清高，又不敢太高。

读史要耐讹字，正如登山耐仄路，踏雪耐危桥，闲居耐俗汉，看花耐恶酒。此方得力。

【译文】读史书要忍耐错字，就像登山忍耐坡路，赏雪忍耐危桥，闲居时忍耐粗俗的人，观花时忍耐不好的酒。这方可以说适应。

【评点】山路何有径直？独桥何有不危？他人谁不俗汉？观看均为恶酒！人生不必计较，人生不要过分。环境决非你家，他人亦非子女。

世外交情，惟山而已。须有大观眼，济胜具，久住缘，方许与之为莫逆。

【译文】人世外的交情，只有山。必须有宏大的见识，健强的身体，在一起久住的缘分，才可以说与他是莫逆之交。

【评点】莫逆之交，其实未能真有。所谓莫逆，实为求同存异的结果。

人与人交不必求莫逆，只求彼此知心便罢。

九山散樵迹，俗间徜徉自肆。遇佳山水处，盘礴箕踞。四顾无人，则划然长啸，声振林木。有客造榻，与语对曰："余方游华胥，接羲皇，未暇理君语。"客之去留，萧然不以为意。

【译文】深山中散布着砍柴人的足迹，与平常一样漫无目的地散步。遇到山水美丽的地方，就停下来伸腿坐在地上。看四下无人，就划然长吼一声，啸声振撼林木。有客人来访，回答他的问话说："我方才游完了华胥国，接了羲皇。没有时间与你谈话。"客人的去留，根本不在意。

【评点】古人多以隐士为高尚，多以隐士为高识。以为隐士多诳语多禅意，以为做隐士甚多滋味。其实人为狂放，似多潇洒。然而走入孤独，拒绝友谊，也非善举。注：盘礴：徘徊逗留。箕踞：随意张开两腿坐下。华胥：《列子·黄帝》中讲，黄帝曾昼寝，"梦游于华胥氏之国"。其国无国君，人民无欲望。后人用以指梦境或安乐和平境界。羲皇：指伏羲氏。

择地纳凉，不若先除热恼；执鞭求富，何如急遣穷愁？

【译文】选择地方乘凉，不如先排除心中燥热的烦恼；拿着鞭子追赶富裕，怎么比得了马上排遣愁穷的思绪？

【评点】凉要乘，否则酷暑难过。心要凉，以免热急悲生。

万壑疏风清，两耳闻世语，急须敲玉磬三声；九天凉月净，初心诵其经，胜似撞金钟百下。

【译文】万壑中的轻风清爽，两耳听到世人的话语，急需马上敲玉磬三下；高天上的明月冷净，刚入佛门之心诵念经文，胜似撞钟还愿百下。

【评点】人或可信佛，或可念经。只是佛在世象之内，万化之中。不必求世外之佛，只求心中之佛便罢。

无事而忧，对景不乐，即自家亦不知是何缘故。这便是一座活地狱。更说什么铜床铁柱，剑树刀山也！

【译文】无事的时候忧虑，对着美景也不快乐，就是自己也不知道是什么缘故。这就是一座活地狱。还用说什么铜床铁柱，剑树刀山吗！

【评点】生活饱暖，人多忧虑。感觉麻木，处变不惊。其实无论古人无论现代人，均有无缘无故忧虑和无缘无故失乐的时候。**注：**铜床铁柱，剑树刀山：均为传说中的地狱景象。

烦恼之场，何种不有？以法眼照之，奚啻蝎蹈空花。

【译文】烦恼的地方，什么样的没有？用佛家的法眼观照它们，不过是像蝎子踩空花一般。

【评点】人无烦恼，不成人生。人被烦恼烦恼，则难成人生。无需法眼，只需心静。**注：**奚啻：何止，岂但。法眼：佛教语。此指敏锐、精深的眼力。

上高山，入深林，穷回溪、幽泉、怪石，无远不到。到则拂草而坐，倾壶而醉。醉则更相枕藉以卧。意亦甚适，梦亦同趣。

【译文】上高山，入深林，找遍曲折小溪、幽静泉水、怪石，无远不到。到了地方就拨开草席地而坐，倒出壶中酒而醉倒。醉倒就相枕而睡在地上。感觉特别惬意，梦中的情趣也一样。

【评点】久居人喧物鸣之闹市，易入深山自然。静净自我身心，生命倍感生动。

闭门阅佛书，开门接佳客，出门寻山水，此人生三乐。

【评点】人生乐有许多，不必只有三种。读书本为一乐，不必一定入佛。若有开广之心，不必非要佳客。山水哪在寻找，心里要装山河。

客散门扃，风微日落，碧月皎皎当空，花阴徐徐满地。近檐鸟宿，远寺钟鸣，茶铛初熟，酒瓮乍开，不成八韵新诗，毕竟一团俗气。

【译文】客散后关门，风微日落，皎皎明月当空，花影慢慢映满地下。檐下的鸟入巢，远寺钟鸣，茶刚煮好，酒瓮刚开，不能写成八韵新诗，毕竟是一团民俗之气。

【评点】俗为人气凝结，人自在俗气之中。一种意境透人，必要新诗八韵，也是一种俗气。

不作风波于世上，自无冰炭到胸中。

【译文】不在世上搅动是非风波，自然没有大喜大悲的冰炭在胸中冲突。

【评点】人在世上，怎无风波？风波之中，心神须自定。

秋月当天，纤云都净，露坐空阔去处。清光冷浸，此身如在水晶宫里，令人心胆澄彻。

【译文】秋月当空，云丝没有，在露天开阔的地方坐下。月光清冷，人如同在水晶宫里，令人心胆净化。

【评点】净化自我，需自然中的冥想苦思。

遗子黄金满，不如教子一经。

【译文】留给孩子黄金满箱，不如教给孩子一种知识。

【评点】世有360行，每行均有状元郎。

凡醉各有所宜：醉花宜画，袭其光也；醉雪宜夜，清其思也；醉得意宜唱，宜其和也；醉将离宜击钵，状其神也；醉文人宜谨节奏，畏其侮也；醉俊人宜益觥盂加旗帜，助其烈也；醉楼宜暑，资其清也；醉水宜秋，泛其爽也。此皆审其宜，考其景。反此，则失饮矣。

【译文】凡醉者各有所倾向：醉于花者宜画，是借其光彩；醉于雪者宜夜，是清醒其思绪；醉于得意者宜唱，是张扬其和顺；醉于将离别者宜敲击锅碗，是雄壮其精神；醉于文章者宜放缓节奏，是害怕文字受到侮辱；醉于才华横溢者宜增加豪饮和旗帜，是为助其豪烈情绪；醉于楼者宜暑热，是为增加其清纯；醉于水者宜秋晴，是为体验爽气。此都是审视其适当，考察其背景。相反，则失去了饮醉的意味了。

315

【评点】入酒者醉，入神者亦醉。酒醉只在人形，神醉则入人心。

竹风一阵，飘飏茶灶疏烟；梅月半弯，掩映书窗残雪。

【译文】竹林风吹一阵，吹拂着茶灶上的稀疏柴烟；梅花丛中月亮半弯，掩映着书窗外的残雪。

【评点】景如禅境，心在景中。

厨冷分山翠，楼空入水烟。

【译文】厨房冷落与群山翠绿相映，人去楼空融入细雨水烟。

【评点】山也许有神，神为人。水也许有灵，灵是人。无人其中，山少意味；无人其上，水少精灵。

间疏滞叶通邻水，拟典荒居作小山。

【译文】疏浚渠中落叶沟通邻水，不拘小节学着古典作"小山"文章。

【评点】小山文章可作，不必拟典为先。**注**：小山：西汉淮南王刘安一部分宾客共称"淮南小山"。

聪明而修洁，上帝固录清虚；文墨而贪残，真官不受辞赋。破除烦恼，二更山寺木鱼声；见彻性灵，一点云堂优钵影。兴来醉倒落花前，天地即为衿枕；机息忘怀磐石上，古今尽属蜉蝣。

【译文】聪明且修养洁净，上帝一定记下清虚之名。过分执着于舞文弄墨，会推辞不受官职。消除烦恼，二更天听山中寺庙木鱼声。见识深彻的思想，一指云堂中优美的钵影。兴致来了醉倒在落花前，天地就是被子枕头。灵感一来忘记了是在岩石上面，古今人间尽与蜉蝣一样。

【评点】人是什么？或以为神，或以为物，或以为无所不能，或以为是小小蜉蝣。其实人是什么也许并不重要，重要的是人要如何生活。**注**：云堂：僧堂。

老树着花，更觉生机郁勃；秋禽弄舌，转令幽兴潇疏。

【译文】老树开花，更觉得生机勃勃；秋天鸟儿鸣叫，使人的幽幽兴致转而减淡。

【评点】季节只为季节。人伤感于季节，却不因季节而停止。

完得心上之本来，方可言了心；尽得世间之常道，才堪论出世。

【译文】完善了心中的本来，方可以说彻悟；完全得到了世间的常道，才可以谈论出世。

【评点】不进极端，难得此岸。不识今日，难知未来。

雪后寻梅，霜前访菊，雨际护兰，风外听竹。固野客之闲情，实文人之深趣。

【译文】下雪后寻找梅花，霜降前去观菊花，雨落时保护兰草，竹林外谛听风声。固然是冶游人的闲情，实在是文人的深趣。

【评点】水中有月，空中有风，人入野境，许多闲情。此不必文人自恋，亦不必了知文风。

结一草堂，南洞庭月，北蛾眉雪，东泰岱松，西潇湘竹。中具晋高僧支法八尺沉香床。浴罢温泉，投床酣睡。以此避暑，讵不乐乎！

【译文】修一座草屋，南是洞庭湖月，北是峨眉山雪，东是泰岱松树，西是潇湘绿竹。在中间摆上像晋代高僧支法一样的八尺沉香木大床。洗完温泉澡，上床酣睡。用这种办法避暑，难道不快活吗？

【评点】古人讲心静身凉，所以避暑反入温泉。今人以身凉为心静，所以家中安装空调。其实乐趣究在哪里？心静后身外仍暑，空调外烈日炎炎。**注：**支法：晋代僧人。佛号法虔。为晋高僧支遁同学。

人有一字不识，而多诗意；一偈不参，而多禅意；一勺不濡，而多酒意；一石不晓，而多画意。淡宕故也。

【译文】有的人一个字不识，而多有诗意；一点佛理不参究，而多有禅意；一勺不沾，而多有酒意；一块石头也读不懂，而多有画意。是悠闲放松而什么都不在意的缘故。

【评点】潇洒有多种形式，无所谓便是其中一种。若以无所谓为人生境界，烦恼固然少，人的社会意义也小了。

以看世人清白眼转而看书，则圣贤之真见识。以议论人雌黄口转而论史，则左狐之真是非。

【译文】把看世人的白眼转而来看书，就是圣贤一样的真见识。把议论别人的信口雌黄的精神转而研究历史，就是左丘明和董狐一样的真是非。

317

【评点】莫要多说，但要多做。**注：**左狐：指《春秋左传》的作者左丘明和春秋时晋国史官董狐。

事到全美处，怨我者不能开指摘之端；行到至污处，爱我者不能施掩护之法。

【译文】事情到了至善至美的地方，埋怨我的人不能开指责的先例；行为到了最坏的地步，喜爱我的人不能实施掩护的方法。

【评点】事本无至美，行却有至污。言路阻塞不尽，遮掩亦无善终。

必出世者，方能入世，不则世缘易堕；必入世者，方能出世，不则空趣难持。

【译文】一定出世的人，方能入世，不然与尘世的缘分易失落；一定入世的人，方能出世，不然情趣空空难以维持。

【评点】出世与入世，世人皆谈。然而出也罢入也罢，人必在世中。

调性之法，急则佩韦，缓则佩弦。谱情之法，水则从舟，陆则从车。

【译文】调整性格的办法，性子急的则佩韦皮，性子慢的则带弓弦。根据情况因地制宜的办法，遇水则用船，在陆则用车。

【评点】知己者，调整自我。知彼者，选择对策。**注**：佩韦：韦皮性柔韧，古人性急者佩戴韦皮以示警戒。佩弦：即佩带弓弦。弓弦常紧绷，故性格缓慢的人佩带以自警。

才人之行，多放当以正敛之。正人之行，多板当以趣通之。人有不及，可以情恕。非义相干，可以理遣。佩此两言，足以游世。

【译文】有才能人的行为，由于多放纵应当以不偏颇来加以限制。正派人的行为，由于多刻板应当以情趣来加以通融。人有做不到的，有情可原。不干正义的事情，可以据理谴责。带着这两句话，足可以周游世界。

【评点】性格本为性格，否则千人一面万人同想。性格恶处要削减控制，性格善处则需坚持发扬。

冬起欲迟，夏起欲早。春睡欲足，午睡欲少。

【评点】此为古人养生之道，今人只可参照却实难执行。应起的，冬不敢迟；应做的，夏必须早；贪晚的，春睡难足：奔忙的，午睡何言？

无事当学白乐天之嗒然，有客宜仿李建勋之击磬。

【译文】无事的时候应当学白居易的物我两忘的神态，有客的时候宜学李建勋的击磬超然。

【评点】无事时，人可物我两忘。有客时，定当心照不宣。**注**：李建勋：南唐陇西人。字致尧。著有诗文集。

郊居，诛茅结屋。云霞栖梁栋之间，竹树在汀洲之外。与二三同调，望衡对宇，联捷巷陌。风天雪夜，买酒相呼。此时觉曲生气味，十倍市饮。

【译文】在郊野居住，修建茅屋。云霞停留在梁栋中间，竹树生长在汀洲的外面。与二三个好朋友，相邻居住，小路相连。不管风天雪夜，买酒后相互招呼。此时觉得酒曲生出醉人香气，比在市上饮酒好上十倍。

【评点】雪夜对火饮温酒，炉旁围坐二三友。当问今晚情几许，且看杯中已无有。注：汀洲：水中小块平地。望衡对宇：门庭相对。

万事皆易满足，惟读书终身无尽。人何不以足知之？一念加之书。又云，读书如服药，药多力自行。

【译文】万事皆容易满足，惟有读书终身不能满足。人为什么不知足？对于书有想法。又说，读书就像吃药一样，药吃多了药力自然就有了。

灵

【评点】古来圣贤多读书，古来俗人多欲望。其实圣贤有家当，俗人却要虑饥肠。

醉后辄作草书十数行，便觉酒气拂拂，从十指中出去也。书引藤为架，人将薜为衣。

【译文】酒醉后马上写草书十几行，便觉酒气消散，从十个手指出去了。书把藤萝作为架子，人把麻作为衣服。

【评点】醉里乾坤多大？下笔洋洋洒洒。写出一点胸臆，些许情意入画。

319

从江干溪畔箕踞，石上听水声。浩浩潺潺，粼粼泠泠，恰似一部天然之乐韵。疑有湘灵，在水中鼓瑟也。

【译文】在江边溪畔席地坐下，在石头上听着水声。水声或浩浩或潺潺，或波光粼粼或水流泠泠，好似一部天然而成的音乐。怀疑有湘水神灵，在水里鼓瑟弹琴。

【评点】水本有音韵，只要听者有心。

鸿中迭石，未论高下。但有木阴水气，便自超绝。

【译文】在洪水中垒石头，未能说出高下之别。只要有树荫水气，便自然超凡脱俗了。

【评点】水在地下，会污会浊。水在天上，便清便爽。

段田夫携瑟，就松风涧响之间曰："三者皆自然之声，正合类聚。高卧闲窗，绿阴清昼，天地何其寥廓也。"

【译文】段田夫带着瑟，就松鸣风啸涧水音响的关系说："三者都是自然的声音，正合物以类聚。悠闲地在窗前躺着，绿树阴蔽白日青天，天地是多么寥廓。

【评点】闲窗前有古人，忙窗后是今人。昨日窗下听天籁，今天窗里有噪声。

少学瑟书，偶爱清净。开卷有得，便欣然忘食。见树木交映，时鸟变声，亦复欢然有喜。常言五六月，卧北窗下，遇凉风暂至，自谓羲皇上人。

【译文】小时学习弹瑟读书，偶然喜爱干净。开卷有收获，便高兴得忘记了吃饭。看到树木交相掩映，鸟儿随季节变了声音，也还是很高兴的。常言说五方六月，睡在北窗下，遇到凉风吹到，就说自己是伏羲皇上了。

【评点】人当知足，知足便有"皇帝"做。

空山听雨，是人生如意事。听雨必于空山破寺中，寒雨围炉，可以烧败叶，烹鲜笋。

【译文】在寂静的山里听雨声，是人生中的如意事。听雨一定要在空山的破庙里，围着炉火听着寒雨，可以烧落叶，煮鲜笋。

【评点】空山听雨，禅虫爬出，人生忘忧，有此境界。

鸟啼花落，欣然有会于心。遣小奴挈瘿樽，酤白酒，釂一梨花瓷。急取诗卷，快读一过以咽之。萧然不知其在尘埃间也。

【译文】鸟啼花落，心中高兴地明白其中的意味。派小仆拿酒杯，买白酒，喝完了一梨花瓷酰的酒。马上拿来诗集，赶快读一遍来品味。舒畅得好像忘了自己是在尘世间。

【评点】鸟啼花落，本无因果。自然季节，变化莫测。然而人心感动。

却是在不同之中。有酒与无酒，深醉与不醉，其实无什差别。**注**：瘿樽：瘿原指肿瘤，瘿樽则为楠树根削成的酒杯。酤：买酒。：干杯。斝：酒器。

闭门即是深山，读书随处净土。

【译文】关上家门就是深山，读书随处都是佛家净土。

【评点】此方为境界。深山何在深山处？心头自有十座山。

千岩竞秀，万壑争流。草木蒙茏其上，若云兴霞蔚。

【译文】千岩竞秀，万壑争流。草木葱茏遮蔽其上，如同云兴霞蔚一般。

【评点】生活里许多欢乐，望自然赏风景可谓第一。

从山阴道上行，山川自相映发，使人应接不暇。若秋冬之际，犹难为怀。

【译文】从山北边的路上走，山与水相映变化，使人看不过来。如果是秋冬的时候，尤其难以忘怀。

【评点】山阴处看山阳一方，阳光下景致变幻，人心里感动非常。

欲见圣人气象，须于自己胸中洁净时观之。

【译文】要想看见圣人的气势，须在自己心里干净宁静的时候观察。

【评点】圣人本无气势，其势来自观者的崇拜。观者若心中有许多脏污欲望，便不会看到圣人的神圣。

执笔惟凭于手熟，为文每事于口占。

【译文】执笔写字只有凭借手熟，写文章主要服务于口中的说词。

【评点】我笔写我口，古来如此。

箕踞于斑竹林中，徙倚于青矶石上。所有道籍梵书，或校雠四五字，或参讽一两章。茶不堪精，壶亦不燥；香不堪良，灰亦不死。短琴无曲而有弦，长讴无腔而有音。激气发于林樾，好风逆之水涯。若非羲皇以上，定亦嵇阮之间。

【译文】散坐在斑竹林里，改靠在青矶石上。所有道经佛典，或者校勘上四五个字，或者研究批评上一两章。茶说不上好，壶也没有干；香说不上好，灰也没有全灭。短琴没有弹奏而有琴弦，长歌没有腔调而有音节。激荡之气息发于林阴之处，浩然好风吹拂着水的际涯。如果不是在伏羲以上，也一定在嵇康阮籍二人中间。

【评点】不是嵇阮，定是陶公。好读书，亦求甚解。只是休闲，不为稻粱。如若人生如此，当然也是惬意。**注**：校雠：亦作校仇。校对勘误义。林樾：树阴。

闻人善，则疑之；闻人恶，则信之。此满腔杀机也。

【译文】听说人善良，就怀疑他；听说人坏，就相信是这样。这是胸中充满杀机。

【评点】听不得人好，只信人坏，此为中国传统中的"红眼病"。其实也就是"杀机"。

士君子尽心利济，使海内少他不得，则天亦自然少他不得。即此便是立命。

【译文】有学问而德高的人想尽全部办法利世济民，使国家少不了他，那么天也就自然少不了他。这就是立命。

【评点】立命其实是人的一种本能而已。有人立天下之命，有人立一己之命。**注**：立命：指修身养性以奉天命。

读书不独变气质，且能养精神。盖理义收摄故也。

【译文】读书不仅能改变气质，而且能养精神。这都是书中道德规范控制的结果。

【评点】书有万般好处，却无一样坏处。无论你我，无论其他，书均当多读。

322

周旋人事后，当诵一部清净经；吊丧问疾后，当念一遍扯淡歌。

【译文】在周旋于人事关系后，当诵读一部清净经。吊丧问疾后，当念上一遍扯淡歌。

【评点】念一部清净经，以净身心，此为上策。以人情真意为扯淡，实为非人之策。不知言者是为看破人情尘世，还是只为故作不人（仁）清高。不论何出，均非世人所为。

卧石不嫌于斜，立石不嫌于细，倚石不嫌于薄，盆石不嫌于巧，山石不嫌于拙。

【译文】卧着的石头不嫌它斜，站着的石头不嫌它细，倚着的石头不嫌它薄，盆景的石头不嫌它巧，山上的石头不嫌它拙。

【评点】石为天然，有万态，亦有万美。不求石头一样，实为天然美趣。

雨过生凉境，闲情适邻家。笛韵与晴云断雨逐听之，声声入肺肠。

【译文】雨下过后生出凉意，带着闲情到了邻居家。与晴云断雨一起听优美笛韵，声声情入肺腑。

【评点】听山中短笛，望雨后初晴。神不知何游，心不知何行。

不惜费，必至于空乏而求人；不受享，无怪乎守财而遣诮。

【译文】不惜靡费，一定会有贫乏而求人的时候；不会享受，不能怪别人因守财而谴责你。

【评点】凡事有度，不可过而强致。适当，为人生最好准则。

园亭若无一段山林景况，只以壮丽相炫，便觉俗气扑人。

【译文】园林亭台若没有一处山林景观，只以豪华美丽炫耀，便会觉得俗气扑面。

【评点】人工造化，万般好，只缺少自然韵味。

餐霞吸露，聊驻红颜；弄月嘲风，开销白日。

【译文】餐霞云吸甘露，权且是为了留住红颜美丽；弄月嘲风，消闲掉了整个白天。

【评点】人有寿命，寿命有限，红颜迟早凋谢。每年有月，每月有风，此月风不是彼月风。

清之品有五：睹标致发厌俗之心，见精洁动出尘之想，名曰清兴；知蓄书吏，能亲笔砚，布景物有趣，种花木有方，名曰清致；纸裹中窥钱，瓦瓶中藏粟，困顿于荒野，摈弃乎血属，名曰清苦；指幽僻之耽，夸以为高，好言动之异，标以为放，名曰清狂；博极今古，适情泉石，文韵带烟霞，行事绝尘俗，名曰清奇。

【译文】"清"的品格有五种：看到标致漂亮就有了厌弃庸俗的心思，见到了极端的洁净就动了出尘世的念头，名字叫清兴；知道收藏经史典籍，能喜欢书法文章，布置景物有情趣，种植花木有办法，名字叫清致；在纸包里看到钱，在小瓦瓶中藏粮食，在荒野里过着困难的生活，抛弃了自己的亲人，名字叫清苦；把幽僻独处当成快乐，以夸耀为高兴，好出与众不同的惊人之言，以放纵为标榜，名字叫清狂；博通今古，喜爱清泉山石，文章夹带烟霞般的风韵，做起事来决无尘俗味道，名字叫清奇。

【评点】水可以清，人要饮用。事可以清，以辨是非。人却无清，因为腑中有五谷杂粮，因为身有七情六欲。**注**：书吏：疑为"书史"的讹误。书史，指经史典籍。

对棋不若观棋，观棋不若弹瑟，弹瑟不若听琴。古云，但识琴中趣，何劳弦上音。斯言信然。

【译文】下棋不如看棋，看棋不如弹瑟，弹瑟不如听琴。古人说，只要能鉴赏琴中的乐趣，何必费力弹弦上的声音。这种说法相信是对的。

【评点】大音希声，声必大，琴不动弦，听者心声。

奕秋往矣，伯牙往矣。千百世之下止存遗谱，似不能尽有益于人。唯诗文字画足为传世之珍，垂名不朽。总之，身后名不若生前酒耳。

【译文】弈秋早已不在了，伯牙也早已不在了。千百年以后的今天只保存有传下来的棋谱琴谱，似乎不能对今人有特别的益处。只有诗歌、文章、书法、绘画才能成为传世的珍宝，可以名垂不朽。总之，人死后的名声不如生前的酒那么有意义。

【评点】此说有一点现代感觉。人活在哪里？今日的现实，还是明日的彼岸？何人不懂，何人不晓。活好今日，意义最为实在。**注**：奕秋：即弈秋。春秋时善下围棋的人。伯牙：春秋时精于琴艺的人。

君子虽不过信人，君子断不过疑人。

【译文】君子虽然不过分相信人，君子断然不会过分怀疑人。

【评点】何以为"过"，何以为"不过"？天知地知？如此说，君子亦不"君"。

人只把不如我者较量，则自知足。

【译文】人只要与不如自己的人比较，就一定会知足。

【评点】知足容易，知足亦难。若说比较，何日有尽？

折胶铄石，虽累变于岁时；热恼清凉，原只在于心境。所以佛国都无寒暑，仙都长似三春。

【译文】严寒和酷暑，虽然多经变化于岁月之中，将焦灼苦恼清凉下来，原来只在于心境。所以佛国里都无寒暑，仙都中长年好似三春。

【评点】佛国好去处，只是不用种地吃饭。仙都真美妙，只需日日春种没有年年秋收。一句话，那地方只能佛爷仙人们活着，因为他们不食人间烟火。普通人（只要你不是佛爷不是仙）却是去不得，否则饿坏胃肠病坏了皮囊，只怕无人能医。注：折胶铄石：指严寒和酷暑。

鸟栖高枝，弹射难加；鱼潜深渊，网钓不及。士隐岩穴，祸患焉至？

【译文】鸟歇高枝上，弹子和弓箭没有办法；鱼潜入深渊，渔网和钓钩无法够到。有智慧的人隐入山中洞穴，祸患怎么能来呢？

【评点】山中有洞，只怕洞中有虎狼。山中有洞，只怕洞中神仙早满。人是社会动物，还是不去那世外桃源的好。

于射而得揖让，于棋而得征诛，于忙而得伊周，于闲而得巢许，于醉而得瞿昙，于病而得老庄，于饮食、衣服、出作、入息而得孔子。

【译文】从乡射饮酒中理解礼仪谦让，以对弈中理解攻战征伐，于繁忙中理解伊尹周公，从闲暇中理解隐士巢父许由，从酒醉中理解佛学始祖，从疾病中理解老子庄子，从人生经历中理解孔子。

325

【评点】人生是一学堂，知识既来于书本，又受于生活本身。如此说起，何种知识均在心头。注：射：指古代的乡射礼。伊周：伊指商汤大臣伊尹。其在汤去世后曾摄政。周指西周周公旦。周公旦在武王去世后也曾摄政。古人以伊尹和周公旦为辅政的楷模，并称伊周。巢许：巢指巢父。相传为尧时的隐士。许指许由。也是尧时的隐士。尧曾传天下于二人，二人不受。后人用巢许来指称隐居不仕的人。瞿昙：即指佛祖释迦牟尼。

前人云："昼短苦夜长，何不秉烛游？"不当草草看过。

【译文】前人说："白天短促夜长难熬，何不举着烛火游玩？"不应当草率简单地看过。

【评点】白日长短，只是季节变化。人心长短，方是甘苦尺度。

优人代古人语，代古人笑，代古人愤。今文人为文似之，优人登台肖古人，下台还优人。今文人为文又似之。假令古人见今文人，当何如愤，何如笑，何如语？

【译文】演员代替古人说话，代替古人笑，代替古人愤慨。今天文人做文章与此相仿。演员登台模仿古人，下台后还是演员。今天文人做文章又与此相似。如果古人遇到今天的文人，应当如何愤慨，如何欢笑，如何说话？

【评点】李代桃僵，实为情势所左右。代古人言，实为文人本分。今文章中的古人，非昨日古代之古人。今文章中的古语，亦非昨日古代之古语。

看书只要理路通透，不可拘泥旧说，更不可附会新说。

【译文】读书只要理解透彻，不可以拘泥于旧有说法，更不可以附会新出的说法。

【评点】读书是一个学习过程，更是个思考过程。

简傲不可谓高，谄谀不可谓谦，刻薄不可谓严明，阘茸不可谓宽大。

【译文】孤高自傲不可说是高贵，奉承巴结不可说是谦虚，刻薄小器不可说是严明，庸碌无能不可说是宽容。

【评点】人有错觉，人有装扮。装扮后有了错觉，便不识真面目，不免要上当。注：阘茸：庸碌低劣。

作诗能把眼前光景胸中情趣一笔写出，便是作手。不必说唐说宋。

【译文】写诗能把看见的东西和胸中的情感一笔写出来，就是高手。不必又说唐朝又说宋朝。

【评点】有人为文章为文学，多好卖弄：或引唐宋用典，或引圣贤言语。其实文字如何，只看作者胸臆。

少年休笑老年颠，及得老年颠一般。只怕不到颠时老，老年何暇笑少年。

【译文】少年人休笑话老年人张狂，到了老年时也会一样张狂。只怕还未到张狂的时候人就死了，老年人哪有时间笑话少年人。

【评点】民间有云：老要张狂少要稳。老年人"颠"是一种生命冲动，是老人生命力尚在的证据。所以，年轻人莫笑老年人。因为年轻很快也会衰老。

饥寒困苦福将至已，饱饫宴游祸将生焉。

【译文】饥寒困苦时福气将降临，宴饱冶游时灾祸将发生。

【评点】从辩证角度看，的确有此关系。但若具体而论，事情又是两样。何人以饥寒为幸福代价？何人以宴游为痛苦发生？

打透生死关，生来也罢，死来也罢；参破名利场，得了也好，失了也好。

【译文】想通了生死关，生来也是那么回事，死去也是那么回事；看破名与利的争夺，得到也好，失去了也好。

【评点】人生无非生死名利，此为难过的两关。生死，不以人心向背而改变。名利，不因人力多寡而来去。

混迹尘中，高视物外。陶情杯酒，寄兴篇咏。藏名一时，尚友千古。

【译文】混迹在尘世里，眼界在俗物之外。陶渊明的情怀寄予酒杯，借诗篇寄托感情。隐姓藏名于一时之间，崇尚的朋友千古都有。

【评点】生前若潦倒，死后美名何用？

痴矣狂客，酷好宾朋。贤哉细君，无违夫子。醉人盈座，簪裾半尽。酒家食客满堂，瓶瓮不离米肆。灯火荧荧，且耽夜酌。爨烟寂寂，安问晨炊？生来不解攒眉，老去弥堪鼓腹。

【译文】痴迷的狂放人，非常好招待宾朋，贤惠的妻子，不违背丈夫。醉酒的人满座，妆饰衣服都半脱半卸。请酒的人家食客满堂，瓶子瓮缸不离米面。灯火荧荧，而且沉溺于夜饮。炊烟不飘，怎么问做没做早饭？生来皱眉不解，老死的时候还是吃饱了肚子。

【评点】酒入欢肠，不当有愁。死在面前，自当小视。**注**：细君：

古代称诸侯的妻子为细君。后统称妻为细君。囊烟：炊烟。

皮囊速坏，神识常存。杀万命以养皮囊，罪卒归于神识。佛性无边，经书有限。穷万卷以求佛性，得不属于经书。

【译文】人的身体会很快腐朽，高明的见识常存。杀害生灵万命以养活人的这身皮囊，罪过最终要由神明的见识负责。佛的影响无边，经书有限。读尽万卷经书以求佛的真谛，得到的东西不属于经书。

【评点】有生有死，万物常理。佛也罢，经也罢，对于生命过程均无能为力。

人胜我无害，彼无蓄怨之心；我胜人非福，恐有不测之祸。

【译文】别人胜了我没有害处，他没有积怨之心；我胜了别人不是幸福，恐怕会有不测的灾祸。

【评点】以柔弱走天下，以吃亏当幸福。国人文化传统中，似乎永远是以弱胜强。此种后发制人之文化，今日难以奏效了。

书屋前，列曲槛栽花，凿方池浸月，引活水养鱼。小窗下，焚清香读书，设净几鼓琴，卷疏帘看鹤，登高楼饮酒。

【译文】书房前面，排列曲折的花圃栽花，凿挖方形的池塘映月，引入活水养鱼。小窗底下，点燃香火读书，摆放干净小几弹琴，卷起稀疏的竹帘看鹤，登上高楼饮酒。

【评点】修花赏月，读书奏琴，观鹤饮酒，古人潇洒浪漫形象。

人人爱睡，知其味者鲜。睡则双眼一合，百事俱忘，肢体皆适，尘劳尽消。即黄粱南柯，特余事已耳。静修诗云，"书外论交睡最贤"，旨哉言也。

【译文】人人都喜爱睡觉，知道其中滋味的人很少。睡觉的时候双眼一合，百事都忘了，身体四肢都舒适，尘世烦恼和辛劳都消除了。就是黄粱南柯，也是多余的事情。高僧静修说："论道读书外的交往数睡觉为最好。"说的是这个意思。

【评点】人世间万般好处，睡觉当排第一。人世间万般坏处，睡觉也排第一。人为动物，不睡觉无以消除疲劳。生命有限，一睡觉少活三分之一。**注**：黄粱南柯：即指成语典故"黄粱一梦"和"南柯一梦"。

过分求福，适以速祸。安分速祸，将自得福。

【译文】过分地追求幸福，恰恰招来灾祸。安心于到来的灾祸，将自然得到幸福。

【评点】福与祸本为一对矛盾。人皆想避祸而趋福，又皆欲独福而祸他。其实福与祸既有真实的一面，亦有虚假的一面。战争、自然灾害，家门不幸，均为灾祸侵人。这是灾祸的真实一面。从另一面看，无论何种灾祸又都是需要心态面对的。就此言，这祸患又只是一种人的情绪与心态，是一种虚拟性的。前者也许不能避免，后者却可以自我减压和放松。

倚势而凌人，势败而人凌。恃财而侮人，财散而人侮。循还之道：我争者，人必争。虽极力争之，未必得；我让者，人必让。虽力让之，未必失。

【译文】倚仗势力而欺凌别人，势力败落而被人欺凌。倚恃财富而侮辱别人，财富散去而被人侮辱。循还往复之道：我争的东西，别人一定要争。虽然极力去争它，未必能得到；自己推让的东西，别人一定会推让。虽努力谦让它，未必会失去。

【评点】得与失，人生每每两可之间。社会有竞争的一面：弱肉强食。你不争便有失，你不争便乌有。社会亦有公平一面：不可过分。你不择手段，你人走邪路，你最终也是一场梦空。

贫不能享客，而好结客。老不能徇世，而好维世。穷不能买书，而好读奇书。

【译文】贫穷不能招待客人，而喜欢结识朋友。年老不能顺应潮流，而爱好维护世风。穷困不能买书，而喜欢读奇特的书。

【评点】在没有机会的或少有机会的古典农业时代，贫穷是一种社会普遍现象。你贫我穷，彼此彼此。没有谴责，亦没有羞愧。在如今的时代里，贫穷不再是一个社会问题；而是一个个人问题。它也许意味：你懒，你奸，你不回报社会。

沧海日，赤城霞，峨眉雪，巫峡云，洞庭月，潇湘雨，彭蠡烟，广陵诗，庐山瀑布，合宇宙奇观，绘吾斋壁；少陵诗，摩诘画，左传文，马迁史，薛涛笺，右军帖，《南华经》，相如赋，屈子《离骚》，收古今绝艺，置我山窗。

【译文】沧海的日，赤城的霞，峨眉的雪，巫峡的云，洞庭湖月，潇湘江雨，鄱阳湖水烟，扬州江潮，庐山瀑布，将宇宙奇观汇合在一起，画在我家墙壁上；杜甫的诗，王维的画，《左传》的文章，司马迁的《史记》，薛涛的诗笺，王羲之的字帖，《庄子》，司马相如的赋，屈原的《离骚》，收拢古今的最高艺术，摆在我面山的窗下。

【评点】心胸开阔，自然能容五湖四海。眼界非凡，自然能收世间绝艺。注：少陵诗：指唐代诗人杜甫的诗。摩诘画：指唐代诗人王维的画。左传文：即指《左传》。马迁史：指司马迁《史记》。薛涛：唐代女诗人薛涛。右军帖：晋代书法家王羲之曾任右军将军，右军帖即王羲之的书法。《南华经》：即《庄子》别名。相如赋：相如，即汉代文学家司马相如。

偶饭淮阴，定万古英雄之眼。自有一段真趣，纷扰不宁者。何能得此？醉题便殿，生千秋风雅之光。自有一番奇特，跼蹐下者，岂易获诸！

【译文】洗人老妇偶然给韩信送了一次饭，使万古英雄眼定。自有一段真趣，打扰不安宁的人。如何能得到它？醉后在便殿题字，使千秋风雅光生。自有一番奇特，窗下坐的人不敢放纵。岂能轻易获得它！

【评点】生为男儿，为走四方。英灵所在，噤若寒蝉。注：便殿：正殿以外的别殿，古指帝王休息的地方。跼蹐：约束不敢放纵。淮阴：指韩信，封为淮阴王。牖：窗户。

清闲无事，坐卧随心。虽粗衣淡饭，但觉一尘不染。忧患缠身，繁扰奔忙。虽锦衣厚味，只觉万状苦愁。

【译文】清闲无事，想坐想卧随心所欲。虽然粗衣淡饭，但觉得一点俗尘不染。忧患缠身，乱事绕身奔忙不停。虽然穿锦衣吃好饭，只觉得万般苦愁。

【评点】锦衣厚味者未必苦愁，因其生存有保。粗衣淡饭者何时随心？

同其生活无着。古时穷人千般苦，唯有富人有闲情。走入今天则变之。

我如为善，虽一介寒士，有人服其德；我如为恶，纵位极人臣，有人议其过。

【译文】我如果做好事，即使只是一个出身低微的读书人，有人佩服其德行；我如果做坏事，纵然位置到了一人之下万人之上的极品位置，有人议诽其过错。

【评点】树在高山，摧之风必烈。草在平地，拂之风必柔。寒士善举，世人无晓。极臣微瑕，一朝皆谤。因此，人为善事不必张扬，人为恶事定遭讨伐。

读理义书，学法帖字。澄心静坐，益友清谈，小酌半醺；浇花种竹，听琴玩鹤，焚香煮茶。泛舟观山，寓意弈棋。虽有他乐，吾不易也。

【译文】读理义之书，学书法字帖。清心静坐，与好友清谈，小酌半醉；浇花种竹，听琴玩鹤，烧香煮茶。坐小舟看山景，用心思下围棋。虽然还有其他乐事，我是不换的。

【评点】家若有足年累月之粮，家若有请朋唤友之酒，人若有衣食丰足之美，人若有百日千日之闲，尽可以此为乐。

成名每在穷苦日，败事多因得志时。

【译文】成名者每每都在于穷苦生活中的磨炼，败事者多数是因为得志时忘形。

【评点】国人过去一向讲：家贫出孝子，家富有奸人。此说当然有甚多偏颇。但有一点不可否认：生活艰辛，有勇气者终胜；成功辉煌，不清醒者后败。

宠辱不惊，肝木自宁。动静以敬，心火自定。饮食有节，脾土不泄。调息寡言，肺金自全。怡神寡欲，肾水自足。

【译文】宠辱不惊慌，肝木自然宁息。动静以恭敬，心火自然安定。饮食有节律，脾土不外泄。调息少说话，肺金自然保全。怡神少欲望，肾水自然充足。

【评点】人有五腑，其为五行。所谓身体康健，许多要从神养中得来。少一些糟蹋，自然多一些健壮。注：肝木：即肝。中医以五行之说（即水火木金土）解释人的五脏，肝属木，故称。心火：即心。脾土：即脾。肺金：即肺。肾水：即肾。

让利精于取利，逃名巧于邀名。

【译文】推让利益的能力比获取利益的能力强，躲避名声的办法比邀取名声的办法巧。

【评点】古人生于乱世时，主张或弃官或隐居或出家，为的是保身全命。今人生于顺世时，主张或经商或做官或教书，为的是争名寻利。古今世道不同，不相为谋。

彩笔描空，笔不落色而空亦不受染；利刀割水，刀不损锷而水亦不留痕。

【译文】用彩色笔在空中描画，笔不着颜色而天空也不受色染；用锋利刀在水里切割，刀不损锋利而水也不留痕迹。

【评点】生入此世，许多事有结果而无意义。活在社会，许多事有意义而无结果。

唾面自干娄师德，不失为雅量；睚眦必报郭象玄，未免为祸胎。

【译文】被人唾面而不擦的娄师德，不失为大雅之量；有仇必报的郭象玄，难免成为祸根。

【评点】人有否修养，不在于受人唾面而不怒。为人误解时，可以容忍。但为人侮辱时，却需回击。至于有仇必报，实为人生、家庭、家族，乃至民族国家的祸根。注：娄师德：唐代原武人。字宗仁。进士。睚眦：怒目而视。郭象玄：即晋人郭象。郭象字子玄。

天下可爱的人，都是可怜人。天下可恶的人，都是可惜人。事业文章，随身销毁，而精神万古如新。功名富贵，逐世转移，而气节千载一日。

【译文】天底下可爱的人，其实都是可怜人。天下可恶的人，其实都是可惜人。事业和文章，都随着人死而销毁，只有精神流传万古如新。功名和富贵，都随着时代社会变化而转移，只有气节流芳千载不朽。

【评点】可爱并不一定可怜，只怕可爱是装出的样子。可恶并不一定可惜，只怕可恶是单纯的可恶。

读书到快目处，起一切沉沦之色；说话到洞心处，破一切暧昧之私。

【译文】读书到了赏心悦目的畅快处，脸上泛起了不可自拔的沉沦之色；说话到了看透心思的地方，心里破去了一切的暧昧私心。

【评点】人有执迷，看执迷的是什么。人有暧昧，怕暧昧难见真天。

谐臣媚子，极天下聪颖之人。秉正嫉邪，作世间忠直之气。

【译文】乐人和贤臣，都是天下极聪明的人。把握正确批评错误，成为世间忠直气节的形象。

【评点】去世间做万事，曲字一直优先。在世间完万事，直字一直必须。

隐逸林中无荣辱，道义路上无炎凉。

【译文】隐逸在山林中没有荣誉和侮辱，道义的路上没有世态人情的热或冷。

【评点】人讲道义，道义自然与人生。人讲爱心，爱心自然与人伴。

名心未化，对妻孥亦自矜庄；隐衷释然，即梦寐会成清楚。闻谤而怒者，谗之囮；见誉而喜者，佞之媒。

【译文】功名之心尚未化解，对待妻子孩子也自矜庄重端架子；心中秘密已经放下，即使做梦也会清清楚楚。听到批评而发怒的人，是阿谀奉迎的由头；见到荣誉而高兴的人，是能说会道的媒介。

333

【评点】现尔今，人既要有功名之意识，又要淡出功名之心。有功名意识可不断努力，做事有方向有动力。淡出功名之心可少些包袱，生活有滋味有乐趣。注：囮：鸟媒。即捕鸟时用来诱鸟的同类鸟。此处指媒介。

滩浊作画，正如隔帘看月，隔水看花，意在远近之间。亦文章法也。

【译文】沙滩上作画，就好像隔着竹帘看月亮，隔着水看花，原因在于远近之间。也是文章写作上的规律。

【评点】写文章有千法万法，好文章写法却只有一个：有滋有味，与众不同。

藏锦于心，藏绣于口，藏珠玉于咳唾，藏珍奇于笔墨。得时则藏于册府，不得时则藏于名山。

【译文】将锦帛藏于心，将绣丽藏于口，将珠玉藏于咳嗽唾液，将珍奇藏于笔墨。得意时候就藏在官府翰林，失意时候就藏在名山之中。

【评点】人有外绣，人亦有内绣。其实外绣也好内绣也罢，不过一种说法。无非是人外要妆扮，内要学习。

读一篇轩快之书，宛见山青水白；听几句透彻之语，如看岳立川行。

【译文】读一篇畅快的文章，就像看见青山白水；听几句透彻的话，好似看到山笋水行。

【评点】入俗世，睹俗物，心常受堵。观好书，听真话，神清目爽。

读书如竹处溪流，洒然而往；咏诗如苹末风起，勃焉而扬。

【译文】读书好像竹林外的溪水，潇潇洒洒前往。咏诗就如苹末风起，勃发而激扬。

【评点】静，好读书。一静有若一泓深潭。动，好咏诗。一动有若一匹奔豹。

子弟排场，有举止而谢飞扬，难博缠头之锦；主宾御席，务廉隅而少蕴藉，终成泥塑之人。

【译文】演员们排开场子，举止得体而不许神采飞扬，难以赢得缠头之锦；主宾入席，一定行为端庄而缺少蕴味，终于变成了泥塑之人。

【评点】古人多以端庄为美，不知端庄好怕人。今人许多随便处，或显轻佻或显美。注：缠头：古代艺人表演完毕，客人以罗锦相赠，称为"缠头"。廉隅：行为端庄。

取凉于箑，不若清风之徐来；激水于槔，不若甘雨之时降。

【译文】用扇子取凉，不如清风慢慢吹来；用槔提水散雨，不如甘霖及时普降。

【评点】人为扇子，伐净了大树竹林，于是清风全贵。人为汲水，淘干了湖泊水川，于是饮水无着。**注**：箑：扇子。槔：古代井上提水的工具。

有快捷之才而无所建用，势必乘愤激之处一逞雄风。有纵横之论而无所发明，势必乘簧鼓之场一恣余力。

【译文】有快捷的才能而无处可用，势必会乘着激愤的时候一逞雄风。有纵横捭阖的宏论而没有地方发表，势必会乘巧言惑众的场合放纵能力。

【评点】人生而有才能，只是用处不一。人生而有见识，只是见识不同。不可阻塞，不可不用。否则，事势必反。

月榭凭栏，飞凌缥缈。云房启户，坐看氤氲。

【译文】在高台上凭栏赏月，飞云凌空缥缈。高大的云房打开窗户，坐看山中烟云四起。

【评点】山中高房接云海，人在屋中如在天。推窗望夜几多时，忽见月轮云中来。

发端无绪，归结还自支离。入门一差，进步终成恍惚。

【译文】开始没有头绪，到头还是杂乱无章。进门时差了一点，接下来也还是恍惚不清。

【评点】凡事预见则顺利，凡事无准备则忙乱。

李纳性辨急，酷尚弈棋。每下子，安详极于宽缓。有时躁怒，家人辈密以棋具陈于前。纳睹之，便欣然改容。取子布算，都忘其恚。

【译文】李纳的性子有些矫情激烈，特别喜欢下围棋。每放下棋子，样子非常安详宽缓。有时躁怒，家人小辈就把棋具放在面前。李纳看到，便高兴地改变了态度。取子布局，都忘了发怒的原因。

【评点】入痴入迷，也是人生一大快事。**注**：李纳：唐代李正己子。曾受封陇西郡王。恚：恨，怒。

竹里登楼，远窥韵士。聆其谈名理于坐上，而人我之相可忘。花间扫石时，候棋师。观其应危于枰间，而胜负之机早决。

【译文】竹林里登上楼层，远远瞭望风雅文人。在座位上听他谈名论理，忘记了他人和自我的存在。在花圃里扫净石凳的时候，等着下棋的高手。看他应对危险在棋盘之上，而胜负早已决定了。

【评点】入竹林雅静之处，坐围棋弈局之前。人不知山时已晚，忘记了火烛举前。注：枰：棋盘。

六经为庖厨，百家为异馔，三坟为瑚琏，诸子为鼓吹。自奉得无大奢，请客未必能享。

【译文】把六经作为厨师，把百家文章作为好菜，把三坟作为宗庙上的重器，把诸子作为美妙的鼓吹曲。自己信奉不发大财，吃请宴未必能享受。

【评点】文化亦即文明，文化亦即精神。人有精神追求，生活亦有阳光。注：瑚琏：古代宗庙礼器。鼓吹：指古代的乐府歌曲。

说得一句好言，此怀庶几才好。揽了一分闲事，此身永不得闲。

【译文】说得一句好话，这心里不知怎样才好。揽了一分闲事，这一生就永不得闲。

【评点】得人一分好言，心中一分温暖。帮人一次急务，等于好文一篇。

古人特爱松风，庭院皆植松。每闻其响，欣然往其下。曰：此可浣尽十年尘胃。

【译文】古人特别喜爱听松林的风声，庭院里栽植的都是松树。每听到松风响起，便高兴地来到树下。说：这风可以洗干净身体在尘世十年里的污染。

【评点】松树不仅长青，且生命力顽强。耐寒暑，抗贫瘠，不惧岩石陡峭。人亦可如松。

凡名易居，只有清名难居；凡福易享，只有清福难享。

【译文】什么名誉都容易承受，只有清白之名难以承担；什么福都容易享受，只有无事须做的清福难以享用。

【评点】世人皆以为名利不重，皆可来者不拒。世人皆以为福禄好享，皆可全盘兼收。其实人间没有简单之事，只有不懂事理的简单之人。

贺兰山外虚女怨，无定河边破镜愁。

【译文】贺兰山外有妇女独处之怨，无定河边有男女离别之愁。

【评点】贺兰无定走西口，外男内女家家愁。

有书癖而无剪裁，徒号"书橱"。惟名饮而少蕴藉，终非"名饮"。

【译文】有藏书爱好而没有选择，仅仅能号称"书橱"。只知饮名酒而缺少修养，最终也不是"名饮"。

【评点】人均有嗜好。有人会将嗜好变成一种艺术，一种文化。有人却只会嗜好而不知其奥妙所在，嗜好变成了一种摆设，一种装潢。

飞泉数点雨非雨，空翠几里山又山。

【译文】飞落的泉瀑散开数点是雨非雨的水滴，空翠的山谷几里长长山峦迭着山峦。

【评点】山中遇翠，林中听泉。吸入几口清沁，呼出几遍污脏气。

夜者日之余，雨者月之余，冬者岁之余。当此三余，人事稍疏，正可一意学问。

【译文】夜晚是一日的剩余，雨天是一月的剩余，冬季是一年的剩余。在这三余到来的时候，人们都稍微放松一下自己，正可以一心一意地学习读书。

【评点】生命一般长短，时间一般多少。成就者不在于精力过人，落伍者亦不在智力不够。相对而论，对时间是否珍惜。

树影横床，诗思平凌枕上；云华满纸，字意隐跃行间。

【译文】树影斜映在床上，诗思平空在枕上飞起；云霞写满纸上，文字的意义隐约在行文中闪动。

【评点】枕上有诗，纸上有情。不必拘泥，恰到妙处。

耳目宽则天地窄，争务短则日月长。

【译文】耳目宽阔则天地就显得窄了，争吵琐碎的事则时间就显得长了。

【评点】天地窄是因人心宽，日月长是因人心短。

秋老洞庭，霜清彭泽。

【译文】秋天使洞庭湖衰老，寒霜使鄱阳湖清澈。

【评点】一个"老"字，用得甚好！

听静夜之钟声，唤醒梦中之梦；观澄潭之月影，窥见身外之身。

【译文】听闻静夜里的钟声，唤醒了睡梦中的梦境；观赏清潭中的月影，看见了月亮身外的身形。

【评点】钟声夜半，月影沉潭。缥缈恍惚，如若仙境。

事有急之不白者，宽之或自明，毋躁急以速其忿。人有操之不从者，纵之或自化，毋操切以益其顽。

【译文】遇到有急事说不清楚的人，或者劝他或者让他自己明白，一定不要着急以加速他的急躁。遇到有不听指挥的人，或者放纵他或者让他自己理解，一定不要采用逼迫的方法来增加他的顽佞。

【评点】与人为善，即与己为善。设身为人，亦等于设身为己。

士君子贫不能济物者，遇人痴迷处，出一言提醒之；遇人急难处，出一言解救之，亦是无量功德。

【译文】如果士君子因贫寒而无法用东西帮助别人，遇到别人想不清楚的地方，说一句话提醒他；碰到别人着急为难的地方，说一句话帮助他，也是功德无量。

【评点】不以贫富论善心善意，不以散财多少论好人好心。不问何年何世，富足者只能少数，平凡者当为众人。

处父兄骨肉之变，宜从容不宜激烈；遇朋友交游之失，宜剀切不宜优游。

【译文】遇到父兄去世的骨肉之变，宜从容对待不宜过分悲恸。遇到朋友游玩丢失了东西，宜认真不宜不在乎。

【评点】举重若轻，视轻如重。

问祖宗之德泽，吾身所享者是，当念其积累之难；问子孙之福祉，吾身所贻者是，要思其倾覆之易。

【译文】问祖宗的荫德，我所享受的就是，应当想到先祖积累家业的艰难；问子孙的幸福，我所留下的就是，要意识到这家业破败的容易。

【评点】创业容易守成难。古人早已有训。家业国业一理，只守是守不住的。

韶光去矣，叹眼前岁月无多，可惜年华如疾马；长啸归与，知身外功名是假，好将姓字任呼牛。

【译文】好岁月去了，慨叹日子无多，可惜这年华像飞奔的马一样快；长啸一声归去，知道了身外功名是假的东西，正好可以把姓名任人呼牛呼马。

【评点】火车提速，飞机钻天。与日月相比，均为小巫见大巫。生时见路长，晚时叹路短。**注：**呼牛：语出《庄子·天道》。庄子称"昔者子呼我牛也，而谓之牛；呼我马也，而谓之马"。后将"呼牛"和"呼马"作为毁誉由人的典故。

意摹古先，存古未敢反古；心持世外，厌世未能离世。

【译文】想摹仿古人，要先学古人而不敢反对古人；心中装着世外，讨厌尘世而未能离世。

【评点】古人可学，不可尽学。尘世可厌，不可尽厌。

苦恼世上，度不尽许多痴迷汉。人对之肠热，我对之心冷；嗜欲场中，唤不醒许多伶俐人。人对之心冷，我对之肠热。

【译文】苦恼的人世上，走不完许多的痴心汉子。别人对他们热情，我对他们心冷；寻欢场里，唤不醒许多聪明伶俐的人。别人对他们心冷，我对他们热情。

【评点】嗜欲场上，有人性一面。苦恼世界，有许多非人苦恼。

自古及今，山之胜多妙于天成，每坏于人造。

【译文】从古到今，山的美景大多妙在天然成就，而每每被人造的东西破坏。

【评点】人为万物灵长，人亦为万物祸害。

画家之妙，皆在运笔之先，运思之际，一经点染，便减神机。长于笔者，文章即如言语。长于舌者，言语即成文章。昔人谓，"丹青乃无言之诗，诗句乃有言之画"。余则欲丹青似诗，诗句无言，方许各臻妙境。

【译文】画家的妙处，都在下笔之前的构思阶段。一旦画在纸上，便减少了神韵。擅长写文章的人，文章就是说话。长于说话的人，说话就是文章。过去的人说，"国画是不说话的诗，诗句是说话的画。"我则希望国画如诗，诗句无言像画，这样可能双方都达到了奇妙的境界。

【评点】诗与画，古人皆不分彼此。画上要有诗境，要有诗笺。诗内要有画意，要有画境。

舞蝶游蜂，忙中之闲，闲中之忙。落花飞絮，景中之情，情中之景。

【译文】飞舞的彩蝶游戏的蜜蜂，忙中偷闲，闲里有忙。落谢的花朵飞扬的柳絮，景中有情，情中有景。

【评点】若有不问秋收春种，若有不言柴米盐油，人心均可潇洒，人形亦可蝶舞。

五夜鸡鸣，唤起窗前明月。一觉睡醒，看破梦里当年。

【译文】五更天鸡叫，唤出了窗前的明月。一觉睡醒了，看破了梦里的当年作为。

【评点】人皆有当年，当年亦有许多不解的情结。人皆有梦中，梦中亦有许多真幻的故事。

想到非非想，茫然天际白云。明至无天明，浑矣台中明月。

【译文】想到漫无边际，茫然中好似天上的白云。混沌到糊糊涂涂，弄不清台中的明月。

【评点】灵魂出窍，不知身在何处。心走他乡，不问世态炎凉。

避暑深林，南风逗树。脱帽露顶，沉李浮瓜。火宅炎宫，莲花忽迸。较之陶潜卧北窗下，自称羲皇上人，此乐过半矣。

【译文】避暑在深林中，南风挑逗着树木。摘下帽子，用冷水浸泡瓜果吃食。尘世如火，忽得莲花法门。可与陶潜卧在东北窗下，自称伏羲上人，此人生之乐过一半了。

【评点】夏有酷暑，难有凉雨。若有深林静地，可谓身心惬意。**注：**火宅炎宫：佛教语。指充满众苦的尘世。莲花：指佛法妙门。

霜飞空而漫雾，雁照月而猜弦。

【译文】霜飞在空中拉开了雾幛，雁照着月亮而量度它的弦角。

【评点】霜在雾里出，雁在月中鸣。风在静夜思，水在石上过。

既景华而凋彩，亦密照而疏明。若春隰之扬葩，似秋汉之含星。景澄则岩岫开镜，风生则芳树流芬。

【译文】到了景色凋谢，就是明亮的阳光也无法弥补这种色彩的稀疏。好像是春天的花朵，好似银河的星星。景色美丽则岩石也显秀丽，风吹生动则秀树也有芬芳。

【评点】不知季节不知年月，不知风雨不知山川。人有不知之时，方有进步可能。人有不知之处，方有学习。山不知水明，风不知月清，石不知景美，光不知己明。**注：**隰：低湿之地。扬葩：葩即花。秋汉：银河。

类君子之有道：入暗室而不欺，同至人之无迹，怀明义以应时。一翻一覆兮如掌，一死一生兮若轮。

【译文】像君子一样处世有原则：入暗室而不欺侮人，与人一同到达而不张扬显示，怀深明大义以应对时事。一翻一覆就像手掌一样，一死一生就像车轮转动。

【评点】君子又何入暗室？不入暗室又何有"暗室不欺"之说？入暗室，非偷即抢，何来君子？

卷五

素

袁石公云：长安风雪夜，古庙冷铺中，乞儿丐僧，齁齁如雷吼；而白髭老贵人，拥锦下帷，求一合眼不得。呜呼！松间明月，槛外青山，未尝拒人，而人人自拒者何哉？集素第五。(作者引言)

【译文】袁石公说：长安风雪夜，古庙的冰冷铺位上，乞讨的小孩和游方的丐僧，鼾声如雷吼；而白须的富贵老人，盖着锦被挡着帷幔，想睡一个好觉而不可能。呜呼！松树间的明月，门外的青山，从未曾拒绝过人，而人人都自己拒绝这种自然为什么？集素第五。**注**：素：原始，根本，本质自然义。

田园有真乐，不潇洒终为忙人。诵读有真趣，不玩味终为鄙夫。山水有真赏，不领会终为漫游。吟咏有真得，不解脱终为套语。

【译文】田园有真乐趣，不能潇洒最终还是忙人。诵读书籍有真趣味，不会玩品最终还是庸俗人。山水有真欣赏，不能领会最终不过是漫游。吟诗有真心得，不能解脱最终不过是套话。

【评点】世有万般好，只怕不知其妙处。世有千种秀，只怕未生审美之眼。

居处寄吾生，但得其地，不在高广；衣服披吾体，但顺其时，不在纨绮；饮食充吾腹，但适其可，不在膏粱；宴乐修吾好，但致其诚，不在浮靡。

【译文】住处是我寄生的地方，只要有地方，不在乎其高大宽广；衣服是遮盖我身体的东西，只要能适合季节，不在乎华美高贵；饮食是填充我肚子的东西，只要能不饿，不在乎什么美味；宴饮作乐是为了友谊，只要表示出诚意，不在于奢侈排场。

342

【评点】人生要有两个支点：其一，个人及家人的生命消费适度，不追求过奢；其二，个人对社会要有贡献，多努力，少计较。

披卷有余闲，留客坐残良夜月。褰帷无别务，呼童耕破远山云。

【译文】读书有余闲时间，留客人深谈至夜月西残。掀起帷幔没有他事，让童子去将远山的云彩耕耘。

【评点】与客深谈，尚有余音。自己躲懒，唤童耕耘。不知此为山居野逸，还是无聊透顶。

琴觞自对，鹿豕为群。任彼世态之炎凉，从他人情之反覆。家居苦事物之扰，惟田舍园亭，别是一番活计。焚香煮茗，把酒吟诗，不许胸中生冰炭。

【译文】弹琴饮酒自己相对，鹿与猪为群。任他世态炎凉，管他人情反复无常。住在家里苦恼事物的烦扰，惟有田园屋亭，别是一番活法。点香煮茶，喝酒吟诗，不允许胸中没有激情而冷漠。

【评点】世有不顺耳之音，亦有不顺心之事。一笑了之，不必计较。最怕心中缺少热情，对一切冰冰冷冷。

客寓，多风雨之怀。独禅林道院，转添几种生机。染翰挥毫，翻经问偈，肯教眼底逐风尘？茅斋独坐茶频煮，七碗后气爽神清。竹榻斜眠书漫抛，一枕余心闲梦稳。

【译文】客居他寓，心中多风雨感慨。独有禅林道院，转添了一些生机。研墨挥笔，翻阅经书问偈语，怎么肯让眼睛去追逐世间风尘？独坐茅草屋中频频煮茶，喝下七碗后气爽神清。斜睡到竹床上书扔在一旁，心宽无事睡梦稳。

【评点】古人不知何处愁，非入深山问佛头。哪晓身在尘世里，是非蝇苟门外走。**注**：偈：佛经中的唱词。

带雨有时种竹，关门无事锄花。拈笔闲删旧句，汲泉几试新茶。

【译文】冒着雨有时去种竹子，关上门无事做去锄花。闲起来拿笔删改上几句旧诗，提泉水几次试烹新茶。

【评点】文人家居农舍，前后左右为田。雨落芭蕉为景，饮茶吟诗为仙。

余尝净一室，置一几，陈几种快意书，放一本旧法帖。古鼎焚香，素塵挥尘，意思小倦，暂休竹榻。餇时而起，则啜苦茗。信手写汉书几行，随意观古画数幅。心目间觉洒空灵，面上尘当亦扑去三寸。

【译文】我经常打扫干净一间房子，摆上一张几桌，放上几种喜欢的书，放一本旧的书法字帖，在古鼎中焚香，用白色的拂尘扫去尘土。稍稍有些倦意，暂时躺在竹床上休息。到了吃饭的时候，则少喝一点苦茶。信手写几行隶书，随意看上几幅古画。心中觉得空灵洒脱，脸上的俗尘也被扫去了三寸。

【评点】心净才能室净，心清才能目清。

只看花开落，不言人是非。

【译文】只看花开花落，不说人间是非。

【评点】古人均懂尘世，古人似乎亦均看破红尘。其实若人人看破，哪里又有是非？

莫恋浮名，梦幻泡影有限；且寻乐事，风花雪夜无穷。

【译文】不要留恋空虚的名声，梦幻泡影都是有限的；暂且寻找欢乐的事情，风花雪月其实是无穷的。

【评点】进追一生名望，到头来两手空空。退求一生欢娱，一辈子不知后悔。

白云在天，明月在地。焚香煮茗，阅偈翻经。俗念都捐，尘心顿洗。

【译文】白云在天，明月在地。焚香煮茶，看唱词翻经文。俗间的想法都赶走，沾满尘俗的心顿时洗净。

【评点】入佛堂者当有佛心，然而佛心亦是人心。

暑中尝嘿坐，澄心闭目。作水观久之，觉肌发洒洒，几阁间似有凉气飞来。

【译文】暑热时经常默坐，驱除杂念闭合双目。打坐"水观"时间长了，觉得皮肤头发洋洋洒洒，楼阁间像有凉气飞来。

【评点】学佛作水观，无水处似有水到。入世作人观，人未见便识其人。**注**：水观：原指近水的楼观。此处指佛教的一种入定之术。

　　胸中只摆脱掉一"恋"字，便十分爽净，十分自在。人生最苦处，只是此心。沾泥带水，明是知得，不能割断耳。

　　【译文】胸中只要摆脱掉一个"恋"字，便会十分清爽干净，十分自在。人生最苦的时候，只有这样想。拖泥带水，看上去好像明白，却不割舍掉。

　　【评点】一生之中，人总有生存紧张困苦的时候。熬过去，你就可以面对任何困难。退回去，便从此再无机会。该放弃的放弃，该忘记的忘记，该面对的面对。

　　无事以当贵，早寝以当富，缓步以当车，晚食以当肉。此巧于处贫者。

　　【译文】以无事打扰为贵重，以早睡无忧为财富，以慢步行走为车辆，以晚一点再吃饭为肉餐。这是处于贫穷境地的妙法。

　　【评点】此为处世养生之学。不必以现状为不满，应以现状为知足。

　　三月茶笋初肥，梅风未困。九月莼鲈正美，秫酒新香。胜友晴窗，出古人法书名画。焚香评赏，无过此时。

　　【译文】三月茶叶竹笋刚刚鲜肥，梅雨季节风还未起。九月莼菜鲈鱼正是最好，新酿的高粱酒发出清香。好朋友在晴天的窗前，拿出古人的书画名作。焚燃香后评价观赏，没有超过这个时候。

　　【评点】春笋秋鲈正季节，晴天白云好心境。若有三两好朋友，浊酒新菜许多情。

　　高枕丘中，逃名世外。耕稼以输王税，采樵以奉亲颜。新谷既升，田家大洽。肥羜烹以享神，枯鱼燔而召友。蓑笠在户，桔槔空悬。浊酒相命，击缶长歌。野人之乐足矣！

　　【译文】高枕在田园家中，逃名在世外乡间。种地以缴纳国家的税赋，砍柴以奉养父母。新粮入仓，农家特别高兴。烹做肥羊敬神，燔烤干鱼招待朋友。蓑衣斗笠挂在屋内，桔槔悬在空中。以浊酒相劝，敲着瓦盆歌唱。山野之人的乐趣满足了。

　　【评点】文人写来农人有乐，从古及今农人最苦。**注**：桔槔：去井上提水的工具。

为市井草莽之臣，早输国课。作泉石烟霞之主，旧远俗情。覆雨翻云何险也？论人情只合杜门。吟风弄月忽颓然，全天真且须对酒。

【译文】作为市井草莽的臣民，早就缴完国家的税赋。作自然泉石烟霞的主人，距离世俗人情越来越远。在大自然里欣赏风云变幻有什么危险？说到人情就只能关门。正在吟诵风月诗句时忽然感到没意思，完全的天真必须与酒相伴。

【评点】人间尘世远去，山水竹木近来。用那风云雨电，换出好心情一片。

春初玉树参差，冰花错落，琼台奇望，恍坐玄圃罗浮。若非黄昏月下，携琴吟赏，杯酒留连，则暗香浮动疏影横斜之趣，何能有实际？

【译文】春节初过玉树参差，冰花错落，在漂亮的楼台上远望，恍惚间好像坐在玄圃罗浮仙境。如果不是黄昏月夜，带着琴吟诗欣赏，杯酒不停，有暗香浮动疏稀的影子斜映的情趣，怎么能有尘世的实际？

【评点】世无仙境，人入为是。世无仙景，人在最佳。**注：**玄圃：传说中昆仑山顶的神仙居处。罗浮：山名，在广东省东江北岸。晋葛洪曾在此修道。

性不堪虚，天渊亦受鸢鱼之扰；心能会境，风尘还结烟霞之娱。

【译文】性格不能承受空虚，就是广阔的天渊也难免受到鸢鹰和鱼的骚扰；心能够理解环境，就是世间风尘还能够与烟霞相结欢娱。

【评点】地有所短，心有所长。心若不满，无地可容。心若满足，斗室即是琼台云房。

身外有身，捉麈尾矢口闲谈，真如画饼；窍中有窍，向蒲团同心究竟，方是力田。

【译文】身体的外面还有身体，拿着拂尘随便闲谈，真像是在画饼充饥；窍中有窍，在蒲团上探究心的本原，这方是真的功夫。

【评点】世界有三重本质，柏拉图有过类似说法。人的身体亦有其不同的存在形式，有外在的，也有内在的。**注：**麈：即拂尘。窍：指人的七窍。

山中有三乐:薜荔可衣,不羡绣裳;蕨薇可食,不贪粱肉;箕踞散发,可以逍遥。

【译文】山里生活有三种乐趣:薜荔可织衣服,不美慕锦绣服装;蕨菜薇菜可以吃,不贪图好吃喝;行为随便披头散发,可以不受约束任意而为。

【评点】山居自有山居乐,不知辛苦为辛苦。只要心中无担负,日可糊涂月清楚。注:薜荔:植物,又称木莲,为藤本蔓生。

终南当户,鸡峰如碧笋左簇。退食时,秀色纷纷堕。盘山泉绕窗入厨,孤秋梦回,惊闻雨声也。

【译文】终南山在门前,山峰像碧笋一样前后簇拥。食量减退时,山光秀色也黯然失色。盘山的泉水绕窗流进厨房,一个人睡入梦乡,惊闻下雨之声。

【评点】山在门外,人在山前。望山山无表情,说山山无来言。山不是人,人不是山。

世上有一种痴人,所食闲茶冷饭,何名高致?

【译文】世上有一种痴迷的人,他所吃的是剩茶冷饭,为什么会有那样高的名声?

【评点】人名于世上,可以是富名,可以是恶名,可以是忠名,可以是奸名。其名声也许与吃饭有关,但恐怕多半无关。

桑林麦垄,高下竞秀。风摇碧浪层层,雨过绿云绕绕。雉雏春阳,鸠呼朝雨。竹林茅舍,间以红桃白李。燕紫莺黄,寓目色相。自多村家闲逸之想,令人便忘艳俗。

【译文】桑林麦垄,高的与低的比赛秀美。风吹绿浪层层,雨过后绿云片片。雉鸟叫着阳春,鸠鸟呼唤晨雨。竹林茅屋,中间种上红桃白李。紫色的燕子黄色的莺鸟,色彩映满了双目。农家自多闲逸的想法,令人忘记了世间的妖艳的俗气。

【评点】农家虽非朝廷庙堂,但亦为人间俗世。以为身入乡间便可脱去艳俗，实为简单。

白云满谷，月照长空。洗足收衣，正是宴安时节。

【译文】白云满山谷，明月照长空。洗脚收衣服，正是休息的时候。

【评点】一日劳动，一日辛苦。时致月升，可以歇息。

眉公居山中，来客问："山中何景最奇？"曰："雨后露前，花朝雪夜。"又问："何事最奇？"曰："钓因鹤守，果遣猿收。"

【译文】陈眉公住在山里，来客问："山中什么景最奇？"回答说："下雨之后白露以前，春花早上寒雪夜晚。"又问："什么事最奇？"答："用鹤守着钓钩，派猴子摘收果子。"

【评点】想过去古人，身不在现代，用没有电器，食没有美味，生活滋味却相当有趣。想如今之人，身居水泥中，用必须电器，食必须肉窝，生活却时常有口枯无味之感。

古今我爱陶元亮，乡里人称马才子。

【译文】由古至今我喜爱的是陶渊明，乡里的人称马才子。

【评点】人要有陶潜的精神，却不可有陶公的作为。人可以有陶氏的文采，却不可有陶公的弃世。注：陶元亮：即陶渊明。马才子：指游手好闲或少事劳动之人。

嗜酒好睡，往往闭门。俯仰进趋，随意所在。

【译文】喜欢喝酒好睡觉，常常关门。对人俯仰进趋，随意而为。

【评点】活人有许多时候很累，因为你要遵守规则。做人有许多时候很难，因为你不敢任意所为。

霜水澄定，凡悬崖峭壁古木垂萝，与片云纤月一山映在波中。策杖临之，心境俱清绝。

【译文】落霜后水清澈安定，凡是悬崖峭壁和古树藤萝，与一片云彩和纤细的月亮一起映在波中。拄着木杖站在水旁，心情和景境都特别的清爽。

【评点】霜澄秋水，潭映弦月。云丝在天，心境在地。

亲不抬饭，虽大宾不宰牲。匪直戒屠侈而可久，亦将免烦劳以安身。

【译文】亲属不用过于客气，虽然是长者也不用宰牲宴请。不只是要防止过多的屠宰，也将免除烦劳以安息身体。

【评点】亲有远近，情有重轻。情重者可以轻待，情轻者必须重款。

注：抬饭：正式宴请。匪直：不只。

饥生阳火炼阴精，食饱伤神气不升。

【译文】饥饿时内生阳火需炼阴精，吃过饱伤神而气不升出。

【评点】人为动物，内有五脏。须膳食平衡，须营养适当。少不好，多亦不好。

心苟无事，则息自调；念苟无欲，则中自守。

【译文】心中如果无事，则气息自然就协调；念头如果无欲，则内心自己就坚守。

【评点】有事心自乱，有欲性无刚。

文章之妙：语快令人舞，语悲令人泣，语幽令人冷，语怜令人惜，语慎令人密，语怒令人按剑，语激令人投笔，语高令人入云，语低令人下石。

【译文】文章奇妙的地方：语言痛快令人鼓舞，语言悲痛令人哭泣，语言幽清令人寒冷，语言怜悯令人惋惜，语言慎重令人缜密，语言愤怒令人按剑，语言激动令人掷笔，语言高亢令人入云，语言低沉令人走下石头。

【评点】千古人世，万古文章。文章文章，文在章中。语言用到恰处，便有笔下惊雷，纸上风云，字里乾坤，行间世情。

349

溪响松声，清听自远；竹冠兰佩，物色俱闲。

【译文】溪水作响松涛鸣声，清心听闻传自远方；竹作冠帽兰为佩饰，东西和色彩都有闲情。

【评点】人心清，松声溪响方清。人心浊，世间万物皆浊。

鄙吝一销，白云亦可赠客；渣滓尽化，明月自来照人。

【译文】心胸一宽阔，白云也可以赠给客人作礼物；杂念排除掉，明月自己就来照亮人。

【评点】白云赠客非赠客，赠者主人之情。明月照人非照人，照出主人之心。注：鄙吝：心胸狭窄。

存心有意无意之妙，微云淡河汉；应世不即不离之法，疏雨滴梧桐。

【译文】心存有意无意的妙巧，轻云遮淡了银河；处世不近不离的方法，稀疏的雨滴落在梧桐上。

【评点】有意与无意，不即与不离，均为人事妙方。只是能为者甚少，能识者甚稀。

肝胆相照，欲与天下共分秋月；意气相许，欲与天下共坐春风。

【译文】肝胆相照，要与天下共同分享秋月；意气相投，要与天下共同坐迎春风。

【评点】不怕人有私心杂念，只怕他慷慨的是人家东西。不怕人有七情六欲，只怕他不知自己究竟何物。试问，秋月何时属人家，春风哪年收门票？

堂中设木榻四，素屏二，古琴一张，儒道佛书各数卷，乐天既来为主。仰观山，俯听水，傍睨竹树云石，自辰自酉，应接不暇。俄而物诱气和，外适内舒。一宿体宁，再宿心恬，三宿后颓然嗒然，不知其然而然。

【译文】屋中放置四张木床，素色屏风二副，古琴一张，儒道佛三家的书籍各有数卷，白居易的作品在其中为主。抬头看山景，俯身听水声，向旁边看竹树云石，自辰时起到酉时，看不过来。一会儿在外物诱导下气息渐和，外边适应内心舒服。一个晚上身体舒适，二个晚上心中恬静，三晚后委靡怅然，不知这样的原因是什么。

【评点】入山中寻情寻景，一宿二宿心情甚佳。三宿时心情骤变，不知其出处。实际而论，人即喜新厌旧，亦喜旧怕新。注：嗒然：沮丧怅惘的神情。

偶坐蒲团，纸窗上月光渐满，树影参差，所见非色非空。此时虽名衲敲门，山童且勿报也。

【译文】偶然坐在蒲团上，窗纸上月光渐渐照满，树影参差摇动，所见非色非空。这时虽然有名僧敲门，童仆暂且先不要通报。

【评点】色与空，心中有分别。色与空，世上谁辨？**注**：非色非空：色，即佛教所说的可以感知的物质。空，即佛门。

会心处不必在远，翳然林水，便自有濠濮间想。不觉鸟兽禽鱼，自来亲人。

【译文】会心的地方不必在远处，隐没于林水间，便有逍遥闲居的想法。不觉间发现鸟兽禽鱼，都自来是亲近人的。

【评点】人出于自然，当亲于自然。**注**：翳然：隐没。濠濮间想：即庄子与惠子同游濠梁和庄子钓垂濮水的故事。后人用"濠濮间想"比喻逍遥闲居。

茶欲白，墨欲黑。茶欲重，墨欲轻。茶欲新，墨欲旧。

【译文】茶要白，墨要黑。茶要浓重，墨要发轻。茶要新鲜，墨要陈旧。

【评点】物，本质不同，要求不同，实际不同。切莫以一把尺子，量遍世界。

馥喷五木之香，色冷冰蚕之锦。

【译文】喷出五木的香气，染色完的蚕锦已经放冷。

【评点】有五木之香，无冰蚕之锦。生活中许多说法，当局者难辨视听。**注**：五木之香：青木香别名。冰蚕：本指古代传说中的一种蚕。后为普通蚕的美称。

筑风台以思避，构仙阁而入圆。

【译文】筑起风台用以思考回避，修好漂亮的楼阁好招待朋友。

351

【评点】人生有需静时，入风台。人生有需欢时，入仙阁。**注**：风台：指四下敞开透风的台榭。入圆：团坐，围坐。

客过草堂，问："何感慨而甘栖遁？"余倦于对，但拈古句答曰："得闲多事外，知足少年中。"问："是何功课？"曰："种花春扫雪，看篆夜梦香。"问："是何利养？"曰："砚田无恶岁，酒国有长春。"问："是何还往？"曰："有客来相访，通名是伏羲。"

【译文】有客人经过我的家，问："有什么样的感慨而甘愿隐居？"

我懒得回答，于是拿来古语答道："得到闲暇多在事外，知足的人活得年轻。"问："是如何做到的？"回答说："春天种花扫雪，看道教秘文的晚上焚香。"问："是什么利于养生？"回答说："写字卖文没有不好的年景，酒国里长饮有春天。"问："有什么样的交往？"回答说："有客人来访问，告诉的名字是伏羲。"

【评点】笔耕活文人，身外何长物？每每自己诩，原来是羲皇。

山居胜于城市，盖有八德：不责苛礼，不见生客，不混酒肉，不竞田产，不闻炎凉，不闹曲直，不征文通，不谈士籍。

【译文】在山中居住胜过城市，一共有八项好处：不受礼数束缚，不见陌生客人，不用混吃混喝，不用比赛田产多少，听不到世态炎凉的说法，不争论是非曲直，不用应国家之征，不必谈籍贯何方。

【评点】可无拘无束，亦可无法无天。身在五行外，不理尘世中。注：文通：有文采的避世隐士。

采茶欲精，藏茶欲燥，烹茶欲洁。

【译文】采茶叶要好，藏茶叶要干，煮茶叶要净。

【评点】品茶者要有茶品，知其好坏优劣。

茶见日而夺味，墨见日而色灰。

【译文】茶见到日光会减少味道，墨被日晒会颜色发灰。

【评点】人生活中有一半需要太阳，万物亦与此同理。茶在树上需有日照，墨在烟中需有火烧。

磨墨如病儿，把笔如壮夫。

【译文】研墨的时候少用力气如同有病的孩童一般，拿笔的时候要用劲好像雄壮男人。

【评点】看事评物，心有宽裕。该紧时紧，该放时放。

园中不能办奇花异石，惟一片树阴半庭藓迹，差可会心忘形。友来或促膝剧论，或鼓掌欢笑，或彼谈我听，或彼默我喧，而宾主两忘。

【译文】庭园里不能办置奇花异石，只一片树阴半园的苔藓，差不多就可以会心忘形了。朋友来或者促膝激烈争论，或者鼓掌欢笑，或者他谈我听，或者他听我说，而宾主身份两样都忘了。

【评点】国人少能忘形，也少有忘形之地。与挚友交，忘形真是一件难得好事。

尘缘割断，烦恼从何处安身？世虑潜消，清虚向此中立脚。檐前绿蕉黄葵，老少年、鸡冠花，布满阶砌。移榻对之，或枕石高眠，或捉尘清活。门外车马之尘滚滚，了不相关。

【译文】割断了尘缘，烦恼去什么地方安身？消解了世间忧虑，清静虚空向这里立脚。房檐前的绿色芭蕉黄色葵花，老少年、鸡冠花，布满了花坛。把床移过去相对。或者枕着石头深睡，或者拿着拂尘清淡。门外车马烟尘滚滚，一点关系也没有。

【评点】门墙一隔，尘世即去千里。眼前一亮，仙境就在跟前。**注：**老少年：花名。

夜寒坐小室中，拥炉闲话。渴则敲冰煮茗，饥则拨火煨芋。阿衡五就，那如莘野躬耕？诸葛七擒，争似南阳抱膝？

【译文】夜晚寒冷坐在小屋里，围着炉火谈话。渴了就敲冰煮茶，饿了就拨火烤土豆。阿衡五次当大官，那里比得了隐居耕种？诸葛亮七擒孟获，怎么能比南阳抱膝潇洒？

【评点】国有难，需烈士。人皆围炉，何人报国？**注：**阿衡：商汤的辅臣伊尹名阿衡。莘野：指隐居处。

饭后黑甜，日中薄醉，别有洞天。茶铛酒臼，轻案绳床，寻常福地。

【译文】饭后熟睡，中午小醉，别是洞天。茶饮酒具，精巧的书案和绳床，平常的福地。

【评点】黑甜原指酣睡，鸦片烟后来亦为人称为黑甜。此黑甜非那黑甜，一个黑甜入梦，一个黑甜送命。

翠竹碧松，高僧对弈；苍苔红叶，童子煎茶。

【译文】翠竹青松，高僧围棋厮杀；绿苔红叶，童子慢慢煮茶。

【评点】欲上天，欲成仙。世事不理，凡尘不管，便是山外青山天外天。

素

久坐神疲，焚看仰卧，偶得佳句，即令毛颖君就枕掌记。不则，展转失去。

【译文】久坐后神态疲倦，焚香仰卧，偶得佳句，用毛笔在枕上记在手心里。不然，辗转就会失去。

【评点】人是高等动物，会思考，有灵感。人不是机器，因此对事情不会过目不忘。俗语讲：好记性不如烂笔头。说的就是此理。勤，当能补拙。注：焚看：疑是焚香的讹误。毛颖：毛笔别称。

和雪嚼梅花，羡道人之铁脚；烧丹染香履，称先生之醉吟。

【译文】冒雪品味梅花，美慕道士的一双铁脚板；炼丹染香鞋，称赞先生醉吟诗篇。

【评点】脚下是否有"铁"，看平时功夫。诗中是否有酒，闻句中味道。注：疑"羡道人"句当与"称先生"句对换。

灯下玩花，帘内看月，雨后观景，醉里题诗，梦中闻书声，皆有别趣。

【译文】在灯下欣赏花，在帘内观月亮，在雨后望风景，在醉中题诗句，在梦里听读书声，都有另一番情趣。

【评点】事要别做，方有别趣。

王思远扫客坐留，不若杜门。孙仲益浮白俗谈，足当洗耳。铁笛吹残，长啸数声，空山答响；胡麻饭罢，高眠一觉，茂树屯阴。

【译文】王思远扫地时留客人坐，不如关门。孙仲益饮酒闲谈，应当洗耳恭听。铁笛吹落残阳，长吼数声，空山回音；胡麻饭吃罢，睡上一觉，在树荫下面。

【评点】待客如待己，为人如为己。己所不欲，何施于人？注：王思远：南齐人，官侍中。孙仲益：不详。浮白：饮酒。胡麻饭：即由芝麻烧成的饭。

编茅为屋，迭石为阶，何处风尘可到？据梧而吟，烹茶而话，此中幽兴偏长。

【译文】编茅草为屋顶，垒石头为台阶，什么地方世间风尘可以到达？扶着梧桐吟诗，煮着茶谈话，这里面的悠然幽兴是比较绵长的。

【评点】风尘无处不到，世间无躲避处。兴致何时都可，只有心扉不开。

皂囊白简，被人描尽半生；黄帽青鞋，任我逍遥一世。

【译文】黑囊白信，被人描画了近半生；平民打扮，任我一生逍遥自在。

【评点】平民百姓如草芥，不知天庭有风云。每日三餐有温饱，笑口常开身体勤。注：皂囊：汉代群臣上密奏时的封袋。白简：未写内容的信。黄帽青鞋：指平民百姓。

清闲之人，不可惰其四肢。又，须以闲人做闲事：临古人帖，温昔年书，拂几微尘，洗砚宿墨，灌园中花，扫林中叶……觉体少倦，放身匡床上，暂息半晌可也。

【译文】清闲的人，不可以让他的四肢懒惰。还有，必须让闲人做闲事：临摹古人字帖，温习过去的书籍，拂掉一些灰尘，清洗砚台中昨夜留下的陈墨，浇灌园中的花草，扫除林中落叶。觉得身体有些疲倦，躺在舒适的床上，可以暂时休息小半天。

【评点】此非凡人生活，非圣即仙。平常百姓日子，何敢如此清闲？

待客当洁不当侈，无论不能继，亦非所以惜福。

【译文】招待客人应当洁净而不应当奢侈，无论是否能继续往来，也不是因为珍惜东西。

【评点】待客重以诚，能丰则丰，不能丰则俭。无论丰俭，均需出诚意。

葆真莫如少思，寡过莫如省事。善应莫如收心，解醲莫如淡志。

【译文】保持真性莫如少想事情，少犯错误莫如少做事情。善于应酬莫如不想，解醉莫如淡泊志趣。

【评点】少想，少做，收心，淡志。不知此兄的乌龟壳究竟多大，其厚度究竟多少？国人做事的文化不发达，反做事文化却如此比比。呜呼！

世味浓，不求忙而忙自至。世味淡，不偷闲而闲自来。

【译文】尘世味浓郁，不想忙时而繁忙自己就来了。尘世味寡淡，不想偷闲而闲空自己就来了。

【评点】人确要有放达之心，不究细微末节。不过，人亦不该逃世，因为最终你是逃不掉的。

盘餐一菜，永绝腥膻。饭僧宴客，何须六甲行厨。茅屋之楹，仅蔽风雨。扫地焚香，用数童缚帚。

【译文】一饭一菜，永远拒绝吃肉。招待行脚僧人和客人，不用孕妇做菜。茅屋几间，仅够遮风蔽雨。扫地焚香，用几个童仆来扎扫帚。

【评点】不入冤家大门，如何不肯吃？若是当了和尚尼姑，似乎还有可原。

以俭胜贫贫忘，以施代侈侈化，以省去累累消，以逆炼心心定。

【译文】以俭省战胜贫穷，贫穷就被忘掉了；以施舍代替奢侈，奢侈就溶化了；以节省去贫累，贫累就消失了；以相反的力量来锻炼心境，心境就安定了。

【评点】此只为一种期望而已。俭可代贫，但不能忘贫；施可代侈，但不能化侈；省可代累，但不能消累；逆可以炼心，但不能定心。

净几明窗：一轴画，一囊琴，一只鹤，一瓯茶，一炉香，一部法帖；小园幽径：几丛花，几群鸟，几区亭，几拳石，几池水，几片闲云。

【译文】抹净几桌擦亮窗户：一轴画，一架琴，一只鹤，一杯茶，一炉香，一部字帖；小小庭园通幽小径：几丛花，几群鸟，几处亭，几块石，几池水，几片悠闲白云。

【评点】净几明窗，家居实景。小园幽径，他人洞天。注：区：即指所、处。量词。

花前无烛，松叶堪焚。石畔欲眠，琴囊可枕。

【译文】花前面无火烛，松叶能够焚烧。石头旁边想睡，琴囊可以当枕。

【评点】赏花用烛光，成心模糊。睡觉去石边，有意遭罪。

流年不复记，但见花开为春，花落为秋。终岁无所营，惟知日出而作，日入而息。

【译文】每年时间流水般过去而不曾记住，只见花开时为春天，花落时为秋季。成年到头没有什么事做，只知道日出而作，日落后而睡觉休息。

【评点】不知此人为何者，不问春秋，不问劳作。整日无所营，何用"日出而作"？每日闲袖手，何来"日入而息"？

脱巾露顶，斑文竹箨之冠。倚枕焚香，半臂华山之服。

【译文】脱去头巾露出头顶，戴着斑纹的竹箨帽子。靠在枕头上点燃香火，半个肩膀披的是华山之服。

【评点】头顶竹箨帽，不知寒来暑往。枕上高眠觉，哪问风云雷电。注：斑文竹箨之冠：用带斑点的竹笋的外皮编织的帽子一类的头饰物。华山之服：典出不详。

谷雨前后为和凝汤社，双井白芽，湖州紧笋，扫臼涤铛，征泉选火。以王濛为品司，卢仝为执权，李赞皇为博士，陆鸿渐为都统。聊消渴吻，敢讳水淫，差取婴汤，以供茗战。

【译文】谷雨前后是相聚品茶的时候，双井白芽，湖州的紫笋，清洗茶具，找泉水选柴火。让王濛负责品尝，卢仝操持，李赞皇当茶博士，陆羽当总领班。先稍稍解一点口渴，不避讳多饮，派人取来好水，以准备品茶大战。

【评点】一年一度新茶时，一度一年诵茶经。注：汤社：聚会饮茶。双井、白芽、紫笋：均古代名茶。铛：一种铁锅。王濛：晋代人。字仲祖。以清约传名。卢仝：唐代人。隐居少室山。好饮茶。李赞皇：不详。陆鸿渐：即陆羽。唐代人。字鸿渐。著有《茶经》。

窗前落月，户外垂萝，石畔草根，桥头树影……可立可卧，可坐可吟。

【译文】窗户前落下月光，门外垂下藤萝，石头旁生青草，桥头边有树影……可以站立可以卧下，可以坐观可以吟诵。

【评点】实为世外，不染俗尘。

亵狎易契，日流于放荡；庄厉难亲，日进于规矩。

【译文】轻佻容易接近，越来越变得放荡；庄厉难于亲近，越来越显得规矩。

【评点】走正路艰辛，走歧途方便。人生如何，自己把握。注：庄厉：庄重严厉。

甜苦备尝好丢手，世味浑如嚼蜡；生死事大急回头，年光疾如跳丸。

【译文】甜与苦全都尝过可以放弃了，尘世的味道浑然就像嚼蜡一样；生与死是大事要赶快回头，年月如跳跑的圆丸一般迅速。

【评点】知人间苦甜，正该续继。见生死大事，需要珍惜。

若富贵由我力取，则造物无权；若毁誉随人脚根，则谗夫得志。

【译文】如果富贵由我用力量夺取，那么造物主就没有了权力。如果谤诽与称赞随人任意，那么说坏话的人就会得志。

【评点】人要有自立之志，无论世道怎样。人要有自强之心，无论做事如何艰难。

清事不可着迹。若衣冠必求奇古，器用不必求精良，饮食必求异巧，此乃清中之浊。吾以为清事之一蠹。

【译文】做清心之事不可以有痕迹。若穿衣戴帽一定要奇怪，用的东西不必好，吃的东西一定要非同一般，这是清澄中的浊流。我以为这是清心事中的一种蛀虫。

【评点】无论古人无论今人，以清高清纯为名，行污浊龌龊之事者大有人在。所谓司马昭之行（非之心），路人皆见。

吾之一身，尝有不少同壮，壮不同老。吾之身后焉有子能肖父？孙能肖祖？如此期，必蓝属妄想。可所尽者；惟留好样与儿孙而已。

【译文】我的一生，曾有不少同时长大的朋友，长大了但不能同时老去。我身后还能有孩子像其父亲这样吗？孙子能像祖父这样吗？这样期望，必须是不着边际的妄想。可以做到的是：只有留下好的榜样给儿孙们。

【评点】父孝子贤，古人皆以为然。其实家既要有家教，父又要有身教。想那子女不肖之人家，其错均在其父母大人。注：蓝属：即滥属。

不加节制，胡想。

若想钱而钱来，何故不想？若愁米而米至，人固当愁。晓起依旧贫穷，夜来徒多烦恼。

【译文】若果心想钱而钱来了，为什么不想？如果发愁米而米到了，人当然应发愁。早上起来依旧穷贫，夜晚白白添了许多烦恼。

【评点】国人古来有守穷一说，以为守穷也即守节。如果多一点劳动，多一点付出，古时也可有些许回报。生活改善一些，日子松弛一点，显然不是坏事。所以，今人当不应再有以穷守为节操的想法。

半窗一几，远兴闲思，天地何其寥阔也。清晨端起，亭午高眠，胸襟何其洗涤也。

【译文】小窗一张几，思绪畅想辽远，天地是如此的辽阔。清早刚刚起，中午在凉亭熟睡，心胸轻松无事若被洗净了一般。

【评点】人在地下，当有凌云志向。身在凡尘，要做超凡之事。

行合道义，不卜自吉。行悖道义，纵卜亦凶。人当自卜，不必问卜。

【译文】做事合乎道义，不用算命。行为违背道义，就是算命也是凶卦。人当自己给自己去算命，不用去问卦。

【评点】人可以不知法律条文何在，人可以不解道义文字奥妙，但人不可以不知道何事该为何事该拒。问卦抽签糊涂事，哪如心知肚里明。

奔走于权幸之门，自视不胜其荣，人窃以为辱；经营于名利之场，操心不胜其苦，己反以为乐。

【译文】奔走在权贵人家，自己以为极其荣光，别的人私下以为是侮辱；经营在争名夺利的场所，十分操心又十分辛苦，自己反认为是乐事。

【评点】权贵是别人家，并非你家。名利是身外物，难贴你身。

宇宙以来，有治世法，有傲世法，有维世法，有出世法，有垂世法。唐虞垂衣，商周秉钺，是谓治世。巢父洗耳，裘公瞑目，是谓傲世。首阳轻周，桐江重汉，是谓维世。青牛度关，白鹤翔云，是谓出世。若乃鲁儒一人，邹传七篇，始为垂世。

【译文】宇宙形成后，有治世的方法，有傲世的方法，有维护秩序的方法，有超脱尘世的方法，有流传后世的方法。尧舜垂衣而治，商朝周朝手执武器厮杀，可以说是治理国家。巢父水边洗耳，裴公怒目而起，可以说是傲视当世。首阳山蔑视周朝，桐江畔重视汉朝，可以说是维护国家的方法。青牛出关，白鹤翔云，是所谓出世的方法。至于指孔子一人，《邹传》七篇，这才是传留后世的方法。

【评点】人在世中，无法出世和避世。若有出世避世，也仅灵魂片刻而肉体无法。因此，与世有益之办法便有许多，而逃世之法似乎只有一种。相比而言，人该与世有益，而不应仅仅满足于与世无害。注：唐虞：即指尧舜时代。巢父：传说为尧时的隐士。裴公：即元人裴廷举。元至正末年兵乱，裴率家人亲族之寨驻守日岭，屡败来敌。后寨破被杀。首阳轻周：指伯夷叔齐不食周粟，隐居首阳山。桐江重汉：东汉初年严光隐居于浙江桐江畔。青牛度关：据刘向《列仙传》说，老子西游，守关的官员望见有祥瑞的紫气浮于关上。而后，老子乘青牛过去了。后人以"青牛度关"为老子出世的代称。白鹤翔云：指世外神仙。《太平广记·神仙》中多有此类描写。鲁儒：指孔子。邹传：指《春秋邹氏传》。

书室中修行法：心闲手懒则观法帖，以其逐字放置也；手闲心懒则治迁事，以其可作可止也；心手俱闲则写字作诗文，以其可以兼济也；心手俱懒则坐睡，以其不强役于神也；心不甚定宜看诗及杂短故事，以其易于见意不滞于久也；心闲无事，宜看长篇文字或经注或史传或古人文集，此又甚宜风雨之际及寒夜也。又曰：手冗心闲则思，心冗手闲则卧，心手俱闲则著作书字，心手俱冗则思早毕其事，以宁吾神。

【译文】在书房中的修行方法：心悠闲但手懒时就看字帖，将帖中字逐个写下；手悠闲但心懒时就做些不急的事，因为它可做也可以不做；心和手都悠闲的时候就写字作诗文，因为它可以兼顾二者；心和手都懒的时候就坐着睡觉，因为它不强迫使用精神；心情不甚平静时最好看诗和杂短的故事，因为它容易理解又费时不多；心闲无事的时候最好读长篇的文字，或者是经书的注释，或者是史书传记，或者是古人的文集，这些同时也最合适风雨之日和寒雪之夜阅读。又说：手沉心闲的时候就思考，心懒手闲的时候就睡卧，心和手都闲的时候就写字著书，心手都懒的时候就早一点结束正在做的事情，以平静我的神情。

【评点】有紧张时应当紧张，有舒懒时可以舒懒。人不可太懒，太懒的人与世无补，与己无利。人不可太忙，太忙的人与己为敌，与身体为仇。**注**：迂事：曲折麻烦的事情。

片时清畅即享片时，半景幽雅即娱半景，不必更起姑待之心。

【译文】有一会的清心畅快就享受这一会，有一半幽雅的景色就娱乐这一半的景色，不必在心中生出某种完善的期待。

【评点】世本无至善，亦无至美。期待若有，也须脚踏实地。

一室经行，贤于九衢奔走；六时礼佛，清于五夜朝天。

【译文】在一个房间内经行，好过沿路四处奔走；按时拜佛，比五更拜天清明。

【评点】佛也拜了，天也拜了。成事者，还在于人。**注**：经行：佛教语。指在一地往返活动。六时：佛教分一天为六时：即晨朝、日中、日没、初夜、中夜、后夜。六时礼佛，即按时礼拜。

会意不求多，数幅晴光摩诘画；知心能有几，百篇野趣少陵诗。

【译文】能够理解不求多，几幅画晴光的王维山水；知心的能有多少？百篇山野情趣的杜甫诗。

361

【评点】知意，知心，人生精神两大要求。常常难碰，常常难寻。

醇醪百斛，不如一味太和之汤；良药千包，不如一服清凉之散。

【译文】米酒百盏，不如一杯白酒；好药千包，不如一服清凉散有用。

【评点】国人好酒，尤好烈酒。国人吃药，无所不药。其实酒或应少饮，以免伤身误事。药应少吃，免得肝脾为病。

闲暇时，取古人快意文章。朗朗读之，则心神超逸，须发开张。

【译文】闲暇的时候，拿来古人写的爽快心情的文章。高声读诵，就会心神飘逸，须发完全张开。

【评点】以古为乐，以古人妙文为诵，以古人千古名篇为畅快心志之作。寻千古奇文，亦有今人情怀。

修净土者，自净其心，方寸居然莲界。学禅坐者，达禅之理，大地尽作蒲团。

【译文】修炼佛家清净世界的人，自己净化其心，方寸之地居然为莲花净地。学坐禅的人，达到了禅的境界，大地都作了蒲团。

【评点】莲花实为尘世，他岸哪有莲界？大地可作蒲团，只因心中有禅。

衡门之下，有琴有书。载弹载咏，爰得我娱。岂无他好？乐是幽居。

【译文】房屋简陋，有琴有书。又弹又唱，于是得我的娱悦。怎么没有其他爱好？最喜欢幽静居住。

【评点】物质享受可简，精神欢乐可添。**注**：衡门：原为《诗经·陈风》篇名。以横木为门。指房屋简陋。

朝为灌园，夕偃蓬庐。

【译文】早上浇灌园圃，傍晚修理草房。

【评点】多一点勤劳，多一点乐趣。**注**：偃）：此指覆盖修理。

因葺旧庐，疏渠引泉。周以花木，日哦其间。故人过逢，沦茗弈棋，杯酒淋浪，其乐殆非尘中也。

【译文】因为修缮旧草房，疏竣渠道引来泉水。周围种上花木，白天在中间吟诗。遇到朋友经过，泡茶下围棋，杯中酒满，这种快乐大概不是尘世中的。

【评点】自以为是天上神仙，不知道只是凡人。以为饮酒品茗为文人闲情，不晓普通百姓亦有此等"功夫"。

逢人不说人间事，便是人间无事人。

【译文】遇到人不说人间的事情，就是人间里的无事之人。

【评点】人间何时会无事？只要事不在心头。若是心中无重负，便是人间天堂游。

闲居之趣，快活有五：不与交接，免拜送之礼，一也；终日观书鼓琴，二也；睡起随意，无有拘碍，三也；不闻炎凉嚣杂，四也；能课子耕读，五也。

【译文】闲居的乐趣，有五种快活：不交朋友，免去了送往迎来之礼，这是一；成天读书弹琴，这是二；睡觉起床随意，不受拘束，这是三；听不到社会上的炎凉嘈杂之声，这是四；能教儿子读书，这是五。

【评点】世道宽阔，偏找隐士一路。不问世态，为何教子读书？

虽无丝竹管弦之盛，一觞一咏，亦足以畅叙幽情。

【译文】虽然没有吹拉弹唱的热闹，一杯酒一首诗，也足以畅叙幽古之情。

【评点】不必盛宴，小酌亦有情调。不必卡拉，清吼也是心情。

独卧林泉，旷然自适，无利无营，少思寡欲。修身出世法也。

【译文】林泉下隐居独卧，心旷神亦自适，既无利益又无事做，少想寡欲。这是修身出世的方法。

【评点】古人有林泉，可隐入其中。今日林泉何有？只好听闻喧杂。

茅屋三间，木榻一枕，烧清香啜苦茗，读数行书。懒倦便高卧松梧之下，或科头行吟。日常以苦茗代肉食，以松石代珍奇，以琴书代益友，以著述代功业。此亦乐事。

【译文】茅草屋三间，木床上一躺，烧起清香品饮苦茶，读上几行书。疲倦时就睡在松树梧桐下面，或者摇头吟诗。平时用苦茶代替肉食，用松树奇石代替珍宝，以琴和书代替好朋友，以著述代替建功立业。这也是乐事。

363

【评点】此亦乐，彼亦乐，人生之乐甚多。你亦乐，我亦乐，你我之乐不同。

挟怀朴素，不乐权荣。栖迟僻陋，忽略利名。葆守恬淡，希时安宁。晏然闲居，时抚瑶琴。

【译文】心怀朴素，不巴结权贵。住在偏僻的陋屋里，不在乎利和名。保守恬淡的生活，希望每时都安宁。一副安详的样子闲居，时常抚一下瑶琴。

【评点】不结权贵，乃骨气。不重名利，乃志气。安于平淡，乃心气。

人生自古七十少，前除幼年后除老，中间光景不多时，又有阴晴与烦恼。到了中秋月倍明，到了清明花更好，花前月下得高歌，急须漫把金樽倒。世上财多赚不尽，朝里官多做不了。官大钱多身转劳，落得自家白头早。请君细看眼前人，年年一分埋青草。草里多多少少坟，一年一半无人扫。

【译文】人生自古七十少，前面除去幼年后面除去老年，中间的日子没有多少时间，又有许多刮风下雨的坏天气和人生烦恼。到了中秋月亮特别明亮，到了清明花儿开得更好，花前月下得高声唱歌，马上要把酒杯倒满。世上的财富赚不尽，朝里官多做也做不完，官大钱多身体就多了疲劳，到头来落得个自己头发白得早。请你仔细看眼前的人，每年都有十分之一的人埋入地下，草里有多少新旧的坟墓，每年有一半无人去打扫。

【评点】此文甚清，此文甚明。人生云烟转目，百年就在身前。到老再问昨是非，发现全是无聊谈。

饥乃加餐，菜食美于珍味；倦然后睡，草蓐胜似重裀。

【译文】饿的时候加一餐饭，吃菜比珍馐味美；疲倦的时候睡觉，草垫子胜过两层褥子。

【评点】人是一种最具适应性的动物。任何苦均可以吃，任何罪均可以遭。人所惧怕的是享福，往往饱食后便有了许多短命勾当：或者花天酒地，换个淘虚的躯壳；或者是不知厌足，得了个钢镯双腕；或者是为了个鸡毛小官，削尖脑袋玩尽了心思……**注**：重裀：两层褥子。

流水相忘游鱼，游鱼相忘流水，即此便是天机。太空不碍浮云，浮云不碍太空，何处别有佛性？

【译文】流水忘了游鱼，游鱼忘了流水，这就是天然之机枢。太空不妨碍浮云，浮云不妨碍太空，什么地方能有如此佛性呢？

【评点】大路朝天，各走半边。与人相让，便与人相通。与人相左，便与人相战。自然能容万物，能容万物者方为自然。

丹山碧水之乡，月涧云龛之品，涤烦消渴，功诚不在芝木下。

【译文】红山绿水的乡村，月照山涧轻云为龛的神妙造化，涤去烦恼消除干渴，功到心诚不在芝木之下。

【评点】白日山红树绿，水清草新；夜晚月涧云龛，风微潭清。一个神话天地，一个梦幻去处。注：芝木：即芝兰玉树简称。古人用芝兰玉树赞美优秀子弟。

颇怀古人之风，愧无素屏之赐。则青山白云何在？非我枕屏！

【译文】颇为怀念古人风度，惭愧的是没有白色的屏风送给我。那么青山白云在哪里？不是我的枕头和屏风！

【评点】问山问水问青天，问时问事问人心，几多悲欢，几多豪情，几多无奈？

江山风月，本无常主。闲者便是主人。

【译文】国家江山和风月，本来就没有经常不变的主人。悠闲无事者便是它的主人。

【评点】皇上有天下，可须日理万机。只是那红墙以外，他又踏过几次脚，留过几回笑？凡人百姓无天下，然而心事日轻，每每可去那山景水景中一饱心福。

入室许清风，对饮惟明月。

【译文】入室准许清风，对饮只有明月。

【评点】清风入室替拂尘，明月到家为对饮。

被纳持钵，作发僧行径：以鸡鸣当檀越，以枯管当筇杖，以饭颗当祇园，以岩云野鹤当伴侣，以背锦奚奴当行脚头陀，往探六六奇峰，三三曲水。

【译文】披着纳衣手持钵，做出带发行脚僧人的样子：把鸡鸣当施主，用枯干的竹管当筇杖，把饭粒当寺院，将岩上的云山野的鹤当做旅伴，把身着锦背的奴仆当行脚的头陀，去探天下奇峰，行天下曲水。

【评点】去山中水畔冶游，不必行僧模样。天下奇峰异石，天下曲水飞瀑，天下绿树红花，均为伴侣，均是朋党，亦均为衣食父母。注：

发僧：即行脚僧。檀越：梵语。即"施主"。筇杖：一种竹杖。祇园：为佛寺的代称。奚奴：即奴隶。行脚头陀：即行脚僧。

山房置一钟，每于清晨良宵之下用以节歌，令人朝夕清心动念和平。李秃谓："有杂想，一击遂忘。有愁思，一撞遂扫。"知音哉！

【译文】在寺院中安放一口钟，每于清晨夜晚的时候为诵经人打拍节，使人早晚都心界清澈念头和平。李秃说："有杂念，一敲钟就忘了。有愁情，一撞钟就扫除。"真是知音哪！

【评点】深山古刹，晨钟暮鼓，平添萧肃气氛。山道弯折，林深草高，许多幽深感觉。

潭涧之间，清流注泻。千岩竞秀，万壑争流。却自胸无宿物，漱清流，令人濯濯清虚。日来非惟使人情开涤，可谓一往有深情。

【译文】深潭与涧水之间，清流下泻。千岩竞秀，万壑争流。然而胸中没有积累的东西，饮清流，令人身心清澈空虚。一天来并不只是使人的情感得到了涤荡，可以说是一往深情的。

【评点】山泉水冷，冷得人体发颤。山泉水澈，清得人心发寒。面向至清之水，混浊人有何颜面？ 注：濯濯：明净的样子。

林泉之浒，风飘万点，清露晨流，新桐初引，萧然无事，闲扫落花，足散人怀。

【译文】林泉的边上，风吹万点，清纯的露水，早上的流泉，新栽下的桐树刚吐叶，一点事没有的样子，闲着打扫落花，足以使人忘怀心中烦恼。

【评点】多情者，扫落花亦许多烦恼。无心者，炸惊雷亦若无其事。 注：林泉：多指隐士逸居之处。

浮云出岫，绝壁天悬，日月清朗，不无微云点缀。看云飞，轩轩霞举。踞胡床与友人咏谑，不复滓秽太清。

【译文】浮云飘出山峦，绝壁悬在天上，日月清朗，多少有一点微云缀在其中。看云彩飞动，像飘舞的彩霞。盘坐在折凳上与朋友开玩笑不会污浊这太清净地。

【评点】山林有梦鸟识觉，云霞有情风先知。心入太清谈玄事，不问山外有何人。**注**：滓秽：玷污。太清：道教三清之一。此指净地。胡床：一种轻便坐具。

山房之磬虽非绿玉，沉明轻清之韵，尽可节清歌洗俗耳。山居之乐颇惬冷趣，煨落叶为红炉，况负暄于岩户。土鼓催梅，荻灰暖地，虽潜凛以萧索，见素柯之凌岁。同云不流，舞雪如醉，野因旷而冷舒，山以静而不晦。枯鱼在悬，浊酒已注，朋徒我从，寒盟可固。不惊岁暮于天涯，即是挟纩于孤屿。

【译文】山中寺院的磬，虽然不是绿玉所制，有深沉微清的韵味，尽可以为念佛声打拍节洗涤凡人的俗耳。山里居住的乐趣特别喜欢那种清冷的味道，把落叶煨在炉中烧红，何况是在石屋中烤火。自制的土鼓催促着梅花，荻芦的烬灰暖着土地，虽然因为暗寒而显得萧索，看见了常绿的树枝在傲视着冬岁。干鱼在烤着，米酒已倒满，与朋友们一起，寒冷中的友谊可以稳固。不惊动向天涯逝去的岁末，即是披着锦衣在孤岛上。

【评点】山房中冷火已烬，山涧中冷风已停，山峰上冷雁已飞，山溪上冷冰已结。人入冷地可知冷？人在冷地心难暖。但愿冷日早消去，一片绿叶换白雪。

步障锦千层，氍毹紫万迭。何以编叶成帏，聚茵为褥？绿阴流影清入神，香气氤氲彻人骨。坐来天地一时宽，闲放风流晓清福。

【译文】帐幕锦布千层，地毯紫云万迭。用什么把叶子编成帏帐，把成片的绿草聚为褥垫？绿树阴影流水模样清入神经，香气弥漫透人骨髓。坐下来天地一时觉得宽阔，悠闲潇洒知道什么是清福。

【评点】流水漫花入心神，不知嫦娥不是人。要为山中一樵夫，可与巫女拜双亲。**注**：步障：用以遮挡的屏幕。氍毹：地毯。

送春而血泪满腮，悲秋而红颜惨目。

【译文】送春去泪流满腮红，悲秋时红颜惨目难睹。

【评点】伤时感事，人皆有此心。不为春喜，不为秋悲，人伤是自己。

翠羽欲流，碧云为扬。

【译文】树叶苍翠欲滴，青云飘飞。

【评点】绿滴一叶翠，青云一叶飞。

郊中野坐，固可班荆；径里闲谈，最宜拂石。侵云烟而独冷，移开清啸胡床；藉草木以成幽，撤去庄严莲界。况乃枕琴夜奏，逸韵更扬；置局午敲，清声甚远。洵幽栖之胜事，野客之虚位也。

【译文】在郊野中坐下，当然能与朋友倾谈；在小路上闲唠，最方便拍拍石头。云烟近逼而独自寒冷，拿开胡床而高声长啸。凭借草木而形成幽境，离开庄严的佛地净土。好像枕下的琴夜晚奏鸣，那飘逸的音乐更悠扬；摆开棋局中午撞钟，清悠的钟声传得甚远。隐居冶游的胜事，给不速之客留了位子。

【评点】野坐，人性所放纵。谈玄，心性可大开。莲界，千百万莫去。幽栖，只是一时兴致玩艺。注：班荆：相遇的朋友在一起谈话。胡床：一种折叠坐具。洵：确实。

饮酒不可认真，认真则大醉，大醉，则神魂昏乱：在书为沉湎，在诗为童羖，在礼为豢豕，在史为狂药。何如但取半酣，与风月为侣？

【译文】喝酒不可以认真，认真则会大醉。大醉，就会出现神昏魂乱：读书会神志不清，写诗会不着边际，礼貌上会像养猪，论史会像一剂狂药。怎么比得了只喝半醉，与风月为伴侣朋友？

【评点】国人有酒喝已久矣，国人喜欢酒亦久矣，国人的酒文化亦久矣。所以国人愿喝酒，亦怕喝酒。注：童羖：无角的公羊。比喻为决对没有的事情。豢豕：养猪。

家鸳鸯湖滨，饶蒹葭凫鹥、水月淡荡之观。客啸渔歌，风帆烟艇，虚无出没，半落几上。呼野衲而泛斜阳，无过此矣！

【译文】家住在鸳鸯湖畔，丰饶的芦苇水鸟和水中月光共同构成了一幅淡泊畅达的景观。客人高唱渔歌，渔船在浪烟中支撑着风帆，忽隐忽现，一会落下一会浮起。呼唤云游和尚一起在斜阳里泛舟，没有比得过这样的！

【评点】湖烟四起遮星月，水波一天不见边。人在浪中有上下，人在世上有愁欢。

雨后卷帘看霁色，却疑苔影上花来。

【译文】雨后卷起竹帘看天色，却怀疑是青苔的影子映在花上。

【评点】雨后气象崭新，人亦心情畅快。

月夜焚香，古桐三弄，便觉万虑都忘，妄想尽绝。试看香是何味？烟是何色？穿窗之白是何影？指下之余是何音？恬然乐之而悠然忘之者是何趣？不可思量处是何境？

【译文】月夜里烧香，古琴三弹，便觉得万种忧虑都忘了，妄想全无。试着看看香是什么味？烟是什么色？从窗子照进来的白色光线是什么样的影子？手指弹出的余音是什么？微微高兴而又悠然忘记的是什么趣味？无法想清楚的地方是什么境界？

【评点】出人世灵魂之窍，入缥缈无边之境。不知神往何处游，不知心想哪里去。

贝叶之歌无碍，莲花之心不染。

【译文】颂经之声没有妨碍，佛家之心未有污染。

【评点】心中有佛便是佛，佛入心中何来佛？注：贝叶：古代印度人写经的树叶。亦指佛经。

河边共指星为客，花里空瞻月是卿。

【译文】在河边上一起把星星指为客人，在花丛里向空中望去月亮是朋友。

【评点】人若孤独一处，或星或月均为挚友。人要高朋满座，或云或雨均去脑后。

人之交友，不出趣味两字。有以趣胜者，有以味胜者。然宁饶于味，而无饶于趣。

【译文】人交朋友，脱不出趣味两个字。有以兴趣赢得人的，有以意味赢得人的。然而宁可亲近于意味，而不要亲近于兴趣。

【评点】就人而言，兴趣与意味均为做人的重要心理要求。偏废不可。

369

守恬淡以养道，处卑下以养德，去嗔怒以养性，薄滋味以养气。

【译文】坚守安详恬淡以修养道，处境低下微贱以修养德，去掉与人争斗以修养性情，减少对滋味的追求以修养气息。

【评点】修养是一个人必须时时注意的做人原则，其不分条件，不问场合，均须有。

吾本薄福人，宜行惜福事；吾本薄德人，宜行厚德事。

【译文】我本来是福薄的人，应当做珍惜福的事情；我本来是德少的人，应当做增加德的事情。

【评点】何以为福薄，何以为德薄？何以为福厚，何以为德厚？无论薄厚，人均应为善。若以实论，哪有福德薄厚之人呢？其厚者可以损失一些，以补薄者吗？否！

知天地皆逆旅，不必更求顺境；视众生皆眷属，所以转成冤家。

【译文】知道人生的天地都是困难的旅途，不用要求什么顺利之境；把百姓都看成是自己的家人，所以就变成了冤家。

【评点】人生难变，就是一念。一念之差，差之千里。

只宜于着意处写意，不可向真景处点景。

【译文】只适合于在动了心思的地方写意，不可以向天然真景的地方去人工造景。

【评点】人是动物，他需要大自然。然而在大自然中，人又是破坏因素。与今人比，古人更懂自然和谐的意义。

只愁名字有人知，涧边幽草。若问清盟谁可托？沙上闲鸥。山童率草木之性，与鹤同眠；奚奴领歌咏之情，检韵而至。闭户读书，绝胜入山修道；逢人说法，全输兀坐扪心。

【译文】只犯愁名字有人知道，知道的只有涧水边的小草。若问志向谁可以托付？沙滩上的悠闲鸥鸟。山中的童子了解自然的秉性，与鹤在一起睡觉；女奴掌握了歌唱的情绪，歌声按着韵律而来。关门读书，绝对胜过入山中修道。遇到人就说佛法，完全输给了独自扪心而坐。

【评点】不必怕名为人知，只要无名。不必志向为人托，只要无志。

一个人只为活着而活，一个人与世无往，你又何必费力地出世，费力地活着呢？

砚田登大有，虽千仓珠粟，不输两税之征。文锦机杼，纵万轴龙文，不犯九重之禁。

【译文】方田获了丰收，虽然装满了粮仓，不能不交国家的税赋。胸中素有志向，纵然有万卷龙文，不能触犯皇帝的天禁。

【评点】古人知纳税为自任，懂种田而不问国是。其实前者实为今日缺乏，后者又是当时人应当多想之事。注：登大有：丰收之义。文锦机杼：文采过人胸有大志。龙文：龙样的纹形，或与国是有关的书法文字。

步明月天衢，览锦云于江阁。

【译文】在天衢上步行赏明月，在江边楼台上观锦云。

【评点】天街赏月如登天，江阁观云如入云。注：天衢：在高处的四通八达的街道。

幽人清课，讵但啜茗焚香？雅士高盟，不在题诗挥翰。

【译文】隐居之人清淡，哪能仅仅是品茶焚香？文人雅士相聚，不在乎写诗挥笔。

【评点】雅士即雅致之士，幽人即幽居之人。雅士有几位真雅？幽人有几个真幽？

以养花之情自养，则风情日闲；以调鹤之性自调，则真性自美。

【译文】用养花的情绪自我修养，那么风花雪月之情就日见出悠闲潇洒；用调教鹤性的办法自我调节，那么率真之性就会自己完美起来。

371

【评点】养花如养生，调鹤如调性。

热汤如沸，茶不胜酒。幽韵如云，酒不胜茶。茶类隐，酒类侠。酒固道广，茶亦德素。

【译文】热水像开了一般，茶比不过酒。幽远的韵味像云一般飘动，酒比不过茶。茶的本性是"隐"，酒的本性是"侠"。酒固然喜欢说广阔，茶也喜欢素清。

【评点】茶品不是酒品，茶兴亦不是酒兴。茶品可为人品？酒兴亦属人兴？

老去自觉万缘都尽，那管人是人非。春来倘有一事关心，只在花开花谢。

【译文】老的时候觉得世间的万缘都尽了，哪里管什么人是人非。春天来时倘若有一件事关心，只在于花开花落。

【评点】人之将去，其心平平。人之将去，其情切切。

是非场里出入逍遥，顺逆境中纵横自在。竹密何妨水过？山高不碍云飞！

【译文】在是非场合里出入逍遥，在顺境逆境中纵横自在。竹林密布如何能妨碍水流过？山虽然高大不妨碍云彩飞去。

【评点】心大万事可容，无心万事俱佳。

口中不设雌黄，眉端不挂烦恼，可称烟火神仙。随意而栽花柳，适性以养禽鱼，此是山林经济。

【译文】口中不设判断是非的雌黄，眉梢不挂心中烦恼。可以称作是人间烟火中的神仙。随意地栽一些花柳，顺着性子养些鸡鸭鱼，这是山林中的人生经济。

【评点】一切顺心，一切随意，一切不在乎，一切不经意。于是乎，一切好像都美满了。注：雌黄：古人在黄纸上写字，改错时用雌黄涂改。

午睡欲来，颓然自废，身世庶几浑忘；晚炊既收，寂然无营，烟火听其更举。

【译文】午睡要来，委靡不振精神全无，自己的身世也几乎忘记了；晚饭已经做完，悄然没有了厨声，炉中的烟火听其自生自灭。

【评点】不必辛劳，午有一睡。不问晚炊，烟火自灭。轻松一日，神情当然甚怡。

花开花落春不管，拂意事休对人言。水暖水寒鱼自知，会心处还期独赏。

【译文】花开花落春天不管，违背意愿的事情不对人说。水暖还是水寒鱼自己知道，会心的地方还是期望独自欣赏。

【评点】花开花落是花事，水暖水寒是鱼情。世炎世凉是人知，梦多梦少是自心。

心地上无风涛，随在皆青山绿水。性天中有化育，触处见鱼跃鸢飞。

【译文】心地里没有风浪，随意所在都是青山绿水。天性中有培养，碰到的地方都看到鱼跃鹰飞。

【评点】风入心中，风出心去，来去只是心意如何。山在水中，水绕山去，山水只是相伴。注：化育：教化培育。

宠辱不惊，闲看庭前花开花落。去留无意，谩随天外云卷云舒。斗室中万虑都捐，说什画栋飞云，珠帘卷雨？三杯后一真自得，谁知素弦横月，短笛迎风？

【译文】对宠幸污辱不惊讶，悠闲地看着庭院里的花开花落。走或留都无目的，漫随着天外的云卷云舒。小屋里所有忧虑都抛了出去，说什么在栋梁上画飞云，雨中卷起珠帘？三杯酒下肚得到了一个真我，谁知道弹琴对月，短笛吹着风声？

【评点】世上亦有花开落，人间亦有云卷舒。莫愁今日早头白，只怕昨夜未得月。注：素弦：指不是精工所做之琴。谩：同漫。

得趣不在多，盆池拳石间，烟霞具足。会景不在远，蓬窗竹屋下，风月自赊。

【译文】得到的益趣不在于多，只在盆池拳石的小景中间，风景完全具备。美景会聚一起并不在远处，蓬草扎的窗户竹修的屋子下面，风花雪月自然多多。

373

【评点】伸一伸心情，风花雪夜均有。锁一锁眉头，烟霞情趣皆无。

会得个中趣，五湖之烟月尽入寸衷；破得眼前机，千古之英雄都归掌握。

【译文】领会得出其中的情趣，五湖的风烟日月都装入心中；破解出眼前的机锋，千古的英雄都归你掌握。

【评点】历史是一个谜，知谜底者知天下。现实是个谜阵，走出谜阵者得天下。

细雨闲开卷，微风独弄琴。

【译文】细雨中悠闲地打开书卷，微风里独自弹拨琴弦。

【评点】雨濛中开卷，读出许多"湿意"。微风里弄琴，弹出许多"风骚"。

水流任意景常静，花落虽频心自闲。

【译文】水流任意景物经常安静，花落虽然频繁心中却自在安闲。

【评点】静虚中多生许多冥中之想，悠闲里少去万千愁中之苦。

残曛供白醉，傲他附热之蛾。一枕余黑甜，输却分香之蝶。闲为水竹云山主，静得风花雪月权。

【译文】落日残照着白日醉酒人，傲视那扑火的飞蛾。枕上酣睡，输跑了采香之蝶。悠闲地做着水溪、竹林、云彩、山野的主人，安静中获得了拥有风花雪月的权力。

【评点】白日无事酒中醉，哪知世上人人忙。一枕黑甜去爪哇，不管明日柴米盐。

半幅花笺入手剪裁，就腊雪春冰。一条竹杖随身收拾，尽燕云楚水。

【译文】半张花纸放手剪裁，就是腊月的雪春天的冰。一条竹杖随身修理，用尽了燕国的云楚地的水。

【评点】万里江山，可入一纸。风花雪月，可在一身。分而视之，彼此千里万里。合而思考，实在眼前一念。

心与竹俱空，问是非何处安觉？貌偕松共瘦，知忧喜无由上眉。

【译文】心与竹子一样都是空的，问是非在什么地方判定？身体与松树一样的清瘦，知道忧愁和喜悦均没有理由上眉头。

【评点】心也许空，也许不空，空与不空都须定是非曲直。貌也许瘦，也许不瘦，瘦与不瘦均难免喜怒哀乐。

芳菲林圃看蜂忙，觑破几多尘情世态？寂寞衡茅观燕寝，发起一种冷趣幽思。

【译文】在芬芳的林间看蜜蜂奔忙，观破了多少尘世的情态？在寂窦的陋室瞧小燕回窝，生出一种冷幽的思绪。

【评点】蜜蜂奔忙，似世人为利所累。小燕回巢，恰世人为情所依。

何地非真境，何物非真机？芳园半亩，便是旧金谷；流水一湾，便是小桃源；林中野鸟数声，便是一部清鼓吹；溪上闲雪几片，便是一幅真画图。

【译文】什么地方不是真境，什么东西没有玄妙的道理？小园半亩，便是晋代富豪石崇的金谷园；流水一湾，便是一个小小的世外桃源；林中野鸟数声啼叫，便是一部清脆的鼓吹曲；溪流上的几片闲雪，便构成了一幅真的图画。

素

【评点】人心有诚，山林有灵。看去小情小景，亦有大喜大悲。

人在病中，百念灰冷，虽有富贵，欲享不可，反羡贫贱而健者。是故人能于无事时常作病想，一切名利之心自然扫去。

【译文】人在病中，什么念头都灰冷了，虽然有富贵的日子，想享受却不可能，反而美慕家里贫寒但是身体健康的人。因此，人能在没有事的时候经常想着有病，一切的名利之心自然就扫去了。

【评点】人为肉身，何以无病？富贵者要病，贫寒者亦要病。哪有病找富人，穷人无病？又哪有病离穷人，单病富家？比之而论，无论贫富，病理一般。均需善心对待，不可急性养病。

竹影入帘，蕉阴荫槛。故蒲团一卧，不知身在冰壶鲛室。

【译文】竹影映入帷帘，芭蕉的阴影遮着门槛。因此在蒲团上一倒，不知道身子是在冰壶还是在鲛室。

375

【评点】竹影笼人，蕉阴遮心。走进凡尘，多要用心。不如自然，轻松宜人。**注：鲛室**：传说中人鱼居住的水中屋室。

万壑松涛，乔柯飞颖，风来鼓飔，谡谡有秋江八月声，迢递幽岩之下，披襟当之，不知是羲皇上人。

【译文】万壑的松涛，树梢摇动，风来鼓起飔风，谡谡劲吹与八月秋天江涛声合在一起，不断吹进幽深的岩石下面，披上衣服挡住它，不知道自己是伏羲皇上。

【评点】风吹起于岩隙，风刮起于松林，风骤起于江浪，风涌起于心潮。**注**：谡谡：急风声。

霜降木落时，入疏林深处，坐树根上。飘飘叶点衣袖，而野鸟从梢飞来窥人。荒凉之地，殊有清旷之致。

【译文】霜降叶落的时候，进入到稀疏的树林深处，坐在树根上面。落叶飘飘装点衣袖，野鸟从树梢上飞过偷偷看人。荒芜凄凉之地，有一种特殊的清新旷达的味道。

【评点】秋入树林，叶黄叶红。人在秋景中，许多萧瑟之感。

明窗之下，罗列图史琴樽以自娱。有兴则泛小舟，吟啸览古于江山之间。渚茶野酿，足以消忧。莼鲈稻蟹，足以适口。又多高僧隐士，佛庙绝胜。家有园林，珍花奇石，曲沼高台，鱼鸟流连……不觉日暮。

【译文】在明亮的窗下，摆着图书、史籍、琴和酒具以自我娱乐。有兴致就去划小船，在江山中间吟诗长啸浏览古迹胜景。新茶和自酿土酒，足以消除忧愁。莼菜、鲈鱼、稻谷、螃蟹，足以满足食欲。又有许多高僧和隐士，佛庙非常漂亮。家中有园林，珍花奇石，曲折的水池和高高的楼台，鱼鸟在这里流连忘返……不知不觉间已是太阳下山了。

【评点】说来如若仙境，其实是家中胜景。问一声现代"文明人"，你可敢有此奢想？一年 365 日，你若有几天放松，便已是难能之事了。

山中莳花种草，足以自娱。而地朴人荒，泉石都无，丝竹绝响，奇士雅客亦不复过。未免寂寞度日。然泉石以水竹代，丝竹以莺舌蛙吹代，奇士雅客以蠹简代，亦略相当。

【译文】在山中莳弄花草，足可以自我娱乐。而地荒人稀，泉水和奇石都没有，乐器也不再弹奏了，奇士雅客也不再来了。日子过得未免寂寞。然而泉石可以用水竹替代，乐器可以用鸟鸣蛙鼓替代，奇士雅客可以用被蛀虫咬过的书籍替代，也大体差不多。

【评点】人是社会动物，因此便需要社会。人的灵魂可暂且出窍云游，但肉身却只能在尘世消磨。寻世外之境，铸世外之情，只是人的一点愿望而已。

闲中觅伴书为上，身外无求睡最安。

【译文】闲的时候寻找伙伴书排第一位，没有身外的要求睡觉最安稳。

【评点】世人皆要睡觉，哪个睡得不安？失眠固有缘由，怕是睡错了时间。

栽花种竹，未必果出闲人。对酒当歌，难道便称"侠士"？

【译文】栽花种竹，未必一定会出闲人。对酒当歌，难道就可以称作"侠士"？

【评点】此说确也！人皆爱美，人亦皆爱自然。栽花种竹者，忙人居多。人亦皆酒，酒亦皆歌，哪个燕赵人士，哪个风萧萧兮？

虚堂留烛，抄书尚存老眼。有客到门，挥尘但说青山。

【译文】在高大的堂室中留下蜡烛，老眼昏花地抄着书。有客人上门，挥着拂尘说起了青山自然。

【评点】虚堂烛影上墙去，一双老珠问书来，千字万字识不清，一只秃笔无处摆。

千人亦见，百人亦见，斯为拔萃出类之英雄。三日不举火，十年不制衣，殆是乐道安贫之贤士。

【译文】千人也看到过，百人也看到过，你是出类拔萃的英雄。三日不做饭吃，十年不做衣服，恐怕是安贫乐道的贤良之士。

377

【评点】英雄落难，也许有三日十年之说。若以此为安贫，此人定非良民。

帝子之望巫阳，远山过雨。王孙之别南浦，芳草连天。

【译文】皇帝的儿女望着巫山，远山刚刚下过雨。贵族子弟告别南浦，芳草连向天际。

【评点】"巫山云雨"已过，南浦芳草动人。不问情由，但见情絮。注：南浦：地名。在江西南昌县西南。

室距桃源，晨名恒滋兰苣；门开杜径，往来惟有羊裘。

【译文】住处紧挨世外桃源，每天天明浇灌兰茝；门开在谢绝他人的小路上，往来的只有隐士。

【评点】黎明即起好习惯，路断人稀坏脾气。**注：**茝：一种香草。羊裘：指隐士。

枕长林而披史，松子为飧；入丰草以投闲，蒲根可服。

【译文】枕着长林而披阅史书，松子当饭；走入丰草而闲处，蒲草的根可以吃。

【评点】宁为受苦，不为尘染。对吧？错吧？**注：**长林：隐者居处。丰草：茂盛的草。亦指隐居处。

一泓溪水柳分开，尽道清虚搅破；三月林光花带去，莫言香分消残。

【译文】一湾溪水把柳树分开，都说清虚之境界被搅破了；三月的林中色彩被花带走了，不要说香气已经消散只残留下一点。

【评点】清虚只是心境，自然并无清虚境。

荆扉昼掩，闲庭宴然，行云流水襟怀；隐不违亲，贞不绝俗，太山乔岳气象。

【译文】柴门白天关着，在寂静的庭院中神态安详，这是一种可以行云流水的胸怀；隐居不违背亲情，意志坚定但不拒绝习俗，这是太行山和泰山的气度。

【评点】隐去己心，莫隐去己形。隐去己念，莫隐去己情。**注：**乔岳：即泰山。

窗前独榻频移，为亲夜月；壁上一琴常挂，时拂天风。

【译文】在窗前不断移动睡床，为了更好地赏月；在壁上常挂着的一具琴，不时地被风吹拂。

【评点】月，夜夜可亲，但亲不到一月。风，日日可拂，但拂不到一年。

萧斋，香炉、书史，酒器俱捐。北窗，石枕、松风，茶铛将沸。

【译文】萧凉的斋房，有香炉、书籍，酒器都送人了。北面的窗前，是石枕、松风，茶锅将要烧开。

【评点】空屋宽敞，足够苦索冥想。北窗有明，足照孤独一人。

明月可人，清风披坐，班荆问水，天涯韵士高人。下箸佐觞，品外涧毛溪薪，主之荣也。高轩寒户，肥马嘶门，命酒呼茶，声势惊神震鬼。迭筵累几，珍奇罄地穷天，客之辱也。

【译文】明月怡人，坐着被清风吹拂，朋友谈天说水，都是天下的诗人高手。夹菜佐酒，吃的是不入流的山菌野菜，这是主人的荣光。高大的房子禁严的大门，壮马在门外嘶叫，又喊酒又要茶，声势浩大惊神震鬼。盘碗相迭于桌上，搜尽了天地中的珍奇美馔，这是对客人的污辱。

【评点】国人美食是世界文化一奇观，亦为一绝。国可有此绝技，家不可有此奢习。待亲朋，情在吃先。

贺函伯坐径山竹里，须眉皆碧。王长公龛杜鹃楼下，云母都红。

【译文】贺函伯坐在径山的竹林中，头发眉毛都绿了。王长公把杜鹃关在楼下，眼睛都哭红了。

【评点】入竹林，吸竹风，感受竹意，可谓竹中仙人？**注：**云母：云母本为矿石。此处借喻为眼睛。

坐茂树以终日，濯清流以自洁。采于山，美可茹；钓于水，鲜可食。

【译文】在茂盛的树下坐到晚上，在清流中洗涤以洁净自己。采在山上，美味可以吃；钓于水中，鲜新可以食。

【评点】外洁于形，清流中洗濯。内洁于腹，新鲜中品味。

年年落第，春风徒泣于迁莺。处处羁游，夜雨空悲于断雁。金壶霏润，瑶管春容。

【译文】年年考不上，春风白白地为飞走的鸟哭泣。处处羁旅不定，夜雨白为离群之雁悲哀。金壶弥漫出酒的香雾，瑶管吹出舒缓的乐声。

【评点】人生一世许多关，此关不走走哪关。地上本有许多路，不必一条到天边。

菜甲初长，过于酥酪。寒雨之夕，呼童摘取，佐酒夜谈。嗅其清馥之气，涤胸中柴棘，何必纯灰三斛。

【译文】菜芽刚长，过于脆嫩。下着冷雨的傍晚，让孩子去摘回，佐着酒夜谈。闻到菜芽的清香的气味，可以洗涤胸中的苦闷，何必纯灰留下三斛。

【评点】胸中无物者，如若废人。胸中拥满者，如若病人。胸中有物，然而有闲，方为健康人。

暖风春坐酒，细雨夜窗棋。

【译文】在温暖春风中坐着饮酒，连绵细雨里在窗前下棋。

【评点】春暖时，饮开心酒。冬寒时，饮驱凉酒。抚琴时，饮发性酒。对弈时，饮孙子酒。

秋冬之交，夜静独坐。每闻风雨潇潇，既凄然可愁，必复悠然可喜。至酒醒灯昏之际，尤难为怀。长亭烟柳，白发犹劳，奔走可怜名利客；野店溪云，红尘不到，逍遥时有牧樵人。天之赋命实同，人之自取则异。

【译文】秋冬季相交时，夜静独坐。每听到风雨潇潇，感到既凄凉可愁，一定会有相反的悠然可喜的感觉。到了酒醒灯昏暗的时候，尤其难以为此忘怀。长亭古道旁的柳树，白发还在劳作，奔走着可怜的追逐名利的过客；山野小店溪上云烟，红尘不到此处，不时有逍遥的牧羊砍柴人。天赋予的命运实际是一样的，人们自己选择的则不一样。

【评点】人本同命，但不同境。境即不同，命便不同。

富贵大是能俗人之物，使吾辈当之，自可不俗。然有此不俗胸襟，自可不富贵矣。

【译文】富贵是特别能使人庸俗的东西，让我们承担它，自然可以不庸俗。然而有这样的不俗的胸怀，自然是可以没有富贵的。

【评点】推富贵而不俗，无什意义。有富贵而不俗，方是本领。

秋风起思莼，张季鹰之胸怀落落。春回到柳，陶渊明之兴致翩翩。然此二人薄宦投簪，吾犹嗟其太晚。

【译文】风起时想起莼菜，张季鹰的胸怀坦荡。春天回到柳树，陶渊明的兴致正浓。然而这二人的轻官弃位，我还是慨叹太晚了。

【评点】不入官场，焉知其中乌烟瘴气？一念之差，不该过多说三道四。**注**：张季鹰：名张翰，晋吴郡人，借思莼羹辞官归乡。投簪：丢下固冠所用的簪子。比喻弃官。

黄花红树，春不如秋；白云青松，冬亦胜夏。

【译文】菊花满地红叶满树，春不如秋；白雪满地青松苍翠，冬亦胜夏。

【评点】秋因有收获，冬因有白雪青松而可爱。人以秋冬为美，但亦盼温春暑夏。**注**：白云：也许为白雪之讹误。

听牧唱樵歌，洗尽五年尘土肠胃；奏繁弦急管，何如一派山水青音？

【译文】听牧童樵夫唱歌，涤去了五年来肠胃中的尘土；弹奏繁复的琴弦和急促的萧管，怎么比得了山水中的自然音响？

【评点】尘世五年，积俗何甚？一反自然，世恼皆休。

孑然一身，萧然四壁。有识者当此，虽未免以冷淡成愁，断不以寂寞生悔。

【译文】独身一人，四壁皆空。有见识者在这里，虽然不免会因为冷清而成愁，却一定不会因为寂寞而后悔。

【评点】愁即已生，又何用后悔？人非孤兽，何为独来独往？

从五更枕席上参看心体：心未动，情未萌，才见本来面目。向三时饮食中谙练世味：浓不欣，淡不厌，方为切实功夫。

【译文】从五更天的床铺上研究自己的心理身体：心未激动，情未发生，才见到了本来的面目。向一日三餐中练习熟识世上的味道：浓的不欣喜，淡的不厌弃，这才是扎实的功夫。

381

【评点】认识自我，实为世界中人的一生习题。真知者会一生顺利，未知者会一生艰难。曾子曰：吾日三省吾身。其说意义甚深。

瓦枕石榻，得趣处下界有仙；木食草衣，随缘时西方无佛。

【译文】用瓦做枕头用石做床榻，得到其中情趣人间下界有神仙；吃山中野果披茅草衣裳，缘分到时西方极乐世界没有佛爷。

【评点】做人者亦能做仙，心到者亦就是佛。佛仙本无种，人人皆可得。

当乐境而不能享者，毕竟是薄福之人；当苦境而反觉甘者，方才是真修之士。

【译文】在幸乐之境而不能享受的人，毕竟是福薄之人；在痛苦之境而反觉甜的人，这才是真正修行的人。

【评点】追求事业成功，追求轰轰烈烈，均非人生错误。只是应该在生活里有一点淡泊，有一点简单，有一点"人味"。

半轮新月数竿竹，千卷藏书一盏茶。

【译文】新月半轮映着几支竹影，千卷藏书就着一杯茶读。

【评点】月入竹影，难免破破碎碎。茶进书房，只怕痴痴呆呆。

偶向水村江郭，放不系之舟；还从沙岸草桥，吹无孔之笛。

【译文】偶尔向江水之中，放出不系的小船；还从沙岸或简单的木桥上，吹无孔的笛子。

【评点】人可偶尔放诞，不拘人间的礼数。然而不至于船不系岸，更无吹没孔笛子的道理。潇洒者实是心中的一种，而不是愚蠢的一种。

物情以常无事为欢颜，世态以善托故为巧术。

【译文】常情以经常无事为欢乐，世态以善于找借口为机智。

【评点】生无事故，顺遂心意，当然是欢乐。四下借口，每日推托，其实为苦恼。

善救时，若和风之消酷暑；能脱俗，似淡月之映轻云。

【译文】善于自我赎救的时候，好像柔和的风吹去酷暑；能够摆脱俗物纠缠，就似清淡的月光映轻云。

【评点】暑心易燥，燥不解暑炎。俗物难挡，脱俗何能免俗？

廉所以惩贪，我果不贪，何必标一廉名，以来贪夫之侧目？让所以息争，我果不争，又何必立一让名，以致暴客之弯弓？

【译文】廉洁是用来惩罚污贪的，我本来不贪，何必写上一个"廉"名，以引来贪者的侧目而视？谦让是用来平息争夺的，我本来不争，又何必立起一个"让"名，以致于暴争者动用武力？

【评点】此说甚确。若无贪，便无廉。若无争，便无让。廉与让，不值得宣扬。贪与争，却必须罚惩。

　　曲高每生寡和之嫌，歌唱须求同调。眉修多取入宫之妒，梳洗切莫倾城。

　　【译文】调高了每每使人生出和寡的想法，歌唱必须调子相同。打扮漂亮入宫会引来许多嫉妒，梳洗不可以过分美丽。

　　【评点】出头椽子先烂，枪打出头鸟。做人找到一条尾巴夹上，以免先吃苦头。国人度日多以少祸少妒为出发，凡事不敢或不愿为先。历史上这是一种自我保护方法，在今天却是一种隋性表现。

　　随缘便是遣缘，似舞蝶与飞花共适。顺事自然无事，若满月偕盆水同圆。

　　【译文】随缘而不苛求便是广结缘分，就像飞舞的蝴蝶与飞花一起到达一样。顺事而不硬做自然就无事，就像满月与盆中的水一同圆满一样。

　　【评点】古典农业时代，经济只是小农自足。风不必急，雨不必急，一切顺事。如今社会凡事都需进取，不进取甚至民族亦亡。如此下，谁敢轻言顺事？

　　耳根似飚谷投响，过而不留则是非俱谢。心境如月池浸色，空而不着则物我两忘。

　　【译文】耳朵就像深谷中投出的声音，过而不留则是非就全都谢绝了。心境就像月亮在池水中染色，空而未着则对象和自己就都忘记了。

　　【评点】耳不闻世间是非，是因许多时本无是非。心不染尘中之色，是因许多时尘本无色。除此而外，是与非必常在耳畔，尘中色必常在眼中。

　　心事无不可对人语，则梦寐俱清。行事无不可使人见，则饮食俱稳。

　　【译文】心中的事没有不可以对别人讲的，就一定会睡梦坦然。做的事没有不可以让别人看到的，就一定会饮食都稳稳当当。

　　【评点】亏心事不做，不怕对人。然而心事均可言说,做事全不避人,却也是另一种极端。

卷六

景

　　结庐松竹之间，闲云封户；徙倚青林之下，花瓣沾衣。芳草盈阶，茶烟几缕，春光满眼，黄鸟一声：此时可以诗可以画，而正恐诗不尽言，画不尽意。而高人韵士，能以片言数语尽之者，则谓之诗可，谓之画可，则谓高人韵士之诗画亦无不可。集景第六。（作者引语）

　　【译文】房子建在松树竹林之间，悠闲的云遮在门前；徘徊流连在绿林之下，花瓣沾在衣襟。芳草长满台阶前面，煮茶的烟飘起几缕，春光满眼，黄鸟一声啼叫：此时可以写诗可以作画，而正担心的是诗不能说尽想说的话，画不能画尽想画的意思。而高明之人和写诗之士，能以只言片语说完意思的，就说他写诗行，说他画画行，或者说高明的人和写诗之士的诗作和绘画没有不行的。集景第六。

　　【评点】诗是否可以写，画是否可以画？不论高人韵士否。若有心情，言即为诗；若有手段，笔即为画。

　　花关曲折，云来不认弯头。草径幽深，落叶但敲门扇。

　　【译文】花园中的小路曲折，云来了不认识从哪里拐弯。小路幽静深远，落叶来敲大门。

　　【评点】静景中只有景，而无风、无鸟兽、亦无人响。只见物在，情在，而人独不在。

　　细草微风，两岸晚山迎短棹。垂杨残月，一江春水送行舟。

　　【译文】小草微风，日暮时分两岸的山在迎接划水的短桨。下垂的杨树即落的月亮，一江春水在送启航的小船。

　　【评点】日暮时，渔家船归码头。天将晓，又有早舟出行。人未老，情未老，本该劳作。

　　草色伴河桥，锦缆晓牵三竺雨。花阴连野寺，布帆晴挂六桥烟。

　　【译文】青草的色彩伴着河桥，缆绳早上拉来了三片竹林大的雨。花开一片连着田野小庙，帆布在晴天里张挂出六桥的炊烟。

　　【评点】雨晨吸一腹清新，晴早看四野烟炊。不用风送庙钟，心里自浮诗意。

　　闲步畎亩间，垂柳飘风，新秧翻浪；耕夫荷农器，长歌相应；牧童稚子倒骑牛背，短笛无腔，吹之不休……大有野趣。

　　【译文】信步走在田埂上，垂柳飘风，新秧翻浪；农民扛着农具，唱着歌彼此应答；牧童小孩倒骑在牛背上，短笛没有调子，吹个没完……特别有乡间野趣。

　　【评点】你入画中，一副信步无事相。画在身旁，一幅无轴清明图。

　　夜阑人静，携一童立于清溪之畔。孤鹤忽唳，鱼跃有声，清入肌骨。

　　【译文】夜深人静，带着一个小孩站在清清的小溪旁。孤鹤忽然鸣叫，鱼跃击水有声，一股清凉之气逼入肌骨。

　　【评点】你赏清溪夜，为何携幼童？孤鹤忽然鸣，鱼跃击水声。你知其中味，童有怎样情？

　　垂柳小桥，纸窗竹屋，焚香燕坐，手握道书一卷。客来则寻常茶具，本色清言。日暮乃归，不知马蹄为何物。

　　【译文】垂柳小桥，纸窗的竹屋，点香闲坐，手里拿着道家经书一卷。有客人来则用寻常的茶具，不用客套地闲聊。日落的时候回去，不知马蹄是什么东西。

　　【评点】安步以当车，安身以当船，安情以当桨，安心以当帆。人若安闲，福气无边。

　　门内有径，径欲曲；径转有屏，屏欲小；屏进有阶，阶欲平；阶畔有花，花欲鲜；花外有墙，墙欲低；墙内有松，松欲古；松底有石，石欲怪；石面有亭，亭欲朴；亭后有竹，竹欲疏；竹尽有室，室欲幽；室旁有路，路欲分；路合有桥；桥欲危；桥边有树，树欲高；树阴有草，草欲青；

草上有渠，渠欲细；渠引有泉，泉欲瀑；泉去有山，山欲深；山下有屋，屋欲方；屋角有圃，圃欲宽；圃中有鹤，鹤欲舞；鹤报有客，客不俗；客至有酒，酒欲不却；酒行有醉，醉欲不归。

【译文】门内有小路，小路要曲折；路转有屏风，屏风要小巧；屏风过了有台阶，台阶要平整；台阶旁边有花，花要鲜艳；花外面有墙，墙要低矮；墙里面有松树，松树要古老；松树下面有石头，石头要怪诞；石上面有亭子，亭子要古朴；亭后面有竹子，竹子要少；竹林尽头有房子，房子要幽静；房子旁边有路，路要分叉；叉路合在一起的地方有桥，桥要危旧；危桥边上有树，树要长得高；树阴里面有草，草色要青；青草上面有渠道，渠道要细；渠道引来泉水，泉水要充沛；泉水过去有山，山要幽深；山下面有屋子，屋子要方正；屋子角上有园子，园子要大；园内有仙鹤，仙鹤要跳舞；仙鹤鸣叫报告有客人，客人不是一般人物；客人来了有酒，饮酒要不推辞；饮酒有了醉意，醉了要不回去。

【评点】不知文中是谁家，住在何处青山下？不知此中有豪杰，手执金刀骑大马。不知此兄爱自然，又有想象胆又大。不知谁敢文里住，也许只有帝王家。

清晨林鸟争鸣，唤醒一枕春梦。独黄鹂百舌，抑扬高下，最可人意。

【译文】清早时林中的鸟争着鸣叫，唤醒了人的春宵酣梦。独有黄鹂叫得最勤，抑扬顿挫忽高忽低，最可人心意。

【评点】有林便招百鸟，有鸟便有争鸣。世有万般美好，哪及早林听音。

高峰入云，清流见底；两岸石壁，五色交辉；青林翠竹，四时俱备；晓雾将歇，猿鸟乱鸣；日夕欲颓，沉鳞竞跃……实欲界之仙都。自康乐以来，未有能与其奇者。

【译文】高峰入云，清流见底；两岸石壁，各种光色辉映；青翠的树林绿碧的竹子，什么时候都在；晨雾将散，猿猴和小鸟乱叫；太阳欲落，水底的鱼争相跃出水面……实在是现实欲望世界里的仙都。自从谢灵运以来，未能有与它相比更奇美的了。

【评点】入自然深幽之景，品自然甜美之性，发自然无限之慨，思自然古今之妙。

曲径烟深，路接杏花酒舍；澄江日落，门通杨柳渔家。

【译文】曲折小路通向烟雾缭绕处，道路接着杏花丛中的酒馆；清澈的江面上日落，门通向杨柳林后的渔家。

【评点】杏花村李太白有指，杨柳枝白乐天有听。饮入杏花小酒，可听杨柳小调。

长松怪石，去墟落不下一二十里。鸟径缘崖，涉水于草莽之间。数四左右，两三家相望，鸡犬之声相闻。竹篱草舍，燕处其间，兰菊艺之。霜月春风，日有余思。临水时种桃梅，儿童婢仆皆布衣短褐。以给薪水，酿村酒而饮之。案有诗书、庄周、太玄、楚词、黄庭、阴符、楞严、圆觉数十卷而已。杖藜躡屐，往来穷谷大川。听水流，看激湍，鉴澄潭，步危桥，坐茂树，探幽壑，升高峰，不亦乐乎！

【译文】高高的松树怪异的石头，距离村落不下一二十里路远。小路沿着山崖蜿蜒，涉水在山野林莽中间。为数不多的两三家彼此相望，鸡犬之声相闻。竹篱笆茅草屋，燕子落在中间，栽种兰花菊花。冬月里刮起暖风，每天都有想不完的事。春雨将来时栽种桃梅，孩子和男女仆人都穿着短衫布衣。给他们酬劳，饮自家酿的土酒。案上有《诗》《书》、庄周、太玄、《楚词》《黄庭》《阴符》、楞严、圆觉数十卷书籍。挂着蒺藜木杖穿着木鞋，在深山大河旁来往。听水声，看激流，观潭水，走过危桥，坐在茂盛树下，探寻幽深的山谷，攀上高高的山峰，不是很高兴吗！

【评点】已不用劳作，便有温饱。身不用披雨，便有口福。情不用磨砺，便有柔肠。心不用苦熬，便有惬意。不劳者皆有闲情，有食者方有逸志。**注**：黄庭：指王羲之所书《黄庭经》法帖。阴符：上古兵书。楞严：即佛教的禅林古法。圆觉：指佛家修成正果的灵觉之道。楞严、圆觉：本文泛指佛家经籍。

景

天气晴朗，步出南郊野寺。沽酒饮之，半醉半醒。携僧上雨花台，看长江一线风帆摇曳，钟山紫气掩映黄屋。景趣满前，应接不暇。

【译文】天气晴朗，走出南郊的寺庙。买酒饮下，半醉半醒。与老和尚一起上雨花台，看长江如一线风帆摇曳，钟山上的云气掩映着庙宇的黄顶。有趣的景色拥满眼前，令人应接不暇。

【评点】钟山下有盘龙，钟山上有紫气。人入醉眼时分，只见水龙飞山。醒来方却云影，原来身在山前。

净扫一室，用博山炉蓺沉水香。香烟缕缕，直透心窍，最令人精神凝聚。

【译文】扫净一室，用博山的茶炉烧沉水香。香烟缕缕，直透心扉，最让人精神集中。

【评点】闻沉香木香，心亦应为沉香。人忌浮躁，亦忌简单。**注**：沉水香：即沉香。其放入水中即沉。

每登高丘，步邃谷，延留燕坐，见悬崖瀑布寿木垂萝，闷邃岑寂之处，终日忘返。

【译文】一登上高山，走进深谷，滞留而高兴地坐着，见到悬崖瀑布和古树藤萝，狭窄深远寂静的地方，到了晚上忘记返回。

【评点】有路，有桥，有亭，所到为人痕甚重之处，感觉苦淡。去那无路，无桥，无亭亦无人到的山景中，才知自然真美。

每遇胜日有好怀，袖手哦古人诗足矣。青山秀水，到眼即可舒啸，何必居篱落下然后为己物。

【译文】每次遇到好日子即有情怀，抄起手吟诵古人诗就够了。山青水秀，到眼中即可舒展地长啸，何必要呆在古人的篱笆下面然后才学会写自己的诗呢？

【评点】对山水，有诗则诗，有歌则歌，有啸则啸，莫管酒杯是谁的。只要情怀得抒，胸臆有放，便是好事。

柴门不扃，筲帘半卷，梁间紫燕呢呢喃喃，飞出飞入。山人以啸咏佐之，皆各适其性。风晨月夕，客去后，蒲团可以双跏；烟岛云林，兴来时，竹杖何妨独往？

【译文】柴门不闩，竹帘半卷，房梁中间紫燕呢喃有声，飞出飞入。山里人用啸叫声相伴，都各自适合秉性。有风的早晨和有月的晚上，客人走后，在蒲团上可以盘腿而坐；炊烟笼罩小岛云雾遮住树林，兴致来的时候，何妨拄竹杖独自前往？

【评点】山气日夕佳，飞鸟相与还。山景湖景皆为胜景，炊烟云烟皆为心烟。**注**：双跏：佛教徒打坐的方法。

三径竹间，日华淡淡，固野客之良辰；一偏窗下，风雨潇潇，亦幽人之好景。

【译文】三径的竹屋，阳光淡淡照进，固然是山中野客的好时辰；一个偏窗下面，风雨潇潇，也是隐士的好景致。

【评点】当今世隐士，并非隐形者。隐形者只是隐者中的"初品"而已。若做隐士，关键隐心，心隐者方是至境。**注**：三径：指隐士家园。

乔松十数株，修竹千余竿，青萝为墙垣，白石为鸟道；流水周于舍下，飞泉落于檐间；绿柳白莲，罗生池砌……时居其中，无不快心。

【译文】青松十几株，长竹千余棵，青藤墙，白色石头为险峻山路；流水围绕房舍，飞泉落在天井里；绿色柳树白色莲花，错杂地生于池畔水中……不时地住在这里，没有不快乐的。

【评点】现代与古人一样，缺少自然的关怀。古人近行也许可见丘山清溪竹林松涛，今人只有远足方能有所亲见。也往往境不由人，四下人工痕迹，以至白色垃圾。

人冷因花寂，湖虚受雨喧。

【译文】人冷落是因为花谢了，湖水少了接受雨下喧喧。

【评点】心冷更胜身寒，心空难抵凄风。

有屋数间，有田数亩，用盆为池，以瓮为牖。墙高于肩，室大于斗。布被暖余，藜羹饱后，气吐胸中，充塞宇宙。笔落人间，辉映琼玖。人能知止，以退为茂。我自不出，何退之有？心无妄想，足无妄走，人无妄交，物无妄受。炎炎论之，甘处其陋；绰绰言之，无出其

389

右。羲轩之书，未尝去手；尧舜之谈，未尝离口。谈中和天，同乐易友。吟自在诗，饮欢喜酒。百年升平，不为不偶。七十康强，不为不寿。

【译文】有屋几间，有田几亩，用盆作为水池，用破瓮做窗户。墙高于肩膀，房间比斗大些。布被暖和之余，藜羹吃饭以后，吐出胸中浊气，充填宇宙。笔下写人间，辉映美玉。人能够知道停止，以退为好。我自己不出去，有什么要退的？心中没有非分之想，脚没有走错地方，人没有无区别的结交，东西没有无理由的接受。进而说之，甘愿处身在简陋中；往大了讲，无人能够相比。伏羲和黄帝的书，未曾离手；尧和舜说的话，未曾离口。谈话里是一片和睦之天，同乐为易结之友。吟诵自由自在的诗，喝欢欢喜喜的酒。一生顺遂，不做什么也不去适应什么。七十岁仍然健康，不能说是不长寿。

【评点】心与伏羲黄帝有五千年交往，神与尧舜二帝早已灵犀相媾。想历史昨日，好走今天之路。问上古风云，想明朝风景。

中庭蕙草销雪，小苑梨花梦云。

【译文】中间庭院的蕙兰草溶化了白雪，小苑里的梨花繁盛梦如云彩。

【评点】雪溶非因蕙草，蕙草只是借他人之光。小苑梨花盛开，闻香自有，为云却只有入梦。

以江湖相期，烟霞相许。付同心之雅会，托意气之良游。或闭户读书，累月不出。或登山玩水，竟日忘归。斯贤达之素交，盖千秋之一遇。

【译文】相约在江湖，以烟霞相许。付出同样心情的雅兴聚会，托付意气的结伴冶游。或者闭门读书，月余不出。或者登山玩水，日暮忘归。就有与贤达人士的真诚交往，全都是千秋才有的一遇。

【评点】期盼同学、同乡、同侪们的同心者们的相聚，人生苦短，友谊绵长，相逢本来难得。想念远山、长水、飞云的自然的山山水水，人生繁杂，日子枯燥，走近本来不易。

荫映岩流之际，偃息琴书之侧。寄心松竹，取乐鱼鸟，则淡消之愿于是毕矣。

【译文】荫影映在岩溪上,在琴书的旁边仰卧睡下。向松竹寄予心思,取娱乐于鱼鸟,慢慢的欲望没有了。

【评点】初生牛犊不惧老虎,人在少时不惧世道。如入深山,树磨藤绕,利欲之心自然淡去,为名之想自然消退。

庭前幽花时发,披览既倦,每啜茗对之。香色撩人,吟思忽起,遂歌一古诗,以适清兴。

【译文】庭院前的小花不时开放,读书已经疲倦,每每地品着茶看着它。香色撩动人,吟诗心思忽然涌起,于是唱诵了一首古诗,以使清雅的兴致满足。

【评点】一日读书,一日思游,一日文章,一日绞脑。忽闻暗香初至,沁入心脾,性情自然一振,脑筋自然清楚。

凡静室,须前栽碧梧,后种翠竹;前檐放步,北用暗窗。春冬闭之,以避风雨;夏秋可开,以通凉爽。然碧梧之趣,春冬落叶,以舒负暄融合之乐。秋夏交荫,以蔽炎烁蒸烈之威。四时得宜,莫此为荣。

【译文】凡是宁静的房屋,须要前面栽绿色梧桐,后面种翠苍竹子;前面的房檐放长,北墙使用暗窗。春冬关上,以避风雨。夏秋可以打开,以通风凉爽。然而梧桐树的趣处在于,春冬的落叶,可以体味烤火晒日的暖融之乐。夏秋有树荫,可以遮蔽炎阳烈日的火热。四季都有好处,没有比这再好的了。

【评点】江淮之间,一年难有四季。一冬一夏,便是冷热难当。梧桐静室,须有水绕。前后有绿,方有生机。**注**:负暄:冬日晒太阳取暖。

家有三亩园,花木郁郁。客来煮茗,谈上都贵游。人间可喜事:或茗寒酒冷,宾主相忘;其居与山谷相望,暇则步草径相寻。

【译文】家有三亩园田,花木郁郁葱葱。客人来了煮茶,谈的都是京城的显贵。人间值得高兴的事:或者是把茶和酒喝到凉尽,宾主身份两忘;或者是住的地方与山谷相对,有时间就沿着小路去互相寻找。

【评点】谈笑必有鸿儒,往来哪有白丁。住入郊野深山,依旧门口车马喧喧。藏在隐身岭中,名传京城大道。古人之隐,不知隐经何念?

良辰美景，春暖秋凉。负杖蹑履，逍遥自乐。临池观鱼，披林听鸟。酌酒一杯，弹琴一曲。求数刻之乐，庶几居常以待终；筑室数楹，编槿为篱，结茅为亭。以三亩荫竹树栽花果，二亩种蔬菜。四壁清旷，空诸所有。蓄山童灌园薙草，置二三胡床着亭下。挟书剑，伴孤寂。携琴弈，以迟良友。此亦可以娱老。

【译文】良辰美景，春暖秋凉。扛着竹杖穿着鞋，逍遥自乐。到池旁观鱼，走进树林听鸟鸣。倒上一杯酒，用琴弹奏一支曲子。求得几刻时间的欢乐，姑且持平常的态度以等待结束；建的房子有几间，编槿条为篱笆，用茅草搭起凉亭。用三亩竹树林栽花种果，二亩地种蔬菜。屋里四壁皆空，什么也没有。养山中童仆浇园割草，把二三张折凳放在亭子下面。挟着书籍宝剑，伴着孤独寂寞。拿着琴和围棋，尽量使好朋友晚走。这可以娱乐老者。

【评点】四壁皆空者，以穷为乐的人。然而山居隐士若是懒惰的代名，其实在令人齿寒。想这拟文之人，家境已是四大皆无，却仍要蓄童仆以代其劳，又实令人厌恶。

一径阴开，势隐蛇蟺之致，云到成迷；半阁孤悬，影回缥缈之观，星临可摘。

【译文】一条小径幽然伸展，样子像蛇蟺一般蜿蜒曲折，云雾到了可以迷失方向；小小的阁楼孤伶伶地悬在天上，隐隐约约的样子，星星到了可以摘下来。

【评点】雾里走山中小径，遇亡羊歧路，可知何往？人活世上百年，每日有雾，每日有路，你知该向何方？注：蟺：与鳝通。

几分春色，全凭狂花疏柳安排；一派秋容，总是红蓼白苹妆点。

【译文】几分春天色彩，全凭怒放的花朵和稀疏的柳树安排。一派秋天容貌，总是由蓼红和白萍妆点。

【评点】春本无色，无花无草，你不知春在何处。秋亦无形，无标无识，你怎知秋已到来？

南湖水落，妆台之明月犹悬。西廓烟销，绣榻之彩云不散。秋竹沙中淡，寒山寺里深。

【译文】南湖的水下落，明月还挂在天上供美人梳妆。西边的烟云消散，绣床上的卿卿我我还未散去。秋天的竹子在沙中淡淡地伫立，寒山寺庙里越见幽深。

【评点】南湖水落亦有月，西廊烟销亦有云。

野旷天低树，江清月近人。

【译文】野地开阔天低树般高，江水清澈月亮与人近。

【评点】天高云可低，水浊月可明。

潭水寒生月，松风夜带秋。

【译文】潭水寒冷映着明月，松风夜起带出秋天。

【评点】月本自寒，一副冰冷美人，拒人以千里。秋本萧瑟，几眼叶红梁黄，邀友与共食。

春山艳冶如笑，夏山苍翠如滴，秋山明净如妆，冬山惨淡如睡。

【译文】春天的山艳丽妖冶有如笑脸，夏天的山苍莽翠绿有如欲滴，秋天的山明丽清净有如化妆，冬天的山凄凄惨惨有如懒睡。

【评点】山有四时不同之貌，人有四季不同之心。

眇眇乎春山，淡冶而欲笑；翔翔乎空丝，绰约而自飞。

【译文】影影绰绰的春山，妖冶风情淡去而想笑意溢出；空中飘起的丝线，飘逸地自飞天上。

【评点】人若游丝，似无根本，随风便有去处。事若浮冰，似无深基，每次都有来头。

盛暑持蒲，榻铺竹下，卧读骚经。树影筛风，浓阴蔽日；丛竹蝉声，远远相续，遽然入梦。醒来命取槵栉发，汲石涧流泉，烹云芽一啜。觉两腋生风，徐步"草玄亭"。芰荷出水，风送清香。鱼戏冷泉，凌波跳掷。因陟东皋之上，四望溪山罨画，平野苍翠。激气发于林瀑，好风送之水涯。手挥麈尾，清兴洒然。不待法雨凉雪，使人火宅之念都冷。

【译文】盛夏的时候持蒲扇，在竹荫下搭上床铺，躺着读楚辞《离骚》。风从树影缝隙中吹来，浓密的树荫遮天蔽日；竹林中有蝉鸣，声

卷六

393

音传出很远，马上就传入了梦中。醒来的时候让人拿来木梳梳头，取石涧中的流泉，煮上云芽好茶一品。觉得两腋下像生风一般，慢步走"草玄亭"。荷花开出水面，风送来清香。鱼在冷水泉中游戏，不时跳出水面。登上高岗，望溪水山景像幅明丽的画，平展的田野一片苍翠。林中瀑布发出激荡的气势，好风将其送到远远的水边。手挥动着拂尘，清雅之兴潇潇洒洒。不用待佛家的法雨凉雪，使心中的尘世俗念都降温了。

【评点】与自然心脉一动，不必吃斋念佛，也同样会灵魂出窍，洗涤干净。走入山野丛林，闻泥土，闻林木，闻花香，闻水气，心脾自要爽气。**注**：东皋：水边向阳高地。卷画：色彩鲜明的画。法雨：指佛法普度众生，如雨润泽万物。此亦指佛法。火宅：佛教语。比喻充满众苦的尘世。

山曲小房，入园窈窕幽径，绿玉万竿。中汇涧水为曲池，环池竹树云石。其后平冈逶迤，古松鳞鬣。松下皆灌丛杂木，茑萝骈织，亭榭翼然。夜半鹤唳清远，恍如宿花坞。间闻哀猿啼啸，嘹呖惊霜。初，不辨其为城市，为山林也。

【译文】山弯处的小房，走进园内的长长的阴幽小径，绿竹无数。汇聚山水形成一个弯曲的水池，环绕水池的有竹树和云石。其后是蜿蜒的平岗，古松生长鳞皮针叶。松下全是灌木丛，蔓草交织，亭台像要飞起一般。半夜时鹤叫声清亮高远，恍惚像住在仙境中。不时听到猿猴哀啼，声音凄亮惊霜。开始，辨不清这是城市还是山林。

【评点】山接林竹一片，松竹一片连天。林中一片幽景，木下一片心田。

一抹万家，烟横树色。翠树欲流，浅深间布。心目竞观，神情爽涤。

【译文】云彩一抹遮万家，雾烟一横挡树色。树绿欲滴，深浅分布。心和眼睛争着观看，神情爽气如洗。

【评点】水滴化烟，在天为云，在地为雾。人心有想，在天为龙，在地为虎。

万里澄空，千峰开霁：山色如黛，风气如秋。浓阴如幕，烟光如缕。

笛响如鹤唳，经飓如咿唔。温言如春絮，冷语如寒冰……此景不应虚掷。

【译文】万里晴朗天空，千峰云雾散去：山色像青黑色的颜料，风气像爽透的秋天。浓密的树阴如幕布，光线透过晨曦如丝缕一般。笛响如同鹤鸣，疾风刮过好像读书声起。柔和的语言就像春天的杨花，尖刻的语言好似寒冬的冰块……此中的景色不应白白扔掉。

【评点】人有情，风亦有情。或如温柔杨花，或似尖刻寒冰。人若无知，风不过风，松不过松，峰亦不过峰。

山房置古琴一张，质虽非紫琼绿玉，响不在焦尾号钟。置之石床，快作数弄；深山无人，水流花开，绝清绝冷。

【译文】在山中房里放置一张古琴，质地虽然不是紫玉和绿玉，声音不如焦尾和号钟。放在石床上面，赶快弹几曲；深山里无人，溪水流野花开，清静以绝萧冷以绝。

【评点】山人弹山中曲，用山中粗琴。潇洒人入无人深山，潇洒只给自己。**注**：焦尾：良琴。号钟：琴名。

密作轶云，长林蔽日。浅翠娇青，笼烟惹湿。构数椽其间，竹树为篱，不复葺垣。中有泓流水，清可漱齿，曲可流觞。放歌其间，离披蓓郁，神涤意闲。

【译文】密密实实的一片孤云，长长的树林遮住了太阳。浅的绿色娇嫩的青色，云烟笼罩四下湿乎乎的。建座几根椽子的小房，竹子和树作为篱笆，不再修墙。中间有一湾流水，清得可以漱口，在水湾处可以飘起酒杯。在这中间放声歌唱，摇晃着长长的头发，精神如洗意韵有闲。

【评点】雾罩四野露水湿，树遮荫凉影子虚。人在其中寻惬意，不知醉里入仙居。**注**：离披：纷纷下落貌，摇荡貌。蓓郁：茂盛。

抱影寒窗，霜夜不寐，徜徉松竹下。四山月白露坠，冰柯相与，咏李白《静夜思》，便觉冷然寒风。就寝复坐蒲团，从松端看月，煮茗佐谈，竟此夜乐。

【译文】在寒凉的窗前抱膝影坐，下霜的夜晚不能睡觉，到松树竹子下面徘徊。四山月光银白霜露下坠,把冰凉柯枝给你,咏诵李白的《静夜思》,便觉得寒风冷凉。回到寝室又坐在蒲团上,从松树的梢上看月,煮茶伴助谈兴,就这样一夜欢乐。

【评点】霜降秋深,四野黄红。人入画景,心在胜境。夜坐赏月,初知寒冷。煮茗清淡,方出诗兴。

云晴叆叇,石楚流滋。狂飚忽卷,珠雨淋漓。黄昏孤灯明灭,山房清旷,意自悠然。夜半松涛,惊飓蕉园。鸣琅窾坎之声,疏密间发。愁乐交集,足写幽怀。

【译文】天晴云还盛,石清有水流。狂风忽卷来,大雨淋漓下。黄昏时孤灯忽亮忽灭,庙房清虚空旷,感觉上悠然自得。半夜的松林涛声,惊飓风吹入蕉园。叮当咚哐的声音,或紧或慢或多或少。忧欢交集,足以表示幽清的情怀。

【评点】山深岳老,松古竹寿。人在其间,不知世上日月。心在其内,不问国是民愁。只晓自己尚在,何有其他心情? 注:叆叇:云盛的样子。窾坎:象声词。

四林皆雪,登眺时见絮起风中。千峰堆玉,鸦翻城角,万壑铺银。天树飘花,片片绘子瞻之壁。不妆散粉,点点掺原宪之羹。飞霰入林,回风折竹。徘徊凝览,以发奇思。画冒雪出云之势,呼松醪茗饮之景。拥炉煨芋,欣然一饱。随作《雪景》一幅,以寄僧赏。

【译文】四下林中都是雪,登高眺望时看到雪絮在风中飞起。千峰如堆玉,鸦鸟在城角上翻飞,万壑都铺上了银色。没有树不飘雪花,片片贴在苏轼之壁。不妆抹散粉,点点掺和成原宪之羹。飞散的雪粒入林,回旋的风折断竹子。徘徊凝视,发生了奇妙的想法。画冒雪云出的气势,呼人拿松酒饮茶茗的景。守着炉子烧芋头,高兴地吃了个饱。于是作《雪景》一幅,以让僧人鉴赏。

【评点】世间四季,唯雪景为最。因其洁白,因其冰清,因其如絮如绵。雪境中终要寒冷,但亦有心中怡趣。

孤帆落照中,见青山映带。征鸿回渚,争栖竞啄,宿水鸣云,声凄夜月。秋飙萧瑟，听之黯然。遂使一夜西风，寒生白露。万山深处，一泓涧水，四周削壁，石磴嶙岩，丛木蓊郁，老猿穴其中。古松屈曲，高拂云巅，鹤来时栖其顶。每晴初霜旦，林寒涧肃，高猿长啸，属引清风。风声鹤唳，嘹呖惊霜。闻之，令人凄绝。

【译文】孤帆在落日辉照里，看青山绕着水带。外出的鸿雁回到了小洲上，争着寻找栖地相互啄斗，叫声入云，声音凄凉感动月亮。秋风萧瑟，黯然伤神。一夜西风过后，寒冷中生了白霜。万山深处，一湾涧水，四周峭壁如削，石阶险峻，树丛繁茂，老猿以其为巢穴。古松虬曲，高入云端，鹤来的时候就落在上面。每日初晴霜落清早，林木寒冷山涧萧肃，猿在高处长啸，引来清纯之风。风声鹤鸣，响亮凄清惊动早霜。听到，令人极端凄凉。

【评点】云归日暮，烟落晨山。不是崖头燕，但见有飞鸿。鹤问秋风紧，鸦嫌霜水重。人在山景过，心在禅画境。

春雨初霁，园林如洗。开扉闲望，见绿畴麦浪层层，与湖头烟水相映带。一派苍翠之色，或从树杪流来，或自溪边吐出。支筇散步，觉数十年尘土肺肠，俱为洗净。

【译文】春雨后初晴，园林如洗。开门闲望，见绿田里麦浪层层，与湖边的水雾晨曦相映。一派苍翠之色，或者从树丛中流来，或从溪边吐出。拄着竹杖散步，觉得数十年的被红尘沾染的肺肠，一下子全洗净了。

【评点】春早田庄色，雨过晴怡人。碧空初洗净，爽气沁入心。

四月有新笋，新茶，新寒豆，新含桃，绿阴一片，黄鸟数声。乍晴乍雨，不暖不寒，坐间非雅非俗，半醉半醒，尔时如从鹤背飞下耳。

【译文】农历四月有新笋，新茶，新豌豆，新樱桃，绿阴一片，黄鸟的鸣叫。刚晴刚雨，不热不冷，起居的房间不雅不俗，半醉半醒，偶尔像从鹤背上飞下来似的。

【评点】四月有绿：笋绿、茶绿、豆绿、桃绿，一片皆绿。四月人心亦绿，以知春天已到，天色已染绿。

景

名从刻行，源分渭亩之云；倦以据梧，清梦郁林之石。

【译文】名声借雕版而传扬，源头起于渭川千亩竹云；疲倦就挂着梧杖，清梦里梦见幽幽树林中的石头。

【评点】梦里树林清幽，小径曲绕不知所终。林中小室暗窗，忽然一烛火灯闪动。灯灭，林中一片漆黑，黑暗中些许不明之声响起。**注：**渭亩：《史记·货殖列传》载，"齐鲁千亩桑麻，渭川千亩竹……此其人皆与千户等。"后人用"渭亩"或"渭川千亩"来形容竹林茂盛。本文指人因拥有广大竹林而有名，或渭川竹林给主人带来名声。

夕阳林际，蕉叶堕而鹿眠；点雪炉头，茶烟飘而鹤避。

【译文】夕阳落向林子的尽头，芭蕉叶坠地而鹿睡着了；炉子旁有一点雪，煮茶的烟飘起而鹤避开了。

【评点】人在夕阳中徜徉，心绪也略似夕阳。人在炉火边看守，感觉也略像炉火。

高堂客散，虚户风来。门不设关，帘钩欲下。横轩有狻猊之鼎，隐几皆龙马之文。流览霄端，寓观濠上。

【译文】高大堂屋中客人散去，虚关的门中风来。门不设闩划，帘钩欲放下。横在门口有狮子鼎，几桌上隐约可见的是龙马花纹。搜索着云端，注视着濠水。

【评点】志向高远，盼望着能够一展宏图，效力国家。**注：**龙马：指古代传说中的龙头马身神兽。

山经秋而转淡，秋入山而倍清。

【译文】山经过秋天而色彩转淡，秋天入山而山色倍显清爽。

【评点】秋天凉爽，爽山爽水亦爽人。秋色怡人，怡脾怡肺怡心。

山居有四法：树无行次，石无位置，屋无宏肆，心无机事。

【译文】隐居山中有四项法则：树无规律，石无定位，屋无宏大型制，心无机要密事。

【评点】人在山中居，莫求尘世"道"。一切有自然，不必刻意，不必追求。

花有喜怒寤寐晓夕，浴花者得其候，乃为膏雨。淡云薄日，夕阳佳月，花之晓也。狂号连雨，烈焰浓寒，花之夕也。檀唇烘日，媚体藏风，花之喜也。晕酣神敛，烟色迷离，花之愁也。欹枝困槛，如不胜风，花之梦也。嫣然流盼，光华溢目，花之醒也。

【译文】花有喜怒，有醒睡，有早晚，浇花的人了解它的时间，就可以降下滋润的雨水。淡云薄日，夕阳明月，是花的早晨。狂风连雨，烈日浓寒，是花的晚上。红色的花瓣迎着太阳，妖媚的枝叶藏着微风，是花的欢乐。无光敛神，烟色模糊，是花的愁。斜枝困在花圈里，好像经不起风一样，是花的梦。流着妩媚的神韵，光华耀人眼睛，是花的清醒。

【评点】花如人，有喜怒有哀乐。花非人，有红有绿，却无世中烦恼家里忧伤。

海山微茫而隐见，江山严厉而峭卓，溪山窈窕而幽深，塞山童颓而堆阜。桂林之山绵衍庞博，江南之山峻峭巧丽。山之形色，不同如此。

【译文】海上的山微茫而隐约可见，江上的山严厉而峭然卓立，溪上的山青秀而幽深，塞外的山光秃、发红而高大。桂林的山绵延雄伟，江南的山峻峭秀丽。山的样子和色彩，是这样的不一样。

【评点】山有筋骨，山有胸膛，山有神气，山有意志。人若山，便顶天立地。

杜门避影出山，一事不到。梦寐间春昼花阴，猿鹤饱卧，亦五云之余荫。

【译文】关上门人影避免出山，一件事也未办。睡梦里是春天和花影，猿猴和鹤吃饱后正卧着，这也是五色祥云的部分荫蔽。

【评点】祥和之世，飞禽走兽亦受益处。乱肆之世，柴草林竹亦受涂炭。

白云徘徊，终日不去。岩泉一支，潺湲斋中。春之昼，秋之夕，既清且幽，大得隐者之乐，惟恐一日移去。

【译文】白云犹犹豫豫，终日不离去。岩中泉水一支，慢慢流入斋园中。春季的白天，秋季的晚上，隐居者从中得到了特别大的欢乐，惟恐一日间离去。

【评点】四季轮回，并无孰轻孰重。春夏秋冬，总有你来我往。人心飞动，只喜一季二季，只盼某日长留。然而无可奈何，只能夏留薄衫冬置皮袍。

与衲子辈坐林石上，谈因果说公案。久之，松际月来。振衣而起，踏树影而归，此日便是虚度。

【译文】与和尚们坐在林中石上，谈因果说公案。时间长了，松林间月亮来了。拍拍衣服站起，踏着树影回家，这一天算是白过了。

【评点】何以为虚，何以为实？清谈有启迪，心有所获，便非虚度。事不过脑，话无入耳，一日空爨，便是无聊。

结庐人径，植杖山阿。林壑地之所丰，烟霞性之所适。荫丹桂，藉白茅，浊酒一杯，清琴数弄，诚足乐也。

【译文】房子盖在路旁，拄着杖站在山角。丰饶了林中谷地，熟悉了烟霞的习性。在桂树荫下，沏上白茅茶，倒上一杯浊酒，弹几下琴，真是十分的快乐。

【评点】桂树本是人间有，为何月宫插一棵？要寻梦境不必远，心入幽山就是神。

辋水沦涟，与月上下。寒山远火，明灭林外。深巷小犬，吠声如豹。村虚夜舂，复与疏钟相间。此时独坐，童仆静默。

【译文】辋川的水波上下起伏，与月亮一起波动。远处山峰有火光，在林外或明或灭。深巷中的小狗，叫声像豹一样。夜晚模糊的村子里舂米声，与一会一敲的钟声相间。此时独自坐着，童仆默不作声。

【评点】白日里，尘世许多污浊入目入耳。夜晚朦胧，所有一切似有一层温柔。**注**：辋水：即辋川。水名，在陕西蓝田县。唐代诗人在此有别墅。亦指隐居之所。

东风开柳眼，黄鸟骂桃奴。

【译文】东风吹开了柳树的新叶，黄鸟在骂不死的桃奴。

【评点】后浪推前浪，先人让后人。切莫不识自己事，老到让人骂浑头。**注：**桃奴：经冬不落的干桃。

晴雪长松，开窗独坐，恍如身在冰壶；斜阳芳草，携杖闲吟，信是人行图画。

【译文】雪晴后的松树，打开窗子独坐，恍惚像身在冰壶里；夕阳芳草，拿着木杖闲吟诗句，相信是人在图画中行走。

【评点】身在画中，行在画中，只因心在画中。心中若不识画，便身外无画。**注：**冰壶：指月光。

小窗下修篁萧瑟，野鸟悲啼；峭壁间醉墨淋漓，山灵呵护。霜林之红树，秋水之白萍。

【译文】小窗下面修竹萧瑟，野鸟在悲鸣；峭壁中间醉酒后作山水画淋漓尽致，山灵在呵护。霜入林间红了树叶，秋到水畔白了浮萍。

【评点】秋草、秋木、秋竹，秋云、秋雨、秋霜。秋到山中万叶红，如一幅醉画。秋至水边苇蒲黄，如几片低云。

云收便悠然共游，雨滴便泠然俱清，鸟啼便欣然有会，花落便洒然有得。

【译文】阴云收去便悠闲地一同去游玩，雨下来了便泠然间使一切变得清洁，鸟儿啼鸣便高兴的有约会，花儿雨落便放松地有了一些收获。

【评点】云不得意，天上下雨。风不得意，怒号狂吼。水不得意，浊浪排天。人不得意，走入自然。

千竿修竹，周遭半亩方塘；一片白云，遮避五株柳垂。

【译文】千支修竹，周围半亩四方水塘；一片白云，遮住了五棵垂柳。

【评点】竹松不知隐逸，被人植在园中。挡住外人视线，遮蔽五柳先生。**注：**五株柳垂：即指陶渊明。陶渊明曾作文《五柳先生传》，以自诩。后人以"五柳"指隐士。

山馆秋深，野鹤唳残清夜月。江园春暮，杜鹃啼断落花风。青山非僧不致，绿水无舟更幽。朱门有客方尊，缁衣绝粮益韵。

【译文】山中馆舍在深秋里，野鹤鸣残了清夜中的月亮。江边园子在暮春里，杜鹃叫断了吹落花的风。青山除了和尚无人到，绿水没有小船更幽静。朱红大门的富家有客来方显尊贵，和尚断了粮食越能增加清韵。

【评点】青山定有人迹致，哪能个个披衲衣。为僧本以是难为，怎可绝粮寻意韵？

杏花疏雨，杨柳轻风，兴到欣然独往。村落烟横，沙滩月印，歌残倏尔言旋。

【译文】杏花淋着稀疏的雨，杨柳和着轻风，兴致来的时候欣然独往。村落上空烟横，沙滩上映着月光，歌刚唱罢马上又开始交谈。

【评点】古人与今人有异，喜雨喜风喜雪，喜其中独受沐浴。今人与古人有异，喜雨喜风喜雪，喜隔窗相望不染。

赏花酣酒，酒浮园菊片三盏。睡醒问月，月到庭梧第二枝。此时此兴，亦复不浅。

【译文】饮酒酣醉赏花，三盏酒里浮着园中菊花瓣。睡醒后观月，月到庭中梧桐的第二枝。这种时候，这种兴致，也真不浅。

【评点】酒浮菊花，似有诗意。人浮酒中，何兴能有？

几点飞鸦，归来绿树；一行征雁，界破春天。

【译文】飞鸦几只，回到绿树；大雁一行，引来春天。

【评点】春本无痕，来时无意。

看山雨后，雾色一新，便觉青山倍秀。玩月江中，波光千顷，顿令明月增辉。

【译文】看山雨下过后，天晴景色一新，便觉得青山更加秀美。赏月在江中心，波光千顷，顿时让明月增辉。

【评点】雨后气象新凉，月在水中如银。

楼台落日，山川出云。

【译文】太阳从楼台上落下，云彩从山川中飞出。

【评点】一夕一昼，两景两趣。

玉树之长廊半阴，金陵之倒景犹赤。

【译文】槐树的长廊遮住半阴，钟山的倒影还显微红。

【评点】落日之前，江水金红。波光里面，景色尤佳。

小窗偃卧，月影到床。或逗留于梧桐，或摇乱于杨柳。翠华扑被，神骨俱仙。及从竹里流来，如自苍云吐出。

【译文】卧在小窗下，月光照到床。或者停留在梧桐树上，或者散乱在杨柳间。绿玉般光华铺下，精神和身体都成仙逸状。等到从竹缝中照下，就像从青色云中涌出。

【评点】月色皎洁，引人入胜境。四野模糊，朦胧中许多味道。

清送素蛾之环佩，逸移幽士之羽裳。想思足慰于故人，清啸自纡于良夜。

【译文】送上嫦娥的环珮，飘逸移动的隐士的道袍。想念足以安慰故人，清亮的啸声缭绕在宁静的夜晚。

【评点】人约清雅，风约飘逸，猿约苦啸，山约稳重。

绘雪者，不能绘其清。绘月者，不能绘其明。绘花者，不能绘其香。绘风者，不能绘其声。绘人者，不能绘其情。

【评点】画非万能，总有不能入画之物。画家有能，总有难以画言之语。

读书宜楼，其快有五：无剥啄之惊，一快也。可远眺，二快也。无湿气浸床，三快也。木末竹颠与鸟交语，四快也。云霞宿高檐，五快也。

403

【译文】读书宜在楼上，有五种快乐：没有人剥东西或家禽啄物的惊扰，这是第一快乐。可以远眺，这是第二快乐。没有湿气浸透床铺，这是第三快乐。在树梢上和竹子尖上与鸟对话，这是第四快乐。云霞落在高高屋檐上，这是第五种快乐。

【评点】读书怡人，怡情，怡心。楼上读书，读书在古人楼上，又可怡身。今人读书楼上，实难有古人情致。前有楼挡，后有楼蔽，极目一望，十几二十米便是人家后窗。地下无绿，地上无树，若有鸟叫，也只是几只扫兴麻雀。只怕连"一般黑"的乌鸦，也难得有见。

　　山径幽深，十里长松引路，不倩金张；俗态纠缠，一编残卷疗人，何须卢扁。

　　【译文】山路幽深，十里的松林在旁引路，不用恳求金张二人。心受俗世之情态纠缠烦恼，一本残书治疗"病人"，何须神医扁鹊。

　　【评点】人不必金张心态，亦不必金张气派。家有千屋，只睡一间。家有百床，只用一张。能吃，吃不出两个肚子。能饮，亦饮不尽酒桶醪缸。

　　注：金张：汉代金日磾、张安世并称。后指显宦。

　　喜方外之浩荡，叹人间之窘束。逢阆苑之逸客，值蓬莱之故人。

　　【译文】喜欢尘世外的自由，慨叹人间的拘束。遇到的是阆苑里的仙客，碰上的是蓬莱胜景中的故交。

　　【评点】古时地球人少，也许能找到无需约束的幽林深谷。想如今人满为患，哪容你自己一方隐天。注：阆苑：传说中的仙人居所。

　　忽据梧而策杖，亦披裘而负薪。

　　【译文】忽然靠梧木几而拄拐杖，也披着羊裘衣服而扛柴火。

　　【评点】人可以老，却不可以懒。人可以闲，却不可以奸。人可以酒，却不可以酗。人可以交，却不可以骗。

　　出芝田而计亩，入桃源而问津。菊花两岸，松声一丘。叶动猿来，花惊鸟去。阅丘壑之新趣，纵江湖之旧心。

　　【译文】出了芝田而计算亩数，进了桃源而问询道路。两岸菊花，松涛声一山。树叶动猿猴来到，花受惊鸟也飞去。审视山壑中的新趣，放纵江湖人的旧心。

　　【评点】芝田天上无，源本在人间。桃花地上有，只怕寻不见。注：芝田：传说里仙人种灵芝的地方。

　　篱边杖履送僧，花须列于巾角。石上壶觞坐客，松子落我衣裾。

　　【译文】篱笆旁挂杖穿鞋送和尚，花白的头发从头巾角上露出。石上摆茶酒招待客人，松籽落在我的衣襟上。

　　【评点】天天有客，日日有局，实在劳累。松林待友，茗酒相间，也难以抵挡。若想真隐居，切莫有凡人之恼。

远山宜秋，近山宜春，高山宜雪，平山宜月。

【译文】远山适合秋天，近山适合春天，高山适合雪落，平山适合月亮。

【评点】山以季节变化，季以时间推移。山中远近上下，皆与气候有关。然则人心不足，心绪有加，于是便有了对秋对春的祈望，有了宜雪宜月的感慨。

珠帘蔽月，翻窥窈窕之花；绮幔藏云，恐碍扶疏之柳。

【译文】珠帘遮住了月亮，卷起来看窈窕的花朵；美丽的帷幔中藏着云朵，惟恐妨碍了摇曳的柳树。

【评点】朦胧中赏月，月如雾中仙子。早照中观花，花如娇羞嫦娥。

注：扶疏：茂盛飘散下垂貌。

松籽为餐，蒲根可食。

【评点】此可谓山珍野味，只是仅能偶鲜。人若到"松籽为餐，蒲根可食"而度日时，如非大难，定是大懒。

烟霞润色，荃夷结芳。出涧幽而泉冽，入山户而松凉。

【译文】晚霞如烟润染色彩，荃草结出芳香。泉水出幽涧而凛冽，松树长在山中而寒凉。

【评点】山户不是门，挡不住东南西北风。霞烟不是烟，熏不倒男女大小人。

旭日始暖，蕙草可织。园桃红点，流水碧色。

【译文】早上的太阳刚刚开始暖和，蕙草可以编织。园中的桃树有了几点红色，流水呈现深碧色泽。

【评点】田园生活，日出而作。朝阳始暖，正可热人。

玩飞化之度窗，看春风之入柳，命丽人于玉席，陈宝器于纨罗。忽翔飞而暂隐，时凌空而更扬。竹依窗而庭影，兰因风而送香。风暂下而将飘，烟才高而不暝。

【译文】玩飞檐走壁而穿过窗户，看春风进入柳林，让美女站在玉席上，陈列宝物在绫罗中。忽而飞翔忽而暂隐，时尔凌空时尔更高。

景

竹子依窗而摆动影子，兰花因风而送来香气。风暂时落下而将要刮起，烟升高而不昏暗。

【评点】人想飞化成仙，从古及今依然。然尔人无鸟翼雁翅，如何升入蓝天？即便来到天上，怎去寻琼宫玉宇？ **注**：飞化：指飞升化为神仙。此有指飞檐走壁义。

悠扬绿柳，讶合浦之同归。缭绕青霄，环五星之一气。

【译文】悠扬的绿柳，惊讶合浦的珠还。缭绕直上青云，环绕五星而成一气。

【评点】旧人回家，惊讶皆因信息难通。五星有命，人命怎可星占？
注：合浦：指广西合浦。合浦盛产珍珠，有成语"合浦还珠"的故事。此指人去又归或物归旧主。五星：本指水火木金土五大行星。此指古代占星术。

缛绣起于缇纺，烟霞生于灌莽。

【译文】锦绣出于单色细绢，烟霞生在灌木林莽。

【评点】事出均有因由，成物均有来源。

卷七

韵

人生斯世，不能读尽天下秘书灵籍。有目而昧，有口而哑，有耳而聋，而面上三斗俗尘，何时扫去？则"韵"之一字，其世人对症之药乎？虽然，今世且有焚香啜茗，清凉在口，尘俗在心，俨然自附于韵，亦何异三家村老姬？动口念阿弥，便云升天成佛也！集韵第七。（作者引语）

【译文】人生在这个世界上，不能读完天下的好书。有眼睛而失明，有口而喑哑，有耳而聋聩，而脸面上的三斗世俗之尘，何时打扫去？那么"韵"一个字，是世上人的对症之药吗？虽然，现在世上有的人焚香品茶，清凉在口中，尘俗在心里，俨然自己称自己把握住了韵神，又与三家小村中的老太太有什么差别？动口念了几句"阿弥"，便谈起了升天成佛的事！集韵第七。

陈慥家蓄数姬，每日晚藏花一枝。使诸姬射覆，中者留宿，时号花媒。

【译文】陈慥家里养了几位姬妾，每天晚上藏起一枝花，让姬妾们猜，猜中的人留住，当时号称"花媒"。

【评点】也许是古人的雅兴，也许是文人的清趣，但以蓄姬养妾论，虽为古时风气，却也是陋习一件。注：陈慥：宋人。字季常。与苏轼为友。射覆：猜物。

雪后寻梅，霜前访菊，雨际护兰，风外听竹。

【评点】无生存压力，去心头重负，不必每日劳作，便有如此闲心。

清斋幽闭，时时暮雨打梨花；冷句忽来，字字秋风吹木叶。多方分别，是非之窦易开；一味圆融，人我之见不立。

【译文】清静的斋房幽幽关闭着，暮雨时时拍打着梨花；忽然想出

407

一句别人未用的冷句，字字都像秋风在吹打着树叶。与人多日分别，容易打开是非之门；一味地圆滑通融，区别于他人的见解就不能确立。

【评点】冷句难想，佳句难作。世人皆口，有话皆说。谁敢大言，佳语满篇？谁敢不惭，以为自尊？

春云宜山，夏云宜树，秋云宜水，冬云宜野。

【译文】春天的云彩适合山，夏天的云彩适合树，秋天的云彩适合水，冬天的云彩适合野。

【评点】春云秋云各不同，夏云冬云有千秋。然而若换气象站，云彩都是水生成。

清疏畅快，月色最称风光；潇洒风流，花情如何柳态？

【译文】清爽畅快，月色是最好的风光；潇洒风流，花的情形如何是柳树的神态？

【评点】花非柳，有丽容而难有柳腰。柳非花，有柳腰而未见丽容。人非花柳，亦有花柳之心。

春夜小窗兀坐，月上木兰有骨，凌冰怀人如玉。因想"雪满山中高士卧，月明林下美人来"语，此际光景颇似。

【译文】春夜小窗前独自坐着，月光下木兰显得挺硬实，迎着清冷怀念着在远方的如玉。因此想起了"雪满山中高士卧，月明林下美人来"的诗句，这里的光景很像。

【评点】想远方佳人，望窗外明月。莫做无聊高士，且当一回俗人。

文房供具，借以快目适玩。铺迭如市，颇损雅趣。其点缀之注，罗罗清疏，方能得致。

【译文】书房里陈设酒食的器具，用它们来悦娱眼睛或者玩耍。铺排如市场一般，很损伤雅致的兴趣。其点缀和摆设，简明疏透，方能得到方法。

【评点】家中置景，不可太杂太满。留有空旷，留有空白，少精点缀，便有逸趣。否则，则俗庸了。

香令人幽，酒令人远，茶令人爽，琴令人寂，棋令人闲，剑令人侠，杖令人轻，尘令人雅，月令人清，竹令人冷，花令人韵，石令人隽，雪令人旷，僧令人谈，蒲团令人野，美人令人怜，山水令人奇，书史令人博，金石鼎彝令人古。

【译文】香令人意幽，酒令人身远，茶令人心爽，琴令人神寂，棋令人闲适，剑令人侠义，杖令人轻巧，尘令人雅致，月令人清丽，竹令人冷峻，花令人韵逸，石令人隽秀，雪令人旷达，和尚令人兴谈，蒲团令人成为山野僧人，美人令人爱怜，山水令人奇异，《尚书》《史记》令人博学，金石祭鼎令人古气。

【评点】物有物性，人有人气。物人相通，方有灵犀。物因人而灵，人因物而兴。相辅相成，乃是妙境。

吾斋之中，不尚虚礼。凡入此斋，均为知己。随分款留，忘形笑语。不言是非，不侈荣利。闲谈古今，静玩山水。清茶好酒，以适幽趣。臭味之交，如斯而已。

【译文】在我家中，不喜欢虚伪的礼数。凡是到这里的人，都是知己。随便款待挽留，笑语忘形。不说是非，不显示荣耀利禄。闲谈古今，静静玩赏山水。清茶好酒，以适应幽幽情趣。臭味相投，如此而已。

【评点】真朋友不必客气，假朋友虚虚乎乎。人不能全说真话，亦不能只交假朋友。

窗宜竹雨声，亭宜松风声，几宜洗砚声，榻宜翻书声；月宜琴声，雪宜茶声，春宜筝声，秋宜笛声，夜宜砧声。

【译文】窗子适合听竹雨声，亭子适合听松涛声，几子适合听洗砚台声，床榻适合听翻书声；月亮适合听琴声，白雪适合听品茶声，春天适合听古筝声，秋天适合听竹笛声，夜晚适合听洗衣捶石声。

【评点】何物何声，似乎绝对。然而其中确有道理。试想，正在花坛嗅花，忽然一阵汽车臭屁声传来；正在体味林静山幽之美，忽然一阵汽锤叮，一阵开山爆炸，狼烟四起土石满天，你还敢有兴趣与情致吗？

鸡坛可以益学，鹤阵可以善兵。

【译文】祭鸡之坛可以增加朋友，鹤阵可以练兵。

【评点】人有新朋老友，但需学而有益。若有害，便是损友。注：鸡坛：古人相交，垒土坛，供鸡犬。后以"鸡坛"为交友拜盟之典。鹤阵：古代战阵名。

翻经如壁观僧，饮酒如醉道士，横琴如黄葛野人，肃客如碧桃渔父。

【译文】翻看经书就像心不在焉的旁观和尚，喝酒就像醉深的道士，弹琴像身穿黄葛麻衣的野人，迎入客人像不会撒网的渔夫。

【评点】翻书一目十行，考试如醉道场，每日浑浑噩噩，天天不知所往。注：碧桃：一种供观赏的桃树，只开花不结实。

竹径款扉，柳阴班席，每当雄才之处。明月停辉，浮云驻影，退而与诸俊髦西湖靓媚。赖此英雄，一洗粉泽。

【译文】竹林小路叩门，柳荫下按次序落座，每当有英雄高才来到。明月没有了光辉，浮云住停了身影，退下来与俊杰们一起观看西湖的妩媚。正是依赖这些英雄，西湖才洗去了脂粉气。

【评点】英雄非人，一块石心。冰冷硬凉，无法解暖。注：款扉：敲门。俊髦：俊杰。

云林性嗜茶，在惠山中，用核桃、松籽肉和白糖，成小块，如石子，置茶中，出以啖客。名曰"清泉白石"。

【译文】云林嗜茶成癖，在惠山里，用核桃仁、松籽仁和上白糖，做成小块，像小石块，放在茶里，请来客品尝。名曰"清泉白石"。

【评点】国人若生活极难，便不甚讲究，可以随便一些。若有可能，便会十分精致，以求出一点韵味。因此，生活便有了一些生机。注：云林：明代文人徐应秋，字云林。啖：吃。

有花皆刺眼，无月便攒眉当场。得无妒我！花归三寸管，月代五更灯，此事何可语人？

【译文】有花全都刺眼，没有月亮便当场皱眉。不要妒忌我！花归属毛笔，月替代五更的灯，此事怎么可以说给别人呢？

【评点】花落笔下都是情，月悬五更自是灯。

求校书于女史，论慷慨于青楼。

【译文】为校勘书籍而求教于女史，论起来慷慨大方还须在青楼。

【评点】事问行家，会有真得。人上刑场，不再小器。**注**：女史：古代对知识妇女的称呼。

填不满贪海，攻不破疑城。

【译文】贪欲之海填不满，怀疑之城攻不破。

【评点】贪欲并非起于生存需要，因此无尽无休。怀疑并非是有形之城，因此任凭狂轰滥炸当岿然不动。

机息便有月到，风来不必苦海。人世心远，自无车尘马迹，何须痼疾丘山。

【译文】停止巧诈功利之心便有月光照到，风吹来就不再是苦海。身在人世心在遥远，自然没有车尘马迹的嘈杂，何须长久地迷恋山水。

side note: 卷七 韵

【评点】山水只是外形，心静方是内质。山水年年都有，心境未必常佳。

郊中野坐，固可班荆；径里闲谈，最宜拂石。侵云烟而独冷，移开清笑胡床；藉竹木以成幽，撤去庄严莲坐。

【译文】在郊野处随便坐下，固然可以与友倾谈；在小路上闲聊，最适合掸去石上尘土。云烟逼近而独自感觉寒冷，挪开小凳清言谈笑；借竹木形成幽荫，拿走庄严的莲花佛座。

【评点】随便一点，随便一点做事，随便一点做人。少一点庄严，多一点自由。

幽心人似梅花，韵心士同杨柳。

【译文】内心幽闲的人像梅花，心知韵味的人同杨柳。

【评点】心有忧伤，梅花滴泪。心有潇洒，柳杨摇梢。

情因年少，酒因境多。

【译文】有情因为年少，饮酒因为经历多。

【评点】沧海本无流，日月做纤夫。英雄有泪弹，皆因情伤处。

看书筑得村楼，空山曲抱。跌坐扫来，花径乱水斜穿。

【译文】看书得修建山村小楼，空旷的山岭环抱。顺着陡坡迅速跌落下滑，花圃小路和弯曲的溪水斜叉穿过。

【评点】山岭空旷，方觉世上有阔胸壮志之处。花径乱水，才知人间亦有幽清韵味可品。

倦时呼鹤舞，醉后倩僧扶。

【译文】疲倦时招呼鹤跳舞，酒醉后请求和尚搀扶。

【评点】倦时当自行歇息，干嘛要鹤受累？饮酒本应自持，为何烦劳和尚？注：倩僧：请求和尚。

笔床茶灶不巾柿，闭户潜夫。宝轴牙签，少须眉下帷董子。鸟衔幽梦远，只在数尺窗纱。蛩递秋声，悄无言一龛灯火。藉草班荆，安稳林泉之窈。披裘拾穗，逍遥草泽之癯。

【译文】笔架茶灶乱放不擦，关上门当隐士。珍贵的书籍和象牙的书签，少男子放下帷幔照看小孩。鸟衔着梦境远去，只在数尺窗纱外。蟋蟀鸣叫传递秋天的声音，龛中的灯火悄声无言。靠着草朋友交谈，安稳在隐居的林泉深处。披着羊裘拾秋收后的粮食，逍遥在枯瘦的草地里。

【评点】做潇洒隐士，不问山外万事。深居简出，在草泽林密之地。注：巾柿：巾与梳子。窈：幽深。

万绿阴中，小亭避暑。八达洞开，几簟皆绿。雨过蝉声来，花气令人醉。

【译文】绿阴中，在小亭避暑。四通八达的道路洞开，几丛簟竹都绿葱。雨停蝉声又来，花香令人沉醉。

【评点】暑热本无情，绿阴罩人。夏日本难过，洞开有凉风。注：簟：竹席。

刲犀截雁之舌锋，逐日追风之脚力。

【译文】割断犀牛截下飞雁的利舌，驱赶太阳追上狂风的脚力。

【评点】舌利快过钢刀，心狂赛过风暴。注：刲：割断。

瘦影疏而漏月，香阴气而堕风。

【译文】消瘦的影子稀疏而漏出月光，香味染透空气而使风堕落。

【评点】月在天上，无物能遮。此阴彼晴，此残彼满。若在心头，便可黯可明。

修竹到门，云里寺。流泉入袖，水中人。

【译文】修长秀美的竹子在门口，云中的寺庙。流动的泉水进入袖子，是水中的人物。

【评点】寺在云中，皆因山高云低。流泉入袖，定是玩水冤家。

诗题半作逃禅偈，酒价都为买药钱。

【译文】诗只写了一半为了逃开禅偈，喝酒花的都是买药钱。

【评点】写诗每每禅机说尽，实在脑乏体累。喝酒人花吃药人钱，实乃抢劫一般。**注**：禅偈：即佛家的禅颂。偈语常用诗句形式表达佛理禅机。

扫石月盈帚，滤泉花满筛。

【译文】打扫石头月光照满扫帚，过滤泉水水花溅满筛子。

【评点】月夜泉旁出诗兴，只怕有人惊鸟林。

流水有方能出世，名山如药可轻身。

【译文】流水有秘方能使人出世，名山像一副药吃可轻身健体。

【评点】亲近自然，身心俱放。神无压力，自可飘然。

与梅同瘦，与竹同清，与柳同眠，与桃李同笑，居然花里神仙；与莺同声，与燕同语，与鹤同唳，与鹦鹉同言，如此话中知己。

【译文】与梅花一同消瘦，与修竹一同清秀，与柳树一同睡眠，与桃李一同绽笑，居然是花里的神仙；与夜莺一同鸣叫，与雨燕一同细语，与仙鹤一同唳啸，与鹦鹉一同学舌，如此是话中的知己。

413

【评点】与植物同形，与动物同语，此为人生清幽意境。

栽花种竹，全凭诗格取裁。听鸟观鱼，要在酒情打点。

【译文】栽花种竹，全凭着诗兴取舍。听鸟鸣观鱼跃，要在酒的情绪中斟酌。

【评点】生有目的，为的是自由自在。生无目的，一切全看心情。

登山遇厉瘴，放艇遇腥风，抹竹遇缪丝，修花遇醒雾，欢场遇害马，吟席遇伧夫。若斯不遇，甚于泥途。偶集逢好花，动歌逢明月，席地逢软草，攀磴逢疏藤，展卷逢静云，战茗逢新雨，如此相逢，逾于知己。

【译文】登山遇到瘴气，放艇遇到腥臭之风，砍竹遇到缠藤刺草，赏花遇到了醉酒如入雾中，欢乐场合遇到害群之马，吟诗的筵席上遇到无知伧夫，如此不顺，比走在泥路上还难。偶尔赶集碰到好花，动听的歌正好遇到明月，想席地而坐就碰到了柔软的草，攀缘石阶碰到了稀疏的藤条，舒展身体的时候碰到静静的云彩，品茶的时候碰上新雨，如此相逢，超过了知己。

【评点】人无命运，命运找人。顺者，顺风顺水。逆者，旱地行船。

注：厉瘴：毒气。缪丝：纠缠的藤草。酲：酒后神志不清。伧：粗俗。

草色遍溪桥，醉得蜻蜓春翅软；花风通驿路，迷来蝴蝶晓香魂。

【译文】绿草遍长溪畔桥边，醉得蜻蜓翅膀软了；吹花香风直通公路，迷来了蝴蝶去闻香花的魂魄。

【评点】凤凰飞来，必有梧桐树。清溪下湍，必有大河接。人走下坡，显然省力。但不到坡上，又如何下坡？

田舍儿强作馨语，博得俗因。风月场插入伧父，便成恶趣。诗瘦到门邻，病鹤清影颇嘉。书贫经座并寒蝉，雄风顿挫。梅花入夜影，萧疏顿令月瘦。柳絮当空晴，恍忽偏惹风狂。花阴流影散，为半院舞衣。水响飞音听，来一溪歌板。

【译文】农家小孩故意说好听话，得到的是俗气。赏风说月的场合插进粗人，便成了可恶的趣味。诗风消瘦到门旁，病鹤的清丽哀怜的样子很值得欣赏。读的书少在老师面前噤若寒蝉，雄风顿时受挫折。梅花隐入夜影，萧瑟之景顿时令月消瘦。柳絮飘在晴空里，飘摇间偏偏惹到了狂风。流动的花影散去，变成了半院中飘动的舞衣，听到飞溅的水声，溪上响起一片拍节声。

【评点】山童本质朴，不必学话说。只要从诚来，言语即动听。

萍花香里风清，几度渔歌；杨柳影中月冷，数声牛笛。

【译文】浮萍的花香中风清淡，几遍渔歌声；在杨柳的树影里月冷，几声牛童吹笛。

【评点】浮萍留在水面，似乎东游西逛。其实根在泥中，远走不了。

谢将缥缈无归处，断浦沉云。行到纷纭不系时，空山挂雨。浑如花醉，潦倒何妨？绝胜柳狂，风流自赏。

【译文】感谢漂泊没有归去处，水断云沉。走到纷乱难以选择的时候，空旷的山中下起雨。晕晕乎乎如同醉在花丛，潦倒又有什么妨碍？绝对胜过风吹的狂柳，风流自己欣赏。

【评点】宁愿飘泊四海，不找一处拴船。每日只管逍遥，不必烦扰人间。注：谢将：感谢。花醉：有在妓院中饮花酒而醉的意思。文中略比。

春光浓似酒，花故醉人。夜色澄如水，月来洗浴。

【译文】春光浓郁像酒一样，因此花会醉人。夜色澄清像水一样，月亮下来洗浴。

【评点】景好，情好，一切均好。春浓，水澄，月亮亦明。

雨打梨花深闭门，怎生消遣？分付梅花自主张，着甚牢骚。对酒当歌，四座好风随月到。脱巾露顶，一楼新雨带云来。浣花溪内，洗十年游子衣尘。修林林中，定四海良朋交籍。人语亦语，诋其昧于钳口。人默亦默，訾其短于雌黄。

【译文】雨打在梨花上关紧屋门，怎么消遣？吩咐梅花自己拿主意，用不着牢骚。对酒应当唱歌，四下里的好风随月亮一起来到。摘下头巾露出头顶，楼外的新雨带着云朵来到。浣花溪里，洗去游子十年的衣尘。修长茂盛的树林中，定是各路的好朋友杂乱而坐。别人说什么也跟着说什么，诋毁别人的话要钳在口里。别人沉默也跟着沉默，说人短处的话用雌黄擦掉。

415

【评点】国人相信许多真理（也许只是"珍理"），例如：祸从口出，话到嘴边留半句，出头椽子先烂……这虽最具传统特征，却与正义、正直，正派相左。注：交籍：杂乱堆集。

艳阳天气，是花皆堪酿酒；绿阴深处，凡叶尽可题诗。

【译文】艳阳天气，是花都可酿酒；绿阴深处，凡是叶子都可以题写上诗句。

【评点】梧叶题情，古来多少诗话。花中酿酒，到处都有醉人。

曲沼荇香侵月，未许鱼窥。幽关松冷巢云，不劳鹤伴。

【译文】弯曲的水塘中荇草香气直逼月亮，未让鱼看见。幽峻关口松树冷淡了巢中的云彩，不用烦劳鹤做伴。

【评点】夜景里，香暗关幽，不知去路在哪。白日中，鱼游鹤翔，自有回家坦途。

篇诗斗酒，何殊太白之丹丘？扣舷吹箫，好继东坡之赤壁。获佳文易，获文友难。获文友易，获文姬难。

【译文】比诗斗酒，与李白笔下的丹丘有什么不同？叩舷吹箫，好续写苏轼的《赤壁赋》。获得好的文章容易，获得文友难。获得文友容易，获得女文友难。

【评点】诗人何必斗酒？微醺即可。诗人何必"赤壁"？你有他"壁"可凿。注：丹丘：传说中神仙的住处。

茶中着料，碗中着果，譬如玉貌加脂，蛾眉着黛。翻累本色，煎茶非漫浪，要须人品与茶相得。故其法往往传于高流隐逸，有烟霞泉石磊落胸次者。

【译文】茶里放佐料，碗里放水果，可以比作美貌抹上了脂粉，秀眉涂了黛青色。反复翻动保持本色，煎茶并不是浪漫的事，须要人品与茶品相当。因此，其方法往往只传授给高雅的隐士，或者有情趣的胸怀开阔的人。

【评点】国人食有三道：喝酒有酒道，曰酒文化；吃食有餐道，曰食文化；饮茶有茶道，曰茶文化。与嘴与舌头和消化系统有关，国人皆有创意。注：煎茶：本为沏茶或煮茶。文中指古代的煮茶方法。

楼前桐叶，散为一院清阴；枕上鸟声，唤起半窗红日。

【译文】楼前面的桐树叶，散开遮下了半院的清凉树阴；在枕上听到鸟叫，唤出了半个窗子的红日。

【评点】夏日暑热，有阴正好乘凉。觉到酣处，哪问鸟鸣红日。

天然文锦，浪吹花港之鱼；自在笙簧，风戛园林之竹。

【译文】天然的带花纹的锦缎，浪波中的西湖花港之鱼；自然存在的竹笙，风声弹奏着园林里的竹子。

【评点】心有韵神，无处不有管乐。心有韵品，哪里都有文锦。**注：**戛：弹奏。

高士流连花木，添清疏之致。幽人剥啄莓苔，生黯淡之光。

【译文】高雅之士流连于花草树木，添些清新的情致。隐士品评青苔，生出晦黯中的淡光。

【评点】高士亦可为隐居，隐士亦可有清致。

松涧边携杖独往，立处云生破衲。竹窗下枕书高卧，觉时月侵寒毡。

【译文】带着拐杖独自前往松林涧边，站立的地方云彩从破衲衣里生出来。在竹窗下面枕着书酣睡，醒来时月光照上了寒冷的毡子。

【评点】云在何处，心便在何处。月在哪里，人便在哪里。

散履闲行，野鸟忘机时作伴。披襟兀坐，白云无语慢相留。客到茶烟起竹下，何嫌展破苍苔。诗成笔影弄"花间"，且喜歌飞《白雪》。

【译文】踹着鞋悠闲地散步，野鸟在忘掉了巧狡智谋时来做伴。披着衣服独自坐着，白云无语慢慢挽留。客人到时茶烟在竹下飘起，何必怕露出破碎的青苔。用笔写成"花间"诗，并且高兴地唱起了《白雪》。

【评点】竹下茶烟起，自酌自品也可。作诗一两首，不必"花间""赤壁"。**注：**忘机：消除机巧之心。

月有意而入窗，云无心而出岫。

【译文】月亮有意入窗而来，云彩无心飘出山峦。

【评点】人有意，月便入窗。山无意，方放云出。

屏绝外慕，偃息长林。置理乱于不闻，托清闲而自。松轩竹坞，酒瓮茶铛，山月溪云，农蓑渔罟。

【译文】隔绝对外美慕，隐居在深幽林中。不去问治与乱一类事，为清静闲适而自己劳动。以松树做门窗以竹子做房子，酒瓮茶锅，山中月亮溪中云，农夫的蓑衣渔人的网。

【评点】地球不大,国家不小。要躲清静,实在难找。你可不问世事,难免是非上身。你以竹木为房,森林警察岂饶? 心态自然点,不必过分计较。

怪石为实友,名琴为和友,好书为益友,奇画为观友,法帖为范友,良砚为砺友,宝镜为明友,净几为方友,古磁为虚友,旧炉为熏友,纸帐为素友,拂麈为静友。

【译文】怪石是实在朋友,名琴是和睦朋友,好书是有益朋友,奇画是观赏朋友,字帖是规范朋友,好砚是磨砺朋友,镜子是明己朋友,茶几是方正朋友,古老的磁石是虚附朋友,旧炉是熏烟朋友,茧纸帐子是素交朋友,拂麈是静清朋友。

【评点】人间万物似皆可为友,只有两物不可。一为排泄之物,如人畜粪,如垃圾;一为不是物。

扫径迎清风,登台邀明月。琴觞之余,间以歌咏。止许鸟语花香,来吾几榻耳。

【译文】打扫小路迎接清风,登上高台邀请明月。弹琴饮酒之余,中间唱歌吟诗。只允许鸟鸣花香,来到我的茶几和床榻上。

【评点】花香可接鸟语,几榻可近竹窗。月下松间留照,溪上涧头冲凉。

风波尘俗,不到意中;云水淡情,常来想外。

【译文】人间风波尘世俗,到不了心意之中;云朵水波淡淡情,常常来想外面。

【评点】隐逸亦是一座围城:尘中者想离尘世,世外人想窥世中。

纸帐梅花,休惊他三春清梦;笔床茶灶,可了我半日浮生。酒浇清苦月,诗慰寂寥花。

【译文】纸帐梅花,不要惊醒他春天的清梦。笔架茶灶,可充实我的半日生活。酒浇醉清苦的月亮,诗安慰寂寞独孤的花。

【评点】日日有日,日日过日。日日复日日,日日有日日。无日不是日,无日不是日。因为此日是此日,因为此日无此日。注:纸帐梅花:

由多样物件组合装饰成的卧具。

好梦乍回，沉心未烬。风雨如晦，竹响入床，此时兴复不浅。

【译文】好梦刚刚回来，沉下的心未有结束。风雨交加天昏地暗，竹林的响声传到床上，此时的兴致还是不小。

【评点】好心境里，山崩地裂依然面有得色。情境里，歪瓜裂枣均有审美价值。

山非高峻不佳，不远城市不佳，不近林木不佳，无流泉不佳，无寺观不佳，无云雾不佳，无樵牧不佳。

【译文】山不高不够好，不远离城市不好，不接近林木不好，没有泉水不好，没有寺庙不好，没有云雾不好，没有砍柴放牧的人不好。

【评点】隐居世外，要有清静地。山高，山远，山林，山泉，山庙，山云，山樵，山牧均有，当然好。可是：山远，就没有樵牧。山高，就没有林木。山远，就没寺庙。这山，只有心上找。

一室十圭，寒蛩声暗。折脚铛边，敲石无火。水月在轩，灯魂未灭。揽衣独坐，如游皇古意思。

【译文】一间小小的房屋，寒冷的蟋蟀声音喑哑。蹲在锅边，打不着火石。月在栏杆下的水里，灯火还没有灭。披着衣服独坐，好像在游历远古一般。

【评点】灯火幽暗，月光清寒，神去见尧舜，心走过山川。灵魂出窍时，古今无界线。注：圭：古代容量单位。指微小。皇古：先皇的古代。

419

虚闲世界清静，我身我心了不？可取此一境界，名最第一。

【译文】虚幻悠闲的世界清静，对此我的身心感觉到了。可以选择这一境界，它应当名列第一。

【评点】洗净身心，躲进禅境。人生终了，如同一天。

花枝送客蛙催鼓，竹籁喧林鸟报更。可谓山史实录。

【译文】花举着枝条送客蛙声敲鼓，竹子在林中演奏鸟鸣报更。可以说是山的历史实录。

【评点】竹有新韵，花有新容，客有心声。

遇月夜，露坐中庭。心蒸香一炷，可号"伴月香"。

【译文】遇到月夜，在庭院中露坐。心里燃烧着一炷香，可以叫"伴月香"。

【评点】伴月香在心里，近月情在脸上。

襟韵洒落如晴雪，秋月尘埃不可犯。

【译文】胸怀气度潇洒像晴天的白雪，秋天的月亮灰尘不可以侵犯。

【评点】君子坦荡能容物，万世尘埃入水清。

峰峦窈窕，一拳便是名山。花竹扶疏，半亩如同金谷。

【译文】峰峦秀美，一个拳头便是一座名山。花枝修竹摇曳，半亩好像金谷园一样。

【评点】山美，顽石皆有名。水秀，是溪就是名泉。

观山水亦如读书，随其见趣高下。

【译文】观赏山水也同读书一样，随着他的见识和趣味而有高下区别。

【评点】人为灵长，自然枢轴。自然的尺子，便在人心。

名利场中，羽客人人输蔡泽一筹。烟花队里，仙流个个让焕之独步。

【译文】名利场中，仙客人人都输给了蔡泽一筹。在伎女队里，名流个个都让焕之独自在前。

【评点】人与人不同，事与事有异。注：羽客：神仙或方士。蔡泽：战国燕人。多智善辩。焕之：不详。

深山高居，香炉不可缺。取老松柏之根枝实叶共捣治之，研风眄麝和之。每焚一丸，亦足助清苦。

【译文】在深山中隐居，香炉不可缺。取老松柏树的根枝和松果树叶共同捣碎，研磨风眄揉制。每次点燃一丸，也足以帮助增加清苦的气味。

【评点】香亦有多种，可香、可清香，亦可清苦。注：风眄：一种中药。

白曰羲皇世，青山绮皓心。

【译文】白天是伏羲皇帝式的生活，青山美好一颗老迈的心。

【评点】人心不老，天亦不老。神在羲皇处，身亦不衰。

松声，涧声，山禽声，夜虫声，鹤声，琴声，棋子落声，雨滴阶声，雪洒窗声，煎茶声，皆声之至清，而读书声为最。

【译文】松涛声，涧水声，山禽鸣叫声，夜虫声，鹤叫声，琴声，棋子落盘声，雨打台阶声，雪洒窗户声，煎茶声，都是非常清幽之声，而读书的声音为最好。

【评点】万物皆声，声声均可谓动听。若无心声相匹，声声皆为无用。

晓起入山，新流没岸。棋声未尽，石磬依然。

【译文】早起进山，新涨的水没岸。下棋声未结束，敲石磬的声音依旧。

【评点】对弈手谈皆有益，只怕时间无闲。进山过水皆有情，只惧心绪太重。

松声竹韵，不浓不淡。

【译文】松涛声和竹子的韵音，不浓不淡。

【评点】松在风中成涛声，竹在风里成管韵。

何必丝与竹，山水有清音。

【译文】何必弹琴吹箫，山水自有清新的音乐。

【评点】丝竹亦要弹，山水亦要看。

世路中人，或图功名，或治生产，尽自正经。争奈天地间好风月，好山水，好书籍，了不相涉，岂非枉却一生？

421

【译文】在尘世路上走的人，或图功名，或从事生产，尽量老老实实。怎奈天地间有好风月，好山水，好书籍，完全不相干，岂不是枉过了一生？

【评点】该潇洒你就潇洒，心中莫有长绳缚。该糊涂你就糊涂，莫以为自己聪明。

李岩老好睡。众人食罢下棋，岩老辄就枕。阅数局乃一展转，云："我始一局，君几局矣？"

【译文】李岩喜欢睡觉。大家吃完饭下棋，李岩则躺在枕头上就睡。

过了几局棋他翻一个身，说："我已经一局了，你们几局了？"

【评点】睡觉为人的生理本能。常睡常能睡，也是一种境界。此类人若非病态，定是坦荡。**注：**李岩：唐代人。官兵部侍郎。善书法。

晚登秀江亭，澄波古木，使人得意于尘埃之外。益人闲景幽，两相奇绝耳。

【译文】晚上登上秀江亭，水碧古树参天，在不受尘世干扰的地方心情很好。悠闲幽静的景致于人有益，双方都是奇绝的。

【评点】景幽心情好，晚境更怡人。

笔砚精良，人生一乐，徒设只觉村妆。琴瑟在御，莫不静好？才陈便得天趣。

【译文】笔和砚台精良，人生一件乐事，白白地摆在那里只觉得像村姑的俗气打扮。琴瑟在于弹奏，难道是安静好？才摆下便得到天籁之趣。

【评点】识字亦要写字，买琴亦要弹琴。否则家中一件摆设，可谓分文不值。

蔡中郎传，情思逶迤。北西厢记，兴致流丽。学他描神写景，必先细味沉吟。如曰寄趣本头，空博风流种子。

【译文】《蔡中郎传》，情思缠绵。《北西厢记》，兴致流畅清丽。学他描写神气描写景物，一定先仔细品味思考。如果说把情趣寄托在剧本上，就空洒了风流种子。

【评点】写作以寄情思，饮酒以惬情致，凡事皆有作为，莫守陈规不去。**注：**蔡中郎：东汉蔡邕。北西厢记：指王实甫所写杂剧《西厢记》。本头：即著作。

夜长无赖，徘徊蕉雨半窗；日永多闲，打迭桐阴一院。

【译文】夜长百无聊赖，走来走去雨打芭蕉湿半窗；日久多有悠闲，桐树荫影重迭笼罩整个院落。

【评点】隐居无俗友，高士皆矜持。只好忍寂寞，室中踱不尽。

雨穿寒砌，夜来滴破愁心；雪洒虚窗，晓去散开清影。

【译文】雨滴穿透石阶，夜里滴破了愁苦之心；雪花撒在虚掩之窗，早上去后撒开了清幽的影子。

【评点】雨滴寒夜需热酒，愁入心腑需姣娘。

春夜宜苦吟，宜焚香读书，宜与老僧说法，以销艳思。夏夜宜闲谈，宜临水枯坐，宜听松声冷韵，以涤烦襟。秋夜宜豪游，宜访快士，宜谈兵说剑，以除萧瑟。冬夜宜茗战，宜酌酒说三国、水浒、金瓶梅诸集，宜箸竹肉，以破孤岑。

【译文】春夜适合清苦地吟诗，适合燃香读书，适合与老和尚谈佛说法，以销解情艳之思。夏夜适合闲谈，适合在水畔干坐，适合听松涛冷峻的韵味，以洗涤烦恼的胸怀。秋夜适合豪放出游，适合访问快意人士，适合谈兵说剑，以排除萧瑟。冬夜适合品茶，适合饮酒说三国、水浒、金瓶梅等小说，适合用筷子夹吃蘑菇，以破除孤独寂寥。

【评点】每日均有夜，每夜各不同。只要心神爽，夜夜均可说。注：竹肉：即竹菇。

玉之在璞，追琢则圭璋；水之发源，疏浚则川沼。

【译文】玉在于雕琢，精工琢制就是宝玉；水在于源头，疏浚通畅就形成河流湖沼。

【评点】人亦在于学习，不学习则与动物无异处。人亦在于努力，不努力则只是懒汉一个。

山以虚而受，水以实而流，读书当作是观。

423

【译文】山以虚胸而接受，水以实在而流动，读书应当有这种看法。

【评点】人虚心则识富，实在则谊多。

古之君子，行无友则友松竹，居无友则友云山。余无友，则友古之友松竹友云山者。

【译文】古代的君子，行路的时候没有伴则把松竹做伴，住的时候没有朋友则把云朵山峦作朋友。我如果没有朋友，就一定把古代以松竹以云山为朋友的人当成朋友。

【评点】人在世上，有时为独行独居，此时无友，引松竹引云山为友，极为自然。然而人不独居独行，如何无友？如此时无友，便是非友之人。如此之人，你以松竹云山为友，恰说明你不是东西，绝非证明你是何种高人。人有人间朋友，然后再有山水自然朋友。

买丹载书，作无名钓徒。每当草蓑月冷，铁笛双清，觉张志和陆天随去人未远。

【译文】买方丹载图书，做一个无名的钓鱼人。每当月夜寒冷身披蓑衣，铁笛声与月光双清，觉得张志和与陆天随离人并不远逝去。

【评点】炼丹虽为长生，却略对化学有利。钓鱼虽然怡性，却略对身体有害。注：张志和：唐时人。曾官至参军后隐居江湖。自号烟波钓徒。陆天随：唐代诗人陆龟蒙，字天随子。

今日鬓丝禅榻畔，茶烟轻扬落花风。此趣惟白香山得之。

【译文】今天鬓发静静挂在床榻旁，茶灶的轻烟上飘吹落花的风。这种趣味只有白居易得到了。

【评点】静思默想，是为禅境。动态物景变成静物，便出禅意。

清姿如卧云餐雪，天地尽愧其尘污。雅致如蕴玉含珠，日月转嫌其泄露。

【译文】清逸的姿态像卧在云里吃雪，天地因为自己的灰尘污浊而非常惭愧。雅致如同藏玉含珠，日月旋转嫌它们泄露了秘密。

【评点】卧云餐雪仅为比喻，为人可不敢如此。无五谷杂粮果腹，试问谁能有命？

焚香啜茗，自是吴中习气，雨窗却不可少。

【译文】点香品茶，是来自吴地的风俗，雨落窗外却是不可少的。

【评点】文人饮茶，过多雅兴。平头百姓，一壶解渴。

茶取色臭具佳，行家偏嫌味苦。香须冲淡为雅，幽人最忌烟浓。

【译文】茶要颜色口感都好，行家偏偏喜欢味苦。香气必须冲淡些才够雅致，隐士最忌讳香气太浓。

【评点】茶品不是人品，因此不必以善恶而论。茶品仅是茶品，所以只要各人对路。

朱明之候，绿阴满林。科头散发，箕踞白眼。坐长松下，萧骚流觞，正是宜人疏散之场。

【译文】夏天的时候，绿色阴凉满林。披头散发，席地坐着以白眼看人。坐在高高的松树下，风吹林木萧萧众人流觞，正是适合人的消闲的地方。

【评点】流觞曲水，古人亦有有趣酒戏。先干为敬，今日酒友常常无聊。注：朱明：夏天。萧骚：风吹树声。流觞：古代在夏历三月初三，在弯曲的水旁宴会。把酒杯放到水中，酒杯到谁面前停下，谁就喝酒。

读书夜坐，钟声远闻。梵响相和，从林端来。洒洒窗几上，化作天籁虚无矣。

【译文】读书夜坐，听到远远的钟声。念经声相和，从林子的边上传来。飘洒在屋内，化作了天籁有了一种虚无的感觉。

【评点】寺钟夜叩，佛经声闻。起更梆响，不见路人。

夏日蝉声太烦，则弄箫随其韵转。秋冬夜声寥飒，则操琴一曲咻之。

【译文】夏天的蝉叫太烦人，那么就吹箫随着蝉鸣的韵律。秋冬夜晚声音单调，那么就弹琴一曲改变它。

【评点】国人讲"冲""和"。若有偏激，便以相反相补；若平衡，便以极端打破。

心清鉴底潇湘月，骨冷禅中太华秋。

【译文】心清明如同映在湘江水底的月亮，身体冷凉在华山秋天的庙里。

【评点】华山石冷，秋夜漫漫。骨已凉凉，心已颤颤。

语鸟名花，供四时之啸吟；清泉白石，成一世之幽栖。

【译文】善啭的鸟有名的花，供四季的吟诗作赋；清泉白石，成就一生的隐居。

【评点】景因情生，不必花鸟。心有志向，不求泉石。

扫石烹泉，舌底嘲嘲茶味。开窗染翰，眼前处处诗题。

【译文】打扫石凳石桌煮泉水，舌根沾着茶味。开窗蘸笔，眼前到

韵

处是作诗题目。

【评点】品茗不必饮茶，作诗不必开窗。里外皆有韵神，只在心里解题。

权轻势去，何妨张雀罗于门前。位高金多，自当效蛇行于郊外。盖炎凉世态，本是常情。故人所浩叹，惟宜付之冷笑耳。

【译文】权力轻了势力去了，何妨在门前用罗捕鸟。官位高挣钱多，自然应当学习蛇隐居郊外。世态炎凉，本来是常情。因此人们所非常慨叹的，恰恰适合付之一笑。

【评点】世态本炎凉，人们切莫为意。你待人心热，便是诚心厚道。

溪畔轻风，沙汀印月，独往闲行，尝喜见渔家笑傲。松花酿酒，春水煎茶，甘心藏拙，不复问人世兴衰。

【译文】溪边有轻风，月光洒在沙洲，一个人信步，曾欣喜地看见渔家的欢乐。松花酿酒，春水煮茶，甘心把自己当成拙笨藏起来，不再问人间的兴衰。

【评点】如今人间许多事，不因你悲而变好，不因你叹而完善，你似乎于世无补。然而一旦你拒绝社会，便会发现凡事均与你有关，凡人均与你作对。

手抚长松，仰视白云。庭空鸟语，悠然自欣。

【译文】手抚摸高大松树，仰头观察白云。庭院的上空鸟叫，悠悠然自我高兴。

【评点】入世能出世，在世能隐世，心中一片晴天地，不染俗庸一尘。

或夕阳篱落，或明月帘栊，或雨夜联榻，或竹下传觞，或青山当户，或白云可庭，于斯时也，把臂促膝，相知几人，谑语雄谈，快心千古。

【译文】有时夕阳落到篱笆高，有时明月照在竹帘上，有时夜雨声传到床榻上，有时在竹林中饮酒传杯，有时用青山当门，有时让白云落在庭院中，于这样的时候，擦肩接踵，几个好朋友，谈笑雄辩，这种快乐千古难寻。

【评点】一个"或"字，许多假设，只不知哪个有真。与友相聚，把酒相论，自然一番意气。

疏帘清簟，销白昼惟有棋声。幽径柴门，印苍苔只容屐齿。

【译文】疏透的竹帘竹篾的凉席，消遣白天的只有棋声。小路柴门，青苔上只有木鞋的齿痕。

【评点】隐士好气质，清舒高雅。隐士好福气，汗香身柔。

落花慵扫，留衬苍苔。村酿新刍，取烧红叶。

【译文】落花懒得打扫，留下来陪衬青苔。村中酿制新粮酒，取来落叶烧火。

【评点】紧张工作，轻松生活。时有苦熬，时有懒惰。

幽径苍苔，杜门谢客；绿阴清昼，脱帽观诗。

【译文】小径青苔，关门谢客；绿阴白昼，摘帽看诗。

【评点】杜门谢客，是否有牌外挂？无人前来，不关关门又做什么？

烟萝挂月，静听猿啼；瀑布飞虹，闲观鹤浴。

【译文】草树茂密挂住了月亮，静静地听猿猴啼叫；瀑布飞虹，悠闲地看仙鹤沐浴。

【评点】月缠藤萝里，日夹两山中。风从雪原来，庭立几株松。

帘卷入窗，面面云峰送碧；塘开半亩，潇潇烟水涵清。

【译文】把竹帘卷入窗内，四下入云的山峰送来碧绿；开挖出半亩池塘，潇潇的烟波水浪舒缓。

【评点】小情小景，小心入梦。小山小水，小里有境。身在大山里，心里有小小的心情。

云衲高僧，泛水登山，或可借以点缀。如必莲座说法，则诗酒之间，自有禅趣。不敢学苦行头陀，以作死灰。

【译文】穿着衲衣的高僧，游水登山，或者可以借此点缀一下。如必须登莲座说法，在诗和酒之间，自然有一番禅趣。不敢学苦行和尚，以死灰般的苦行度日。

【评点】信仰伟大，苦行肉体受罪而精神解脱。凡心不改，哪个能学行者以苦为命？

427

遨游仙子，寒云几片束行妆；高卧幽人，明月半床供枕簟。

【译文】云游四方的"仙人"，用几片空中的冷云打扮行妆；无忧深睡的隐者，月光照在床上的枕席。

【评点】人行万里路，似读万卷书，因此遨游者即是仙人。生活本是学校，在校读书学习，却也不敢丝毫怠慢。

落落者难合，一合便不可分。欣欣者易亲，乍亲忽然成怨。故君子之处世也，宁风霜自挟，无鱼鸟亲人。

【译文】孤高的人难与人情合，一旦情合便不可以分开。高兴的人易与人情亲，刚一亲近忽然又成了怨恨。所以君子处世，宁可自己披风迎霜，也不交那些如鱼鸟一样无法与人亲近的人。

【评点】孤僻者，未必就是君子。拒世者，未必就是高人。与人交往障碍者，需要调整自我。莫要以自我之短，以为自我之优。

海内殷勤，但读停云之赋。目中寥廓，徒歌明月之诗。

【译文】国内勤劳，可以读使云停下的赋文。眼中空旷，白吟诵有关明月的诗歌。

【评点】心海有地，日耕三万亩。眼睛为窗，映入四季月。

生平愿无恙者四：一曰青山，一曰故人，一曰藏书，一曰名草。

【译文】愿一生没有毛病的人有四个朋友：一是青山，一是老朋友，一是藏书，一是有名的花草。

【评点】人生寡淡，显然可以益寿。然而生活应当平淡，工作却该轰烈。否则一生犹如一日，感觉岂非冤枉。

闻暖语如挟纩，闻冷语如饮冰，闻重语如负山，闻危语如压卵，闻温语如佩玉，闻益语如赠金。

【译文】听到热烈的话如同穿上绵衣，听到冷淡的话如同吃冰，听到沉重的话如同背上大山，听到危险的话如同压着鸡蛋，听到温馨的话如同佩戴玉佩，听到有益的话如同获得别人送的金子。

【评点】心为秤，神为星，可称人言轻重。由是，慎言，莫轻言。

旦起理花，午窗剪叶，或截草作字。夜卧忏罪，令一日风流潇散之过，不致堕落。

【译文】早上起来收拾花，中午窗子下剪叶子，或者截断草杆写字。晚上躺下忏悔，反省一天风流潇洒的过失，不致于堕落。

【评点】平平常常一天，何过之有？曾子曰："三省"，并非忏罪。

快欲之事，无如饥餐。适情之时，莫过甘寝。求多于清欲，即侈汰亦茫然也。

【译文】恣意所欲的事，无法比饥时一餐。适怡情绪的事，比不过静卧安睡。要求多于清净的欲望，就是特别的洗涤也是没有办法。

【评点】人有欲望，本属正常。只要不出国法道德边界，便可以允许。

客来花外茗烟低，共销白昼。酒到梁间歌雪绕，不负清尊。云随羽客，在琼台双关之间。鹤唳芝田，正桐阴灵虚之上。

【译文】客人来到花圃外茶烟低飘，共同度过白天。饮酒时唱起了《白雪》歌声绕梁，没有辜负清高尊严。云朵随着仙客，在琼台仙境的中间。仙鹤在灵芝田里鸣叫，正是桐树阴上面的太虚天上。

【评点】心有太虚，天宫亦在其中。意有浊念，芝田亦难耕种。**注：**琼台、芝田：均为仙境。

卷八

奇

我辈寂处窗下，视一切人世，俱若螟蠓婴愧，不堪寓目。而有一奇文怪说，目数行下，便狂呼叫绝，令人喜、令人怒、更令人悲。低徊数过，床头短剑亦呜呜作龙虎吟，便觉人世一切不平，俱付烟水。集奇第八。（作者引语）

【译文】我们这些人每日寂然地在窗下桌前，冷眼看人世炎凉，全都如同小虫婴孩一般，皆不堪瞩目。然而有一些奇文怪说之书，只要观之数行，便狂叫拍案叫绝，既叫人狂喜，又叫人愠怒，更有令人悲愤之处，低首徘徊，便觉得挂在床头的短剑发出如同虎啸龙吟之声，如此，人世间一切不平之事都将付之于轻烟水雾一般。集奇第八。

【评点】人间许多不平事，如何对之？怒而伤身，愁而伤神，且徒而无用。当入事中，挥起清白板斧，一一砍去。此方为真英雄。**注**：螟蠓：一种小虫。

吕圣公之不问朝士名，张师高之不发窃器奴，韩稚圭之不易持烛兵，不独雅量过人，正是用世高手。

【译文】吕圣公不计较来朝之士的名气大小而纳之，张师高对窃物的奴才不发配治罪，韩稚圭不替换无勇的士兵，这些人不单单是气量有过人之处，而且他们正是对人知人善任的治世之高人。

【评点】士，往往名高过实。兵，常常怯胆生勇。

花看水影，竹看月影，美人看帘影。

【译文】看花要赏水中之花，看竹要观月光下的竹，而要欣赏美女，则要看竹帘之后的倩影为最美妙。

【评点】人要看心影与身影。

佞佛若可忏罪，则刑官无权；寻仙可以延年，则上帝无主。达士尽其在我，至诚贵于自然。

【译文】奸佞之人如果可以忏悔罪过的话，那么主管刑罚的官吏便无事可做了；寻仙问道可以使人延年益寿的话，那么主管人寿的上天之帝则可有可无了。个人的修养全在于自我培养，最诚实的莫过于自然而生。

【评点】罪须罚，罚为罪果。人要教，教当在先。

以货财害子孙，不必操戈入室；以学校杀后世，有如按剑伏兵。

【译文】用钱财贻害子孙，不必操戈入室明火执仗地杀戮；在教育上贻误后代，有如伏兵挥剑戕害。

【评点】富生家中鬼，贫有孝敬孙。若学无用术，当害几代人？

君子不傲人以不如，不疑人以不肖。

【译文】君子不以别人的短处作为自傲的资本，不以别人的不似作为怀疑的把柄。

【评点】君子世上有，便是宽心人。宽人宽事不宽己，难己困己不难人。**注：**肖：像也。

读诸葛武侯出师表而不堕泪者，其人必不忠；读韩退之之祭十二郎文而不堕泪者，其人必不友。

【译文】读过诸葛亮的《出师表》而不落泪的人，他必定是一个不忠诚之人；读过韩愈的《祭十二郎文》而不落泪的人，他必定是一个不友善的人。

【评点】落泪者也许脆弱，无泪者也许志坚。忠与不忠之判，不该以此下定。何况，今人亦有孔明，相对哪个泪面？若解古人心绪，切莫肤浅。**注：**韩退之：韩愈。

世味非不浓艳，可以淡然处之。独天下伟人与奇物，幸一见之，自不觉魄动心惊。

【译文】人间的世风人情不是不浓重艳丽，但我们可以淡然处之。唯独天下的伟人和奇异的事物，如果有幸一见的话，便自有一种心动魄惊之感。

【评点】奇人本不奇貌，奇在心中自然。山独本不在秀，而在人迹至罕。若有人声鼎沸，便市场一间。

道上红尘，江中白浪，饶他南面百城；花间明月，松下凉风，输我北窗一枕。

【译文】世道间滚滚红尘，江中白浪滔天，尽管他面南称帝辖百城之威；有花间明月朗照之景，松下凉风之幽，怎抵我北窗下之一枕黄粱美梦！

【评点】俗语有言：舒服不如倒着。此为真言。然而北窗一枕固惬，醒来又有何为？**注**：饶：尽管。

立言亦何容易？必有包天、包地、包千古、包来今之识；必有惊天、惊地、惊千古，惊来今之才；必有破天、破地、破千古，破来今之胆。

【译文】为世人树立言行之标准谈何容易？如此必有包容天地、包容千古之历史、包容今天与来世的见识；必须有惊天地，惊千古之史，惊今日与来世的才华；必须有窥破天地，窥破千古之史，窥破今日与来世的胆略。

【评点】今人立言易，古人立言难。古人君子方立言，今人立言是小子。

圣贤为骨，英雄为胆，日月为目，霹雳为舌。

【译文】以历代圣贤为己之风骨，以英雄胆略为己之胆魄，以日月光华为己之双目，以雷霆霹雳为己之口舌。

【评点】大话可以不惭，做事切要稳健。

瀑布天落，其喷也珠，其泻也练，其响也琴。

【译文】瀑布从天而落，它喷出的水滴如同珍珠一般，它奔泻而下之流如同一匹悬挂的白练，它的声响如同琴瑟一般悠扬。

【评点】瀑布为人间仙景，可观可赏，不可侵犯。

平易近人，会见神仙济度；瞒心昧己，便有邪祟出来。

【译文】如果平易近人，则自会得天地、神仙之帮助；自欺欺人，则自然会生出邪恶鬼怪之心。

【评点】荡荡心胸，坦坦神韵，为人者理应如此这般。

佳人飞去还奔月，骚客狂来欲上天。

【评点】心比天高，事比路难。**注**：骚客：文人墨客。

涯如沙聚，响若潮吞。

【评点】人在天涯处，回首望家园。

诗书乃圣贤之供案，妻妾乃屋漏之史官。

【译文】诗书不过是所谓圣贤摆设祭品的几案而已，而妻妾如记载家事的史官一般。

【评点】家中有史不必记，人入黄土不问天。**注**：供案：摆设祭品的几案；屋漏：房屋的西北隅。

强项者未必为穷之路，屈膝者未必为通之媒。故铜头铁面，君子落得做个君子，奴颜婢膝，小人枉自做了小人。

【译文】不肯低头的人未必就是穷途末路之人，屈膝以求荣未必就能成为仕途顺畅的手段。所以说，铁面无私，刚直不阿，君子自然仍是个君子，而奴颜婢膝，小人自然仍旧白白地做了个小人。

【评点】君子从未有铜头，一撞南墙都回头。只要心正行也正，哪怕是非眼前走。

有仙骨者，月亦能飞；无真气者，形终如槁。

【译文】有仙风道骨之人，亦能神采飞扬；而胸无自然真气的人，其形体如枯槁的树木一般。

433

【评点】仙人自是心中想，想到老迈便做仙。

一世穷根，种在一捻傲骨；千古笑端，伏于几个残牙。

【译文】一生的穷困潦倒，只缘于一把傲骨之上；千古笑柄，皆留伏于人们的口舌之中。

【评点】乱世坏人当道，顺世君子不穷。

石怪常疑虎，云闲却类僧。

【评点】多疑多愁多病，少想少看少听。

大豪杰舍己为人，小丈夫因人利己。

【评点】有账只为自己算，算来算去算自己。

一段世情，全凭冷眼觑破；几番幽趣，半从热肠换来。

【译文】世间人生之风情，皆靠冷峻眼光看破；几多幽深趣味，大多以古道热肠换取。

【评点】冷眼世界，千宗万宗不好。置身其中，十次百次难办。

识尽世间好人，读尽世间好书，看尽世间好山水。

【评点】人无心愿，便是行尸一具。人无幻想，便是走兽一只。

舌头无骨，得言句之总持；眼里有筋，具游戏之三昧。

【译文】舌头虽柔软无骨，却为言语的总管；眼中有神，能把人间游戏的真谛全部看破。

【评点】听闲言闲语，做自己文章。去他的吧，何必在意！注：总持：总管。三昧：真谛。

群居闭口，独坐防心。

【译文】与大家在一起时，要闭口讷言，独自一人时，要慎独以防己心之乱。

【评点】两面三刀真本领，左右开弓好本事。

当场傀儡，还我为之；大地众生，任渠笑骂。

【译文】逢场作戏，我当尽力为之；泛泛众生之口，任他嘻笑怒骂。

【评点】人生谁不演戏，人生谁不入戏？注：傀儡：木偶。渠：第三人称代词，"他"。

434

三徙成名笑范蠡，碌碌浮生纵扁舟，忘却五湖风月。一朝解绶羡渊明，飘飘遗世命巾车，归来满哭琴书。

【译文】当笑范蠡数次迁徙而成名，功成身退，乘小船而去过着平常百姓的生活，忘却了五湖风月那段美好的日子。应羡慕陶渊明一旦解甲归田，过着飘飘忘世的神仙般生活，面对琴书哭笑放浪形骸。

【评点】范蠡可做，渊明难学。注：解绶：辞官，解甲归田。

人生不得行胸怀，虽寿百岁，犹夭也。

【译文】如果人生不得志，虽能长寿百岁，也如同夭折一般。

【评点】胸怀不必卖诸侯，自古文章传古秋。人生本来只一日，不到死时不知愁。注：夭：年寿虽小而死掉。

棋能避世，睡能忘世。棋类耦耕之沮溺，去一不可；睡同御风之列子，独往独来。

【译文】下棋能躲避世间纷乱，睡觉能忘却世间纷乱。然而下棋如同二人并肩耕作一样，缺一不可；而睡觉则能像列子那样驾御长风随心所欲，独往独来。

【评点】列子本为仙，随便可去天。下棋为嗜好，睡觉是心愿。注：耦：二人并肩耕作。沮溺：人名，指长沮、桀溺。春秋时隐士。御：驾御。

以一石一树与人者，非佳子弟。

【译文】仅把一石一树之类的小恩惠施与别人的人，不是好人家的子弟。

【评点】事从小处起，品从小处看。

一勺水，便具四海水味，世法不必尽尝。千江月，总是一轮月光，心珠宜当独朗。

【译文】一勺之水，便具有了所有水的味道，所以，行世之法，没必要去一一尽试。一千个江月，同是一轮明月所照，所以，无论何时何地，人心中当只有一月朗照。

【评点】人生有限，哪有百年尝试？学本无常，哪有一本万利？

面上扫开十层甲，眉目才无可憎。胸中涤去数斗尘，语言方觉有味。

【译文】去掉脸上多层的伪装，眉目才露出本相，而不可憎恶。洗涤掉心胸中的尘土，之后才能说出有味的语言。

【评点】每日自省，每日自审，便知心中龌龊，便知人当自觉。

愁非一种，春愁则天愁地愁。怨有千般，闺怨则人怨鬼怨。天懒云沉，雨昏花蹙，法界岂少愁云？石颓山瘦，水枯木落，大地觉多窘况。

【译文】愁并非只有一种，春愁则大于天愁地愁一样，怨有千种，而闺中之怨则重于人怨鬼怨一般。天倦云低，昏乱雨中花也似蹙眉，难道自然规法能少了愁云？颓败的山石使山显得瘦峻，水枯而木凋，整个大地更觉多了一些窘迫之状。

【评点】世愁千万，千万可愁之事。心宽数百，数百可喜之经。

笋含禅味，喜坡仙玉版之参；石结清盟，受米颠袍笏之辱。文如临画，曾致诮于昔人；诗类书抄，竟沿流于今日。

【译文】笋含有禅机，喜爱苏东坡的玉版人参，砚石凝结着清萌之气，饱受米芾官气之辱。写文章如临摹图画，也曾讥讽前人，对先人的诗文如抄书一般，却竟一直传至今天。

【评点】笋何以有禅？禅在食笋之人。注：玉版参：即笋。米颠：即米芾。

湘绨递满而改头换面，兹律既湮，缥帙动盈而活剥生吞，斯风亦坠。先读经，然后可读史，非作文，未可作诗。

【译文】轮流读遍书籍竟读出别味，书中真谛已被湮没，阅遍典籍而囫囵吞枣，书中学风也随之坠失。只有先读经书，然后才可读史籍，尚未做文章，切不可先作诗。

【评点】文章也许有道，其道缈缈。文章也许有神，其神濛濛。

俗气入骨，即吞刀刮肠，饮灰洗胃，觉俗态之益呈。正气效灵，即刀锯在前，鼎镬具后，见英风之益露。

【译文】媚俗之气渗入骨髓，如同吞下刀子刮肠，喝灰洗胃一般，使人更觉得俗态呈现。浩然正气效力于灵魂，即使是刀锯在前，鼎镬在后，仍使英武之气更加显露。

【评点】人皆俗物，不必避俗气。人若自清，便可于俗中脱俗。注：鼎镬：古代煮物器具。此指酷刑。

于琴得道机，于棋得兵机，于卦得神机，于兰得仙机。

【译文】在琴中我们可寻得万物之道的关键，在棋中我们可得到兵书阵法之规律，在占卜的卦象之中我们可得到神的谕示，在兰花之中我们可参悟到神仙之真谛。

【评点】人于心，可得何机？心有你我，心有华夷，心有老少，心有男女。问心，人生难题。

　　相禅遐思唐虞，战争大笑楚汉。梦中蕉鹿犹真，觉后莼鲈一幻。

　　【译文】遥想尧舜禅让之美德，应笑楚汉以战争伐之功。梦中的蕉鹿之事更觉真实，而醒后莼鲈之美味却如同梦幻一般。

　　【评点】世人都谓无争好，可惜世人尽争人。大争争于国土，小争争于毫厘。息争之道，要得不易。注：相禅：禅让。唐虞：指尧舜。蕉鹿：《列子》中说，有一人将一只鹿打死后，藏到沟里，用蕉叶盖上。后来去取时，却忘了在哪里。用来比喻把真事看成梦幻的消极想法。莼鲈：以《晋书》中张翰的故事比喻思乡之情。

　　世界极于大千，不知大千之外更有何物？天宫极于非想，不知非想之外毕竟何穷？

　　【译文】世界穷极于大千，在这大千世界之外，我们不知还有什么东西。天堂宫殿穷极于我们的想象，而想象之外，我们尚不知还有多少未穷尽之物。

　　【评点】古人望宇宙，冥想天外天。欲问天宫何址，欲问天路何缘？

　　千载奇逢，无如好书良友，一生清福，只在茗碗炉烟。

　　【译文】千载难逢的奇事，莫如有好书良友，而一生清静之福，只是在品茗与美酒之间。

　　【评点】书为益友，终身不可废。酒为酷友，平时少接触。

　　作梦则天地亦不醒，何论文章？为客则洪濛无主人，何有章句？

　　【译文】做梦时，对于人来说天地也当属不醒状态，何论文章之清醒？人为时世之过客时，谁又是客之主人呢？更何有明主客之章句？

　　【评点】梦中文章不费墨，醒来便是纸一张。

　　艳出浦之轻莲，丽穿波之半月。

　　【译文】娇艳的莫过于出之江湖中的清丽的莲花，美丽的景色莫过于荡漾在波光之中的半圆之月。

　　【评点】月出江波莲出浦，松出深山雨出雾。

　　云气恍堆窗里，岫绝胜看山，泉声疑泻竹间，樽贤于对酒。杖底唯云，

437

奇

囊中唯月，不劳关市之讥；石笥藏书，池塘洗墨，岂供山泽之税？

【译文】透过窗子天空云霞恍惚似堆积在窗景内，山峦绝妙胜似看山；仿佛听见泉水流泻竹间的声音，精美的酒器甚于对酒当歌。扶杖而行杖下只有云霞附衬，行囊之中也只有清朗的月光。如此则不以市上俗人讥讽所劳神；用石竹做成的器具藏书，在池塘中涮笔洗墨，岂只以为是山川河泽赠送的奉献？

【评点】静对山石松竹，凝向风霜雨雾，隐入仙山幽景，歇下劳碌尘心。

有此世界，必不可无此传奇，有此传奇，乃可维此世界，则传奇所关非小，正可藉口西厢一卷，以为风流谈资。

【译文】有如此的世界，一定不可没有这样的传奇故事，只有这样的传奇故事，才可维系如此之世界的存在。可见，如此传奇所关之事不小，正可凭借着一卷《西厢记》，以此作为风流传奇的谈资。

【评点】传奇本为人心想，想入心中方成戏。张生只管去风流，早有红娘做生意。

非穷愁不能著书，当孤愤不宜说剑。

【译文】人未到穷困潦倒不得志之时，是不能著书立说的，当人在孤傲激愤时不宜谈刀论剑。

【评点】书生穷愁写文章，换得三钱喝酒汤。

湖山之佳，无如清晓春时。当乘月至馆，景生残夜：水映岑楼，而翠黛临阶，吹流衣袂，莺声鸟韵，催起哄然，披衣步林中，则曙光薄户，明霞射几，轻风微散，海旭乍来，见沿堤春草霏霏，明媚如织。远岫朗润出沐，长江浩渺无涯，岚光晴气，舒展不一，大是奇绝。

【译文】最佳的湖光山色，没有超过春天清晨之时的。当晨月初上馆驿之时，将残之夜生出一番景致：静静的水中倒映着高高的楼台，淡青色的晨曦照在台阶上，晨风吹动衣襟，黄莺的啼声合着鸟鸣之韵，催得梦中之人蓦然而起，披衣步入林中，则见曙光已侵到了门户之上，明亮的霞光照射在桌几之上，微风轻轻散去，旭日初照，只见沿着湖堤一片春草茵绿，明媚的春天的早晨如同一幅五彩的锦缎织成。远处的山峦朗润得如同刚刚出浴的美人，辽阔的长江浩渺无垠，晨雾在清晴的晨光中变幻舒展出千姿百态的姿态，这真是一大奇异绝妙的美景。

【评点】当做湖人、山人，当做云人、雨人，当做樵人、渔人，当做散人、隐人；不如此，景无处观，神无处游，身无处置。**注：**岑楼：高楼。霏霏：茂盛。岚：山中的雾气。

心无机事，案有好书，饱食晏眠，时清体健，此是上界真人。读《春秋》在人事上见天理，读《周易》在天理上见人事。

【译文】心无动心机之事，书案上有喜好的书籍，每日饱食而晚睡，时时感到心清体健，这真是如同上天的神仙真人一般。读《春秋》则在世间人事之上参透天地道理，读《周易》则是在探索天地自然规律上洞见时世道理。

【评点】山中老虎水中鱼，不知人间日月。心底无事神有余，方读圣贤之书。

则何益矣？茗战有如酒兵，试妄言之，谭空不若说鬼。

【译文】有什么益处？品茗犹如斗酒，姑妄试着说之，空谈还不如说鬼。

【评点】空谈便是谈空，其与说鬼一般。

镜花水月，若使慧眼看透。笔彩剑光，肯教壮志销磨。

【译文】镜中花水中月，如果只有聪慧的眼目才能看透，那么，文采武气只有豪情壮志方可使之熠熠生辉。

439

【评点】壮志去，人当老迈时。人已老迈，尚仍须努力。

烈士须一剑，则芙蓉赤精，而不惜千金购之。士人惟寸管，映日干云之器，那得不重价相索。

【译文】英烈之士必佩一剑，方显英雄本色之真纯，所以不惜用千金购得。而文人志士只有手中笔一枝，能得呼风映日之武器，哪有不重价求得。

【评点】英雄不在宝剑，墨客不在笔管。胸中一心壮志，颈下三寸豪气。**注**：寸管：指毛笔。

委形无寄，但教鹿豕为群。壮志有怀，莫遣草木同朽。

【译文】置身无奢求，可以与野兽为伍。胸有壮志，莫要与草木同朽。

【评点】人非兽，可以容兽。人非草木，终要入草木间。

哄日吐霞，吞河漱月，气开地震，声动天发。

【译文】红日吐霞，吞河洗月。气势使大地为之一振，使高天为之动容发声。

【评点】长河日出，大海旭升，每日大观至景。祈望长空，心嘱风云，常常神往意随。

议论先辈，毕竟没学问之人；奖惜后生，定然关世道之寄。贫富之交，可以情谅，鲍子所以让金；贵贱之间，易以势移，管宁所以割席。

【译文】议论先人之短长，终归是没有学问之人所为：而奖励提携后进，必定是关乎世道之寄托。贫富之交的朋友，可因感情而谅解，所以有鲍叔牙让金以求合的故事；贵贱朋友之间的友谊，则易因地位的变化而改变，所以才有管宁割席绝友的故事。

【评点】家事可让三尺，国事不让一寸。朋友千奇百怪，自有心中一尺。

论名节，则缓急之事小，较生死，则名节之论微，但知为饿夫以采南山之薇，不必为枯鱼以需西江之水。

【译文】以名节论之，则事情的轻重缓急之事为小事，如果比较生死之事，那么名节的观念则显得微不足道，但我只认为穷困之人认可隐居山野以野菜为生，也大不必因失势而去阿谀奉承以求权势。

【评点】人有志气，看最终结果，不计较一时一事。人有豪气，看大事晚节，不计较某年某月。

儒有一亩之宫，自不妨草茅下贱；士无三寸之舌，何用此土木形骸？

【译文】读书人只要有一亩之大的房舍，则不妨甘居茅舍；士人如无三寸不烂之舌，用什么放浪不羁？

【评点】儒者为书不为懦，士人凭忠不凭舌。

440

鹏为羽杰，鲲称介豪，翼遮半天，背负重霄。

【译文】鹏为鸟中的豪杰，鲲为鱼中之大豪，鹏的双翼可遮半天，背负九重云霄。

【评点】人有凌云志，鹏鸟为小羽。人有遨游情，鲲是小鱼。**注**：鹏：大鸟。鲲：传说中的大鱼。介：指鱼类。

怜之一字，吾不乐受，盖有才而徒受人怜，无用可知。傲之一字，吾不敢矜，有才而徒以资傲，无用可知。

【译文】"怜"这个字，我不敢接受，如果有才华而白白受人可怜，可知我无用。"傲"这个字，我不敢倚仗，有才华而只是以此为骄傲的资本，可知我为无用之人。

【评点】怜心可有，不可有可怜之相。傲骨必备，不可有傲人之气。

问近日讲章孰佳？坐一块蒲团自佳。问吾侪严师孰尊？对一支红烛自尊。

【译文】如果问近来讲书谁最好？应属坐蒲团而学的自我最好。问我们这些人的严师谁最尊？那么只有面对红烛的自我最尊。

【评点】人非神仙圣贤，何拒一字之师？谁是群中俊杰，未必就是师长。

点破无稽不根之论，只须冷语半言；看透阴阳颠倒之行，惟此冷眼一只。

【译文】驳倒那些毫无根据的无稽之谈，只需冷语片言；而看透那些倒行逆施的行为，只需冷眼一只而已。

441

【评点】世人皆有废语时，无废语不成生活。世人皆有英明时，知人在说废话。

古之钓也，以圣贤为竿，道德为纶，仁义为钩，利禄为饵，四海为池，万民为鱼。钓道微矣，非圣人其孰能之？

【译文】古代的钓道，用圣贤之理为渔竿，用伦理道德为渔丝，用仁义道理为渔钩，用功名利禄为食饵，以天下四海为渔池，以万千民众为鱼。钓鱼之道虽小，但除非圣人又有谁能做到呢？

【评点】此钓非钓鱼之钓，此钓为钓国之钓。借问平民百姓，你敢试用此钓？

即稍云于清汉，亦倒影于华池。

【译文】即使天空中稍有云行霞走，也可马上倒影于华池之中。

【评点】聚友稍醉，亦可倒于睡榻之上。**注**：清汉：指银河，泛指天空。

浮云回度开，月影而弯环；骤雨横飞挟，星精而动摇。

【译文】浮云回转开合，使得月影回环弯曲变化；急雨随风而横飞，使得星星仿佛在闪烁不定。

【评点】山云星月千般变化，我自心中一条衡心。

天台磔起，绕之以赤霞，削成孤峙，覆之以莲花。

【译文】天台山如同从大地中分裂而挺起，周围有红霞环绕，山壁如刀削一般峻齐而高高耸起，周围有莲花状山石覆盖。

【评点】山有千姿，世有万态，姿态皆为独具。人有千心，世有万意，心意皆在三尺胸中。**注**：天台：指天台山。磔：裂开，原指一种酷刑。峙：耸立。

金河别雁，铜柱辞鸢，关山天骨，霜木凋年。

【译文】边河上别雁，界桩边辞鸢，边关山峰如铸天骨，树木经霜凋零又是一年。

【评点】英雄边关老，金戈沙场钝。留得一片国土，付去一年青春。

翻光倒影，擢菡萏于湖中；舒艳腾辉，攒蝃蝀于天畔。

【译文】摘一把荷花，花影倒映，荷叶田田闪烁着湖光水色；天边聚集七彩的彩虹，舒展着娇艳的色光，闪耀着耀眼的光辉。

【评点】荷在水面，出自污泥。虹在天边，只是雾气。**注**：擢：拔。菡萏：荷花。攒：聚集。蝃蝀：虹。

照万象于晴初，散寥天于日余。

【译文】初晴的天光照射在万物之上，晚霞的余光弥漫在寥廓的天空。

【评点】雨后初晴，人皆圣贤意。日暮余照，世皆平凡心。

卷九

绮

朱楼绿幕，笑语勾别座之春。越舞吴歌，巧舌吐莲花之艳。此身如在怨脸愁房红妆翠袖之间，若远若近，为之黯然。嗟乎，又何怪乎身当其际者，拥玉床之翠而心迷，听伶人之奏而陨涕乎？集绮第九。(作者引语)

【译文】华丽的红楼装饰着绿色的帷幕，笑语欢声引来浓浓的春意。来自吴越的歌舞，歌喉像莲花一样清雅动人。如同身处充满愁怨穿着盛妆的妻妾之间，不即不离，十分沮丧。唉，又怎能怪身处此境中的人，说他们拥坐在白玉装饰的床上而为之倾倒，听艺人演奏而潸然泪下呢？集绮第九。**注**：黯然：沮丧的样子。陨涕：落泪。

天台花好，阮郎却无计再来。巫峡云深，宋玉只有情空赋。瞻碧云之黯黯，觅女神其何踪。睹明月之娟娟，问嫦娥而不应。

【译文】天台山的花虽好，阮肇却无法再来，巫峡云海茫茫，宋玉有情也只能空做赋。遥望沉沉云海，到哪去寻找女神踪迹。看着明媚的月亮，询问嫦娥却得不到回答。

【评点】美好的景色、美丽的传说，都是人感情寄托的对象。如果没有了寄托和交流，那该是多么悲哀。

妆台正对书楼，隔池有影。绣户相通绮户，望眼多情。

【译文】梳妆台正对读书楼，隔着池塘可见对方的身影。绣房的门与书房雕饰花纹的门相通，远远望上一眼就充满无限幸福之情。

【评点】在封建礼教的盛行的时代，爱情是被禁止的。但尽管如此，仍隔不断他们的爱慕之情。

莲开并蒂，影怜池上鸳鸯。缕结同心，日丽屏间孔雀。

【译文】莲花开成并蒂莲，倩影怜爱着池上的鸳鸯。志同道合结成同心，好似灿烂阳光下屏间的孔雀一样。

【评点】并蒂莲、鸳鸯都是美好爱情的象征，但真正的爱情应该是建立在相互理解、志趣相投基础之上的。

堂上鸣琴操，久弹乎孤凤。邑中制锦纹，重织于双鸾。

【译文】在堂上奏响琴操曲，弹久了就成了孤凤。到城中购制锦缎，重新织上双鸾。

【评点】人不能过于清高，不能超然于世。否则必然曲高和寡。注：琴操：古琴曲名。锦纹：锦缎。鸾：凤凰一类的神鸟。

镜想分鸾，琴悲别鹤。

【译文】梳妆镜想和装饰镜子的鸾分开，琴悲痛地与鹤别离。

【评点】世间很多事物，都存在于一种特定的对应关系之中。如果一定要打破这种对应和平衡，无疑会造成沉重的灾难。注：鸾镜：古代饰有鸾凤图案的梳妆镜。琴鹤：取琴鹤相随之意。比喻为官清廉。

春透水波明，寒峭花枝瘦。极目烟中百尺楼，人在楼中否？明月当楼，高眠如避，惜哉夜光暗投。芳树交窗，把玩无主，嗟矣红颜薄命。

【译文】明媚的春光透过水波，春色分外明，寒风凛冽，梅花格外削瘦。极目远眺烟尘中的百丈高楼，是否有人在楼上？明月照高楼，却躲在高楼上睡眠，真可惜了这明媚夜色。花木叩击窗户，把玩着无主花，可叹红颜薄命。

444

【评点】把酒临风、登高赏月，的确是人生的幸事。兴奋之余，应该想想有没有给他人造成伤害。注：无主：无主花，旧时常用比喻身世不幸漂泊沦落的女子。

鸟语听其涩时，怜娇情之未转。蝉声已断处，愁孤节之渐消。

【译文】鸟的叫声，应听其未经训练之时，怜爱娇小的女孩儿，应在其情感未变的纯真之时。蝉鸣声已断之处，忧愁和独特节操也都渐渐消散了。

【评点】要善于发现、审时度世、抓住时机，否则时不我待，机会也将永远消失。

断雨断云，惊魂三春蝶梦。花开花落，悲歌一夜鹃啼。

【译文】截断云雨，惊醒了春季三月的蝴蝶梦。花开花落，杜鹃悲啼了一夜。

【评点】自然界的万物都有自己的规律。任何过分的感怀、伤悲都无济于事。注：三春：春季三个月。蝶梦：蝴蝶梦。因庄子梦为蝴蝶而得名。

衲子飞觞历乱，解脱于樽罍之间。钗行挥翰淋漓，风神在笔墨之外。

【译文】僧侣们举杯痛饮，在樽罍之间寻求解脱。美女挥毫泼墨，风韵犹在笔墨之外。

【评点】饮酒做画，均可以使人的情感得到某种解脱，但要把握好尺度。注：衲子：僧侣。觞：酒杯。樽、罍：均是古代盛酒的器具。

养纸芙蓉粉，薰衣豆蔻香。

【译文】保养纸张要用芙蓉粉，薰衣服需用豆蔻香。

【评点】良马配金鞍，勇士赠宝剑。应注意人尽其材、物尽其用。注：芙蓉粉：保养纸张的一种色粉。

流苏帐底，披之而夜月窥人。玉镜台前，讽之而朝烟萦树。风流夸坠髻，时世闻啼眉。

【译文】用五彩丝线结成流苏帐子，卷起可在夜光下观察别人。面对明月，嘲讽它却看到朝气萦绕着树木。自命风流却发髻散乱，时时得闻充满忧愁的哭啼之声。

【评点】人生是不可能十全十美的。遇到不如意时，我们如果转换一下角度，就会发现另一番天地。注：玉镜：明月。啼眉：因悲啼而皱眉。

新垒桃花红粉薄，隔楼芳草雪衣凉。

【译文】新开放的桃花十分艳丽，美女也相形见绌；隔着楼道德高尚的人，也会感到有些微寒。

【评点】美好的青春，高尚的品格，都需要我们去加倍珍惜。注：红粉：

美女。芳草：香草，比喻有美德的人。

李后主宫人秋水，喜簪异花，芳草拂髻鬟。尝有粉蝶聚其间，扑之不去。

【译文】李后主的宫女秋水，喜在头上插奇花，用香草拂头发。曾有蝴蝶聚在她的头发上，驱赶也不飞走。

【评点】爱美之心人皆有之，即使是蝴蝶也知道追逐花粉的香气。但切记不可过于标新立异。

濯足清流，芹香飞涧。浣花新水，蝶粉迷波。

【译文】在清流中洗脚，芹的香气溢满山涧。浣演溅起水花的新水，蝴蝶粉迷惑了清波。

【评点】近朱则赤，近墨则黑。凡有着高尚目标和追求的人，自然会选择有高尚道德的人为友。

昔人有花中十友。桂为仙友，莲为净友，梅为清友，菊为逸友，海棠名友，荼蘼韵友，瑞香殊友，芝兰芳友，腊梅奇友，栀子禅友。昔人有禽中五客。鸥为闲客，鹤为仙客，鹭为雪客，孔雀南客，鹦鹉陇客。会花鸟之情，真是天趣活泼。

【译文】以前有人称十种花为十位朋友。其中，桂花为仙友，莲花为净友，梅花为清友，菊花为逸友，海棠花为名友，荼蘼花为韵友，瑞香花为殊友，芝兰花为芳友，腊梅花为奇友，栀子花为禅友。以前有人称五种禽为五位客人。其中，鸥为闲客，仙鹤为仙客，鹭鸶为雪客，孔雀为南客，鹦鹉为陇客。他们这种聚合花鸟的情感，真是自然的情趣活泼可爱。

【评点】人应该热爱自然、热爱生命。以花为友、以禽为客，似乎过于超然，但却表现出纯真的爱心和情趣。我们为什么不心想往之呢？

凤笙龙管，蜀锦齐纨。

【译文】带着凤笙和龙管，穿着蜀锦和齐国的白色细绢。

【评点】精美器物人人喜爱，但过分的奢华只会使人陷入追逐物欲的泥坑。注：凤笙、龙管：古代的乐器。

木香盛开，把杯独坐。其下遥令青奴吹笛，止留一小奚侍酒。才少斟酌便退，立迎春架后，花看半开，酒饮微醉。

【译文】酴醾花盛开，拿着酒杯独坐。下人遥令奴仆吹笛，只留一个小僮侍酒。才喝了一点儿酒便离开，立在迎春架后，看着半开的花朵，觉得酒饮得有些微微的醉意。

【评点】饮酒不可过量，美味不可多餐。微有醉意，恰到好处地体现出了饮酒的乐趣和真谛。注：木香：酴醾花。小奚：年纪小的奴仆。

夜来月下卧醒，花影零乱，满人襟袖，疑如濯魄于冰壶。

【译文】夜里在月下睡着又醒来，看着零乱的花影洒满全身，怀疑是在月光里濯洗魂魄。

【评点】明亮的月色、斑斓的花影，好似琼楼玉宇的仙境。实在令人神往。注：冰壶：指月亮。

看花步男子，当作女人。寻花步女人，当作男子。

【译文】看男子走花步，一步三摇，竟被当做女人。寻找走花步的女人，却当做是男子。

【评点】男女有别，本来很容易区分。谁知仅仅一个"花步"，就使人难以辨清。看起来，真需要孙行者的火眼金睛。

窗前俊石冷然，可代高人把臂。槛外名花绰约，无烦美女分香。

【译文】窗前的美石冷俊森然，可以代替给高人把臂。槛外的名花多姿多彩，不必烦劳美女分出香气。

【评点】世事难料，人生如梦。到头来，应知一切都是一场春梦。注：俊石：美石。把臂：把人手臂，表示亲密。

新调初裁，歌儿持板待的。阄题方启，佳人捧砚濡毫。绝世风流，当场豪举。

【译文】新曲刚刚制成，歌僮持牙板等待演唱。抓阄的题目刚打开，佳人已经捧来砚台开始写作。真是绝世风流，当场豪放的举动。

【评点】风流本不必都是月下美人、诗词歌赋。只要兴之所至，出自真情，亦是美好人生。注：歌儿：歌僮。濡毫：用笔蘸墨，指写作。

447

野花艳目，不必牡丹。村酒醉人，何须绿蚁。

【译文】野花同样赏心悦目，不一定只有牡丹。村酒同样醉人，何须一定有绿蚁。

【评点】野花、村酒虽不名贵，却别有一番风味。因为都不饰雕琢，更接近自然。**注：**绿蚁：酒上浮起的绿色泡沫。也做酒的代称。

石鼓池边，小草无名可斗。板桥柳外，飞花有阵堪题。

【译文】石鼓和池塘的旁边，无名小草可以采来作斗草游戏。石板桥柳林外，飞扬的柳絮结成阵，可以作为诗的题目。

【评点】小草、柳絮、石板桥，一派江南小镇风光。自然、宁清、恬淡，孕育着古朴人生。

桃红李白，疏篱细雨初来。燕紫莺黄，老树斜风乍透。

【译文】桃花红李花白，细细的春雨透稀疏的篱墙初来。紫色的燕子和黄莺，突然一缕斜风透过古树吹来。

【评点】春光明媚，可能忽有寒风吹来，漫长人生，自然难免遇到坎坷。只要不失去信心，就会迎来光明。

窗外梅开，喜有骚人弄笛。石边积雪，还须小妓烹茶。

【译文】窗外梅花开放，喜有诗人吹笛。石边堆满积雪，还须要小妾煮茶。

【评点】雪中赏梅，闻笛品茶，的确是人生的乐趣。清雅之中，原来还要他人为自己服务。

高楼对月，邻女秋砧。古寺闻钟，山僧晓梵。

【译文】高楼对着明月，传来邻家女秋夜捣衣声。古寺闻钟声，原来是山僧在做早课。

【评点】高楼明月，古寺闻钟，古朴中透着悠远与宁静。好似一幅淡雅的山水画。**注：**晓梵：早晨诵读佛经声。

佳人病怯，不耐春寒。豪客多情，尤怜夜饮。李太白之宝花宜障，光孟祖之狗窦堪呼。

【译文】佳人病后体质虚弱，耐不住春寒。豪客多情，尤其喜爱夜里饮酒。李太白的珍贵名花应用帷障遮护，光孟祖因缺牙齿，可以用狗窦来称呼他。

【评点】人本不同，可以区别对待。但以人生理缺欠嘲笑人，却是不该。注：狗窦：狗洞。古人常以狗窦嘲笑缺齿。

古人养笔以硫磺酒。养纸以芙蓉粉。养砚以文绫盖。养墨以豹皮囊。小斋何暇及此。唯有时书以养笔，时磨以养墨，时洗以养砚，时舒卷以养纸。

【译文】古人用硫磺酒来保养笔，用芙蓉粉来保养纸，用有纹绫做成盖来保养砚台，用豹皮囊来保存墨。像我这样小的书斋，没有时间做到这种程度。只好用经常写字来保养笔，用经常磨墨来保养墨，用经常清洗的方法来保养砚台，用经常舒卷的方法来保养纸。

【评点】遇事必拘泥于古人旧法，也不必强和别人一致。应该因时、因地、因人来决定具体的方法。

芭蕉，近日则易枯，迎风则易破。小院背阴，半掩竹窗，分外青翠。

【译文】芭蕉距阳光太近，则易枯萎，处于迎风的地方，则易破损。小院背阴，芭蕉半掩竹窗，显得分外青翠。

【评点】万物的生存都需有良好的自然环境。自然环境一旦被破坏，对人和植物都将是最沉重的灾难。

欧公香饼，吾其熟火无烟。颜氏隐囊，我则斗花以布。

【译文】欧阳修的石炭，我只见深红的火而无烟。颜延之的靠枕，我用布和它比赛花的多少。

【评点】名人轶事，常是人们茶余饭后的话题。固然有趣，但不可随意模仿失掉了自己。注：香饼：用以焚香的石炭。隐囊：靠枕。斗花：赛花。

梅额生香，已堪饮爵。草堂雪飞，更可题诗。七种之羹，呼起袁生之卧。六生之饼，敢迎王子之丹。豪饮竟日，赋诗而散。佳人半醉，美女新妆。月下弹瑟，石边侍酒。烹雪之茶，果然剩有寒香。争春之馆，自是堪来花叹。

【译文】梅花妆点的额头散发香气，已可以饮酒。草堂飞雪，更可以题诗。七宝羹饭，唤起卧睡的袁安。六生之饼，敢去迎接王子乔的仙丹。豪饮一日，作诗而散。女子半醉，美人新妆。月下弹琴，石边饮酒。化雪煮茶，果然多有寒香。与春争美的馆舍，自然是应该为花叹息的。

【评点】一日豪饮浊酒，乐极浑身疼痛。卧床三日难起，上吐下泻折腾。劝君适可而止，切莫学仙成精。

黄鸟让其声歌，青山学其眉黛。

【译文】黄鸟不如她的歌声，青山学她的妆扮。

【评点】人出青山境，便做青山人。说是青山语，画是青山纹。然而青山如见佳人，便卸了肃妆，丢了清魂。

浅翠娇青，笼烟惹湿。清可漱齿，曲可流觞。

【译文】小溪浅翠晶莹，笼罩在湿湿的雾里。清得可以漱口，曲折得可以流觞戏酒。

【评点】古人流觞戏饮酒，曲曲折折"路"难走。只愁杯深肚子浅，难装几壶高粱酒。

风开柳眼，露泡桃腮。黄鹂呼春，青鸟送雨。海棠嫩紫，芍药嫣红，宜其春也。碧荷铸钱，绿柳缫丝。龙孙脱壳，鸠妇唤晴。雨骤黄梅，日蒸绿李，宜其夏也。槐阴未断，雁信初来。秋英无言，晓露欲结。蓐收避席，青女办妆，宜其秋也。桂子风高，芦花月老。溪毛碧瘦，山骨苍寒。千岩见梅，一雪欲腊。宜其冬也。

【译文】风吹开柳叶，露水打湿桃花。黄鸟叫春，青鸟送雨。海棠花嫩紫，芍药花嫣红。它们是适合春天的。荷叶尖角如钱，绿柳枝若长丝。竹笋脱壳，斑鸠叫晴。雨骤引来黄梅天，日照绿色的李树。它们是适合夏天的。槐树的阴影未断，大雁的叫声刚来。秋天的果实不说话，早上的露水刚要出现。蓐收离开，青女开始打妆。它们是适合秋天的。风高吹桂花，月下芦花老。溪边野菜绿瘦，岩石苍黑寒凉。千峰见梅开，一场雪将到腊月。它们是适合冬天的。

【评点】一年四季，一日四时。一生又有四季、四时。观四季急变，看四时阴晴，便识人生道理。**注**：蓐收：传说中的西方神，司秋天。青女：掌管霜雪的女神。

风翻贝叶，绝胜北阙除书。水滴莲花，何似华清宫漏。

【译文】风翻动佛经，绝对胜过北阙门楼中的升官文书。水滴在莲花上，多么像华清宫中的计漏。

【评点】读佛诵经，本是清净所为。北阙除书，当算肉搏人生。**注**：北阙：宫殿北边的门楼。是臣子等候召见或上书奏事的地方。除书：授官职的文书。

昼画曲房，拥炉列坐。鞭车行酒，分队征歌。一笑千金，樗蒲百万。名妓持笺，玉儿捧砚。淋漓挥洒，水月流虹。我醉欲眠，鼠奔鸟窜。罗襦轻解，鼻息如雷。此一境界，亦足赏心。

【译文】白天在内室作画，围着炉子并排坐下。转圈行酒令，分队比歌声。一笑值千金，赌博注百万。名妓拿纸，美人捧砚。淋漓挥洒，如水中月天上虹。我醉欲睡，糊涂混乱。短衣轻解，鼾声如雷。这一境界，也足以心情愉快。

【评点】人生本是一壶酒，不及烫热已饮入。挥挥霍霍三万天，迷迷糊糊一世住。何来一笑值千金，哪个潇洒做豪赌？千里万里要己行，千文万元要己出。**注**：樗蒲：赌博。罗襦：绸短衣。

柳花燕子，贴地欲飞。画扇练裙，避人欲进。此春游第一风光也。

【译文】柳絮燕子，贴着地欲飞起。妇女画扇子，想进又要避人。这是春游的第一风光。

451

【评点】春游尚未出门，哪知女眷画扇？回视若算一景，大可不必赏春。美人人皆可视，香草人皆可闻。只是前有雷池，不可越过一寸。

花颜缥缈，欺树里之春风。银焰荧煌，却城头之晓色。

【译文】花的容颜缥缈，胜过了树里的春风。银色焰火荧光辉煌，推去了城头的晨曦。

【评点】春风不识时物，绿柳红花亦生蝇。秋风不晓道理，金稻红粱亦下霜。人间哪有两全？

乌纱帽挟红袖登山，前人自多风致。

【译文】当官的挟美女登山，前人自多风流情致。

【评点】为官有美女游乐，为民有愁苦难过。

笔阵生云，词锋卷雾。

【译文】笔下军阵生云，词中锋芒卷雾。

【评点】大将气度，王者风范，只在纸上争鸣。山呼海啸，大地震撼，只在字里威风。

楚江巫峡半云雨，清簟疏帘看弈棋。

【译文】楚江巫峡云雨一半，干净的竹席稀疏的竹帘看着下围棋。

【评点】巫峡云雨出神女，楚江新月近照人。

美丰仪人，如三春新柳，濯濯风前。

【译文】美丽丰满的妙女，像三春的新柳，明媚风前。

【评点】千姿百态，人世妩媚。

涧险无平石，山深足细泉。短松犹百尺，少鹤已千年。

【译文】山涧艰险没有平坦石头，山景幽深到处是细细的泉水。矮松树犹高百尺，小鹤寿已有千年。

【评点】松矮亦是撑天物，鹤少也应鸣唳天。人生都有三寸气，几个能算英雄汉？

清文满箧，非惟芍药之花。新制连篇，宁止葡萄之树。

【译文】清雅的文章满箱，并非只有芍药花。新作连篇，岂可只有葡萄树。

【评点】古今文章千千万，传世有几篇？古今写家万万千，几个不气短？

梅花舒两岁之装，柏叶泛三光之酒。飘飘余雪，入箫管以成歌。皎洁轻冰，对蟾光而写镜。

【译文】梅花舒展两岁的装扮，酒中泛着柏叶泛射的日月星三光。飘飘的雪花，落入箫管变成歌曲。皎洁的薄冰，对着月光若镜。

【评点】夜静听山鸟，月明赏幻境。忽然雪来到，留下一片冰。

鹤有累心犹被斥，梅无高韵也遭删。

【译文】鹤有凡心拖累还要被斥责，梅无好的韵致也要遭到删斫。

【评点】山景万般好，不会自己入诗。花色千般艳，不会自己寻韵。

分果车中，毕竟借他人面孔。捉刀床侧，终须露自己心胸。雪滚花飞，缭绕歌楼，飘扑僧舍。点点共酒施悠扬，阵阵追燕莺飞舞。沾泥逐水，岂特可入诗料？要知色身幻影，是即风里杨花，浮生燕垒。

【译文】分果实在车中，毕竟看得是别人的脸色。桌旁为人代笔，最终一定会露出自己的心胸。雪滚落花飞散，缭绕在歌楼外，飘入僧房中。点点与酒旗一起悠扬，阵阵追逐燕莺飞舞。沾泥玩水，难道不是特别可以入诗的材料？要知道肉身和幻影，是急风里的杨花，浮生中的燕窝。

【评点】幻影本非实影，所以不必认真。谁人没有梦幻？世道也真假难分！

水绿霞红处，仙犬忽惊人，吠入桃花去。

【译文】在水绿霞红的地方，狗忽然惊人一跳，叫着跑到桃树林中去了。

【评点】人不得道，狗不升天。未到天上，哪有仙犬。隐士赏霞，一阵神游。于是那狗，就此为仙。

九重仙诏，休教丹凤衔来。一片野心，已被白云留住。

【译文】九道玉帝诏书，不要让凤凰衔来。一片游野之心，已经被白云留住。

【评点】天官不去做，宁可在人间。无意仙丹酒，一日有三餐。

香吹梅渚千峰雪，清映冰壶百尺帘。

【译文】香吹梅海千峰雪，清映月光百尺帘。

【评点】人入梅海观花雪，忽觉清香寒中来。

避客偶然抛竹屦，邀僧时一上花船。

【译文】躲避客人偶然扔下竹鞋，邀请和尚有时上花船。

【评点】来者是客不必藏，若遇抓丁再跳墙。

到来都是泪，过去即成尘。秋色生鸿雁，江声冷白苹。

【译文】到来的都是泪水，过去了就成烟尘。秋色生鸿雁飞，江水声冷落了白苹。

【评点】心不开，日日有苦，日日有泪，哪天能到头？想得开，日日有喜，日日有笑，哪天没有乐？

斗草春风，才子愁销书带翠。采菱秋水，佳人疑动镜花香。

【译文】春风中斗草，才子之愁销尽书籍也带翠色。秋水中采菱，佳人怀疑花香惊动了镜子。

【评点】才子佳人本为美谈，说来却也令人心寒。世上落魄公子多，富家千金有几班？

竹粉映琅玕之碧，胜新妆流媚。曾无掩面于花宫，花珠凝翡翠之盘。虽什袭非珍，可免探颔于龙藏。

【译文】竹笋之粉映着美石的碧纯，胜过新妆妩媚的美女。不曾在花圃中掩面，花上的露珠凝结在翡翠盘中。虽然层层包裹的并非珍宝，可免去探骊得珠的麻烦。

【评点】千说万说，古来说花最多。千赏万赏，竹花只是一赏。

因花整帽，借柳维船。

【译文】因为花而整整帽子，借着柳树系住船。

【评点】人作鲁宾逊，不用修面。人在深山里，不必打扮。

绕梦落花消雨色，一尊芳草送晴曛。

454

【译文】梦绕着落花消去了雨色，一片芳草送来照射的日光。

【评点】日暖山幽处，雪凉江岸边。人在驿路上，寂寞不问天。

争春开宴，罢来花有叹声。水国谈经，听去鱼多乐意。

【译文】争春开宴会，结束时花有叹息声。水国中谈经，听上去鱼有许多乐意。

【评点】春不必争，只要自争每日每时。鱼不必美，只要自己有滋有味。

无端泪下，三更山月老猿啼。蓦地娇来，一月泥香新燕语。燕子刚来，春光惹恨。雁臣甫聚，秋思惨人。

【译文】无来由地泪下，三更天的山月老猿的啼叫。忽然娇媚来，一月的泥土香小燕吱鸣。燕子刚来，春光惹人恨恼。大雁刚聚，秋思让人凄惨。

【评点】人非圣物，一日里几次心语？人非闲物，一年里几多忙碌？月夜胡思，白日泪裳。

韩嫣金弹，误了饥寒人多少奔驰？潘岳果车，增了少年人多少颜色。

【译文】韩嫣的金弹子，误了多少饥寒人的奔忙？潘岳的果车，增添了少年人的多少色彩。

【评点】富贵莫为奢侈事，贫寒要保气节身。**注：**韩嫣：汉初人，字王孙。潘岳：晋人，字仁安。

微风醒酒，好雨催诗。生韵生情，怀颇不恶。

【译文】微风清醒酒，好雨催诗兴。生出情韵，构思不错。

【评点】古人诗情两种：一种清绝飘逸，属不食人间烟火。一种写情写景，却又无端隐士情怀。只是缺善待生活与百姓日月的文字，缺生活沉重的感觉。

苎萝村里，对娇歌艳舞之山。若耶溪边，拂浓抹淡妆之水。春归何处？街头愁杀卖花。客落他乡，河畔生憎折柳。

【译文】苎萝村里，对着娇艳歌舞的大山。若耶溪边，拂动浓抹淡妆的水流。春归向何处？街头愁死了卖花人。客人流落他乡，心生憎怨河边折柳枝。

455

【评点】苎萝西施生，若耶西施洗。谁晓美女心？他乡有新雨。**注：**苎萝：山名。相传西施生于此地。若耶溪：即浣纱溪。相传西施曾浣纱于此。

论到高华，但说黄金能结客。看来薄命，非关红袖嫩撩人。

【译文】谈论门第富贵，暂且说黄金能够巴结客人。看起来命相薄，与美女红袖撩逗无关。

【评点】莫以金钱论英雄，金钱仅是英雄气。莫以豪侠论英雄，豪侠仅是英雄表。

同气之求，惟刺平原于锦绣。同声之应，徒铸子期以黄金。

【译文】同气相求，只有刺绣平原君像。同声相应，惟有用黄金铸钟子期。

【评点】若非知音，钟子期亦无用处。若非知己，平原君哪有光华。**注：**平原锦绣：即"平原绣"。战国平原君养士好客。后人对其敬仰，将其绣像。此作敬仰解。子期：即春秋钟子期。

胸中不平之气，说偶山禽。<u>世上叵测之器，藏之烟柳。</u>

【译文】胸中的不平之气，快说给山禽听。世上无法测度的东西，藏到柳林之中。

【评点】与山鸟相语，诉尽苦闷。此不与人交者。世人多偏见，不容异物。此是人之恶症。

祛长夜之恶魔，女郎说剑。销千秋之热血，学士谈禅。

【译文】除去长夜的恶魔，与女郎说剑。销解千秋的热血，和学士谈禅。

【评点】谈禅本应与和尚，论剑哪有找女郎？

论声之韵者曰：溪声，润声，竹声，松声，山禽声，幽壑声，芭蕉雨声，落花声，皆天地之清籁，诗坛之鼓吹也。然销魂之听，当以卖花声为第一。

【译文】论说声音韵味的人说：溪流声，雨润声，竹声，松声，山鸟声，幽谷声，雨打芭蕉声，落花声，都是天地的清绝之音，是诗坛的鼓吹曲。然而听来销魂的声音，应当以卖花的声音为第一。

【评点】世间万物有万声，人耳有限甚少听。然而只要开心耳，方知四野皆物鸣。

石上酒花，几片湿云凝夜色。松间人语，数声宿鸟动朝喧。"媚"字极韵，但出以清致，则窈窕但见风神。附以妖娆，则做作毕露丑态。如芙蓉媚秋水，绿媚清涟，方不着迹。

【译文】石上饮酒赏花，几片湿云凝住了夜色。松树间有人语，宿鸟几声鸣叫搅起了早上的喧闹。"媚"字极富韵味，但愿出于清致，就会窈窕见出风度。附加上妖娆，就会做作完全露出丑态。像荷花妖媚于秋水，绿枝妖媚于清涟，美丽而不着痕迹。

【评点】度为世间物尺，不可越尺轨半步。否则，便会味道全变，色彩俱消。

武士无刀兵气，书生无寒酸气，女郎无脂粉气，山人无烟霞气，僧家无香火气。换出一番世界，便为世上不可少之人。

【译文】武士没有刀兵杀气，书生没有寒酸穷气，女郎没有脂粉香气，隐士没有烟霞瘴气，和尚没有香火烟气。换出另一番世界，便成为世上不可缺少的人。

【评点】俗语有言：干啥吆喝啥。此为人生要义之一。要义之二，自己要有过人之心，想他人未想之事。

情词之娴美，《西厢》以后，无如《玉盒》《紫钗》《牡丹亭》三传。置之案头，可以挽文思之枯涩，收神情之懒散。

【译文】言情之词的娴美，《西厢记》以后，没有能比《玉盒》《紫钗》《牡丹亭》三部传奇的。放在案头，可以挽救文思的枯竭，收起懒散的神情。

【评点】世有男女，然后有情缘。世有情缘，然后有爱怨。世有爱怨，然后有笑哭。这笑哭之间，便是人生如戏。

俊石贵有画意，老树贵有禅意，韵士贵有酒意，美人贵有诗意。

【译文】俊俏的石头贵在有可画之意，古老的树木贵在有参禅之意，诗人贵在有酒意，美女贵在有诗意。

【评点】石要贵，须你有眼力。树要贵，须你有悟力。人如败絮，脑如猪犬，哪里还有什么"意"？

红颜未老，早随桃李嫁春风。黄卷将残，莫向桑榆怜暮景。销魂之音，丝竹不如著肉。然而风月山水间，别有清魂销于清响。即子晋之笙，湘灵之瑟，董双成之云璈，犹属下乘。娇歌艳曲，不全是尽混乱耳根。

【译文】红颜未老，早就随着桃李嫁给了春风。书将读完，莫向老年人可怜晚景。销魂的音乐，丝竹乐器不如酒肉。然而在风月山水间，有特别的清雅魂魄销溶在山水的清响中。就是子晋的笙，湘水女神的古瑟，董双成的云锣，还是属于下等。娇歌艳曲，不全是混乱耳根。

【评点】山水清响世人难听，春花秋月世人难赏。如今世人皆为笼雀，想出笼门如何不难？**注**：子晋：即王子乔。喜欢吹笙。董双成：相传为西王母侍女。

风惊蟋蟀，闻织妇之鸣机。月满蟾蜍，见天河之弄杼。

【译文】风惊起蟋蟀，听纺织女的机声。月满天上，见到天河在弄机杼。

【评点】男耕女织古自然，谁见仙女纺纱线？天河弄杼惊人心，只怕落下打头烂。

高僧筒里送信，突地天花坠落。韵妓扇头寄画，隔江山雨飞来。酒有难悬之色，花有独蕴之香。以此想红颜媚骨，便可得之格外。

【译文】和尚竹筒里送来信，突然觉得天花落地。风韵之妓在扇子上绘画寄情，隔着江山雨飞来。酒有不好悬挂的难色，花有独自蕴育的馨香。由此想到红颜美女，便可有格外的收获。

【评点】酒醉天晚不识路，拐进青楼犯错误。来日又有一个醉，想寻前日哪识路？

客斋使令，翔七宝妆，理茶具。响松风于蟹眼，浮雪花于兔毫。

【译文】在客房里命令侍者，梳洗七宝妆，整理茶具。松风下饮蟹眼茶，雪花浮于兔毫笔。

【评点】隐者多潇洒，寒风里饮茶，雪花中泼墨。此非凡人所能。

每到日中重掠鬓，襂衣骑马试宫廊。

【译文】每到中午重新整理一下鬓角，穿绣衣的人在宫廊中试马。

【评点】每日对镜，哪个是你？天天对酒，自己终是谁？

绝世风流，当场豪举。世路既如此，但有肝胆向人。清议可奈何？曾无口舌造业。

【译文】绝世的风流，当场的豪放之举。世路已经这样，但凭有肝胆向着别人。遭受议论有什么办法？一点也没有用口舌造下孽障。

【评点】人口不必防，防也防不住。人言不必惧，惧也去不了。

只要己正，何怕影斜？

花抽珠落，珠悬花更生。风来香转散，风度焰还轻。

【译文】花开放露珠落，露珠悬挂花更有生机。风来了香气转而吹散，风度比火焰还轻巧。

【评点】花本无落露珠意，晨放绽出叶几匹。见得日光七分暖，马上脱去冬日衣。

莹以玉琇，饰以金英。录芰悬插，红蕖倒生。

【译文】晶莹用美玉，妆扮用金英。绿色菱荷悬空摇曳，红色的荷花倒生。

【评点】美不在过度修饰，美多在自在天然。**注**：录芰：即绿色菱荷。

浮生海兮气浑，映青山兮色乱。

【译文】浮生之海上啊气浑浊，映照青山啊色迷乱。

【评点】人生如海，荡气回肠。人生如歌，余韵绵长。不必苦咒浮生，否则你就该死！

纷黄庭之霾霏，隐重廊之窈窕。青陆至而莺啼，朱阳升而花笑。

【译文】纷乱的庭院中央的草幕藤障，遮住了重廊之中的美女。春天至而莺啼，太阳升而花开。

【评点】淑女美丽在豪门，整日梳妆愁煞人。深宅高院难问春，犹若尼姑对灯沉。

紫蒂红蕤，玉蕊苍枝。

【译文】花蒂紫色红瓣下垂，蕊若玉塑枝叶苍翠。

【评点】知花难于赏花，护花难于知花。世上人谁不言爱花，可真爱花者又有几人？

视莲潭之变彩，见松院之生凉。引惊蝉于宝瑟，宿兰燕于瑶筐。

【译文】看莲花潭色彩变幻，见松树院顿时生凉意。弹瑟琴惊动蝉鸣，以瑶筐安住兰燕。

【评点】明知四野有仙踪，可惜数寻不见影。看罢庭院花与松，方识仙境在个中。

蒲团布衲，难于少时存老去之禅心。玉剑角弓，贵于老时任少年之侠气。

【译文】蒲团僧袍，难处在于少年时存有老去的禅心。宝剑良弓，宝贵在年老的时候仍有少年侠气。

【评点】少年气盛，该盛则盛。老年气衰，该衰则衰。少年者要忌其躁，老年者要忌其柔。

卷十

豪

今世矩视尺步之辈，与夫守株待兔之流，是不束缚而阱者也。宇宙寥寥，求一豪者，安得哉？家徒四壁，一掷千金，豪之胆；兴酣落笔，泼墨千言，豪之才；我才必用，黄金复来，豪之认。夫豪既不可得，而后世倜傥之士，或以一言一字写其不平，又安与沉沉故纸同为销没乎！集豪第十。(作者引语)

【译文】现今把世上的规矩严格遵循的人，与守株待兔之流，是不用捆绑就在陷阱里。宇宙阔大，寻求一个豪爽者，哪里获得呢？家徒四壁，一掷千金，是豪者的胆气；兴酣落笔，作画写文，是豪者的才能；天生我才必有用，黄金散去还复来，是豪者的旷达之见。英豪既然不可得，而后世的潇洒之士，或者用一字一句写其心中不平，又为什么与古书故纸一同销磨呢！集豪第十。

【评点】古来文士多潇洒，多在纸上少在人。若说家已徒四壁，千金一掷从何来？由是今人可知见：古来豪士几人真？**注：**尺步之辈：指循规蹈矩的人。

桃花马上，春衫少年侠气。贝叶斋中，夜衲老去禅心。

【译文】如若桃花在马上，穿着春衫的少年有侠气。佛斋里面，夜晚和尚因老去了禅心。

【评点】人生少年自意气，人至老年自清醒。**注：**贝叶斋：指佛家经堂。

岳色江声，富煞胸中丘壑。松阴花影，争残局上江山。

【译文】山色江声，极丰富了胸中的山河。松阴花影，争着棋盘上的残局江山。

【评点】风光壮目，心中自有山川。你争我夺，棋上也有皇帝。

骥虽伏枥，足能千里。鹄即垂翅，志在九霄。

【译文】好马虽卧马槽，足能致千里。鸿雁即使垂翅，志在九霄天上。

【评点】物自有志，其志不能屈。

个个题诗，写不尽千秋花月。人人作画，描不完大地江山。

【评点】花月千秋别样，江山年年不同。

慷慨之气，龙泉知我。忧煎之思，毛颖解人。

【译文】慷慨的气概，龙泉剑知我。忧思如煎，毛笔可以解脱人。

【评点】人有三寸气，可慷慨可怯懦。人有一条命，可拼搏可懈怠。人生一次，路走千条。

不能用世而故为玩世，只恐遇着真英雄。不能经世而故为欺世，只好对着假豪杰。

【译文】因为不能为世所用而游戏社会，只怕遇到真英雄。因为不能把握社会而欺世，只好面对假豪杰。

【评点】世为人生之境，不可毁，只可建；不可欺，只可诚。

绿酒但倾，何妨易醉。黄金既散，何论复来！

【译文】绿酒已经倾尽，何妨轻易醉倒。黄金已经散去，何必再说复来！

【评点】日日有酒，且算酒友。天天算钱，便是财奴。

诗酒兴将残，剩却楼头几明月。登临情不已，平分江上半青山。

【译文】吟诗饮酒之兴将残，剩下了楼头上的略明的月亮。登临高处情不尽，平分江上的一半的青山。

【评点】夜酒赏月，古人多少轶事。如今无月，今人许些憾情。

闲情消白日，悬李贺呕字之囊。搔首问青天，携谢惊人之句。

【译文】闲情中消磨白天，悬起李贺炼字的诗囊。搔首动问青天，携来谢朓的惊人诗句。

【评点】学李贺千般辛苦，辛苦你未必就出好诗。像谢朓万番锤炼，锤炼你未必就有惊人。

假英雄专映不鸣之剑，如此锋铤，遇真人而落胆。穷豪杰惯作无米之炊，此等作用，当大计而扬眉。

【译文】假英雄专用小声不鸣的宝剑，如此露锋芒，遇到真英雄就会掉胆。穷豪杰习惯做无米之饭，这样的作用，是人生大计而应该抬起头来。

【评点】英雄不可假做，假作总有真羞一天。为大计可忍小节，小节不可影响大计。

深居远俗，尚愁移山有文。纵饮达旦，犹笑醉乡无记。

【译文】深山居住远离世俗，还忧愁移山已有文章。纵情饮酒通宵达旦，还笑话醉乡里没有记录。

【评点】做实事不必计较前人有为，醉梦里哪用司马迁史记。注：移山有文：《列子·汤问》中的《愚公移山》。

风会口靡，试具宋广平之石肠。世道莫容，请收姜伯约之大胆。

【译文】风传口坏，试着具有宋广平的铁石心肠。世道不容，请收下姜维的大胆。

【评点】人口有舌，舌为利器。可掘山开路，可锯栋参天。注：口靡：中医指口舌生病。此指口碑不好。

藜床半穿，管宁真吾师乎？轩冕必顾，华歆洵非友也。

【译文】藜床割去一半，管宁真是我的老师吗？官员经过一定观看，华歆确实不是朋友。

463

【评点】世人皆可交友，只是友有不同。是友皆可来往，只是来往有异。注：藜床：用藜茎编的床。泛指简单的坐榻。管宁：三国魏人，字幼安。华歆：三国魏人，字子鱼。

车尘马足之下，露出丑形。深山穷谷之中，剩些真影。

【译文】车尘马脚的下面，露出了丑陋形象。深山穷谷里面，剩下了一些真诚的身影。

【评点】政坛龌龊，市场卑鄙，为者皆日日穷搅。山水干净，自然美丽，入者皆天天如仙。

吐虹霞之气者，贵挟风霜之色。依日月之光者，毋怀雨露之私。

【译文】吐吞虹霞之豪气者，贵在挟来风霜沧桑之色。依靠日月之光而明者，不要怀雨露一般的私心。

【评点】豪者不避风雨，私者不避钱刀。

清襟凝远，卷秋江万顷之波。妙笔纵横，挽昆仑一峰之秀。

【译文】清高的胸襟定在高远之处，卷起秋江万顷波浪。妙笔纵横描画，挽来昆仑一峰秀色。

【评点】气吞山河，志壮乾坤。眼中有远眺，笔下有高节。

闻鸡起舞，刘琨其壮士之雄心乎？闻筝起舞，迦叶其开士之素心乎？

【译文】闻听鸡叫起来舞剑，是刘琨的壮士雄心吗？闻听筝奏起来跳舞，是迦叶禅宗开启了士人的素净之心吗？

【评点】鸡叫每日，何人舞剑？何人走舞？又何人懒睡？而今社会，鸡叫又去何处寻？**注**：刘琨：晋人。与友互相勉励，每日鸡鸣即起舞剑，立志报国。迦叶：释迦牟尼之门徒。

友遍天下英杰人士，读尽人间未见之书。

【评点】茶要淡品，友要高交。淡品方为功夫，高交才有教诲。

读书倦时须看剑，英发之气不磨。作文苦际可歌诗，郁结之怀随畅。

【译文】读书疲倦时须要看剑，英发之气因此不磨灭。作文苦楚时可以吟诗，郁闷情怀随之而畅快。

【评点】志可立，不可夺，哪管时时艰难；情可抒，不可俗，怎问处处坎坷。

交友须带三分侠气，作人要存一点素心。

【译文】交朋友须带着三分侠义气，做人要保存一点素清心。

【评点】男人无侠气，只为柳木一枝。女人无柔情，只成落花一瓣。

栖守道德者，寂寞一时。依阿权变者，凄凉万古。

【译文】牢牢把握道德的人，会寂寞一时。依附阿谀权贵变通的人，会凄凉万古。

【评点】道德若是该守，不必问千古万古。寂寞若是该耐，不用等权变世迁。

深山穷谷，能老经济才猷。绝壑断崖，难隐灵文奇字。

【译文】深山穷谷，能使经国济世的才能老道。绝谷断崖，难藏住机巧的文章奇特的书法。

【评点】不问世外，如何经国济世？灵文奇字，定有世外高人。

王门之杂吹非竽，梦连魏阙。郢路之飞声无调，羞向楚囚。肝胆煦若春风，虽囊乏一文，还怜茕独，气骨清如秋水。

【译文】皇家的乐器合奏并非只是竽，梦一般缭绕在宫内。歌坛文场飞声无调，羞辱了无耐"楚囚"。肝胆暖若春风，虽然囊中乏钱，还怜悯孤独的人，气节清明如秋水。

【评点】善不在贫富，只在人心。恶不在男女，只在贪念。注:魏阙:本指宫门外的两侧的楼观。此指王宫。郢路:本为通国门之路，此指欢舞场合。楚囚:指孤独无援，无计可施者。

献策金门苦未收，归心日夜水东流。扁舟载得愁千斛，闻说君王不税愁。

【译文】去王宫献策苦于未被收下，归家的心日夜随水向东流淌。小船载得了千斛愁思，听说国王不为税发愁。

【评点】文人匹夫志，想是为国家。哪知国家大，不知门向哪。君王结权势，百姓受重压。只因税赋贪，五谷难长大。

世事不堪评，拨卷神游千古上。尘氛应可却，闭门心在万山中。

465

【译文】世事不堪评说,拨开书卷神游上古千年。尘世风气可以拒绝，关上门心在万山丛中。

【评点】不问现在，莫问未来，不操油盐家事心，不念安危国事愚。一天一天又一天，一年一年又一年，天天如此，如此天天。

负心满天地，辜他一片热肠。恋态自古今，悬此两只冷眼。

【译文】负心布满了天地，辜负了他一片火热心肠。迷恋的样子从古至今，悬起这两只旁观的冷眼。

【评点】世人皆负心，本无不负人心之人。世人皆恋生，哪有不恋弃恋之人。

龙津一剑，尚作合于风雷。胸中数万甲兵，宁终老于牖下。此中空洞原无物，何止容卿数百人。

【译文】龙津一把剑，挥动风雷。胸有数万甲兵，最后老于窗下。这里空空原本没有东西，何止装下你数百人。

【评点】豪者胸中起风雨，布下心上百万兵。注：龙津：本指龙门。此引指为名剑。

英雄未转之雄图，假糟丘为霸业。风流不尽之余韵，托花谷为深山。

【译文】英雄未能转而施展雄图大略，借糟山成就霸业。风流未尽的余韵残风，把花圃里沟谷当成深山。

【评点】秀才纸上谈兵，实为无耐。武夫沙场折花，假充斯文。注：糟山：酒糟之山。

红润口脂，花蕊乍过微雨。翠匀眉黛，柳条徐拂轻风。

【译文】红润的口红，花蕊刚经细雨。眉黛均匀艳丽，柳枝慢拂轻风。

【评点】男妆雄武以示英豪，女妆妩媚当做天仙。

满腹有文难骂鬼，措身无地反忧天。

【译文】满腹的学问难骂鬼神，立身无地反而忧天下。

【评点】英雄既当安身立命，亦当感天动地。

大丈夫居世，生当封侯，死当庙食。不然，闲居可以养志，诗书足以自娱。

【译文】大丈夫活在世上，生当封侯，死当立庙受人供奉。不然，闲居可以养颐志趣，诗书足以自我娱乐。

【评点】或轰轰烈烈，或平平淡淡。大丈夫，只求痛快！

不恨我不见古人，惟恨古人不见我。

【译文】不怨恨我见不到古人，只怨恨古人见不到我。

【评点】与古人书卷交谈，也须正端心肠。

荣枯得丧，天意安排，浮云过太虚也。用舍行藏，吾心镇定，砥柱在中流乎？

【译文】荣耀枯萎获得丧失，是天意安排，是浮云过空虚玄渺之境。用舍行藏，我心镇定，是砥柱在中流吗？

【评点】看淡功成名就，看轻金钱利禄，看破市利官名，看玄自然生活。注：用舍行藏：典出《论语·述而》，指能被任用就行其道，不被任用就退隐。

曹曾积石为仓，以藏书。名"曹氏石仓"。

【译文】曹曾砌石为仓库，用以藏书。起名"曹氏石仓"。

【评点】读书人先学爱书，再学藏书。注：曹曾：后汉人。字伯山。

丈夫须有远图，眼孔如轮，可怪处堂燕雀。豪杰宁无壮志，风稜似铁，不忧当道豺狼。

【译文】大丈夫须有高远志向，眼睛如轮，可令堂中燕雀奇怪。豪杰宁可无壮志，品格如铁，不忧惧当道豺狼。

【评点】豪杰亦人当，只要铁骨铮铮。英雄亦平常，只要人情浓浓。注：风：指刚直不阿的品质。

云长香火，千载遍于华夷。坡老姓字，至今口于妇孺。意气精神，不可磨灭。

【译文】关云长的香火，千载遍传华夏。苏东坡的姓名，至今于妇孺口中传诵。意气精神，不可磨灭。

【评点】人求名，雁求声。只怕名成千古罪，只怕名中多虚声。

据床嗒尔，听豪士之谈锋。把盏惺然，看酒人之醉态。

【译文】坐床上物我两忘，倾听豪士谈天。把盏还清醒，看饮酒人的醉态。

【评点】出神听真言，走神想心事。注：嗒尔：聚精会神态。惺然：清醒貌。

登高眺远，吊古寻幽。广胸中之丘壑，游物外之文章。

【译文】登高眺远，凭吊古人寻找幽芳。开阔胸中的山河，游赏物外的文章。

【评点】古去万千事，全凝成青山逶迤。今来多少人，皆化作孔方英雄。

雪霁清境，发于梦想：此间但有荒山大江，修竹古木。

【译文】雪后初晴的清雅之境，梦想由生：这里只有荒山大江，修竹古树。

【评点】白日多心梦，只盼梦成现实。夜晚多情梦，不知心属谁家。

每饮村酒后，曳杖放脚。不知远近，亦旷然天真。

【译文】每次饮罢山村野酒以后，拽着拐杖放开脚步。不问远近，也是旷达天真。

【评点】酒后不必多计较，醉眼朦胧山景好。

须眉之士，在世宁使乡里小儿怒骂，不当使乡里小儿见怜。

【译文】男子汉大丈夫，在世时宁可让乡里小孩怒骂，不应当让乡里小孩可怜。

【评点】虎落平阳，龙困沙滩。英雄气概何去？凌云壮志已闲。

胡宗宪读《汉书》，至终军请缨事，乃起拍案曰："男儿双脚当从此处插入，其他皆狼籍耳！"

【译文】胡宗宪读《汉书》，到终军请战一事，乃拍案而起说："男儿双脚当从这里开始，其他都是胡扯！"注：胡宗宪：明朝人。字汝贞。

宋海翁才高嗜酒，睥睨当世，忽乘醉泛舟海上，仰天大笑曰："吾七尺之躯，岂世间凡士所能贮？合以大海葬之耳！"遂按波而入。

【译文】宋海翁才高而喜饮酒，轻视当时社会，忽然乘醉意泛舟海上，仰天大笑说："我七尺身躯，岂是世间一般土地可以安放的？正好合以大海葬我呀！"于是越波而入。

【评点】自视高才，古今均有。似宋某如此不凡者，则属仅见。然，世间凡土处处，又哪里不是青山？注：凡土：原文为"凡士"，疑为讹错。

王仲祖有好形仪，每览镜自照曰："王文开那生宁馨儿？"

【译文】王仲祖形象好，经常对镜自照说："王文开怎么生得这样好的孩子？"

【评点】对镜自赏，犹如对影自怜。

毛澄七岁善属对，诸喜之者赠以金钱。归，掷之曰："吾犹薄苏秦斗大，安事此邓通靡靡！"

【译文】毛澄七岁时善于对对子，许多喜欢的人送给他金钱。回来，扔下说："我相当看不起苏秦的斗大装钱，怎么能喜欢这个就如邓通靡多！"

【评点】生于世上当用钱，钱多钱少个人见。无钱亦有三千景，有钱也许不见天。**注**：毛澄：明人。字宪清。邓通：西汉人。官至上官大夫。文帝赐钱无数。后又许其自铸钱，因此邓氏钱遍于天下。后人以邓通为钱代称。

梁公实荐一士于李于鳞。士欲以谢梁，曰："吾有长生术，不惜为公授。"梁曰："吾名在天地间，只恐盛着不了，安用长生！"

【译文】梁公实举荐一人给李于鳞。此人想谢梁公实，说："我有长生术，不惜传授给您。"梁说："吾的名字在天地之间，只恐怕盛装不下，哪里用什么长生！"

【评点】此为明智之人。古久有长生术，哪位又见长生古人？李老可有八百岁，八百年中何人见？

吴正子穷居一室，门环流水。跨木而渡，渡毕即抽之。人问故，笑曰："木桥浅小，恐不胜富贵人来踏耳。"

【译文】吴正子住一间房生活贫寒，门外流水环绕。将木板搭过而渡小河，过来就抽回。有人问原因，笑着说："木桥窄小，恐怕顶不住富贵之人来践踏呀。"

【评点】谢尘缘，断尘路，一日日尘外世界。过小河，搭木板，走小桥，一天天幽居生活。

吾有目有足，山川风月，吾所能到，我便是山川风月主人。大丈夫当雄飞，安能雌伏？

【译文】我有眼有脚，山川风月，我所能到，我就是山川风月主人。大丈夫应当雄劲地飞起，怎么能雌性般伏下？

【评点】心胸阔大，眼界辽远，便是天地龙王玉皇。

青莲登华山落雁峰曰："呼吸之气，想通帝座。恨不能携谢朓惊人之诗来，搔首问青天耳！"

【译文】李白登上华山落雁峰说："呼吸的气息，想来通到了帝座星。恨没有携来谢朓的惊人诗篇，搔首问询苍天啊！"

【评点】登山夜宿，月残星明，心有一种接天升腾之感。

志欲枭逆虏，枕戈待旦。常恐祖生，先我着鞭。

【译文】立志要平叛逆，枕戈待旦。经常害怕祖逖，先我出马。

【评点】男儿生当报国，尽忠尽节。注：祖生：东晋名将祖逖。

旨言不显，经济多托之工瞽荛。高踪不落，英雄常混之鱼樵耕牧。

【译文】有价值的话不显露，经国济世之见多假托于乐官柴夫。高逸的行踪不落俗套，英雄常常混在渔人樵夫耕者牧倌之中。

【评点】官场争名逐利，有如门挂杀人刀。经国济世高见，切莫高声言表。

高言成啸虎之风，豪举破涌山之浪。

【译文】高洁的语言形成虎啸的威风，豪侠之举可破拍山大浪。

【评点】人生壮举能几时？过人言语惊四座。

立言者，未必即成千古之业，吾取其有千古之心。好客者，未必即尽四海之交，吾取其有四海之愿。

【译文】著书立说者，未必就能成千秋不朽之业，我取他有成千古不朽之心。好客者，未必就能交遍四海之人，我取他有交四海之愿望。

【评点】千古之业非己业，四海皆交非己交。人何为千古后事？做好今事为上。人何能以四海为友？知己几人即善。

管城子无食肉相，世人皮相何为？孔方兄有绝交书，今日盟交安在？

【译文】笔无吃肉的命相，世人的皮相又是什么呢？钱下了绝交书，今日的交情又在哪里？

【评点】笔无食肉相，却食世人无肤之皮肉。钱有绝交书，只要明朝你顶礼膜拜。

襟怀贵疏朗，不宜太逞豪华。文字要雄奇，不宜故求寂寞。

【译文】胸怀贵在开朗，不宜太逞豪侠才华。文字要雄奇，不宜故意追求寂寞。

【评点】要有追求，但别追过了头。要有孤寂，但莫孤成一人。

悬榻待贤士，岂曰交情已乎。投辖留好宾，不过酒兴而已。才以气雄，品由心定。

【译文】悬榻款待贤士，岂能说交情已付清。投辖在井留好宾，不过是酒兴而已。才华以气称雄，品格由心而定。

【评点】好客者强求于酒，好酒者强求于人。注：投辖：辖，即安在车轴末端的挡铁。汉代陈遵喜酒，每次大宴宾客，就关门，取客车辖投水井中，使客不得离去。

为文而欲一世之人好，吾悲其为文。为人而欲一世之人好，吾悲其为人。

【译文】写文章的人想让一世的人说好，我悲哀他为文。为人而想与一世的人友好，我悲哀他的为人。

【评点】心可以求全，行不可以求全。全本无有，求全便是求没有。

济笔海则为舟航，骋文囿则为羽翼。

【译文】渡写字的海则是舟船，驰骋文坛则是翅膀。

【评点】是海无舟免渡，是坛无足免登。

胸中无三万卷书，眼中无天下奇山川，未必能文。纵能，亦无豪杰语耳。

471

【译文】胸中没有三万卷书，眼中没有天下的奇山异水，未必能写文章。就是能，也没有豪杰的语言。

【评点】不读万卷书，不行万里路，不知万般苦，何来过人文章？

山厨失斧，断之以剑。客至无枕，解琴自供。盥盆溃散，罄为注洗。盖不暖足，覆之以蓑。

【译文】拙厨丢了斧子，用剑切断它。客到无枕头，解下琴自己枕。

洗漱的盆坏了，用磬注水。盖被暖不到脚，用蓑衣压上。

【评点】生活中许多不易之事，心境好一切迎刃而解。

孟宗少游学。其母制十二幅被，招贤士共卧，庶得闻君子之言。

【译文】孟宗少年时游学。他母亲做了十二床被，招来贤达之士一起睡觉，有幸听到君子的话。

【评点】交益友，拜明师（不是名师），学真理，长卓见。

张烟雾于海际，耀光景于河渚。乘天梁而皓荡，叶帝阍而延伫。

【译文】烟雾张布在海际，漂亮的景色闪耀在河间的沙洲。乘天梁星而皓光荡荡，叶天门掌官而等待盼望。

【评点】雾罩四海，河渚有光。天舟乘坐，直上玉宫。一副浪漫打扮，一次浪漫心游。**注**：叶：本指书页，这里作引荐信解。

声誉可尽，江天不可尽。丹青可穷，山色不可穷。

【译文】名声可以消失，江天不可消失。画法可以穷尽，山色不可穷尽。

【评点】山川四季，古来千年吟诵，吟诵不尽其景其巧。

闻秋空鹤唳，令人逸骨仙仙。看海上龙腾，觉我壮心勃勃。

【译文】听秋天空中鹤叫，令人觉得骨头飘逸如仙。看海上龙腾，觉得自己壮心勃发。

【评点】秋空有鹤，海上无龙。人入仙风，皆因心境。

明月在天，秋声在树，珠箔卷啸倚高楼。苍苔在地，春酒在壶，玉山颓醉眠芳草。

【译文】明月在天上，秋天的鸟叫在树上，珠帘卷起的声音倚着高楼。青苔在地，春天的酒在壶中，如玉般的山颓然而醉眠于芳草之中。

【评点】山醉无酒，人醉成仙。月醉落地，人醉步颠。

胸足自是奇，乘风破浪，平吞万顷苍茫。脚底由来阔，历险穷幽，飞度千寻香霭。

【译文】胸中充实自是奇人，乘风破浪，平吞万顷苍茫。脚下本来开阔，历险穷尽幽美，飞度千里馨香云气。

【评点】心若飞天，身若有轻。神若入地，身若有重。

松风涧雨，九霄外声闻环佩，清我吟魂。海市蜃楼，万水中一幅图画，供吾醉眼。

【译文】松林风山涧雨，九霄云外听到了环佩的响声，清醒了我吟诗的魂魄。海市蜃楼，万水汇合中的一幅图画，供我饱眼福。

【评点】电闪雷鸣，实乃宇宙闹情绪。风雨交加，本是天公得感冒。不必大惊，不必小责。

每从白门归，见江山逶迤，草木苍郁。人常言佳，我觉是别离人肠中一段酸楚气耳。

【译文】每从京城回来，见江山逶迤，草木苍郁。人们经常说好，我觉得只是别离之人肠腑中的一段酸楚的别情。

【评点】山景亦是心景，心中无景山何景？

人每谀余腕中有鬼。余谓鬼自无端入吾腕中，吾腕中未尝有鬼也。人每责余目中无人。余谓人自不屑入吾目中，吾目中未尝无人也。

【译文】人们每次奉承我手腕中有鬼相助。我说是鬼自己无端地进入我手腕中，我的手腕里面是不曾有鬼的。人们每每责备我目中无人。我说是别人不屑于进入我的眼里，我的眼睛里从来是没有无人的。

【评点】高人高语，高见高识。

天下无不虚之山，惟虚故高而易峻。天下无不实之水，惟实故留而不竭。

473

【译文】天下没有不空虚的山，唯有空虚因此才高耸而容易峻峭。天下没有不充实的水，惟有充实因此才有保留而不枯竭。

【评点】山不实，何以成丘？水不虚，何以成流？

放不出憎人面孔，落在酒杯。丢不下怜世心肠，寄之诗句。春到十千美酒，为花洗妆。夜来一片名香，与月薰魄。

【译文】拿不出令人憎恶的面孔，留在了酒杯里。丢不开怜世的心肠，寄情在诗句中。春天送来无数美酒，为花洗妆。黑夜送来一片香气，给月亮薰魂。

【评点】脸非面谱，遇时就换。人非戏子，角色不断。该憎时为何不憎？该喜时为何不喜？

忍到熟处则忧患消，淡到真时则天地赘。

【译文】忍耐到极点则忧虑就消失了，平淡到真诚时则天地就多余了。

【评点】平淡只在心中有，不必山野四下寻。

醺醺熟读《离骚》，孝伯外敢曰并背名士；碌碌常承色笑，阿奴辈果然尽是佳儿。

【译文】陶醉地熟读《离骚》，孝敬父辈以外敢说是并肩的名士。附合别人常常巴结奉笑，晚辈果然尽是好孩子。

【评点】大言不知惭，大话不知撝，人因谨慎己，莫说世外山。

剑雄万敌，笔扫千军。

【译文】剑征服万敌，笔横扫千军。

【评点】文人铁胆，纸上谈兵。

飞禽铩翮，犹爱惜乎羽毛。壮士捐生，终不忘老骥。

【译文】飞鸟伤残了硬羽，仍然爱惜羽毛。壮士捐出生命，始终不忘老马。

【评点】英雄落魄，其志不可落。老马迟暮，犹有远图。

敢于世上放开眼，不向人间浪皱眉。

【译文】敢于在世上放眼高望，不向人间轻易皱眉头。

【评点】人来世上，气节最重。骨气长在，精神方固。

缥缈孤鸿，影来窗际。开户从之，明月入怀。花枝零乱，朗吟枫落。吴江之句，令人凄绝。

【译文】高飞的孤雁，影子来到窗边。开门进来，明月照入怀中。花枝零乱，朗声吟诗枫叶落。吴江的诗句，让人觉得极其凄惨。

【评点】花入夜景不识色，雁在月里不见天。

云破月窥花好处，夜深花睡月明中。

【译文】云彩破开月亮偷看花的美丽，夜深时分花朵睡在月光里。

【评点】赏花当在日白时，惟月难有此眼福。幸福须在心中品，众目之下难成春。

三春花鸟犹堪赏，千古文章只自知。文章自是堪千古，花鸟之春只几时？

【译文】三春花鸟值得欣赏，千古好文章只有自己知道。文章自然是可以传千古，花鸟的三春只有多少时间？

【评点】生命本短暂，历史日月长。

士大夫胸中无三斗墨，何以运管城？然恐蕴酿宿陈，出之无光泽耳。

【译文】士大夫胸中没有三斗墨水，用什么来运笔写字？然而恐怕蕴酿未能消化，写出来没有什么文采。

【评点】天地善恶，皆成心底波澜。小大由之，皆写真意文章。**注：**管城：毛笔。宿陈：指胃中积食。

攫金于市者，见金而不见人。剖身藏珠者，爱珠而忘自爱。

【译文】抢夺金钱于市场者，见到了金钱而见不到人。割身体藏珍珠的人，爱珠子而忘了自爱。

【评点】俗语有讲：狗肉贴不到人身上。那么珍珠可能吗？

与夫决性命以饕富贵，纵嗜欲以戕生者何异？

【译文】拼性命而贪富贵，与放纵贪欲而戕害生灵的人有什么不同？

【评点】人可无富贵，不可无仁义。然而，富贵并非不义，而是富贵之人不义。此切记！

说不尽山水好景，但付沉吟。当不起世态炎凉，唯有闭户。

【译文】说不尽的山水美景，但付之吟诗。担戴不了世态的炎凉，只有关上门。

【评点】直面世态炎凉，方为真胆英雄。

杀得人者，方能生人。有恩者，必然有怨。若使不阴不阳，随世波靡，肉菩萨出世，于世何补？此生何用？

【译文】杀得了人的人，方能救得了人。有恩惠，必然有仇怨。如果不阴不阳，随世波逐流，肉菩萨出世，于世何补？此生有什么用？

【评点】轰轰烈烈，闯过一生，多少人心中想念。只可惜每日平平，哪有跃马杀敌？**注：**肉菩萨：亦称肉身。指僧道死后，将尸体处理，以资供奉。

李太白云："天生我才必有用，千金散尽还复来。"又云："一生性僻耽佳句，语不惊人死不休。"豪杰不可不解此语。

【译文】李白说："天生我才必有用，千金散尽还复来。"（杜甫）又说："一生性情孤僻沉溺于佳句，语不惊人死不休。"豪杰不可以不明白这句话。

【评点】执着一件家中事，不为世上千金赏。

天下固有父兄不能囿之豪杰，必无师友不可化之愚蒙。谐友于天伦之外，元章呼石为兄。奔走于世途之中，庄生喻尘以马。

【译文】天下一定有父亲兄弟不能约束教育的豪杰，一定没有老师同学不能驯化的愚蒙。谈笑之友在天伦之外，元章叫石头为兄。奔走于尘世中，庄子把尘埃比喻为马。

【评点】心性开启，万物皆有灵神。胸襟闭锁，凡事全无味道。

词人半肩行李，收拾秋水春云。深宫一世梳妆，恼乱晚花新柳。

【译文】词人半个肩挎着行李，收拾下秋水春云。深宫里一辈子梳妆，气恼了晚开的花新插的柳。

【评点】美女深宫瘦，晚花谁知新？不算三春晚，已是秋雨寒。

得意不必人知，兴来书自圣。纵口何关世议？醉后语犹颠。

【译文】得意不必让人知，兴来书本是圣人。放纵语言何必与世上议论有关？醉后的话语尤其颠狂。

【评点】不学史书礼，不学孔圣人。整日泡酒坛，一副痴呆神。

英雄尚不肯以一身受天公之颠倒，吾辈奈何以一身受世人之提掇？是堪指发，未可低眉。

【译文】英雄尚且不肯以一身清名接受天公的黑白颠倒，我辈为什么以自身名誉去受世上人的指责？是可以经受愤怒发指，不可以低眉下气。

【评点】直面人生，何惧诽语。尽其千夫指，我进自家门。

能为世必不可少之人，能为人必不可及之事，则庶几此生不虚。

【译文】能当世上必不可少的人，能做别人一定做不到的事，那么此生差不多不虚度了。

【评点】只求尽心尽力，不求出人头地。只要顺其自然，有无均是福气。

儿女情英雄气，并行不悖。或柔肠或侠骨，总是吾徒。

【译文】儿女情谊英雄气概，二者并行不矛盾。或者柔肠或者侠骨，总是我的徒弟。

【评点】一身豪杰气，满腔儿女情。借问世上，如何做英雄？

上马横槊，下马做赋，自是英雄本色。熟读《离骚》，痛饮浊酒，果然名士风流。

【译文】上马横槊打仗，下马作赋吟诗，自然是英雄本色。熟读《离骚》，痛饮浊酒，果然是名士的风流。

【评点】扪胸问己，可是豪侠之人？吟诗为文，亦当山河气吞。

诗狂空古秋，酒狂空天地。

【译文】诗人狂放目空历史，酒徒狂醉目空天地。

【评点】人生一世，老实人也难免有几句狂言。笔下春秋，哪一位不是开疆裂土？

处世当于热地思冷，出世当于冷地求热。

【译文】身处尘世当于热的地方冷静思考，出世化外当于冷的地方求取热烈。

【评点】国人习惯"赶集"，因此易热情奔放。凡于此处，当小心冷静。隐士习惯寂寞，因此易无温无火。凡于此时，当慷慨激昂。

我辈腹中之气，亦不可少，要不必用耳。若蜜口，真妇人事哉！

【译文】我们腹中的义气，也不可以缺少，只是不必要使用罢了。如果口若蜜糖，真是妇人干的事情！

【评点】义气并非男人有，女中亦有真丈夫。

豪

办大事者，匪独以意气胜，盖亦其智略绝也。故负气雄行，力足以折公侯；出奇制算，事足以骇耳目。如此人者，俱千古矣。嗟嗟！今世徒虚语耳。

【译文】办大事的人，并非仅凭意气取胜，也是因为其智略高绝。因此聚气而勇行，力量足以打败公侯；出奇谋妙计，事情足以惊呆世人。如此人士，已全都逝去了。嗟嗟！今天的世上徒有虚名罢了。

【评点】一世有一世的高人，一世有一世的奇才。汉武帝问不得安史之乱，刘关张打不得解放战争。一世的问题，要由一世之人解决。

说剑谈兵，今生恨少封侯骨。登高对酒，此日休吟烈士歌。

【译文】说剑谈论兵事，恨今生少了封侯的骨相。登高对饮美酒，此日不要吟诵壮烈之士的诗歌。

【评点】滔滔历史，人类哪里少战争？荒荒沙场，古今何处少英雄？与战相交，性命相克。与战相远，国泰民丰。英雄当于非战作，豪杰该向平安得。**注：**封侯骨：能够被封侯立功的骨相。

身许为知己死一剑，夷门到今侠骨香仍古。腰不为督邮折五斗，彭泽从古高风清至今。

【译文】许诺为知己一剑自刎，夷门侯赢到现在侠骨之香仍然浓郁。不为五斗米向督邮折腰，陶渊明的高风清逸从古至今。

【评点】国无信不立，人无信不行。信取天下者，是为帝王。信取三村者，是为豪侠。

剑击秋风，四壁如闻鬼啸。琴弹夜月，空山引动猿号。

【译文】宝剑击起秋风，四壁中如听鬼啸。弹琴欣赏夜月，空山引出了猿号。

【评点】剑本利器，可斩钉截铁。琴本乐器，可激魂荡魄。

壮志愤懑难消，高人情深一往。

【译文】壮志悲愤难以消解，高逸之士一往情深。

【评点】人为匹夫，力不能举山。人为俗物，心难过情关。然若对国恨家仇，匹夫亦有壮举，亦有超人之胆。

先达笑弹冠，休向侯门轻曳裾。相知犹按剑，莫从世路暗投珠。

【译文】有声望的先辈笑着弹着冠冕，不向王侯之门轻易曳裾。彼此相知还按着剑，不要在世路上暗投了明珠。

【评点】侠客仗剑天下，落脚荒郊野林。隐士关心朝政，奏书王宫侯门。注：侯门曳裾：侠客在权贵门下做食客。

豪

卷十一

法

自方袍幅巾之态遍满天下，而超脱颖绝之士，遂以同污合流矫之，而世道不吉矣！夫迂腐者既泥于法，而超脱者又越于法，然则士君子亦不偏不倚，期无所泥越则已矣。何必方袍幅巾，做此迂态耶！集法第十一（作者引语）

【译文】自从身穿僧衣头戴幅巾的样子遍满了天下，而非常超脱和聪明的人，于是就以同流合污而来矫正，世道不古了！迂腐的人既拘泥于法，而超脱的人又僭越于法，然而有道的君子也是不偏不倚的，期望没有什么一定要拘泥遵守或抛开不顾的就可以了。何必穿方袍戴幅巾，做出如此迂腐的样子呢！集法第十一。

【评点】方袍幅巾，饱学之士。摇摇摆摆，以为皆知。其实人间，许多变化。既要僭越，又要拘泥。

世无乏才之世，以通天达地之精神而辅之，以拔十得五之法眼。一心可以交万友，二心不可以交一友。

【译文】世上没有缺乏人才的时候，用通天彻地的精神去寻找，有拔十得五的通达眼光。一个心思可以交一万个朋友，二个心眼不可以交一个朋友。

【评点】人才是一种合于使用的人，只要用人者善于发现，五步之内必有芳草。

凡事留不尽之意则机圆，凡物留不尽之意则用裕，凡情留不尽之意则味深，凡言留不尽之意则致远，凡光留不尽之意则趣多，凡才留不尽之意则神满。

【译文】凡是做事留一点余地就会变化圆满，凡是东西留一点余地就会富裕使用，凡是感情留一点余地就会意味深长，凡是说话留一点余地就会达到遥远，凡是兴致留一点余地就会趣情增加，凡是人才留一点余地则神韵饱满。

【评点】国人的文化是一种"留余地文化"，此种文化由于不走极端而极具实践价值。只是在"人民内部"余地可留，但市场经济却难讲情面。此事必须有时有晌，有放有收。

有世法，有世缘，有世情。缘非情则易断，情非法则易流。

【译文】有处世的原则和法律，有处世的缘分，有处世的情感。如果缘分不是情感就容易折断，如果情感不受原则和法律约束就容易放纵。

【评点】法与情，法与理，人与法，世间纠缠。有弹性，有空子，有控制，是是非非。

世多理所难必之事，莫执宋人道学。世多情所难通之事，莫说晋人风流。

【译文】世上有许多仅仅靠道理所无法解决的事情，不要用宋人的道学来衡量。世上有许多仅仅靠情致所无法通达的事情，不要说晋人的风流潇逸。

【评点】世间有千事万事，因此必有千理万情。做人要有一定之规，做事却必须因势利导。

与其以衣冠误国，不若以布衣关世。与其以林下而矜冠裳，不若以廊庙而泉石。

【译文】与其以衣冠楚楚的样子耽误国家，不如以穿百姓的布衣关心社会。与其因隐居而岸然道貌地穿着衣服，不如把朝廷政事当成扔到泉水中的石头。

【评点】凡是做事，要举重若轻。凡是观人，要避虚就实。个人固重要，国家亦万钧。

眼界愈大，心肠愈小。地位愈高，举止愈卑。

【译文】眼界愈开阔，心胸就愈狭小。地位愈高迁，举止愈卑琐。

【评点】此情在于人。有人眼宽而心窄，有位高而卑琐。但亦有人不同。**注：**地位：原文为"他位"，疑为讹错。

少年人要心忙，忙则摄浮气。老年人要心闲，闲则乐余年。晋人清淡，宋人理学。以晋人遣俗，以宋人禔躬。合之双美，分之两伤也。

【译文】少年人要心中有事，心忙就可以收敛浮躁的心气。老年人要心中悠闲，心闲则可以乐养余年。晋代文人清谈，宋代文人理学严谨。用晋代文人的狂放驱遣尘俗，用宋代文人的严谨安心修身。二者合起来双美，分开来则是两伤。

【评点】俗语讲，老要张狂少要稳。老何以狂？心性有余。少何以稳？躁气平抑。**注：**禔躬：安身，修身。

莫行心上过不去事，莫存事上行不去心。

【译文】不要做心里不愿意的事情，不要有做行不通事情的心思。

【评点】世上万般，横竖一个理字。此理为道理为法理。顺理而行，切莫悖理而动。

忙处事为，常向闲中先检点。动时念想，预从静里密操持。青天白日处节义，自暗室屋漏中培来。旋乾转坤的经纶，自临深履薄处操出。

【译文】忙着处事做事，常在闲暇的时候先自省检点。做想做的事情，预先在安静的房间里秘密练习。大庭广众之下显示的节义行为，是从简陋的房舍中培养的；改天换地的学识，是从危难的经验里锻炼的。

【评点】人非圣贤，不能生而知之。没有充分准备，难以把握好机遇，难以最后成功。

以积货财之心积学问，以求功名之念求道德，以爱子之心爱父母，以保爵位之策保国家。

【译文】用积攒财富的心劲去积蓄学问，以求取功名的念头去求取道德，用爱护子女的感情去爱父母，以保持官位的方法去保卫国家。

【评点】将心比心，将事比事。若有心劲，可用于该用之处。若有情感，可付于当付之人。

才智英敏者，宜以学问摄其躁。气节激昂者，当以德性融其偏。

【译文】才华智慧突出的人，适合以学问来收敛他的浮躁。慷慨激昂重气节的人，应当以德性的修养来溶和其偏颇。

【评点】平衡是一种力的技巧，均衡是一种动态平均，纠偏是一种补充措施，通融是一种心理能量的释放。

何以下达？惟有饰非。何以上达？无如改过。

【译文】用什么向下传达？只有掩饰错误。用什么向上传达？不如改正过失。

【评点】"以国家的名义"，"以政府的名义"，"以政治的名义"，"以党派的名义"，此类的名义有许多理直气壮之处。然而名义之下，却又有许多是非颠倒，雌黄皂白。

一点不忍的念头，是生民生物之根芽。一段不为的气象，是撑天撑地之柱石。

【译文】一点不忍心的念头，是养民养物的萌芽根须。一些拒绝做违心事的现象，是顶天立地的柱石。

【评点】不为不是无为，而是不可以为或不可能为。人要有原则，要有骨气，要有善念。

君子对青天而惧，闻雷霆而不惊；履平地而恐，涉风波而不疑。

【译文】君子对青天畏惧，听到雷霆却不惊吓；走平地而生恐惧，遇到风波而不疑惑。

483

【评点】君子畏天命，畏平凡，却不惧千难万险。

不可乘喜而轻诺，不可因醉而生嗔，不可乘快而多事，不可因倦而鲜终。

【译文】不可以趁着兴奋而轻易许诺，不可以因为醉意而生嗔怪，不可以趁着快活而多生事端，不可以因为疲倦而办事有头无尾。

【评点】人皆平常，难免有错。未雨绸缪，方为上策。

意防虑如拨，口防言如遏，身防染如奇，行防过如割。

【译文】意念要防止思虑被挑动，口要防止语言的伤害，身体要防止染病像夺命一样，行为要防止过错像刀割一般。

【评点】战战兢兢，如履薄冰。一生谨慎，小心做人。

白沙在泥，与之俱黑，渐染之习久矣。他山之石，可以攻玉，切磋之力大焉。

【译文】白色的砂子在泥中，与泥一起都黑，浸染而习惯成自然了。他山之石，可以攻玉，雕琢所费的力气要很大的。

【评点】与污物一起而污染，相当容易。与宝物一起而钻研，相当困难。走上坡路艰辛，溜下山路甚速。

后生辈胸中，落意气两字。有以趣胜者，有以味胜者。然宁饶于味，而无饶于趣。

【译文】在晚辈人的胸中，落下意、气两个字。有的以情趣过人，有的以品位过人。然而宁可多些品位，而不要多些情趣。

【评点】古人文字有游戏，拆来又拆去。其品位有情趣，有来就有去。

芳树不用买，韶光贫可支。

【译文】花草树木不用买，青春的光阴穷人也可以支付。

【评点】生命不分贫富，一人一次。

寡思虑以养神，剪欲色以养精，靖言语以养气。

【译文】少思考以涵养神蕴，剪除色欲以涵养精力，安宁语言以涵养气血。

【评点】少思，除欲，去言，人成动物矣！如此下去，大脑会痴呆，爱情会消亡，有口成哑巴，人将不人。

立身高一步方超达，处世退一步方安乐。

【译文】立身高出常人一步方是超脱通达，处世退让一步方是平安快乐。

【评点】前进一步，做人需要努力。后退一步，为人需要谦让。

士君子贫不能济物者，遇人痴迷处，出一言提醒之，遇人急难处，出一言解救之，亦是无量功德。

【译文】君子因贫寒不能接济别人，遇到别人痴迷的时候，说一句提醒他，遇到人急难的时候，说一句话解脱他，也是无边的功德。

【评点】帮人者未必是帮物，帮人者未必是有钱。帮人者需要有心，有善心能有善事。

救既败之事者，如驭临崖之马，休轻策一鞭。图垂成之功者，如挽上滩之舟，莫少停一棹。

【译文】挽救已成败局之事的人，像驾驭临崖的马，不要轻打一鞭。做事马上要成功的人，像拉着上沙滩的船，不要少划一桨。

【评点】成功总是在不停的努力之中，稍有松懈，便会退回千里之外。

是非邪正之交，少迁就则失从违之正。利害得失之会，太分明则起趋避之私。

【译文】是非邪正的交往，稍一迁就一定会失去取舍的标准。利害得失的会聚，太分明就一定会产生应和还是回避的私心。

【评点】是非曲直，知其然方知其所以然。利害得失，知其利方知其所以害。

事系幽隐，要思回护他，着不得一点攻讦的念头。人属寒微，要思矜礼他，着不得一点傲睨的气象。

【译文】事关隐私，要想维护他，有不得一点攻击批评的念头。人的出身寒微，要想礼待他，有不得一毫的傲视的样子。

【评点】人虽有富贵贫寒之分，但无权力高下之别。人有智慧多少之别，但无人身的显贵穷贱之定。人与人也许后天有别，但又实无二致。不必对贵者屈膝，亦不能对穷者君临。

485

毋以小嫌而疏至戚，勿以新怨而忘旧恩。

【译文】不要以小的嫌隙而疏远了至近的亲戚，不要因新的怨恨而忘记旧恩。

【评点】宽人严己，亲人而莫怨人。

礼义廉耻，可以律己，不可以绳人。律己则寡过，绳人则寡合。

【译文】礼义廉耻，可以约束自己，不可以要求别人。约束自己则少过错，要求别人则少团结。

【评点】待人要宽和，对己要严格。莫学负人曹孟德，莫做人世不道德。

凡事韬晦，不独益己，抑且益人。凡事表暴，不独损人，抑且损己。

【译文】凡是遇事收敛才能不张扬，不仅有益于自己，而且有益于别人。凡是遇到事情特别张狂，不仅损害别人，而且也损害自己。

【评点】遇事慢出手，以免光芒外泄。对事且小心，莫要招摇过市。

觉人之诈，不形于言。受人之侮，不动于色。此中有无穷意味，亦有无穷受用。

【译文】觉察到别人的狡诈，不要通过语言形式表现出来。受到了别人的侮辱，不要变化脸色。这里有无穷的意味，也有无穷的好处。

【评点】莫要欺诈于人，但要防人欺诈。莫要侮辱别人。但要忍耐他人的侮辱。

爵位不宜太盛，太盛则危。能事不宜尽毕，尽毕则衰。

【译文】官爵地位不适合太旺盛，太旺盛则危险。能做的事不要都做完，都做完了则衰败。

【评点】凡事皆需慢慢来，此为做人之原则。只是世间的事却难以慢慢等，这是干事的必须。

遇故旧之交，意气要愈新。处隐微之事，心迹宜愈显。待衰朽之人，恩礼要愈隆。

【译文】碰到老朋友，感情要愈发地新。处在隐秘微小的事情中，意见适合明确。接待老年人，礼貌要特别隆重。

【评点】人非长有几张面孔，但人的确要遇事一种情态。有该做之事，有该付之情。

用人不宜刻，刻则思效者去。交友不宜滥，滥则贡谀者来。

【译文】使用人不能苛刻，苛刻一定会失去想效力的人。交朋友不能乱来，乱滥一定会有拍马屁的人来。

【评点】凡对他人苛刻者，别人亦会对其苛责。凡对他人皆友者，别人亦不会以他为真朋友。

忧勤是美德，太苦则无以适性怡情。淡泊是高风，太枯则无以济人利物。

【译文】勤劳节俭是美德，太苦就无法适应性情陶冶趣味。淡泊是高尚的品格，太枯躁就无法帮助别人有利事情。

【评点】有目标，有品味，却为人生幸事。然而如果刻意追求，偏执一方，则兴味全失。

作人要脱俗，不可存一矫俗之心。应世要随时，不可起一趋时之念。

【译文】做人要脱离俗气，不可以存有一种去矫正俗气的想法。应付世事要随时，不可以生出一种追赶时尚的念头。

【评点】世事万变，人在其中要有一不变。俗气本有，人在其中要尽量少有沾染。

富贵之家，常有穷亲戚往来，便是忠厚。

【评点】人有富贫之别，亲戚如何因富贫而多寡？人有钱多钱少，朋友如何因多少而增减？

从师延名士，鲜垂教之实益。为徒攀高弟，少受诲之真心。男子有德便是才，女子无才便是德。

【译文】从师跟随名士，很少能获得其亲自上课的实在益处。当学生争高分，很少有受教诲的真心。男子有德便是才，女子无才便是德。

【评点】男女各自有才，只要用对地方。

病中之趣味，不可不尝。穷途之景界，不可不历。

【译文】疾病中的味道，不可以不尝。无路可走的境界，不可以不经历。

487

【评点】若为了解生活，凡事皆该有经验。若说人生一世，总有许多不该尝。

人才国士，既负不群之才,定负不羁之行。是以,才稍压众则忌心生,行稍违时则侧目至。死后声名，空誉墓中之骸骨。穷途潦倒，谁怜宫外之蛾眉？

【译文】国家的栋梁之才，既然具有超群的才干，一定会有不受约束的行为。因此，才能稍稍超过别人则忌妒之心便生，行为稍稍有一点不同时俗则他人的侧目冷向就到。死后的名声，使墓中的骨骸空受了赞誉。穷愁潦倒时，谁可怜宫外的宫女？

【评点】人才本自有，不必问伯乐。只因忌心生，不容他人高。

贵人之交贫士也，骄色易露。贫士之交贵人也，傲骨当存。君子处身，宁人负己，己无负人。小人处事，宁己负人，无人负己。

【译文】显贵的人结交贫寒的人，容易露出骄傲之色。贫寒之士结交贵显之人，应当保持傲骨。君子立身，宁可别人辜负自己，自己决不辜负别人。小人做事，宁可自己辜负他人，不许他人辜负自己。

【评点】人均当有傲骨，对那傲气十足之人。人皆当有容他之心，但不可容那不可容的人和事。

砚神曰淬妃，墨神曰回氏，纸神曰尚卿，笔神曰昌化，又曰佩阿。

【译文】砚台的神叫淬妃，墨神叫回氏，纸神叫尚卿，笔神叫昌化，又叫佩阿。

【评点】何以为神？古人以好为神。好砚即为砚神，好墨便是墨神……今人不信神，于是使用一个"好"字。

要治世半部《论语》，要出世一卷《南华》。

【译文】要治理国家用半部《论语》，要出世有一卷《庄子》。

【评点】孔夫子教人齐家治国平天下，庄子教人保命逃世穷潇洒。

祸莫大于纵己之欲，恶莫大于言人之非。

【译文】祸患没有比放纵自己的欲望再大的了，恶事没有比说别人的不是再大的了。

【评点】人人都是批评家，均有批评的权力。批评别人是当然之事，但切不可仅从自己出发。

求见知于人世易，求真知于自己难。求粉饰于耳目易，求无愧于隐微难。

【译文】从别人那里寻求见识容易，从自己这里找到真知困难。打扮化妆使耳朵眼睛舒服容易，从无人处求无愧于心困难。

【评点】见识既要求于人，又要求于己。自己先有见识，方能求见识于他人。

圣人之言，须常将来眼头过，口头转，心头运。

【译文】圣人的话，须要经常在眼前读过，口里转过，心头琢磨过。

【评点】圣人的话不是"圣旨"，是智慧语言。学习智慧，是一个人的必修课程。

与其巧持于末，不若拙戒于初。

【译文】与其在事情的末尾施展本领，不如事情开始时戒除拙劣。

【评点】亡羊补牢实乃无奈之举，防患未然才是应走正道。

君子有三惜：此生不学，一可惜；此日闲过，二可惜；此身一败，三可惜。

【译文】君子有三个可惜：此生不学习，一可惜；今日闲过，二可惜；遭受一次失败，三可惜。

【评点】此生不学，何以为君子？一日闲过，当属正常。有点挫折，实为好事。

昼观诸妻子，夜卜诸梦寐，两者无愧，始可言学。

【译文】白天看着妻子，晚上卜算做的梦，两样都无惭愧，才可以开始学习。

【评点】学习并无限界，亦不必正襟危坐。只要有学习之心，随时均可。

士大夫三日不读书，则礼义不交，便觉面目可憎，语言无味。

【译文】士大夫三天不读书，就不以礼义交谈，便觉得样子可恨，说的话无味。

【评点】人勤于学，但不能日日均学。人有三日繁忙，未读书亦无不可。言此说者，真令人恐怖。

与其密面交，不若亲谅友。与其施新恩，不若还旧债。

【译文】与其密切场面上的朋友，不如亲近知心朋友。与其布施新的恩泽，不如归还所欠旧债。

法

【评点】应付于面交朋友，倾心于知己真友。

士人当使王公闻名多而识面少，宁使王公讶其不来，毋使王公厌其不去。

【译文】知识分子应当使王公贵族听到他的名字时候多而见到面的时候少，宁可使王公贵族惊讶其不来，不要使王公贵族们厌恶他不离去。

【评点】人为自己而活着，权贵不必放在心上。人活着要对得起自己，不必问权贵们是否欢心。

见人有得意事，便当生忻喜心。见人有失意事，便当生怜悯心。皆自己真实受用处。忌成乐败，徒自坏心术耳。

【译文】看见别人有得意的事，便应当启开欢喜之心。看见别人有失意的事，便应当生出怜悯之心。都是自己的真实感受的地方。忌妒成功庆祝失败，是白白地自己败坏心术。

【评点】与人同喜同悲，隐士难道不是太庸俗了吗？与人同喜同悲，其实是人之常情。

恩重难酬，名高难称。

【译文】恩情重了难酬谢，名声高了难相称。

【评点】能帮人处帮人，莫求回报。能做事时努力，莫问名声。

待客之礼当存古意：止一鸡一黍，酒数行，食饭而罢。以此为法。

【译文】待客的礼数应当存有古代的味道：只能用一鸡一饭，酒饮数巡，吃饭结束。以此为待客的法度。

【评点】礼数周到，情谊漾溢，饮食大体，是为合适。

处心不可着，着则偏。作事不可尽，尽则穷。

【译文】居心不可贪恋，贪恋则偏颇。做事不可以做绝，做绝则走不通。

【评点】人皆有欲望，出家人亦如此。只是不可以过。事情不可做绝，做绝便没有了回路。

士人所贵，节行为大。轩冕失之，有时而复来。节行失之，终身不可得矣。

【译文】知识分子所珍贵的，以气节行为为第一。官位失掉了，有时还会回来。气节失掉了，终身不可以获得。

【评点】人之与物不同，便是人有认识有原则。认识原则可以灵活，但不可以丧失。

势不可倚尽，言不可道尽，福不可享尽，事不可处尽，意味偏长。

【译文】势力不可以倚靠尽，话不可以全说完；福不可以全享尽，事不可以做绝，意味绵长。

【评点】适当，适度，有利，有节，方为胜智。

静坐然后知平日之气浮，守默然后知平日之言躁，省事然后知平日之贵闲，闭户然后知平日之交滥，寡欲然后知平日之病多，近情然后知平日之念刻。

【译文】安静坐着然后才知道平日的气浮，缄默然后才知道平日的话多，放下事然后才知道平日休闲的金贵，关上门然后才知道平日交往的混滥，减少欲望然后才知道平日的病多，接近人世情俗然后才知道平日的刻板。

【评点】自明者知己所短处，自愚者以为己尽长处。认识自我，其路亦漫漫。

喜时之言多失信，怒时之言多失体。

【译文】高兴时说的话多半没信用，发怒时说的话多半失体面。

【评点】此言甚确！酒桌上多吹牛皮，打架时多骂秽语。

泛交则多费，多费则多营，多营则多求，多求则多辱。

491

【译文】广泛结交则多花费，多花费就要多经营，多经营则要多求人，多求人则多受侮辱。

【评点】照此说，人当少交朋友，少花费，便少了侮辱。此说有"自摸不求人"，"越穷越革命"之嫌。

一字不可不与人，一言不可轻语人，一笑不可轻假人。

【译文】一个字不可以不给别人，一句话不可以轻易说给别人，一笑不可以简单借给别人。

【评点】可与人者，便要与人。不可与人者，切莫与人。

正以处心，廉以律己，忠以事君，恭以事长，信以接物，宽以待下，敬以治事，此居官之七要也。

【译文】以公正居心，以廉洁律己，以忠诚为国，以恭敬事奉长者，以信义待人接物，以宽容对待下属，以尊敬洽谈事情，这是为官的七个主要原则。

【评点】为官者既要有公心、恭心，亦不能和气生财。没有约束，便没有效率。没有监督，一团和气便是腐败。

圣人成大事业者，从战战兢兢之小心来。

【译文】圣明的人成就大事业，是从小心谨慎开始的。

【评点】做人要小心，做事要大胆。

酒入舌出，舌出言失，言失身弃。余以为弃身，不如弃酒。

【译文】酒喝下舌头出来，舌头出来便言语有失，言语有失身体便失去了方寸。我以为不要身体，不如不要酒。

【评点】酒似有千般好，酒中有神仙。酒似有万般坏，酒中有祸患。

青天白日，和风庆云，不特人多喜色，即鸟鹊且有好音。若暴风怒雨，疾雷幽电，鸟亦投林，人皆闭户。故君子以太和元气为主。

【译文】青天白日，和风祥云，不仅人都面多欢喜色，就是鸟鹊也叫得好听。若是暴风怒雨，迅雷闪电，鸟也躲进树林，人们都关紧门窗。因此君子以天地间的冲和之元气为主。

【评点】人都言活得要轰轰烈烈，却不知道平平安安方是真福。更新感觉不必天崩地陷，不必上刀山下火海。在平淡中细品，在寂寞中守望。

胸中落意气两字，则交游定不得力；落《骚》《雅》二字，则读书定不深心。

【译文】胸中装的是"意气"二字，那么交朋友一定会不得力；装的是诗歌文学，那么读书就一定会不入心。

【评点】人讲意气，有时不分青红皂白。人作文学，大约不愿死命读书。

交友之先宜察，交友之后宜信。

【译文】交朋友之前应该观察，交朋友以后应该信任。

【评点】交友须识人知人，友没有十全亦无十美，知其性格，便可知其心。交友后宜信，并非全对。交友后应更知友，此为最上。

惟俭可以助廉，惟忠可以成德。

【译文】只有俭省可以帮助廉洁，只有宽恕可以成德行。

【评点】政人廉而不贪，古今中外皆难。廉似乎不是养的，也不是装的，显然更不是天生的。廉出于对欲望的压抑钳制，出于紧逼而至的监督，出于心理深层的恐惧。

惟书不问贵贱贫富老少。观书一卷，则如一卷之益；观书一日，则有一日之益。

【译文】只有书不问贵贱贫富和老少。读书一卷，就应该有一卷的好处；读书一天，就有一天的收获。

【评点】读书为人间之圣事，其可增智，阔眼，长知识。民间有俗言道：三代不读书，便是驴圈。此言有些粗，但道理实在。

坦易其心胸，率真其笑语，疏野其礼数，简少其交游。

【译文】坦白其心胸，天真其笑语，简化其礼数，减少其交友游弋。

【评点】心胸坦荡，少留私心。笑语天真，无比开心。礼数少点，做人自在。交游别多，只要实在。

好丑不可太明，议论不可务尽，情势不可殚竭，好恶不可骤施。

493

【译文】好坏不可以太分明，议论不可以说绝，情势不可以竭尽，喜欢厌恶不可以突然表现。

【评点】事必须搞完，不完便是有始无终。做人必须保留，不保留便是不留情面。

不风之波，开眼之梦，皆能增进道心。

【译文】没有风的水波，白日的梦境，都能增进悟道之心。

【评点】无风之波，白日之梦，皆在人心。

开口讥诮人，是轻薄第一件。不惟丧德，亦足丧身。

【译文】张嘴讥讽他人，是第一件轻薄的事。不仅丧失品德，也足以丧失立身之地。

【评点】莫要笑别人，不如嘲自己。自我警醒，方是至要。

人之恩可念不可忘，人之仇可忘不可念。

【译文】他人的恩惠可以想着但不可以忘记，他人的仇怨可以忘记但不可以想念。

【评点】知恩以便图报，人之情理。淡去怨恨一类，少些世上艰难。

不能受言者，不可轻与一言。此是善交法。

【译文】对不能听别人话的人，轻易不可以对他说一句话。这是好的交往方法。

【评点】只知自我者，不听他人一语。只信自己者，哪容他人一言。

君子于人，当于有过中求无过，不当于无过求有过。

【译文】君子对人，应当在有过错中找无过的地方，不应当在无过错的地方找过错。

【评点】与人紧张，与人战斗，与人阶级斗争无穷，心理不仅饱遭摧残，身体亦必有肿痛之疾。放宽一码，划出路半，人顺我亦顺。

我能容人，人在我范围：报之在我，不报在我。人若容我，我在人范围：不报不知，报之不知。自重者然后人重，人轻者由我自轻。

【译文】我能容宽别人，别人在我的范围里：报答在于我，不报答也在于我。若是别人宽容我，我就在别人的范围里：不报偿就不知道，报偿了也不知道。人自重，别人才尊重；别人轻视，是由于自己先轻视。

【评点】容人为彼此之事，没有我容他拒，他拒我容。只是自己主动，心里有所负担而不忘记便是了。另外，不要图人报偿，此亦是一笔心债。

高明性多疏脱，须学精严。狷介常苦迂拘，当思圆转。

【译文】有高明见识的人常常马虎疏懒，必须学习精细严谨。孤高自负的人常常迂腐拘泥，应当不忘圆滑灵活。

【评点】先知自己，是人的第一问题。知己有所不足，方知补救当在何处。**注**：狷介：孤高。

欲做精金美玉的人品，定从烈火锻来。思立揭天掀地的事功，须向薄冰履过。

【译文】要形成纯洁的人品，一定要在烈火中锻炼过。想立下惊天动地的大功，必须在艰险中经过。

【评点】没有一番寒彻骨，哪有梅花扑鼻香。没有一番真锻炼，难成当世有用材。

性不可纵，怒不可留，语不可激，饮不可过。

【译文】性欲不可放纵，怒气不可保留，语言不可激烈，饮酒不可过多。

【评点】中国人讲度，从孔夫子起便有"执中"或中庸的说法。就事理而言，此为真理。

能轻富贵，不能轻一轻富贵之心。能重名义，又复重一重名义之念。是事境之尘氛未扫，而心境之芥蒂未忘。此处拔除不净，恐石去而草复生矣！

【译文】能够轻视富贵，却不能将富贵之心轻掉一点。能够重视名誉义气，却又重新将名义的念头加重一点。这是外界事情的灰尘未打扫掉，而心头的疙瘩还没有忘。这里打扫不干净，恐怕石头搬走了草还要复生！

【评点】凡事做一事容易，做一世艰难。做一世艰难，难在心诚。

495

纷扰固溺志之场，而枯寂亦槁心之地。故学者当栖心玄默，以宁吾真体；亦当适志怡愉，以养吾圆机。

【译文】世间纷扰固然是消磨人的意志的地方，而枯躁寂寞也是使人心干涸的处所。所以学者当潜心静默，以安定我的身体；也应当顺应志趣心情愉快，以修养我的超脱。

【评点】人非圣物，必有七情六欲。或陷于人世纷扰，或困于孤独寂寞。难得出路，不易超脱。如若真超脱难做，假超脱也可以一试。**注：**圆机：不为外物所牵挂。

昨日之非不可留，留之则根烬复萌，而尘情终累乎理趣。今日之事不可执，执之则渣滓未化，而理趣反转为欲根。

【译文】昨天的错误不可留下，留下就会根子化为灰烬但仍会萌发，而世间的情欲最终会连累思维情致。今天的事不可固执，固执就是俗念未化解开，而理性的趣味反而转成了欲望的根源。

【评点】防止旧错重犯，防止固执己见。去旧错，纳新言，日有进步。

待小人不难于严，而难于不恶。待君子不难于恭，而难于有礼。

【译文】对待小人不难于做到严格，而难于做到严厉。对待君子不难于做到谦恭，而难于做到有礼数。

【评点】世无小人与大人，只有道德上的好人与不好之人。严到恰处不必恶，以恶为首错当先。

市私恩，不如扶公议。结新知，不如敦旧好。立荣名，不如种隐德。尚奇节，不如谨庸行。

【译文】播撒个人的恩惠，不如扶持大家一致赞同的东西。结交新朋友，不如加厚旧友谊。创立荣誉名声，不如留下隐蔽的德行。崇拜英雄气节，不如谨慎行动。

【评点】走对人生路，千顺百顺，只需少想自己。选错叉路口，千难万难，只因多想个人。

有一念之犯鬼神之忌，一言而伤天地之和，一事而酿子孙之祸者，最宜切戒。

【译文】有一个念头触犯了鬼神的忌讳，一句话伤了天地间的和气，一件事而酿成了子孙后祸的人，最好是戒掉它。

【评点】世间许多事可做，但总有不能做的事。世间许多话可说，但总有不能说的话。

不实心，不成事。不虚心，不知事。

【译文】不用实心实意，做不成事。不虚心谦逊，学不到知识。

【评点】虚心做人，实心做事。

老成人受病，在作意步趋。少年人受病，在假意超脱。

【译文】老成人受到的困扰，在于有意做作亦步亦趋。少年人受到的困扰，在于装腔作势假做超脱。

【评点】人是演员，生活是戏。年轻时装老成，一脸沧桑。年老时装精神，一派新潮。横披可用：装腔作势。

为善有表里始终之异，不过假好人。为恶无表里始终之异，倒是硬汉子。

【译文】做善事有表里始终上的变化，不过是假装好人。做恶事没有表里始终的不同，倒是硬汉子。

【评点】做点好事似不难，全做坏事真不易。

入心处咫尺玄门，得意时千古快事。

【译文】进到心里离佛家境界只有咫尺，得意的时候是千古未有的快乐之事，

【评点】此心高兴，便是境界。此神得意，便是千古。注：玄门：指最高境界。

《水浒传》无所不有，却无破老一事。非关缺陷，恰是酒肉汉本色。如此，益知作者之妙。

【译文】《水浒传》中什么都有，却没有迫害老实人的事情。与作品的缺陷无关，恰好是酒肉英雄汉的本色。如此这般，可以知道作者的奇妙想法。

【评点】英雄之所以为英雄，必须打虎打恶人。若不能维护弱者，又哪里有英雄莽汉。注：破老：毁坏老成人。

世间会讨便宜人，必是吃过亏者。

【评点】其实未必。讨巧者有人生性这般，与什么痛苦经历无关。

书是同人。每读一篇，自觉寝食有味。佛为老友。但窥半偈，转思前境真空。

【译文】书是同路朋友。每读一篇，自己就觉得睡觉吃饭都香。佛是老友。只要读懂半阕禅诗，转而想起此前的尘境就变成了真空。

【评点】亲书成书痴，拜佛成佛徒。只要有心用，人生此为路。

衣垢不浣，器缺不补，对人犹有惭色。行垢不浣，德缺不补，对天岂无愧心！

【译文】衣服的污垢不洗，东西坏了不补修，对别人还有惭愧的表现。行为的污垢不洗，道德破损不补修，对天怎么能没有愧悔的心？

【评点】俄罗斯谚语说：爱护衣服从新的时候开始，爱护名誉从小的时候开始。羞耻之心，优劣之感，人当有之。

天地俱不醒，落得昏沉醉梦。洪濛率是客，枉寻寥廓主人。老成人必典必则，半步可规。气闷人不吐不茹，一时难对。重友者交时极难，看得难以故转重。轻友者交时极易，看得易以故转轻。

【译文】天地都不醒，落得一个沉醉酣睡。洪濛混沌大约是客人，白白在寻找宇宙的主人。老实人一定说话有根据做事有原则，走半步都有规矩。气闷人不说也不咽，一时难以相对。重友情的人初交时极困难，看起来难因此转而感情重。轻友情的人初交时极容易，看起来容易因此转而感情轻。

【评点】天地不睡，惟醉人不醒。酣梦里去月亮玉宫，不知客是何人。醉意逃去，双眼初睁，方知人尚在地球。由是可知酒为宝物，一生尽量少些享用。**注**：洪濛：天地形成前的混沌。

近以静事而约己，远以惜福而延生。

【译文】眼前以安静的事来约束自己，长远以珍惜幸福而延长生命。

【评点】人生真难，无成就无追求，一生似乎白过。人生不易，又要吃又要喝，又要超脱世外。那里有彼岸，哪里又是此岸？

掩户焚香，清福已具。如无福者，定生他想。更有福者，辅以读书。

【译文】掩上门点上香，清福已经具备了。如果感受不到幸福的人，一定是产生了其他想法。想再增加幸福的人，用读书来配合。

【评点】对幸福的理解不要飘渺，飘渺往往容易失去幸福感觉。对幸福的要求不要太高，太高常常会觉得毕生也难获得。把幸福理解成为一件一件的具体小事，在这一件件的小事里，我们每天都可以感觉幸福。

国家用人，犹农家积粟。粟积于丰年，乃可济饥。才储于平时，乃可济用。

【译文】国家用人，像农家积蓄粮食。粮食在丰收年积蓄，乃可以接济饥年。人才储备于平时，到时候才可以使用。

【评点】要有远虑，方解近忧。人才不是粮食，可以丰补欠。一年庄稼，百年人才。

考人品，要在五伦上见。此处得，则小过不足疵。此处失，则众长不足录。

【译文】考察人的品质，要在五伦上看。这里表现好，则其他的小过失不足以挑剔。此处有失误，那么其他的长处不足以入选。

【评点】德是一个人的立身之本，甚是重要。然而何为德？人品五常仅为德之一部，能力亦是德的另一部。人品为私德，能力为公德。

国家尊名节奖恬退，虽一时未见其效，然当患难仓卒之际，终赖其用。如禄山之乱，河北二十四郡皆望风奔溃。而抗节不挠者，止一颜真卿。明皇初不识其人。则所谓名节者，亦未尝不自恬退中得来也。故奖恬退者，乃所以励名节。

【译文】国家尊贵名节奖励恬退，虽然一时没有见到效果，然而当危难来临的仓猝之际，终可以依赖和使用。如安禄山叛乱，河北的二十四郡全都望风崩溃。而坚持气节抵抗不屈者，只有一个颜真卿。唐明皇开始不认识颜真卿。所谓的重名誉和节操的人，也未尝不能从恬退的人中间得到。因此奖励恬退的人，也是在鼓励重名节。

【评点】国无巨变，世无惊惧，和平中能恬退于名利场者，当是大志大度之人。如遇国危，此中人亦可担当重任。

志不可一日坠，心不可一日放。

【译文】志向不可以一日降低，心劲不可以一日放松。

【评点】年青千分努力，白发时方有所成。

辩不如讷，语不如默，动不如静，忙不如闲。

【译文】争辩不如言语迟钝，说话不如沉默无语，行动不如安静，忙乱不如悠闲。

【评点】不吵不争，不说不语，只静不动，只闲不忙。估计这是庙中的泥胎，水里乌龟，只问自己长寿，不管天塌地陷。

以无累之神，合有道之器。宫商暂离，不可得已。

【译文】以没有牵挂的精神，把握儒家经典的真谛。暂时告别音乐，不可获得而已。

【评点】学问如同钻木取火，不可杂念丛生。否则将在其中迷路，或空手而返。道器之辨，无非实用与精神。其实二者常常难加区别。注：有道之器：即道器。指儒家经典的要义，以及各家的注释。宫商：泛指音律。

精神清旺，境境都有会心。志气昏愚，到处具成梦幻。

【译文】精神清爽健旺，到处都有会心感觉。志气低落昏愚，四下全成梦幻。

【评点】万般苦难，皆可熬过，只因心性不倒。千样幸福，皆觉难享，只因神情萎靡。

酒能乱性，佛家戒之。酒能养气，仙家饮之。余于无酒时学佛，有酒时学仙。

【译文】酒能迷乱人的性情，佛家戒它。酒能颐养气血，仙家喝它。我在无酒的时候学佛，有酒的时候学仙。

【评点】此言方为潇洒，方为真人语。说人话，方有人心人性。

烈士不馁正气，以饱其腹。清士不寒青史，以暖其躬。义士不死天君，以生其骸。总之，手悬胸中之日月，以任世上之风波。

【译文】壮烈之士不缺少正气，以撑饱他的肚子。清白之士不冷淡历史，以温暖其身体。正义之士不死精神，以使其骨骸重生。总之，用手悬起胸中的日月，以经受世上的风风雨雨。

【评点】国破家亡之际，人需壮烈精神。山崩地裂之际，人需卓绝毅力。心刚志方刚，人坚国方坚。注：天君：过去以为心是人的思维器官，因此称其为天君。

孟郊有句云："青山碾为尘，白日无闲人。"于邺云："白日若不落，红尘应更深。"又云："如逢幽隐处，似遇独醒人。"王维云："行到水穷处，坐看云起时。"又云："明月松间照，清泉石上流。"皎然云："少时不见山，便觉无奇趣。"每一吟讽，逸思翩翩。

【译文】孟郊有诗句说："青山碾为尘，白日无闲人。"于邺说："白日若不落，红尘应更深。"又说："如果遇到隐士，好像遇到独自清醒的人。"王维说："走到水的尽头，坐着看云雾飘起。"又说："明月松间照，清泉石上流。"皎然说："稍微有时看不到山，便觉得一点趣味没有。"每一次吟诵，飘逸的思情翩翩。

【评点】隐者隐身，不隐心情。智者多思，不思俗物。**注**：皎然：唐代和尚。诗文出众。

法

卷十二

倩

倩不可多得，美人有其韵，名花有其致，青山绿水有其丰标。外则山癯韵士，当情景相会之时，偶出一语，亦莫不尽其韵，极其致，领略其丰标。可以启名花之笑，可以佐美人之歌，可以发山水之清音，而又何可多得！集倩第十二。（作者引语）

【译文】倩影不可多得，美女有她的风韵，名花有她的风度，青山绿水有它的仪态。在外面就是山瘦丰富诗人感情，当诗情与风景相会合时，偶然说出一句，也没有不描绘尽其韵神，极写其风度，领略其仪表风范的。可以使名花开绽笑脸，可以伴美人歌唱，可以发出山水的清峭的声音，而又怎么可以多得！集倩第十二。

【评点】倩是一种不过分灿烂的美丽，倩是一种清秀的俊俏，倩是一种清逸的风韵，倩是一种自然的仪表。倩，只可领受，不可奢求。

会心处，自有濠濮间想，然可亲人鱼鸟。偃卧时，便是羲皇上人，何必秋月凉风？

【译文】会心的地方，自然就有了悠闲清雅的思绪，然后可以亲近人、鱼和鸟。懒懒地躺着时，就是伏羲皇上，何必有秋月凉风。

【评点】人学会亲近自然，最好的方法是不打扰自然。人近鱼鸟，实在是鱼鸟的悲哀。懒懒躺下，可以放松身体放松灵魂，即使作上一把羲皇，也无人问津。注：濠濮间想：指庄子与惠子在濠梁交往，与庄子在濮水垂钓的典故。此谓消闲清淡的思绪。

一轩明月，花影参差，席地便宜小酌。十里青山，鸟声断续，寻春几度长吟。

【译文】一院明月，花影模糊，席地方便地小饮。十里青山，鸟声时断时续，寻觅春天几次长吟。

【评点】人赏月，鸟寻春，情中有景，景中涵情。

入山采药，临水捕鱼，绿树阴中鸟道。扫石弹琴，卷帘看鹤，白云深处人家。

【译文】进山采药，水边捕鱼，绿树掩映着山路。扫石弹琴，卷帘看鹤，白云深处的人家。

【评点】家居白云深处，如在天上仙境。只是出门访友，一走就是半天。

沙村竹色，明月如霜，携幽人杖藜散步。石屋松阴，白云似雪，对孤鹤扫榻高眠。

【译文】小村竹色苍翠，夜晚明月如霜，带着隐者拄着藜杖散步。石屋掩在松阴下，天上白云如雪，对着一只孤伶伶的野鹤扫床睡觉。

【评点】古来山水多优美，只有隐者识其味。

焚香看树，人事都尽。隔帘花落，松梢月上。钟声忽度，推窗仰视：河汉流云，大胜昼时。非有洗心涤虑得意爻象之表者，不可独契此语。

【译文】点香看树，人间的事情都结束了。隔着竹帘看到花落，月亮升到松树顶上。钟声忽然从远处传来，推开窗户仰望：星河流云，美丽远远胜过白天。一定得有洗净心神而为获得对宇宙表象的理解得意不止的人，不可以独自领会这其中的语言。

【评点】天有籁音，无心不听。夜有胜景，无眼不成。领略禅音，还需心静。

纸窗竹屋，夏葛冬裘，饭后黑甜，日中白醉，足矣！

【译文】纸糊的窗户竹建的房屋，夏天葛衣冬天裘服，饭后酣睡，中午醉酒，满足了！

【评点】与今人比，此尚为温饱。从古人讲，此已是小康。

收碣石之宿雾，敛苍梧之夕云。八月灵槎，泛寒光而静去。三山神阙，湛清影以遥连。

503

【译文】收回碣石的昨夜陈雾，敛起苍梧早上的晨云。八月的小船，在清凉的水中静静划去。仙山的宫殿，映着清虚的影子遥遥相连。

【评点】美景即为意境。意到境便到，意去境自无。神仙本无种，只有人才知。一片云遮月，几滴风中雨。注：碣石：山名。苍梧：山名，即九疑山。灵槎：去天河的船。三山：指传说里的海上仙山。神阙：天上的宫殿。

空三楚之暮天，楼中历历。满六朝之故地，草际悠悠。

【译文】三楚的傍晚天际空空，楼中零落寂寥。使六朝故地铺满的，是无边的茅草悠悠。

【评点】历史昨日已去，今人尚在面前。面对故地重游，忧患情感愈浓。

秋水岸移新钓舫，藕花洲拂旧荷裳。心深不灭三年字，病浅难销寸步香。

【译文】秋水岸边移动着新的钓船，荷花在水洲上摇摆着旧的衣裳。抹不掉记忆深刻的三年练习的字，小病摧不去身边的香气。

【评点】秋日有景，景中有人。人有秋情，方识秋景。

赵飞燕歌舞，自赏仙风留于绉裙。韩昭侯矍笑，不轻俭德昭于敝袴。皆以一物著名，局面相去甚远。

【译文】赵飞燕又歌又舞，自己欣赏绉裙飘飘欲仙的风姿。韩昭侯又发愁又高兴，不轻视破衣烂衫表现出的俭约高尚的品德。都是以一件东西著名，情况相去甚远。

【评点】为政者与为美者，二者出发点不同。善为政者，不因衣冠而取人，不因富贵宠人。因为百姓是水，能载舟亦能覆舟。善为美者，必然家有所富，不惜钱财，方有美姿。二者不同本质，给人印象自然两样。注：韩昭侯：战国韩哀侯孙。在位26年。敝袴：破衣服。指穷人。

翠微僧至，衲衣皆染松云。斗室残经，石磬半沉蕉雨。

【译文】绿荫掩映的幽静处来了和尚，衲衣都沾了松林中的云雾。小屋中未看完的经书，石磬声音沉郁雨滴打在芭蕉叶上。

【评点】山景里有静有动，云雾中有松有仙。

黄鸟情多，常向梦中呼醉客。白云意懒，偏来僻处媚幽人。

【译文】黄鸟多情，常常召唤酒醉梦中的过客。白云意懒，偏偏来到偏僻的地方讨好隐士。

【评点】酒醉入梦做神仙，隐士伸手云一片。千山百川皆来过，不问今朝是何年。

乐意相关禽对语，生香不断树交花，是无彼无此真机。野色更无山隔断，天光常与水相连，此彻上彻下真境。

【译文】高兴的时候与飞鸟对话，生出的香气不断树交替开花，是不分彼此的玄妙。山隔不断山野之色，天上的光景常与水色相连，这是彻底的真境。

【评点】山野无限生机，天际十分空明。飞鸟云朵其中，人心上下浮动。

美女不尚铅华，似疏云之映淡月。禅师不落空寂，若碧沼之吐青莲。

【译文】美女不喜欢化妆，好像稀疏的云映着淡淡的月亮。僧人不愿空寂，好像碧水池塘吐出青绿的莲叶。

【评点】美女自然，不必浓艳。禅在心中，不必庙堂孤灯。

书者喜谈画，定能以画法作书。酒人好论茶，定能以茶法饮酒。

【译文】写字的人喜欢谈论画，肯定能以画画的方法写书法。饮酒的人喜欢议论茶，肯定会用茶道饮酒。

【评点】近朱者赤，近墨者黑。有言者有心，言他者心去。

505

诗用方言，岂是采风之子？谈邻俳语，恐贻拂麈之羞。

【译文】写诗使用方言，难道是采风的人吗？邻居的话押上韵脚，恐怕要让拂尘害羞。

【评点】诗有万种，写法千样。上有李杜，下有引车卖浆言。诗韵好坏，与人有关。然而何者为诗，又人各不同。

肥壤植梅花，茂而其韵不古。沃土种竹枝，盛而其质不坚。竹径松篱，尽堪娱目，何非一段清闲。园亭池榭，仅可容身，便是半生受用。

【译文】肥沃土壤种梅花,茂盛其韵味并不古老。土地肥沃栽下竹枝,茂盛而其质地不坚硬。竹林小径松树篱笆,尽可以悦目,何必非是一段清闲时光。园中亭池中榭,只是可以容身,便是半生的享受。

【评点】梅花不必沃土,竹枝能耐贫瘠。人生要有清闲,必须劳碌为伴。

南碉科头,可任半帘明月。北窗坦腹,还须一榻清风。

【译文】在南边的窗子披头散发,可以让明月照上一半竹帘。在北边的窗下露着肚子,还须要有一榻清风。

【评点】山居月明,临窗洞清。神入缥缈,心是清风。注:南:南边临涧的窗子。科头:不戴冠帽。

披帙横风榻,邀棋坐雨窗。

【译文】打开书躺在有风的床上,邀人下棋坐在下雨的窗前。

【评点】雨窗虽小,听渐渐沥沥。风榻不短,看黄帝文章。注:帙(zhì):书的布套。

洛阳每遇梨花,时人多携酒树下,曰:为梨花洗妆。

【评点】人要饮酒,理由百怪千奇。梨花洗妆需用雨,何劳人间酿酒香。

绿染林皋,红销溪水。几声好鸟斜阳外,一簇春风小院中。

【译文】绿色染遍林地,红花销于溪水。几声鸟鸣自落日外传来,一股春风吹入小院当中。

【评点】花不用葬,年年香销玉殒。绿不用唤,每每冬去春来。

有客到柴门,清尊开江上之月。无人剪蒿径,孤榻对雨中之山。

【译文】有客人到了家中,清酒入樽映出江上月光。无人修剪草中小路,独自在床上面对雨中青山。

【评点】客人家门,赏月许多趣话。草中小径,山中还有人家。注:清尊:即清樽。

恨留山鸟,啼百卉之春红。愁寄陇云,锁四天之暮碧。

【译文】怨恨留给山鸟,啼鸣出百花盛开的春天。愁苦寄给云朵,锁住四下天空中暮色中的云彩。

【评点】世有怨情,方有怨心。世有愁意,方有愁感。不必十分在意。其有来,亦会有去。

硐口有泉常饮鹤,山头无地不栽花。

【译文】山沟口上有泉水经常饮鹤,山头上没有不栽花的地方。

【评点】临涧赏风不羡鱼,望山观景不慕云。

双杵茶烟,具载陆君之灶。半床松月,且窥扬子之书。

【译文】两股煮茶的烟,都飘在陆羽的茶灶上。松间明月照半床,且看扬雄的书卷。

【评点】饮茶自是陆羽茶神,翻卷当然扬雄诗书。注:陆君:指陆羽。扬子:即扬雄。

寻雪后之梅,几忙骚客。访霜前之菊,颇惬幽人。

【译文】找雪后的梅花,几次忙乱了诗人。访霜前的菊花,挺让隐者惬意。

【评点】食不求饱,居无求安。但求意境,可有几还?

帐中苏合,全消雀尾之炉。槛外游丝,半织龙须之席。

【译文】帷帐里的苏合香气,全都消失在雀尾炉烟里。门外蔑丝游动,织成一半龙须席子。

【评点】紫烟走顺不熏人,飘出几分木香。竹丝走柔不伤手,织出许多好席。注:苏合:一种香料。

瘦竹如幽人,幽花如处女。

【译文】孤瘦的竹子如隐士,暗放的香花如处女。

【评点】隐士可瘦可胖,竹子却只能一根筋条。美女不必幽花,幽花其实出于无耐。

晨起推窗,红雨乱飞,闲花笑也。绿树有声,闲鸟啼也。烟岚灭没,闲云度也。藻行可数,闲池静也。风细帘青,林空月印,闲庭峭也。山扉画扃,而剥啄每多闲侣。帖括因人,而几案每多闲编。绣佛长斋,禅心释谛。而念多闲想,语多闲词。闲中滋味,洵足乐也。

【译文】晨起推开窗，花瓣乱飞，是花在悠闲地笑。绿树上有声音，是鸟在悠闲地叫。山岗消失，是云在悠闲地飘。水草可数，是池水安静。风微竹帘青青，树林上空照着月亮，是庭院悠闲冷落。柴门昼闭，而敲门的每次多半是悠闲的朋友。文章与人一样，而书案上每每多出一些闲时撰写的文章。长长的斋戒绣佛像，禅心释解困惑。而念头中多悠闲的想法，语言中多悠闲的词句。悠闲中的滋味，确实足以欢乐了。

【评点】人为生命，亦需劳动，亦需有闲。劳动时，劳动为美。悠闲时，悠闲是情。注：画扃：应是昼扃的讹误。剥啄：敲打。帖括：指科举应试的文章。洵：诚然。

鄙吝一消，白云亦可赠客。渣滓尽化，明月亦来照人。

【译文】吝啬一消解，白云也可以赠给客人。杂念全化解，明月也来照着人。

【评点】为人可以执着，亦不可以执着。可以执着是凡事要做，不可以执着是凡事不可以迷。

水流云在，想子美千载高标。月到风来，忆尧夫一时雅致。何以消天下之清风朗月？酒盏诗筒。何以谢人间之覆雨翻云？闭门高卧。

【译文】水流云飘，想着杜甫立下的千载榜样。月到风来，回忆邵雍一时的雅致。用什么消磨天下的清风朗月？酒杯诗歌。用什么谢绝人间的疾雨沉云？闭门睡觉。

【评点】赏天下美景，有诗有酒便好。躲人间瘟神，关门闭户最佳。

注：尧夫：宋代文人邵雍。

高客留连花木，添清疏之致。幽人剥啄莓苔，生淡冶之容。雨中连榻，花下飞觞。进艇长波，散发弄月。紫箫玉笛，飒起中流。白露可餐，天河在袖。

【译文】高雅的客人留连在花草树木中，添上清疏的情致。隐士敲打着苔藓，生出了淡淡的表情。雨中躺在床上，花下碰杯饮酒。划船水中，散发赏月。紫箫玉笛，在江中间吹起。白色的露水可以吃，天上的银河在衣袖上。

【评点】有闲钱，有闲身，有闲心，有闲情，方为高客幽人。缺一，便逊色。缺二，便窘迫。缺三，便苦楚。

午夜箕踞松下，依依皎月，时来亲人，亦复快然自适。

【译文】午夜自在地坐在松树下，月亮洁白依人，不时地来亲近，也是很令人愉快舒适的。

【评点】月在地球外边，不会与你贴脸。心在地球外边，可与月亮亲近。

香宜远焚，茶宜旋煮，山宜秋登。

【译文】香适合在远一点的地方点燃，茶适合再煮一次，山适合在秋天登临。

【评点】凡事皆有好时光，只怕不知在何处。

中郎赏花云："茗赏上也，谈赏次也，酒赏下也。茶越而崇酒，及一切庸秽凡俗之语，此花神之深恶痛斥者。宁闭口枯坐，勿遭花恼，可也。"

【译文】蔡邕赏花说："饮茶赏花为上，谈兴赏花其次，饮酒赏花为下。茶越过去而崇尚酒，以及一切的平庸污秽的凡俗百姓之语，这是花神深恶痛绝的。宁可闭嘴干坐，不要遭到花的恼恨，可以了。"

【评点】观花，人人均会。赏花，则是高人所为。茶与花，俱为清淡幽香之品。而酒则浊气旺盛。浊者，不宜于赏花。**注**：中郎：指汉蔡邕。其曾任中郎将，因此得名。

赏花有地有时，不得其时而漫然命客，皆为唐突。寒花宜初雪，宜雨霁，宜新月，宜暖房。温花宜晴日，宜轻寒，宜华堂。暑花宜雨后，宜快风，宜佳木浓阴，宜竹下，宜水阁。凉花宜爽月，宜夕阳，宜空阶，宜苔径，宜古藤巉石边。若不论风日，不择佳地，神气散缓，了不相属。比于妓舍酒馆中花，何异哉！

【译文】赏花要讲究地方讲究时间，不是应该的时候而漫不经心地邀客，都是唐突的。寒时开的花适合初雪，适合雨后天晴，适合新月，适合暖房。温季开的花适合晴天，适合轻寒，适合华丽的房子。热天开的花适合雨后，适合疾风，适合绿树浓阴，适合竹子下面，适合水中楼阁。凉季开的花适合清爽的月夜，适合夕阳，适合空旷的台阶，适合青苔小路，适合在古藤怪石旁。如果不论风水日子，不选择最好的地方，花的神气就减少溜掉了，变得毫不相干。与妓院酒馆中的花相比，有什么两样！

【评点】凡事做有心人，有心人方能得他人不得之心得。古时做有心人不易，现代人亦无法身心超脱。

云霞争变，风雨横天。终日静坐，清风洒然。

【译文】云朵与彩霞争着变幻，风雨自天际横来。一天到晚静坐，清逸风度潇洒。

【评点】苦思冥想，把灵魂掏出心窍。望风睹雨，知心中尚有尘埃。

妙笛至山水佳处，马上临风，快作数弄。

【译文】美妙的笛艺到了山水美丽的地方，马上迎着风，快吹几曲。

【评点】情到山中方是景，景在山里方见情。

心中事，眼中景，意中人。

【译文】心中的事情，眼中的景物，意中的恋人。

【评点】心为人之中。

园花按时开放，因即其佳称待之以客：梅花索笑客，桃花销恨客，杏花倚云客，水仙凌波客，牡丹酣酒客，芍药占春客，萱草忘忧客，莲花禅社客，葵花丹心客，海棠昌州客，桂花青云客，菊花招隐客，兰花幽谷客，酴醾清叙客，腊梅远寄客。须是身闲，方可称为主人。

【译文】园中花按时开放，因为其美丽而以客人称呼和款待：梅花是索要笑容的客人，桃花是消蚀了恨怨的客人，杏花是倚着云彩的客人，水仙是凌波客人，牡丹是醉酒的客人，芍药是独占春天的客人，萱草是忘记忧烦的客人，莲花是佛家的客人，葵花是赤胆忠心的客人，海棠是昌州的客人，桂花是青云的客人，菊花是招来隐者的客人，兰花是幽谷中的客人，酴醾是清谈的客人，腊梅是志存高远的客人。必须是身闲无事，方可以称为主人。

【评点】家有闲园，种点闲花，来点闲雨，留点闲情。只可惜，人有闲时，心无闲处。注：酴醿：本为酒名，此为花名。

马蹄入树鸟梦坠，月色满桥人影来。

【译文】马蹄声传入树林，鸟在梦里惊坠；月色铺满桥，人在影中来。

【评点】月入柳林，疏影醉夜人。蹄声踏踏，惊起梦中鸟。

无事当看韵书，有酒赏邀韵友。

【译文】无事当读诗书，有酒邀请诗友。

【评点】读诗书文章，成饱学之士。洗酒樽茶铫，学斯文模样。

红蓼滩头，青林古岸。西风扑面，风雪打头。披蓑顶笠，执竿烟水……俨在米芾《寒江独钓图》中。

【译文】红色蓼草布满滩头，青色树林长满古旧的河岸。西风扑面，风雪打着头。披蓑衣戴斗笠，在烟波淼水上执竿垂钓……俨然在米芾的《寒江独钓图》中。

【评点】独钓寒江，本是渔人无奈事。文人旁赏，以为悠闲自得，不知其中多少甘苦。注：米芾：宋代襄阳人。世称米襄阳。善画山水人物。

冯惟一以杯酒自娱，酒酣即弹瑟琶。弹罢赋诗，诗成起舞。时人爱其俊逸。

【译文】冯惟一以饮酒来自娱，酒饮到酣时就弹瑟琶。弹完写诗，诗成起舞。当时的人爱他的潇洒。

【评点】有酒有诗好生活，诗罢成舞好婀娜。如此人生自潇洒，无人问君愁几多。

511

风下松而合曲，泉萦石而生文。

【译文】风从松下吹过而合上了曲调，泉水绕着石头而生出了纹波。

【评点】小桥流水有人家，松柏常绿遮荫下。

秋风解缆，极目芦苇。白露横江，情景凄绝。孤雁惊飞，秋色远近。泊舟卧听，沽酒呼卢。一切尘事，都付秋水芦花。

【译文】秋风解开缆绳，极目眺望芦苇。江横白露时节，情景凄凉。孤雁受惊而飞，秋色由远而近。停船躺下倾听，饮酒后的呼噜声。一切尘事，都交给了秋水芦花。

【评点】秋景凉凄人心，秋色忧伤人目。深秋一片水冷，旅人寒自丹田而生。

设禅榻二，一自适，一待朋。朋若未至则悬之，敢曰：陈蕃之榻，悬待孺子；长史之榻，专设休源。亦惟禅榻之侧，不容着俗人膝耳。诗魔酒颠，赖此榻祛醒。

【译文】设禅床二张，一张自己用，一张待朋友。朋友如果未来就挂起来，敢说：陈蕃的床，悬起来等待徐稚；长史的床，是专门设来休息的地方。也只有禅床的旁边，不允许俗人接触。诗的魔法酒的颠狂，要依靠这张床来清醒。

【评点】家有闲室，便置闲床。有友从外来，可留其欢度。与友促膝夜语，亦人生一快事。注：陈蕃之榻：后汉陈蕃为太守，在家不接待客人。唯有徐稚来时设一榻，徐去则悬起。长史：官名。

留连野水之烟，淡荡寒山之月。

【译文】留连于荒水上的云雾，轻轻地荡摇寒山上的月亮。

【评点】水烟本是雾，雾幕本是云。在天如飞絮，在地如天阴。

春夏之交，散行麦野。秋冬之际，微醉稻场。欣看麦浪之翻银，称翠直侵衣带。快睹稻香之覆地，新醅欲溢尊罍。每来得趣于庄村，宁去置身于草野。

【译文】春夏之交，散步麦田。秋冬之际，微醉在打稻场。喜看麦田翻银浪，称心的翠绿直近衣带。快乐地看稻香满地，新酿的浊酒要溢出酒杯。每次来都从村庄里得到乐趣，宁可置身在草莽之中。

【评点】农事一年四季，劳碌很少闲暇。有空四下张望，也有许多欣喜。注：新醅：新酿的浊酒。尊罍：酒器。

羁客在云村，蕉雨点点。如奏笙竽，声极可爱。山人读《易》《礼》，斗后骑鹤以至，不减闻韶也。

【译文】羁留的客人在云村，雨落芭蕉点点。像奏笙竽一样，声音非常可爱。山中隐士读《易经》《礼记》，斗后骑着仙鹤来了，不亚于听到韶乐。

【评点】平常时节逢雨，一身泥水。何人不骂老天？心有逸志闲情，若遇雨，便有许多美言。注：斗后：即斗姆。亦作斗姥。传说为北斗众星之母。韶：韶乐。据说孔子听到韶乐，三个月不知肉味。

阴茂树，濯寒泉，朔冷风，宁不爽然洒然。

【译文】乘凉茂树下，洗涤寒泉中，迎着冷风站，不也是爽快潇洒。

【评点】人生做尽爽快事，有了许多潇洒。与众不同偏向险，小心着凉。

韵言一展卷间，恍坐冰壶而观龙藏。

【译文】一打开诗书的时候，恍惚像坐在月光里看到了真龙藏身。

【评点】诗为人之神韵，开卷自有"仙气"升腾。注：冰壶：月光。龙藏：指龙藏而不用。

春来新笋，细可供茶。雨后奇花，肥堪待客。

【译文】春天的新笋，肉细可以佐茶。雨后的奇花，鲜艳可以迎接客人。

【评点】客来不必等花肥，茶品不必待笋春。

赏花须结豪友，观妓须结淡友，登山须结逸友，泛舟须结旷友，对月须结冷友，待雪须结艳友，捉酒须结韵友。

【译文】赏花须与豪放朋友结伴，观妓须与淡雅朋友结伴，登山须与高逸朋友结伴，泛舟须与旷达朋友结伴，弄月须与冷峻朋友结伴，玩雪须与美艳朋友结伴，饮酒须与写诗朋友结伴。

【评点】人生交朋友，虚多实少。人生赏花月，情多意少。

问客写药方，非关多病。闭门听野史，只为偷闲。

【译文】问客人情况开药方，不是关于什么病。关上门听野史故事，只是为了偷闲。

【评点】心病有药难治，野史也有真情。

岁行尽矣，风雨凄然。纸窗竹屋，灯火青荧。时于此间得小趣。

【译文】岁末将尽，风雨交加。纸窗竹屋里，灯火青荧。不时地从

倩

这里得到一点小小的乐趣。

【评点】灯高下亮，有一点模糊。风雨拍门，多一点声响。此中也有凄情，此中亦有野趣。

山鸟每夜五更喧起五次，谓之报更，盖山间率真漏声也。分韵题诗，花前酒后。闭门放鹤，主去客来。

【译文】山鸟每晚五个更时叫起五次，谓之报更，真是山中的纯真的计时漏壶。分韵写诗，花前酒后。关门放鹤去，主往客人来。

【评点】鸟不受惊，夜无报更之鸟。鸟若报更，只怕误了守时之人。

插花着瓶中，令俯仰高下、斜正疏密，皆有意态，得画家写生之趣，方佳。

【译文】把花插在瓶中，让其低下抬起、斜正疏密不同，全都有各自神态，得到画家写生的情趣，才是最好的。

【评点】插一枝，不必计较。插花一簇，便有高低。

法饮宜舒，放饮宜雅，病饮宜小，愁饮宜醉；春饮宜郊，夏饮宜野，秋饮宜舟，冬饮宜室，夜饮宜月。

【译文】平时饮酒宜舒适，放开饮酒宜雅致，病里饮酒宜小器，愁中饮酒宜醉去；春天饮酒宜郊外，夏日饮酒宜郊野，秋季饮酒宜泛舟，冬月饮酒宜室内，夜晚饮酒宜赏月。

【评点】酒当有饮，人生几回得醉？酒当有戒，不可无时无晌。

甘酒以待病客，辣酒以待饮客，苦酒以待豪客，淡酒以待清客，浊酒以待俗客。

【译文】甜酒用来招待有病客人，辣酒用来招待善酒客人，苦酒用来招待豪爽客人，淡酒用来招待清雅客人，浊酒用来招待粗俗客人。

【评点】酒有好坏，不知还有不同的"口味"。酒排出个三六九等，即是酒文化的发达，亦是酒文化的无聊。

仙人好楼居，须岩峤轩敞，八面玲珑。舒月披襟，有物外之观，霞表之胜：宜对山，宜临水，宜待月，宜观霞，宜夕阳，宜雪月，宜岸帻观书，宜倚栏吹笛，宜焚香静坐，宜挥麈清谈；江干宜帆影，山郁宜烟岚，院落宜杨柳，寺观宜松篁，溪边宜渔樵宜鹭鸶，花前宜娉婷宜鹦鹉；宜翠雾霏微，宜银河清浅，宜万里无云长空如洗，宜千林雨过迭障如新，宜高插江天，宜斜连城郭，宜开窗眺海日，宜露顶卧天风，宜啸，宜咏，宜终日敲棋，宜酒，宜诗，宜清宵对榻。

【译文】仙人好住楼房，高高耸立宽敞明亮，八面玲珑。放眼披衣，有尘世之外的景观，有霞云般的胜境：宜对着山，宜临着水，宜等待月，宜观霞蔚，宜看夕阳，宜赏雪月，宜推起头巾看书，宜靠着栏杆吹笛，宜点香静坐，宜挥拂尘清谈；江的干流宜帆影，山的幽阴处宜烟岚，院落里宜植杨柳，寺庙宜栽松竹，溪边宜渔夫樵工和鹭鸶，花前宜美女；宜养鹦鹉，宜绿树间云遮雾绕，宜小溪清浅，宜万里无云长空如洗，宜雨洗树林迭障如新，宜高插入江上天空，宜斜下里连着城墙，宜开窗眺望海上日出，宜露着头卧在风里，宜长啸，宜吟咏，宜终日下围棋，宜饮酒，宜作诗，宜整夜对床而谈。

【评点】仙人居楼，观自然圣景。百姓劳作，在田间地头。居楼者心胸开阔，识万里风云。低俯者日日艰辛，知夏秋春冬。注：岧峣：山高峻。岸帻：推起头巾。

良夜风清，石床独坐。花香暗度，松影参差。黄鹤楼可以不登，张怀民可以不访，满庭芳可以不歌。

【译文】良夜风清，在石床上独坐。花香暗暗飘来，松树的影子参差不齐。黄鹤楼可以不去登临；张怀民可以不去访问，《满庭芳》可以不唱。

【评点】静夜赏夜色，怎可有歌声？四下擂蛙鼓，摇得心旌动。注：满庭芳：曲牌名。

茅屋竹窗，一榻清风邀客。茶炉药灶，半帘明月窥人。

【译文】茅屋竹窗，清风拂床邀客人。茶炉药灶，明月半帘偷看人。

【评点】十五一月窥万家，清风一席卷世界。你我皆有一份。

娟娟花露，晓湿芒鞋。瑟瑟松风，凉枕簟。

【译文】轻柔的花上露水，早上打湿了草鞋。阵阵的松风，吹凉了枕席。

【评点】晓露湿鞋，衣裤受累。松风吹凉，枕席受宠。

绿叶斜披，桃叶渡头，一片弄残秋月。青帘高挂，杏花村里，几回典却春衣。

【译文】绿叶斜着披挂，桃叶落在渡口，一片弄破了月亮。青帘高挂，杏花村里，几回典当了春天穿的衣服。

【评点】此君可谓酒友：宁可身上露肉，不肯肚中无酒。此君可谓潇洒：渡头上虽赏月亮，不若家中几日劳作。

杨花飞入珠帘，帨巾洗砚。诗草吟成锦字，烧竹煎茶。良友相聚，或解衣盘礴，或分韵角险，顷之貌出青山，吟成丽句。从旁品题之，大是开心事。

【译文】杨絮飞进珠帘，摘下头巾洗砚台。胡作的诗句吟出了好词，烧竹柴煮茶。好友相聚，或者任意作画，或者分开韵脚比赛作诗，一会画出了青山，吟成了好诗句。在旁边品评它们，是特别开心的事。

【评点】朋友相聚，许多乐趣。文人有雅兴，粗人有稚趣；少年有意气，老年有胸臆。注：解衣盘礴：指任意作画。

木枕傲，石枕冷，瓦枕粗，竹枕鸣。以藤为骨，山漆为肤，其背圆而滑，其额方而通。此蒙庄之蝶庵，华阳之睡几。

【译文】木枕头硬，石枕头冷，瓦枕头粗，竹枕头响。用藤子做骨架，用漆做外表，其背圆而光滑，其头上方正而且通透。这是庄子梦蝶的去处，神仙使用的枕头。

【评点】枕为托头之物，古人亦十分在意。只是难寻耐磨宜枕之物，只好以硬碰硬，以实对实。注：蒙庄：指庄子。华阳：传说中神仙的洞府。

小桥月上，仰盼星光。浮云往来，掩映于牛渚之间。别是一种晚眺。

【译文】月亮升到小桥上，仰首观看星星。浮云往来，掩映在或明或暗的地方。是一种别有意味的晚眺。

【评点】晴天朗日之下，极目四望，万千气象。夜入牛渚之间，四野模糊，别有情调。注：牛渚：比喻黑暗中的怪异之物。

医俗病莫如书，赠酒狂莫如月。

【译文】治疗庸俗的病没有比书再好的东西，赠给酒徒的礼物没有能比月亮的东西。

【评点】有心人千番送月，月在天上悬。无心者百般读书，书中哪有字！

明窗净几，好香苦茗，有时与高衲谈禅。豆棚菜圃，暖日和风，无事听友人说鬼。

【译文】窗明几净，好的香苦的茶，有时与高僧谈禅。豆棚菜圃，暖日和风，没事听朋友说鬼。

【评点】说禅可言高语，说鬼只能俗话。

花事乍开乍落，月色乍阴乍晴，兴未阑，踌躇搔首。诗篇半拙半工，酒态半醒半醉，身方健，潦倒放怀。

【译文】花朵乍开乍落，月亮乍暗乍明，兴未尽，犹豫搔头。诗作半巧半拙，酒态半醒半醉，身体还好，敞开胸躺在地上。

【评点】春日花乍开，秋时花乍落。夜清月乍明，夜浊月乍暗。其时何必犹豫，日子从来如此。

湾月宜寒潭，宜绝壁，宜高阁，宜平台，宜窗纱，宜帘钩，宜苔阶，宜花砌，宜小酌，宜清谈，宜长啸，宜独往，宜搔首，宜促膝。春月宜尊，夏月宜枕簟，秋月宜砧杵，冬月宜图书。楼月宜箫，江月宜笛，寺院月宜笙，书斋月宜琴。闺闱月宜纱厨，勾栏月宜弦索，关山月宜帆樯，沙场月宜刁斗。花月宜佳人，松月宜道者，萝月宜隐逸，桂月宜俊英，山月宜老衲，湖月宜良朋，风月宜杨柳，雪月宜梅花。片月宜花梢，宜楼头，宜浅水，宜杖藜，宜幽人，宜孤鸿。满月宜江边，宜苑内，宜绮筵，宜华灯，宜醉客，宜妙妓。

【译文】水湾上的月亮适合冷静的水潭，适合绝壁，适合高楼，适合平台，适合窗纱，适合帘钩，适合长着苔藓的台阶，适合花坛，适合少饮一点酒，适合清谈，适合长啸，适合独往，适合搔首，适合促膝谈天。春天的月亮适合酒杯，夏天的月亮适合枕席，秋天的月亮适

倩

合搞衣洗裳，冬天的月亮适合读书。楼上的月适合吹箫，江上的月适合听笛，寺院的月适合笙奏，书斋的月适合抚琴。闺房的月适合纱橱，戏院的月适合演出，边关的月适合军旗，战场的月适合刁斗。花中月适合美人，松间月适合道士，藤萝间的月适合隐逸，桂树月适合俊杰英雄，山中月适合老僧，湖中月适合好友，风中月适合杨柳，雪中月适合梅花。弦月适合花枝梢上，适合楼的头上，适合浅水，适合藜木拐杖，适合隐士，适合孤雁。满月适合江边，适合苑内，适合豪宴，适合华灯，适合醉客，适合艳妓。

【评点】月上中天，世人共享。只因你在不同处，便有不同的月亮。你在何处，月在何处。你去何方，月去何方。不问月宜何所，只问心在何方。**注**：刁斗：古代军队用具。白天用作炊具，晚上用作更梆。

佛经云："细烧沉水，毋令见火。"此烧香三昧语。

【译文】佛经说："细烧沉水香，不要让见到火。"这是烧香的三昧真言。

【评点】如炭无火只有烟，如星无光只有亮。心中神窍，为之俱开。

石上藤萝，墙头薜荔，小窗幽致，绝胜深山。加以明月清风，物外之情，尽堪闲适。

【译文】石头上的藤萝，墙头上的小草，小窗中的幽景，绝对胜过深山。加上明月清风，物外的情致，尽可以休闲其中。

【评点】古人与山近，今人与山远。古人推门可见山，今人推窗不见月。家中小景自置，每日稍稍把玩。虽不如深山老岳，却也得过且过。

出世之法，无如闭关。计一园手掌下，草木蒙茸，禽鱼往来，矮屋临水，展书匡坐。几于避秦，与人世隔。

【译文】出世的方法，没有能比关上门。家园虽然只有手掌大小，草木葱茏，鱼鸟往来，矮屋临水，打开书正坐。几乎可以避"秦祸"，与人世隔绝。

【评点】出世在世间，四下皆"桃源"。若无隐者心，哪里有深山？

山上须泉，径中须竹，读史不可无酒，谈禅不可无美人。

【译文】山上须有泉，小径须有竹，读史书不可以无酒，谈禅机不可以无美人。

【评点】谈禅本为和尚事，动了凡心如何办？和尚本来就有假，美人在旁禅怎谈？

幽居虽非绝世，而一切使令供具交游晤对之事，似出世外。花为婢仆，鸟为笑谈，溪漱涧流代酒肴烹炼。书史作师保，竹石质友朋，雨声云影，松风萝月，为一时豪兴之歌舞。情景固浓，然亦清趣。

【译文】隐居虽然不是与世隔绝，而一切的准备酒食的交游会面的事，都像发生在世外。花为婢仆，鸟为笑谈，溪水涧流代替酒菜烹炸。书籍作老师，竹石为友朋，雨声云影，松林的风藤萝中的月，为了一时的豪侠兴致而歌舞。情景虽然浓烈，然而也是清雅之趣。

【评点】千般好，万般好，隐者心性最佳。千种幽，万种幽，世人有心难品。

蓬窗夜启，月白于霜。渔火沙汀，寒星如聚。忘却客子作楚，但欣烟水留人。

【译文】草窗夜开，月光白于秋霜。沙洲上的渔火，如寒星般相聚。忘记了自己是在楚地作客，暂且欣赏如烟的水色挽留客人。

【评点】神留，心留，人方留。山在，水在，人不在。

无欲者其言清，无累者其言达。口耳巽人，灵窍忽启。故曰：不为俗情所染，方能说法度人。

【译文】没有欲望的人其言清高，没有拖累的人其言通达。口耳有巽神进入，心窍忽然开启。因此说：不为庸俗世情所污染，方能说佛法度人。

【评点】身有累，难通达其观。心有累，难潇洒其情。注：巽：卦名，八卦之一。此指传说中的风神。

临流晓坐，欸乃忽闻。山川之情，勃然不禁。

【译文】早晨在河边坐下，摇橹声忽然听到。对山川的情感，勃发而不能禁止。

【评点】晨起河边,古人听橹棹,今人听汽笛。日落山旁,古人望霞彩,今人望车流。**注**:欸乃:摇橹声。

舞罢缠头何所赠?折得松钗。饮余酒债莫能尝,拾来榆荚。

【译文】跳完舞缠头赠什么?折来松枝。饮罢酒债没能还,捡来榆钱。

【评点】缠头不知所赠,酒官司不知怎打。

午罢无人知处,明月催诗。三春有客来时,香风散酒。

【译文】夜半无人知道是什么地方,明月催促写诗。暮春有客来的时候,风散酒香。

【评点】人无心,月有意。客有来,酒无魂。天地自然。

如何清色界?一泓碧水含空。那可断游踪?半砌青苔滞雨。村花路柳,游子衣上之尘。山雾江云,行李担头之色。

【译文】如何清纯色界?一湾碧水向天空。哪里可以截断游人的踪迹?废弃的长满青苔的台阶上下了雨。山村的花路旁的柳,游人衣上的尘土。山中雾江上云,挑着行李的行色。

【评点】来也匆匆,去也匆匆。人生谁为游子?早也如此,晚也如此。哪个每日糊涂?**注**:色界:佛教语。指有丰富物质而无男女色欲的境界。

何处得真情?买笑不如买愁。谁人效死力?使功不如使过。

【译文】什么地方能得到真情?买欢笑不如买忧愁。哪个人以死效力?用奖赏不如用惩罚。

【评点】愁不该买,何人没有?罚应该用,无惩怎能立威?

芒鞋甫挂,忽想翠微之色,两足复绕山云。兰棹方停,忽闻新涨之波,一叶乃飘烟水。

【译文】草鞋刚挂上,忽然想念幽绿之色,双脚又绕山如云。小舟刚停下,忽然听到新涨的浪声,小船如叶仍飘在烟水之中。

【评点】人入随心所欲境,才有每日糊糊涂涂心。不必动问何日何月,只须自扣有何情致。

旨愈浓而情愈淡者,霜林之红树。臭愈近而神愈远者,秋水之白蘋。

【译文】香气愈浓而情谊愈淡的人,是霜打树林红了树。气味愈近而心神愈远的人，是秋水里的白蘋。

【评点】火宜外实而内虚，人宜外虚而内实。

龙女濯冰绡，一带水痕寒不耐。姮娥携宝药，半囊月魄影犹香。

【译文】龙女洗白绢，水痕一带不耐寒凉。嫦娥携宝药，月魄一半被装入囊中其影犹香。

【评点】美女本是人间物，只因慕月想成仙。哪知桂宫本寒凉，冻出感冒无人管。**注**：冰绡：洁白的丝绸。

山馆秋深，野鹤唳残清夜月。江园春暮，杜鹃啼断落花风。石洞寻真，绿玉嵌乌藤之杖。苔矶垂钓，红翎间白鹭之蓑。晚村人语，远归白社之烟。晓市花声，惊破红楼之梦。

【译文】山屋秋深，野鹤啼叫着清夜的残月。江边的园中春暮，杜鹃鸟叫断了吹落花的风。石洞里寻找真趣，绿玉嵌在乌藤手杖上。河边满是青苔的石头上垂钓，红翎装点着白鹭羽毛般的蓑衣。夜晚村中人语，归来时远远望见幽人家的炊烟。早市的人声，惊破了红楼中的梦境。

【评点】山居秋暝，王维有句。寻真访钓，米芾有情。不看晚村炊烟，只见人家灶红。**注**：白社：隐士居住。

案头峰石，四壁冷浸烟云，何与胸中丘壑？枕边溪涧，半榻寒生瀑布，争如舌底鸣泉？

【译文】案头上有山峰岩石，四壁间烟云冷罩，什么是胸中的丘壑？枕边上有溪流涧水，半床里瀑布生寒意，怎能像舌头下的鸣响的泉水？

【评点】神中有仙境，意里有广寒。坐身闹市中，尤在华山巅。

扁舟空载，赢却关津不税愁。孤杖深穿，揽得烟云闲入梦。

【译文】小船空载，绕过了关卡不用为交税发愁。一个人执杖走向深处，揽得烟云闲来入梦。

【评点】空载无税本该愁，夜晚下锅米何求？潇洒只因没生意，空走江湖心难收。

幽堂昼密清风，忽来好伴。虚窗夜朗明月，不减故人。

倩

【译文】幽阴的屋中白天不断有清风，忽然来了好朋友。虚掩的窗外夜清月明，没有减少朋友。

【评点】暑夏昼享清风爽，清夜外赏月光明。

晓入梁王之苑，雪满群山。夜登庾亮之楼，月明千里。

【译文】早上进梁王的花苑，雪铺满群山。夜晚登庾亮之楼，明月照出千里。

【评点】观冬日山景，白压众绿。观清夜月景，银散一地。注：梁王之苑：即汉梁孝王所建的东苑。规模有方圆300里。庾亮之楼：传说中晋人庾亮建的楼。

名妓翻经，老僧酿酒，书生借箸，谈兵介胄，登高作赋，羡他雅致偏增。屠门素食，狙侩论文，厮养盛服，领缘方外，束修怀刺，令我风流顿减。

【译文】名妓翻经书，老僧酿山酒，书生借筷子，纸上谈兵者穿甲胄，登高处作诗，美慕他雅致老增加。屠户吃素食，奸人论文章，家奴穿盛服，尘缘未了者谈方外之事，初学之人怀揣名片，让我风流顿时减少。

【评点】世人多荒唐，老鼠亦充象。小伙充学问，姑娘抹艳妆。为官假廉洁，为商作善相。忽来一场雨，全都浇落汤。注：狙侩：狡猾奸诈。厮养：干杂事的奴隶。领缘：领受了尘缘。束修：本指给老师的礼物。此指刚入学者。刺：名片。

高卧酒楼，红日不催诗梦醒。漫书花榭，白云恒带墨痕香。

【译文】深睡卧于酒楼，太阳不去催醒诗人梦。随意写字在花榭中，白云常常带着墨迹的香气。

【评点】诗人白日亦为梦，何必醉上酒楼中？

相美人如相花，贵清艳而有若远若近之思。看高人如看竹，贵潇洒而有不密不疏之致。

【译文】看美人如看花，贵在清雅艳丽而有若远若近之意。看高雅人如看竹，贵在潇洒而有不密不疏的风度。

【评点】人非物，但可与物比。物非人，可有人性。

梅称清绝，多却罗浮一段妖魂。竹本潇疏，不耐湘妃数点愁泪。

【译文】梅花以清绝著称，却多了一段罗浮的仙魂故事。竹本来潇洒孤傲，不耐烦湘妃的几点愁泪。

【评点】罗浮湘妃均是仙，不知为何来人间。古来天宫多寂寞，不若尘世多浪漫。

穷秀才生活，整日荒年。老山人出游，一派熟路。

【译文】穷秀才过日子，每天都是荒年。老山人去游玩，走的都是熟路。

【评点】秀才只求孤高，便会瓮中无米。百姓若学禅机，就要锅内无粮。

眉端扬未得，庶几在山月吐时？眼界放开来，只好向水云深处。

【译文】眉梢没有扬起来，但愿是在山月刚刚升起的时候。眼界放开来，只好望向水云深处。

【评点】山月实可赏，水云亦可观。只要心有意，眼光自然宽。

刘伯伦携壶荷锸，"死便埋我！"真酒人哉。王武仲闭关护花，"不许踏破！"直花奴耳。

【译文】刘伯伦带着酒壶扛着锸，"死了就埋我！"真是喝酒人。王武仲关门护花，"不许踏践！"真是花的奴隶。

【评点】酒徒固有爱人之处，但总是一个劣行。护花虽有怜人之处，但总是一个偏执。注：刘伯伦：即刘伶。

一声秋雨，一声秋雁，消不得一室清灯。一月春花，一池春草，绕乱却一生春梦。

【译文】一声秋雨落，一声秋雁鸣，灭不得屋中的清灯。一个月下的春花，一个池畔的春草，绕乱了一生的春梦。

【评点】春梦人生几次发？梦中去到谁人家？但听窗外雁一声，方知秋寒霜已下。

夭桃红杏，一时分付东风。翠竹黄花，从此永为闲伴。

【译文】艳丽的桃花红色的杏花，一时间就分别让东风吹去。翠竹黄花，从此永为悠闲的朋友。

【评点】花总要去，绿总要黄，本为自然规律。花落有泪，绿败有忧，本为人生情趣。

花影零乱，香魂夜发，辗然而喜。烛既尽，不能寐也。

【译文】花影零乱，香气夜发，高兴地大笑。烛燃尽，还不能入睡。

【评点】人难得放松，难得高兴，更难得忘形。**注**：辗然：笑貌。

花阴流影，散为半院舞衣。水响飞音，听来一溪歌板。

【译文】花影流动，散落为半院的舞衣身影。水响音传，听到一溪的捣衣歌声。

【评点】风摇花影为舞娘，一片落瓣解舞裳。

一片秋色，能疗病客。半声春鸟，偏唤愁人。

【译文】一片秋色，能治疗病中客人。小声春鸟鸣啼，偏偏唤起了愁绪。

【评点】心病身病均为病，心药草药均做药。有忧有愁，有病有好，非关秋色春鸟。

会心之语，当以不解解之。无稽之言，是在不听听耳。

【译文】会心的话，应当在理解不出的时候理解了。无稽之谈，是在不听的时候听到了。

【评点】悟性当从悟解不出时开始，虚言当从不意中知晓。

云落寒潭，涤尘容于水镜。月流深谷，拭淡黛于山妆。

【译文】云落在寒凉的潭水上，在水镜前洗涤面上的灰尘。月随涧水流入深谷，对着山擦拭淡淡的黛妆。

【评点】云洗游尘月梳妆，松风打扇溪添汤。不知山间小径处，走来一对小和尚。

寻芳者追深径之兰，识韵者穷深山之竹。

【译文】寻找芳草的人追索深径中的兰花，懂得韵味的人看遍深山的竹林。

【评点】雪莲必藏深山，奇草必隐密林。此非隐者情趣，而属迫不得已。

花间雨过，蜂粘几片蔷薇。柳下童归，香散数茎帘葡。

【译文】雨落花间，蜜蜂粘上了几片蔷薇。柳下童归，香气由几株帘葡散出。

【评点】雨落花间不讲理，工蜂采蜜受袭击。若是蜜蜂会作风，将雨搬出十万里。注：帘葡：一种原产西域的植物，花甚香。

幽人到处烟霞冷，仙子来时云雨香。

【译文】隐士到的地方烟霞都冷，仙子来时云雨都香。

【评点】隐士本为冷血动物，尘间诸事其均不考虑。仙子本是世上尤物，人见人爱心自有香。

落红点苔，可当锦褥。草香花媚，可当娇姬。草逆则山鹿溪鸥，鼓吹则水声鸟啭。毛褐为丸绮，山云作主宾。和根野菜，不酿侯鲭。带叶柴门，奚输甲第？

【译文】落花红点苔藓，可以当锦褥。草香花媚，可以当娇艳美女。野草迎接的一定是山鹿水鸟，演奏的一定是水响鸟鸣。粗布衣服当做盛服，大山云彩做主宾。带根的野菜，不做精美的肉菜。带叶的柴门，什么地方输给豪华宅邸？

【评点】人有穷苦时，只要不是因为懒惰。人有潇洒时，只要不是因为有钱。注：侯鲭：精制的荤菜。

野筑郊居，绰有规制。茅亭草舍，棘垣竹篱。构列无方，淡宕如画。花间红白，树无行款。徜徉洒落，何异仙居？

【译文】别墅郊居，大约有个规矩。茅亭草舍，棘墙竹篱。随意排列，淡雅如画。花圃里红白相间，树没有排列。悠闲散步，与仙居有什么不同？

【评点】有规有矩，做人本已劳苦。放点自由，潇洒也算一遭。

墨池寒欲结，冰分笔上之花。炉篆气初浮，不散帘前之雾。青山在门，白云当户。明月到窗，凉风拂座。胜地皆仙，五城十二楼，转觉多设。

【译文】砚台寒欲结冰，冰与笔尖分开。香炉中的烟刚刚升起，在帘前形成不散的烟雾。青山在门外，白云做窗户。明月照窗，凉风吹座。好的地方都是仙境，五城十二楼，转尔觉得是多余设的。

【评点】天冷是为冬寒，水雨是为云烟。清贫是为傲骨，潇洒是为神仙。**注**：五城十二楼：指古代的五座名城和十二座名楼。所指不一。

何为声色俱清？曰：松风水月，未足比其清华。何为神情俱彻？曰：仙露明珠，讵能方其朗润？

【译文】什么是声色都清雅？曰：松风水月，不足以比它的清华。什么是神情通达透彻？曰：仙草雨露夜明之珠，难道能与其明亮润泽相提并论？

【评点】万物自有其生存理由，人却是其中主要。若以人量万物，万物皆未能如人。

"逸"字是山林关目：用于情趣，则清远多致；用于事物，则散漫无功。

【译文】"逸"字是隐居的关键：用在情趣上，则清雅高远多逸致；用于做事上，则散漫没有成功的可能。

【评点】"逸"字本非尘世物，一阵轻风可上天。**注**：关目：指戏曲小说中的重要情节。此指关键。

宇宙虽宽，世途眇于鸟道。征逐日甚，人得浮比鱼蛮。

【译文】宇宙虽然宽，世上的路狭窄甚于山间鸟道。征伐驱逐日甚，人得乘木筏当渔夫。

【评点】古来帝王多争战，赤地千里无和平。可怜生灵均涂炭，但愿桃源梦千年。**注**：浮比：即浮枇。木排。

柳下舣舟，花间走马。观者之趣，倍个中。

【译文】柳树下靠岸，花丛中走马观看。观赏者的情趣，超过了其中。

【评点】走马亦观花，观花可走马。只是如今花下，人还在，马没了。**注**：舣舟：靠岸。

问人情何似？曰：野人多于地，春山半是云。问世事何似？曰：马上悬壶浆，刀头分顿肉。

【译文】问人情何以相似？答说：隐者多在土地上，春山一半是云彩。

问世事何以相似？答说：马上挂着酒壶，用刀分割食物。

【评点】隐者不问人间情，不知世上已千年。**注**：顿肉：宿住或外出时所带的肉食。

尘情一破，便同鸡犬为仙。世法相拘，何异鹤鹅作阵。

【译文】尘世情缘一破，便同鸡犬一起当神仙。世上的道德法则代代拘泥严守，与用鹤鹅布阵打仗有什么两样。

【评点】尘情如何了？了了就不必鸡犬相伴。世法如何弃？弃了就一定鹤鹅大乱。

清恐人知，奇足自赏。

【译文】清雅恐人知道，新奇足以自赏。

【评点】无名者方为真隐者，留名者哪个真心？

与客到，金樽醉来一榻，岂独客去为佳？有人知，玉律回车三调，何必相识乃再？笑元亮之逐客何迂？羡子猷之高情可赏。

【译文】知道客人到，饮酒醉在一床，怎能让客人去为好？有人知道，老礼是要掉转车头三次，何必相识一定要第二次？笑陶渊明逐客何等迂腐？美慕子猷的高雅情调值得赞赏。

【评点】有客有朋有亲友，不是隐士。无客无朋无家人，可是动物？

高士岂尽无染？莲为君子，亦自出于污泥。丈夫但论操持，竹作正人，何妨犯以霜雪？

【译文】高洁之士怎么能够全无污染？莲是花中君子，也出自于污泥。大丈夫可以操节，竹为木中正人，霜雪侵犯又有何妨？

【评点】高洁出于尘世，无尘世即无高洁。操节来于日常，无日月哪得节操？

东郭先生之履，一贫从万古之清。山阴道士之经，片字收千金之重。

【译文】东郭先生的鞋，以一贫跟从万古的清雅。山后道士的经文，几个字要收千金。

【评点】清雅未必是清贫，有志未必做懒汉。**注**：东郭先生之履：指鞋破底穿。形容穷困。

管辂请饮后言，名为酒胆。休文以吟致瘦，要是诗魔。

【译文】管辂请酒后说话，名为酒胆。休文因为作诗而瘦，当是诗魔。

【评点】人用酒胆，并非人无己胆。只是平日不用其胆，缺少练胆。

注：管辂：三国术士。

因花索句，胜他牍奏三千。为鹤谋粮，赢我田耕二顷。

【译文】因为花思索诗句，胜过他文书三千。为了野鹤找粮，胜我田耕二顷。

【评点】公文牍奏，无味之文字，然是政事必须。野鹤要粮，有趣之行动，只怕无处化缘。

至奇无惊，至美无艳。

【译文】奇到极至无惊讶，美到极点无丽艳。

【评点】事物其实未有极至，事到极至则万难。所以，于无惊处观奇，于无艳处赏美。

瓶中插花，盆中养石。虽是寻常供具，实关幽人性情。若非得趣，个中布置，何能生致？

【译文】瓶里插花，盆中养石。虽然是寻常的供奉器具，实在是关系到隐士的性情。若不是得到情趣，个中的布置，如何能生出？

【评点】居家小摆设，物小情致在。生活小点染，价廉感觉重。

舌头无骨，得言语之总持。眼里有筋，具游戏之三昧。

【译文】舌头没有骨头，得到了把持语言的权力。眼里有筋，具备游戏三昧。

【评点】舌无骨筋，但利若钢刀，有斩钉截铁之能。眼虽有珠，未必识真人，多受蒙蔽委屈。

湖海上浮家泛宅，烟霞五色足资粮。乾坤内狂客逸人，花鸟四时供啸咏。

【译文】湖海上以船为家宅，云霞五色足以为粮。乾坤内的狂客逸人，花鸟四季供写诗吟咏。

【评点】风浪浮家，烟霞成伴。点染山水，皆为胸臆。

528

养花，瓶亦须精良。譬如玉环飞燕不可置之茅茨，嵇阮贺李不可请之店中。

【译文】养花，瓶子也须要精良。譬如像杨玉环、赵飞燕不可以放在茅屋，嵇康、阮籍、贺知章、李白不可以请到店中。

【评点】插花只是情致，观花亦是心情。瓶是否精良，略后再计较。

才有力以胜蝶，本无心而引莺。半叶舒而岩暗，一花散而峰明。

【译文】才气有能力可以胜过美丽蝴蝶，本来无心而引来莺鸟。半只叶子舒展而岩石阴暗，一花散去而山峰明快。

【评点】山川有景，笔下有诗。莺飞燕舞，观者有趣。

玉槛连彩，粉壁迷明。动鲍昭之诗兴，销王灿之忧情。

【译文】玉石栏干连彩，粉饰的墙壁迷离不明。动了鲍照的诗兴，销解了王粲的忧情。

【评点】诗写千般华美，不如一缕真情。若无忧伤之心，难有落泪之作。注：鲍昭：应为鲍照。王灿：原本为王粲。当属讹错。

急不急之辨，不如养默。处不切之事，不如养静。助不直之举，不如养正。恣不禁之费，不如养福。好不情之察，不如养度。走不实之名，不如养晦。近不祥之人，不如养愚。

【译文】着急本不急的甄辨，不如培养沉默。处理不确切的事，不如培养静心。帮助不正义的事情，不如培养正气。放纵不止的开销，不如培养福祺。喜好不了解情况的察视，不如培养思考能力。为不实之名奔走，不如培养隐匿。接近不吉祥的人，不如培养愚钝。

529

【评点】人生许多事，有可为之事，有不可为之事。有该正做之事，亦有该反做之事。不识事务、时务，常为错事。

诚实以启人之信我，乐易以使人之亲我，虚己以听人之教我，恭己以取人之敬我，奋发以破人之量我，洞彻以备人之疑我，尽心以报人之托我，坚持以杜人之鄙我。

【译文】用诚实引起别人信任我，用平易快乐使别人亲近我，用谦虚来听别人教诲我，用对自己恭敬让别人尊重我，用努力打破别人对我的固定看法，用透彻的眼光防备别人怀疑我，用尽心竭力去报答别人对我的提携，用坚持不懈杜绝别人鄙视我。

【评点】做人为人间甚难之事，做好其实相当不易。然而若事事谨小慎微，只怕人生一件事也难成。若以为大马金刀，对一切俱不为意，看起来潇洒了，却也难有好的结果。因为社会是由人组成的，你做不成鲁宾逊。